HEYNE <

Das Buch
Ein Geldverleiher und Wucherer übelster Sorte wird in einem Londoner Armenviertel bestialisch ermordet. Was als ein ganz gewöhnlicher Fall beginnt, entwickelt sich für Inspektor Thomas Pitt zu einer diplomatischen Herausforderung, denn ein angesehener Lord ist in die Angelegenheit verwickelt. Damit nicht genug, entdeckt er im Verlauf seiner Ermittlungen einen Geheimbund, dem einige ehrenwerte Mitglieder der Londoner Gesellschaft angehören – und viele von ihnen hatten ein Motiv für den grausamen Mord.
»Geben Sie ihr einen Mord und einen gesellschaftlichen Mißstand, und Anne Perry schreibt Ihnen einen viktorianischen Kriminalroman, daß Dickens staunen würde.«
The New York Book Review

»Sie sind schon Kult, die Spürnasen Inspektor Pitt, seine vornehme Frau Charlotte und ihr cleveres Dienstmädchen Gracie.« *Frau im Spiegel*

Die Autorin
Anne Perry, 1938 in London geboren und in Neuseeland aufgewachsen, lebt und schreibt in Schottland. Sie hat sich vor allem durch ihre historischen Kriminalromane um Oberinspektor Pitt von Scottland Yard und seine Ehefrau Charlotte ein Millionenpublikum in aller Welt erobert.

Bei Heyne sind unter anderem die folgenden Romane von Anne Perry lieferbar:
Das Mädchen aus der Pentecost Alley, Eine geschlossene Gesellschaft, Das Geheimnis der Miss Bellwood, Schatten über Bedford Quare, Die Rettung des Königs, Die letzte Königin, Das goldene Buch.

Anne Perry

Belgrave Square

Roman

Aus dem Englischen
von Susanne Höbel und Sabine Sarre

WILHELM HEYNE VERLAG
MÜNCHEN

Die Originalausgabe
BELGRAVE SQUARE
erschien bei Ballantine Books, New York

Umwelthinweis:
Dieses Buch wurde auf
chlor- und säurefreiem Papier gedruckt

Taschenbuchausgabe 04/2005

Printed in Germany 2005
Umschlagillustration: akg-images, Berlin
Umschlaggestaltung: Hauptmann und Kampa, Werbeagentur,
München, Zürich, unter Verwendung eines Kupferstichs des
Londoner Zollhauses, erbaut um 1668
Druck und Bindung: GGP Media GmbH, Pößneck

ISBN: 3-453-43023-9
http: / / www.heyne.de

Für meine Freundin Cathy Ross

1.
Kapitel

Pitt stand auf den Stufen, die zum Fluß hinunterführten. Die Heckwellen der Kähne, die vom Pool of London den Fluß hinaufschipperten, schwappten an die Uferbefestigung. Es war Mittagszeit. In der einen Hand hielt Pitt einen kleinen Topf mit Aal in Aspik, den er an einem Stand unweit der Westminster Bridge gekauft hatte, in der anderen eine dicke Scheibe Brot. Die Sommersonne schien heiß und hell auf sein Gesicht, und die Luft roch herb und ein wenig scharf. Hinter und über sich auf der Uferstraße hörte er das Rattern der Karren und Kutschen, die Gentlemen in die City zu ihren Geschäften oder zur Entspannung in ihre Clubs beförderten und feine Damen zu ihren Nachmittagsbesuchen, wo sie Visitenkarten und Neuigkeiten austauschten und Verabredungen für die endlosen gesellschaftlichen Vergnügungen der Saison trafen.

Der durch die Whitechapel-Morde verursachte Schrekken und das Entsetzen hatten sich gelegt, obwohl man der Polizei immer noch das Versagen anlastete, den grausamsten Mörder in der Geschichte Londons, die Zeitungen hatten ihn »Jack the Ripper« getauft, nicht dingfest gemacht zu haben. Der Polizeichef hatte sogar seinen Rücktritt erklärt. Die Königin lebte in Schloß Windsor und trauerte, wie sie es die letzten achtundzwanzig Jahre getan hatte, obwohl einige sagten, sie schmolle, doch davon abgesehen waren die Aussichten gut und versprachen noch besser zu werden. Pitt selber war so glücklich wie nie zuvor. Er liebte seine Frau und lebte gerne mit ihr zusammen, er hatte zwei gesunde Kinder, und es erfüllte ihn mit großer Freude, sie aufwachsen zu sehen. Er leistete gute Arbeit in seinem Beruf und hatte genügend Geld zur Verfügung, um ein angenehmes Leben zu führen, zuzeiten sogar fast ein luxuriöses, wenn er dafür zwischendurch immer wieder sparsam war.

»Herr Inspektor!« Die Stimme klang atemlos und dringend, und Schritte polterten laut auf den Stufen. »Inspektor Pitt, Sir!« In seinen schweren Stiefeln stürmte der Wachtmeister mit lärmenden Schritten die Treppe hinunter. »Inspektor Pitt, ah!« Er blieb stehen und atmete befriedigt auf. »Mr. Drummond hat mich nach Ihnen geschickt. Er braucht Sie, is' was Wichtiges. Se sollen kommen, so schnell Se können.«

Pitt drehte sich zögernd um und erblickte den schwitzenden jungen Mann, der mit rotem Gesicht in seiner Uniform dastand und so aussah, als befürchte er, seinen Auftrag vielleicht nicht schnell genug ausgeführt zu haben. Micah Drummond war der ranghöchste Beamte auf der Polizeiwache in Bow Street und zweifelsohne ein Gentleman, und Pitt war ein Inspektor, dessen Fähigkeiten langsam die verdiente Würdigung fanden.

Pitt vertilgte den Rest des Aals in Aspik, stopfte den Karton in seine Manteltasche und warf die Brotrinde für die Vögel ins Wasser. Im Nu stieß ein halbes Dutzend Möwen herab, ihre Flügel funkelten in der Sonne.

»Danke, Wachtmeister«, sagte Pitt. »Ist er im Büro?«

»Ja, Sir.« Er schien etwas hinzufügen zu wollen, überlegte es sich dann aber anders. »Ja, Sir«, wiederholte er und folgte Pitt zur Straße hinauf.

»Alles klar, Sie können wieder auf Streife gehen«, wies Pitt ihn an und machte sich mit ausholenden Schritten auf den Weg zur Bow Street. Die Polizeiwache lag in der Nähe, so daß es schneller war, zu Fuß zu gehen, als sich an diesem ungünstigen Ort eine freie Droschke zu suchen, wo doch bei dieser lauen Luft alle Welt zu ihrem Vergnügen unterwegs zu sein schien.

Er betrat die Wache – was den Polizisten am Dienstschalter sichtlich erleichterte –, ging auf Drummonds Büro zu und klopfte.

»Ja?« Drummonds Stimme war voll gespannter Erwartung.

Pitt trat ein und schloß die Tür hinter sich. Drummond stand am Fenster. Wie immer war er tadellos angezogen. Er besaß die mühelose Eleganz eines Mannes, für den guter Geschmack von Geburt an eine Selbstverständlichkeit ist, doch sein längliches, hageres Gesicht wirkte angespannt, und seine Haltung sowie seine verkrampften Schultern drückten Besorgnis aus.

»Ah, Pitt! Gut.« Er lächelte mit einem Anflug von Wärme, doch dann wurde sein Gesicht wieder von Sorge überschattet. »Ich habe Parfitt angewiesen, Ihren Fall zu übernehmen. Ich habe etwas viel Wichtigeres. Eine heikle Angelegenheit ...« Er zögerte, schien etwas sagen zu wollen und sah dann davon ab, was nicht seine Art war. Pitt hatte ihn immer als einen Mann erlebt, der eine unumwundene Sprache liebte, ohne Schmeicheleien und Ausflüchte – ohne die Beeinflussungsversuche, derer sich so viele Männer geringeren Kalibers bedienten. Es zeugte von dem Druck, unter dem er jetzt stand, daß er die richtigen Worte nicht finden konnte.

Pitt wartete schweigend.

Drummond begann noch einmal. »Pitt, ich habe da einen Fall, den ich Ihnen übertragen möchte.« Ihre Zusammenarbeit war von gegenseitigem Respekt, ja sogar Freundschaft geprägt. Das bestimmte auch jetzt seine Worte. »Ein sehr einflußreicher Mann hat mich soeben angerufen, im Namen unserer – Freundschaft.« Bei dem Wort zögerte er nur einen kurzen Augenblick, doch Pitt bemerkte es überrascht und nahm den Hauch einer Färbung auf Drummonds Gesicht wahr.

Drummond wandte sich vom Fenster ab, das einen Blick auf die Straße gewährte, und stellte sich hinter den großen Schreibtisch mit der Lederauflage.

»Er hat mich gebeten, die örtliche Polizeiwache zu umgehen«, fuhr er fort, »und möglicherweise auch die Presse und den Fall zu übernehmen. Sie sind am besten befähigt, in einer Angelegenheit wie dieser zu ermitteln. Tatsächlich habe ich bereits mit dem Gedanken gespielt, Sie in Zukunft mit politischen Fällen zu betrauen – und solchen, die sich zu politischen Fällen auswachsen könnten. Ich weiß, daß Sie eine Beförderung ausgeschlagen haben, weil Sie nicht am Schreibtisch arbeiten wollten ...« Er unterbrach sich und sah Pitt ins Gesicht.

Pitt hätte ihm geholfen, wenn er gewußt hätte wie, aber er hatte keine Ahnung, was die Situation erforderte oder wer betroffen war, noch verstand er, warum Drummond dermaßen aus der Fassung geraten war und sich augenscheinlich so unbehaglich fühlte.

»Ich erzähle Ihnen alles auf dem Weg.« Drummond zuckte die Schultern, ging durch den Raum, nahm seinen Hut vom Garderobenständer und öffnete die Tür. Pitt folgte ihm mit einem zustimmenden Kopfnicken.

Sie traten auf die Straße und fanden gleich eine leere Droschke. Sobald Drummond dem Fahrer die Richtung angegeben hatte und sie beide auf ihren Plätzen saßen, begann er mit seiner Erklärung. Er sah Pitt dabei nicht an, sondern starrte vor sich hin, den Hut auf den Knien.

»Heute erhielt ich einen Anruf von Lord Sholto Byam, der mir flüchtig bekannt ist. Wir haben gemeinsame Freunde.« Seine Stimme klang merkwürdig angespannt. »Er war recht bedrückt, da er soeben von dem Mord an einem ihm bekannten Mann gehört hatte, einem äußerst abstoßenden Mann.« Drummond atmete schwer, die Augen hatte er immer noch von Pitt abgewandt. »Und aus Gründen, die er uns darlegen wird, befürchtet er, daß er selbst des Verbrechens verdächtigt werden könnte.«

Verschiedene Fragen drängten sich Pitt auf. Wie hatte Lord Byam von dem Mord erfahren? Die Nachricht davon konnte noch nicht in der Zeitung gestanden haben. Wieso kannte er einen solchen Mann? Und warum sollte der Verdacht auf ihn fallen? Doch mehr noch als diese Fragen drängten sich ihm Drummonds Unbehagen, ja seine Verlegenheit auf. Die knappe Enthüllung ließ darauf schließen, daß die Schilderung von Drummond vorbereitet war. Er hatte sie abgeliefert, ohne abzuschweifen und ohne einen Blick auf Pitt zu werfen, um dessen Reaktion einzuschätzen.

»Wer ist das Opfer, Sir?« fragte Pitt laut.

»Ein Mann namens William Weems, ein kleiner Wucherer aus Clerkenwell«, erwiderte Drummond.

»Wo hat man ihn gefunden?«

»In seiner Wohnung, in der Cyrus Street, mit einem Kopfschuß.« Drummond schüttelte sich bei diesen Worten. Er verabscheute Feuerwaffen, wie Pitt wußte.

»Wir fahren in westliche Richtung«, bemerkte Pitt. Clerkenwell lag im Osten der Stadt.

»Wir statten Lord Byam einen Besuch ab«, war Drummonds Antwort. »In Belgravia. Ich möchte, daß Sie soviel wie möglich wissen, bevor Sie nach Clerkenwell fahren. Es ist schon schwierig genug, die Ermittlungen von einem anderen Beamten zu übernehmen, da müssen Sie nicht auch noch in Unwissenheit darüber sein, womit Sie es zu tun haben oder warum Sie da sind.«

Pitt hatte einen ersten heftigen Zweifel. Seine Fragen ließen sich nicht länger aufschieben.

»Wer ist Lord Sholto Byam, Sir, abgesehen davon, daß er einer Ihrer Bekannten ist?«

Drummonds Unbehagen ließ etwas nach. Hier bewegte er sich auf dem Gebiet handfester Tatsachen.

»Die Byams sind eine sehr distinguierte Familie, seit Generationen bekleiden sie Posten im Handels- und im Außenministerium. Natürlich sind sie begütert. Der gegenwärtige Lord Byam ist im Finanzministerium beschäftigt, wo er besonders mit Auslandskrediten und Handelsbündnissen zu tun hat. Ein brillanter Kopf.«

»Wieso kennt er dann einen kleinen Wucherer in Clerkenwell?« fragte Pitt und legte soviel Takt in seine Stimme, wie er aufbringen konnte. Dennoch klang die Frage lächerlich.

Ein grimmiges Lächeln huschte über Drummonds Gesicht und verschwand.

»Ich weiß es nicht. Das wollen wir ja gerade in Belgravia herausfinden.«

Pitt schwieg ein paar Sekunden, in seinem Kopf schwirrten Fragen und Zweifel umher. Die Droschke kam in flottem Trab voran. Sie schlängelte sich durch den Verkehr auf der Eccleston Street, überquerte Eaton Square und bog dann in Belgrave Place ein. Zweispänner mit Familienwappen an den Türen blieben hinter ihnen zurück. Es war der Beginn der Hochsaison, und alles, was Rang und Namen hatte, war unterwegs.

»Stand es schon in der Zeitung?« fragte Pitt schließlich.

Drummond wußte, was Pitt mit seiner Frage andeuten wollte, und lächelte spöttisch.

»Ich bezweifle, daß es in die Zeitung kommt. Was ist schon ein Wucherer mehr oder weniger? Es handelt sich nicht um einen aufsehenerregenden Mord, sondern lediglich um eine Erschießung in einem schmuddeligen Büro in Clerkenwell durch einen oder mehrere unbekannte Täter.« Er rutschte ein wenig auf seinem Sitz hin und her. »Vermutlich ist die Verwendung einer Feuerwaffe ungewöhnlich. Nur wenige Menschen besitzen eine. Doch sonst ist nichts Auffälliges daran.«

»Wie hat dann Lord Byam so schnell davon erfahren?« Pitt mußte diese Frage stellen.

Wieder starrte Drummond vor sich hin.

»Er hat Freunde bei der Polizei ...«

»In Belgravia kann ich mir das vorstellen.« Pitt konnte nicht einfach lockerlassen. »Aber in Clerkenwell?«

»Anscheinend.«

»Und warum hat man angenommen, daß ihn der Mord an einem Wucherer etwas angeht? Warum dieser Mann?«

»Ich weiß es nicht«, sagte Drummond geknickt. »Ich kann mir nur vorstellen, daß jemand von Byams Verbindung mit dem Mann wußte und ihn warnen wollte.«

Pitt ließ es für den Moment dabei bewenden. Sie fuhren schweigend die letzten paar Meter, bis die Droschke am Belgrave Square anhielt und sie im Schatten der Bäume, in deren Laub die hellen Sonnenstrahlen spielten, ausstiegen. Die Häuser waren groß, aus hellem Stein gebaut und im klassischen georgianischen Stil gehalten. Die Türen wurden von je zwei dorischen Säulen flankiert, die Vorgärten waren mit schmiedeeisernen Zäunen umgeben, und auf den Balkonen prangten Blumenkästen mit ihrer blühenden Pracht.

Mit verkrampften Schultern, aber erhobenen Hauptes stieg Drummond langsam die Stufen zu Nummer 21 hoch. Pitt folgte in seinem schlaksigen Gang zwei Schritte hinter ihm. Seine Manteltaschen waren vollgestopft, die Krawatte saß zu locker, und der Hut war ein wenig verrutscht. Nur seine Stiefel, ein Geschenk seiner Schwägerin, waren blitzblank geputzt und sehr beeindruckend.

Die Tür wurde von einem hochnäsigen Diener, wie er für diese Gegend typisch war, geöffnet. Er warf einen Blick auf Drummond und taxierte ihn in wenigen Sekunden, was ja zu seinen Aufgaben gehörte. Dann sah er Pitt hinter ihm und änderte seine Einschätzung. Seine unterwürfige Haltung verschwand.

»Sie wünschen?« fragte er zweifelnd.

»Micah Drummond«, sagte Drummond würdevoll. »Lord Byam erwartet mich.«

»Und der andere – Herr?« Der Diener hob seine Augenbraue nur eine Idee, doch sein Gesichtsausdruck spiegelte eine köstliche Mischung aus angestrengter Höflichkeit und Unwillen wider.

»Sie haben es genau erfaßt«, sagte Drummond unterkühlt. »Dieser Herr ist in meiner Begleitung. Ich versichere Ihnen, das wird Lord Byam genügen. Bitte melden Sie uns.«

Der Diener war in seine Schranken gewiesen. »Ja, Sir.« Er gab den Weg frei, um weitere Verdrießlichkeiten zu vermeiden, und bat sie hinein. Die Ausstattung der großen Eingangshalle war erstaunlich altmodisch und erinnerte in ihrer Schlichtheit an die spätgeorgianische Epoche, womit sie in deutlichem Gegensatz zu dem überladenen und eher wuchtigen Stil der modernen Zeit stand. Die Wände waren dunkel, aber schlicht, und die Holzeinbauten weiß gestrichen. Der Mahagonitisch im Adamstil hatte schnörkellose Beine und war wunderbar poliert. In einer großen Vase leuchtete ein Strauß roter und gelber Rosen, deren kräftige Farben sich in dem glänzenden Holz spiegelten. Augenblicklich stieg Pitts Meinung von Lord Byam – oder von Lady Byam?

Sie wurden in das Empfangszimmer geführt und warteten dort, während der Diener seinen Herrn von ihrer Ankunft unterrichtete. Nach kurzer Zeit kam er zurück und führte sie in die Bibliothek, wo Lord und Lady Byam im hellen Sonnenlicht standen, das durch die Fenster flutete. Lord Byam befand sich in der Mitte des Zimmers. Er war schlank, von großem Wuchs, hatte dunkles Haar, das an den Schläfen bereits grau wurde, und ein sinnliches, fast träumerisches Gesicht, in dem seine dunklen Augen wunderbar leuchteten. Erst auf den zweiten Blick fielen die Entschlossenheit seiner Züge, sein kräftiger Kiefer und die Stämmigkeit seiner Figur auf. Ganz offensichtlich plagten ihn Sorgen, denn seine Hände bewegten sich nervös, und seine Haltung war angespannt.

Lady Byam, die zu seiner Rechten stand, war ebenfalls dunkelhaarig und kaum kleiner als er, doch ihr Gesichtsausdruck unterschied sich grundlegend von dem seinen. Sie wirkte weniger lebhaft, eher nachdenklich. Ihr Gesicht war nicht von Stärke und Leidenschaft gezeichnet, aber vielleicht waren diese nur unter der äußeren Beherrschung verborgen.

»Ah, Drummond!« Byams Züge entspannten sich, als ob allein der Anblick von Micah Drummond Erleichterung gebracht hätte. Seine Augen wanderten fragend zu Pitt.

»Guten Tag, Mylord, Lady Byam.« Drummond bestand auf dem üblichen Begrüßungszeremoniell. Wahrscheinlich war die Gewohnheit so tief verwurzelt, daß er über sein Verhalten gar nicht nachdachte. »Ich habe Inspektor Pitt mitgebracht, damit die Situation nicht zweimal erklärt werden muß. Sicher ist es besser, wenn er alles von Ihnen erfährt und seine Fragen stellen kann, statt sich die Einzelheiten später zusammenzureimen. Er ist der beste Mann für delikate Ermittlungen.«

Byam betrachtete Pitt mit einigem Zweifel. Pitt hingegen erwiderte seinen Blick mit Interesse. Vielleicht war er durch die Situation und Drummonds Nervosität voreingenommen gewesen, aber der Mann, den er vor sich sah, entsprach nicht seinen Erwartungen. Das Gesicht zeugte von einer wachen Intelligenz, von Fantasie und Scharfsinn und, so konnte er sich vorstellen, von einem ausgeprägten Sinn für Humor.

Ganz offensichtlich hatte Drummond nicht vor, Pitt näher vorzustellen oder ihn anzupreisen, als ob er eine Ware sei, die er an den Mann bringen wollte. Er hatte genug gesagt, und Byam konnte Pitt so nehmen, wie er war, oder sich anderswo nach Hilfe umsehen.

Byam akzeptierte das ohne weitere Worte. »Dann habe ich Ihnen für Ihr Kommen zu danken.« Er wandte sich Lady Byam zu. »Eleanor, meine Liebe, es gibt keinen Grund, warum du dich ein weiteres Mal quälen und dir die Geschichte anhören solltest. Ich bin dir aber sehr dankbar, daß du bis zu Drummonds Ankunft bei mir geblieben bist.«

Eleanor lächelte liebenswürdig und nahm es hin, daß sie weggeschickt wurde. Vielleicht hatte sie die Geschichte wirklich schon gehört und hätte es als quälend empfunden, sie erneut hören zu müssen.

Drummond deutete eine Verbeugung an, die sie mit einem Kopfnicken erwiderte, dann ging sie leichten Schrittes aus dem Raum und schloß die Tür hinter sich.

Byam forderte sie auf, Platz zu nehmen, was sie aus Höflichkeit beide taten, doch er selbst konnte sich anscheinend nicht entspannen. Langsam schritt er auf dem creme- und rosafarbenen chinesischen Teppich auf und ab und begann ohne weitere Aufforderung zu erklären, warum er sie zu sich gebeten hatte.

»Heute morgen habe ich von einem Freund in der Polizeiwache in Clerkenwell erfahren ...« Sein Blick war auf den Boden gerichtet, so daß sie seinen Gesichtsausdruck nicht sehen konnten, und die Hände hielt er hinter dem Rücken verschlungen. »Es handelt sich um einen Mann, dem ich einen kleinen Dienst erwiesen habe ...« Er kam auf sie zu, ohne sie jedoch anzusehen. »... daß die Leiche des William Weems in seinem Büro in der Cyrus Street gefunden wurde. Soweit ich weiß, wurde er erschossen. Zum gegenwärtigen Zeitpunkt ist nicht bekannt, mit was für einer Waffe. Man weiß nur, daß der Schuß aus nächster Nähe abgefeuert wurde und es sich um ein großkalibriges Gewehr handeln muß.« Er atmete schwer. »Möglicherweise ein Sportgewehr.«

Drummond öffnete den Mund, vielleicht um zu fragen, warum irgend jemand vermuten sollte, daß Byam an dem Tod William Weems' interessiert sei, oder um ihn darauf hinzuweisen, daß er sich nicht um die forensischen Einzelheiten zu kümmern brauchte, die besser von der Polizei in Clerkenwell erläutert werden konnten. Statt dessen solle er lieber mit seiner eigenen Geschichte fortfahren. Doch in dem Moment drehte ihnen Byam halb den Rücken zu und starrte auf die sonnenbeschienenen Buchrücken der ledergebundenen Bände mit Goldprägung im Bücherschrank, und Drummond sagte nichts.

»Normalerweise wäre das nur ein schmutziges Verbrechen, um das ich mich nicht weiter kümmern müßte, das ich lediglich bedauern würde«, fuhr Byam mit einiger Mühe fort, drehte sich wieder um und schritt auf den Tisch am anderen Ende des Raumes zu. »Aber in diesem Fall haben mich besonders unangenehme Umstände mit diesem Mann zusammengeführt. Durch ein Dienstmädchen, mit dem er in Verbindung stand ...«, er blieb stehen und berührte einen Gegenstand, als wolle er ihn geraderücken, »...erfuhr er von einem tragischen Ereignis aus der Vergangenheit, bei dem ich eine bedauernswerte Rolle gespielt habe, und er hat mich damit erpreßt.« Byam stand stocksteif da und hatte Drummond und Pitt den Rücken zugekehrt. Sonnenlicht lag auf seinem Haar und brachte das Muster seines Jacketts besonders zur Geltung.

Drummond war offenbar völlig verblüfft. Er saß regungslos auf dem grünen Ledersofa, sein Gesicht starr vor Erstaunen. Pitt vermutete, Drummond hatte erwartet, von einem Streit oder schlimmstenfalls von einer Geldschuld zu hören, und war jetzt überrascht und peinlich berührt.

»Ging es um Geld?«

»Selbstredend«, erwiderte Byam, besann sich aber sofort.

»Entschuldigung. Ja, in der Tat, es ging um Geld. Zum Glück hat er keine anderen Gefälligkeiten von mir verlangt.« Er zögerte, und weder Pitt noch Drummond unterbrachen die knisternde Stille. Byam stand immer noch von ihnen abgewendet.

»Vermutlich werden Sie mich fragen, um welche Angelegenheit es sich handelte, wegen der ich bereit war, einem Mann wie Weems Geld für sein Schweigen zu zahlen. Sie haben ein Recht, es zu wissen, wenn Sie mir helfen wollen.« Er atmete tief durch, Pitt sah, wie sich seine schmalen Schultern hoben und senkten. »Vor zwanzig Jahren, vor meiner Ehe, verbrachte ich viel Zeit auf dem Landsitz von Lord Frederick Anstiss und seiner Frau Laura.« Seine angenehme, klangvolle Stimme war heiser. »Anstiss und ich waren gute Freunde, und ich darf sagen, wir sind es noch.« Er schluckte. »Doch damals standen wir uns fast so nahe wie Brüder. Wir teilten viele Interessen, sowohl intellektuelle Neigungen als auch sportliche Betätigungen wie Schießen, Treibjagd und Pferdezucht.«

Keiner rührte sich. Die Uhr auf dem Kaminsims schlug die Viertelstunde und schreckte Pitt auf.

»Laura, Lady Anstiss, war die schönste Frau, die ich je gesehen habe«, nahm Byam den Faden wieder auf. »Ihre Haut war lilienbleich, ja, ein Künstler, der ihr Porträt gemalt hatte, nannte es *Die Mondblume.* Niemals habe ich eine Frau von ähnlicher Anmut gesehen.« Wieder zögerte er, offenbar fiel es ihm schwer, die Worte zu finden, mit denen er eine so alte und persönliche Wunde wieder aufreißen sollte. »Es war sehr dumm von mir. Anstiss war mein Freund, ich war sein Gast, und ich habe ihn hintergangen – nur in Worten, müssen Sie wissen, niemals in Taten!« Seine Stimme klang eindringlich, als sei es für ihn von äußerster Bedeutung, daß sie ihm glaubten, und trotz seiner Angespanntheit und Besorgnis war seine Aufrichtigkeit herauszuhören.

Drummond murmelte etwas Unverständliches.

»Wahrscheinlich habe ich ihr den Hof gemacht«, sagte Byam und ließ seinen Blick aus dem Fenster auf die Bäume und die Rhododendronbüsche auf dem Platz schweifen. »Ich kann mich kaum noch daran erinnern, aber ich muß mich häufiger in ihrer Nähe aufgehalten haben, als sich ziemte, und ganz sicherlich habe ich ihr gesagt, wie schön sie sei – das war sie auch, unglaublich schön.« Er zögerte. »Erst als es schon zu spät war, wurde mir bewußt, daß sie mir zugeneigt war, und zwar mit einer Leidenschaftlichkeit, die weit über das hinausging, was ich angeregt hatte.«

Er sprach jetzt hastiger, mit atemloser Stimme. »Es war so dumm, so überaus dumm von mir und schlimmer noch, ich hinterging meinen Freund und Gastgeber. Ich war über das, was ich so gedankenlos angerichtet hatte, entsetzt. Ich hatte mich geschmeichelt gefühlt, weil ich ihr gefiel. Welcher junge Mann wäre das nicht gewesen? Ich hatte ihr erlaubt zu denken, daß ich mit meiner Aufmerksamkeit weit mehr beabsichtigte als eine harmlose Liebelei, eine kindische Tändelei. Sie hatte sich verliebt und erwartete, daß etwas Dramatisches geschah.« Er stand wieder mit dem Rücken zu ihnen. »Ich sagte ihr, daß es nicht nur aussichtslos sei, sondern auch moralisch verwerflich. Ich nahm an, daß sie dies akzeptierte – wahrscheinlich, weil ich selbst so fest davon überzeugt war.« Er schwieg, selbst in seiner reglosen Haltung war seine Anspannung offensichtlich.

Pitt und Drummond blickten sich an, aber ihn zu unterbrechen schien sinnlos und aufdringlich. Mitleidsbezeugungen zu diesem Zeitpunkt hätten nur ihr Unverständnis bekundet.

»Das konnte sie aber nicht«, nahm Byam den Faden wieder auf, und seine Stimme sank zu einem Flüstern. »Nie zuvor war ihr etwas versagt worden. Jeder Mann, dem sie ihre Aufmerksamkeit geschenkt hatte, und viele andere auch, waren wie Wachs in ihren Händen. Sie empfand meine Haltung als brüske Zurückweisung. Wir können nur raten, was in ihr vorging, aber es scheint ihr Selbstbewußtsein völlig vernichtet zu haben.« Er zog die Schultern hoch, als wolle er sich an einen wärmeren und sicheren Ort zurückziehen. »Ich kann nicht glauben, daß sie mich so sehr geliebt hat. Ich hatte nichts getan, um diese Gefühle zu fördern. Es war eine Dummheit, ein Flirt, weiter nichts. Keine großartigen Liebeserklärungen, keine Versprechungen – nur ...«, er seufzte, »... nur ein Gefallen an ihrer Gesellschaft, ein Entzücken ob ihrer Schönheit – wie jeder Mann es empfunden hätte.«

Die darauffolgende Stille hielt so lange an, daß man Schritte in der Eingangshalle und fernes Stimmengemurmel, als der Diener mit einem der Dienstmädchen sprach, hören konnte. Drummond war es, der das Schweigen schließlich brach.

»Was ist geschehen?«

»Sie hat sich von der Brüstung des Balkons gestürzt«, erwiderte Byam, und seine Stimme war so leise, daß sie sich beide anstrengen mußten, ihn zu hören. »Sie war sofort tot.« Er stand steif und reglos da, neigte den Kopf und legte die Hände an die Wangen, so daß seine Züge nicht nur vor ihnen, sondern auch vor dem Licht verborgen waren.

»Das tut mir leid«, sagte Drummond mit heiserer Stimme. »Wirklich sehr leid.«

Langsam hob Byam den Kopf, wandte aber sein Gesicht wieder von ihnen ab.

»Danke.« Seine Stimme klang brüchig. »Es war entsetzlich. Ich hätte es nur zu gut verstanden, wenn Anstiss mich verstoßen und mir niemals verziehen hätte.« Er richtete sich auf und rang um Beherrschung. »Ich hatte ihn auf niederträchtigste Weise hintergangen«, fuhr er fort. »Auch wenn es Blindheit und Dummheit waren und keine Absicht, aber Laura war tot, und weder meine Unschuldsbeteuerungen noch mein Bedauern konnten das ändern.« Er holte tief Luft und stieß den Atem mit einem leisen Seufzer wieder aus. Als er weitersprach, klang seine Stimme weniger bewegt, fast so, als wären seine Emotionen erschöpft. »Doch er machte die größte Anstrengung, die einem Menschen möglich ist, und verzieh mir. Seine Trauer war rein und frei von Haß oder Zorn. Er rang sich dazu durch, ihren Tod als Unfall, als eine tragische Begebenheit zu sehen. Er stellte es so dar, daß sie nachts auf den Balkon getreten und in der Dunkelheit ausgerutscht und gestürzt sei. Keiner stellte das in Frage, selbst wenn er etwas anderes argwöhnte. Es hieß, daß Laura Anstiss durch ein Unglück ums Leben gekommen sei. Sie wurde in der Familiengruft beigesetzt.«

»Und William Weems?« fragte Drummond. Takt war hier der falsche Weg.

Byam drehte sich zu ihnen um, seine Augen waren ausdruckslos, und um seine Lippen spielte ein winziges Lächeln.

»Vor etwa zwei Jahren kam er zu mir und sagte, er sei mit einer Frau, die zu jener Zeit zu dem Hauspersonal auf dem Landsitz gehörte, verwandt und wüßte, daß Lady Anstiss und ich ein Liebespaar gewesen seien und sie sich umgebracht habe, als ich die Affäre beendete.« Byam kam zu dem Sofa, das Drummond und Pitt gegenüber stand. »Ich war völlig überrascht, daß jemand mehr davon wußte als das, was allgemein bekannt war«, er zuckte kaum merklich die Schultern, »daß sie auf tragische Weise umgekommen war. Wahrscheinlich stand mir die Schuld ins Gesicht geschrieben, und damit hat er mich gepackt.«

Endlich setzte er sich. »Natürlich habe ich geleugnet, daß ich ihr Geliebter war, und vielleicht hat er mir auch geglaubt, aber er hat es jedenfalls nicht gezeigt.« Sein Lächeln wurde breiter und bitterer. »Ohne Zweifel, um mir zu beweisen, daß auch die Gesellschaft mir keinen Glauben schenken würde. Man hätte allgemein angenommen, daß eine so wunderbare und charmante Frau wie Laura Anstiss sich niemals umgebracht hätte, nur weil ein harmloser Flirt zu Ende gegangen war.« Er schlug die Beine übereinander. »Nur eine heftige Leidenschaft hätte das bewirken können.« Sein Gesicht drückte düstere Selbstironie aus. »Das war es aber nicht, das versichere ich Ihnen. Es war weit davon entfernt, einfach lächerlich! Aber wer würde das jetzt glauben?« Er sah Drummond an. »Ich wäre ruiniert, und ich mag gar nicht daran denken, wie es meiner Frau ergehen würde. Die mitleidvollen Blicke, das Geflüster, der stille Spott und die Türen, die sich ihr, ach so diskret, verschließen würden. Und natürlich wäre meine Laufbahn beendet, man würde mich meines Postens entheben.« Er machte eine abfällige Bewegung mit der Hand. »Es würde keine Erklärung geben, man würde ein paar höfliche Worte murmeln und mein Verständnis voraussetzen, aber alles wäre so unerbittlich wie das Steigen der Flut und ebenso sinnlos, sich dagegen zu stemmen.«

»Aber es stünde Aussage gegen Aussage«, erklärte Drummond. »Und wer würde schon einem solchen Mann Gehör schenken?«

Byam war sehr blaß. »Er hatte einen Brief, oder Teil eines Briefes, um genau zu sein. Ich hatte ihn zuvor nicht gesehen. Er war von Laura an mich gerichtet und sehr – sehr deutlich.« Die Röte schoß ihm ins Gesicht, als er das sagte, und er wandte den Blick von Drummond ab.

»Also haben Sie ihm das Geld gezahlt.« Drummond formulierte das nicht als Frage, sondern als Feststellung, da die Antwort bereits bekannt war.

»Ja«, bestätigte Byam. »Es war keine große Summe, zwanzig Pfund im Monat.«

Pitt unterdrückte ein Lächeln. Zwanzig Pfund weniger im Monat würden ihn zu einem armen Mann machen, genau wie jeden anderen Polizisten, außer solchen wie Drummond, die über ein privates Vermögen verfügten. Er fragte sich, wie Drummond über die riesige Kluft zwischen Byams Welt und der der meisten Menschen dachte oder ob er sich ihrer überhaupt bewußt war.

»Und Sie glauben, daß Weems diesen Brief aufbewahrt und über Ihre Zahlungen Buch geführt hat, so daß man sie zurückverfolgen könnte?« fragte Drummond leicht überrascht.

Byam biß sich auf die Lippen. »Ich weiß, daß er es getan hat. Er hat es mir deutlich gesagt, um sich abzusichern. Er sagte, er habe Aufzeichnungen über jede Zahlung, die ich an ihn geleistet habe. Was auch immer ich sagen würde, mir würde doch niemand glauben, daß es die Zinsen für ein Darlehen wären. Ich bin nicht in einer Lage, in der ich Darlehen von einem Wucherer in Anspruch nehmen müßte. Wenn ich Bedarf an liquiden Mitteln hätte, würde ich zur Bank gehen wie jeder andere Mann meines Standes auch. Ich spiele nicht und habe mehr als genug, um meinen Lebensstil zu finanzieren. Nein …«, zum ersten Mal sah er Pitt an, »Weems machte es unmißverständlich klar, daß er ordentliche Eintragungen über die genauen Zahlungen meinerseits führte, zusammen mit allen Einzelheiten, die ihm über Laura Anstiss' Tod und meine Beteiligung daran bekannt waren. Deswegen richtet sich mein Hilferuf an Sie.« Sein Blick war sehr direkt. »Ich habe Weems nicht umgebracht, noch habe ich ihn je bedroht. Doch es würde mich sehr wundern, wenn die Polizei nicht gegen mich ermitteln wollte, und ich habe keine Beweise für meinen Aufenthalt zur Tatzeit. Der exakte Zeitpunkt seines Todes ist mir nicht bekannt, aber gestern abend war ich für mindestens anderthalb Stunden allein hier in der Bibliothek. Keiner der Bediensteten ist in diesem Zeitraum hereingekommen.« Er warf einen kurzen Blick zum Fenster hinüber. »Und Sie werden sich selbst überzeugen können, daß es keinerlei Schwierigkeiten bereiten würde, aus diesem Erkerfenster in den Garten hinunterzugelangen, von dort zur Straße zu gehen und eine Droschke mit einem beliebigen Ziel zu nehmen.«

»Ich verstehe«, stimmte Drummond ihm zu, und in der Tat war es sehr augenfällig. Die Fenster waren hoch und breit und befanden sich kaum mehr als einen Meter über dem Boden. Jeder einigermaßen gelenkige Mann, oder auch eine Frau, hätte ohne Schwierigkeiten und ohne Aufsehen zu erregen, hinaus- und wieder hereinklettern können. Man müßte sich lediglich aus dem Fenster lehnen, um sicherzugehen, daß niemand auf dem Gehweg vorbeikam, und wäre in wenigen Sekunden aus dem Haus gewesen.

Byam beobachtete sie. »Sie verstehen, Drummond, ich bin in einer Notlage. Im Namen der Mitmenschlichkeit«, er betonte das Wort deutlich, »bitte ich Sie, mir in dieser Angelegenheit Beistand zu leisten und Ihre Verbindungen zu nutzen, um meine Interessen zu fördern.« Es war eine merkwürdige Ausdrucksweise, fast klang es, als würde er eine festgelegte Formel aufsagen.

»Ja«, sagte Drummond langsam. »Natürlich. Ich – ich werde alles tun, was in meiner Macht steht. Pitt wird die Ermittlungen von der Polizei in Clerkenwell übernehmen. Das läßt sich einrichten.«

Byam warf ihm einen kurzen Blick zu. »Wissen Sie von wem?«

»Selbstverständlich weiß ich das«, gab Drummond etwas scharf zurück, und für einen Moment hatte Pitt das Gefühl, daß er von der Verständigung zwischen den beiden ausgeschlossen war. Ihre Worte schienen eine tiefere Bedeutung zu haben.

Byams Anspannung ließ etwas nach. »Ich stehe in Ihrer Schuld.« Er blickte Pitt direkt an. »Wenn ich Ihnen mit weiteren Informationen dienen kann, Inspektor, dürfen Sie mich jederzeit aufsuchen. Sollten Sie in mein Büro im Finanzministerium kommen müssen, möchte ich Sie bitten, Diskretion zu wahren.«

»Selbstverständlich«, versicherte Pitt ihm. »Ich werde einfach meinen Namen hinterlassen. Vielleicht könnten Sie jetzt schon ein paar Fragen beantworten, Sir, dann erübrigt es sich möglicherweise, Sie zu einem späteren Zeitpunkt zu stören.«

Byam sah erstaunt aus, als habe ihn das plötzliche Ansinnen überrascht, aber er machte keine Einwände.

»Wenn Sie wünschen.«

Pitt rutschte auf seinem Sitz etwas nach vorn. »Haben Sie die Zahlungen an Weems auf Forderung oder in regelmäßigen, im voraus vereinbarten Abständen geleistet?«

»In regelmäßigen Abständen. Warum?«

Neben Pitt rührte sich Drummond und lehnte sich weiter zurück.

»Wenn Weems ein Erpresser war, waren Sie vielleicht nicht das einzige Opfer«, erläuterte Pitt höflich. »Möglicherweise hat er nach demselben Muster auch andere erpreßt.«

Byams Gesicht verriet seinen Unmut darüber, daß er auf diese Idee nicht selbst gekommen war.

»Ich verstehe. Ja, ich habe meine Zahlungen am Ersten des Monats in Goldmünzen gemacht.«

»Wie?«

»Wie?« wiederholte Byam mit gerunzelter Stirn. »Wie ich schon sagte, in Goldmünzen.«

»Persönlich oder durch einen Boten?« fragte Pitt.

»Persönlich natürlich. Es ist nicht meine Absicht, die Neugier meines Hauspersonals zu erregen, indem ich sie mit einem Sack voller Goldmünzen zu einem Wucherer schicke!«

»Nach Clerkenwell?«

»Ja.« Byams schöne Augen weiteten sich. »Zu seinem Haus in der Cyrus Street.«

»Interessant ...«

»Wirklich? Ich verstehe nicht, warum.«

»Weems hatte keine Angst vor Ihnen, sonst hätte er es nicht zugelassen, daß Sie sowohl seinen Namen als auch seinen Wohnort erfuhren«, erläuterte Pitt. »Er hätte ebensogut durch einen Vermittler handeln können. Erpresser sind nicht so direkt.«

Die Verärgerung wich aus Byams Gesicht.

»Ja, wahrscheinlich ist das tatsächlich bemerkenswert«, gab er zu. »Daran hatte ich nicht gedacht. Es scheint wirklich etwas unvorsichtig. Vielleicht war ein anderes Opfer nicht so zurückhaltend wie ich?« Ein Fünkchen Hoffnung schwang in seiner Stimme, und er musterte Pitt beinahe beeindruckt.

»Waren Sie noch zu anderen Zeiten in der Cyrus Street, Sir?« beharrte Pitt.

Drummond holte Luft, sagte dann aber nichts.

»Selbstverständlich nicht«, erwiderte Byam spitz. »Ich hatte keinen Wunsch, den Mann zu sehen, wenn ich nicht mußte.«

»Haben Sie je eine Unterhaltung mit ihm geführt, an die Sie sich erinnern können?« hakte Pitt nach, ohne dem Ton von Byams Antwort Beachtung zu schenken. »Irgend etwas, woraus man entnehmen könnte, woher er Informationen über Sie oder andere bezog? Über Männer mit Rang und

Namen, mit denen er zu tun hatte, sei es als Wucherer oder als Erpresser?«

Ein kleines Lächeln huschte über Byams Gesicht, aber ob es der Frage und der Sprache, derer Pitt sich bediente, galt, war nicht zu ersehen.

»Ich fürchte, nein. Ich gab ihm einfach das Geld und verließ sein Haus so schnell wie möglich. Der Mann war ein Blutegel, in jeder Hinsicht verabscheuenswürdig. Ich habe mich jedem Gespräch mit ihm entzogen.« Sein Gesicht war vor Verachtung verzerrt – nicht nur bei dem Gedanken an Weems, sondern, wie Pitt es vorkam, auch sich selbst gegenüber. »Jetzt wäre es wahrscheinlich von Vorteil, wenn ich mit ihm gesprochen hätte. Es tut mir leid, daß ich so wenig dienlich sein kann.«

Pitt erhob sich. »Es war ja nicht vorhersehbar«, sagte er mit ähnlich trockenem Humor. »Ich danke Ihnen, Mylord.«

»Was werden Sie jetzt tun?« fragte Byam, und sofort zeichnete sich Verärgerung in seinem Gesicht ab, doch die Frage ließ sich nicht mehr zurücknehmen. Seine Schwäche war deutlich.

»Ich werde zur Polizeiwache in Clerkenwell gehen«, sagte Pitt, ohne Drummond anzusehen.

Auch Drummond erhob sich langsam. Er und Byam sahen sich einen Moment schweigend an, beide schienen etwas sagen zu wollen, taten es aber nicht. Vielleicht verständigten sie sich auch ohne Worte. Dann bedankte Byam sich und streckte seine Hand aus. Drummond ergriff sie, und nachdem Byam Pitt mit der nötigen Höflichkeit verabschiedet hatte, gingen die beiden. Sie wurden von demselben Diener, der sich ihnen gegenüber jetzt jedoch weitaus höflicher verhielt, zur Tür geleitet.

In einer anderen Droschke, in der sie die ruhigen Straßen von Belgravia verließen und in die überfüllten und lärmenden von Clerkenwell eintauchten, stellte Pitt nun unumwunden die Fragen, zu denen er die Antworten brauchte, wenn er überhaupt erfolgreich sein wollte.

»Welche Verbindungen haben Sie, Sir, daß man der Polizei in Clerkenwell einen Mordfall wegnehmen kann, ohne daß Fragen gestellt werden?«

Drummond wand sich voller Unbehagen.

»Es gibt Fragen, die kann ich nicht beantworten, Pitt.« Er wandte seinen Blick nicht von der Innenwand der Droschke ab. »Sie müssen es mir einfach abnehmen, daß es möglich ist.«

»Ist es dieselbe Person, die auch Lord Byam die Nachricht von Weems' Tod überbracht hat?« fragte Pitt.

Drummond zögerte. »Nein, nicht dieselbe, aber jemand, der dieselben Interessen vertritt – die, das versichere ich Ihnen, wohltätiger Art sind.«

»Wem erstatte ich Bericht?«

»Mir – Sie erstatten mir Bericht.«

»Wenn dieser Wucherer Lord Byam erpreßt hat, vermute ich, daß es auch andere einflußreiche Männer gab, die er erpreßte.«

Drummond richtete sich auf. Offenbar war ihm dieser Gedanke noch nicht gekommen.

»Vermutlich«, sagte er schnell. »Um Himmels willen, Pitt, üben Sie Diskretion!«

Pitt lächelte spöttisch. »Das ist doch eine Aufgabe von höchster Diskretion – wenn man die Indiskretionen eines Adligen bereinigt, oder?«

»Das ist ungerecht, Pitt«, sagte Drummond ruhig. »Der Mann ist den Umständen zum Opfer gefallen. Er hat einer schönen Frau Komplimente gemacht, und sie hat sich in ihn verliebt. Sie kann nicht fest in sich geruht haben und muß zur Melancholie geneigt haben, die Arme, wenn sie eine Zurückweisung nicht ertragen konnte. Es ist verständlich, daß er die Sache nicht an die Öffentlichkeit tragen wollte, nicht nur seinetwegen, sondern auch wegen Lord Anstiss. Es kann keinem von Nutzen sein, wenn die Angelegenheit zwanzig Jahre später wieder hervorgezerrt wird.«

Pitt bestritt das nicht. Er empfand beträchtliches Mitleid für Byam, aber gleichzeitig störte es ihn, mit welcher Sicherheit Byam sich an Drummond gewandt und die Sache so gedeichselt hatte, daß ein Inspektor, der ihm wohlgesonnen war, den Fall übernahm. Erst vor wenigen Stunden war die Leiche gefunden worden, und Drummond hatte Pitt bereits von seinen gegenwärtigen Pflichten entbunden, mit ihm Byam in dessen Haus aufgesucht, und jetzt fuhren sie zur Polizeiwache in Clerkenwell, wo sie dem zuständigen Ermittlungsbeamten den Fall wegnehmen würden, um ihn selbst zu bearbeiten.

Sie legten den Rest des Weges schweigend zurück. Pitt fiel nichts Wesentliches zu dem Fall mehr ein. Ein Austausch höflicher Floskeln hätte dem Respekt widersprochen, den sie füreinander empfanden. Drummond hing offenbar seinen eigenen Gedanken nach, die, seinem Gesichtsausdruck nach zu urteilen, durchaus nicht angenehm waren.

In Clerkenwell stiegen sie aus. Drummond betrat die Wache als erster, stellte sich vor und verlangte, den Leiter der Dienststelle zu sprechen. Er wurde fast umgehend die Treppe hinaufgeführt, und Pitt blieb am Dienstschalter zurück. Zehn oder zwölf Minuten vergingen, bevor er wieder hinunterkam. Sein Gesichtsausdruck war grimmig, aber er wirkte weniger angespannt. Er blickte Pitt offen ins Gesicht.

»Es ist alles geregelt, Pitt. Sie übernehmen den Fall. Sergeant Innes wird Sie unterstützen; er wird Ihnen zeigen, was sie bisher gefunden haben, und die Ermittlungen vor Ort übernehmen. Erstatten Sie mir Bericht über Ihre Fortschritte.«

Pitt verstand ihn bestens. Außerdem kannte er ihn gut genug, um seine Integrität nicht in Zweifel zu ziehen. Sollte es sich erweisen, daß Byam seinen Erpresser umgebracht hatte, wäre Drummond zutiefst erschüttert und berührt, aber er würde ihn nicht verteidigen oder ihn decken.

»In Ordnung, Sir«, sagte Pitt mit einem Lächeln. »Weiß Sergeant Innes, daß ich auf dem Weg bin?«

»In fünf Minuten wird er Bescheid wissen«, antwortete Drummond mit einem humorvollen Leuchten in seinen Augen. »Wenn Sie warten, wird er Sie hier treffen. Zum

Glück war er auf der Wache – aber vielleicht war es auch kein Glück ...« Er beendete seinen Satz nicht. Die ganze Angelegenheit war durch die Erfindung des Telefons möglich geworden. Es war ein großartiges, aber manchmal unberechenbares Instrument und ermöglichte auf der Stelle die Kommunikation zwischen zwei Menschen, die ein solches Gerät besaßen, wie zum Beispiel Byam und vermutlich einem der Beamten in der Wache in Clerkenwell.

Drummond verabschiedete sich und machte sich auf den Weg zurück zur Bow Street, während Pitt in dem schäbigen, heruntergekommenen Flur auf Sergeant Innes wartete, der dann auch, wie angekündigt, nach gut fünf Minuten erschien. Er war klein und drahtig, hatte eine große Nase und ein spontanes Lächeln, das seine schief stehenden, weißen Zähne entblößte. Pitt mochte ihn auf Anhieb und war sich dessen unwürdiger Position durchaus bewußt.

»Sergeant Innes.« Innes stellte sich etwas steif vor, schließlich wußte er noch nicht, was er von Pitt halten sollte, doch dessen Rang machte ihm klar, daß nicht Pitt die unerwartete Übernahme des Falls veranlaßt haben konnte.

»Pitt«, gab Pitt zurück und streckte seine Hand aus. »Ich entschuldige mich für diese Situation – von oben angeordnet ...« Er sprach nicht weiter. Er fühlte sich nicht befugt, Innes Näheres zu erläutern. Wahrscheinlich war das ja der Grund, warum die zuständige Wache den Fall nicht selbst bearbeiten sollte.

»Verstehe«, sagte Innes kurz. »Is' mir unklar, warum. Ganz gewöhnliche Sache, schmutzig – bisher. Elendiger Wucherer – in seinem eignen Büro erschossen.« Sein ausdrucksstarkes Gesicht spiegelte seinen Abscheu. »Wahrscheinlich 'n armer Wicht, den er ausgequetscht hat un' der's nich' länger ausgehalten hat. Schrecklicher Broterwerb. Vampire!«

Pitt stimmte ihm aus vollem Herzen zu.

»Was haben Sie denn bisher?«

»Nich' viel. Keine Zeugen, aber das wär' ja sowieso unwahrscheinlich.« Innes zeigte sein nettes Lächeln. »Wucherei is'n Geschäft voller Heimlichtuerei. Wer will schon, daß die ganze Welt weiß, daß man von so 'nem Schwein Geld borgt? Man muß schon in 'ner verzweifelten Lage sein, wenn man zu so einem geht.« Er ging auf die Tür zu. »Am besten, wir gucken uns erst mal die Leiche an«, fuhr er fort. »Se liegt im Leichenschauhaus hier gleich um die Ecke. Danach könn' wir ja in die Cyrus Street gehen, da hat er gelebt. Hatte noch gar nich' die Zeit, mich da richtig umzugucken. Wollte gerade anfangen, als 'n Wachtmeister reingerannt kam und sagte, wir sollen alles stehen- un' liegenlassen un' wieder zur Wache kommen. Ham alles abgeschlossen un'n Wachtmeister vor die Tür gestellt, is' ja klar.«

Pitt stieg die Stufen zur Straße hinab, wo das Leben toste. Es war immer noch warm und drückend, und in der Luft lag der scharfe Geruch von Pferdemist. Sie gingen nebeneinander, Pitt mit weit ausholenden und Innes mit kurzen, festen Schritten.

»Ham schon angefangen, die Leute in der Nachbarschaft zu befragen«, berichtete Innes. »'türlich weiß keiner was.«

»Natürlich nicht«, pflichtete Pitt ihm trocken bei. »Vermutlich ist niemand besonders traurig, daß er tot ist.«

Innes grinste und warf Pitt von der Seite einen amüsierten Blick zu. »Un' keiner tut so als ob, bisher. 'ne Menge Schulden, die abgeschrieben sind.«

»Kein Erbe?« Pitt war überrascht.

»Bisher hat sich keiner gemeldet.« Innes' Miene verfinsterte sich.

Seine eigenen Gefühle in dieser Angelegenheit waren eindeutig. Es würde Pitt nicht überraschen, wenn die Polizei die Unterlagen über die Schuldner zum Teil länger als nötig als wichtiges Beweismaterial zurückhielte. Sollten sie ganz und gar verschwinden, dann würde ihn das persönlich auch nicht übermäßig schmerzen. Die Gefühle von Hunger und Kälte und die nagende Angst vor der Armut waren ihm aus seiner Kindheit überaus lebhaft in Erinnerung, und er verstand, wie man an Geldschulden verzweifeln konnte, und wünschte das niemandem.

Auf ihrem Weg passierten sie Frauen mit Tuchballen, mit Körben voller Brot und Gemüse und anderen Waren, die sie zum Verkauf feilboten. Straßenhändler schoben ihre Karren am Bordstein entlang und priesen ihre Waren mit lauter Stimme, andere boten Streichhölzer, Schnürsenkel, aufziehbare Spielzeuge und ähnliche Kleinigkeiten in Bauchläden an. Ein Händler verkaufte kaltes Pfefferminzwasser und machte damit ein ausgezeichnetes Geschäft. Der eintönige Singsang eines Ausrufers verbreitete die neuesten Skandale in eingängigen Knittelversen.

Das Leichenschauhaus war düster, und ein penetranter Geruch von Karbol umfing sie, als sie durch die Tür traten. Der Wärter erkannte Innes sofort und musterte Pitt mit einigem Mißtrauen.

Innes stellte ihn vor und erklärte seine Anwesenheit.

»Se wollen wahrscheinlich Weems sehen?« sagte der Wärter und zog eine Grimasse. Er fuhr sich mit der Hand über den Kopf und strich sich eine einzelne Strähne hellen Haars aus der Stirn. »Unangenehm«, sagte er verbindlich. »Sehr unangenehm. Folgen Se mir, meine Herren.« Er führte sie zu einem Raum im hinteren Teil des Gebäudes. Der Boden war mit Steinfliesen ausgelegt, die Wände waren gekachelt, und an den Stirnseiten des Raumes stand je ein großes Becken. In der Mitte befand sich ein Steintisch mit Wasserrinnen, die in einen Abfluß führten. An den Wänden führten Gasrohre entlang, und von der Deckenmitte hing eine Lampe herab. Auf dem Tisch erkannte Pitt unter einem Tuch die Umrisse eines Körpers.

Innes zitterte, verzog aber keine Miene.

»Hier haben wir ihn«, sagte der Wärter frohgemut, »den verblichenen Mr. Weems. Von allen Bürgern in Clerkenwell wird man den am wenigsten vermissen.« Er zog die Nase hoch. »Tut mir leid, meine Herren, es steht mir nicht zu, so zu sprechen. Man sollte über die Toten nichts Schlechtes sagen – gehört sich nicht, stimmt's?« Erneut zog er die Nase hoch.

Der Leichengeruch, die Mischung aus nassem Stein, Karbol und der süßliche Geruch von Blut brachten Pitts Magen in Aufruhr. Er wollte die Sache so schnell wie möglich hinter sich bringen.

Er hob einen Zipfel des Lakens hoch und betrachtete die sterblichen Überreste des William Weems. Er war ein korpulenter Mann, der jetzt, da alle Spannung aus seinem Körper gewichen war und die Extremitäten schlaff auf der Seite lagen, schwammig wirkte, aber Pitt vermutete, daß er im Leben eine imposante Erscheinung gewesen war.

Die Todesart war auf entsetzliche Weise offenkundig. Die linke Gesichtshälfte war aus nächster Nähe weggeschossen worden, und zwar aus einem großkalibrigen Gewehr mit schrotähnlicher Ladung, möglicherweise sogar mit Metallstücken. Nichts war übriggeblieben, woran man seine Gesichtszüge hätte erkennen können, nicht das Ohr, nicht das Auge, nicht die Wange und nicht einmal der Haaransatz. Pitt hatte in seiner Laufbahn erlebt, daß mancher Wachtmeister sich bei einem weniger furchtbaren Anblick übergeben hatte oder gar ohnmächtig umgefallen war. Sein Magen krampfte sich zusammen, und er hörte die gepreßten Atemzüge von Innes neben sich, doch er zwang sich zu der Überlegung, daß der Tod auf der Stelle eingetreten sein mußte. Das, was er hier sah, waren lediglich die Reste eines Menschen, sonst nichts; es gab weder Schmerz noch Furcht für diesen Körper.

Er betrachtete die rechte Seite des Körpers. Hier waren die Züge unversehrt. Er konnte eine große, flache Nase erkennen, einen breiten Mund konnte er nur erahnen. Das grünbraune Auge mit dem schweren Lid stand offen, wirkte aber nicht mehr menschlich. Es schien kein besonders ansprechendes Gesicht zu sein, obwohl es nach Eintritt des Todes nicht möglich war, ein faires Urteil zu fällen, und schon gar nicht nach einem solchen Tod. Er schämte sich, weil er keine Trauer empfand.

»'ne Art von Schrotflinte«, sagte Innes düster. »Oder eins von diesen altmodischen Dingern, die von der Mündung her geladen werden, mit allem möglichen, Eisenstückchen un' so. Sehr heimtückisch.«

Pitt wandte sich von der Leiche ab und sah Innes an.

»Ich nehme an, Sie haben das Gewehr noch nicht gefunden?«

»Nein, Sir. Zumindest glaub' ich das nich'. An der Wand hängt 'ne altmodische Hakenbüchse. Möglich, daß er die benutzt hat und se dann wieder an die Wand gehängt hat.«

»Das würde bedeuten, er hat es nicht mitgebracht«, sagte Pitt zweifelnd. »Was sagt der Arzt?«

»Nich' viel. Der Tod is' gestern abend eingetreten, zwischen acht Uhr un' Mitternacht, nimmt er an. Se sehn ja selbst, daß er gleich tot war. Mit so'm Loch lebt man nich' lang. Wir wissen noch nich', aus welcher Nähe die Schüsse abgefeuert wurden. Kann aber nich' weit gewesen sein, das Zimmer ist nich' besonders groß.«

»Vermutlich hat keiner was gehört?« fragte Pitt bedauernd.

»Keine Menschenseele.« Innes lächelte dünn. »Ich bezweifle mal sehr, daß wir von den Nachbarn viel erfahren werden. Er war nich' sonderlich beliebt.«

»Ich wüßte nicht, daß Wucherer je beliebt sind.« Pitt warf einen letzten Blick auf das bleiche Gesicht, dann gab er dem Wärter einen Wink, die Leiche wieder abzudecken. »Es wird sicherlich eine Obduktion geben, oder?«

»Schon, obwohl ich nich' weiß, wieso.« Innes verzog das Gesicht. »Is' ja klar, woran er gestorben is'.«

»Wer hat ihn gefunden?« fragte Pitt.

»'n Bursche, der Botengänge für ihn gemacht hat und so Schreibarbeiten.« Der Geruch im Raum stieg Innes unangenehm in die Nase. »Wenn Se hier alles gesehen haben, können wir dann in die Cyrus Street gehen, Sir?«

»Aber sicher doch.« Mit einem Gefühl der Erleichterung ließ Pitt die nassen Steine, den Geruch von Karbol und Leichen hinter sich. Sie dankten dem Leichenschauhauswärter und traten hinaus in die Hitze, den Schmutz und den Lärm der übervollen Straßen mit ihren Rinnsteinen und ihrem Pferdedung. Pitt stellte die nächste Frage. »Hat er keine Haushälterin?«

»'ne Zugehfrau, die kocht und saubermacht.« Innes hielt mit ihm Schritt. »Se macht ihm morgens das Frühstück, un' da se Licht in seinem Büro gesehen hat, nahm se an, daß er wach war, hat alles vorbereitet und es auf'n Tisch gestellt, ohne zu ihm reinzugehen. Se hat gerufen, als se gehen wollte; daß se keine Antwort bekam, hat se nich' weiter gestört. Anscheinend war er kein besonders höflicher Mensch, so daß se keinen Verdacht geschöpft hat.« Er versenkte seine Hände in den Taschen und machte einen großen Schritt, um nicht in ein Häufchen Dreck zu treten. Es war ein herrlicher Tag und sehr heiß. Er blinzelte in die Sonne. »Natürlich is' se fast hysterisch geworden, als wir ihr erzählt ham, daß se das Frühstück für'n Toten gemacht hat, nur wenige Meter von seiner Leiche entfernt. Wir mußten ihr 'nen doppelten Gin einflößen, um se wieder auf die Beine zu kriegen.«

Pitt lächelte. »Hat sie was Aufschlußreiches über ihn berichten können?«

»Se mochte ihn nich' besonders. Allerdings gab es auch keine Streitigkeiten, soweit wir sehen konnten. Aber wahrscheinlich hätte se auch nichts darüber sagen wollen, wenn es welche gegeben hätte.«

»Irgendwelche interessanten Besucher?« Pitt ging einer dicken Frau mit zwei Kindern aus dem Weg.

»Wer weiß?« erwiderte Innes. »Die Leute hängen es ja nich' an die große Glocke, wenn se zu 'nem Geldverleiher gehen. Man geht zur Hintertür rein und auf demselben Wege wieder raus. Seine Räume waren dafür eingerichtet. Gehört ja zum Beruf, sozusagen.«

Pitt runzelte die Stirn. »Das stimmt schon. Er würde eine Menge Kunden vergraulen, wenn sein Büro von allen Seiten einsehbar wäre. Aber gerade deshalb hätte ich erwartet, daß er sich irgendwie schützt.« Sie blieben am Straßenrand stehen, warteten auf eine Lücke im Verkehr und überquerten dann die Straße. »Schließlich muß er wohl eine Menge unglücklicher Kunden gehabt haben«, sagte er, als sie auf der anderen Seite angekommen waren. »Wahrscheinlich waren einige sogar verzweifelt. Wen hat er denn nachts allein zu sich gelassen?«

Innes gab die naheliegende Antwort. »Jemand, vor dem

er keine Angst hatte. Fragt sich nur, warum nich'? Weil er sich beschützt glaubte?« Er zog die Nase hoch. »Oder hat er gedacht, der Mann is' ungefährlich? Weil er jemand anders erwartet hat? Oder ist er von einem, den er kannte, reingelegt worden? Ganz schön spannend, wenn man drüber nachdenkt, finden Se nich' auch?«

Pit hätte ihm gerne zugestimmt, aber vor seinem geistigen Auge sah er die schlanke Gestalt des charmanten Lord Byam. Hätte Weems damit gerechnet, daß der Herr aus dem Finanzministerium wegen einer Summe von zwanzig Pfund im Monat einen Mord begehen würde? Wohl kaum. Und wenn Byam es getan hätte, dann doch am Anfang und nicht jetzt, zwei Jahre später.

»Doch, ich finde auch«, sagte er laut. »Was haben Sie von seinem Schreiber und Laufburschen erfahren?«

»Nichts Besonderes.« Innes schüttelte den Kopf. »Einer von diesen farblosen, kleinen Männern, die in ganz Clerkenwell aus dunklen Gassen auftauchen, wieder verschwinden un' immer am Bordstein 'langhasten. Man kann sich nie an ihr Gesicht erinnern, wenn man's versucht. Man weiß nie, ob's der is', den man g'rade gesucht hat, oder ein andrer. Heißt Miller. Wird Windy genannt, keine Ahnung, warum. Vielleicht, weil er 'n Feigling is'.« Er verzog das Gesicht. »Aber ich glaub', er war eher schlau; hat sich nich' auf'n Kampf eingelassen, in dem er unterliegen würde.«

»Die Beschreibung paßt auf eine halbe Million farbloser Männer in London«, sagte Pitt lakonisch und passierte eine Gruppe von Frauen, die lautstark über einem Korb mit Fischen stritten. Ein Brauereiwagen polterte behäbig vorbei; das Fell der Pferde glänzte, das Zaumzeug war poliert, der Bierkutscher in makelloser Uniform saß stolz auf seinem Kutschbock. Ein fliegender Händler mit einer gestreiften Schürze und einer flachen, schwarzen Kappe rief ununterbrochen seine Waren aus, scheinbar ohne dabei Luft zu holen.

Von der Crompton Street bogen sie links in die Cyrus Street ein, und gleich darauf blieb Innes stehen und sprach mit einem Wachtmeister, der auf dem Bürgersteig Wache stand. Dieser straffte die Schultern und nahm Haltung an. Seine Uniform war tadellos gepflegt, die Knöpfe blinkten, und der Helm saß so gerade auf seinem Kopf, als sei er mit einem Senkblei ausgerichtet worden.

Pitt wurde vorgestellt.

»Ja, Sir!« sagte der Wachtmeister mit klarer Stimme. »Es is' keiner dagewesen, seit ich hier steh'. Keiner hat nach Mr. Weems gefragt. Wahrscheinlich hat sich die Nachricht rumgesprochen, un' keiner kommt mehr her. Alle tun so, als hätten se ihn nie gekannt.«

»Kein Wunder«, sagte Pitt trocken. »Ermordete Menschen sind häufig unbeliebt, außer bei denen, die einen schlechten Ruf lieben. Aber in dieser Gegend wollen die Leute sicher nicht diese Art von Aufmerksamkeit auf sich ziehen, und schon gar nicht die, die ihn tatsächlich kannten. Seine Freunde werden sich nicht zu ihm bekennen wollen, und seine Feinde werden sich, so gut es geht, unsichtbar machen. Wie Sie schon sagen, die Nachricht wird sich verbreitet haben. Wir sollten jetzt ins Haus gehen und uns die Örtlichkeiten ansehen.«

»In Ordnung, Sir«, sagte Innes und ging voran. Im vorderen Teil des Hauses schien eine Apotheke untergebracht zu sein, doch hinter den Regalen mit verstaubten Gläsern und Flaschen war eine weitere Tür aus einem viel dickeren und stabileren Material, als man sie normalerweise an dieser Stelle erwartet hätte. Jetzt war sie unverschlossen und ließ sich geräuschlos öffnen, doch als sich Pitt in dem mit Teppich ausgelegten Flur umdrehte, fielen ihm die dicken Riegel auf. Hier hätte es mehrerer Männer mit einem Rammbock bedurft, um sich gewaltsam Einlaß zu verschaffen. William Weems war durchaus darauf eingestellt gewesen, sich zu verteidigen. Wer also hatte sich in sein Vertrauen eingeschlichen und wurde eingelassen, als Weems allein war?

Das Büro befand sich im oberen Stockwerk am Ende eines kurzen Flurs und maß ungefähr dreieinhalb mal vier Meter. Ein Fenster führte auf die Cyrus Street hinaus. Ein großer Eichenschreibtisch mit mehreren Schubladen stand im Raum und dahinter ein großer, bequemer Stuhl. Außerdem gab es drei Aktenschränke mit Schubladen und Fächern sowie einen Stuhl für Besucher. Die Tür am anderen Ende des Zimmers führte wahrscheinlich in die Küche und die Wohnräume.

Augenscheinlich hatte Weems am Schreibtisch gesessen, als er erschossen wurde. Eine Menge Blut war im Raum verspritzt, und die Hitze hatte schon etliche Fliegen angezogen.

An der Wand hingen drei Jagdszenen, deren Wert nicht erkennbar war, eine sehr hübsche Wärmepfanne aus blankpoliertem Kupfer und die Hakenbüchse, von der Innes im Leichenschauhaus gesprochen hatte. Sie war ein wunderschön gearbeitetes Stück mit Gravuren auf dem Metallkolben, und der Lauf war auf Hochglanz poliert. Pitt hob sie sehr sorgfältig von dem Haken an der Wand, wobei er sie mit seinem Taschentuch anfaßte, um etwaige Spuren wie Faserreste oder Blutspritzer nicht zu verwischen. Er betrachtete sie sehr genau und drehte sie mehrfach um. Sie lag gut in der Hand. Er blickte in den Lauf und schnüffelte daran. Der Geruch von Politur stieg ihm in die Nase. Schließlich legte er sie an, richtete den Lauf auf den Boden und zog den Abzug. Nichts geschah. Er zog erneut.

»Der Schlagbolzen ist abgefeilt worden«, sagte er schließlich. »Wußten Sie das?«

»Nein, Sir. Wir haben es nich' angerührt.« Innes war überrascht. »Dann kann es ja nich' das Gewehr gewesen sein, womit er getötet wurde!«

Pitt betrachtete das Gewehr noch einmal. Der Schlagbolzen glänzte nicht. Er war nicht erst kürzlich mit einer Feile bearbeitet worden. Der Bolzen hatte bereits Patina angesetzt.

»Unmöglich«, sagte er kopfschüttelnd. »Das Stück ist lediglich Dekoration.« Er hängte es wieder an den Haken zurück. Auf dem Bord darunter standen sechs kleine Dosen, drei aus Metall, eine aus Speckstein, eine aus Ebenholz und eine aus Blech. Er öffnete sie, eine nach der anderen.

Drei waren leer, in einer lagen zwei Schrotkugeln, und in den anderen beiden befanden sich Reste von Schießpulver.

»Ich wüßte gern, wann die zuletzt gefüllt waren«, sagte er nachdenklich. »Allerdings würde es uns mit dem Gewehr nicht weiterbringen.« Er blickte auf den Boden und bemerkte erstaunt die ausgezeichnete Qualität des Teppichs. Er war weich und dick und in satten, gedämpften Farben gehalten. Pitt hockte sich hin, drehte eine Ecke herum und fand seine Erwartung bestätigt: Dutzende von winzigen, handgeknüpften Knoten auf jedem Quadratzentimeter.

»Was gefunden?« fragte Innes neugierig.

»Nur, daß er eine Menge Geld für diesen Teppich ausgegeben hat«, erwiderte Pitt und richtete sich auf. »Es sei denn, er hat ihn von einem Kunden in Zahlung genommen.«

Innes zog die Augenbrauen hoch. »In dieser Gegend? Keiner, der von Weems un' Konsorten Geld leiht, hat überhaupt Teppiche, un' schon gar keine, die man verkaufen könnte.«

»Stimmt«, gab Pitt zu. »Es sei denn, er hatte noch Kunden einer anderen Klasse. Ein Gentleman, dem die Spielschulden über den Kopf gewachsen sind, und Weems hat sich für den Teppich erwärmt.«

»Das würde bedeuten, Weems is' zu ihm in sein Haus gegangen«, stellte Innes fest. »Un' ich kann mir nich' vorstellen, daß ein Gentleman Gefallen daran finden würde, Weems bei sich zu Haus zu empfangen, Sie etwa?«

Pitt grinste. »Nein. Sie sollten vielleicht wissen, daß der Grund dafür, daß die zuständigen Stellen an diesem Fall so interessiert sind, der ist, daß Mr. Weems nebenher auch als Erpresser tätig war. Er hatte wichtige Kontakte, durch einen Verwandten, der bei einem Gentleman in Diensten stand.«

»Sieh mal einer an.« Innes hörte interessiert zu. Sein waches Gesicht drückte Befriedigung aus. »Ich hab' mich schon gewundert, hab' aber gedacht, daß Se vielleicht nichts sagen dürfen. Normalerweise nimmt man uns ähnliche Fälle nich' weg. Wem macht es schließlich was aus, ob es einen Wucherer mehr oder weniger gibt? Aber ein Erpresser, das is' was andres. Se nehmen also an, es war jemand, den er in 'ner Zange hatte?«

»Hoffentlich nicht. Es wird eine sehr peinliche Sache sein, wenn es so ist«, sagte Pitt mit unerwarteter Heftigkeit. »Aber es ist durchaus möglich.«

»Un' wahrscheinlich dürfen Se nich' sagen, wer's is'?«

»Es sei denn, es läßt sich nicht umgehen.«

»Dacht' ich mir doch.« Innes fügte sich ohne Unmut in die Gegebenheiten. Ihm war klar, daß Pitt ihn im Rahmen seiner Befugnisse eingeweiht hatte, vielleicht war er sogar schon über den Rahmen hinausgegangen, und Innes wußte das zu schätzen. »Wie auch immer, es gibt verschiedne Möglichkeiten«, sagte er nachdenklich. »Es war jemand hier, vor dem er keine Angst hatte, un' er hätte vor Angst gezittert, wenn's ein großer Fisch gewesen wäre, von dem er Geld erpreßt hatte.«

Pitt grinste. »Wer es auch war, Weems hätte Todesangst vor ihm haben müssen!« sagte er trocken.

Innes sah ihn freimütig an. »Halb wünsch' ich mir, daß wir den armen Teufel nich' schnappen. Ich hass' Erpresser noch mehr als Geldverleiher. Widerliche Natternbrut.«

Pitt stimmte ihm schweigend zu. »Wo war er zur Tatzeit?«

»Er saß auf seinem Stuhl hinterm Schreibtisch, so als hätt' er mit jemandem geredet oder Geld entgegengenommen. Er hat nich' damit gerechnet, das is' schon mal sicher. Nichts war in Unordnung, der Stuhl nich' umgestürzt ...«

Pitt betrachtete den Raum und versuchte sich den beleibten, selbstzufriedenen Weems in seinem Sessel hinter dem Schreibtisch vorzustellen, den Blick auf jemanden gerichtet, der sich ungefähr da befand, wo er selbst jetzt stand. Es war fast sicher, daß die Person in der Absicht zu töten gekommen war. Kaum jemand besaß ein Gewehr, und mit Sicherheit trug niemand eines mit sich herum. Vielleicht war die Zusammenkunft zunächst ganz normal verlaufen, war dann plötzlich umgeschwungen, vielleicht war ein

Streit ausgebrochen, oder der Besucher hatte einfach den Punkt erreicht, wo er sich nicht länger verstellen wollte, hatte das Gewehr herausgenommen und abgefeuert. Aber wie konnte man ein Gewehr verbergen, das groß genug war, um diese Wunde anzurichten?

Er sah sich um. Alle Schubladen waren geschlossen, nichts war zerwühlt, durcheinander oder zerbrochen.

Innes schüttelte den Kopf, als ob er seine Gedanken gelesen hätte.

»Wenn er was gesucht hat, dann hat er's sehr vorsichtig getan«, bemerkte er.

»Haben Sie die Sachen durchsucht?« fragte Pitt.

»Noch nich'. Wir ham erst nach Zeugen gesucht, weil wir gehofft ham, jemand hätte vielleicht was gesehen. Aber wenn's Zeugen gibt, dann sagen die jetzt nichts.«

»Was ist denn mit diesem Laufburschen – Miller?«

»Bisher nichts, aber ich nehm' ihn mir noch mal vor.«

»Bleiben Sie dran, vielleicht taucht doch noch etwas auf. In der Zwischenzeit schauen wir uns mal um. Weems' Papiere sind vielleicht ganz aufschlußreich, nicht nur in dem, was sie uns verraten, sondern auch in dem, was sie uns verschweigen.«

»Sie vermuten, daß der Mörder seine eignen Unterlagen mitgenommen hat?« fragte Innes hoffnungsvoll.

»Das ist ja wohl recht wahrscheinlich«, erwiderte Pitt und öffnete die erste Schublade des Schreibtisches.

Innes fing mit dem Aktenschrank neben ihm an, und die beiden arbeiteten eine Stunde lang mit voller Konzentration. Innes fand die allgemeinen Unterlagen mit den Namen und Adressen einer Reihe von Leuten aus dem Bezirk, dazu sorgfältige Eintragungen über die geliehenen Beträge und die eingegangenen Rückzahlungen mit zum Himmel schreienden Zinssätzen. Alles war bis zum letzten Penny notiert, genaue Daten, Restbeträge und das jeweilige Fälligkeitsdatum mit ständig steigenden Wucherzinsen.

Sie fanden auch die Unterlagen über die Haushaltsführung, in denen Ausgaben, Einkäufe und Geldanlagen – über recht beträchtliche Summen – vermerkt waren.

Pitt war es, der die andere Namensliste fand, auf der weitaus größere Summen neben den Namen standen, aber diesmal keine Daten. Doch die Adressen waren aufgeführt, und sie befanden sich nicht in Clerkenwell oder einem ähnlichen Bezirk, sondern in Mayfair, Belgravia und Hyde Park. Er überflog die Liste auf der Suche nach Sholto Byams Namen, fand ihn aber nicht. Die Liste war nur kurz, zu kurz, um einen Namen zu übersehen.

»Was gefunden?« Innes sah interessiert zu ihm hinüber.

»Eine zweite Liste«, erwiderte Pitt. »Scheinbar hatte Mr. Weems noch weitere Kunden, und zwar ganz andere.«

»Feine Herrschaften?« fragte Innes atemlos.

»Sieht so aus«, erwiderte Pitt. »Einige der Namen sind mir geläufig, und feine Adressen sind es mit Sicherheit. Die Dienerschaft kommt dafür nicht in Frage, die könnte gar nicht so viel Geld ausgeben. Außerdem würde ein geschäftstüchtiger Wucherer niemals mehr als ein paar Schillinge an Hauspersonal verleihen.«

»Interessant.« Innes unterbrach seine Arbeit.

»Sehr.« Pitt sah sich die Liste noch mal an. »Die meisten Summen sind bereits vollständig zurückgezahlt. Nur drei haben noch Außenstände: Addison Carswell aus der Curzon Street in Mayfair, Samuel Urban aus der Whitfield Street in Bloomsbury und Clarence Latimer in Beaufort Gardens in Knightsbridge.« Er hielt plötzlich inne. Der Name Samuel Urban klang vertraut. Sicher war es ein Zufall. Der Urban, den er kannte, war ein Polizeiinspektor auf seiner Wache! Er konnte unmöglich Schulden bei einem Wucherer wie Weems haben. Nicht die Summe, die hier aufgeführt war, die das Gehalt von zwei Jahren überstieg.

»Was is' damit?« Innes sah ihn fragend an. Offenbar sagten ihm die Namen nichts.

»Einer dieser Männer ist ein Kollege«, sagte Pitt langsam. »Auf meiner Wache.«

Innes war betroffen, sein Ausdruck zeigte Mitleid und Verwirrung.

»Se meinen, einer von uns? Geht's um viel?«

»Ich brauche zwei Jahre, um so viel zu verdienen«, erwiderte Pitt unglücklich. »Und er hat denselben Rang wie ich – bei den Uniformierten.«

»Ach du liebes bißchen!« Innes war offensichtlich erschüttert. »Und die andern zwei? Kennen Se die?«

»Nein, aber wir werden uns damit befassen.«

»Vielleicht sind Se deshalb gerufen worden«, sagte Innes und zog eine Grimasse. »Vielleicht sollen Se nich' nur die Lords schützen, sondern wir müssen bei uns selbst aufräumen.«

»Vielleicht.« Pitt faltete die Liste und steckte sie in die Tasche. »Aber das ist nicht alles.«

»Ham Se schon was über den Lord gefunden, wegen dem Se gerufen worden sind?«

»Noch nicht«, sagte Pitt und nahm sich die nächste Schublade vor. »Sagen Sie mir sofort Bescheid, wenn Sie irgendwelche Namen finden, die nichts mit Haushaltsrechnungen zu tun haben.«

»In Ordnung.« Auch Innes nahm seine Suche wieder auf.

Doch drei Stunden später, nachdem sie jedes Stück Papier in der Wohnung geprüft, das Büro und das Schlafzimmer durchkämmt, Küche und Bad abgesucht, die Matratze umgedreht und den Teppich hochgehoben hatten, war ihnen nichts weiter von Interesse in die Hände gefallen. Am Ende ihrer Suche standen sie in der Küche und starrten mutlos in den offenen Kamin.

»Man kann sich leicht vorstellen, wie Mrs. Cairns hier das Frühstück gemacht hat, un' als se da drüben Licht sah«, Innes deutete zum Büro, »hat se angenommen, daß er auf war, hat gerufen und ihn dann sich selbst überlassen. Soweit ich seh', bestand keine große Freundschaft zwischen ihnen. Se wohnt in der Nähe, also weiß se wahrscheinlich, was er für 'nen Ruf hatte.«

Pitt überlegte kurz, ob er selbst mit der Frau sprechen sollte, kam dann aber zu dem Schluß, daß Innes gründlich arbeitete und daß er ihn nicht beleidigen wollte, indem er seine Arbeit überprüfte.

»Ja«, stimmte er geistesabwesend zu und starrte auf das Tellerbord mit den blau-weißen Tellern.

»Ich wüßte nich', was wir tun könnten, außer uns die Listen vorzunehmen«, sagte Innes und blickte Pitt an.

»Ich auch nicht, im Moment.« Pitt machte schon Anstalten, die Schubladen im Küchenschrank noch einmal zu durchsuchen, sah dann aber davon ab. Er hatte es bereits zweimal getan.

»Haben Se Hinweise auf Ihren Lord gefunden?« fragte Innes interessiert.

»Nein ...«, erwiderte Pitt langsam. »Habe ich nicht – und das ist sehr merkwürdig, denn er war sich sicher, daß ich seine Unterlagen finden würde. Deswegen hat man mich geschickt. Weems hatte ihm gesagt, daß er zu seinem eigenen Schutz schriftliche Aufzeichnungen über ihre Verbindung aufbewahrte.« Den Brief erwähnte Pitt nicht.

»Dann hat der, der Weems auf'm Gewissen hat, die Unterlagen mitgenommen«, sagte Innes und kniff die Lippen zusammen.

»Sieht nich' gut aus für Ihren Lord, Sir, fürcht' ich.«

»Aber wenn er sie genommen hat, warum hat er uns dann um Hilfe gebeten?« argumentierte Pitt. »Das ergibt keinen Sinn.«

»Vielleicht war er sich nich' sicher, ob er alle hatte?« mutmaßte Innes.

»Deswegen hat er uns gerufen und seine Verbindung gestanden?«

Pitt schüttelte den Kopf. »Er ist nicht dumm. Er hätte abgewartet und uns nur gerufen, wenn etwas rausgekommen wäre. Nein, er hat erwartet, daß wir seinen Namen hier finden.«

»Vielleicht hat er seine Unterlagen gesucht und se nich' gefunden.« Innes übernahm die Rolle des Advocatus Diaboli.

»Sieht die Wohnung so aus, als wäre sie durchsucht worden?« fragte Pitt.

»Nein«, gab Innes zu. »Oder wenn jemand was genommen hat, dann wußte er, wo er suchen mußte. Alles war ja an Ort und Stelle.«

»Also war entweder nichts hier, oder der Mörder wußte, wo es war, und hat es mitgenommen.«

»Mehr fällt mir auch nich' ein.« Innes legte die Stirn in Falten. »Aber es is' merkwürdig, das muß ich schon sagen – sehr merkwürdig.«

»Wir haben noch viel vor uns.« Pitt reckte sich und blickte zur Tür. »Wir sollten uns ein paar von Weems' Kunden vornehmen.«

»Richtig, Sir«, sagte Innes gehorsam. »Die armen Teufel.«

2.
Kapitel

Charlotte Pitt hatte alle Hände voll zu tun. Ihre Schwester Emily hatte knapp ein Jahr, nachdem ihr erster Mann gestorben war, wieder geheiratet und erwartete jetzt ein Kind, worüber sie und ihr Mann Jack sehr glücklich waren. Doch seit Jack vor kurzem beschlossen hatte, sich zum Kandidaten für das Parlament aufstellen zu lassen, sorgte ihr Zustand zeitweilig für Unannehmlichkeiten. Als sie einige Jahre zuvor mit Edward schwanger gewesen war, hatte sie kaum gelitten, aber dieses Mal wurde sie von Schwindel und Übelkeit heimgesucht. Sie sah sich nicht in der Lage, bei den verschiedensten Veranstaltungen, die sie besuchen oder selbst ausrichten mußten, wenn Jack eine Kandidatur bekommen wollte, stundenlang zu stehen und Menschen zu empfangen.

Aus diesem Grund hatte Emily Charlotte folgendes Angebot gemacht: Charlotte sollte eine kleine finanzielle Unterstützung erhalten, um sich davon eine Aushilfe für ihren eigenen Haushalt zu leisten. Außerdem schenkte ihr Emily mehrere neue, hinreißende Kleider und lieh ihr drei oder vier ihrer eigenen Schmuckstücke – schließlich war ihr erster Mann sowohl adlig als auch unglaublich reich gewesen. Emily schien das ein faires Angebot zu sein, wenn Charlotte im Gegenzug dafür bereit war, Zeit und Mühe zu opfern, um mit ihr oder, falls es die Situation erforderte, auch ohne sie, als Gastgeberin aufzutreten.

Eine solche Situation war nun gegeben. Es war der Abend des Balles, zu dem Emily eingeladen hatte und bei dem sie einige der wichtigsten Männer in Jacks Kandidatenkür zu begrüßen hoffte, und nun lag sie in ihrem Zimmer und fühlte sich hundeelend. Der Wahlbezirk, für den Jack sich aufstellen lassen wollte, war ein sicherer Sitz für die Liberalen, und derjenige, der als Kandidat in die Wahl ging, würde mit Sicherheit ins Parlament einziehen. Die Konservativen hatten ihre Kandidaten in diesem Bezirk seit Jahrzehnten nicht durchgebracht.

Der Abend war von enormer Wichtigkeit, deshalb hatte Emily am Nachmittag einen Diener mit einem Brief zu ihrer Schwester geschickt. Jetzt schritt Charlotte in der Eingangshalle mit vor Nervosität feuchten Händen auf und ab und ging den Ablauf des Abends noch einmal durch. Zum wiederholten Male überprüfte sie die Blumendekoration auf dem Treppenabsatz, in den Empfangsräumen und im Speisesaal. Das Buffet hatte eine Menge Kopfzerbrechen gekostet, und obwohl es von Emily geplant und von der Köchin ausgeführt worden war, hatte Charlotte das Gefühl, daß die letztendliche Verantwortung dafür auf ihr lastete.

Zwischen den Blumengestecken waren Obstschalenarrangiert, so daß der Tisch auf seiner ganzen Länge als ein wahrhaft beeindruckendes Stilleben dekoriert war. Auf der restlichen Tischfläche waren die verschiedensten Köstlichkeiten aufgebaut: Salzgebäck, Kuchen und Pralinen, Obstcremes, Fruchtkaltschalen und Sherry-Trifle in Glasschüsseln; Austernhäppchen, Krabbensalat und Kalbfleischpasteten; geräucherter Lachs, Wildbretpasteten und verschiedenes Geflügel, sowohl gekocht als auch gebraten. Das Geflügel war in hauchdünne Scheiben geschnitten und mit Satinbändern zusammengebunden, so daß man sich mit einem Griff bedienen konnte. Das einzige heiße Gericht war die Suppe, und die wurde aus praktischen Gründen in Tassen serviert.

Und dann gab es selbstverständlich Getränke: Sherry, Port, Wein und Perlwein, Bowle und endlose Mengen von Champagner.

Die ungarische Musikkapelle war bereits erschienen und nahm in den Dienstbotenräumen ein paar Erfrischungen zu sich, bevor es an der Zeit war, die Instrumente zu stimmen. Die Diener waren in Livree, das Haar sorgfältig gepudert. Vor dem Haus brannten die rosa-silbernen Laternen, und im Garten waren die chinesischen Lampions für diejenigen angezündet worden, die ein wenig an der frischen Luft verweilen wollten.

Ihr fiel nichts weiter ein, was noch zu tun gewesen wäre, und dennoch konnte sie sich nicht entspannen. Es war kurz vor zehn, und selbst die frühesten Gäste, die nämlich schon im vorhinein wußten, daß sie den Abend woanders beschließen wollten, würden nicht vor elf Uhr erscheinen.

Jack war im Abendanzug, bereit, die Gäste zu empfangen. Er hatte sich in sein Arbeitszimmer zurückgezogen, um sich seine Notizen über die verschiedenen Menschen, deren politische Interessen, Beziehungen und Einflußgebiete noch einmal anzusehen. Charlotte hatte reichlich Zeit, zu Emily hinaufzugehen, ihr ein letztes Mal zu versichern, daß die Gäste ihr Fehlen verstehen würden und daß der Abend ein durchschlagender Erfolg sein würde, weil sie ihn so gründlich und vorausschauend geplant hatte.

Sie raffte ihr langes Kleid, damit sie nicht über den Saum stolperte, und ging langsam die breite, geschwungene Treppe hinauf und die Galerie entlang, die mit Blumenarrangements dekoriert war. In weniger als einer Stunde würde sie hier stehen, die Gäste willkommen heißen und ihnen Emilys Fehlen erklären. Sie hoffte nur, sich die Namen, die der Diener an der Tür ausrufen würde, merken zu können. Ansonsten hatten hoffentlich die Gäste den Takt, sich noch einmal vorzustellen!

Eine Treppe höher ging sie den Flur links hinunter und erreichte Emilys Tür. Nach einem kurzen Klopfen trat sie ein. Emily lag, mit einem Negligé in zartem Blau und Grün bekleidet, auf dem Bett. Ihr blondes Haar war offen und bedeckte ihre Schultern. Eine ungewöhnliche Blässe lag auf ihrem Gesicht, und um die Nase wirkte sie etwas spitz. Sie lächelte dünn, als Charlotte eintrat und sich auf die Bettkante setzte.

»Oh, meine Liebe«, sagte Charlotte zärtlich. »Man sieht dir an, daß es dir nicht gutgeht. Das tut mir leid.«

»Es geht ja vorüber«, sagte Emily tapfer, aber ohne rechte Überzeugung. »Als ich mit Edward schwanger war, war es halb so schlimm. Morgens hatte ich manchmal mit ein bißchen Übelkeit zu kämpfen, aber spätestens um zehn oder elf war das vorüber. Ging es dir auch so schlecht mit Jemima und Daniel? Wenn ja, dann mußt du sehr stoisch sein, denn ich habe nie was bemerkt.«

»Ich hatte keine Schwierigkeiten«, sagte Charlotte. »Im Gegenteil, in den ersten zwei, drei Monaten ging es mir so gut wie nie zuvor. Aber bei dir ist es ja erst der Anfang. Vielleicht geht es in ein paar Wochen vorüber.«

»Ein paar Wochen!« Emily war entsetzt. »Aber ich habe so viel zu tun. Wir stehen am Anfang der Saison, und ich muß Bälle und Empfänge geben und bei dem Pferderennen in Ascot dabeisein. Dann muß ich zu der Henley-Regatta gehen und zu den Cricket-Spielen in Eton und Harrow, außerdem muß ich endlose Einladungen zum Lunch, Abendessen und Nachmittagstee wahrnehmen.« Sie vergrub sich tiefer in den Kissen. »Jack wird die Kandidatur niemals gewinnen, wenn alle Welt denkt, seine Frau ist Invalidin. Die Konkurrenz ist groß. Herbert Fitzherbert ist ein durchaus ernstzunehmender Anwärter, und ich vermute, daß er bei all seinem Charme doch recht klug ist.«

»Mach dich jetzt nicht unglücklich«, sagte Charlotte in dem Versuch, Emily zu trösten. »Bestimmt wird auch Mr. Fitzherbert seine Schwierigkeiten haben, nur daß wir davon nichts wissen. Deshalb müssen wir dafür sorgen, daß er nichts von unseren Schwierigkeiten erfährt. Jetzt wollen wir erst mal diesen Abend erfolgreich hinter uns bringen, und vielleicht geht es dir nächste Woche schon wieder gut. Alles ist bestens gerichtet. Der Tisch sieht wie ein holländisches Stilleben aus – viel zu schade, ihn anzurühren.«

»Was ist mit der Kapelle?« fragte Emily besorgt. »Ist sie vollständig? Sind alle richtig angezogen und nüchtern?«

»Selbstverständlich«, beruhigte Charlotte sie. »Sie sehen fabelhaft aus, ganz in Schwarz, mit blauen Schärpen. Und nüchtern sind sie auch – glaube ich. Vielleicht war einer, der Geiger, etwas fröhlicher als angemessen, aber höflich. Du brauchst dir keine Sorgen zu machen, ehrlich.«

»Ich bin dir sehr dankbar. Aber, Charlotte, sei bitte freundlich zu allen.« Sie griff nach Charlottes Hand. »Auch wenn sie dumm sind oder hochnäsig, oder wenn sie empörende Äußerungen machen, ja? Wir können es uns nicht leisten, sie vor den Kopf zu stoßen, wenn Jack erfolgreich sein soll. Er ist ja ein Neuling in der politischen Szene. Und einige der seltsamsten Leute sind die mit dem größten Einfluß.«

Charlotte legte die Hand aufs Herz. »Ich verspreche, ich werde die Höflichkeit in Person sein und keine vorlauten und taktlosen Bemerkungen machen, noch werde ich über irgend etwas lachen, es sei denn, es ist ganz eindeutig ein Witz.« Die Anspannung wich aus Emilys Gesicht, und sie mußte lachen.

»Außerdem werde ich nicht erwähnen, daß mein Mann Polizist ist«, fuhr sie fort. »Ich bin mir bewußt, daß das der gesellschaftliche Ruin ist, es sei denn, der Mann gehört zu den Ranghöchsten und ist von Geburt ein Gentleman, wie Micah Drummond. Und da Thomas weder das eine noch das andere ist, werde ich lügen, was das Zeug hält.« Pitts Vater war Wildhüter auf einem Landgut gewesen. Pitts makelloser Akzent war auf die Tatsache zurückzuführen, daß er zusammen mit dem einzigen Sohn des Gutsbesitzers unterrichtet worden war, um dem Jungen Gesellschaft zu leisten. Er war kein Gentleman durch Geburt, und er wollte auch keiner sein.

Für Charlotte, die aus einer aufstrebenden Familie der Mittelschicht stammte, die schon zu reich war, um für ihren Lebensunterhalt arbeiten zu müssen, aber den Sprung in die Oberschicht noch nicht geschafft hatte, war es eine Umstellung gewesen, mit nur einem Dienstmädchen und einer Zugehfrau, die zweimal in der Woche ins Haus kam, um die groben Arbeiten zu erledigen, zurechtzukommen. Sie mußte erst lernen, wie man kocht und flickt und sparsam einkauft und wie man einen Haushalt geschickt führt und auch noch Spaß daran hat.

Emily hingegen hatte gelernt, einem großen Haushalt im schicken London vorzustehen, und verbrachte gelegentlich die Wochenenden oder, außerhalb der Saison, auch einige Wochen auf dem Landsitz Ashworth Hall in der Umgebung Londons. Sie hatte schon immer einen gewissen gesellschaftlichen Ehrgeiz und eine schnelle Auffassungsgabe gehabt. Sie erfreute sich eines regen Scharfsinns und liebte Herausforderungen für Verstand und Charme. Inzwischen hatte sie sich als Dame der Gesellschaft einen guten Ruf erworben, der auch durch ihre schnelle zweite Eheschließung keinen Schaden genommen hatte. Sie war entschlossen, diesen Ruf einzusetzen und Jack bei der Umsetzung seiner neuen Ambitionen, die die Enthüllungen im Zusammenhang mit den Morden von Highgate Rise so bestärkt hatten, zu helfen.

»Ich werde das Nonplusultra an Takt sein«, fuhr Charlotte fort, »und wenn ich mein Korsett dabei sprenge.«

Emily kicherte. »Und sei besonders nett zu Lord Anstiss, bitte. Wahrscheinlich ist er der einflußreichste Mann heute abend.« Plötzlich verschwand der fröhliche Ton, und sie wurde ganz ernst. »Wenn dich jemand zur Weißglut bringt, beiß dir auf die Zunge, bevor du etwas sagst, und denk an die arme Frau, zu der du mit Stephen Shaw gegangen bist. Menschen wie sie, von denen es Hunderte und Tausende gibt, die krank sind und Hunger und Kälte leiden müssen, weil ihre Vermieter weder die Dächer ausbessern noch die Abwasserrohre erneuern, und die zu arm sind, um sich eine bessere Wohnung zu leisten. Wenn du an sie denkst, dann kannst du dem Teufel persönlich Honig um den Bart schmieren, wenn es nützt.«

»Ich werde daran denken«, versprach Charlotte, und sie beugte sich vor, um Emily das Haar sanft aus der Stirn zu streichen. »Glaub mir, ich bin nicht so aufbrausend oder undiszipliniert, wie du denkst.«

Emily erwiderte nichts, sondern schaute vor sich hin und lächelte.

Die nächste halbe Stunde verbrachten sie damit, über Mode und den neuesten Tratsch zu plaudern und darüber, wen sie von den erwarteten Gästen mochten und wen nicht und warum nicht. Dann zog Charlotte das Laken glatt, strich über die Bettdecke und schüttelte die Kissen auf. Sie versicherte Emily ein letztes Mal, daß alles bestens vorbereitet sei und sie sich – ungeachtet möglicher Versuchungen – sehr taktvoll verhalten würde, und verließ ihre Schwester, um die ersten Ankömmlinge zu erwarten.

Jack kam ihr auf der Treppe entgegen. Er sah gut aus, vielleicht nicht im traditionellen Sinne, doch er hatte auffallend schöne graue Augen mit Wimpern, um die ihn viele Frauen beneidet hätten, und ein berückendes Lächeln. Als Emily und Charlotte ihm das erste Mal begegnet waren, hatten sie ihn wegen seines glatten Charmes als ungeeignet abgetan. Doch ihr Vorbehalt hatte sich allmählich in Respekt gewandelt und war Zuneigung geworden, als er seinen Mut und sein Urteilsvermögen in einer außergewöhnlich schwierigen Situation bewies. Emilys erster Mann war ermordet worden, und der Verdacht war auf sie gefallen. Auch dann hatte es noch eine gute Weile gedauert, bis Emily Jack lieben lernte, aber jetzt hatte sie keine Zweifel mehr, und Charlotte dachte immer gerne an die beiden.

»Wie geht es ihr?« fragte Jack mit einem Blick in die Richtung von Emilys Zimmer.

»Es wird ihr schon bald wieder besser gehen«, sagte Charlotte. »So etwas geht vorüber, keine Angst.«

Jack bemühte sich, nicht zu besorgt auszusehen. »Bist du soweit?« Er ließ seinen Blick über ihr neues Kleid schweifen, ein Geschenk von Emily zu diesem Anlaß. Sie hätte es sich niemals selbst leisten können, so teuer und kostbar war es, noch hatte sie normalerweise Gelegenheit, so etwas zu tragen. Die Farbe, ein tiefes Preußischblau, paßte gut zu ihrem kastanienbraunen Haar und ihrem honigfarbenen Teint. Da es ein Geschenk von Emily war, entsprach es selbstverständlich der neuesten Mode. Es hatte ein tiefes Dekolleté, einen ausgestellten Rock, der mit unregelmäßigen Stickereien verziert war – sehr à la mode – und nur eine winzige Tournüre. Die modebewußten Damen trugen nur noch kleine Polster, dafür aber eine lange, elegante Schleppe.

Jack hatte sich in weiser Voraussicht auch etwas mit Mode beschäftigt, daher wußte er das Kleid zu würdigen, das einerseits Charlottes gesellschaftlichen Rang deutlich machte, ihr andererseits aber auch hervorragend stand. Außerdem, so vermutete sie, wußte er, wie wohl sie sich darin fühlte. Auch er hatte einen großen Teil seines Lebens nicht genügend Geld gehabt, um sich so zu kleiden und entsprechend aufzutreten, wie er es sich wünschte.

Er grinste. Worte waren überflüssig, es bedurfte keiner Erklärung.

Jack und Charlotte waren auf dem oberen Treppenabsatz angelangt, als Hufgetrappel auf der Straße die ersten Gäste ankündigte. Nur wenige Augenblicke später öffnete sich die Tür, Stimmen und Gelächter erklangen. Sie hörten das Geraschel von Capes, die abgelegt wurden, den Klang der Absätze auf dem Marmorfußboden und das Knistern von Seide und Taft, die gegeneinander rieben und an der Balustrade entlangstreiften. Die Gäste stiegen die Treppe hinauf, um begrüßt zu werden. Sie ärgerten sich, weil sie die ersten waren, doch das ließ sich nicht mehr ändern, da sie schlecht umdrehen und zu einem späteren Zeitpunkt wiederkommen konnten. Es war unverzeihlich, als erster zu erscheinen, denn wer sollte so die eigene Ankunft bemerken?

»Sir Reginald – Lady West, wie reizend, Sie zu sehen«, sagte Charlotte mit einem strahlenden Lächeln. »Ich bin Mrs. Pitt. Mrs. Radley ist meine Schwester, doch leider ist sie unpäßlich, so daß ich jetzt das Privileg habe, an ihrer Stelle zu stehen und Sie willkommen zu heißen. Selbstverständlich ist Ihnen mein Schwager, Mr. Jack Radley, bekannt.«

»Sehr erfreut, Mrs. Pitt«, sagte Lady West merklich unterkühlt. Sie war verwirrt, weil sie Charlotte nicht erwartet hatte. »Ich hoffe, Mrs. Radleys Unpäßlichkeit ist nichts Ernstes?«

»Überhaupt nicht«, versicherte Charlotte ihr. Es ziemte sich nicht, den wirklichen Grund zu erwähnen, aber gegen eine Andeutung war nichts einzuwenden. »Es ist eine der

Prüfungen, der wir Frauen uns – mit der größtmöglichen Gelassenheit – unterziehen müssen.«

»Oh – natürlich – ich verstehe.« Lady West suchte nach einer höflichen Antwort und entrang sich ein Lächeln. Es war ärgerlich, wenn man als Langsamdenkerin entlarvt wurde, und sie war beschämt, weil sie die Andeutung nicht gleich verstanden hatte und das Charlotte auch nicht entgangen war. »Bitte richten Sie ihr meine besten Wünsche für ihre Genesung aus.«

»Das werde ich, sehr freundlich von Ihnen. Sie wird Ihnen sehr verbunden sein.« Darauf begaben sich die Wests weiter nach oben, um von Jack begrüßt zu werden, der sie auch in den Raum begleitete, den man zum Tanzen hergerichtet hatte. Charlotte hingegen wandte sich dem Paar hinter ihnen zu, einem jungen Mann mit rotem Haar, der aussah, als habe er Magenbeschwerden, und einer jungen Frau in Rosa. Gleichzeitig sah sie, daß sich am Fuße der Treppe ein weiteres Paar aus seiner Überkleidung schälte und erwartungsvoll nach oben blickte.

Eine halbe Stunde verging, bis der erste Gast erschien, von dem Charlotte bereits, und nicht nur über Emily, gehört hatte, und weitere fünfzehn Minuten, bevor sie mit spontaner Freude die große, aufrechte, ja fast hagere Gestalt von Lady Vespasia Cumming-Gould wahrnahm. Sie war die Großtante von Emilys erstem Mann und seit vielen Jahren eine enge Freundin von Charlotte. Großtante Vespasia hatte sich häufig mit Charlotte und Emily verschworen und bei der Lösung von Pitts Fällen geholfen. Sie hatte sich mit beträchtlichem Spürsinn in die Aufklärung von Verbrechen eingemischt, mit weniger Erfolg allerdings in die Reform der Sozialgesetzgebung, die ihr leidenschaftlich am Herzen lag.

Wäre es nicht völlig unüblich und von daher auch peinlich für alle Anwesenden gewesen, dann wäre Charlotte die Treppe im Laufschritt hinuntergeeilt und hätte Großtante Vespasia eigenhändig aus dem Mantel geholfen. So wie die Dinge lagen, mußte sie sich damit begnügen, der dicken Frau vor ihr einige höfliche Belanglosigkeiten zuzumurmeln und etwas ähnlich Sinnloses zu ihrem Mann zu sagen, der in noch bunteren Farben ausstaffiert war als seine Frau. Seine Brust war mit einer wunderbaren scharlachroten Schärpe drapiert, auf der eine Reihe von Medaillen und Orden prangten. Über beider Schultern hinweg konnte sie Großtante Vespasia, den silbergrauen Kopf stolz erhoben, gekrönt von einem im Licht blinkenden Diadem, langsam die Treppe hinaufkommen sehen, wobei sie die Schleppe, die auf den Zentimeter der modischen Länge entsprach, hinter sich her schleifte.

»Guten Abend, meine liebe Charlotte«, sagte sie gelassen. »Ich vermute, du vertrittst Emily.«

»Ich fürchte, es geht ihr heute abend nicht gut.« Charlotte machte einen kleinen Knicks. »Sie wird schrecklich enttäuscht sein, daß sie dich verpaßt hat, aber ich freue mich sehr, sie zu vertreten.«

Vespasias Lächeln drückte aufrichtige Freude aus. Sie neigte zustimmend den Kopf, wechselte ein paar herzliche Worte mit Jack und schwebte dann in den ersten Empfangssaal, wo sie sich zu den anderen Gästen gesellte. Bei ihrem Eintritt entstand eine kleine Stille, Köpfe drehten sich nach ihr um, und ein anerkennendes Gemurmel hob an. Jeder kannte sie. Vor fünfzig Jahren war sie eine der großen Schönheiten ihrer Zeit gewesen, und selbst jetzt mit achtzig hatte sie eine Haltung und eine Haarpracht, um die sie viele jüngere Frauen beneideten. Sie wirkte zierlicher als noch vor kurzer Zeit, doch sie hielt ihren Kopf immer noch so, als wäre ihr Diadem eine Krone, und mit einem unterkühlten Blick konnte sie jede ungehörige Bemerkung eines bedauernswerten Übeltäters auf dessen Lippen zum Ersterben bringen.

Charlotte verspürte eine erhebende Freude, fast Begeisterung, als Großtante Vespasia in der Menge verschwand. Ihre Anwesenheit würde dem Abend einen Glanz und eine Bedeutung verleihen, die über eine gesellschaftliche Veranstaltung hinausgingen. Etwas Wichtiges könnte seinen Anfang nehmen.

Nur wenige Augenblicke später hieß sie Mr. Addison Carswell und seine Frau willkommen. Emily hatte ihr erzählt, daß er Richter mit einigem Einfluß an einem der Gerichtshöfe in London war. Seine Erscheinung war keinesfalls bemerkenswert. Er war von durchschnittlicher Größe und etwas gedrungen gebaut, sein volles Haar, das eine unauffällige Farbe hatte, lichtete sich bereits über der Stirn. Er trug einen kleinen Schnurrbart, und seine Wangen waren glatt rasiert. Erst als sie sich mit den üblichen gestelzten und höflichen Gemeinplätzen an ihn wandte, wurde sie der Ausdrucksstärke seiner Züge und des intelligenten Blicks seiner Augen gewahr. Er wirkte sehr ausgewogen und ohne Engstirnigkeit.

Mrs. Carswell war eine stattliche Frau von kräftigem Wuchs und gut gepolstert, doch ihr Gesicht war auf eigenwillige Art recht attraktiv. Sie hatte eine gerade Nase, einen freimütigen Blick und eine selbstsichere Haltung, die auf innere Ausgeglichenheit hindeutete. In diesem gesellschaftlichen Zirkus fühlte sie sich möglicherweise nicht besonders wohl. Sie sah nicht so aus, als habe sie die Schlagfertigkeit für eine gelungene Konversation mit den Damen der höheren Gesellschaft, aber sie schien sie für ihre Zufriedenheit auch nicht zu brauchen. Sie fand wohl ihre Erfüllung in der Familie und ihrem häuslichen Glück.

Die vier Carswell-Töchter begleiteten ihre Eltern, und jede wurde vorgestellt. Die älteste, Mary Ann, war mit ihrem Mann, Algernon Spencer, erschienen. Er war ein kräftiger, gutmütig-derber Bursche, dessen Haartracht für die herrschende Mode zu lang war, der aber ansonsten ganz annehmbar schien. Mary Ann selbst war sehr zufrieden mit sich, wie es jedes Mädchen wäre, dem es gelungen ist, vor seinen Schwestern eine vorteilhafte Ehe einzugehen.

Miss Maude, Miss Marguerite und Miss Mabel waren alle blond mit rosigem Teint und recht hübsch, auch wenn sie sich so ähnlich sahen, daß man sie kaum auseinanderhalten konnte und ihre Individualität nicht zutage trat. Sie knicksten alle anmutig, blickten unter ihren Wimpern angemessen erfreut auf und begaben sich in die Empfangssäle, wo sie nach Gutdünken ihrer Mutter herumgereicht und vorgestellt wurden und unter Aufbieten ihres ganzen Charmes plaudern mußten. Sie waren aufmerksame Schülerinnen gewesen und kannten ihre Pflichten, jeden Blick, jedes gemurmelte Wort, sie beherrschten die charmante Drehung ihrer Fächer und das wirkungsvolle Rascheln ihrer Kleider. Es bestand kein Zweifel, daß selbst die Jüngste in der nächsten oder übernächsten Gesellschaftssaison einen angemessenen Ehemann finden würde, was auch unbedingt nötig war, denn mehr als zwei Saisons waren einer jungen Frau nicht vergönnt, danach gehörte sie zum alten Eisen.

Selbstverständlich waren sie alle in Weiß gekleidet beziehungsweise in unterschiedlichen Schattierungen von Weiß, so daß es auf dasselbe hinauslief.

An diesem Abend hatte sich ihr Bruder, Mr. Arthur Carswell, ihnen nicht angeschlossen. Er war zu einem anderen gesellschaftlichen Ereignis eingeladen, bei dem auch die junge Dame zugegen sein würde, die er als seine Frau heimzuführen gedachte.

Gleich hinter den Carswells erblickte Charlotte voller Freude Somerset Carlisle. Sein eigenartiges, etwas schiefes und ganz außergewöhnliches Gesicht drückte Interesse aus, jedoch nicht an der gesellschaftlichen Szene an sich, die ihn ziemlich kaltließ. Ihn faszinierte vielmehr die Wechselwirkung von Persönlichkeit und politischer Ambition. Er war selbst seit mehreren Jahren Parlamentsabgeordneter, wobei er am Anfang mit den Ansichten seiner Partei in Einklang gestanden hatte und dann, als seine Leidenschaft für Reformen jegliche Zurückhaltung sprengte, immer mehr seine eigenen Aktivitäten verfolgte. Charlotte war ihm zum ersten Mal begegnet, als sein Eifer seine guten Sitten so weit außer Kraft gesetzt hatte, daß er sich in die Ereignisse im Zusammenhang mit den Morden in Resurrection Row hatte einbeziehen lassen. Sie mochte ihn als Mensch und brachte auch damals für seine Ziele Verständnis auf. Außerdem hatte er sich sofort mit Großtante Vespasia angefreundet und sogar mit ihr kollaboriert. Somerset Carlisle war es gewesen, zusammen mit Großtante

Vespasia, der Jack ermutigt hatte, eine Kandidatur anzustreben.

Als er auf dem oberen Absatz angekommen war, begrüßte Charlotte ihn freudig.

»Wenn ich Jack damit helfen kann«, erwiderte er lächelnd. »Ich brauche einen Verbündeten im Parlament, das weiß der Himmel!«

»Wie beurteilen Sie denn seine Chancen?« sagte sie in ernsterem Ton und senkte ihre Stimme, damit die Umstehenden sie nicht hören könnten.

»Nun ja, Fitzherbert ist sein größter Konkurrent«, gab er zurück. »Ich glaube, die anderen zählen nicht. Aber Herbert ist bekannt und beliebt. Noch ist er Junggeselle, aber er ist mit Miss Odelia Morden verlobt, die aus einer angesehenen Familie stammt.« Er ließ seine Augen an die Decke schweifen und sah ihr dann wieder ins Gesicht. Es war eine sehr ausdrucksstarke Geste. »Ihre Mutter ist die dritte Tochter des Earl von weiß Gott was, es ist mir entfallen, und sie haben reichlich Geld.« Mit fröhlicher Stimme fuhr er fort: »Allerdings auch nicht mehr Geld als Emily, und Emily kommt an ihres heran, während Odelia in den nächsten Jahren möglicherweise nicht einen Penny zur freien Verfügung hat. Und mit Sicherheit hat Emily mehr Durchblick und politisches Savoir-faire. Und wie wir alle wissen, ist Emily fähig, so gut wie alles zu lernen und sich nahezu grenzenlos anzupassen, wenn es ihr richtig erscheint, und ist dazu zweifellos so sprühend, modisch up to date und charmant wie so schnell keine zweite.«

»Ich glaube, Mr. Fitzherbert ist noch gar nicht da«, sagte Charlotte und versuchte, sich an die Namen all derer, die sie bereits begrüßt hatte, zu erinnern. »Ist er sehr ehrgeizig? Was für Überzeugungen hat er, welche Probleme interessieren ihn?«

Carlisles Lächeln wurde breiter. »Ich glaube nicht, daß er sich für bestimmte Probleme erwärmt. Er ist kein Kreuzritter, sondern nur ein charmanter junger Mann, der beschlossen hat, daß ihm das Parlament eine interessantere Karriere bieten kann als die ihm sonst offenstehenden Bereiche.« Er zog eine Schulter ein wenig hoch. »Er wird gut hineinpassen, bei seiner Intelligenz und seinem Charme, die ja beide beträchtlich sind, aber er ist ohne Leidenschaft, fürchte ich, es sei denn, es passiert etwas in seinem Leben, das seine Empfindungen weckt.« Das Lächeln verschwand nicht, aber seine Augen wurden ernst. »Unterschätzen Sie ihn nicht. Er ist genau der Typ Mann, den sich viele Politiker wünschen. Er ist bei den Wählern beliebt, tastet Vorurteile nicht an und überfordert den Intellekt nicht zu sehr – und vor allem ist er formbar.«

Charlottes Mut schwand. Schon zeichnete sich ein Scheitern in ihrer Vorstellung ab, was nicht nur wegen Emily und Jack weh tat, sondern auch weil sie aufrichtig an deren Ziele glaubte. Sie hatte die erschreckenden Slums genauso gesehen wie Jack, und sie sehnte sich danach, daß etwas für die Opfer getan wurde. Auch sie wünschte sich, daß die Gesetzgebung den Weg dafür ebnete, Profitgeiern, die sich hinter anonymen Firmen und Heerscharen von Mieteintreibern, hinter Verwaltern und Anwälten mit undurchdringlichen Gesichtern verbargen, das Handwerk zu legen.

»Es kommt auch darauf an, wessen Protektion man genießt«, sagte Carlisle und senkte seine Stimme noch mehr. »Ungeachtet dessen, was Politiker sagen, wenn Sie Lord Anstiss auf Ihrer Seite haben, dann ist Ihnen die Kandidatur so gut wie sicher. Er hat weit mehr Macht und Einfluß, als die meisten Menschen wissen. Und wer für diesen Sitz als Kandidat aufgestellt wird, hat den Sieg schon in der Tasche. Die Tories haben ihn seit Menschengedenken nicht gewonnen!«

Die ankommenden Gäste bildeten hinter Carlisle eine Schlange. Charlotte behinderte den reibungslosen Ablauf, weil sie sich mit Carlisle auf eine ausgedehnte Unterhaltung eingelassen hatte. Sie hatte schon jetzt das Gefühl, die Ausübung ihrer Pflicht zu vernachlässigen. Ein Blick in seine Augen zeigte ihr, daß er ihre Lage verstand, da auch er den Andrang hinter sich spürte. Also verneigte er sich höflich, strebte auf den ersten Empfangssaal zu und entschwand zwischen Blumenarrangements, wirbelnden

Röcken, glitzernden Diamanten und funkelnden Medaillen.

Charlotte hatte noch nichts von Pitts neuestem Fall gehört, folglich sagten ihr die Namen von Lord und Lady Byam nichts. Da die hereinströmenden Gäste sich jetzt auf der Treppe drängten, bedachte sie sie lediglich mit einem strahlenden Lächeln und äußerte ihre Freude darüber, daß sie der Einladung gefolgt waren. Gleichzeitig registrierte sie Lord Byams waches, ungewöhnliches Gesicht mit den bemerkenswerten Augen sowie die ruhige, innere Würde von Lady Byam, die die Bedeutung der gesellschaftlichen Bühne weder zu unter- noch zu überschätzen schien. Das war eine Fähigkeit, die Charlotte bewunderte.

Auch an Odelia Morden konnte sie nur ein paar knappe Sätze richten, denn sie erreichte den Treppenabsatz in einem größeren Gedränge hocheleganter Damen gerade im optimalen Moment: nicht zu früh, was als Beleidigung galt, und nicht zu spät, womit man zuviel Aufsehen erregte und seinen eigenen Wert minderte. Schließlich sollte niemand denken, man hätte keine anderen Angebote zu gesellschaftlichen Vergnügungen. Es ging einfach nicht an, daß ein Gastgeber seine eigene Bedeutung überschätzte. Die Erscheinungen von Mr. Morden und Lady Flavia Morden hatten nichts Außergewöhnliches an sich, auch wenn sie die Tochter eines Earls war, wie Carlisle vermutete. Odelias Äußeres hingegen war beeindruckend. Sie war ungewöhnlich attraktiv, hatte hübsche, braune Augen, blondes Haar, dem vielleicht etwas Fülle fehlte, und regelmäßige Züge. Ihr Lächeln war auffallend genug, daß es im Gedächtnis hängenblieb, ohne aufdringlich oder anmaßend zu sein, und wirkte doch freimütig.

Charlotte erkannte in ihr eine Konkurrentin, der Respekt gebührte und die man nicht unterschätzen durfte.

Herbert Fitzherbert erschien nur wenige Augenblicke nach seiner Verlobten und verursachte bei seinem Eintritt einiges Aufsehen. Er war auf scheinbar völlig ungezwungene Art überaus charmant. Sein Lächeln allein bewirkte, daß Menschen sich zu ihm hingezogen fühlten. In seinen

Augen blitzten Fantasie und Humor, als wolle er ein tieferes Verständnis mit seinem Gesprächspartner teilen. Gleichzeitig fehlte ihm jede Arglist. Er wirkte auf eine Art verletzlich, die manch einer Frau den Eindruck vermittelte, er trüge ein geheimes Leid in sich, das nur sie lindern könne, und er hege Träume, die nur auf eine Gelegenheit zur Verwirklichung warteten. Er schauspielerte aber nicht oder doch kaum, obwohl bei seinem Charme die Versuchung ungeheuer groß war. Er war intelligent genug, um gelegentlich über sich selber zu lachen, und besaß genug Humor, um sich nicht zu ärgern, wenn sich andere auch einmal über ihn amüsierten.

Charlotte konnte sich gut vorstellen, daß manch einer – hauptsächlich Männer – von ihm irritiert war, aber sie vermutete, daß sich fast jeder umstimmen lassen würde, wenn Fitzherbert sich die Mühe machte, seinen Gegner zu umwerben. Ihn nicht zu mögen, wäre engstirnig gewesen.

Er war kaum größer als Durchschnitt, hatte blondes Haar und graublaue Augen, doch es war die natürliche Anmut in seinem ganzen Handeln sowie sein etwas wehmütiges Lächeln, die den nachhaltigsten Eindruck machten.

Noch bevor Emily mit ihm gesprochen hatte, zog sie die durchaus reale Möglichkeit in Betracht, daß Jack trotz Emilys Bemühungen und ihres geerbten Reichtums und trotz Großtante Vespasias Einsatz für seine Interessen nicht zum Kandidaten nominiert werden würde. »Fitz« mußte einen ernsten Fehler begehen, bevor man ihn ausscheiden konnte. Sie schämte sich der häßlichen Gedanken, die ihr durch den Kopf gingen. Vielleicht würde er zuviel trinken oder eine unverzeihliche Indiskretion begehen, indem er einer ältlichen Herzogin gegenüber eine unanständige Bemerkung fallenließ? Doch bei seinem Charme fände sie möglicherweise ihr Vergnügen daran! Oder vielleicht würde er die Tochter eines einflußreichen Mannes verführen – eine Ehefrau war weit weniger skandalträchtig, solange er Diskretion wahrte. Oder er nahm sich lautstark eines völlig abwegigen Problems an, zum Beispiel der Frage des Frauenwahlrechts oder der Unabhängigkeit Irlands? Vielleicht bestand da noch die größte Chance?

»Guten Abend, Mr. Fitzherbert«, sagte Charlotte mit einem strahlenden Lächeln. Sie beabsichtigte, besonders höflich zu ihm zu sein, um eine Art Barriere aufzustellen, und mußte verärgert feststellen, daß sie ihn trotz aller inneren Vorsichtsmaßnahmen mochte, noch bevor er den Mund aufgemacht hatte. »Ich bin Mrs. Pitt, Mr. Radleys Schwägerin.«

»Ach ja«, sagte er und begriff sofort. »Emily hat gesagt, daß Sie an ihre Stelle treten würden, wenn es ihr nicht gutginge. Es ist außerordentlich freundlich von Ihnen, Ihre Zeit dafür zu opfern. Mindestens die Hälfte von uns werden Sie zu Tode langweilen.«

»Ich bin mir sicher, die andere Hälfte wird für den Ausgleich sorgen.« Sie wollte in jeder Hinsicht höflich sein und zugleich eine Distanz wahren. Sollte er sich nach seinem Belieben zu einer der beiden Hälften zählen, sie würde ihre Hände in Unschuld waschen.

Er lachte auf.

»Bravo, Mrs. Pitt«, sagte er freimütig. »Ich glaube, Sie gefallen mir.«

Ihn zurechtzuweisen wäre entsetzlich unhöflich gewesen und außerdem ganz unaufrichtig. Sie ärgerte sich über sich selbst, weil ihr keine passende Antwort einfiel, und als sie ihm dankte, empfand sie keinerlei Abneigung.

Lord Anstiss traf als einer der letzten ein. Er kam allein die Treppe hoch und blieb hinter Fitzherbert stehen. Er war von mittlerer Größe und kräftigem Wuchs, ohne jedoch Fett angesetzt zu haben, obwohl er wahrscheinlich schon Anfang Fünfzig war. Sein Haar wurde schütter. Er trug Koteletten, aber keinen Schnauzer oder Bart, so daß seine offenen Züge gut sichtbar waren. Seine Erscheinung flößte Respekt ein, denn er war offensichtlich willensstark und intelligent. Man mußte ihm nur in die Augen schauen, um seine Persönlichkeit zu erkennen und sein Selbstvertrauen zu spüren, das sich auf seinen Erfolg gründete. Er brauchte kein Lob von außen, um sein Selbstwertgefühl zu stärken.

Fitzherbert besann sich seines guten Benehmens, drehte sich zu Lord Anstiss um und lächelte ihm zu. Er entschuldigte sich, daß er ihn hatte warten lassen, und begab sich schnellen Schrittes in den Empfangssaal.

Charlotte wandte sich dem neuen Gast mit einem nervösen Gefühl in der Magengegend zu.

»Guten Abend, Lord Anstiss«, sagte sie, schluckte und lächelte. Dieser Mann war für Emilys Pläne von außerordentlicher Bedeutung. »Wir freuen uns sehr, daß Sie kommen konnten. Ich bin Mrs. Pitt, Mrs. Radleys Schwester. Leider ist sie unpäßlich, so daß mir die Ehre zufällt, heute abend an ihrer Stelle zu stehen.«

»Ich bin überzeugt, Sie tun es mit Anmut und Würde, Mrs. Pitt«, sagte er höflich. »Seien Sie doch so freundlich, Mrs. Radley meine besten Wünsche auszurichten und meine Hoffnung, daß sie sich schon bald wieder bester Gesundheit erfreuen möge. Es ist nichts Ernstes, hoffe ich?«

Da Charlotte wußte, daß ein Parlamentsabgeordneter eine Frau an seiner Seite haben mußte, die weder zart besaitet noch nachlässig in ihrer Pflichterfüllung war, hatte sie sich schon vorher ihre Antworten zurechtgelegt.

»Das wird sie sicherlich. Diese Unpäßlichkeit befällt Frauen nur in den ersten Wochen, doch wenn wir unseren Männern Erben schenken sollen, scheint dies unvermeidbar.«

»Ich fürchte, da haben Sie recht«, sagte er mit einer kleinen Verbeugung. »Ich bin erfreut, daß dies der Grund dafür ist.« Er warf einen Blick zurück auf das leere Treppenhaus, bevor er ihr seinen Arm bot. »Darf ich Sie in den Ballsaal führen? Ich höre Musik.« Und tatsächlich hatte die Kapelle mit der Eröffnungsquadrille begonnen.

Soweit lief alles glatt. Jeder Gast von Bedeutung hatte Charlotte akzeptiert. Jetzt mußte sie darauf achten, daß sie mit allen ein paar Worte wechselte, die persönlich klangen, jedoch nicht aufdringlich waren oder jemandem zu nahe traten, und die bewirkten, daß sich jeder willkommen und keiner sich übergangen oder brüskiert fühlte. Sie mußte dafür sorgen, daß es zu keinen Zwischenfällen kam, die Erfrischungen ausreichten, der Champagner gut gekühlt war und die Kapelle im Rhythmus blieb.

»Danke, sehr liebenswürdig von Ihnen«, sagte sie und schwebte am Arm seiner Lordschaft an der Blumendekoration vorbei in den Ballsaal. Sie schlossen sich der Quadrille nicht an, da sie ein paar Minuten zu spät eingetreten waren, sondern verharrten in angenehmem Geplauder, machten ein paar belanglose Bemerkungen und lächelten den anderen zu. Als die Kapelle einen Lancier zu spielen begann, wurde sie auf das Parkett gewirbelt. Sie hatte gerade noch Zeit, ihre Füße und die Schleppe zu ordnen. Dann stellte sich ein vertrautes Gefühl ein, die Jahre schmolzen zusammen, und sie war wieder das junge Mädchen, das auf der Suche nach einem Ehemann von einem eleganten Ball zum nächsten geschleppt wird. Allerdings, wenn sie ehrlich sein sollte, mußte sie sich eingestehen, daß ihre Mutter sie nie zu einem Ereignis mitgenommen hatte, das mit diesem vergleichbar gewesen wäre. So etwas war für die gesellschaftliche Stellung der Ellisons außer Reichweite gewesen. Sie hatten sich nie nach der Aristokratie gereckt, ihnen war nur das etablierte Bürgertum und ein gutes Einkommen wichtig gewesen.

Als die Musik verklang, dankte sie Seiner Lordschaft, knickste und entschuldigte sich. Die Pflicht rief. Aus dem Augenwinkel sah sie Jack und lächelte flüchtig, bevor sie sich zu einer Gruppe von Damen gesellte, von denen sie wußte, daß sie einflußreich waren. Sie hatte sich Emilys detaillierte Anweisungen sehr zu Herzen genommen.

Sie kannte sich mit den Modetrends nicht aus, da modische Kleidung ihr Budget überstieg, und ein Gespräch darüber würde sie in Verlegenheit bringen, deshalb konnte sie zu einer Unterhaltung über dieses Thema keine Einzelheiten beisteuern. Ebensowenig wußte sie, wer zur Zeit wem den Hof machte, wer wen abgewiesen hatte, wer bewundert oder brüskiert wurde, noch konnte sie darüber Auskunft geben, welches Stück gegenwärtig in welchem Theater gegeben wurde. Deshalb hatte sie beschlossen, die Gäste um ihre Ansichten zu bitten und dann ihren Antworten aufmerksam zuzuhören. Diese Taktik widersprach ihrem Naturell und wurde ihr nur durch die Gegebenheiten aufgezwungen, doch sie funktionierte erstaunlich gut.

»Wirklich?« sagte sie mit weit aufgerissenen Augen, während sie einer mageren Dame, die ihre Saphire funkeln ließ und ihre Meinung zu einem Stück im Haymarket-Theater kundtat, zuhörte. »Erzählen Sie doch mehr darüber. Sie schildern es so anschaulich.«

Die Dame bedurfte keiner zweiten Aufforderung. Das Stück hatte ihr Mißfallen erregt, und nun drängte es sie zu erläutern, daß es den anderen Zuschauern ebenso gegangen war, und zwar aus denselben Gründen.

»Ich bin nicht engstirnig, müssen Sie wissen«, begann sie energisch, »und ich hoffe, ich weiß alle möglichen Arten von Literatur zu schätzen. Aber das wühlte ja im tiefsten Schmutz, es enthielt jede denkbare Greueltat und unvorstellbar abstoßende Gelüste. Da ist es kaum eine Entschuldigung, daß jede Sünde auf die eine oder andere Art bestraft wurde. Wir mußten trotzdem Zeugen von Dingen werden, die jedes moralische Empfinden empören würden.«

»Gütiger Himmel!« Charlotte war erstaunt und fasziniert zugleich. »Ein Wunder, daß es öffentlich aufgeführt werden durfte.«

Die Dame sah sie mit weit geöffneten Augen an. »Meine gute Mrs. Pitt, genau das habe ich mir auch gesagt.«

Ein junger Mann passierte die Gruppe und lachte auf, während das junge Mädchen an seinem Arm kicherte und errötete.

»Ich bin ja so froh, daß ich meine Tochter nicht mitgenommen habe«, sagte eine andere Dame in Goldbrokat mit Nachdruck. Ein Schaudern ging durch ihren Körper, und ihre Diamanten glitzerten. »Dabei hatte ich das vor. Ein gutes Theaterstück kann so erbaulich sein. Ein junges Mädchen muß etwas haben, worüber es intelligent reden kann. Dummheit ist so überaus unattraktiv, finden Sie nicht?«

»O doch«, sagte Charlotte ehrlich. »Das hübscheste Gesicht der Welt wird langweilig, wenn die Besitzerin keinen sinnvollen Beitrag zu leisten weiß.«

»Richtig«, gab die Dame mit den Saphiren zu. »Doch ich versichere Ihnen, das ging weit über das hinaus, was ein anständiger Mensch zu diskutieren wünscht, und war völlig ungeeignet für eine junge Dame, die die Aufmerksamkeit eines respektablen Herrn auf sich zu ziehen hofft.«

Eine fröhlich lachende Frau streifte mit ihrem Partner die Gruppe.

Großtante Vespasia trat mit einem anmutigen Kopfnicken zu den Damen.

»So überaus elegant, Mrs. Harper«, bemerkte die Dame mit den Saphiren, während sie dem Paar nachschaute, das die Köpfe zusammengesteckt hatte und verschwand. »Sind Sie nicht auch der Meinung, Lady Cumming-Gould?«

»Hochaktuell«, konzedierte Vespasia. »Reizend, bis sie den Mund aufmacht.«

»Oh! Ist sie ordinär – oder dumm? Darüber habe ich nichts gehört.« Ihr Ton deutete Kritik an.

»Keines von beiden, soweit ich weiß«, gab Vespasia zurück. »Aber sie hat ein Lachen, das würde einem Pferd den Garaus machen! An einem ruhigen Abend kann man es über eine Entfernung von zwei Straßenzügen hören.«

Jemand kicherte, unterdrückte es aber dann, unsicher darüber, ob es angemessen war. Es entstand eine verlegene Pause. Plötzlich vernahm man alle anderen Geräusche: das Gleiten der Ledersohlen auf dem glatten Parkett, das Rascheln der Schleppen und Tournüren aus Taft, Tüll und Satin, das Geplätscher der Unterhaltung, das Klirren der Gläser und das Stimmen der Violinen im Raum nebenan.

»Wie lautete denn der Titel von dem Theaterstück?« fragte Charlotte völlig naiv.

»*Titus Andronicus,* aber es hieß, es sei von Shakespeare«, antwortete die Dame mit den Saphiren, »also ging ich in dem Glauben hin, daß es edel und erhebend sein würde.«

»War die Sprache nicht poetisch?« fragte Charlotte.

»Meine gute Mrs. Pitt, ich habe keine Ahnung.« Sie ereiferte sich etwas. »Doch selbst wenn sie es war, ist das noch keine Entschuldigung. Viel zu viel wird aufgrund seines Stils gerechtfertigt, als ob Stil wichtig wäre! Wir verlieren unsere Werte. Überall lauern Skandale.« Sie schnaubte. »Mir tut zum Beispiel die Prinzessin von Wales so leid, die Arme. Ganz sicherlich hat sie gehört, was man sich erzählt.«

»Das bezweifle ich«, erwiderte Vespasia trocken. »Sie ist stocktaub, die Ärmste – aber so bleibt es ihr möglicherweise erspart, sich das böse Geflüster anzuhören, das sie sonst sicherlich verletzen würde.«

»In der Tat«, stimmte ihr eine andere Dame zu und nickte, so daß ihr Diadem im Licht funkelte. »Es ist entsetzlich, was die Leute alles sagen. Wo sich doch ihr Mann ganz offen, so daß alle Welt es sehen kann, eine Geliebte hält. Lillie Langtry – ich bitte Sie! Die Frau ist doch genau gesagt eine ...« Sie zuckte die Schultern und vermied es, das Wort auszusprechen. »Und ihr Sohn ist ein absoluter Herumtreiber, was ihr ja auch nicht entgangen sein kann. Wissen Sie, ich habe gehört, daß der Herzog von Clarence sich des Nachts aus dem Palast stiehlt und Halbweltdamen aufsucht. Können Sie sich das vorstellen?«

»Ich habe gehört, es sei eine bestimmte Frau.« Die Dame mit den Saphiren zog ihre Augenbrauen in die Höhe und fuhr mit einem Ausdruck, der verhieß, daß sie wichtige Informationen weiterzugeben habe, fort: »Und es soll sich bei der Affäre um weit mehr handeln als nur um die Befriedigung der niederen Gelüste.« Sie senkte ihre Stimme vertraulich. »Es ist natürlich nur Spekulation, aber es wird gemunkelt, daß es mit diesen furchtbaren Morden in Whitechapel im letzten Jahr zu tun hatte. Sie wissen schon, der Ripper.« Sie vermied es, Vespasia in die Augen zu sehen, und fuhr in kritischem Ton fort. »Ich hatte natürlich schon immer meine Zweifel, was den Nutzen der Polizei angeht. Mein Großvater war unumstößlich dagegen.« Sie zuckte wieder mit den Schultern. »Er meinte, sie sei teuer, würde die Würde und Unabhängigkeit der Bürger beschneiden, sich da einmischen, wo sie nichts zu suchen habe, und nur wenig bewirken. Das scheint ja auch der Fall zu sein.« Sie ließ ihren Blick in der Runde schweifen. »Wenn so etwas im Herzen Londons geschehen konnte, und sechs Monate später haben sie immer noch keinen geschnappt, dann muß an dieser Meinung ja wohl etwas dran sein, oder etwa nicht?«

Vespasia gab Charlotte einen kleinen Stoß, als diese soeben aufbrausen und Pitt im besonderen und die Polizei im allgemeinen verteidigen wollte.

»Ihre Logik ist unwiderlegbar«, sagte Vespasia mit einem süßlichen Lächeln. »Ich würde die Ärzte auch abschaffen. Auch sie erfüllen keinen wichtigen Zweck. Noch nicht einmal den Prinzgemahl haben sie zu retten vermocht. Und wenn ich es mir recht überlege, dann muß ich sagen, daß jeder, aber auch jeder, den ich kannte, schließlich gestorben ist.«

Alle drehten sich zu ihr um und starrten sie an. Keiner außer Charlotte wußte, wie diese letzte, völlig absurde Bemerkung zu verstehen war.

Vespasias Gesicht war wundervoll. Kein Muskel regte sich, und selbst in ihren schönen silbergrauen Augen war kein belustigtes Aufblitzen zu entdecken.

Charlotte wartete mit angehaltenem Atem; sie wollte diesen köstlichen Moment nicht zerstören.

»Also ... äh«, begann die Dame mit den Saphiren und blieb dann stumm. Alle blickten voller Hoffnung auf sie, doch für den Moment ließ ihre Geistesgegenwart sie im Stich, und sie schwieg.

Die Dame in Rosa rührte sich, hob an zu sprechen und hüstelte dann statt dessen.

Schließlich erbarmte Großtante Vespasia sich ihrer.

»Es ist eine harte Welt«, sagte sie salbungsvoll. »Die Chirurgen und Ärzte können die Sterblichkeit nicht verhindern, sie können lediglich Schmerzen lindern und bei manchen Unfällen oder Krankheiten helfen. Und die Polizei kann menschliche Niedertracht nicht ausmerzen, sie kann lediglich einige Übeltäter festnehmen und dafür sorgen, daß sie bestraft werden, um die anderen abzuschrekken.« Sie vermied es, Charlotte in die Augen zu sehen. »Selbst die Kirche hat die Sünde nicht abschaffen können. Dabei wäre das in meinen Augen das Beste.«

»Ich, äh ... ich ...«, wieder fiel der Dame mit den Saphiren nichts Passendes ein.

»Hat jemand von Ihnen die neueste Oper von Gilbert und Sullivan gesehen?« sprang Charlotte hilfreich ein, sah aber Vespasia nicht an.

»Aber ja, *Ruddigore*«, antwortete die Dame in Rosa dankbar. »Ein bißchen traurig, finden Sie nicht auch? *Pirates of Penzance* hat mir viel besser gefallen, aber *Princess Ida* habe ich nicht verstanden. Ich bin mir nicht sicher, ob sie nun für die Schulbildung von Mädchen sind oder dagegen!«

»Frauen sollten in der Kunst der Höflichkeit ausgebildet werden, weiter nichts«, sagte die Dame mit den Saphiren entschieden. »Akademisches Wissen ist nutzlos und verwirrt nur den Verstand. Wir sind für diese Dinge nicht geschaffen, weder von Gott noch von der Natur!«

»Ist das nicht dasselbe?« fragte Charlotte.

»Wie bitte?«

»Gott und die Natur«, erläuterte Charlotte.

Die Dame mit den Saphiren zog die Augenbrauen in die Höhe. »Ich glaube kaum ...«

In der Ferne hatte die Kapelle einen Walzer angestimmt.

»Wenn Sie mir erlauben ...« Charlotte ergriff die Gelegenheit, das Gespräch zu beenden und sich zu entfernen.

Doch so leicht wollte man sie nicht gehen lassen.

»Hat es Ihnen gefallen, Mrs. Pitt?« fragte die Dame in Rosa interessiert.

»Wie bitte?« Charlotte war völlig aus dem Konzept gebracht.

»*Ruddigore!*« wiederholte die Dame geduldig.

»Leider habe ich es noch gar nicht gesehen«, gab Charlotte zu. »Würden Sie mich ...«

»Aber selbstverständlich! Ich bin sicher ...«

»Natürlich«, unterbrach Vespasia sie und nahm Charlottes Arm. »Wir nehmen Sie ja völlig in Beschlag, meine

Gute. Kommen Sie mit, ich werde Ihnen Lady Byam vorstellen. Ich bin mir sicher, sie wird Ihnen sehr zusagen.« Und ohne jemandem die Möglichkeit zu geben, sie davon abzuhalten, rauschte sie mit Charlotte davon.

»Das hast du absichtlich gemacht«, flüsterte Charlotte heftig.

»Aber sicher doch«, gab Vespasia ohne jede Gewissensbisse zu. »Laetitia Fox ist eine alberne Gans und nicht besonders angenehm. Sie ödet mich über alle Maßen an. Aber Eleanor Byam wird dir gefallen, und ihr Mann ist eine sehr wichtige Persönlichkeit. Er ist nicht nur im Finanzministerium sehr einflußreich, sondern in politischen Kreisen insgesamt. Seine Unterstützung wird Jack hilfreich sein, obwohl es natürlich Lord Anstiss' Förderung ist, die ihr eigentlich braucht.«

»Erzähl mir mehr von ihm«, bat Charlotte. »Ich weiß, daß er die schönen Künste fördert und viele Galerien und Theater unterstützt und daß er finanzielle Zuwendungen an wohltätige Einrichtungen aller Art macht, aber wie ist er als Mensch? Was hat er für Vorlieben, was für Neigungen? Worüber soll ich mit ihm sprechen?«

»Du willst eine Menge auf einmal wissen, meine Gute.« Vespasia nickte den Menschen, an denen sie vorbeikamen, höflich zu. Sie kannte fast jeden, der Rang und Namen hatte, und war ihnen ebenso bekannt, obwohl nur die wenigsten behaupten konnten, mit ihr befreundet zu sein.

Charlotte warf einen Blick auf die Kapelle, die mit unvermindertem Elan spielte; auf dem Parkett drehten sich die Tänzer.

»Regina Carswell«, sagte Vespasia nebenbei, als sie die Carswells passierten, die in einer Unterhaltung mit einer Gruppe älterer Herren begriffen waren. »Eine angenehme Frau mit mehr Verstand als die meisten, aber drei Töchter, die noch verheiratet werden müssen, das ist keine leichte Aufgabe, besonders wenn sie sich alle so ähnlich sind.«

»Aber sie hat eine gesellschaftliche Stellung und Geld«, führte Charlotte an, als sie einem General in Scharlachrot mit zwei Offizieren auswichen.

»Das stimmt schon. Addison Carswell ist Richter«, pflichtete Vespasia ihr bei. »Dennoch, drei Töchter sind eine schwierige Sache. Es spricht für sie, daß sie sich überhaupt einen Sinn für die Gegebenheiten bewahrt hat.«

»Lord Anstiss«, warf Charlotte ein.

»Ich habe dich gehört, Charlotte. Er ist ein Mann, für den Macht und Reichtum selbstverständlich sind und ebenso der daraus resultierende Respekt und die Möglichkeit, die schönen Künste und die Wissenschaft zu fördern.« Vespasia nahm ein Glas gekühlten Champagners von einem Diener in Livree entgegen. »Ebensogern unterstützt er Personen und Anliegen«, fuhr sie fort, »was natürlich bedeutet, daß viele Leute ihn umschmeicheln. In Anbetracht all dessen ist er bemerkenswert liebenswürdig und zurückhaltend.« Sie nickte einem Bekannten zu. »Er hat nichts Ordinäres an sich und verabscheut Prahlerei, wobei er es aber genießt, von netten Menschen umgeben zu sein, und er ist sich nicht zu schade, sich in deren Bewunderung zu sonnen.«

»Sehr gut«, sagte Charlotte leise. »Magst du ihn?«

»Das tut nichts zur Sache«, erwiderte Vespasia.

»Also nicht.«

»Es ist keine Frage des Mögens oder Nichtmögens«, sagte Vespasia zu ihrer Verteidigung. »Ich kenne ihn nur als Figur des öffentlichen Lebens. Er hat Eigenschaften, die ich bewundere, und sein Handeln heiße ich in jedem Fall gut. Auf privater Basis habe ich wenig mit ihm zu tun gehabt.« Sie nahm einen Schluck von ihrem Champagner. »Allerdings ist er intelligent, und das ist immer attraktiv. Nein, meine Gute, du wirst dir selbst ein Urteil bilden müssen. Denk einfach daran, daß er großen Einfluß hat, vergiß das nie, und im Moment geht es ja um Jack.«

»Ich werde daran denken.«

Vespasia lächelte.

»Ich danke dir«, sagte Charlotte ernst.

»Du solltest jetzt lieber deinen Pflichten nachgehen«, antwortete Vespasia, und Charlotte verabschiedete sich brav von ihr, wenigstens vorübergehend. Da auch Emily seine Bedeutung hervorgehoben hatte, fühlte sie sich verpflichtet, erneut mit Lord Anstiss zu reden und sich zu versichern, daß er in guter Gesellschaft war und sich wohl fühlte.

Sie fand ihn ohne große Schwierigkeiten. Er stand mit einem Glas Wein in der Hand und unterhielt sich mit Lord und Lady Byam und einer dünnen Frau mit flachsfarbenem Haar und einer auffallenden Smaragdkette. Sie machten Charlotte Platz, als sie sich ihnen genähert hatte.

»Ein wunderbarer Abend, Mrs. Pitt«, sagte Anstiss höflich. »Mrs. Walters ist Ihnen selbstverständlich bekannt?« Er neigte seinen Kopf ein wenig und deutete so auf die Dame mit den Smaragden.

Charlotte hatte keine Ahnung, wer sie war.

»Selbstverständlich«, murmelte sie. Ihre Unwissenheit einzugestehen, wäre zu beleidigend gewesen. »Wie entzückend, Sie zu sehen, Mrs. Walters.«

»Sehr freundlich«, sagte Mrs. Walters unverbindlich. »Lord Anstiss sprach soeben von der Oper. Lieben Sie Musik, Mrs. Pitt?«

»Sehr sogar«, antwortete Charlotte und hoffte, daß man sie nicht nach einer Liste der Konzerte fragen würde, die sie in letzter Zeit besucht hatte. Solcherlei Veranstaltungen sprengten ihren finanziellen Rahmen. »Ich liebe alle Arten von Musik, angefangen von einem Menschen, der zu seinem eigenen Vergnügen singt, bis hin zu den größten Chören.«

»Ich meinte großartige Stimmen und nicht eine große Anzahl von Singenden«, sagte Mrs. Walters kühl, und Charlotte hatte den Eindruck, daß dieser Frau ihr Hinzukommen nicht gefiel. Sie fragte sich, worüber sie sich wirklich unterhalten hatten. Sie musterte Mrs. Walters genauer und erkannte die feinen Linien der Verärgerung, als ob sie immer mit Verdruß rechnete. Jetzt aber mischten sich Erwartung und Anspannung in ihrem Ausdruck, und sie schien sich Lord Anstiss' Gegenwart besonders bewußt zu sein. Ihre Augen flackerten unstet, als wüßte sie nicht genau, ob sie mit ihm sprechen sollte oder nicht.

Charlotte lächelte ihr wohlwollend zu; tatsächlich empfand sie eine Art Mitleid für sie.

»Ich dachte an die Art von Musik und nicht an die Qualität. Vielleicht habe ich mich schlecht ausgedrückt. Das tut mir leid. Haben Sie in letzter Zeit etwas Interessantes gesehen, Mrs. Walters?«

»Oh ...« Mrs. Walters zuckte die Achseln. »Vor ein paar Wochen habe ich *Othello* gesehen. Sie wissen ja, Verdi. Seine neueste Oper. Haben Sie sie gesehen?«

»Nein«, gab Charlotte sofort zu. »Ich war völlig von anderen Dingen in Anspruch genommen. War es eine gelungene Aufführung?«

»O ja. Würden Sie mir da nicht zustimmen, Lord Anstiss?« Sie blickte ihn mit einem hellen Leuchten in den Augen an.

»In der Tat.« Anstiss fing an, eine längere, wohldurchdachte und einfühlsame Würdigung des Werkes und der Aufführung, die er gesehen hatte, zu geben. Sein Gesicht war dabei voller Ausdruck und Lebhaftigkeit, seine Worte klangen sehr persönlich und waren von einem tiefen Empfinden geprägt. Keiner unterbrach ihn, und Charlotte hörte ihm fasziniert zu. Seine Schilderung weckte in ihr den Wunsch, daß diese Ereignisse auch ihr offenstehen würden. Aber es würde immer ein Traum bleiben, und dies hier war nur ein Spiel, ein paar Tage aus Emilys Leben. Charlotte wollte sie als das genießen, was sie waren, und ihre Aufgabe ehrenhaft erledigen.

»Wie gut Sie es beschreiben, Mylord«, sagte sie mit einem Lächeln. »Sie vermitteln mir nicht nur das Gefühl, ich sei dabeigewesen, sondern daß ich mich auch in vortrefflicher Begleitung befunden habe.«

Sein Gesicht leuchtete vor Freude auf. »Ich danke Ihnen, Mrs. Pitt. Welch ein liebenswürdiges Kompliment. Rückblickend haben Sie mir zu einem doppelten Genuß des Abends verholfen.« Die Erwiderung ging über die konventionelle Höflichkeit nicht hinaus, aber Charlotte hatte das Gefühl, wenn er es nicht gemeint hätte, hätte er geschwiegen.

Mrs. Walters' Züge verdunkelten sich. »Ich bin mir sicher, daß wir Ihnen alle gerne zuhören«, sagte sie eine Spur gereizt. »Sicherlich haben Sie auch etwas Bemerkenswertes gesehen, Mrs. Pitt. Sie können ja nicht Ihre ganze Zeit damit verbringen, die Karriere Ihres Schwagers zu fördern. Ich glaube, er hat sein Interesse an der Politik erst vor sehr kurzer Zeit entdeckt.«

»Sein Interesse besteht schon seit langem«, widersprach Charlotte ihr. »Nur die Entscheidung, für das Parlament zu kandidieren, hat er kürzlich getroffen.«

»Ein feiner Unterschied«, bemerkte Anstiss mit sichtlichem Vergnügen. »Finden Sie nicht auch, Byam?«

Byam lächelte, es war ein natürliches, warmes Lächeln. »Ich verstehe Sie durchaus, Mrs. Pitt. Dennoch wäre es bedauerlich, wenn er so viel Ihrer Zeit in Anspruch nehmen würde, daß Sie keine Gelegenheit mehr hätten, sich an Theater oder an Musik zu ergötzen.«

»Oh, ich habe sehr wohl Gelegenheit dazu.« Charlotte wollte nicht zu eifrig oder einseitig erscheinen. Sie durchforschte ihr Gedächtnis nach einer geeigneten Veranstaltung, die sie besucht hatte, und kürzte die Wahrheit um ein paar Jahre. »Erst kürzlich habe ich eine entzückende Aufführung einer Oper von Gilbert und Sullivan gesehen. Nicht dasselbe wie Verdi, das muß ich zugeben, aber ein reizender Abend.«

Mrs. Walters zog die Augenbrauen hoch, sagte aber nichts.

»Ich stimme Ihnen zu«, sagte Eleanor Byam schnell. »Wir können uns nicht immer mit Tragödien abgeben. Vor ein paar Wochen habe ich *Patience* noch einmal gesehen und fand es äußerst unterhaltsam. Und so viele der Melodien habe ich mir merken können.« Sie warf ihrem Mann einen Blick zu.

»In der Tat«, pflichtete er ihr bei, sah aber nicht sie, sondern Lord Anstiss an. »Fanden Sie nicht auch die Handlung und den Humor einfach köstlich – angesichts Ihrer Meinung über die ästhetische Bewegung?«

Anstiss' Blick wanderte über ihre Köpfe hinweg im Saal

herum, und seine Augen blitzten humorvoll auf, als zielte er mit seinen Worten auf eine tiefere Bedeutung. »Mr. Oscar Wilde sollte sich geschmeichelt fühlen«, erwiderte er leichthin. »Sein Witz und seine Ideen sind bereits verewigt und werden von halb London gesungen und gepfiffen, ohne daß man sich dessen bewußt ist.«

»Besonders das Lied über das silberne Butterfaß«, sagte Byam mit ruhiger Stimme und lächelte, blickte aber niemanden direkt an. Er summte ein paar Takte. »Magnetische Anziehungskraft ist eine eigentümliche Eigenschaft. Warum besitzen einige sie und andere nicht?«

»Sprechen Sie von Metallarten oder von Menschen?« fragte Anstiss.

»Von beiden«, antwortete Byam. »Das Geheimnis bleibt dasselbe – für mich.«

»Ein ziemlich schwächlicher junger Mann, soweit ich gehört habe«, sagte Mrs. Walters mit bebender Stimme. »Findet er Ihre Billigung, Lord Anstiss?«

»Ich bewundere sein Geschick, mit Worten umzugehen, Mrs. Walters«, gab Anstiss bedächtig zurück. »Weiter würde ich lieber nicht gehen.« Seine Stimme war etwas herablassend. »Ich habe mich auf seine Charakterisierung in *Bunthorne's Bridge* bezogen. Mr. Gilbert hat die ästhetische Bewegung, deren führender Kopf Wilde ja ist, dort satirisch dargestellt.«

»Das weiß ich auch«, sagte sie gereizt und errötete.

Anstiss warf Byam einen schnellen Blick zu, dann sahen beide in eine andere Richtung, aber sie hatten sich verstanden, und Byams Gesicht drückte Zustimmung aus.

»Selbstverständlich«, beruhigte Anstiss sie. »Ich habe damit nur meine eigenen Gefühle erklären wollen. Ich kenne Mr. Wilde nicht persönlich und auch keinen seiner Bewunderer, muß ich hinzufügen. Ich habe ein paar seiner Gedichte gelesen, das ist schon alles.«

»Ich bevorzuge das klassische Theater.« Mrs. Walters schwenkte nun auf eine ganz neue Linie ein. »Sie nicht auch, Lady Byam? Letztens sah ich Sir Henry Irving in *Hamlet*. Welch eine Inspiration!«

Mit einem Lächeln zu Lord Anstiss und einem Blick auf Lady Byam entschuldigte sich Charlotte und murmelte etwas über ihre Verpflichtungen den anderen Gästen gegenüber. Dann verschwand sie und überließ Mrs. Walters das Feld.

Charlotte verbrachte die nächste halbe Stunde damit, höfliche Belanglosigkeiten mit fast all den Gästen auszutauschen, mit denen sie bis dahin noch nicht gesprochen hatte. Sie überzeugte sich, daß die Erfrischungen auf dem Buffet noch nicht zur Neige gingen, und versuchte festzustellen, ob die Musiker noch nüchtern waren, was sie jedoch leicht bezweifelte. Dann suchte sie Jack in der Menge, um ihm über den erfolgreichen Gang des Abends Bericht zu erstatten.

Gegen Mitternacht ging sie in trautem Schweigen mit Großtante Vespasia durch die Räume. Sie kamen zu dem Balkon am Ende des Ballsaales, wo sie auf Lord und Lady Byam stießen, die unter einem chinesischen Lampion standen. Das gedämpfte Licht tauchte sie in einen warmen Schein und verlieh Eleanor mit ihrem dunklen Haar einen leicht exotischen Anstrich.

Die Begrüßung folgte dem förmlichen Muster und war sehr höflich. Sie machten Konversation über einige triviale Belange und wechselten dann rasch zu einem Thema von gemeinsamem Interesse, das natürlich im politischen Geschehen lag. Es ergab sich, daß sich die Unterhaltung den nächsten Wahlen zuwandte. Weder Jack noch Fitzherbert wurden namentlich erwähnt, aber es wurde eine Reihe von subtilen Überlegungen angestellt, während Charlotte wiederholt Eleanors Blick traf und die beiden Frauen sich einander zulächelten.

»Selbstverständlich ist die Angelegenheit sehr kompliziert«, sagte Byam mit großem Ernst, aber ohne die Aufgeblasenheit, die Charlotte bei anderen Männern, die hohe Ämter bekleideten, fast unerträglich fand. »Man kann selten eine finanzielle Entscheidung treffen, die sich nur auf eine Gruppe von Menschen oder eine Interessenslage auswirkt. Ich glaube, manche unserer verhinderten Reformer erkennen das nicht. Geld symbolisiert Reichtum, es ist nicht Reichtum an sich.«

»Ich verstehe dich nicht«, sagte Eleanor mit beeindruckender Offenheit. »Ich dachte, Geld sei die offensichtlichste Form von Reichtum.«

»Geld ist lediglich Papier«, erklärte Byam mit einem kleinen Lächeln, »oder im besten Falle Gold, eine vergleichsweise nutzlose Ware. Man kann es nicht essen, nicht anziehen, noch erfüllt es irgendein anderes menschliches Bedürfnis. Es ist schön anzusehen und verdirbt nicht mit der Zeit, wie das bei minderwertigen Metallen der Fall ist. Aber es ist weniger nützlich als Stahl und ungleich weniger nützlich als Kohle, Holz, Baumwolle, Wolle, Korn oder Fleisch.«

»Ich sehe nicht, was du damit sagen willst.« Eleanor war noch nicht zufriedengestellt.

In diesem Moment gesellte sich ein junger Mann zu ihnen, mit leuchtenden Augen unter schweren Lidern, einer ausgeprägten Nase und auffallend schönem, gelockten kastanienbraunen Haar, das schlecht geschnitten und viel zu lang war. Er platzte dazwischen und fing ohne zu zögern und ohne zu warten, daß man ihn vorstellte, an, die Frage zu beantworten.

»Geld ist eine Konvention, auf die sich die Menschen in der Zivilisation geeinigt haben, um den Tauschhandel zu erleichtern, aber es ist lediglich ein Mechanismus.« Er hielt seine langen, feinen Hände in die Höhe. »Und wenn unsere Vereinbarung versagt, weil ein Teil alle für den Tausch geeigneten Waren besitzt, dann ist auch das Mittel sinnlos geworden. Ein Laib Brot bleibt immer ein Laib Brot. Es wird einen Menschen für eine gewisse Anzahl von Tagen ernähren. Aber ein Stück Papier ist immer das wert, worauf wir uns geeinigt haben, nicht mehr und nicht weniger. Wenn die Vereinbarung versagt, entsteht finanzielles Chaos.« Er sah sie der Reihe nach an. »Genau das geschieht, wenn wir Menschen Geld zu Wucherzinsen verleihen und ihnen zu wenig für ihre Arbeit oder ihre Waren zahlen, so daß sie niemals genug verdienen können, um uns das Darlehen zurückzuzahlen. Dadurch, daß wir mit diesem Vorteil einsteigen, können wir die Preise, die wir zahlen wollen, festsetzen und den Schuldner immer in unserer Abhängigkeit belassen.«

»Sie klingen sehr engagiert, Mr. ...«, sagte Vespasia interessiert. Sie zögerte, weil sie seinen Namen nicht wußte, aber es schwang darin – entgegen Charlottes Erwartungen – keine Kritik an seinem Benehmen mit.

»Peter Valerius«, stellte er sich vor und war nur geringfügig verlegen, weil er auf diese Weise in die Runde eingebrochen war. »Verzeihen Sie. Ich bin auch engagiert.«

Da Charlotte die Gastgeberin des Abends war, stellte sie die anderen vor, wobei sie daran dachte, Vespasia zuerst zu nennen, da sie die Älteste war, und sich als letzte zu erwähnen. Sie konnte sich nicht daran erinnern, Mr. Valerius begrüßt zu haben, doch sie konnte ihn jetzt wohl kaum fragen, ob er eingeladen war.

»Für mich ist Wucherei, sei es im Kleinen, zwischen zwei Menschen, oder im Großen, zwischen zwei Nationen, die verabscheuenswürdigste menschliche Betätigung.« Er wandte sich an Charlotte. »Ich hoffe, Handels- und Bankgepflogenheiten sind Bereiche, denen Mr. Radley seine Aufmerksamkeit widmen wird?«

»Ich bin mir sicher, daß er das tun wird«, sagte Charlotte schnell. »Ich selbst werde ihn darauf hinweisen. Soziale Ungerechtigkeiten beschäftigen ihn sehr ...«

»Damit wird er nicht die Zustimmung seiner Partei erwirken«, warnte Valerius sie und schien Lord Byams Gegenwart, der fast seinen Ellbogen berührte, kaum wahrzunehmen. »Er wird damit nur wenige Freunde gewinnen und mit Sicherheit keine Chance haben, in ein Staatsamt befördert zu werden.«

»Ich glaube nicht, daß er auf ein hohes Staatsamt abzielt oder darauf hofft«, sagte sie freimütig. »Sehr viel wäre schon erreicht, wenn er seinen Einfluß auf die ausüben könnte, die diese Ämter bekleiden.«

Ein lebhaftes Lächeln breitete sich auf Valerius' Gesicht aus, das charmant und überraschend zugleich wirkte.

»Und Sie werden sicherlich Fitzherberts Ansichten zu diesem Punkt in Erfahrung bringen«, sagte Byam unbewegt.

»Selbstverständlich«, stimmte Valerius mit großen Augen zu. »Ist das nicht der Sinn und Zweck dieser entzückenden gesellschaftlichen Anlässe? Herauszufinden, wer was glaubt, wer bereit ist zu kämpfen und mit welchem Einsatz und Risiko?«

»Sehr direkt«, sagte Byam mißbilligend. »Ich verstehe, warum Sie nicht selbst eine Kandidatur anstreben, Mr. Valerius.«

Valerius errötete leicht, ließ sich aber nicht einschüchtern. Bevor er jedoch das Thema weiter verfolgen konnte, stieß eine Herzogin zu ihnen, die wie ein Schiff mit aufgeblähtem Segel daherkam und ihre drei Töchter im Schlepptau führte.

»Meine gute Lady Byam«, sagte sie mit durchdringender Altstimme. »Wie überaus reizend, Sie zu sehen. Ist es nicht ein großartiger Ball?« Sie senkte ihre Stimme ein bißchen für eine anscheinend vertrauliche Bemerkung. »Und ich bin mir ganz sicher, daß dies tatsächlich Mrs. Radleys Haus ist! Zumindest ist Lady Bigelow bereit, darauf zu schwören. So viele Damen mieten sich ein Haus, weil ihr eigenes nicht repräsentativ genug ist, so daß man nie sicher sein kann.« Sie öffnete ihre blaßblauen Augen weit. »Wie soll man jemanden einschätzen können, wenn man noch nicht einmal weiß, ob das seine Möbel sind? Die ganze Gesellschaft liegt darnieder.« Sie beugte sich vor. »Ich muß mehr über Jack Radley erfahren. Wer ist er denn, wissen Sie das? Ich muß zugeben, daß ich nichts über ihn weiß.« Sie schien den Rest der Gruppe nicht zu bemerken, und Charlotte wurde eines amüsierten Glitzerns, das aber ohne jede Bosheit war, in Lord Byams Augen gewahr.

Eleanor holte tief Luft und wollte antworten, wobei sie sich halb zu Charlotte wandte, um sie vorzustellen, aber die Herzogin fuhr unbeirrt fort.

»Er ist doch kein Radikaler, oder?« Sie starrte Eleanor durchdringend an. »Ich kann Radikale nicht ausstehen – so unzuverlässig. Was meint denn Lord Anstiss? Vielleicht sollte ich selbst einen Ball veranstalten. Dann könnte ich Mr. Radley und natürlich Mr. Fitzherbert einladen und mich selbst überzeugen. Werden Sie dieses Jahr in Henley dabeisein?«

»Aber natürlich«, erwiderte Eleanor. »Es bereitet mir großes Vergnügen, den Booten zuzusehen, und bei gutem Wetter ist es eine wunderbare Art, einen Sommertag zu verbringen. Und Sie, Gnädigste?«

»Selbstverständlich. Ich muß noch drei Töchter verheiraten, und wie wir alle wissen, können Regatten dabei sehr hilfreich sein.« Sie nickte vielsagend. »Lord Randolph Churchill hat Miss Jerome einen Heiratsantrag gemacht, nachdem sie sich erst vier Tage zuvor während der Cowes-Regatta kennengelernt hatten.«

»Wie ich gehört habe, waren der Herzog und die Herzogin von Marlborough entschieden dagegen«, gab Eleanor zurück.

»Allerdings ist das ja schon einige Zeit her, und es hat die Ehe auch nicht verhindern können.«

»Nun ja, sie war schließlich Amerikanerin«, erklärte die Herzogin einleuchtend. »Und nicht jeder ist bereit, eine Amerikanerin zu heiraten, ganz gleichgültig, wie schön sie ist oder wie sehr er das Geld braucht. Ich bin mir nicht sicher, ob ich es wollte. Aber auf jeden Fall werde ich in Henley sein, darauf können Sie sich verlassen.«

Zum ersten Mal warf sie einen Blick über die Schulter, um sich zu vergewissern, ob ihre Töchter noch da waren. Darauf nahm sie den Faden wieder auf. »Und das ist ja ein Ort, wo man gewiß sein kann, daß man dieser schrecklichen Mrs. Langtry nicht begegnet. In ganz London sehen sich die Damen verpflichtet, diese bedauernswerte Kreatur einzuladen, oder der Prince of Wales und das ganze Haus Marlborough sagen auch ab. Es ist einfach unerträglich.«

»Lieber würde ich auf das Privileg verzichten, als mich verpflichtet zu fühlen, jemanden einzuladen, an dem mir nichts liegt«, sagte Eleanor freimütig.

»Ja, natürlich würde man das gerne tun«, pflichtete ihr die Herzogin in schroffem Ton bei, »aber nicht jeder kann sich das leisten. Ihre Position ist gesichert, und Sie haben keine Töchter, die Sie verheiraten müssen. Ich kann meinen eigenen Gefühlen nicht in derselben Weise nachgeben. Der Herzog – der Herr stehe ihm bei – hat weder die Fähigkeit noch den Einfluß, sich eine Stellung in der Regierung zu verschaffen, so daß ich für meine Unterhaltung allein auf die Gesellschaft angewiesen bin.« Sie beugte sich mit einem neugierigen Ausdruck vor. »Haben Sie die Bekanntschaft von Oscar Wilde und seiner exzentrischen Gruppe gemacht? Ich habe gehört, sie seien überaus amüsant, und natürlich geben sie vor, so ungeheuer verrucht zu sein.«

Sie zog die Schultern hoch. »Der junge Fitzherbert hat mir erzählt, es ist alles nur Schau. Er war einer von ihnen, bevor er sich entschloß, für das Parlament zu kandidieren, dann mußte er sie aufgeben. Eine gelungene Ehestiftung ist das. Ihre Mutter ist hoch erfreut.« Dann wich die Begeisterung aus ihrem Gesicht, und sie fuhr in kühlerem Ton fort: »Eine ganz schöne Ehre für sie. Obwohl ich zugebe, Odelia – so heißt sie wohl – ist ein attraktives Mädchen und weiß genau, was sie tun, was sie sagen und wie sie sich anziehen muß. Das ist natürlich von Vorteil. Finden Sie nicht auch, Mrs. ...« Sie wandte sich mit fragendem Blick an Charlotte.

»Mrs. Pitt«, ergänzte Charlotte. »Mrs. Radley ist meine Schwester.« Sie fand es am besten, ihre Identität aufzuklären, bevor etwas gesagt wurde, das sich als peinlich erweisen könnte. »In der Tat ist es immer ein Vorteil, wenn man eine gute Erziehung genossen hat und gefügig ist.«

Die Herzogin warf ihr einen scharfen Blick zu.

»Ich bitte Sie, Mrs. Pitt, machen Sie sich nicht über mich lustig. Ich fürchte, ich habe etwas übertrieben. Es steht einer Braut gut an, aber bei einer verheirateten Frau ist es unerträglich.« Sie schnaubte leicht. »Keiner kann dem Leben ein Vergnügen abgewinnen, wenn er sich anpaßt. Ich glaube, ich werde meine Nachforschungen, was Oscar Wilde angeht, verstärken. Wenn ich die Verrufenheit in mein Haus einladen müßte, dann wäre mir ein Witzbold lieber als ein leichtes Mädchen.« Sie zog die Augenbrauen in die Höhe. »Was nützt mir schon eine weitere schöne Frau mit willfähriger Tugend? Sehr erfreut, Ihre Bekanntschaft gemacht zu haben, Mrs. Pitt. Sie müssen mich besuchen. Lady Byam. Kommt, Annabel, Amelia, Jane. Um Himmels willen, Kind, hör auf, diesen albernen jungen Mann anzustarren. Er ist ein Niemand. Jane! Hast du gehört?« Und ohne Peter Valerius auch nur eines Blickes zu würdigen, rauschte sie davon, als wären alle Segel gehißt und der Wind stünde günstig.

Charlotte schaute Eleanor an und sah in ihrem Gesicht Belustigung und komische Verzweiflung, aber auch Vergnügen angesichts der Exzentrizitäten mancher Menschen. Sie waren sich ohne Worte einig.

Charlotte entschuldigte sich mit einem Lächeln und widmete sich wieder der Aufgabe, nach dem Wohl der Gäste zu schauen, ein Auge auf die Kapelle zu werfen, dafür zu sorgen, daß die Erfrischungen nicht zur Neige gingen, und zu verhindern, daß sich zwischen den Blumenarrangements oder in den unbeleuchteten Nischen, in die sich die jungen Paare in den Tanzpausen zurückzogen, ein Skandal zusammenbraute.

Etwa eine halbe Stunde später, es war mittlerweile schon fast ein Uhr, stieß sie in einer dieser schummrigen Ecken auf Herbert Fitzherbert und seine Verlobte, Odelia Morden. Odelia saß hinter einer enormen Topfpalme verborgen in einem Sessel. Die exotischen Palmwedel zauberten ein dunkles Muster auf ihre bleichen Schultern und die Falten ihres hellen Gewandes, der Satin glitzerte wie im Mondschein, und die bauschige Fülle ihres Kleides lag wie Meerschaum um sie herum. Charlotte überlegte für einen Moment, ob Odelia sich bewußt so künstlerisch drapiert hatte oder ob es ein glücklicher Zufall war. Vielleicht war das eine der Fähigkeiten, von denen die Herzogin gesprochen hatte.

Auf Odelias Gesicht lag der Ausdruck unendlicher Zufriedenheit, während sie Fitzherbert betrachtete, der einen knappen Meter vor ihren Füßen auf einem Hocker saß, die Ellbogen auf die Knie gestützt, und ihr seine ganze Aufmerksamkeit zuwandte. Möglicherweise war er sogar der Anmutigere der beiden, seine Haltung jedenfalls wirkte völlig ungezwungen.

Charlotte zögerte einen Moment, bevor sie sich ihnen näherte, da die beiden so offensichtlich ineinander vertieft waren, doch dann erinnerte sie sich an ihre Verpflichtung Emily gegenüber. In der Ferne hörte sie die Klänge einer Volksweise aus dem schottischen Hochland. Sie wünschte sich, sie hätte die Zeit zu tanzen und jemand würde sie auffordern, doch die Rolle, die sie hier zu spielen hatte, verlangte etwas anderes von ihr.

»Guten Abend, Miss Morden«, sagte sie fröhlich. »Schön, daß Sie kommen konnten. Ich freue mich, Sie kennenzulernen, Mr. Fitzherbert.«

Fitzherbert erhob sich unverzüglich und verneigte sich, und da Odelia jünger und unverheiratet war, stand auch sie auf, aber ganz langsam, und lächelte höflich, aber kühl. Vielleicht hatte Herbert vergessen, daß Charlotte Jack Radleys Schwägerin war, doch Odelia wußte es, und sie war ehrgeizig.

»Guten Abend, Mrs. Pitt. Es war sehr freundlich von Mrs. Radley, uns einzuladen. Es ist ein reizender Abend, und ich hoffe, daß wir uns noch oft begegnen werden, besonders wenn Mrs. Radleys Gesundheit weiterhin zu wünschen übrigläßt. Ihr gehört mein tiefstes Mitgefühl. Es ist sehr bedauerlich, daß sie gerade jetzt unpäßlich ist.«

Das war eine Reihe von Bemerkungen, von denen jede einzelne ihre Spitze hatte, die Charlotte nicht entging. Sie sah Odelia direkt in die Augen und nahm den Fehdehandschuh auf.

»Das ist es in der Tat«, sagte sie mit einem strahlenden Lächeln. »Doch die Früchte der Natur kündigen sich häufig durch ein gewisses Unwohlsein an, wie, so hoffe ich, auch Sie zu Ihrer Zeit erfahren werden. Und vielleicht ist es besser, jetzt von einer Unpäßlichkeit heimgesucht zu werden als später, wenn die Parlamentswahlen anstehen. Die Wahlkampfzeit ist so kurz, und es ist viel schwerer, der Öffentlichkeit die Lage zu erklären als Freunden.« Und wieder lächelte sie, ohne ihre Augen abzuwenden. »Zum Glück ist Emily robust, sie hat keine Schwierigkeiten mit einer Schwangerschaft.«

»Das ist sehr erfreulich für sie«, murmelte Odelia. »Aber der Zeitpunkt!«

»Mrs. Gladstone hatte acht Kinder«, sagte Charlotte in süßem Ton. »Und sie hat sie alle selbst versorgt. Sie hat es sogar abgelehnt, ihnen eine Amme zu geben. Sie hat sie unterrichtet und abends mit ihnen gebetet, zudem hat sie mit großem Einsatz für wohltätige Zwecke gewirkt. All das hat ihren Mann nicht daran gehindert, der beste Premierminister in diesem Jahrhundert zu werden.«

»Gütiger Himmel!« Odelia riß die Augen auf. »Möchte Mrs. Radley die Frau eines Premierministers werden?«

Charlotte ging über den Sarkasmus dieser Bemerkung hinweg, als hätte sie ihn gar nicht wahrgenommen.

»Ich habe sie nicht danach gefragt. Aber es ist doch ein nobles Ziel. Teilen Sie es nicht?« Sie drehte den Kopf kurz zu Fitzherbert und lächelte ihm freundlich zu. Seine Augen leuchteten humorvoll.

»Ich möchte die Ehefrau von Herbert sein«, sagte Odelia süßlich, »und ich werde meine ganzen Fähigkeiten einsetzen. Natürlich, sollte er in diesem Maße erfolgreich sein, werde ich alles mir Mögliche tun, um neben ihm zu bestehen, aber ohne die Exzentrizitäten der Mrs. Gladstone. Soweit ich gehört habe, war sie als Gastgeberin äußerst unberechenbar und hat viele beleidigt.«

Charlotte wußte nicht, was sie erwidern sollte. Sie hatte nichts davon gehört.

»Es scheint, daß die Beleidigungen nicht von Bedeutung waren«, antwortete sie hastig. »Ich habe immer wieder gehört, daß mit Bewunderung über sie gesprochen wurde, und Mr. Gladstone ist mit Sicherheit der erfolgreichste Politiker in der letzten Hälfte dieses Jahrhunderts.«

Odelia ging zu einem neuen Angriff über.

»Ich finde Ihr Gewand ganz entzückend, Mrs. Pitt, so ein kräftiger Ton! Und so modisch geschnitten. Ich werde es nicht vergessen.«

Charlotte entschlüsselte diese Bemerkung und verstand genau, was Odelia gesagt hatte: »Hören Sie meine Warnung, Mrs. Pitt, die Farbe ist zu grell, fast schon ordinär, und es liegt so sehr im Modetrend, daß es schon nächsten Monat überholt sein wird. Mir wird es sofort auffallen, wenn Sie es ein zweites Mal tragen – und wahrscheinlich werde ich in einem unpassenden Moment eine entsprechende Bemerkung fallenlassen.«

»Ich danke Ihnen, Miss Morden«, sagte Charlotte und lächelte noch breiter. »Ihr Gewand ist überaus passend, sowohl für den Anlaß als auch für Sie selbst.« Was soviel hieß wie: »Ihr Kleid ist völlig farblos und unauffällig. Wenn Sie es bei allen weiteren Anlässen in dieser Saison tragen, wird man das weder bemerken noch sich darum kümmern.«

Odelias Gesicht wurde zu Stein.

»Sehr freundlich«, stieß sie zwischen den Zähnen hervor.

»Keine Ursache.« Charlotte nickte Fitzherbert zu, entschuldigte sich und segelte in den Ballsall, wo sie Peter Valerius' Aufforderung annahm, ein Reel, einen schottischen Volkstanz, mit ihm zu tanzen.

Um halb zwei, als der letzte Kotillon getanzt worden war, begaben sich die Gäste in den Speisesaal, um ihr Nachtmahl zu sich zu nehmen. Charlotte hatte alle Hände voll zu tun, um sicherzustellen, daß die Mädchen ihre Aufgaben richtig versahen, die Diener bereitstanden und es keine Ausrutscher gab, oder doch nur solche, die den Rahmen höflichen Benehmens nicht sprengten.

Um halb drei war das Fest noch in vollem Gange, und um drei wurde wieder getanzt, was als sicheres Zeichen dafür gewertet werden konnte, daß der Abend ein Erfolg war.

Die ersten Vorboten der Morgendämmerung standen am Himmel über dem Garten und den chinesischen Lampions, als Charlotte Zeugin einer Begegnung wurde, die einen nachhaltigeren Eindruck auf sie machte als der ganze Abend. Sie hatte den Ballsaal durchquert und ging durch den dahinterliegenden Raum auf den Balkon zu, um frische Luft zu schnappen. Langsam wurde sie müde, und ihre Aufmerksamkeit ließ nach. Als sie zu einem kleinen, mit weißen Blumen geschmückten Mauerbogen kam, blieb sie einen Moment stehen, um den kühlen Duft einzuatmen. In dem Augenblick sah sie einen Lichtschein auf einer weißen Hemdbrust und den scharlachroten Fleck einer Schärpe mit funkelndem Orden.

Sie zögerte, weil sie sich nicht aufdrängen wollte, denn Anlässe dieser Art wurden von jungen Paaren, die sonst keinerlei Gelegenheit zu einem privaten Treffen hatten, häufig für ein heimliches Tête-à-tête genutzt.

Doch dann bemerkte sie, daß die zweite Person keine Frau war, sondern ein Mann. Sie brauchte einen Moment, um festzustellen, daß es sich um Lord Byam handelte. Er stand in einiger Entfernung zu dem ersten Mann und starrte in den Garten, auf das dunkle Gespinst der Bäume, das sich vor dem östlichen Himmel abzeichnete, und auf die hübschen chinesischen Lampions, die immer noch brannten und über denen sich am Horizont das erste Licht der Morgendämmerung ankündigte. Geräuschlos näherte sie sich ein paar Schritte.

Der andere Mann drehte sich halb um. Es war Lord Anstiss. Auf seinem Gesicht lag ein überaus merkwürdiger Ausdruck: Seine Lippen lächelten, als gäbe es etwas Vergnügliches, doch seine Augen starrten starr in die Dunkelheit. An den leicht geblähten Nasenflügeln konnte Charlotte erkennen, daß er ein Gähnen unterdrückte. Seine Hand, deren Handteller breit und kräftig und deren Finger die eines Künstlers waren, lag auf der Brüstung. Sie war völlig entspannt und schien sogar den Marmor zu streicheln, als gäbe der kühle, glatte Stein ihr Befriedigung. Diese Hand war bereit zu einer zärtlichen Berührung, nicht zum Schlag.

Byam stand nun so, daß er die Gäste im Auge hatte, die sich auf dem Treppenabsatz drängten und hinunter zu ihren Kutschen strebten. Er sah nachdenklich aus, ein wenig verunsichert, sein Gesicht wirkte verletzlich und schien sowohl Ungeduld als auch Schmerz auszudrükken.

»Kann man jetzt noch nicht sagen.« Anstiss' Stimme klang ruhig. »Radley ist ein bißchen wild, aber er gefällt mir ganz gut. Ein Mann, der Menschen erkennt, glaube ich.«

»Und Fitz?« fragte Byam, ohne den Blick vom Treppenabsatz abzuwenden.

»Ein Leichtgewicht«, erwiderte Anstiss. »Kein Durchhaltevermögen. Läßt sich zu leicht formen, glaube ich. Was ich aus ihm mache, könnte ein anderer leicht wieder zunichte machen. Übrigens, was ist mit Mrs. Radley? Ist sie zart besaitet?«

»Glaube ich nicht«, sagte Byam leichthin. »Erwartet ein Kind, mehr nicht. War früher Lady Ashworth. Damals war sie immer in Gesellschaft.«

»Klingt annehmbar. Und wer ist diese Mrs. Pitt, um Himmels willen?«

»Ihre Schwester, soweit ich weiß.« Byam hatte seinen Blick nicht von der Szene auf dem Treppenabsatz abgewendet. »Das ist auch nicht von Bedeutung, sie wird schon bald nicht mehr dasein. Sie vertritt ihre Schwester nur für ein paar Wochen. Scheint ganz nett, sieht auf jeden Fall gut aus und ist ganz schön helle.«

Anstiss verzog sein Gesicht vor Abscheu. »Hoffentlich hat sie keine gesellschaftlichen Ambitionen. Der Herr schütze mich vor ehrgeizigen Frauen.«

»Keine Ahnung.« Byam setzte sich in Bewegung und strebte auf die Tür zu. »Ich muß jetzt gehen – viel zu tun morgen …«

»Selbstverständlich«, stimmte Anstiss ihm mit einem amüsierten Unterton in der Stimme zu. »Gute Nacht.«

»Gute Nacht«, erwiderte Byam und ging dann, ohne einen Blick zurückzuwerfen, zwischen dem Blumenschmuck zur Treppe.

Anstiss richtete seinen Blick wieder auf die heraufziehende Morgendämmerung, die sich jetzt als weißer Streifen über den Baumwipfeln abzeichnete.

3.

Kapitel

Es verstand sich von selbst, daß Charlotte den Rest der kurzen Nacht in Ashworth House verbrachte. Folglich hatte Pitt sie noch nicht gesehen, als er am nächsten Morgen das Haus verließ, um zur Polizeiwache in Clerkenwell zu gehen. Auch von dem Mord an William Weems hatte er ihr noch nichts erzählt. Vielleicht hätte er es sowieso nicht getan, denn abgesehen von der Verbindung mit Lord Byam, die ja höchst vertraulich behandelt wurde, war es ein außerordentlich langweiliger Fall. Charlotte interessierte sich für die Gründe, die Menschen zu bestimmten Handlungen trieben, nicht für ihre Methoden. Die Tatsache, daß die Hakenbüchse nicht funktionstüchtig und keine andere Waffe gefunden worden war, hätte sie nur am Rande interessiert. Vielleicht hätte sie sich gefragt, wie ein Mensch, besonders einer von Lord Byams Rang, unbemerkt mit einem Gewehr herumlaufen konnte, das groß genug war, um Weems' Kopf derartig zuzurichten, aber dann hätte sie die Sache schnell vergessen, denn sie hätte keinerlei Sympathie für Weems empfunden, und ihr Mitgefühl hätte ausschließlich seinen Schuldnern gegolten.

Zusätzlich zu der Wäschefrau und einer Zugehfrau, die ein- oder zweimal in der Woche für die groben Arbeiten kam, hatten die Pitts Gracie, ein Dienstmädchen, das bei ihnen lebte und sich um die Kinder kümmerte. Jemima war jetzt sieben Jahre alt, redete wie ein Wasserfall, löcherte einen mit Fragen und betrachtete die Welt mit einer verblüffenden Logik. Ihr Bruder Daniel war zwei Jahre jünger, weniger redselig und weitaus geduldiger, aber ebenso hartnäckig, wenn er seinen Kopf durchsetzen wollte.

Gracie bereitete Pitt das Frühstück und machte sich in

der Küche zu schaffen, die ohne Charlotte ungemütlich leer wirkte, obwohl sonst alles wie gewohnt war. Der Kochherd war geschwärzt, und bei dem warmen Sommerwetter brannte nur ein kleines Feuer, um das Wasser zum Kochen zu bringen und die Eier für Pitt zu braten. Seit Pitt in die Abteilung für die Ermittlung der schwierigeren Fälle befördert worden war, hatte sich die materielle Situation der Familie verbessert. Es gab einen neuen Wintermantel für Charlotte und für die Kinder neue Stiefel, jeden Tag Eier, wenn sie wollten, und Hammelfleisch ein- oder zweimal in der Woche. Im Winter wurden die Kohlen im Kamin höher aufgeschichtet, und Gracie hatte eine kleine Gehaltserhöhung bekommen, über die sie sich nicht nur wegen des Geldes gefreut hatte, sondern auf die sie auch sehr stolz war. Ihrer Ansicht nach hob sie sich von den anderen Dienstmädchen in der Gegend ab, da sie für einen so interessanten Dienstherren arbeitete und hin und wieder auch schon an einer Angelegenheit von höchster Wichtigkeit beteiligt gewesen war. Erst vor einigen Wochen hatte sie mit Charlotte an der Verfolgung eines Mörders teilgenommen und Dinge gesehen, die sie nie vergessen würde, so viel Mitleid und Angst hatten sie bei ihr ausgelöst. Die anderen Menschen mußten fegen und schrubben, Staub wischen, Kohleneimer tragen und Botengänge erledigen. Auch sie versah all diese Pflichten, aber darüber hinaus erlebte sie auch einige Abenteuer. Dadurch fühlte sie sich jeder anderen Frau im Land gleichgestellt, und das vergaß sie nie.

Sie stellte Pitt sein Frühstück hin, ohne ihm in die Augen zu sehen. Sie war sich sehr bewußt, daß sie die Hausherrin vertrat, und wollte sich nichts verscherzen, indem sie sich zu anmaßend benahm.

Er dankte ihr, fing an zu essen und bedankte sich noch einmal. Sie war keine schlechte Köchin und hatte sich offenbar große Mühe gegeben. In der Küche war es warm und sonnig, das Licht wurde von dem Porzellan auf dem Tellerbord reflektiert und glitzerte auf den polierten Töpfen. Es roch nach Brot, heißen Kohlen und sauberer Wäsche.

Nachdem er sein Frühstück beendet hatte, dankte er

Gracie ein letztes Mal und ging dann in den Flur, wo er seine Schuhe anzog und sein Jackett vom Haken nahm. Ein Knopf löste sich, als er es zuknöpfte. Er steckte ihn in die Tasche, in der sich schon ein Taschenmesser, ein Bindfadenknäuel, ein Stück Siegelwachs, zwei Taschentücher und eine Streichholzschachtel befanden, und trat in die Sonne hinaus.

Auf der Polizeiwache in Clerkenwell erwartete Innes ihn voller Tatendrang, was Pitt überraschte, denn er hatte heute nichts anderes vor, als die Leute aufzusuchen, deren Namen auf Weems' Schuldnerliste standen. Vielleicht dachte Innes, sie würden sich den Richter Addison Carswell oder Mr. Latimer, wer auch immer das sein mochte, oder den Polizisten Samuel Urban vornehmen. Die Aussicht, gegen Urban ermitteln zu müssen, erfüllte Pitt mit beträchtlichem Unbehagen, aber die anderen beiden könnten sich als interessant erweisen. Wenn das Innes' Gedanken waren, würde Pitt ihn ganz schnell enttäuschen müssen. Vermutlich war die Tatsache, daß der Fall sich auf so heikle Bereiche ausdehnte, ein weiterer Grund, warum Drummond ihn von seinem Unterschlagungsdelikt befreit und mit diesem Fall betraut hatte. Es galt nicht nur, Lord Byams Gefühle zu berücksichtigen, sondern auch die anderer Menschen, besonders wenn ein Mitglied der Polizei betroffen war.

Doch bevor Pitt dieses Thema ansprechen konnte, machte Innes das überflüssig.

»Morgen, Sir«, sagte er und stellte sich gerade hin. Sein Blick war aufmerksam, sein Ausdruck lebhaft. »Der Arzt läßt uns ausrichten, wir sollen zum Leichenschauhaus kommen. Er hat was gefunden, was er noch nie in seinem Leben gesehen hat. Sagt, daß es 'ne Art poetischen Mord draus macht.«

»Poetisch?« Pitt klang ungläubig. »Einem schmutzigen kleinen Wucherer wird der Kopf zu Matsch geschossen, und er sieht darin Poesie! Wahrscheinlich konnte irgendein elender Schuldner es nicht länger ertragen und ist durchgedreht, weil er sowieso nichts mehr zu verlieren hatte. Ich glaube, ich will den Arzt, der darin etwas Poetisches sieht, gar nicht treffen.«

Innes sah enttäuscht aus.

»Keine Angst, ich komme mit«, beruhigte Pitt ihn rasch. »Danach müssen wir uns die Liste vornehmen und diese armen Teufel aufsuchen. Zumindest werden wir die ausscheiden können, die nachweisen, wo sie sich aufgehalten haben.« Noch während er sprach, trat er wieder auf die Straße, und Innes blieb an seiner Seite und versuchte, mit ihm Schritt zu halten.

»Würden Se die Aussagen der Familienmitglieder akzeptieren, Sir?« fragte er zweifelnd. »Die halten doch normalerweise zusammen. Un' was 'ne rechte Ehefrau is', die würde sagen, daß ihr Mann zu Hause war. Un' normalerweise is' er das ja auch, wenn er nich' grade Nachtschicht arbeitet.«

»Das stimmt allerdings«, gab Pitt zu. Er würde diese Arbeit hassen, das wußte er. Es war schon schmerzlich genug, die Verzweiflung der Armut, die hohlwangigen Gesichter, die engen Häuser mit der schlechten Kanalisation, die kleinwüchsigen, schlecht ernährten Kinder zu sehen, ohne auch noch ihre Not und Bedrängnis aufzudecken und sie möglicherweise in Angst und Schrecken vor noch größerem Übel zu versetzen. »Einige von ihnen werden wir ausscheiden können.«

»Was is' denn mit den großen Fischen, Sir?« fragte Innes und machte einen Satz vom Gehweg, um einem Karren auszuweichen, und sprang dann wieder auf den Bordstein. »Werden Se sich die auch vorknöpfen?«

Pitt duckte sich unter dem Kopf eines riesigen Zugpferdes, das sich aufbäumte, und wich dann auf die Straße aus.

»Sobald wir mit den anderen angefangen haben«, antwortete er etwas außer Atem.

Innes grinste. »Ich könnte mir vorstellen, daß Se sich darauf nich' so sehr freuen. Die Lords fragen, ob se Schulden bei 'nem Wucherer in 'nem Armenviertel haben, un' wenn Se mir das noch sagen könnten, Sir, haben Se ihm den Kopf abgeballert?«

Pitt lächelte trotz alledem. »Nein«, sagte er trocken. »Ich hoffe ja immer noch, daß das nicht nötig sein wird.«

Innes blieb eine Erwiderung darauf erspart, da sie vor dem Leichenschauhaus angekommen waren. Er ließ Pitt vortreten und folgte ihm in das Gebäude. Wieder umfing sie der Geruch von Karbol, feuchtem Stein und Tod, und beide spannten unwillkürlich ihre Muskeln an und blähten die Nasenflügel, als könne man sich dieses Geruches irgendwie verschließen und verhindern, daß man ihn in der Kehle schmeckte.

Der Arzt saß in einem engen Raum neben der Haupthalle an einem kleinen Holztisch, auf dem sich die Papiere stapelten.

»Aha!« sagte er, als er sie sah. »Sie bearbeiten den Clerkenwell-Mord? Hab' da was für Sie. Sehr merkwürdig, Ihre Leiche da. Hab' noch nie so was Poetisches gesehen, das schwöre ich.«

Innes verzog das Gesicht.

»Erschossen«, sagte der Arzt überflüssigerweise. Er trug einen mit Blut und Säure bespritzten Kittel. Sein Hemd war offensichtlich frisch gewaschen, allerdings hatte sich keiner die Mühe gemacht, die eingetrockneten Blutflecken zu entfernen. Anscheinend war er vor ihrem Treffen heute schon mit einer besonders schauerlichen Arbeit befaßt gewesen. Er saß ihnen gegenüber, einen Gänsekiel in der Hand.

»Ich weiß.« Pitt war verwirrt. »Wir wissen, daß er erschossen wurde. Was wir nicht wissen, ist, mit welcher Waffe. Die einzige Waffe in seinem Büro war eine Hakenbüchse, und die war kaputt.«

»Aha!« Der Arzt schien höchst zufrieden mit sich. »Und welche Munition verwendet wurde – das wissen Sie wohl auch nicht, was?«

»Wir haben nichts entdeckt«, gab Pitt zu. »Was auch immer es war, es hat ihn ganz schön zugerichtet. Und es kam aus ziemlicher Nähe. Die Hakenbüchse wäre geeignet gewesen, nur daß der Schlagbolzen abgefeilt war.«

»Sie hätten es niemals erkannt, auch wenn Sie etwas gefunden hätten«, sagte der Arzt und schäumte über vor

Selbstzufriedenheit. »Sie hätten gar keinen Gedanken daran verschwendet. Ist das Selbstverständlichste von der Welt.«

»Wären Sie bitte so gut, uns das zu erklären?« fragte Pitt beherrscht und artikulierte jedes Wort ganz deutlich. »Was haben Sie gefunden?«

»Oh ...« Der Arzt erkannte, daß Pitts Geduld auf eine harte Probe gestellt wurde und er sie lange genug hingehalten hatte. »Das hier!«

Er steckte die Hand in die Tasche, beförderte sein Taschentuch zutage und faltete es sorgfältig auseinander. Es enthielt eine glitzernde Goldmünze.

Einen Augenblick lang verstand Pitt nicht.

»Sie haben da also eine Goldmünze ...«

»Ich habe sie im Gehirn von Ihrem Mr. Weems gefunden«, sagte der Arzt mit großem Entzücken. »Hab' noch eine, ziemlich verbogen. Muß auf eine Menge Knochen gestoßen sein. Gold ist ja nicht sehr hart, müssen Sie wissen. Aber diese hier ist noch heil. Königin Victoria, 1876, dreizehn Jahre alt.« Er verzog das Gesicht. »Ihr Wucherer, meine Herren, ist mit einer Ladung Goldmünzen erschossen worden. Da muß jemand einen feinen Sinn für Humor haben.«

Der Raum, in dem sie sich befanden, war schmucklos und zweckmäßig eingerichtet. Ihre Stimmen hallten von den Wänden zurück.

»Poesie«, pflichtete Pitt ihm bei, und seine humorvolle Äußerung hatte eine eisige Qualität, die einen erschaudern ließ.

»Mit seinem eigenen Geld erschossen?« sagte Innes erstaunt. »Oh, das is' aber finster, sehr finster sogar.«

»Hätte nicht gedacht, daß einer der armen Teufel so viel Humor hat«, sagte der Arzt mit einem Achselzucken. »Aber hier haben wir's. Direkt aus seinem Gehirn – mit einer Geburtszange herausgefischt. Das schwöre ich auf die Bibel.«

Mit einem Schaudern stellte Pitt sich die Szene vor: das stille Zimmer an der Cyrus Street, die brennenden Lampen, das leise zischende Gas, das Hufgetrappel von der Straße, Weems an seinem Schreibtisch, unnachgiebig, zu keinem Zugeständnis bereit, die schattenhafte Gestalt, ein großläufiges Gewehr, mit Goldmünzen geladen – und die Explosion des Schusses, die Weems' Kopf zur Hälfte wegreißt.

»Was ist mit den anderen Münzen?« fragte er. »Sie wollen ja wohl nicht sagen, daß die zwei Münzen diesen Schaden angerichtet haben, oder?«

»Nein, das ist unmöglich«, stimmte der Arzt ihm zu. »Es müssen mindestens vier oder fünf gewesen sein. Ich kann mir nur denken, daß der Täter, wer auch immer es gewesen sein mag, die Münzen wieder herausgeholt hat, die nicht zu tief eingedrungen sind – wenn Sie sich das vorstellen können. Kaltblütiger Kerl.«

Innes schauderte und stieß einen unterdrückten Fluch aus.

»Aber das Gewehr«, beharrte Pitt und verdrängte die Bilder vor seinem geistigen Auge. »Es muß ein großkalibriges Gewehr sein, ein sehr großes Gewehr, um Münzen wie diese abzuschießen.«

»Die Hakenbüchse kann's auf jeden Fall nich' gewesen sein, das steht fest«, argumentierte Innes. »Selbst der Teufel persönlich hätte damit nich' feuern können. Er muß se bei sich gehabt ham – und se auch wieder mitgenommen ham. Aber wieso keiner bemerkt hat, wie einer mit so 'nem riesigen Teil rumgelaufen is', das is' mir 'n Rätsel.« Er schürzte die Lippen. »Vielleicht hat ihn ja jemand gesehen, und keiner sagt was. Könnte natürlich so 'ne Art verschwiegener Verschwörung sein. Wucherer sind ja nich' besonders beliebt und besonders nich' Weems. War ja 'n harter Typ, knallhart sogar.«

»Selbst wenn die gesamte Nachbarschaft gegen ihn war«, nahm Pitt den Faden auf, »erklärt das noch nicht, warum er still dagesessen hat, während dieser Verrückte die Pfanne mit Schießpulver gefüllt hat, dann die Münzen genommen, das Gewehr geladen, angelegt und schließlich abgefeuert hat. Warum war Weems ruhig in seinem Sessel sitzengeblieben und hat dem Ganzen zugesehen?«

»Keine Ahnung«, gestand Innes. »Das ergibt keinen Sinn.«

»Das sind die Fakten.« Der Arzt zuckte die Achseln. »Ich finde nur die Fakten für Sie, meine Herren. Sie müssen sich was draus zusammenreimen. Ich kann Ihnen sagen, daß es eine ungeheure Explosion aus nächster Nähe war, höchstens ein bis eineinhalb Meter entfernt – aber vielleicht wissen Sie das durch die Größe seines Zimmers sowieso. Und ich habe zwei Goldmünzen, oder was davon noch übrig war, aus seinem Gehirn hervorgeholt.«

»Danke«, sagte Pitt. »Sollte sich irgend etwas Neues ergeben, sagen Sie uns bitte sofort Bescheid.«

»Kann mir zwar nicht denken, was das sein könnte, aber selbstverständlich sage ich Ihnen Bescheid.«

»Ich bin Ihnen sehr verbunden. Auf Wiedersehen.« Damit drehte Pitt sich um und verließ den Raum. Innes folgte ihm.

Als sie wieder auf der Straße standen, schnaufte Innes heftig und schüttelte den Kopf. »Was nu', Sir? Die Liste?«

»Ja«, erwiderte Pitt düster. »Ich fürchte ja – die armen Teufel.«

Und es war noch schwieriger und schmerzlicher, als er es sich vorgestellt hatte. Die nächsten drei Tage verbrachten sie damit, von einem armseligen, heruntergekommenen Haus mit blanken Dielen zum nächsten zu gehen, wo ihnen ängstliche Frauen die Tür öffneten, an ihren Rockzipfeln blasse und barfüßige Kinder.

»Ja?« fragte die erste Frau angsterfüllt. Sie fürchtete sich vor ihm, weil sie sich vor jedem fürchtete, der zur Tür kam.

»Mrs. Colley?« fragte er sie mit leiser Stimme und bemerkte, wie die Vorübergehenden neugierig wurden und sich umdrehten.

Sie zögerte, sah keinen Ausweg und fügte sich in ihr Schicksal.

»Ja.« Ihre Stimme war spröde und ohne Hoffnung. Sie stand immer noch in der Tür. Offensichtlich war ihr das so lieber, auch wenn die Nachbarn starrten. Wenn sie ihn hineinbat, machte sie sich noch verletzbarer und ihre verzweifelte Armut noch offensichtlicher. Er wußte nicht, wie er ihr sagen konnte, wer er war, ohne sie noch mehr zu verängstigen.

»Ich bin Inspektor Pitt von der Bow Street, und das ist Sergeant Innes ...«

»Ich hab' nix getan!« Ihre Stimme bebte. »Was is' los? Was wolln Sie?«

Die direkteste Erklärung war die am wenigsten grausame.

»Jemand, den ihr Mann kennt, ist getötet worden. Sie können uns vielleicht ein wenig helfen bei ...«

»Ich weiß von nix.« In ihrem blassen Gesicht und den Augen stand keine Schuld, keine List, nur Resignation und Elend.

Ein Lumpensammler schob seinen Karren an dem Haus vorbei und beobachtete die Szene mit Interesse.

»Hat Ihr Mann Arbeit, Mrs. Colley?« fragte Pitt.

Sie reckte ihr Kinn. »Das hat er. In Billingsgate, auf'm Fischmarkt. Er weiß aber nix von ei'm, der tot is'.«

Innes warf dem Lumpensammler einen eisigen Blick zu, woraufhin dieser seine Schritte beschleunigte und um die Ecke verschwand.

»Was hat er am Dienstag gemacht, Mrs. Colley?« fragte Pitt weiter. »Den ganzen Tag, bitte.«

Stockend begann sie zu berichten, und die Kinder um sie herum spürten ihre Angst, hörten sie in ihrer Stimme und begannen zu weinen.

»Danke«, sagte Pitt ruhig. »Wenn das alles der Wahrheit entspricht, brauchen Sie sich keine Sorgen zu machen. Dann komme ich nicht wieder.« Er wünschte, er könnte ihr sagen, daß Weems tot war und ihre Schulden möglicherweise gestrichen wurden, aber das wäre voreilig und würde nur Hoffnungen wecken, die möglicherweise nicht eingelöst werden konnten.

Die nächste Frau, mager und erschöpft wie die erste, unterschied sich von dieser nur unerheblich. Ihre Augen waren braun, ihr Haar grau, ihr Kleid von derselben Farbe, vom Waschen ausgeblichen und mehrfach geflickt. Es hing ihr lose am Körper herunter, so mager war sie. Auf ihrer Wange hatte sie einen blauen Fleck. Sie wußte nicht, wo ihr Mann gewesen war. Er hatte nur wenige Möglichkeiten der Zerstreuung, und sie nahm an, daß er seine Zeit im Wirtshaus The Goat and Compasses verbracht hatte. Er war betrunken nach Hause gekommen und hatte die Nacht dort auf dem Küchenboden geschlafen, wo er beim Heimkommen gegen Mitternacht hingefallen war.

So ging es weiter. Es war der Kreislauf des Elends, in Armut geboren, wo Hunger herrschte und die Häuser überfüllt waren, wo es keine Kanalisation und kein Wasser gab, außer an einer Pumpe in der Straße, wo Krankheit an der Tagesordnung war, wo die Menschen keine Ausbildung hatten und deshalb nur die niedrigsten Arbeiten verrichteten und sich nicht aus der Armut befreien konnten. Für viele bot nur der Alkohol die Möglichkeit, den Kummer zu ertränken und vorübergehend zu vergessen. Und mit dem Alkohol kam Gewalt, der Verlust der Arbeit, das Leihhaus und ein weiterer Schritt hinab ins Elend.

Pitt verabscheute Menschen wie Weems, nicht weil die etwas hätten ändern können, sondern weil sie einen Profit aus diesem Elend schlugen. Es fiel ihm schwer, Weems' Mörder mit dem Einsatz seiner ganzen Energie zu suchen. Vielleicht würden ein paar seiner Opfer von ihren Schulden erlöst werden. Vermutlich würde es keinen geben, der sie einfordern könnte, der zusehen würde, wie sich die Zinsen häuften, der jede Woche die letzten Pennies von jemandem einsammelte, dessen Schulden dadurch nicht geringer wurden.

Es gab nichts, was er Micah Drummond hätte berichten können, also ging Pitt nach Hause zu Charlotte, in sein sauberes, warmes Haus, wo alles reinlich duftete und er nicht vor einem Klopfen an der Tür erzittern mußte. Sie würde ihm alles über Emilys Ball, die Kleider, das Essen und den Tratsch erzählen. Er würde ihr Gesicht beobachten, die Erregung in ihrer Stimme hören und sich vorstellen, wie sie für einen Abend die Gastgeberin in einem vornehmen Haus gespielt und mehr Vergnügen daran gefunden hatte als alle

Herzoginnen zusammen, weil es ein Spiel war, eine Veranstaltung mit Kostümen. Danach würde sie wieder zu ihrem ausgewogenen Mittelmaß zurückkehren, zu ihren Kindern und den kleinen Annehmlichkeiten des Lebens und einem Rhythmus, der sich von dem vieler anderer kaum unterschied. Sie würde die alltäglichen Tätigkeiten, wie Brot backen und die Kleider der Kinder flicken, die welken Blüten von den Rosen entfernen und abends am offenen Fenster sitzen und den Motten im sommerlichen Garten zuschauen, wieder aufnehmen.

Am darauffolgenden Tag fuhren Pitt und Innes damit fort, sich weiter durch die Liste zu arbeiten. Diesmal waren es die aufstrebenden Armen, die sich abmühten, den Anschein von Achtbarkeit aufrechtzuerhalten, und im Winter lieber in einer kalten Stube saßen, als auf ein Dienstmädchen zu verzichten, denn ein Dienstmädchen war das mindeste, was man haben mußte. Diese Leute aßen Brot und Tunke, wenn sie allein waren, damit sie Gästen etwas Besseres anbieten konnten. Sie hatten nur ein Kleid oder einen Anzug, fadenscheinig und aus der Mode gekommen, Schuhe mit abgelaufenen Sohlen und keinen Mantel, aber sonntags schritten sie erhobenen Hauptes zur Kirche, nickten ihren Nachbarn zu und lächelten höflich und ersannen die abenteuerlichsten Entschuldigungen, warum sie eine Einladung nicht annehmen konnten, da sie nicht in der Lage waren, die Gastlichkeit zu erwidern. Auch für diese Menschen blutete sein Herz, und er wußte, warum sie mit ängstlichem Blick die Türen öffneten und ihm mit zitternden Händen eine Tasse Tee vorsetzten. Er spürte eine tiefe Befriedigung, wenn sie beweisen konnten, wo sie sich an dem Abend, als William Weems getötet worden war, aufgehalten hatten. Das war ein Vorteil, den die Armen gegenüber Lord Byam hatten: Sie kannten keine Privatsphäre. Die meisten von ihnen waren immer mit anderen Menschen zusammen, die wenigsten hatten Platz für sich allein, auch nicht zum Waschen oder zum Schlafen. In der Regel lebten die Armen in einem Raum zusammen und konnten nur von einer Zeit träumen, in der das nicht mehr so sein würde. Eine Geldanleihe kam zur nächsten, und die Zinsen verschlangen alles, was sie hatten, während der Schuldbetrag nie getilgt wurde. Schulden gehörten zum Leben dazu.

Nichts hätte sich Pitt mehr gewünscht, als daß derjenige, der Weems umgebracht hatte, alle Unterlagen zerstört hätte. Daß er in dem Punkte nachlässig gewesen war, machte Pitt viel bitterer als die Tatsache, daß der Täter Weems mit einem halben Dutzend seiner eigenen Münzen ins Jenseits befördert hatte.

Am fünften Tag nahm Pitt eine Droschke und ließ sich in die Bow Street fahren, um Micah Drummond zu berichten, daß er bis jetzt nichts erfahren hatte, was Lord Byam entweder be- oder entlastete. Es war kurz nach fünf Uhr nachmittags, und die Sonne stand noch recht hoch am Himmel. Das Laub der Bäume war dicht und grün, und von Lincoln Inn Fields drangen die Klänge einer Musikkapelle herüber, als er mit der Droschke vorbeifuhr. Kinder in bunten Kleidern spielten mit Reifen und Stöcken, auf denen bemalte Pferdeköpfe staken, und ein konzentriert wirkender Mann in Hemdsärmeln ließ für einen kleinen Jungen, der staunend zum Himmel schaute, einen roten Drachen fliegen. Ein verliebtes Paar schlenderte Arm in Arm vorbei, das Mädchen kichernd, der Mann mit stolzgeschwellter Brust, als habe er der Welt etwas Wertvolles zu zeigen. In umgekehrter Richtung ging eine Kinderschwester mit einem Kinderwagen spazieren, den Kopf hoch erhoben, die gestärkte Schürze strahlend weiß im Sonnenlicht. Zwei alte Herren saßen auf einer Holzbank in der Sonne, sie wirkten ein wenig staubig in dem hellen Licht, und auf ihren Gesichtern lag ein gutmütiger Ausdruck.

Als Pitt in der Bow Street ankam, hatte er fast das allgegenwärtige Elend vergessen, das er den ganzen Tag über gesehen und in der Luft gespürt hatte, als wäre es selbst in den Staubkörnchen enthalten.

Er zahlte den Fahrer und stieg die Stufen zur Wache empor. Kaum war er im Gebäude, da hörte er draußen einen Aufruhr. Die Tür wurde aufgestoßen, und ein uniformierter Wachtmeister stolperte rückwärts in den Raum, während er einen beleibten Herrn mit einem gezwirbelten Schnauzer und einem hochroten Gesicht zu bändigen versuchte. Dieser sträubte sich wutschnaubend dagegen, festgehalten zu werden. Er wand sich hin und her wie ein Fisch an der Angel, und der Wachtmeister war drauf und dran, trotz seiner Jugend und seines festen Griffes den Kampf zu verlieren.

Pitt kam ihm zu Hilfe, und gemeinsam gelang es ihnen, den Mann zu überwältigen, der angesichts der Übermacht die Aussichtslosigkeit seiner Lage einsah. Plötzlich hielten sie alle drei inne: der Wachtmeister mit schiefgezogener Uniform, an der zwei Knöpfe fehlten, und einem Helm, der über ein Ohr gerutscht war. Pitts Jackettasche hatte einen Riß, und seine Hose war da beschmutzt, wo der Mann in dem Bemühen, sich zu befreien, seine Schuhe dagegengestemmt hatte. Der Mann selbst sah noch ärger zugerichtet aus. Seine Haare waren zerrauft, sein Jackett saß völlig schief und war unter den Achseln hochgezogen, sein Hemd war zerrissen, der Kragen hatte sich vom Hemd gelöst, und die Krawatte hing wie ein Strick um seinen Körper gezwirbelt, und am Hosenbund stand ein Knopf offen.

»Alles in Ordnung, Wachtmeister?« fragte Pitt so gelassen, wie es die lächerliche Situation gestattete.

Der Wachtmeister zog mit einer Hand seine Uniform zurecht, hielt den Mann aber mit der anderen fest.

»Ja, danke, Sir. Ich bin Ihnen sehr dankbar.«

»Wie können Sie es wagen«, begehrte der Verhaftete wütend auf. »Offenbar wissen Sie gar nicht, wer ich bin, Sir. Ich bin Horatio Osmar!« Den letzten Satz richtete er an Pitt, den er als ranghöheren Polizisten erkannte.

Den Namen kannte Pitt, obwohl er einen Augenblick brauchte, um sich zu erinnern. Horatio Osmar war bis zu seinem Ausscheiden vor zwei Jahren Staatssekretär in der Regierung gewesen.

»Ach wirklich, Sir?« fragte Pitt einigermaßen überrascht und warf über Osmars Kopf einen Blick auf den unglücklichen Wachtmeister.

»Wenn Sie sich in aller Form entschuldigen, bin ich bereit, die Sache fallenzulassen«, sagte Osmar förmlich und rückte sein Jackett zurecht, um den unordentlichen Zustand seiner Beinkleider zu bedecken. Einen Moment lang zögerte seine Hand, als wolle sie den Hosenschlitz wieder zuknöpfen, ließ es dann aber. Sein Gesicht war in Folge der heftigen Auseinandersetzung immer noch hochrot.

»Das kann ich nicht tun, Sir«, sagte der Wachtmeister, bevor Pitt Zeit hatte, etwas zu fragen. »Ich muß Anzeige erstatten.«

»Das ist ja die Höhe«, explodierte Osmar, riß seinen Arm aus dem Griff des Wachtmeisters und funkelte Pitt an. »Sie sehen wie ein vernünftiger Bursche aus. Erklären Sie um Gottes willen diesem – diesem übereifrigen jungen Mann, wer ich bin.«

Pitt sah den Wachtmeister an, der jetzt rot angelaufen war und sich offensichtlich höchst unbehaglich fühlte, aber aufrecht dastand und Pitt mit festem Blick anschaute.

»Anzeige weswegen, Wachtmeister?«

»Erregung öffentlichen Ärgernisses, Sir.«

»Unsinn«, sagte Osmar mit lauter Stimme. »Völliger Blödsinn. Nichts dergleichen!«

»Sind Sie ganz sicher, Wachtmeister?« fragte Pitt zweifelnd.

»Ja, Sir. Wachtmeister Crombie hält die junge Dame fest.«

»Was für eine junge Dame?«

»Die junge Dame, mit der Mr. Osmar – im Park saß, Sir.« Dem Wachtmeister war nicht wohl in seiner Haut, und er blickte starr geradeaus.

»Eben«, schrie Osmar, »saß!« Er zitterte vor Empörung. »Das ist kein Vergehen, Sir, wenn ein Herr und eine junge Dame auf einer Bank im Park sitzen und die Sonne genießen.« Er zupfte an seinem Jackett. »Es ist ein Skandal, wenn sie in ihrem Vergnügen von zwei ungehobelten Polizisten gestört werden.«

»Zwei«, wiederholte Pitt mit hochgezogenen Augenbrauen.

»In der Tat. Zwei, Sir! Der andere hat meine Bekannte, Miss Giles, festgenommen. Was für eine schreckliche Erfahrung für eine junge Dame aus guter Familie.« Das Gesicht des Mannes mit den aufgerissenen Augen und der unförmigen Nase spiegelte deutlich seine Entrüstung. »Ich bin beschämt, daß es in meiner Gesellschaft geschah, wo sie sich doch in Sicherheit vor solchen Übergriffen gewähnt haben mußte. Das werde ich nicht entschuldigen!«

»Wo ist denn Miss – Miss Giles, Wachtmeister?« fragte Pitt besorgt. Es sah wie ein schwerer Fehler aus, der sich zu einer üblen Sache auswachsen könnte, wenn Horatio Osmar sie weiterverfolgte.

»Direkt hinter mir, Sir.« Der Wachtmeister wich Pitts Blick nicht aus, trotz der unangenehmen Situation verlor er seine Haltung nicht.

In diesem Moment öffnete sich die Tür, und der zweite Wachtmeister trat mit einer jungen Frau ein, die er mit beiden Händen festhielt. Sie war eine dralle, aufreizende Schönheit. Ihr braunes Haar löste sich aus der Frisur und fiel ihr in die Stirn, ihr Kleid war verrutscht und die oberen Knöpfe geöffnet. Es war nicht klar, ob das in dem Kampf mit dem Wachtmeister geschehen war oder ob er sie in diesem Zustand angetroffen hatte.

»Wachtmeister Crombie, nehme ich an?« fragte Pitt mit unbewegtem Gesicht.

»Ja, Sir.« Der Wachtmeister war außer Atem und peinlich berührt. Er war es nicht gewöhnt, mit jungen Frauen aus gutem Hause kämpfen zu müssen, und die Angelegenheit brachte ihn arg in Verlegenheit, was in seinem jungen Gesicht deutlich zu erkennen war.

»Ist die junge Dame verhaftet?« fragte Pitt.

»Ja, Sir. Se war mit dem Herrn da im Park.« Er deutete auf Horatio Osmar, der sie wild anstarrte und im Begriff war, eine weitere erboste Tirade über ihnen zu entladen. »Se ham sich so verhalten, daß es 'n öffentliches Ärgernis hätte erregen können«, erklärte der Wachtmeister plötzlich. »So was sollte man im eignen Schlafzimmer tun, Sir, oder bestenfalls noch im Wohnzimmer.«

»Wie wagen Sie es!« Osmar konnte sich nicht länger beherrschen. »Das ist ein Skandal, pure Verleumdung.« Er versuchte – vergeblich – sich zu befreien. »Wir haben nichts dergleichen getan. Sie beleidigen Miss Giles, und das werde ich nicht zulassen – seien Sie gewarnt!«

»Was wir gesehn ham, ham wir gesehn, Sir«, beharrte der Wachtmeister unerschütterlich.

»Was Sie gesehen haben, haben sie sich nur vorgestellt.« Osmars Stimme war laut und schrill. Mittlerweile hatte die Unruhe auch die Wachtmeister aus den angrenzenden Räumen gelockt. Eine Tür öffnete sich, und ein uniformierter Inspektor trat ein. Er war groß – fast so groß wie Pitt –, mit hellem Haar und einem robusten Gesicht.

»Was ist los, Wachtmeister?« Er wandte sich direkt an Crombie, da er nicht sofort erkannte, daß Pitt, der keine Uniform trug, auch ein Mitglied der Polizei war.

Crombie war sichtlich erleichtert.

»Oh, Mr. Urban, Sir! Bin ich froh, daß Sie hier sind. Allardyce und ich ham diese Dame und den Herrn wegen unanständigem Betragen im Park festgenommen. Se saßen auf 'ner Parkbank, wo se sich begrabscht ham und sich die Sachen fast vom Leibe gerissen ham, ja, und die Hände hatt'n se, wo se nich' hingehörn, außer ganz privat.«

»Das ist die Unwahrheit«, sagte Osmar wütend. »Ganz und gar unwahr. Offensichtlich wissen Sie gar nicht, wer ich bin, Sir.« Der Griff des Polizisten hatte sich gelockert, und Osmar zog sein Jackett mit beiden Händen zurecht. »Ich bin Horatio Osmar, ehemaliger Staatssekretär der Regierung.«

Urbans Augen weiteten sich unmerklich, doch ansonsten veränderte sich sein Gesichtsausdruck nicht.

»Verstehe, Sir. Und die Dame?«

Die junge Frau wollte schon antworten, doch Osmar kam ihr zuvor.

»Miss Beulah Giles, eine ganz und gar ehrbare junge Dame aus meiner Bekanntschaft. Eine Dame von untadeligem Ruf und äußerst tugendhaft.«

Urban sah Pitt an. »Und Sie, Sir?«

»Thomas Pitt, Inspektor, aber dieser Fall hat mit mir nichts zu tun. Ich bin hier, um Mr. Drummond in einer anderen Angelegenheit Bericht zu erstatten.«

Jetzt änderte sich Urbans Miene doch, höfliche Distanziertheit wich einem unverhohlenen Interesse. »Sie sind also Thomas Pitt. Ich bin neu in der Bow Street, aber von Ihnen habe ich schon gehört. Samuel Urban ...« Er hielt Pitt die Hand hin.

Pitt nahm die Hand, die seine mit einem festen, warmen Griff drückte.

»Ich überlasse es Ihnen, das hier zu klären«, sagte Pitt mit einem Lächeln. »Sieht einigermaßen schwierig aus.« Damit drehte er sich um, passierte den Dienstschalter und stieg die Treppen hinauf, um Drummond mitzuteilen, daß er nichts erfahren habe, was Lord Sholto Byam entweder be- oder entlastete. Erst als er fast oben angelangt war, blieb er so plötzlich stehen, daß er fast über die nächste Stufe gestolpert wäre. Ein Schauer lief ihm über den Rücken. Samuel Urban. Das war einer der Namen auf Weems' Liste, bei dem noch eine riesige Summe offenstand.

Langsam ging er den breiten Korridor zu Drummonds Zimmer.

Horatio Osmar und Beulah Giles verbrachten die Nacht in einer Polizeizelle und wurden am nächsten Morgen dem Untersuchungsrichter vorgeführt. Micah Drummond selbst war nicht anwesend, er hatte aber Urban unterrichtet, daß er über die Sache in allen Punkten informiert werden wolle. Es war keine unbedeutende Angelegenheit, wenn ein ehemaliger Staatssekretär der Erregung öffentlichen Ärgernisses beschuldigt wurde.

Es war schon fast Mittag, als Urban an Drummonds Tür klopfte.

»Kommen Sie herein«, sagte Drummond und hob den Blick. Halb hatte er gehofft, daß es Pitt mit Neuigkeiten im Fall Weems sei, aber vielleicht war das zu optimistisch.

Als Urban hereinkam, drängte sich eine andere Sorge in

Drummonds Bewußtsein, aber er konnte das seinem Kollegen nicht zum Vorwurf machen. In gewisser Weise war es ein unglücklicher Zufall, daß die beiden Wachtmeister gerade an diesem Ort gewesen waren. Doch da es nun einmal so war, würde er ihnen nicht nahelegen, die Sache fallenzulassen, nur weil es sich um einen Mann des öffentlichen Lebens handelte.

»Nun?« fragte er.

Urban stand vor ihm, und seine Haltung drückte sowohl Förmlichkeit als auch Respekt aus.

»Es wurde Anzeige gegen Mr. Osmar erstattet, Sir, und er hat sehr empört auf nicht schuldig plädiert.«

Drummond lächelte bedauernd. »Es hätte mich sehr gewundert, wenn er das nicht getan hätte.«

»Ich dachte, eine Nacht in der Zelle würde seinen Zorn etwas abkühlen«, sagte Urban mit Bedauern, »und ihn zu der Überlegung bringen, daß ein Schuldspruch ihm weniger öffentliche Aufmerksamkeit bereitet, als wenn er die Klage anficht.« Er stand auf dem gemusterten Teppich, die Sonne betonte seine Sommersprossen und die langen Wimpern seiner Augen. »Miss Giles hat so gut wie gar nichts gesagt. Scheint immer auf das Stichwort von ihm zu warten, was wahrscheinlich normal ist.«

»Irgendwelche Journalisten da?« fragte Drummond.

»Soweit ich weiß, nicht, aber sie werden es ziemlich schnell herausbekommen, nehme ich an.«

»Wenn Osmar Glück hat, dann nicht. Möglicherweise haben sie die Polizeiakten durchgesehen und nichts von Interesse gefunden. Schließlich ist ja die Erregung öffentlichen Ärgernisses unter normalen Umständen nichts, was Schlagzeilen macht.«

Urbans Gesicht drückte plötzlich Bedauern und Verachtung aus. »Nein, Sir, aber scheinbar hat Osmar nicht viel Verstand. Er bestand darauf, ein Gespräch mit dem Innenminister zu führen.«

»Was?« Drummond ließ beinahe seinen Stift fallen, so überrascht war er. »Wie meinen Sie das, ein Gespräch? Hat er einen Boten geschickt?«

»Nein, Sir.« Urbans Augen leuchteten belustigt. »Er hat einen von diesen neuartigen Telefonapparaten benutzt. Das allein hat ja allerlei Aufsehen erregt.«

»Und ist er durchgekommen?« Drummond war nicht nur überrascht, sondern auch alarmiert. Die Geschichte wurde von Minute zu Minute unappetitlicher.

Alle Belustigung schwand aus Urbans Gesicht. »Ja, Sir. Offenbar. Obwohl mir nicht klar ist, was er damit erreichen wollte, außer daß es die Bearbeitung für eine Weile aufgehalten hat, folglich auch seine Freilassung gegen Kaution, die ja angesichts der Art der Anzeige zu erwarten war.«

»Und das Mädchen, Miss …?«

»Miss Giles. Ist auch freigelassen worden, auch gegen Kaution.« Er zuckte die Achseln. »Das war ja alles vorauszusehen, außer daß er den Innenminister anrufen würde. Vielleicht hätte er den Premierminister angerufen, wenn wir ihn des Diebstahls bezichtigt hätten – und bei Körperverletzung die Königin.«

»Hören Sie auf«, sagte Drummond finster. »Der Mann macht uns nur Ärger. Was um alles in der Welt wird wohl passieren, wenn der Fall vor Gericht kommt?«

»Weiß der Himmel«, gab Urban zu. »Vielleicht läßt er sich bis dahin vernünftig beraten und beschließt, den Mund zu halten. Ach, seine Aktenmappe haben wir ihm wieder ausgehändigt.«

»Seine Aktenmappe?« Drummond wußte nicht, wovon Urban sprach. Urban entspannte sich ein wenig und ließ eine Hand in die Hosentasche gleiten.

»Ja, Sir. Ein Mann kam zur Wache, ungefähr eine halbe Stunde, nachdem Crombie und Allardyce Mr. Osmar verhaftet hatten, und berichtete, daß er zur fraglichen Zeit auch im Park gewesen sei und daß Mr. Osmar eine kleine Aktenmappe auf der Bank liegengelassen habe, wo er mit Miss Giles gesessen hatte. Er hat die Mappe an sich genommen und zur Wache gebracht. Offenbar hatte er eine Verabredung, die er einhalten mußte, und erwartete auch, daß der Wachtmeister zurückkommen würde, um die Tasche zu holen. Doch als keiner kam und er seiner Verabredung nachgekommen war, brachte er die Tasche selbst zur Wache. Zumindest kann Osmar uns jetzt nicht vorwerfen, wir seien schuld daran, daß er seine Tasche verloren hat.«

»Er hat sie wieder?«

»Ja Sir. Er hatte sie in der Hand, als er die Wache verließ.«

»Na ja, das ist ja wenigstens etwas.« Drummond seufzte. »Was für eine scheußliche Situation. Warum konnte der alte Trottel sich auf der Parkbank nicht ordentlich benehmen?«

Urban grinste. Es war ein entspanntes, humorvolles Grinsen.

»Heftige Gefühlsanwandlung? Frühling in der Luft?«

»Es ist Sommer«, erwiderte Drummond trocken.

»Vielleicht hatten wir Glück. Vielleicht war er im Frühjahr noch schlimmer.«

»Raus mit Ihnen!«

Urban grinste.

Drummond legte seinen Stift hin und stand auf. »Lassen Sie die Sache nicht aus den Augen, Urban«, sagte er ernst. »Ich habe schon genug Sorgen mit den ernsteren Fällen. Ich habe da einen häßlichen Mord, bei dessen Aufklärung wir helfen sollen.«

Urban war überrascht. »Helfen?«

»Ist nicht in unserem Revier. Ich bin auf dem Weg zu jemandem, der davon betroffen ist.« Er ging zum Kleiderständer bei der Tür, nahm seinen Hut und setzte ihn auf, für einen Mantel war es viel zu warm. Er rückte mit einem Griff seine Krawatte gerade, entspannte sich und richtete dann das Revers seines Jacketts.

Urban sah darin nichts Ungewöhnliches. Von vornehmen Herren wie Micah Drummond konnte man erwarten, daß sie sich makellos kleideten, gleichgültig, wo sie hingingen, und zwar nicht aus Achtung vor demjenigen, den sie besuchten, sondern weil es Teil ihres Wesens war.

Auf der Straße hielt Drummond eine Droschke an und gab dem Fahrer Anweisung, nach Belgravia zu fahren.

Er setzte sich auf den glatten, harten Polstern zurecht und dachte an Lord Byam und die Verpflichtung, aufgrund derer er zu dem Fall herangezogen worden war. Seit zehn Jahren war Drummond Mitglied einer exklusiven Gruppe, einem Geheimbund, der sich der Innere Kreis nannte und dessen Mitgliedschaft anonym war. Selbst unter den Mitgliedern kannten sich nur diejenigen, die unmittelbar miteinander zu tun hatten. Jeder mußte einen Eid ablegen, daß das auch so blieb. Der Geheimbund wirkte im Verborgenen, tat viele gute Werke, half Menschen, die sich in einer Notlage befanden, bekämpfte Ungerechtigkeit und unterstützte wohltätige Verbände mit großzügigen Spenden.

Die Satzung besagte außerdem, daß die Mitglieder sich gegenseitig zu helfen hätten, wenn sie dazu aufgerufen würden und sich durch ein Zeichen zu erkennen gegeben hatten. Diese Hilfe sollte, ohne den Anlaß zu hinterfragen oder persönliche Mühen zu scheuen, geleistet werden. Sholto Byam hatte sich unter Berufung auf diese Klausel an ihn gewandt. Als Mitglied hatte Drummond keine andere Wahl gehabt, als sich mit aller Kraft für ihn einzusetzen, ohne jedoch Pitt von dem Geheimbund auch nur andeutungsweise zu unterrichten. Er durfte nichts erklären. Er befand sich in einer Situation, die ihm unendlich peinlich war. In London gab es Dutzende von Gesellschaften der verschiedensten Färbungen, manche verfolgten wohltätige Zwecke, einige waren geheim. Er hatte sich damals, als er beigetreten war, nur wenige Gedanken darüber gemacht. Viele seiner gleichaltrigen Bekannten waren ebenfalls Mitglieder, und zu der Zeit schien es sowohl ein weiser wie auch ein erfolgversprechender Schritt, im Hinblick auf Freundschaften und auf Karriere. Es hatte ihm noch nie Unbehagen verursacht – bis jetzt.

Nicht, daß er befürchtete, Byam sei schuldig oder er müsse ihn vor den Folgen seiner Tat schützen, wenn er es wäre. Es war einfach die Tatsache, daß er Pitt gegenüber sein Verhalten nicht erklären konnte, noch ihm offen sagen durfte, wieso er ihn so ohne weiteres mit einem Fall betraut hatte, der rechtens zum Revier Clerkenwell gehörte. Es gab Mitglieder des Inneren Kreises, an die er sich nur wenden mußte, Männer in einflußreichen Stellungen, die veranlassen konnten, daß in einem bestimmten Fall hier oder dort ermittelt wurde, und das durch einen Ermittler seiner Wahl. Er mußte sich nur als Mitglied zu erkennen geben, und schon kam alles ins Rollen, ohne daß eine Erklärung verlangt oder gegeben wurde.

Er würde alles tun, was die Ehre verlangte, um Byam zu helfen, und er würde es mit der nötigen Rücksichtnahme tun.

Er kam am Belgrave Square an, stieg aus und zahlte den Fahrer. Als das Pferd wieder anzog, richtete er seine Krawatte ein letztes Mal. Er erklomm die Stufen unter dem klassizistischen Vordach und griff nach dem Klingelzug. Doch der Diener kam ihm zuvor und öffnete bereits die Tür.

»Guten Morgen, Mr. Drummond«, sagte der Diener höflich, er erinnerte sich, daß sein Dienstherr beim vorigen Mal die Ankunft dieses Herrn kaum erwarten konnte. »Bedauerlicherweise muß ich Ihnen sagen, Sir, daß Lord Byam zur Zeit außer Haus ist, doch wenn Sie mit Lady Byam sprechen möchten, werde ich sie davon in Kenntnis setzen, daß Sie da sind.«

Drummond war überrascht, aber zugleich erfreut. Sein erster Gedanke war der, daß Lady Byam ihm vielleicht ein paar Einblicke in die Persönlichkeit ihres Mannes geben und ihm über seine Gewohnheiten etwas sagen konnte. Vielleicht gab es einen Punkt, den er übersehen oder vergessen hatte, der es nahelegte, daß Lord Byam unschuldig war. Vor seinem geistigen Auge sah er wieder die Anmut ihrer Bewegungen und ihr sanftes Lächeln, die ihm an jenem ersten Abend aufgefallen waren, als er Lord und Lady Byam aufgesucht hatte.

»Danke«, sagte er, »das wäre hervorragend.«

»Wenn Sie im Empfangszimmer warten wollen, Sir.« Der Diener ging voran, öffnete die Tür und führte Drummond in einen Raum, der in kühlem Grün gehalten und sonnendurchflutet war. Es gab einen großen Kamin aus geschliffenem Marmor, Drummond nahm aufgrund der schlichten, unverzierten Formen an, daß es sich um einen Adam-Entwurf aus dem vorigen Jahrhundert handelte. Rechts und links vom Kamin hingen Seestücke, und als er sich umdrehte, sah er an der hinteren Wand holländische Landschaftsbilder mit Kühen. Nie zuvor war ihm aufgefallen, welch angenehme Wirkung die leicht plumpen Formen einer Kuh auf den Betrachter ausübten. Sie boten einen ruhevollen Anblick.

Die langen, grünen Vorhänge fielen in Falten auf den Boden und waren seitlich mit einer geflochtenen Schärpe zusammengehalten. Sie waren das einzige im Raum, das ihm mißfiel. Er konnte nicht genau sagen warum, aber er mochte die Zurschaustellung von überlangen Vorhängen nicht, obwohl er wußte, daß es in wohlhabenden Häusern so üblich war. Es war ein konventionelles Zeichen von Überfluß und zeigte, daß man sich reichlich Samt leisten konnte.

Auf dem niedrigen Mahagonitisch zwischen den beiden Stühlen stand eine Kristallvase mit Rosen.

Er trat ans Fenster und wartete in der Sonne auf das Erscheinen des Dieners.

Doch als sich die Tür öffnete, war es Lady Byam selbst, die eintrat. Sie schloß die Tür hinter sich und machte damit deutlich, daß sie mit ihm in diesem Raum sprechen wollte und ihn nicht in ein anderes Zimmer zu führen gedachte. Sie war größer, als er es in Erinnerung hatte, und in dem hellen Sonnenlicht konnte er sehen, daß sie auch älter war, möglicherweise nur wenige Jahre jünger als er selbst. Ihre Haut war blaß und zart, und ihre Wangen hatten ein wenig Farbe. Um die Augen konnte er ein paar Fältchen erkennen. Sie erschien dadurch weniger unnahbar, verletzlicher und auch eher zu einem Lachen fähig.

»Guten Morgen, Mr. Drummond«, sagte sie mit einem kleinen Lächeln. »Es tut mir leid, aber Lord Byam ist gegenwärtig nicht zu Hause, doch ich erwarte ihn bald zurück. Darf ich Ihnen bis dahin eine kleine Erfrischung anbieten?«

Er hatte kein Bedürfnis, etwas zu essen oder zu trinken, aber er hörte sich selbst, wie er das Angebot ohne Zögern annahm.

Sie griff nach dem Klingelzug und läutete. Der Diener erschien umgehend, und sie beauftragte ihn, Tee und ein paar Kleinigkeiten zu essen zu bringen.

Sobald er gegangen war, sagte sie: »Verzeihen Sie, Mr. Drummond, aber ich kann nicht umhin, Sie zu fragen, ob Sie irgendwelche Neuigkeiten haben, die den Tod von Mr. Weems betreffen?«

Er bemerkte, daß ihre Augen, obwohl sie schwarze Haare hatte, nicht braun waren, sondern dunkelgrau.

»Sehr wenige, Madam«, antwortete er mit Bedauern. »Aber ich nahm an, daß Lord Byam gerne hören würde, was wir erreicht haben, wenn es auch nicht viel ist und alles lediglich dazu dient, Verdächtige auszuschließen.«

»Auszuschließen?« In ihrer tiefen, wohlklingenden Stimme schwang ein bißchen Hoffnung. »Sie meinen Gründe, warum es nicht mein Mann war?«

Er wünschte, er könnte das bestätigen. »Nein, ich fürchte, das nicht. Ich meine, wir haben Leute ausgeschlossen, gegen die ein begründeter Verdacht bestand. Leute, die von Weems Geld geborgt hatten, die aber ihren Aufenthalt zum Tatzeitpunkt nachweisen konnten.«

»So gehen Sie also vor?« Sie zog die Stirn kraus, und in ihren Augen stand Sorge, vielleicht auch Enttäuschung.

»Nein«, sagte er schnell. »Nein, so grenzen wir nur gewisse Möglichkeiten aus, um nicht unsere Zeit mit unnötigen Nachforschungen zu verschwenden. Wenn jemand wie Weems umgebracht wird, ist es schwer zu entscheiden, wo man anfangen soll, da er so viele potentielle Feinde hatte. Jeder, der ihm Geld geschuldet hat, ist zumindest ein möglicher Täter.« Er stellte fest, daß er zu schnell redete und zuviel erzählte. Trotzdem konnte er seine Zunge nicht im Zaum halten. »Wir müssen herausbekommen, für wen es einen Grund gab, ihm den Tod zu wünschen, und dann, wer eine Gelegenheit hatte, die Tat zu begehen, und die Mittel, sie auszuführen. Es wird nicht viele Menschen geben, auf die alle drei Dinge zutreffen. Wenn wir die Tatverdächtigen auf diese Weise eingegrenzt haben, werden wir an Hand der Beweislage herausfinden, wer von ihnen – vorausgesetzt, es gibt mehr als einen – nun wirklich der Schuldige ist.« Er musterte ihr Gesicht, um zu sehen, ob sie nicht nur seine Worte, sondern auch ihre gesamte Bedeutung erfaßt hatte, ob es für sie eine gewisse Beruhigung war zu sehen, daß die Polizei sich auf ihr Handwerk verstand.

Er wurde belohnt, denn die Zweifel wichen aus ihrem Gesicht, und ihre Schultern entspannten sich ein wenig unter dem weichen Stoff ihres Kleides, das dunkelgrün war wie der Raum und ihn an den dunklen Schatten unter Bäumen im Sommer erinnerte. Aber etwas von ihrer Sorge war geblieben.

»Es hört sich ungeheuer schwierig an, Mr. Drummond. Sicherlich lügen die Leute manchmal? Nicht nur diejenigen, die schuldig sind, sondern auch die anderen?« Sie runzelte die Stirn. »Auch wenn man nichts damit zu tun hat und von dem Mord nichts weiß, so gibt es im Leben der meisten von uns Dinge, die wir lieber verschweigen würden, auch wenn es im Vergleich kleine Sünden und Niederträchtigkeiten sind. Wie wissen Sie, was Sie glauben sollen?«

Bevor er antworten konnte, trat der Diener mit dem Tee und einem Teller mit einigen Häppchen wieder in den Raum. Eleanor dankte ihm geistesabwesend, und er zog sich zurück. Sie forderte Drummond auf, sich zu bedienen, und goß ihm und sich selbst Tee ein.

Die angerichteten Kleinigkeiten waren köstlich, es gab winzig kleine Pasteten, nur ein Happen, und fingerbreite Streifen von geröstetem Brot, mit Leberpastete oder Käse bestrichen. Der Tee war heiß und schmeckte gut. Drummond saß Lady Byam gegenüber und bemühte sich um eine tadellose Haltung, während er aß. Angesichts ihrer Anmut kam er sich beinahe ungeschickt vor. »Es ist tatsächlich schwierig«, sagte er und nahm die Unterhaltung wieder auf, als hätte es keine Unterbrechung gegeben. »Und von Zeit zu Zeit machen wir Fehler und müssen von vorne beginnen. Doch Inspektor Pitt ist ein fähiger Mann und läßt sich nicht leicht in eine Sackgasse drängen.«

Zum ersten Mal lächelte sie vorbehaltlos. »Welch ein merkwürdiger Mann«, sagte sie und blickte auf die Rosen in der Kristallvase. »Zu Beginn war ich überrascht, wen Sie da mitgebracht hatten.« Sie lächelte entschuldigend. »Seine Taschen müssen mit Papieren vollgestopft gewesen sein, sein Jackett saß völlig schief. Und er war bestimmt seit Monaten bei keinem guten Friseur mehr. Dann habe ich mir sein Gesicht genauer angeschaut. Er hat die klarsten Augen, die ich je gesehen habe. Ist Ihnen das schon einmal aufgefallen?«

Drummond war verblüfft und wußte nicht, wie er antworten sollte.

Sie lächelte vor sich hin.

»Nein, natürlich nicht«, beantwortete sie ihre eigene Frage. »So etwas würde ein Mann nie bemerken. Wenn mich Ihr Mr. Pitt je bei einer Unwahrheit ertappte, würde ich mich schämen. Und ich bin mir sicher, er würde es sofort merken. Ich hoffe, er hat auf die anderen Leute, die er befragt, eine ähnliche Wirkung …« Sie hielt inne, als sie sein zweifelndes Gesicht sah. »Sie glauben, ich fantasiere? Vielleicht. Oder womöglich erwarte ich einfach zuviel …«

»Aber nein!« sagte er schnell und beugte sich nach vorn, dabei merkte er zu spät, daß er nicht wußte, wo er die Tasse, die er noch in der Hand hielt, abstellen sollte. Er war sich seiner Unbeholfenheit bewußt, als er sie auf dem Tischchen absetzte. »Pitt ist ein äußerst guter Ermittler, das versichere ich Ihnen. Ich hätte ihm diesen Fall nicht übertragen, wenn ich nicht vollstes Vertrauen in seine Arbeit hätte. In seiner Laufbahn hat er bereits einige überaus komplizierte Morde aufgedeckt. Und er ist sowohl zu Mitgefühl als auch zu Diskretion fähig. Er strebt nicht nach eigenem Ruhm, noch liegt ihm daran, jemanden durch einen Skandal in Bedrängnis zu bringen.

»Es klingt zu gut, um wahr zu sein«, sagte sie leise und blickte auf ihren Teller.

Er war sich bewußt, daß er übertrieben hatte.

»Überhaupt nicht. Er ist sehr menschlich«, sagte er eine Spur zu hastig. »Er ist häufig widerborstig, mag es nicht, wenn man ihn von oben herab behandelt, und ist in bezug auf seine Kleidung der nachlässigste Mensch, den ich kenne. Aber er ist integer und ideenreich, und wenn einer herausfinden kann, wer Weems ermordet hat, dann er.«

Zum ersten Mal sah sie ihm mit einem warmen, offenen Lächeln direkt ins Gesicht. »Sie mögen ihn, nicht wahr?«

»Das stimmt«, antwortete er, und es war ein Geständnis. Eine Frau von Lady Byams gesellschaftlichem Rang erwartete normalerweise von einem Herrn wie Drummond nicht, daß er für einen Untergebenen wie Pitt persönliche Gefühle hegte.

Sie erwiderte nichts darauf, aber er hatte das deutliche Gefühl, daß sie angetan war, obwohl er nicht wußte, warum. Wurde die ganze unangenehme Angelegenheit vielleicht ein wenig erträglicher, wenn man Pitt mochte und sie darauf vertrauen konnte, daß er mit Geschick an die Sache heranging, oder mochte sie ihn gar selber?

Das war ein absurder Gedanke, und er verwarf ihn eilig. Er holte Luft und wollte gerade antworten, als sie den Teller mit den Häppchen ein wenig zu ihm hin schob.

»Bitte nehmen Sie doch noch eins, Mr. Drummond«, bat sie ihn. Sie suchte nach einem weiteren Gesprächsthema und flüchtete sich in Plaudereien, wobei ihre Stimme ihren warmen Klang verlor. »Vor zwei Tagen war ich auf einem Ball, den Mr. und Mrs. Radley ausrichteten. Sie war früher Mrs. Ashworth und hat erst kürzlich wieder geheiratet. Ihr Mann möchte für einen Sitz im Parlament kandidieren, und dieser Ball diente dazu, die Kampagne einzuleiten. Doch Mrs. Radley war unpäßlich, und ihre Schwester, eine Mrs. Pitt, hat sie für den Abend vertreten. Wissen Sie, einen Moment lang konnte ich mich nicht erinnern, wo ich diesen Namen in letzter Zeit gehört hatte.« Ihre Stimme klang jetzt höher, als ob ihr etwas die Kehle zuschnürte. »Ich wüßte gerne, was diese Menschen denken würden, wenn sie wüßten, daß ich heute in meinem eigenen Haus den Fortschritt von gewissen Polizeiermittlungen bespreche, in der Hoffnung, meinen Mann von dem Verdacht, einen Wucherer umgebracht zu haben, zu befreien. Ich wüßte gerne, wie viele von ihnen noch so zuvorkommend mit mir sprechen und meine Nähe suchen würden.«

Eine Vielzahl von Antworten drängte sich ihm auf. Sein spontanes Bedürfnis, ihr zu sagen, wer Charlotte war, unterdrückte er mit einigem Zögern. Das wäre Charlotte gegenüber unfair gewesen, außerdem wollte er jeden Weg, Erkenntnisse zu gewinnen, offenlassen. Bei früheren Fällen hatte Charlotte beträchtliches Urteilsvermögen bewiesen. Er wollte Eleanor Byam versichern, daß Freunde, die sie wegen dieser Angelegenheit mieden, ihrer Freundschaft, und besonders ihrer Zuneigung, nicht wert seien. Dann wurde ihm klar, daß sie das ebensogut wußte wie er, daß sie sich aber dennoch nach der Gewißheit sehnte, weiterhin akzeptiert zu werden. Sie fürchtete sich vor einem Skandal und vor dem scheußlichen Gefühl, geschnitten zu werden, vor dem bösen Gerede hinter vorgehaltener Hand, vor den Spekulationen und den ungerechten Gedanken. Mut konnte eine Verletzung nicht verhindern, sondern bewirkte nur, daß man sie mit Würde ertrug. Die Erkenntnis, daß diejenigen, die man für Freunde gehalten hatte, oberflächlich und gefühllos waren, linderte den Schmerz über die Desillusionierung nicht. Sie wollte ihre Freunde lieber nicht testen, die Fehler der anderen besser nicht sehen.

»Pitt ist diskret«, sagte er mit großem Ernst. »Er geht davon aus, daß viele Menschen von Weems Geld geliehen haben und daß es wahrscheinlich ein Schuldner war, der vor Verzweiflung nicht wußte, was er tun sollte, und ihn umgebracht hat.«

Ihre Reaktion war Mitleid, und mit einer gewissen Selbstironie sagte sie: »Ich wünschte mir, es wäre nicht nötig zu erfahren, wer den Mord begangen hat, nur um zu beweisen, daß es nicht Sholto war. Es ist wahrscheinlich unverzeihlich von mir, aber ich kann jemanden in ärgsten finanziellen Nöten, dem Weems mit Zwangsvollstreckung gedroht hat und dem kein anderer Ausweg mehr möglich schien, nicht völlig für diese Tat verurteilen.« Sie biß sich auf die Lippen. »Ich weiß, daß Mord nicht die Antwort auf eine schwierige Situation ist, aber ich kann mir die Gefühle eines solchen Menschen so gut vorstellen.«

»Pitt wird das auch können«, sagte Drummond, ohne zu zögern, weil er selbst ähnlich darüber dachte. Wenn je ein Opfer nicht vermißt wurde, dann war es William Weems.

Sie sah Drummond an und las ihre Gedanken in seinen Augen.

Er merkte, wie ihm die Röte ins Gesicht stieg.

Sie wandte den Blick ab. »Sholto hält sich recht tapfer«, sagte sie und zwang sich zu einem sorglosen Ton. »Wenn er Angst hat, dann verbirgt er sie hinter dem Vertrauen, daß es Ihnen gelingen wird herauszufinden, wer die Tat begangen hat. Die tragischen Ereignisse um Lady Anstiss' Tod liegen so lange zurück, und es ist lächerlich, daß sie unser Leben heute überschatten. Wie häßlich und gemein ist es doch, so gierig zu sein!«

Er verzog das Gesicht bei dieser Untertreibung.

»Haben Sie sie gekannt?«

»Nein. Es geschah ein paar Jahre bevor Sholto und ich uns kennenlernten.« Sie sah aus dem Fenster und betrachtete die Blätter, die sich im Wind und im Sonnenschein bewegten. »Soweit ich weiß, war sie sehr schön. Nicht nur, daß sie regelmäßige Züge und einen klaren Teint hatte, was ja nicht so ungewöhnlich ist, sondern sie war wohl von einer verletzbaren, leidenschaftlichen und betörenden Schönheit, die man nie wieder vergessen konnte. Ich habe ein Bild von ihr in Lord Anstiss' Haus gesehen und muß gestehen, daß es mir nicht wieder aus dem Sinn ging.« Sie drehte sich mit einem nachdenklichen Ausdruck zu ihm um. »Nicht wegen ihres tragischen Todes, sondern weil ihr Gesicht so eigen war, so voller Leben, so ganz anders als eine traditionelle englische Dame, die ich erwartet hatte.« Sie blinzelte. »Wenn man von Verletzbarkeit spricht, erwarte ich ein zerbrechliches Gesicht mit hellen Haaren zu sehen, sehr jung, sehr weich. So war sie aber überhaupt nicht. Sie war dunkel, mit einer stolzen Nase, hohen Wangenknochen und einem wundervollen Mund. Ich muß zugeben, ich finde die Vorstellung furchtbar, daß jemand, der so lebendig aussieht, seinem Leben ein Ende bereitet haben soll. Aber es fiel mir nicht schwer zu glauben, daß sie heftig genug lieben konnte, um dafür zu sterben.«

»Es tut mir leid«, sagte er unbeholfen, denn es war ihm so überdeutlich bewußt, daß Laura Anstiss diese Leidenschaft für Eleanors Mann empfunden hatte. Er bewunderte Eleanor dafür, daß sie mit so viel Zärtlichkeit und ohne den leisesten Anflug von Neid darüber sprechen konnte. Sie mußte sich sehr sicher sein, daß Sholto Byam sie liebte, ungeachtet der Dummheiten, Unbesonnenheiten oder Verfehlungen seiner Vergangenheit.

Sie senkte den Blick zu Boden und betrachtete das Muster, das die Sonne auf den Teppich zeichnete.

»Ich bewundere Lord Anstiss dafür, daß er gegen Sholto keinen Groll hegt.« Sie sprach mit leiser, tiefer Stimme. »Es wäre so leicht gewesen, sich in die Niederungen von Bitterkeit und Schuldzuweisungen zu begeben, und niemand hätte ihm daraus einen Vorwurf machen können, jeder hätte seine Haltung verstanden. Doch nach dem ersten Schock und der Bestürzung gab es nie Spannungen zwischen ihnen. Lord Anstiss hat es nicht zugelassen, daß seine Trauer von Haß befleckt wurde. Vermutlich wußte er, wie entsetzlich Sholto sich fühlte und daß er alles getan hätte, was in seiner Macht stand, um seine Gedankenlosigkeit wiedergutzumachen.« Sie seufzte. »Aber natürlich war es zu spät, als er merkte, wie heftig sie empfand.« Sie biß sich auf die Lippen und sah Drummond an. »Anscheinend ist Laura nie zuvor etwas verweigert worden. Kein Mann hatte sich je ihrem Zauber entziehen können, und plötzlich schien alle Macht von ihr genommen zu sein. Sie war verwirrt und sehr verletzt. Alles schien plötzlich in Zweifel gezogen.«

Sie hielt inne, aber er sagte nichts.

»Es muß sehr merkwürdig sein, wenn eine Frau so schön ist, daß alle Welt sie bewundert«, fuhr sie fort, als spräche sie mit sich selbst. »Davor hatte ich nie darüber nachgedacht, daß Schönheit auch Nachteile mit sich bringt. Die Menschen sind so gebannt von dem Gesicht, daß sie die

Frau dahinter gar nicht sehen und nicht verstehen, daß auch sie Träume und Ängste hat, genau wie jeder andere auch. Daß sie ebenso einsam sein kann und sich ihrer selbst, ihres Wertes und der Liebe der anderen nicht sicher ist.« Ihre Stimme wurde noch leiser. »Arme Laura.«

»Und armer Lord Anstiss.« Drummond meinte es aufrichtig. »Er muß ein Mann von großem Geist sein, wenn er seine Bitterkeit und seinen Zorn überwinden und an seiner Freundschaft mit Lord Byam festhalten konnte. Das ist eine Eigenschaft, die ich fast mehr als jede andere bewundere, solch eine Großzügigkeit im Geiste, solch eine Fähigkeit zu vergeben.«

»Mir geht es ebenso«, sagte sie rasch. Sie hob den Blick und sah ihn mit großer Intensität an. »Es ist eine Schönheit, die über die von Gestalt und Form geht, finden Sie nicht auch? Es ist eine Eigenschaft, die alles, womit sie in Berührung kommt, erhöht, in Frauen und Männern gleichermaßen. Solange es solche Menschen gibt, können wir Männer wie Weems ertragen und auch den armen Menschen, der dazu getrieben wurde, ihn zu erschießen.«

Er wollte soeben antworten, als er Schritte in der Eingangshalle und leises Stimmengemurmel hörte. Kurz darauf öffnete sich die Tür, und Byam betrat den Raum. Auf den ersten Blick machte er einen ausgeglichenen und entspannten Eindruck, doch als er den Streifen des Sonnenlichts durchschritt, der durch das Fenster fiel, bemerkte Drummond Anzeichen von Müdigkeit um die Augen und die Anspannung, die Byam zu unterdrücken versuchte. Byam war nicht verwundert, ihn zu sehen, offenbar hatte der Diener ihn bereits darauf vorbereitet.

Drummond erhob sich.

»Guten Tag, Mylord. Ich bin gekommen, um Sie über die Fortschritte, die wir bisher erzielt haben, und über unsere weitere Vorgehensweise zu unterrichten.«

Byam nickte. »Guten Tag, Drummond. Sehr freundlich von Ihnen. Ich bin Ihnen sehr dankbar. Guten Tag, Eleanor, meine Liebe.« Er berührte sie ganz leicht mit den Fingerspitzen an der Schulter. Die Zartheit der Berührung und das

Zurückziehen der Hand verstand Eleanor als Aufforderung zu gehen; ein diskretes und sanftes Zeichen, doch es zeigte ihr, daß er mit Drummond allein zu sprechen wünschte. Vielleicht glaubte er, die Einzelheiten würden sie erschrecken, und wollte daher nicht, daß sie zuhörte.

Sie erhob sich mit dem Rücken zu ihrem Mann und wandte sich an Drummond.

»Würden Sie mich bitte entschuldigen, Mr. Drummond, ich muß mich um häusliche Angelegenheiten kümmern. Wir empfangen heute abend Gäste, und ich muß mit der Köchin das Menü durchgehen.«

»Aber selbstverständlich.« Er nickte leicht. »Ich danke Ihnen, daß Sie so freundlich waren und mir so viel Ihrer Zeit gewidmet haben.«

Sie lächelte höflich. Er hatte ein paar formelle Sätze gesprochen, dasselbe hätte er in jeder ähnlichen Situation auch gesagt. Sie konnte nicht wissen, wie ernst er es meinte.

»Guten Tag, Mr. Drummond.«

»Guten Tag, Lady Byam.«

Sie drehte sich um, verließ den Raum und zog die Tür hinter sich sanft ins Schloß.

Byam warf einen Blick auf das leere Tablett und sah davon ab, weitere Erfrischungen anzubieten. Drummond erkannte Byams Sorge an seinen angespannten Bewegungen, seiner fehlenden Unbefangenheit und an seiner Haltung. Er wartete nicht ab, bis Byam sich verpflichtet fühlte zu fragen, welche Neuigkeiten er brachte.

»Ich fürchte, unsere Fortschritte bestehen zur Zeit hauptsächlich darin, einige der naheliegendsten Möglichkeiten auszuschließen«, sagte er ohne Vorrede. Byams Augen weiteten sich fast unmerklich, aber er sah Drummond nicht fragend an, sondern wartete lediglich darauf, daß er fortfuhr.

»In Weems' Büro haben wir zwei Listen mit Namen von Schuldnern gefunden«, berichtete Drummond weiter. »Eine lange mit ganz gewöhnlichen Schuldnern, die regelmäßig recht kleine Summen borgten und sie in kleinen Raten zurückzahlten. Die meisten der armen Teufel hätten das Kapital nie abbezahlen können bei dem Wucherzins, den er erhob, sondern hätten sich bis an ihr Lebensende abrackern müssen. Es ist verabscheuenswürdig, sich an dem Elend anderer zu bereichern!« Kaum hatte er die Worte gesagt, merkte er, daß sie fehl am Platze waren. Er hätte seine eigenen Gefühle nicht zeigen sollen.

Doch Byams Gesicht zeigte Verständnis und bitteren Humor.

»Er war ein verachtenswerter Mensch«, sagte er mit harter Stimme. »Auch Erpressung ist keine ansprechende Art des Gelderwerbs. Wenn mein eigenes Leben nicht auf dem Spiel stünde, würde ich Ihnen nicht die geringste Unterstützung bei der Suche nach dem Mörder von Mr. Weems geben. Da ich aber darin verwickelt bin, fühle ich mich verpflichtet, die Angelegenheit mit aller Macht voranzutreiben.«

Es war eine Aufforderung, ja sogar eine Bitte, mit bedeutsameren Einzelheiten fortzufahren, der Drummond jetzt nachkam.

»Bisher haben wir eine Reihe von Leuten ausgeschlossen, da sie sich zur Tatzeit nachweislich in Gesellschaft befanden.«

Byams Gesicht drückte Bedauern aus.

»Ich wünschte, ich könnte dasselbe für mich sagen. Leider haben mich noch nicht einmal die Bediensteten an jenem Abend gestört.«

Drummond lächelte ihm zu. »Das ist der kleine Vorteil, den Armut mit sich bringt. Die Menschen leben in so drangvoller Enge, die keine Privatsphäre zuläßt, so daß sie eine Reihe von Zeugen haben, die beschwören können, daß sie hier oder dort waren, und überall hat man sie gesehen. Viele teilen sich einen Raum mit der ganzen Familie, oder sie waren bei der Arbeit oder im Wirtshaus.«

Hoffnung flackerte in Byams Augen auf. »Aber nicht alle?«

»Nein, nicht alle«, gab Drummond zu. »Pitt und seine Leute kümmern sich um die, die allein oder bei ihren

Frauen waren, deren Aussagen man nicht ohne weiteres trauen kann. Es wäre schließlich natürlich, daß eine Frau sagt, sie sei mit ihrem Mann zusammengewesen, wenn sie den Grund für die Frage durchschaut hat.« Drummond rückte auf seinem Stuhl ein wenig hin und her. »Und natürlich hat sich die Kunde von dem Mord an Weems rasch verbreitet. Nur einige, die außerhalb von Clerkenwell leben, hatten noch nicht davon gehört. Doch die Tatsache allein, daß die Polizei Ermittlungen durchführt, ist ihnen Warnung genug, daß etwas ernstlich im argen liegt. Sie kennen alle Tricks, wenn es ums Überleben geht.«

»Nicht sehr vielversprechend.« Byam gab sich Mühe, sorglos zu klingen, aber seine Stimme war brüchig. Der Wohlklang war aus ihr gewichen. Er hielt seine Stuhllehne so fest umklammert, daß die Knöchel seiner Finger weiß hervortraten.

»Es gibt noch eine zweite Liste«, sagte Drummond rasch. »Mit Leuten, die weit größere Summen geliehen haben.«

»Warum haben Sie die nicht zuerst aufgesucht?« fragte Byam.

Er klang nicht schroff, aber es war deutlich, daß er nicht verstand, warum das nicht geschehen war, wo es ihm doch so klar ins Auge stach.

»Weil es sich dabei um Gentlemen handelt«, erwiderte Drummond. Wenn man es so sagte, klang es in seinen Ohren gräßlich. »Da sie wohl ihren Mitteln entsprechend hohe Summen geliehen hatten«, fügte er hinzu. »Vielleicht weniger. Und wahrscheinlich fiel es ihnen leichter, das Geld für die Rückzahlungen zu beschaffen, wenn ihr normales Einkommen dazu nicht reichte. In der allergrößten Not hätten sie auch Besitz verkaufen können.«

»Vielleicht hat er sie auch erpreßt«, überlegte Byam.

»Daran haben wir auch schon gedacht.« Drummond nickte flüchtig. »Pitt wird auch da nachforschen, aber es muß diskret geschehen und mit einiger Sorgfalt, damit wir an die Wahrheit gelangen. Die Menschen geben so etwas nicht einfach zu.« Er blickte Byam in die Augen und sah Selbstironie darin aufflackern. »Andere Menschen haben möglicherweise Geheimnisse, die nicht einfach nur tragisch wie Ihres sind, sondern derentwegen man Anklage erheben müßte.«

»Das ist wahrscheinlich wahr«, gab Byam zu. Plötzlich wurde ihm bewußt, daß Drummond immer noch stand. »Es tut mir leid! Bitte setzen Sie sich – ich bleibe stehen, ich kann mich nicht recht entspannen. Ich hoffe, das macht Sie nicht unruhig.«

»Keineswegs«, log Drummond. Aus Höflichkeit konnte er nicht zugeben, daß es ihn doch unruhig machte. Also ließ er sich wieder auf dem Stuhl nieder, auf dem er schon während des Gesprächs mit Eleanor gesessen hatte, und blickte unverwandt auf Byam, der hinter dem zweiten Stuhl stand, die Hände verkrampft auf der Lehne.

»Worüber ich überrascht war«, nahm Drummond den Faden wieder auf, »ist, daß der Mörder von Weems die Liste nicht mitgenommen hat. Es wäre doch das Naheliegendste.«

Byam zögerte, blickte zu Boden und richtete dann seine Augen wieder auf Drummond.

»Was haben Sie mit den Unterlagen über meine Zahlungen getan? Hat Ihr Mann, Pitt, sie an sich genommen?« Er schluckte schwer. »Und was ist mit dem Brief?«

»Wir haben beides nicht gefunden«, erwiderte Drummond und beobachtete Byam genau.

Byams Blick verfinsterte sich kaum wahrnehmbar, sein Gesicht erschien einen Moment zu erstarren, und sein Körper spannte sich unter der edlen Wolle seines Anzugs. Die Regung war so spontan und so subtil, daß sie nicht gespielt sein konnte. Es war Angst, die Byam unterdrückte, kaum daß sie in ihm aufkam.

»Hat er alles gründlich durchsucht?« fragte Byam. Seine Stimme hatte sich verändert, sie war eine Idee höher, als ob ihm etwas die Kehle abschnürte. »Wo hätte Weems solche Dinge aufbewahrt? War das nicht auch seine Wohnung? Sie sagten, Sie hätten seine anderen Unterlagen da gefunden.«

»Das haben wir auch«, stimmte Drummond zu. »Und es war auch seine Wohnung. Ich kann nur annehmen, daß der

Mörder sie entweder mitgenommen oder zerstört hat, wobei wir allerdings keine Hinweise darauf gefunden haben, daß etwas zerrissen oder verbrannt wurde. Oder Weems hat Sie belogen, und es hat nie Unterlagen über Ihre Zahlungen gegeben. Warum sollte er darüber Buch führen? Es waren ja keine Schulden.«

»Wahrscheinlich, um sich dagegen zu verwahren, daß ich gegen ihn vorgehe«, sagte Byam mit Schärfe. »Er war kein Dummkopf. Man muß ihm des öfteren mit Gegenmaßnahmen gedroht haben.« Er schloß die Augen, beugte sich etwas vor und senkte den Kopf. »Lieber Gott. Wenn derjenige, der ihn ermordet hat, die Unterlagen an sich genommen hat, was wird er dann damit anstellen?« Seine Hände verkrampften sich wieder auf der Rückenlehne des Stuhls, so daß der Druck das Blut aus seinen Fingern weichen ließ. Seine Stimme war vor Anspannung heiser. »Und der Brief?«

»Wenn der Mann so verzweifelt war wie Sie«, sagte Drummond leise, »dann hat er wahrscheinlich beides zerstört, zusammen mit den Indizien, die ihn belasten würden. Wir haben keine weiteren Hinweise auf Erpressung gefunden, nur auf Schulden ...«

»Es sei denn, bei der zweiten Liste ging es um Erpressung«, sagte Byam und sah Drummond mit ausdruckslosem Gesicht an. »Sie sagten, es handle sich um wohlhabende Männer. Warum sollten sie von einem kleinen Wucherer wie Weems Geld leihen? Wenn ich zusätzliche Mittel benötigte, würde ich nicht in die finsteren Gassen von Clerkenwell gehen, sondern zu einer Bank. Schlimmstenfalls würde ich eines meiner Bilder verkaufen oder etwas Ähnliches.«

»Ich weiß es nicht«, gab Drummond zu. Er war ratlos und verärgert, weil er keine gute Antwort wußte. »Vielleicht hatten sie nichts, was sie verkaufen konnten, oder sie kamen an ihren Besitz nicht heran. Vielleicht wollten sie auch nicht, daß ihre Familien von ihren Schwierigkeiten erfuhren. Männer brauchen für vielerlei Dinge Geld, und nicht alles soll bekannt werden.«

Byams Mund wurde schmal. Wieder war die Selbstironie zu erkennen.

»Nun ja, wenn man in die Hände eines Wucherers fällt, ist das kein Ausweg. Man rutscht jede Woche tiefer. Jeder Dummkopf weiß das.«

»Möglicherweise hat er sich die Schulden eines anderen überschreiben lassen«, sagte Drummond langsam.

Byam lachte, es war ein leises, tiefes Lachen ohne jede Freude.

»Sie versuchen mich zu trösten, aber Sie klammern sich an einen Strohhalm. Es muß der Mörder gewesen sein, der die Liste und Lauras Brief an sich genommen hat, und ich kann nur zum Himmel beten, daß es geschehen ist, weil die Unterlagen zusammen an einem Ort waren und er weder die Zeit noch die Ruhe hatte, sie durchzusehen und seine eigenen herauszusuchen, und daß er sie nicht zu seinem eigenen Gewinn nutzen wird.«

»Wenn er es tut, wird es ihn als denjenigen entlarven, der Weems umgebracht hat«, argumentierte Drummond. »Das wäre ein sehr gefährlicher Schritt.«

Byam holte tief Luft und stieß einen tiefen Seufzer aus.

»O Gott«, sagte er leise.

»Das würde Sie sicherlich entlasten«, erläuterte Drummond, der nun eine Möglichkeit sah, ihm Mut zu machen. »Hätten Sie gewußt, daß die Beweise, die Sie belasteten, nicht mehr da sind beziehungsweise zerstört wurden, hätten Sie mich nicht rufen lassen und mir von Ihrer Beziehung berichten müssen. Sie hätten keinen Grund gehabt, auch nur irgend etwas zu erzählen.«

Byam lächelte dünn. »Etwas, an das ich mich klammern kann«, gab er zu. »Glauben Sie, Ihr Mann, Pitt, wird die Sache auch so sehen?«

»Pitt ist ein besserer Detektiv als ich«, sagte Drummond freimütig. »Ihm wird all das einfallen, was mir auch einfällt, und mehr.«

»Aber was kann er tun?« Byam verzog das Gesicht. »Er kann einen Mann nicht verhaften, nur weil der nicht beweisen kann, wo er sich zur Tatzeit aufgehalten hat. Haben Sie das Gewehr gefunden?«

»Nein, aber wir haben die Geschosse gefunden.«

»Keine große Leistung«, sagte Byam trocken. »Vermutlich befanden sie sich ja noch in der Leiche. Wie bringt uns das weiter?«

»Es war Gold«, antwortete Drummond und beobachtete Byams Gesicht.

»Wie bitte? Was war es?« Byam traute seinen Ohren nicht. »Sie meinen, goldene Patronen? Das verleiht dem Ganzen eine besondere Würze, aber wer um Himmels willen macht so was, ganz abgesehen davon, daß er Gold zur Verfügung haben muß? Das ergibt keinen Sinn!«

»Keine Goldpatronen«, erklärte Drummond. »Goldmünzen. Möglicherweise war es Weems' eigenes Geld. Unser Problem besteht darin, daß es in dem Raum kein Gewehr gab, mit dem man diesen Schuß hätte abfeuern können. An der Wand hängt eine Hakenbüchse, ein wunderschönes Stück mit Sammlerwert, das war wahrscheinlich der Grund, warum Weems sie hatte. Aber der Schlagbolzen war abgefeilt. Aus dem Gewehr ist seit Jahren nicht gefeuert worden.«

»Dann hat er sein eigenes Gewehr mitgebracht«, folgerte Byam, »und hat es wieder mitgenommen, zusammen mit den Papieren, die für ihn interessant waren. Vielleicht hatte er seine eigene Munition, sah dann das Gold und benutzte das – als ironische Geste.«

Drummond zog die Augenbrauen hoch. »Und Weems saß in seinem Sessel und schaute zu, wie er das Gold lud, zielte und feuerte?«

Byam seufzte und drehte sich um. Er ging zum Fenster. »Sie haben recht. Es ergibt keinen Sinn.«

»Können Sie mir etwas über Weems erzählen?« fragte Drummond leise. »Wie Sie gesagt haben, sind Sie mehrere Male in seinem Büro gewesen. Kam mal jemand hinzu, während Sie bei ihm waren? Hat er über andere Kunden etwas verlauten lassen? Hat er andere Schuldner erwähnt, oder Opfer von Erpressung?«

Er steckte die Hände in die Hosentaschen und betrachtete Byams Rücken, die hochgezogenen Schultern. »Was war er für ein Mann? War er grausam, hat er die Macht, die er über Sie hatte, genossen? Hatte er Angst? War er vorsichtig? Hat er sich vor Besuchern geschützt?«

Byam senkte den Kopf und dachte einige Augenblicke konzentriert nach. Dann sprach er mit ruhiger, kontrollierter Stimme.

»Er hat nie einen anderen erwähnt, soweit ich mich erinnere. Auf keinen Fall hat er je davon gesprochen, daß er noch jemanden außer mir erpreßte. Natürlich bin ich nicht in den normalen Geschäftsstunden zu ihm gegangen, es ist also nicht überraschend, daß ich nie jemanden gesehen habe. Ich hatte darauf bestanden, daß wir es so handhaben. Es hätte den Zweck, ihn für sein Stillschweigen zu bezahlen, zunichte gemacht, wenn ich es riskiert hätte, jemandem zu begegnen.«

Byam zuckte die Achseln. »Was für ein Mann er war? Gierig. Mehr als alles war er gierig. Er mochte die Macht, die das Geld ihm gab, aber ich hatte das Gefühl, es ging ihm nur darum, noch mehr Geld zu bekommen.« Er drehte sich wieder um und sah Drummond an. »Ich konnte nicht feststellen, daß er wirklich grausam war. Er war kein Erpresser, weil er Vergnügen daran hatte zu quälen. Wenigstens hatte ich nicht den Eindruck, daß es ihm darum ging. Er wollte Geld. Ich sehe ihn noch genau vor mir, wie seine Augen aufleuchteten, wenn er das Geld vor sich auf dem Tisch sah. Er hatte ein ziemlich blasses Gesicht und grünbraune Augen.« Er lächelte bitter. »Er erinnerte mich an einen Frosch, den man im Dunkeln eingesperrt hat. Und um Ihre andere Frage zu beantworten, ich habe nie gesehen, daß er Angst hatte. Ich kann nicht sagen, was er gefühlt hat, aber er verhielt sich nie so, als hätte er auch nur im mindesten Angst. Eher machte er den Eindruck, als glaubte er, das Geld mache ihn irgendwie unverwundbar.«

Byam ging zum Kamin und drehte sich wieder um. »Ich bin froh, daß sich herausgestellt hat, wie unrecht er damit hatte. Ich hätte gerne den Ausdruck auf seinem Gesicht gesehen, als er das Gewehr vor sich sah und die Augen des Mannes, der es auf ihn richtete, und er wußte, daß er umgebracht würde.« Er sah Drummond mit festem Blick an. »Klingt das niederträchtig und rachsüchtig? Dann tut es mir leid. Der Mann hat mir meinen Seelenfrieden geraubt. Und wahrscheinlich wird er mir auch weiterhin keine Ruhe lassen.«

»Ich tue alles, was in meinen Kräften steht«, versprach Drummond. Es fielen ihm keine weiteren Fragen ein. Er hatte seine Verpflichtung sowohl gegenüber einem Mann, der ihm zunehmend sympathischer wurde, als auch gegenüber einem Bruder aus dem Inneren Kreis erfüllt.

Byam lächelte ohne Gefühlsregung.

»Dessen bin ich mir ganz sicher, und ich möchte auch nicht den Anschein erwecken, daß ich für Ihre Diskretion nicht dankbar wäre oder kein Vertrauen in die Fähigkeiten Ihres Inspektors hätte. Wenn man selbst keine Lösung sieht, ist es schwierig, sich einzugestehen, daß ein anderer, den man gar nicht kennt, die Sache vielleicht lösen kann. Ich bin es nicht gewöhnt, mich so hilflos zu fühlen. Ich bin Ihnen sehr dankbar, Mr. Drummond.«

»Wir werden ihn finden«, sagte Drummond voreilig und dachte dabei wohl eher an Eleanor Byam als an ihren Mann. »Pitt wird erst Ruhe geben, wenn er die Wahrheit gefunden hat. Das verspreche ich Ihnen.«

Byam lächelte und streckte seine Hand aus.

Drummond drückte sie einen Moment lang; dann ging er zur Tür.

4.

Kapitel

Da die erste Liste nichts ergeben hatte, mußte sich Pitt jetzt wohl oder übel die Namen auf Weems' zweiter Liste vornehmen. Die unangenehme Aufgabe, gegen einen Polizeikollegen ermitteln zu müssen, wollte er so lange wie möglich aufschieben, also fing er mit Addison Carswell an. Die Adresse kannte er, also konnte er gleich beginnen. Es war lediglich die Frage, welchen Aspekt von Carswells Leben er zuerst erforschen sollte.

Am vernünftigsten schien es, bei ihm zu Hause anzufangen. Man konnte eine Menge über einen Mann erfahren, wenn man sich ansah, wie er lebte, wie er zu Hause eingerichtet war, wieviel Geld er vermutlich zur Verfügung hatte und wie er es ausgab. Vielleicht ließ sich über seine finanzielle Situation noch mehr in Erfahrung bringen, wenn man seine Frau kennenlernte und einen Überblick über seine familiären Verpflichtungen gewann.

Folglich machte Pitt sich auf den Weg nach Mayfair. In einer Droschke fuhr er durch die warmen Straßen mit ihrem geschäftigen Treiben. Sie passierten Broughams, Landauer und Kutschen mit Damen, die ihre Besorgungen machten. Für die sogenannten Morgenbesuche, die immer erst am Nachmittag abgestattet wurden, war es viel zu früh, jetzt war die Zeit für Termine beim Schneider und dergleichen. Darüber hinaus drängten sich auf den Straßen Lastenkarren mit den verschiedensten Waren, andere Droschken, in denen Gentlemen einem neuen Geschäftstag entgegeneilten, und zwischendrin ab und zu ein Omnibus, in dem Männer, Frauen und Kinder dichtgedrängt saßen, sich geflissentlich ignorierten und auf ihre Haltestelle warteten.

In der Curzon Street ließ Pitt anhalten, bezahlte den Droschkenfahrer und stieg aus. Die Curzon Street war eine elegante Straße, und nachdem Pitt seinen Blick in alle Richtungen hatte schweifen lassen, kam er zu der Überzeugung, daß sie wohl seit ihrer Entstehung eine teure und vornehme Adresse gewesen war. Wenn Addison Carswell in finanziellen Schwierigkeiten war, dann würden seine Mittel durch den Unterhalt eines Hauses in dieser Gegend erheblich belastet.

Er ging auf die Haustür zu, zögerte einen Moment, ließ sich noch einmal durch den Kopf gehen, was er sagen wollte, und zog dann an der Klingel, einem feinen bronzenen Stück mit eingravierten Zahlen.

Das Hausmädchen, das ihm die Tür öffnete, trug ein dunkles Kleid und dazu eine gestärkte und mit Spitzen besetzte Haube und eine Schürze. Es war ein hübsches Mädchen mit einem klaren, ländlichen Teint und glänzendem Haar – ganz so, wie ein Hausmädchen sein sollte. Addison Carswell schien Wert auf die äußere Erscheinung zu legen, oder vielleicht war es Mrs. Carswell, der das wichtig war. Sehr häufig waren es die Frauen, die sich vorrangig um diese Dinge kümmerten.

»Ja bitte, Sir?« fragte das Mädchen und verbarg ihre Überraschung. Wenn sie jemanden erwartet hatte, war es jedenfalls nicht Pitt.

Er lächelte und bot soviel Charme auf, wie er konnte, und das war eine Menge – mehr als er sich bewußt war.

»Guten Morgen. Mrs. Carswell erwartet mich nicht, doch ich gehe einer recht heiklen Angelegenheit nach, bei der sie mir möglicherweise helfen könnte. Ich wäre Ihnen sehr dankbar, wenn Sie sie bitten würden, mich zu empfangen.« Mit einem Gefühl tiefer Zufriedenheit zog er seine Karte aus der Innentasche und überreichte sie dem Hausmädchen. Sein Name war darauf vermerkt, nicht aber sein Dienstrang. Vor ein paar Jahren hatte er sich diesen Luxus gegönnt, und immer noch bereitete es ihm ein außerordentliches Vergnügen, seine Karte zu zücken.

Das Hausmädchen sah ihn zweifelnd an, denn obwohl es

seiner Erscheinung an Eleganz mangelte, war seine Stimme voll und wohlklingend und seine Aussprache makellos.

»Selbstverständlich, Sir. Wenn Sie im Empfangszimmer warten wollen. Ich sage Mrs. Carswell, daß Sie sie sprechen möchten.«

»Danke.« Pitt hatte keine Zeit, sich in der Eingangshalle umzusehen, doch im Empfangszimmer verbrachte er die zehn Minuten, die er warten mußte, damit, alles genau zu betrachten. Das war der eigentliche Zweck seines Besuchs, und wenn Mrs. Carswell sich weigerte, ihn zu empfangen, würde das für den Moment das einzige sein, was ihm vielleicht weiterhelfen konnte.

Die Möbel waren traditionell und dienten eher der Bequemlichkeit, als daß sie auf einen besonderen Geschmack hätten schließen lassen. Die meisten Stücke waren aus schwerer Eiche, für Pitts Geschmack viel zu sehr verziert, aber von guter Qualität. Nichts war zerkratzt oder beschädigt, als wäre es mit Nachlässigkeit benutzt oder billig erworben worden. Das Sofa und die Sessel waren erst vor kurzem neu bezogen worden, es gab keine Spuren von Verschleiß, und die bestickten Armlehnenschoner waren fleckenlos.

Auf dem Kaminsims standen Fotografien in Silberrahmen, die auf Hochglanz poliert waren. Er sah sie sich genau an. Das größte in der Mitte war ein Familienfoto: ein Mann in förmlicher Pose mit steifem Kragen und starrem Gesichtsausdruck, eine attraktive Frau neben ihm mit weiblichen Formen, einem schönen Hals und einem prachtvollen Kleid. Um sie herum gruppierten sich ein junger Mann, dessen Züge denen der Frau sehr ähnlich waren, sowie drei blonde Mädchen mit großen Augen, die sich so sehr glichen, daß es schwierig war, sie auseinanderzuhalten. Ein viertes Mädchen mit dunklen Haaren saß vorn auf dem Boden, wodurch das Bild eine gewisse Symmetrie erhielt. Die Komposition war etwas steif, aber durch die Ähnlichkeit der Menschen untereinander und ihre Nähe zueinander lag eine Wärme darin, die kein Fotograf zerstören konnte.

In den anderen Rahmen waren Porträts von denselben Menschen zu sehen, einige von ihnen Jugendbilder aus unterschiedlichen Jahren. Außerdem gab es ein etwas merkwürdiges Bild von einem nervösen alten Paar, das sich vor der Kamera zu fürchten schien, denn die beiden Alten hatten die Lippen zusammengepreßt und starrten mit großen Augen in den Apparat. Vielleicht waren es die Eltern von Mr. oder Mrs. Carswell.

Pitt trat ans Fenster und sah in den sonnigen Garten, wo Rosen und Lupinen ein Muster aus rosafarbenen Kreisen und Spiralen bildeten. Die Vorhänge fielen in schweren Falten überlang auf den Boden. Er lächelte vor sich hin und drehte sich wieder zu dem Raum um, wo er nun die Bilder an der Wand betrachtete. Es überraschte ihn zu sehen, daß sie von außerordentlicher Qualität waren. Sein Beruf hatte ihn mit Kunstdiebstählen und Fälschungen in Berührung gebracht, wobei er eine Menge über Gemälde und deren Wert gelernt hatte und die Werke verschiedener Künstler mit Leichtigkeit identifizieren konnte. Er selbst liebte vor allem Aquarelle, weil sie so leicht und lichtdurchflutet wirkten, und in den hier an der Wand hängenden Bildern erkannte er die Werke einiger moderner und sehr angesehener Künstler. Ein Mitglied der Carswell-Familie hatte entweder einen ausgezeichneten Geschmack oder war bereit, freizügig Geld auszugeben, selbst für einen so wenig benutzten Raum wie diesen. Vielleicht investierte aber Mr. Carswell auch sein Geld in Kunst und wurde ausgezeichnet beraten.

Es wäre sehr interessant zu sehen, was er für den Salon, der ja viel häufiger benutzt wurde, ausgewählt hatte.

Pitt war immer noch in eine sanfte Landschaft, die einen schattigen Weg unter Bäumen darstellte, vertieft, als Regina Carswell hereinkam. Offensichtlich war sie die Frau in der Mitte des großen Fotos. Sie hatte dunkle Haare und eine breite Stirn. Ihr Gesicht wies einige Falten auf, die ihm aber den angenehmen Ausdruck innerer Ruhe verliehen.

»Mr. Pitt? Das Hausmädchen meinte, ich könne Ihnen

behilflich sein. Erklären Sie mir doch bitte, in welcher Hinsicht?«

»Guten Morgen, Mrs. Carswell. Es ist sehr freundlich von Ihnen, mir Ihre Zeit zu opfern«, sagte er schnell. »Ich hoffe, ich störe Sie nicht. Ich komme von der Metropolitan Police und stelle Nachforschungen bezüglich einiger Kunstdiebstähle der letzten Zeit an, die auf besonders raffinierte Weise durchgeführt wurden. Die Diebe geben vor, Gentlemen und Liebhaber von guten Gemälden zu sein, und behaupten, im Namen gewisser kleinerer Museen in England und im Ausland vorzusprechen.« Er registrierte ihr höfliches Interesse und fuhr fort. »Sie erzählen dann, sie hätten gehört, daß Sie ein paar ausgezeichnete und wenig bekannte Werke haben, die sie gerne für eine Ausstellung ausleihen würden. Natürlich werde für eine angemessene Entschädigung gesorgt. Es handele sich nur um einen Zeitraum von zwei oder drei Monaten, dann würden die Bilder wieder an Sie zurückgegeben.«

»Das klingt in meinen Ohren nicht unehrlich«, sagte sie offen.

Er lächelte. »In gewissem Sinne ist es das auch nicht«, stimmte er zu, »außer, daß es kein Museum gibt. Sie nehmen das Bild – und drei Monate später erhalten Sie nicht Ihr Bild zurück, sondern eine hervorragende Fälschung. Wenn Sie es nicht genau prüfen, fällt es Ihnen gar nicht auf. Und da Sie den Rahmen als Ihren eigenen erkennen und glauben, daß es sich um ehrwürdige Leute handelt, gibt es auch keinen Grund, warum Sie es besonders eingehend betrachten sollten, wenn Sie es wieder an seinen Platz hängen.«

Ihr Gesicht wurde etwas spitzer.

»Zu uns sind solche Herren nicht gekommen, Mr. Pitt. Es tut mir leid, daß ich Ihnen nicht behilflich sein kann.«

Nichts anderes hatte er erwartet. »Zumindest sind Sie jetzt vorbereitet, Mrs. Carswell«, sagte er leicht dahin. »Und wenn jemand mit einem solchen Angebot vorspricht, dann weisen Sie es zurück und nehmen, sobald es Ihnen möglich ist, mit mir in der Polizeiwache Bow Street Kontakt auf.« Er ließ seinen Blick über die Wände schweifen.

»Wie ich sehe, haben Sie in diesem Raum ein paar herrliche Werke, die solche Diebe nur zu gerne in die Hände bekämen. Ich hoffe, die Schlösser und Riegel an Ihren Türen und Fenstern sind alle in Ordnung? Vielleicht erlauben Sie mir, sie zu überprüfen und Sie zu beraten?«

»Wenn Sie möchten, aber ich versichere Ihnen, mein Mann ist in diesen Dingen sehr umsichtig. Er ist Richter, müssen Sie wissen, und ist sich der verschiedenen Arten von Verbrechen und deren Häufigkeit durchaus bewußt.«

»Selbstverständlich, Madam. Wenn Sie es lieber sähen ...« Er ließ den Satz unbeendet, in der Hoffnung, daß sie seinen Rückzug nicht annehmen werde. Er wollte soviel wie möglich von dem Haus sehen.

»Nein, nein«, sagte sie liebenswürdig. »Ich werde Gibson sagen, er soll Ihnen alle Fenster und Türen zeigen.« Mit diesen Worten griff sie nach dem Klingelzug und läutete nach dem Butler. Als er, ein kleiner Mann mit einem buschigen Schnauzbart, eintrat, erklärte sie ihm Pitts Aufgabe und den Zweck seines Besuches.

»Selbstverständlich, Madam.« Er wandte sich Pitt zu. »Wenn Sie mit mir kommen wollen, Sir«, sagte er mit eisiger Höflichkeit. Er mißbilligte die Anwesenheit von Polizei im Haus und wollte Pitt deutlich zu verstehen geben, daß er lediglich geduldet wurde.

Pitt bedankte sich erneut bei Mrs. Carswell und folgte dem entschwindenden Gibson, um die Sicherheitsvorrichtungen des Hauses in Augenschein zu nehmen. Wie er vermutet hatte, waren die Schnappriegel und Türschlösser alle in bestem Zustand, und es wurde ihm versichert, daß sie jeden Abend, bevor der letzte Diener sich zurückzog, überprüft wurden. Natürlich hatte er nicht erwartet, etwas anderes von Gibson zu hören. Pitt interessierte sich jedoch viel mehr für die Möblierung und die Ausstattung der Zimmer.

Der Salon war groß, wirkte aber überladen, denn die Wände hatten gemusterte Tapeten, und die Möbel waren zwar sehr modern und geradlinig, aber so überreich mit Intarsien verziert, daß die Oberflächen einen unruhigen Eindruck machten. Die Vorhänge waren aus schwerem Samt und wurden mit goldfarbenen Fransenschärpen zusammengehalten.

Pitt war von der Üppigkeit überwältigt, doch er wußte, daß er in den meisten Häusern, deren Eigentümer einen vergleichbaren gesellschaftlichen Stand innehatten und ähnlichen Wohlstand genossen, eine ähnliche Ausstattung vorgefunden hätte. Er hatte schon viele Kamine gesehen, mit Marmorsäulen an den Seiten und einem aufwendig verzierten Sims, ebenso wie vergoldete Uhren und porzellanene Ziergegenstände. Hier handelte es sich um eine am Rand reich verschnörkelte Minton-Schale im Stil des Neorokoko. Sie war in Blau, Gold und Weiß gehalten und mit großen Trockenblumen gefüllt. Er fand sie scheußlich, wußte aber, daß viele sie schätzen würden und sie auf jeden Fall wertvoll war.

Die schlichte Form eines Kelches aus rotem böhmischem Glas, einem Souvenir von der Weltausstellung von 1851, war mehr nach seinem Geschmack. Ein vergoldetes, mit Bildern vom Crystal Palace bemaltes Lackkästchen stellte ein weiteres Erinnerungsstück an das damalige Ereignis dar.

Er begutachtete die Fenster, um seiner Geschichte Glaubwürdigkeit zu verleihen, und wurde dabei von Gibson pflichtbewußt beobachtet. Der Mann war sich offenbar darüber im klaren, daß Männer wie Pitt ebenso unehrlich sein konnten wie die Diebe, vor denen sie angeblich warnten. Er beobachtete Pitt mit Argusaugen, und es entging ihm keine Bewegung. Pitt lächelte in sich hinein und lobte den Mann insgeheim.

Der Speiseraum war gleichermaßen großartig und das Porzellan von ausgezeichneter Qualität. Darunter waren auch, der Mode entsprechend, einige chinesische Stücke in Blau und Weiß. Zumindest eine Vase davon war nach Pitts Dafürhalten sehr alt, vielleicht aus der Ming-Zeit, oder zumindest eine sehr gute Nachahmung. Wenn Addison Carswell etwas hätte verkaufen wollen, um an Geld zu kommen, hätte er ein Vielfaches von der Summe hier gefunden, die er Weems laut dessen Aufzeichnungen schuldete.

Das Damenzimmer, auch Boudoir genannt, bildete einen gewissen Kontrast. Vielleicht war es nach Mrs. Carswells Geschmack eingerichtet und nicht nach dem ihrer Schwiegereltern, deren Haus dies möglicherweise war. Hier hingen Bilder der Präraffaeliten mit grüblerischen und leidenschaftlichen Gesichtern, klaren Linien und dunklen, glühenden Farben. Gestalten aus Legende und Traum waren in edlen Posen dargestellt. Die verschiedensten Geschichten der Antike wurden einem ins Bewußtsein gerufen, was erstaunlich angenehm war.

Die Möbel waren Entwürfen von William Morris nachempfunden. Auch hier herrschten klare Linien vor, die Verarbeitung war ausgezeichnet. Vielleicht handelte es sich bei einigen Stücken sogar um Originale und nicht um Imitationen.

Darüber hinaus gab es hier wieder ein paar Bilder von den Töchtern zu sehen. Die drei blonden Mädchen waren in wirkungsvoller Pose so drapiert, daß die großen Augen und die kleinen, schmalen Münder besonders betont wurden. Jede Leidenschaftlichkeit war verbannt – oder vielleicht besaßen sie keine, aber das bezweifelte Pitt. Nur wenige junge Frauen waren so kindlich rein, wie dieser Künstler sie dargestellt hatte. Die Bilder sollten sie so zeigen, wie es den Anforderungen des Heiratsmarktes entsprach.

Das vierte Mädchen hatte dunkle Haare und sah viel natürlicher aus. In ihrem Gesicht drückte sich eine gewisse Individualität aus, als ob der Künstler nicht den Druck gespürt habe, eine Botschaft zu übermitteln. Pitt sah, daß an ihrer Hand ein Ehering funkelte. Er lächelte vor sich hin und ging in den nächsten Raum.

Der Rest des Hauses sah nicht anders aus, als er erwartet hatte. Er war im traditionellen Stil möbliert, fantasielos, bequem, voller Ziergegenstände, Gemälde, Wandbehänge und Erinnerungsstücke dieser und vergangener Generationen, kleiner Zeugnisse des Familienlebens, des Stolzes auf den einzigen Sohn, Geschenke der Eltern, Sticktücher, von den Töchtern als junge Mädchen bestickt, und einer Anzahl von Büchern.

Nachdem Pitt auch die Küche und die Dienstbotenräume im Souterrain gezeigt worden waren, hatte er das klare Bild einer eher großbürgerlichen Familie mit engen Familienbanden und einem lebhaften, von Skandalen verschonten Familienleben gewonnen. Die Dramen und herausragenden Ereignisse blieben in diesem Rahmen: eine Abendgesellschaft, die von Erfolg gekrönt war, Einladungen, die überreicht und angenommen wurden, ein heiratswilliger junger Mann, der einen Besuch abstattete oder auch nicht, ein Kleid, das sich als Katastrophe entpuppte, ein erwarteter Brief, der niemals eintraf.

Als Pitt die Bediensteten nach Fremden fragte, die Zutritt zum Haus hätten, erfuhr er ein paar Einzelheiten über Besucher. Man berichtete ihm über Schneiderinnen, Modistinnen, Freundinnen, die zum Tee kamen oder ihre Karte abgaben. Und die Familie hatte natürlich Gäste. Es gab Feste der unterschiedlichsten Art. Soeben waren Einladungen zu einem Ball eingegangen als Erwiderung auf einen, der in diesem Hause ausgerichtet worden war.

Als Pitt das Haus von Addison Carswell verließ, hatte er keinerlei neue Erkenntnisse bezüglich des Todes von William Weems gewonnen. Sein Gefühl sagte ihm, daß es sich hier um eine angenehme Familie der oberen Mittelschicht handelte: warmherzig, häuslich und nicht mehr als üblich daran interessiert, die Töchter gesellschaftlich und wirtschaftlich vorteilhaft zu verheiraten. Das herauszufinden war nicht schwierig gewesen. Er lächelte, als er sich überlegte, wieviel mehr Charlotte in diese Erkenntnisse hineingedeutet hätte, wobei er sich nur vage die Feinheiten ihrer Interpretation ausmalen konnte. Für die Beantwortung der Frage, ob Carswell bei Weems beträchtliche Schulden hatte oder ob es sich wie bei Byam um Erpressung handelte, half ihm jedoch nichts von dem, was er gesehen hatte, weiter. Allem Anschein nach war der Haushalt nicht verschwenderischer, als Pitt das von einem Mann in Carswells Position angenommen hätte. Und es war immerhin möglich, daß Mrs. Carswell ihr eigenes Geld beisteuerte, was die ausgezeichneten Gemälde erklären konnte.

Er ging die sonnenbeschienene Curzon Street entlang, die Hände in den Taschen, tief in Gedanken versunken, so daß er die Droschken mit den livrierten Kutschern gar nicht bemerkte. Er konnte Carswells Kollegen unter einem Vorwand befragen, doch was würde er so erfahren? Daß er Karten spielte, vielleicht? Und wenn er es tat, was bedeutete das? Sie würden niemals erwähnen, wenn er in letzter Zeit viel Geld verloren hatte. So etwas wurde unter Gentlemen mit Diskretion behandelt.

Er bog in die South Audley Street ein und ging dann links in die Great Stanhope Street, bis er zur Park Lane kam.

War Carswell in letzter Zeit besorgt oder bedrückt gewesen? Wenn er sich jemandem anvertraut hatte, würde dieser das Vertrauen nicht mißbrauchen und die Angelegenheit weitergeben, und schon gar nicht an einen Fremden, der auf Anhieb als nicht zu ihnen gehörig erkennbar war, selbst wenn Pitt sich nicht als Polizist ausgab. Sorgen allein bedeuteten außerdem noch gar nichts. Der Grund dafür konnte in einer Anzahl von Dingen liegen, die alle nichts mit William Weems zu tun haben mußten. Es konnte ein gesundheitliches Problem sein oder die Tatsache, daß eine der Carswell-Töchter von einem Mann umworben wurde, der als Ehemann nicht in Frage kam oder, was vielleicht ebenso schlimm war, daß keiner ihr den Hof machte. Eine schwierige bevorstehende Verhandlung konnte ihn bedrücken, ein Entscheid, über den er unglücklich war, oder schlicht und einfach Sodbrennen.

Wunderschöne Kutschen fuhren vorbei, in denen Damen eine Spazierfahrt machten, sie hatten ihre Gesichter mit riesigen Hüten vor der Sonne geschützt und nickten Bekannten auf dem Gehweg zu. Auf der anderen Straßenseite bewegten sich die Wipfel der Bäume nur leicht im Wind.

Hatte Carswell in letzter Zeit zweifelhafte Gewohnheiten angenommen? Wenn er nur im geringsten dazu fähig war, würde er so etwas verbergen.

Es war an der Zeit, daß Pitt Carswell selbst kennenlernte. Er mußte ihn direkt fragen, ob er bei Weems Schulden hatte, und ihm die Gelegenheit geben nachzuweisen, wo er sich zum Zeitpunkt von Weems' Tod aufgehalten hatte. Nur das konnte weitere Ermittlungen überflüssig machen.

Pitt hielt eine Droschke an und bat den Fahrer, ihn zum Polizeigericht in der Bow Street zu fahren, wo Carswell den Vorsitz in einer Verhandlung führte. Die Fahrt in östlicher Richtung durch den dichten Verkehr dauerte eine halbe Stunde, und als Pitt schließlich ankam, war seine Geduld zum Zerreißen gespannt. Doch es schickte sich nicht, einfach ins Gericht hineinzumarschieren und zu verlangen, einen höheren Beamten zu sprechen. In dem düsteren und abweisenden Gebäude herrschte reges Treiben, jeder war von seiner eigenen Wichtigkeit überzeugt und eilte, mit Stapeln von Papier beladen, durch die Gänge.

Pitt wollte sich die Krawatte geraderücken, lockerte sie aber unabsichtlich, so daß sie hinterher schiefer saß als vorher. Er zog das Jackett zurecht und packte ein paar der überflüssigen Gegenstände von einer Tasche in die andere, um ein besseres Gleichgewicht herzustellen. Dann wandte er sich an den Justizbeamten in der Geschäftsstelle und bat darum, Mr. Addison Carswell in einer Verhandlungspause sprechen zu dürfen.

Während er wartete, versuchte er soviel wie möglich von den verschiedenen Unterhaltungen zwischen diensthabenden Polizeibeamten und Privatpersonen, die als Zeugen erschienen waren, mitzubekommen. Er hoffte, etwas mehr über Carswell zu erfahren, und war erstaunlich erfolgreich.

»Da hast 'ne faire Changse«, bemerkte ein kleiner Mann mit spitzer Nase und sog die Luft mit einem lauten Zischen durch die Zähne. »So schlecht is' er nich', der Carswell. Nich' rachsüchtig oder so.«

»Jeder Kadi is' rachsüchtig«, erwiderte sein Freund mit düsterer Miene. »Der glaubt's mir doch nich', daß ich des gekauft hab', ganz korrekt. Der sagt doch glatt, des hätt' ich geklaut. Da bin ich mir sicher.«

»Du brauchst bloß die Klappe zu halten, un' er erfährt's gar nich'«, fuhr ihn der andere scharf an. »Sag einfach nix, wenn er nich' direkt nach fragt.«

»Hätt' ich doch bloß dem ollen Skinjiggs was bezahlt ...«

»Nich' nötig. Ich sag' doch, manche lassen's dich spürn, wenn denen deine Freunde nich' passen, aber Carswell is' nich' so. Halt einfach den Mund und sag nix, was er nich' gefragt hat.«

Dann befaßte sich die Unterhaltung mit Spekulationen darüber, wie hoch die Strafe für ihren gemeinsamen Freund ausfallen würde. Sie zweifelten nicht daran, daß er für schuldig befunden werden würde.

Ein Stück weiter entfernt wurde eine blasse, in Grau gekleidete junge Frau von ihrem Anwalt, einem sommersprossigen Mann, getröstet. Er sprach mit eindringlicher Stimme auf sie ein. Seine weiße Perücke war ein wenig über das rechte Ohr gerutscht.

»Bitte, Mrs. Wilby, regen Sie sich doch nicht so auf. Mr. Carswell ist äußerst konsequent. Er verhängt keine Strafen zur Abschreckung. Seine Richtersprüche sind sehr vorhersehbar. Ich habe noch nie erlebt, daß er das Normalmaß überschritten hat.«

Sie schniefte und betupfte ihre Nase mit einem Taschentuch. Den Blick hielt sie auf den Boden gerichtet.

Waren das lediglich die Worte eines nervösen jungen Mannes, der seine Klientin zu beruhigen versuchte, oder war Carswell wirklich ein Mann, in dessen Laufbahn es keine sprunghaften Entscheidungen gab, kein fragwürdiges Verhalten?

Pitt näherte sich einem anderen Anwalt, der herumstand und auf Klienten zu hoffen schien, und stellte ihm ein paar Fragen, die so klangen, als hätte er einen Freund, der zur Zeit auf seinen Prozeß wartete.

»Entschuldigen Sie«, begann er vorsichtig.

Der Anwalt sah ihn mißtrauisch an. »Ja?«

»Ein Freund von mir wird demnächst vor Mr. Carswell erscheinen müssen. Können Sie mir sagen, was er da für eine Chance hat?« fragte Pitt und beobachtete, ob das Gesicht des Mannes mehr als seine Worte verriet. Der Anwalt verzog das Gesicht. »Kommt darauf an, weswegen er vor Gericht steht. Aber im allgemeinen ist Carswell ziemlich fair, nicht besser als die meisten anderen, aber auch nicht schlechter. Es gibt Dinge, die wirken wie ein rotes Tuch auf ihn. Ist Ihr Freund etwa Zuhälter?«

»Warum?« fragte Pitt.

»Er haßt Zuhälter«, sagte der Anwalt vieldeutig. »Und Pornographen – jeden, der Frauen mißbraucht. Ist anscheinend sehr fürsorglich, wenn es um Frauen geht.«

»Diebstahl«, erklärte Pitt hastig.

»Dann wird er keine Probleme haben. Er ist nicht so hart, wenn es um einen einfachen Diebstahl geht. Es sei denn, es war mit Gewaltanwendung. Nein? Oder hat er alte Menschen oder ganz arme ausgeraubt? Nein? Dann brauchen Sie sich keine Sorgen zu machen. Er wird leicht davonkommen.«

»Ich danke Ihnen, Sir«, sagte Pitt ganz angetan. Er stellte fest, daß sein Wunsch, Addison Carswells Unschuld am Mord von Weems beweisen zu können, immer stärker wurde.

Endlich kam der Justizbeamte mit erregtem Gesicht zu ihm geeilt, wobei seine Rockschöße hinter ihm herflatterten.

»Mr. Pitt, Sie können Mr. Carswell jetzt sprechen. Ich hoffe nur, Sie fassen sich kurz. Wir haben noch viel auf der Tagesordnung, und es wäre wirklich sehr unangenehm, wenn er sich verspätete. Sie haben mir gesagt, daß es sich um eine dringende Angelegenheit der Polizei handelt, und ich habe Sie beim Wort genommen, Sir.« Er zog seine dünnen Augenbrauen hoch, als ob er sich noch einmal vergewissern wollte, daß er richtig verstanden hatte und diese außergewöhnliche Störung gerechtfertigt war.

»Das ist es in der Tat«, sagte Pitt und verkniff sich ein Lächeln. Er erinnerte sich an Weems' entstellte Leiche im Leichenschauhaus, und sein Verstand hieß ihn, seine Prioritäten wieder zurechtzurücken. »Sie können beruhigt sein, ich werde Mr. Carswells Zeit nicht verschwenden.«

»Also gut. Wenn Sie mir dann folgen wollen, schnell, bitte.« Und mit diesen Worten drehte er sich um und eilte im Laufschritt voraus.

Pitt eilte ihm nach und wurde kurz darauf in die Räume geführt, in die Addison Carswell sich zwischen zwei Verhandlungsterminen zurückzog. Er hatte keine Zeit, sich umzusehen, und bemerkte nur, daß die Wände mit Regalen vollstanden. Nach der Größe der ledergebundenen Bände zu urteilen, handelte es sich um Gesetzestexte. Ein einzelnes Fenster gewährte einen Blick auf einen ruhigen Innenhof, den am anderen Ende eine alte, von der Sonne beschienene Steinmauer einfaßte. Der große Schreibtisch war leergeräumt, bis auf ein Silbertablett mit einer Flasche Madeira und zwei Gläsern.

Carswell stand mit dem Rücken zu den Regalen. In seiner Amtsrobe und erfüllt von der Bedeutung seines Berufes wirkte er sehr imposant. Im Gerichtssaal, der ja nur wenige Meter entfernt lag, war seine Macht über seine Mitmenschen beträchtlich. Ohne diese Macht, schätzte Pitt, wäre er ein normaler Mann wie tausend andere in London gewesen. Er war wohlhabend, jedoch nicht über jede Sorge erhaben. Seine politischen und religiösen Ansichten und die seiner Familie fügten sich in die bestehende Ordnung reibungslos ein. Gesellschaftlich war er beliebt und akzeptiert, strebte zwar keine führende Rolle an, hatte aber den Ehrgeiz, noch höher aufzusteigen. Alles in allem war er ein Mann mit sehr gewöhnlichen Ambitionen und vielleicht ein paar privaten und individuellen Träumen, die wahrscheinlich auch immer genau das bleiben würden: privat und Träume.

»Ja, Mr. ... Mr. Pitt?« sagte Carswell fragend. »Was kann ich für Sie tun, Sir? Meine Zeit ist knapp, wie Sie sicherlich wissen.«

»Jawohl, Sir«, sagte Pitt sofort. »Ich werde Sie also nicht mit unnötigen Vorreden verschwenden. Darf ich direkt zum Thema kommen?«

Carswell zuckte nur unmerklich zusammen. »Vermutlich wäre das ein Vorteil.«

»Danke. Können Sie mir sagen, wo Sie am Dienstag letzter Woche zwischen acht Uhr abends und Mitternacht waren?«

Carswell dachte einen Moment nach, dann stieg ein roter Hauch in seine Wangen. »Gibt es einen Grund, warum ich es Ihnen sagen sollte, Sir?«

»Es könnte eine Angelegenheit klären, in der verschiedene andere Parteien lügen«, sagte Pitt und verschleierte das eigentliche Thema.

Carswell biß sich auf die Lippen. »Ich war in einer Droschke auf der Fahrt zwischen zwei Punkten. Die Orte dürften Sie nicht weiter interessieren. Mir ist nichts Außergewöhnliches aufgefallen.«

»Durch welche Gegend sind Sie gefahren, Sir?«

»Das ist meine Privatangelegenheit.«

»Kennen Sie einen William Weems?« Pitt beobachtete Carswells Gesicht unablässig, damit ihm auch nicht die geringste Veränderung in Färbung und Ausdruck entging. Er sah aber nichts als Carswells Bemühen, sich zu erinnern.

»Soweit ich weiß, nicht«, sagte Carswell nach einem Augenblick. »War er in einen Fall involviert, den ich verhandelt habe?«

»Ich glaube nicht.« Pitt war sich nicht sicher, ob Carswell wirklich keine Ahnung hatte, wer Weems war, ob er ihn tatsächlich weder als Wucherer noch als Opfer eines Mordes kannte oder ob er ein hervorragender Lügner war. »Er wohnte in Clerkenwell.«

»Für gewöhnlich halte ich mich nicht in Clerkenwell auf, Mr. Pitt.« Carswell runzelte die Stirn. »Verzeihen Sie, Sir, aber Sie scheinen viel weniger direkt vorzugehen, als Sie angekündigt hatten. Ich kenne Mr. Weems nicht. Wer oder was ist er, und warum nehmen Sie an, daß ich ihn kennen könnte?«

»Er war ein Wucherer, Sir, der Ihren Namen in seinen Büchern hatte als jemanden, der ihm eine beträchtliche Summe schuldete.«

»Ich, Geld schulden? Das ist unglaublich! Ich schulde keinem Geld, Mr. Pitt. Doch sollte ich in finanzielle

Schwierigkeiten geraten, würde ich nicht zu einem Wucherer in Clerkenwell gehen, sondern zu meiner Bank, um mir die Mittel zu besorgen, mit denen ich diesen Engpaß überbrücken könnte.« Er runzelte die Stirn, als ihm die Absurdität dieses Gedankens noch klarer wurde. »Wäre ich in einer solchen Situation – und ich versichere Ihnen, daß ich es nicht bin –, dann hätte ich viel persönliches Eigentum, das ich veräußern könnte und auch würde, bevor ich mich in die Klauen eines solchen Menschen begäbe. In meiner Arbeit bei Gericht habe ich viel zu viele Menschen gesehen, die durch ihre Schulden bei einem Wucherer tragisch geendet sind, um mich selbst in eine solche verzweifelte Lage zu bringen.«

Es schien ihm nicht in den Sinn zu kommen, daß Pitt seine Worte anzweifeln könnte. Vielleicht glaubte er, seine Aussage ließe sich so leicht beweisen, daß er gar nicht auf die Idee kam, nicht die Wahrheit zu sagen. Natürlich wußte er nicht, daß Pitt in seinem Haus gewesen war und selbst gesehen hatte, wie viele Dinge er zu Geld machen konnte, sollte sich je eine entsprechende Notwendigkeit ergeben. Doch schon die Tatsache, daß Carswell sich nicht damit aufhielt, die Sache weiter auszuführen, deutete für Pitt darauf hin, daß er keinerlei Schuldgefühle hatte. Er starrte Pitt angesichts dieser Unterstellung immer noch mit geweiteten Augen an, schien aber eher amüsiert als ärgerlich zu sein. Auf alle Fälle hatte er keine Angst, er wirkte nicht angespannt, und es war kein Flackern in seinen Augen.

»Er muß meinen Namen aus einem anderen Grunde notiert haben«, schlug Carswell mit einem Achselzucken vor. »Aus Berufsgründen ist mein Name verschiedenen Leuten mit zwielichtigem Charakter bekannt. Vielleicht ist einer seiner Klienten bei mir in der Verhandlung erschienen?«

»Durchaus möglich«, pflichtete Pitt ihm bei. »Doch in seinem Buch war eindeutig vermerkt, daß Sie ihm eine große Summe schulden. Der Betrag ist festgehalten sowie der Tag, an dem Sie ihn geliehen haben, der Zinssatz und die Fälligkeit. Es ist nicht nur ein beiläufiger Verweis.«

Carswells Blick verfinsterte sich. »Wie überaus seltsam. Ich versichere Ihnen, Mr. Pitt, das stimmt ganz und gar nicht. Ich habe in meinem ganzen Leben noch nie Geld geliehen.« Er hatte eine recht angenehme Stimme, doch jetzt verschärfte sich ihr Ton. »Ich habe es nie nötig gehabt. Meine Lebenssituation ist mehr als gesichert, das könnte ich Ihnen auch beweisen, wenn ich wollte. Doch ich ziehe es vor, mich hinsichtlich meiner finanziellen Situation bedeckt zu halten, und ich sehe keinen Grund, warum ich diese Gepflogenheit durchbrechen sollte, nur weil Sie auf einen Geldverleiher mit einem böswilligen Sinn für Humor gestoßen sind.«

Er lehnte sich zurück und sah Pitt direkt in die Augen.

»Gehen Sie zu Mr. Weems und sagen Sie ihm, daß ich es nicht gerne sehe, wenn man mit meinem Namen leichtfertig umgeht, und daß er gut beraten ist, in Zukunft näher an der Wahrheit zu bleiben, da ihm sonst unangenehme Konsequenzen drohen. Man kann dafür belangt werden, wenn man einen Menschen willentlich übel beleumundet.«

»Sie sind Mr. Weems nie begegnet, Sir?«

»Nie, Sir.« Seine Stimme nahm an Schärfe zu, seine Geduld war am Ende, und er fühlte sich sicher. »Ich dachte, das hätte ich deutlich gemacht! Wenn Sie weiter nichts zu sagen haben, dann möchte ich Sie bitten, mich für den Rest meiner Verhandlungspause in Frieden zu lassen, damit ich meine Gedanken sammeln und eine Erfrischung zu mir nehmen kann.«

Pitt sah ihn aufmerksam an, konnte aber in seinem Gesicht nichts außer der normalen Verärgerung entdecken, die jeder andere auch empfunden hätte, wenn man mit seiner Zeit und seinem Namen so leichtfertig umgegangen wäre.

»Mr. Weems ist tot«, sagte Pitt ruhig. »Er wurde vor einer Woche ermordet.«

»Oh.« Carswell war offensichtlich völlig überrascht, doch angst schien es ihm nicht zu machen. »Das tut mir leid. Ich hatte nicht die Absicht, üble Nachrede über einen Toten zu führen. Dennoch fürchte ich, daß ich Ihnen nicht helfen kann. Ich kenne ihn nicht, noch kann ich mir einen einzigen Grund vorstellen, warum er meinen Namen in seinen Büchern vermerkt haben sollte. Es scheint mir außerordentlich böswillig.« Er runzelte die Stirn. Ein beunruhigter Ausdruck trat in sein Gesicht. »Handelt es sich um eine Verschwörung, Mr. Pitt? Sie erwähnten, daß andere Leute möglicherweise die Unwahrheit sagen. Sie fragen mich, wo ich gewesen bin, und nun sagen Sie mir, daß dieser Mr. Weems ermordet worden ist. Hat Ihr Verdächtiger behauptet, er sei zur Tatzeit in meiner Begleitung gewesen?«

Pitt lächelte zurückhaltend. »Auch ich möchte einige meiner Informationen für mich behalten, Sir«, sagte er so höflich, wie man einen solchen Satz nur sagen kann. »Ich danke Ihnen, daß Sie mir mitten am Tage Ihre Zeit gewidmet haben. Ich finde den Weg. Guten Tag, Mr. Carswell.«

»Guten Tag«, erwiderte Carswell hinter ihm mit bedrückter, nachdenklicher Stimme.

Es hatte wenig Zweck, von Carswells Freunden oder Kollegen Informationen über ihn einholen zu wollen. Sie würden vermuten, daß es die Polizei sei, die Nachforschungen über ihn anstellte, und Carswell selbst würde daraus schließen, daß man ihn des Mordes an Weems verdächtigte. Er kannte sich mit Ermittlungsmethoden zu gut aus, um anzunehmen, Pitt würde sonst seine Zeit damit verschwenden. Carswell würde sich bedeckt halten, und Pitt würde nichts über ihn erfahren, und die Möglichkeit, daß seine Freunde etwas von Bedeutung über ihn verrieten, war ohnehin so gering, daß es die Mühe nicht lohnte.

Der einzige Weg, der jetzt noch blieb, bestand in der mühevollen und zeitraubenden Aufgabe, ihn so lange zu beschatten, bis sich herausstellte, daß er entweder Ausgaben oder Schulden hatte, die seinen Namen auf Weems' Liste erklärten, oder daß er ein Geheimnis hatte, das auf Erpressung hindeuten konnte. Vielleicht würde man auch nichts finden, was bedeutete, daß Carswell sich der Gefahr bewußt war und klug genug handelte, um seine Schwächen zu verbergen, oder daß es keine Schwächen gab. Dann würde Pitt woanders nach dem Grund, warum Carswells Name auf der Liste stand, forschen müssen.

Man müßte ihn die ganze Woche über morgens und abends beschatten. Tagsüber war er im Gericht, obwohl er seine Mittagspause durchaus außerhalb des Gerichtsgebäudes verbringen konnte. Pitt konnte sich wohl kaum im Gericht aufhalten, um zu sehen, wer Carswell dort, so wie er selbst gerade, besuchte. Er wollte nicht, daß Carswell merkte, daß er beobachtet wurde – abgesehen davon, daß es eine Warnung für ihn wäre, würde es die Aufgabe, ihm unauffällig zu folgen, erschweren.

Pitt mochte es nicht, Zeit und Ort seines Aufenthaltes auf eine derartige Weise vorgeschrieben zu bekommen. Er war froh, diese ärgerlichen Einschränkungen mit seiner Beförderung hinter sich gelassen zu haben. Die Freiheit, nach eigenem Gutdünken handeln zu können, ohne fortwährend jemandem Bericht erstatten zu müssen, war für ihn der wichtigste Vorteil seines Aufstiegs vom uniformierten Beamten zum Detektiv. Er mußte über seine eigene Schwäche lächeln, daß er eine solche Kleinigkeit als so einengend empfand, und spürte trotzdem dieselbe Verärgerung wie früher.

Doch Carswell, Urban und Latimer waren die Hauptverdächtigen, es sei denn, es war doch Byam. Aber diesen Gedanken wollte er so lange wie möglich von sich wegschieben. Und auf gar keinen Fall wünschte er, daß es einer der kleinen Schuldner aus der Menge der armen Männer und Frauen war, die von Kälte, Hunger und Sorgen zur Verzweiflung getrieben wurden. Falls doch, würde er die Versuchung verspüren, den Fall für ungelöst zu erklären, denn diesem moralischen Dilemma wollte er sich nicht stellen müssen. Vielleicht würde sein Urteilsvermögen von Gefühlen wie Mitleid und Wut getrübt werden angesichts des endlosen, elendigen Kreislaufs, der es einem Mann ermöglichte, einen anderen derart in die Enge zu treiben, daß der in seiner Hoffnungslosigkeit keinen anderen Weg mehr sah, als sich für Gewalt zu entscheiden. Das war vielleicht besser als der Kälte- oder Hungertod, sowohl für ihn selbst als auch für seine Kinder. Wenn man einen Menschen dazu treibt, zwischen dem physischen Tod und dem Verderben seiner Seele zu wählen, wie groß ist dann die eigene Schuld, falls dieser Mensch die falsche Wahl trifft?

Diese und ähnliche Gedanken gingen Pitt durch den Kopf, als er unten an den Stufen des Gerichtsgebäudes darauf wartete, daß Carswell am Ende seines Arbeitstages herauskam. Im Sommer war es schwieriger, jemandem zu folgen. Abends war es bis zehn Uhr und länger hell, es war warm, so daß es keinen Anlaß für heruntergezogene Hüte und hochgestülpte Kragen gab und keine Dunkelheit, in die man eintauchen konnte. Im Sommer gab es keinen Nebel, der einen umhüllte, und selten Regen, bei dem man eilig einherschritt. Pitts Größe war auch ungünstig für ihn, denn er ragte einen halben Kopf über die Menge hinaus. Wenn Carswell ihn nur einmal erspähte, würde er ihn erkennen und danach immer wieder leicht entdecken.

Als Carswell kam, hatte Pitt keine Schwierigkeiten, ihm in die Curzon Street zu folgen. Dort wartete er vor dem Haus bis weit über die Abendessenszeit und kam dann zu der Überzeugung, daß Carswell den Rest des Abends zu Hause verbringen würde. Dankbar verließ er seinen Posten und schüttelte sich ein wenig, nachdem er so lange stillgestanden hatte. Er schlug den Weg zur Hauptverkehrsstraße ein, wo er eine Droschke finden konnte, die ihn zu seinem Haus in Bloomsbury brachte.

Erst als er im Bett lag und neben sich Charlottes ruhigen Atem und ihre Wärme spürte, schoß ihm plötzlich mit schlechtem Gewissen durch den Kopf, daß es für Carswell durchaus möglich war, das Haus noch einmal zu verlassen, nachdem sich seine Familie schlafen gelegt hatte. Wenn er irgendwelche dunklen Absichten hegte, konnte er sie durchaus in der Nacht verfolgen, die einzige Zeit, in der er sich unbeobachtet fühlen konnte und seinen Verbleib nicht zu erklären brauchte. Vielleicht hatte er da auch Weems besucht – nicht am Abend, sondern mitten in der Nacht, in einer kurzen Sommernacht, in der es nur für fünf oder sechs Stunden dunkel war.

Jetzt war es zu spät. Doch morgen würde Pitt zur Polizeiwache in Clerkenwell gehen müssen, um wenigstens noch einen Mann zur Unterstützung anzufordern. Carswell mußte die ganze Zeit beobachtet werden, Tag und Nacht.

Pitt drehte sich um und legte seinen Arm um Charlotte. Er berührte ihr Haar, das schwer und warm über ihre Schultern fiel, und nahm den leichten Geruch des Lavendelwassers wahr, das sie so mochte. Er lächelte und vergaß seine Gewissensbisse. Sie bewegte sich ein wenig und rückte näher an ihn heran.

Innes hatte die Nachforschungen über die Schuldner auf Weems' erster Liste fortgesetzt. In dem kleinen Zimmer der Wache in Clerkenwell erzählte er Pitt von sieben Männern, die in arger Bedrängnis waren und nichts mehr zu versetzen hatten. Sie hatten keine Nahrungsmittel im Haus, waren mit der Miete im Rückstand und besaßen nur die Kleider, die sie am Leibe trugen. Ihre umschatteten Augen waren voller Resignation gewesen, doch im nächsten Moment hatte die Flamme der Wut und der Wille zu kämpfen darin gelodert. Bei keinem von ihnen gab es einen Zeugen, der beschwören konnte, wo sie sich zum Zeitpunkt von Weems' Tod aufgehalten hatten. Innes wirkte sehr bedrückt, als er ihre Namen nannte. Er gab sich keine besondere Mühe, seinen Wunsch zu verbergen, daß einer der »feinen Herren« der Schuldige sein möge. Steif und entschlossen stand er in dem kleinen Zimmer, das man Pitt zur Verfügung gestellt hatte, und blickte Pitt ein wenig trotzig an. Es wäre ungeschickt gewesen, ihr Einverständnis in Worte zu kleiden. Das Gefühl war zu tief und zu kompliziert: eine Mischung aus Mitleid und Schuldgefühl, weil man das Leid nicht lindern konnte und weil man Dinge sah, die nicht für die eigenen Augen bestimmt waren. Auch Angst schwang mit, daß man am Ende einen von ihnen verhaften, ihn vor Gericht stellen und an den Galgen bringen mußte, als hätte man nichts begriffen.

»Dann sollten wir Mr. Carswell gründlich beschatten«, sagte Pitt mit ausdrucksloser Stimme und sah an Innes vorbei. »Wir brauchen noch einen Mann. Können Sie dafür sorgen?«

»Warum sollte 'n Richter von 'nem Schwein wie Weems Geld leihen, Sir?« sagte Innes, ohne sich im geringsten zu entspannen. »Das ergibt keinen Sinn!«

»Wahrscheinlich hat er keins geliehen«, erwiderte Pitt. »Ich nehme an, es war Erpressung.«

»War's bei Ihrem Lord etwa auch Erpressung?« fragte Innes unumwunden und blickte weiterhin starr geradeaus.

»Ja«, gab Pitt ebenso direkt zu. »Aber es geht nicht um ein Verbrechen, nur um die Fehleinschätzung eines Menschen. Eine Frau hat sich in ihn verliebt und sich dann das Leben genommen. Es könnte einen Skandal geben, und das wäre für seine Familie sehr unangenehm.«

»Wohl kaum vergleichbar mit dem, was ich gesehn hab'.« Innes wollte nicht klein beigeben und blieb steif neben dem Tisch stehen. Pitt stützte sich auf den einzigen Stuhl.

»Nein. Deswegen glaube ich auch nicht, daß er Weems umgebracht hat. Für ihn stand nicht so viel auf dem Spiel. Aber bei Carswell ist das vielleicht anders.«

»Wir werd'n ihn beobachten lassen.« Innes entspannte sich endlich ein wenig. »Wann wollen Se ihn denn übernehmen, Sir? Oder wollen Se zwei Leute ham, die dann alles machen?«

»Einer reicht«, sagte Pitt. »Ich mache es am Tage. Ich habe ja sonst nichts zu tun.«

Innes vergaß sich für einen Moment.

»Aber was is'n mit Ihrem Lord, Sir? Auch wenn der Angst vor 'nem Skandal hat – wenn er bereit is' zu zahlen. Vielleicht is' er's leid gewesen un' wollt' ihn loswerden. Speziell, wenn Weems mehr wollte un' den Preis hochgetrieben hat.«

»Daran habe ich auch schon gedacht«, sagte Pitt sehr gefaßt, seine Stimme klang nicht kühl, aber sehr korrekt.

»Ich werde dem nachgehen, wenn sich die anderen Möglichkeiten erschöpft haben.«

Innes wollte sich schon entschuldigen, doch dann regte sich sein Stolz oder vielleicht sein Ehrgefühl und der Wunsch, eine gewisse Art von Beziehung aufrechtzuerhalten, und er sagte nichts.

»Dann werden wir uns die anderen Schuldner auf der zweiten Liste vornehmen«, fuhr Pitt fort. »Mr. Urban und Mr. Latimer.«

»Ich könnt' mich sofort drum kümmern, Sir«, bot Innes an.

»Nein«, sagte Pitt etwas voreilig. Doch als er Innes' Gesicht sah, fühlte er sich zu einer Erklärung genötigt. »Wir warten damit, bis es sich nicht mehr umgehen läßt – zumindest bei Urban. Er ist doch ein Kollege.«

»Aha«, sagte Innes. »Verstehe. Ja, Sir. Also nehmen wir uns Mr. Carswell mal zuerst vor. Ich sorg' dafür, daß er jede Nacht beschattet wird.« Damit drehte er sich auf dem Absatz um und ließ Pitt in dem kleinen, engen Raum stehen.

Während der nächsten vier Tage beschattete Pitt Addison Carswell. Er folgte ihm vom Gericht in der Bow Street zu seinem Haus, nach Kensington, Chelsea und Belgravia, wo er mit Freunden speiste, zu seinem Club, wo Pitt vor der Tür bleiben mußte und so nicht in Erfahrung bringen konnte, ob Carswell spielte, gewann oder verlor, ob er jemandem etwas schuldete und mit wem er sprach. Eigentlich war es Zeitverschwendung, denn alles, was Pitt wirklich von Nutzen gewesen wäre, blieb ihm verschlossen. Noch hatte er keinen berechtigten Anlaß, kraft seines Amtes hineinzugehen und Informationen zu verlangen.

Er folgte Carswell zu seinem Schneider, der ihn ohne die steife, feindselige Freundlichkeit begrüßte, die immer dann üblich war, wenn man Außenstände bei jemandem hatte. Im Gegenteil, dieser Schneider lächelte überaus freundlich, als er Carswell zur Tür begleitete und ihn verabschiedete.

Erst am fünften Tag, als Pitt schon aufgeben wollte, machte Carswell einen interessanten Weg. Daß er einkaufen ging, war nicht besonders auffällig, auch nicht das, was er kaufte. Ein hübscher Hut und ein spitzenbesetzter Sonnenschirm, schön verpackt in Seidenpapier und einen rosafarbenen Karton, waren für einen Mann mit einer Frau und vier Töchtern, drei davon unverheiratet, keine bemerkenswerten Einkäufe. Erst die Tatsache, daß Carswell beim Verlassen des Geschäfts mit gesenktem Haupt davoneilte und hin und wieder einen Blick zur Seite warf, erregte Pitts Aufmerksamkeit. Er heftete sich ihm an die Fersen. Als Carswell jemanden sah, den er zu erkennen glaubte, zog er seinen Hut tiefer ins Gesicht. Er machte einen Satz über den Rinnstein und überquerte die Straße so knapp vor einem Brougham, daß das Pferd scheute und der Kutscher heftig an den Zügeln riß und laut fluchte. Als er sein Fahrzeug wieder in seine Gewalt gebracht hatte, zitterte er völlig verstört, da er beinahe einen Mann getötet hätte.

Pitt hatte Carswell aus den Augen verloren und war einen Moment verunsichert. Ihm brach der Schweiß aus, als er versuchte, zwischen den Broughams, Landauern, Ein- und Zweispännern eine Lücke abzupassen, um auch auf die andere Straßenseite zu gelangen. Er mußte ungeduldig am Bordstein warten, während ein Brauereiwagen an ihm vorbeifuhr, vor den riesige Braune mit glänzenden Flanken und geschmückten Mähnen gespannt waren. Ihm folgte eine Droschke, dann eine geschlossene Kutsche. Schließlich wagte Pitt sich auf die Straße und stellte sich einem Landauer entgegen, in dem zwei Damen eine Spazierfahrt machten, wich einem Zweispänner aus, der in die andere Richtung fuhr, und erreichte den gegenüberliegenden Gehweg, wo eine Gruppe von Spaziergängern stand. Er rempelte drei Männer an, die in eine Unterhaltung vertieft waren, entschuldigte sich, hastete den Gehweg entlang und sah Carswell in dem Moment wieder vor sich, als der im Begriff war, in eine Droschke zu steigen.

Pitt hielt die Droschke direkt dahinter an.

»Folgen Sie der Droschke da vor uns!« befahl er.

»Was?« Der Kutscher war mißtrauisch und drehte sich auf dem Bock zu ihm um.

»Ich bin von der Polizei«, sagte Pitt eindringlich. »Detektiv. Folgen Sie dieser Droschke!«

»Ein Detektiv?« Das Gesicht des Mannes leuchtete plötzlich interessiert auf.

»Nun machen Sie schon!« drängte Pitt ihn. »Sonst verlieren wir sie aus den Augen.«

»Werden wir schon nich'.« Dem Fahrer machte die Sache jetzt Spaß. »Ich kann jedem überallhin folgen, hier in London.« Mit einiger Begeisterung und großem Geschick fädelte er sich in den Verkehr ein, schnitt einer Kutsche den Weg ab und behinderte eine Berline. Sie fuhren in westlicher Richtung, in der die Curzon Street lag, schwenkten dann aber nach Süden ab. Pitt bekam endlich das Gefühl, er würde etwas über Carswell erfahren, das nicht völlig vorhersehbar und gänzlich unschuldig war.

Er saß aufrecht in der Droschke, und als sie über die Westminster Bridge fuhren und dann nach Lambeth kamen, wünschte er sich, er könne an dem Kutscher vorbei auf die Straße sehen und nicht nur aus dem Seitenfenster.

Sie fuhren die Westminster Bridge Road hinunter, an Spaziergängern vorbei, von denen die Frauen pastellfarbene, mit Blumen gemusterte, spitzenbesetzte Kleider in der nachmittäglichen Sonne trugen. Einige hatten Sonnenschirme aufgespannt, mehr der Eleganz als der Sonne wegen, denn die Hitze war um diese Zeit abgeklungen. Pitt fragte sich, für wen Carswell die Geschenke gekauft hatte. Für die verheiratete Tochter aus der Curzon Street? Sie konnte südlich der Themse wohnen. Doch würde Carswell sie sicherlich zu einer späteren Stunde zusammen mit seiner Frau und in der eigenen Kutsche besuchen, und nicht allein in einer Mietdroschke.

Sie bogen in die Kennington Road ein, wo ein lebhaftes Treiben herrschte. Spaziergänger flanierten die Straße auf und ab, Straßenverkäufer boten die verschiedensten Waren feil: Pasteten, Aal, Pfefferminzwasser, gekühlte Obstsäfte, Schnäpse und Sandwiches. Junge Mädchen hatten Blumensträuße, Streichhölzer, Lavendelpäckchen und Stoffpuppen im Angebot. Ein Leierkastenmann spielte ein paar Weisen, die in der sommerlichen Straße überraschend melodisch klangen, da die laue Luft, das Klappern der Hufe und das Rattern der Räder den herben Klang der Drehorgel und die Einfallslosigkeit der Melodien milderten.

Pitts Droschke hielt an, der Kutscher beugte sich herunter.

»Der Fahrgast is' ausgestiegen, Sir«, sagte er ohne Hast. »Er is' da in dem Kaffeehaus links verschwunden.«

»Ich danke Ihnen.« Pitt kletterte aus dem Wagen und bezahlte den Fahrer. »Herzlichen Dank.«

»Wen ham Se denn da?« fragte der Fahrer. »'nen Mörder etwa?«

»Ich weiß es nicht«, gab Pitt ehrlich zurück.

Die andere Droschke war weitergefahren, folglich hatte Carswell wohl die Absicht, sich einige Zeit hier aufzuhalten. »Danke, das wär's dann«, sagte Pitt und verabschiedete sich von dem Kutscher. Der fuhr zögernd wieder an und warf noch mehrfach einen Blick über die Schulter, um zu sehen, was weiter geschah.

Pitt lächelte vor sich hin, öffnete auch den letzten Knopf an seinem Jackett und nahm seine Krawatte ab. Dann folgte er Carswell ins Kaffeehaus.

Drinnen war es warm und stickig. Stimmengeplätscher, Gläserklirren und das Rascheln von Kleidern füllten den Raum. In der Luft schwang der Geruch von Kaffeebohnen, Gebäck und Zucker. Die Wände waren mit bunten Theaterpostern dekoriert. Hin und wieder hörte man lautes Lachen.

Rechts in der Ecke wurde Addison Carswell von einer hübschen, schlanken, jungen Frau begrüßt, deren volles honigbraunes Haar nach der letzten Mode hoch auf dem Kopf aufgetürmt war. Im Nacken kräuselten sich ein paar kurze Löckchen, die die Natur schöner geschaffen hatte, als es irgendein Friseur konnte. Trotz ihrer Jugend waren ihre Züge ausgeprägt, sie hatte einen lebhaften Gesichtsausdruck und große, klare Augen. Pitt schätzte sie auf Anfang Zwanzig.

Carswell lächelte das Mädchen offen an und überreichte ihr erwartungsvoll die Hutschachtel und den Karton mit dem Sonnenschirm. Sie öffnete beides mit flinken Fingern, warf zwischendurch immer wieder einen Blick auf ihn und senkte dann die Augen. Als sie endlich das letzte Stück Seidenpapier entfernt hatte und es zu Boden flattern ließ, hielt sie erst den Sonnenschirm mit ungekünstelter Freude hoch und dann den Hut.

Carswell legte seine Hand in einer mäßigenden Geste auf ihr Handgelenk und verhinderte, daß sie den Hut mitten im Lokal aufprobierte. Sie lächelte, errötete leicht, als würde sie sich ihres Übermutes bewußt, und ließ dann die Hand sinken.

Carswells Gesicht drückte eine von Herzen kommende Zärtlichkeit aus, ein Gefühl, das so offenkundig echt war, daß Pitt zusammenzuckte und merkte, daß er in diesem Augenblick die Szene nicht nur als Detektiv, sondern auch als Voyeur betrachtete.

Er beobachtete sie eine halbe Stunde lang. Sie saßen am Tisch, die Hutschachtel und der Sonnenschirm zu Füßen des Mädchens, und sprachen angeregt miteinander. Zunächst waren ihre Mienen ernst, dann redeten sie leichtherzig und lachten, doch nicht laut, und ohne daß das Mädchen affektiert wirkte oder flirtete. Hier schien es sich um die Zuneigung zweier Menschen zu handeln, die sich schon lange kannten und viele Erfahrungen teilten, auf die ihr Verständnis füreinander gründete.

Als Carswell aufstand und sich von der jungen Frau verabschiedete, folgte Pitt ihm nicht, sondern wandte sein Gesicht zur Seite, damit Carswell ihn nicht erkannte. Aber Carswell blickte weder rechts noch links von sich und trat mit federndem Schritt auf die Kennington Road hinaus. Pitt zahlte seine Rechnung und verließ das Lokal. Er sah Carswell nach, der sich in Richtung Westminster Bridge aufmachte, wo er eine Droschke finden und vermutlich zu seiner Familie in die Curzon Street zurückkehren würde. Vielleicht würde er kurz vor seiner Heimkehr die Ausgelassenheit aus seinem Schritt und den träumerischen Ausdruck aus seinem Gesicht verbannen.

Als die junge Frau einige Minuten später das Lokal ebenfalls verließ, wartete Pitt schon auf sie. Sie sah sich nicht nach einer Droschke um, sondern ging auf dem Gehweg entlang, die Hutschachtel und den Sonnenschirm im Arm. Auch sie schritt leichtfüßig einher, fast sah es aus, als wolle sie zu hüpfen anfangen, wäre das nicht zu verrückt gewesen und hätte die Aufmerksamkeit der Passanten auf sie gelenkt.

Gute hundert Meter weiter überquerte sie die Straße und ging an dem Leierkastenmann vorbei, dem sie eine Münze zusteckte. Er sagte ein paar freundliche Worte zu ihr und legte einen Finger an seine Mütze, dann drehte er die Kurbel mit neuer Energie. Sie bog in die St. Alban Street ein, blieb nach ein paar Schritten bei der Nummer 16 stehen, fischte einen Schlüssel aus ihrem Beutel und betrat das Haus.

Pitt blieb verwundert auf der Straße stehen. Es war ein sehr gewöhnliches Haus mit einer schmalen Frontseite, ohne Garten, doch wenigstens von außen durchaus seriös erscheinend, auch wenn es kein Dienstmädchen gab, das die Tür öffnete. In dieser Art von Häusern lebten kleine Angestellte, die in einem Büro oder einer Bank arbeiteten, oder Händler oder vielleicht die Geliebte eines Mannes, dessen Mittel gerade ausreichten, um zwei Haushalte zu finanzieren.

Warum traf sich Carswell dann mit ihr in einem Kaffeehaus, wo sie nur miteinander reden und vielleicht noch einander an den Händen halten konnten?

Die einfachste Antwort darauf war, daß sie nicht allein lebte. Entweder war sie verheiratet, obwohl er keinen Ring an ihrer Hand gesehen hatte, oder sie lebte mit den Eltern, einem Bruder oder einer Schwester.

Er ging zur Kennington Street zurück. Es fiel ihm nicht schwer, unter einem trivialen Vorwand von dem Mann im Lebensmittelgeschäft an der Ecke zu erfahren, daß das Haus Nummer 16 von Miss Theophania Hilliard und ihrem Bruder James bewohnt wurde, seitdem Mrs. Hilliard Invalidin geworden war. Die beiden seien ein sehr nettes Geschwisterpaar, immer höflich und zahlten ihre Rechnungen immer pünktlich. Sie seien niemandem unangenehm.

Pitt dankte ihm und ging seiner Wege. Er fühlte sich zutiefst deprimiert. Auch er lenkte seine Schritte zur Brücke, um dort eine Droschke für die Heimfahrt zu finden. Doch als ein freier Wagen an ihm vorbeifuhr, verspürte er das Bedürfnis, zu Fuß zu gehen. Er mußte sich bewegen, als ob er die Wut und die Enttäuschung, die er innerlich fühlte, durch körperliche Anstrengung abarbeiten könnte. Die Situation barg alle Elemente einer Tragödie in sich: Ein Mann mittleren Alters, der ein gewisses öffentliches Ansehen genoß und eine Frau und Töchter zu Hause hatte, kaufte teure und klassisch weibliche Geschenke, begab sich allein in einen Stadtteil südlich der Themse und überreichte sie einem hübschen jungen Mädchen, für das er offenbar intensive Gefühle empfand. In gewisser Weise wäre die Situation weit weniger dramatisch gewesen, wenn er einfach in ein Bordell gegangen wäre. Eine solche Handlungsweise stieß schon eher auf Verständnis, sie bot auch keinen Grund für eine Erpressung und schon gar nicht für einen Mord.

Theophania Hilliard hingegen war keine flüchtige Laune, und Hut und Sonnenschirm schienen keine Gegenleistung für gewährte oder zu gewährende Gunsten, sondern vielmehr Geschenke für jemanden, mit dem einen tiefe Gefühle verbanden. Wenn es aber Gefühle waren, zu denen Carswell hätte stehen können, warum machte er sich dann die Mühe, den Besuch zu verschleiern, um nicht gesehen zu werden? Er hatte sich in große Gefahr begeben, als er über die Straße hastete, nur um nicht von einem Bekannten gesehen zu werden. Warum traf er sich in einem Kaffeehaus in der Kennington Road, wenn dem Bruder die Verbindung genehm war? Entweder hieß dieser sie nicht gut, oder er befand sich in Unkenntnis darüber.

Was kostete Carswell diese Beziehung? Brachte er der jungen Frau häufig Geschenke, oder war dies eine Ausnahme? Sie schien nicht besonders überrascht gewesen zu sein, fand Pitt rückblickend. Wenn er, Pitt, solche Dinge für Charlotte gekauft hätte, wäre sie völlig aus dem Häuschen geraten. Er versuchte sich Charlottes Gesicht vorzustellen, wenn er es sich leisten könnte, ihr solche Geschenke mitzubringen. Sie würde vor Freude juchzen, den Hut sofort aufsetzen, vor ihm auf und ab schreiten und sich drehen, damit er sie bewundern könnte. Ihre Augen würden leuchten, und in ihrer Stimme würden Freude und Aufregung mitschwingen. Er wünschte sich mit einem intensiven, fast schmerzhaften Verlangen, so etwas für sie tun zu können, ihr etwas zu schenken, das völlig nutzlos und einfach nur schön und weiblich war, die reine Schmeichelei. Es mußte möglich sein, etwas zu sparen, auf etwas anderes zu verzichten oder eine Rechnung offenzulassen.

Es war wirklich verdammt einfach, Addison Carswell zu verstehen – besonders beim ersten Mal. Aber dies war mit Sicherheit nicht das erste Mal gewesen. Für Theophania Hilliard war es nichts Neues, von ihm hübsche Geschenke zu erhalten – doch da er einmal mit dem Schenken begonnen hatte, wie sollte er wieder aufhören, ungeachtet der Kosten?

War das die Lösung? Mußte Carswell Geld leihen, um sich den Wunsch erfüllen zu können, dem Mädchen eine Freude zu machen? Das würde er niemals zugeben.

Oder war die Antwort viel häßlicher? Hatte Weems ihn erpreßt? Hatte Carswell den Punkt erreicht, an dem er dies nicht länger stillschweigend hinnehmen konnte und sich zur Gewalt getrieben sah, um dem unerträglichen Druck entfliehen zu können? War es Carswells eigenes Gerechtigkeitsempfinden gewesen, das ihn ein Gewehr mit Goldmünzen hatte laden lassen, mit dem er Weems' Kopf so zurichtete?

Hatte er in jener Nacht, über die er nicht gewillt war, Rechenschaft abzulegen, Theophania Hilliard gesehen? Oder war er in Clerkenwell, in der Cyrus Street gewesen?

Am nächsten Morgen ging Pitt schon früh zum Polizeigericht in der Absicht, mit Carswell in der ersten Verhandlungspause zu sprechen. Er fürchtete sich vor diesem Gespräch, aber es war unausweichlich. Er mußte Carswell die Gelegenheit geben, sein Schweigen zu brechen und zu erklären, wo er sich in der Mordnacht aufgehalten hatte und in welcher Verbindung er zu Theophania Hilliard stand. Es war denkbar, daß es auf all dies eine harmlose Antwort gab, nicht frei von jeder Schuld, aber frei von der Schuld an einem Mord.

Der erste Fall, der zur Verhandlung unter Carswells Vorsitz kam, war der eines Büroangestellten, der etliche Schillinge von seinem Arbeitgeber hinterzogen hatte. Möglicherweise hatte er einfach nachlässig gerechnet und einen Fehler gemacht. Genausogut war es möglich, wenn nicht sogar wahrscheinlicher, dachte Pitt mit einem Blick auf das blasse, intelligente Gesicht des Mannes, daß er mit der Zahlung einer Rechnung in Verzug war und eine erste kriminelle Handlung begangen hatte. Oder aber, so die Behauptung des Anklägers, der Büroangestellte hatte erste Vorbereitungen getroffen, um eine kriminelle Laufbahn einzuschlagen, und diese Hinterziehung als Testfall betrachtet. Carswell schloß sich dieser Sichtweise an und verhängte eine kurze Gefängnisstrafe. Da der Mann für schuldig befunden worden war, hatte Carswell vermutlich keine andere Möglichkeit, als ihn ins Gefängnis zu schicken. Und nach Pitts Ansicht war das Urteil korrekt und nicht allzu streng.

Der zweite Fall entpuppte sich als Überraschung. Pitt erkannte den Namen des Angeklagten wieder, noch bevor die wohlbeleibte Gestalt und das zorngerötete Gesicht des Horatio Osmar auf der Anklagebank erschien. Neben ihm stand vollbusig, mit glänzendem, blondem Haar, gewaschen und gekämmt und mit gesenktem Blick Miss Beulah Giles.

Der Justizbeamte verlas die Klageschrift, in der es hieß, daß die beiden in der Öffentlichkeit ein Verhalten an den Tag gelegt hätten, das durchaus zur Erregung eines öffentlichen Ärgernisses hätte führen können, besonders was Zeit und Ort des Vergehens betraf. Die Einzelheiten zeigten, wie schmuddelig und klein der Vorfall tatsächlich war.

Horatio Osmar stand steif und hielt sich sehr aufrecht. Sein Rock war makellos, saß aber etwas schief, als wäre er mit seiner Polizeieskorte in ein Handgemenge geraten und hätte sich einem festen Griff entzogen. Sein Gesicht war gerötet, die unförmige Nase über dem borstigen Schnauzer glänzte, und die Augen blitzten jeden an, den sein Blick traf.

Miss Giles stand bewegungslos mit gesenktem Kopf daneben. Zu diesem Anlaß, der sich von dem ersten, bei dem Pitt sie gesehen hatte, so grundsätzlich unterschied, trug sie ein hochgeschlossenes Kleid aus einem changierenden Stoff, das dadurch wechselweise blau, grün oder grau erschien. Sie hätte nicht dezenter gekleidet sein können, um sich das Wohlwollen der Anwesenden zu sichern.

Der Anwalt hatte sich erhoben und für beide Angeklagten nicht schuldig plädiert.

Pitt beugte sich vor, er war zunehmend überrascht. Ihr Verteidiger war Kronanwalt und gehörte damit zu einer Elitegruppe von Anwälten, die nur die renommiertesten Fälle übernahmen. Was um alles in der Welt machte ein Kronanwalt in einem Amtsgericht, wo ein Fall von Erregung öffentlichen Ärgernisses in einem öffentlichen Park verhandelt wurde? Es war klar, daß Osmar nicht schuldig gesprochen werden wollte, aber die Fakten sprachen überdeutlich gegen ihn. Einen hochangesehenen Anwalt mit der Sache zu betrauen, würde nur die Aufmerksamkeit der Presse auf einen Vorfall ziehen, über den sonst wahrscheinlich gar nicht berichtet worden wäre.

Als ersten Zeugen rief der Anklagevertreter den Wachtmeister Crombie, der sich in seiner Haut sichtlich unwohl fühlte, in den Zeugenstand, wo er unter Eid seinen Namen und seinen Beruf nannte und bestätigte, daß er mit Wachtmeister Allardyce zu der fraglichen Zeit im Park auf Streife gewesen war.

»Und was haben Sie gesehen, Wachtmeister Crombie?« wollte der Anklagevertreter wissen, wobei er seine buschigen Augenbrauen fragend in die Höhe zog.

Wachtmeister Crombie reckte sich.

»Ich sah die Angeklagten auf einer Parkbank, mit den Armen umeinander, Sir.«

»Und was taten sie, Wachtmeister?«

Osmar schnaufte so laut, daß es im ganzen Saal zu hören war.

Wachtmeister Crombie schluckte. »Kann man schlecht sagen, Sir. Sah so aus wie ein Gerangel, kein Kampf, das nich', aber es ging immer so vor un' zurück ...« Er brach ab, die Farbe schoß ihm vor Verlegenheit ins Gesicht.

»Und was haben Sie gemacht, Wachtmeister?« beharrte der Anklagevertreter, sein Gesicht völlig unbeweglich, als ginge ihn das alles nichts an.

»Wachtmeister Allardyce un' ich haben uns ihnen genähert«, antwortete Crombie. »Un' als wir vor ihnen standen, is' der Herr aufgestanden un' hat seine Kleider – geordnet, Sir ...«

Wieder schnaufte Osmar laut, und Carswell warf ihm einen scharfen Blick zu. Ein Murmeln ging durch die Reihen.

»Geordnet?« fragte der Anklagevertreter. »Da müssen Sie sich schon präziser ausdrücken, Wachtmeister.«

Wachtmeister Crombie war rot angelaufen, und sein Blick war stier auf einen Punkt in der Holzverkleidung am anderen Ende des Raumes geheftet.

»Seine Hose stand offen, Sir, un' sein Hemd hing aus dem Hosenschlitz. Dann hat er es in die Hose gesteckt un' die Knöpfe zugemacht.«

»Und die junge Dame, Wachtmeister?« Der Anklagevertreter war gnadenlos, seine wohlklingende Stimme durchschnitt die Stille wie ein silbernes Messer.

Wachtmeister Crombie schloß die Augen.

»Sie hat sich die Bluse zugeknöpft, Sir, vorne ...« Er hob die Hand ungefähr an die Stelle, wo seine Brüste gewesen wären, hätte er welche gehabt. Er war ein junger Mann und nicht verheiratet, und die Sache war ihm unendlich peinlich.

»Wollen Sie sagen, sie war in einem unzüchtigen Zustand, Wachtmeister?«

Der Kronanwalt erhob sich von seinem Stuhl, ein Rascheln ging durch den Raum, als alle interessiert die Hälse reckten. Osmar lächelte.

»Mylord, das ist eine unfaire Frage«, sagte der Anwalt mit gemäßigter Empörung. »Der Zeuge sagte nicht, daß Miss Giles unzüchtig gekleidet war, sondern lediglich, daß sie ihre Bluse zuknöpfte.«

»Ich entschuldige mich vor meinem hochgeschätzten Kollegen«, sagte der Anklagevertreter mit einen Anflug von Sarkasmus. »Wachtmeister, wie würden Sie den Zustand von Miss Giles beschreiben?«

»Nun ja ...« Crombie warf Carswell einen unsicheren Blick zu. Er wußte nicht, wie er fortfahren sollte und was er sagen durfte. Sein Gesicht glühte.

Osmar lehnte sich auf der Anklagebank zurück, auf seinem Gesicht lag ein zufriedenes Lächeln.

Der Anklagevertreter lächelte trocken.

»Wachtmeister, brachte Sie ihr Zustand in Verlegenheit?«

»Ja, Sir! Das hat er!«

Beulah Giles verkniff sich nur unzureichend ein Grinsen.

Der Kronanwalt stand wieder auf. »Mylord, das ist doch sicherlich unwesentlich?«

»Nein, das ist es keinesfalls«, beharrte der Anklagevertreter und lächelte. »Wachtmeister Crombie ist Teil der allgemeinen Öffentlichkeit. Und seine Reaktion gibt auch einen wichtigen Hinweis darauf, wie andere Passanten reagiert hätten, wenn sich ihnen dieser Anblick von einem Mann und einer Frau in einer derart intimen Umarmung auf einer Parkbank in aller Öffentlichkeit geboten hätte.«

»Mylord, das ist noch längst nicht bewiesen!« Der Kronanwalt tat empört. »Man könnte argumentieren, daß die Empfindsamkeit des Wachtmeister Crombie hier das eigentliche Thema ist. Er war es, der meinen Klienten verhaftet hat und der deswegen ein Interesse an dem Ergebnis dieser Verhandlung hat. Man kann nicht davon ausgehen, daß er ein unvoreingenommener Zeuge ist. Die Argumentation des Anklagevertreters dreht sich im Kreis.«

Jetzt waren die Zuschauer aufs äußerste gespannt und hörten mit großer Aufmerksamkeit zu.

Carswell warf einen Blick auf den Anklagevertreter.

»Haben Sie weiter nichts vorzuweisen, Mr. Clyde? Wenn das so ist, ist es ja recht dünn.«

»Nein, Sir, ich habe auch Wachtmeister Allardyce als Zeugen bestellt.«

»Dann sollten Sie ihn rufen lassen.«

Also wurde Wachtmeister Crombie entlassen und Wachtmeister Allardyce gerufen. Er war drei oder vier Jahre älter, verheiratet und ließ sich nicht so leicht in Verlegenheit bringen, was der Kronanwalt sofort registrierte, als Allardyce zu reden anfing. Er griff Allardyces Zeugenaussage nicht an, sondern ließ sie stehen. Auch widersprach er Allardyce nicht, als dieser beschrieb, wie Horatio Osmar sich der Verhaftung widersetzt und sie beide mit äußerst unflätigen Worten beschimpft hatte, als er wutschnaubend zur Polizeistation gebracht worden war. Auch die Darstellung von Miss Giles' leichtbekleidetem Zustand zog der Kronanwalt nicht in Zweifel.

Dann bat er Horatio Osmar zur Aussage. Dieser zog seinen Rock zurecht, reckte den Hals, um den Kragen zu richten, blickte zunächst Carswell, dann den Kronanwalt einen Moment direkt an und wartete höflich, daß er anfangen sollte.

»Würden Sie uns bitte Ihre Schilderung dieses bedauerlichen Vorfalls geben, Mr. Osmar?«

Pitt war gespannt, wie Osmar der Sache in seiner Darstellung einen gewissen Anstand verleihen würde. Das Ganze war eine elende und entsetzlich dumme Geschichte, doch Osmar konnte das vor Gericht nicht zugeben, ohne seinem Ansehen zu schaden. Um wie vieles leichter wäre alles gewesen, wenn er sich schuldig bekannt und eine Geldbuße hingenommen hätte. Sicherlich hätte Carswell ihm nur eine Verwarnung gegeben und eine Geldstrafe, die er ohne Schwierigkeiten würde bezahlen können. Derjenige, der ihm empfohlen hatte, einen Kronanwalt zu beauftragen, war entweder sehr dumm oder strebte Osmars Niedergang an.

Osmar warf die Schultern zurück und starrte die Zuschauer im Saal herausfordernd an, die darauf Ruhe gaben, nicht so sehr aus Respekt, sondern weil sie nichts verpassen wollten.

Osmar räusperte sich und schnaufte, sein Schnauzer zitterte. Dann fing er an. »Gewiß, Sir, ich werde beschreiben, wie es war. Ich ging im Park spazieren, als ich Miss Giles begegnete, einer jungen Dame aus meiner Bekanntschaft. Ich begrüßte sie und erkundigte mich nach ihrer Gesundheit, und sie versicherte mir, daß die ausgezeichnet sei.«

Der Anklagevertreter wurde unruhig, aber Carswell warf ihm einen strengen Blick zu.

»Fahren Sie bitte fort, Mr. Osmar«, wies er den Angeklagten mit einem gezwungenen Lächeln an.

»Danke, Sir. Ich fahre fort.« Auch er starrte den Anklagevertreter an und rückte seine Krawatte demonstrativ zurecht.

Die Zuschauer wurden unruhig, jemand lachte.

Osmar fing erneut an. »Ich fragte sie auch nach ihrer Familie, wie es sich gehört, und sie berichtete mir von deren Gesundheit. Ich schlug vor, daß wir uns auf eine Bank ganz in der Nähe setzen könnten, statt mitten auf dem Weg stehenzubleiben. Sie war mit der Idee einverstanden, also ließen wir uns auf der Bank nieder, wo wir auch saßen, als die beiden Wachtmeister uns sahen.«

»Und gab es zwischen Ihnen und Miss Giles ein Gerangel, Sir?«

»Natürlich nicht!« Osmar schnaufte und machte seiner Entrüstung angesichts einer solchen Vorstellung Luft. »Ich erkundigte mich nach ihrem Neffen, und sie wollte mir ein Bild von ihm zeigen, das sie in einem Medaillon um den Hals trug. Sie hatte einige Mühe, den Verschluß zu öffnen, der sehr klein und nicht leicht zu finden war.« Er warf einen Blick in den Zuschauerraum. »Ich half ihr dabei, da sie natürlich nicht in der Lage war, den Verschluß zu sehen.«

Pitts Einschätzung von Osmars Erfindungsgabe stieg, die seiner Wahrheitsliebe sank. Er beobachtete Carswell, um zu sehen, wie der diese lebhafte, fantasievolle Darstellung aufnahm, und war überrascht, auf dessen Gesicht den Ausdruck völliger Ernsthaftigkeit zu entdecken.

»Eine harmlose Art des Zeitvertreibs«, sagte Carswell mit hochgezogenen Augenbrauen und einem verärgerten Blick auf den Anklagevertreter.

Der Anklagevertreter sah überrascht auf. Das hatte er nicht erwartet, aber es war nicht geschickt, wenn er jetzt das Wort ergriff, das wußte er. Er lehnte sich in seinen Sitz zurück und biß sich auf die Lippen.

»War Ihre Kleidung in Unordnung geraten, Sir?« fragte der Kronanwalt.

»Natürlich nicht!« stellte Osmar fest. »Wie Sie vielleicht beobachtet haben, bin ich kein besonders ordentlicher Mensch ...« Ein Kichern ging durch den Raum. »Ich hatte in meinen Taschen nach einer Notiz gesucht, und ich wußte nicht mehr, wo sie steckte«, fuhr Osmar fort. »Ich fürchte, ich war zu eifrig in meinen Bemühungen. Es kann schon sein, daß es den Anschein hatte, daß meine Kleidung durcheinandergeraten war, als die beiden Wachtmeister mich ansprachen, aber sie war in Unordnung, sonst nichts. Und das zählt bisher noch nicht als Verbrechen, sondern nur als Verstoß gegen den guten Geschmack.«

Der Anklagevertreter verzog ungläubig das Gesicht, der Kronanwalt lächelte, und Beulah Giles versuchte angestrengt, ihre Fassung zu wahren. Zum ersten Mal wirkte Carswell verunsichert.

»Haben Sie das den Wachtmeistern erklärt, Mr. Osmar?« fragte der Kronanwalt mit überaus sachlicher Stimme.

»Das habe ich versucht.« Osmar blickte beleidigt drein. »Ich habe ihnen gesagt, wer ich bin, Sir.« Bei diesen Worten drückte er die Schultern noch ein wenig zurück und reckte das Kinn in die Höhe. »In gewissen Kreisen bin ich durchaus bekannt. Ich habe einen Ruf und habe meiner Königin und meinem Land viele Jahre ehrenhaft gedient.«

»So ist es«, sagte der Kronanwalt hastig, »aber die Wachtmeister haben Ihnen nicht zugehört?«

»Überhaupt nicht«, erwiderte Osmar in gekränktem Ton. »Sie haben mich sehr grob angefaßt, was ja an sich schon tadelnswert ist. Aber in meinen Augen unverzeihlich ist die Art und Weise, wie sie Miss Giles, eine junge

Frau aus ehrenhafter Familie mit einem untadeligen Ruf, angepackt haben.«

Einer der Zuschauer bewegte sich geräuschvoll. Beulah Giles errötete, und Osmars Miene verfinsterte sich.

»Verzeihen Sie, Mr. Osmar«, sagte der Kronanwalt mit einem kleinen Lächeln. »Aber wir haben nur Ihre Aussage für diesen ... diesen Hergang des Vorfalls. Sie unterscheidet sich ja grundlegend von dem Bericht, den die Wachtmeister Crombie und Allardyce erstattet haben.«

»Ha!« Osmars Stimme zitterte, und er blies seine Wangen auf. »Das stimmt nicht, Sir, überhaupt nicht. Es gab einen weiteren Zeugen, einen Mann, der in geringer Entfernung stand. Er hat alles gesehen, denn er beobachtete, daß ich in dem Tumult meiner Verhaftung die Aktentasche liegengelassen habe, die ich bei mir trug. Er hat sie an sich genommen und sie später zur Polizeiwache gebracht, wo ich sie zurückbekam.«

Die Zuschauer im Saal hielten den Atem an.

»Er stand so nah, daß er alles beobachten konnte?« Der Kronanwalt tat überrascht. »Und warum hat die Polizei ihn nicht als Zeugen geladen?«

Osmars Gesicht nahm einen Ausdruck gekränkter Unschuld an.

»Diese Frage kann ich nicht beantworten, ohne zugleich Kritik zu üben. Es wäre besser, die Wachtmeister beantworten diese Frage selbst.«

»Wenn sie das können.« Die Stimme des Kronanwalts klang salbungsvoll. Er drehte sich zu Carswell um. »Mylord, ich gebe zu Bedenken, daß die Polizei in der Ausübung ihrer Pflicht nachlässig gewesen ist. Sie hat es versäumt, einen Zeugen des Vorfalls zu laden, der meinen Klienten möglicherweise entlastet hätte. Jetzt kann er nicht mehr geladen werden, denn seine Adresse und sein Aufenthaltsort sind nicht bekannt. Deshalb beantrage ich, daß die Klage abgewiesen wird und mein Klient als unbescholtener Mann das Gericht verlassen kann.«

Wachtmeister Crombie drehte sich um und starrte Wachtmeister Allardyce völlig konsterniert an, und der

Anklagevertreter erhob sich halb von seinem Stuhl, doch Richter Carswell gebot ihnen allen mit einer herrischen Geste Einhalt.

»Ihrem Antrag wird stattgegeben, Mr. Greer. Die Klage ist zurückgewiesen.« Damit klopfte er mit dem Hammer auf den Tisch und schloß die Verhandlung.

Pitt war wie vor den Kopf geschlagen. Beulah Giles war noch nicht einmal aufgerufen worden. Es hatte keine Gelegenheit gegeben, sie zu befragen, und sie mußte ja schließlich die beste Zeugin sein. Es war eine höchst eigentümliche Verhandlung gewesen, und Osmar war davongekommen. Sicher, es war ein lächerliches Vergehen und verursachte bestenfalls Peinlichkeit. Keiner war verletzt oder bestohlen worden, und unter den gegebenen Umständen war wahrscheinlich auch niemand in Verlegenheit gebracht worden, da offenbar keine anderen Spaziergänger in der Nähe gewesen waren. Doch darum ging es ja nicht. Die Polizei war in ein Licht gerückt worden, das sie dumm und ineffektiv erscheinen ließ, und Osmar hatte sich dem Gesetz entzogen.

Aber am schlimmsten war vielleicht, daß Carswells Vorgehen nicht zu rechtfertigen war. Nur die Zuschauer waren zufriedengestellt, und zwar nicht, weil sie die eine oder andere Seite unterstützt hätten, sondern weil sie wider jedes Erwarten ihren Spaß gehabt hatten.

Als Pitt den Saal verließ, ging er an den beiden verwirrt und verärgert wirkenden Wachtmeistern vorbei. Er erhaschte Crombies Blick, und sie verständigten sich wortlos. Keiner kannte die Gründe für diese Entscheidung, aber sie hatten die gleiche Einstellung dazu.

Der Kronanwalt schritt mit wehender Robe und nachdenklich gefurchtem Gesicht von dannen. Die Befriedigung, die er im Gerichtssaal empfunden hatte, war offenbar verschwunden. Entweder hatte er gemischte Gefühle, oder er war in Gedanken schon beim nächsten Fall. Horatio Osmar war nirgends zu sehen, das gleiche galt für die attraktive Miss Giles.

Pitt mußte noch eine gute halbe Stunde auf dem Flur

warten, bevor sich Carswell in seine Räume zurückzog und Pitt ihn dort aufsuchen konnte.

»Ja bitte, Mr. Pitt?« sagte er und blickte von seinem Schreibtisch auf. Seine Miene verriet eine leichte Irritation. Offensichtlich hatte er den Fall Weems bei Pitts letztem Besuch für abgeschlossen gehalten und wollte sich nicht wieder damit befassen müssen. »Ich fürchte, ich muß Sie bitten, sich kurz zu fassen«, sagte er. »Meine Zeit wird von vielen anderen Sachen in Anspruch genommen.«

»Dann werde ich unmittelbar zum Punkt kommen«, sagte Pitt mit ruhiger Stimme. Er tat dies nicht gerne, aber es war unvermeidlich. »Sind Sie sicher, daß Sie mir nicht sagen wollen, wo Sie in der Nacht, als William Weems ermordet wurde, waren?«

Carswells Gesicht verfinsterte sich, seine Stimme hatte eine gewisse Schärfe. »Ich bin ganz sicher. Ich brauche mich nicht zu rechtfertigen, Sir. Ich kannte den Mann nicht und hatte auch nie mit ihm zu tun. Ich habe keine Ahnung, wer ihn umgebracht hat, noch interessiert es mich. Wenn das alles ist, möchte ich Sie bitten, Ihrem Beruf nachzugehen, damit ich meinem nachgehen kann.«

»Weems war auch ein Erpresser.« Pitt stand reglos.

»Wirklich? Wie unangenehm.« In Carswells Gesicht war Abscheu zu erkennen, aber keine plötzliche Beunruhigung oder Angst. »Sein Tod bekümmert mich um so weniger«, sagte er spitz. »Aber ich habe ihn nicht gekannt, Sir. Das habe ich bereits gesagt, und ich habe nicht die Absicht, meine wertvolle Zeit damit zu verbringen, das vor Ihnen zu wiederholen. Sie können mir glauben oder es lassen, ganz wie Sie wollen, aber da es die Wahrheit ist, wird es Ihnen schwerfallen, das Gegenteil zu beweisen. Wenn ich Sie also bitten darf, Ihre Nachforschungen anderswo anzustellen.«

»Sind Sie sich ganz sicher, daß Sie mir nicht sagen wollen, wo Sie an jenem Abend waren?«

Carswell erhob sich von seinem Stuhl, er war rot angelaufen.

»Ich bin mir ganz sicher, Sir! Werden Sie jetzt wie ein

Gentleman gehen, oder muß ich Sie wie einen Verbrecher abführen lassen?«

Pitt seufzte und atmete tief ein. Er fand Carswell nicht unsympathisch und tat, was er zu tun hatte, nicht gern.

»Vielleicht hat Miss Hilliard ihn gekannt und Ihren Namen als Sicherheit für ein Darlehen gegeben?« sagte er ganz sachlich. »Weder sie noch ihr Bruder erfreuen sich eines übermäßigen Wohlstandes …«

Alle Farbe wich aus Carswells Gesicht. Dann schoß das Blut zurück, und seine Beine schienen unter ihm nachzugeben. Er ließ sich in seinen Sessel fallen und starrte blind vor sich hin. Er konnte keinen klaren Gedanken fassen noch das Gesagte leugnen.

»Kannte Miss Hilliard Mr. Weems?« wiederholte Pitt. Er glaubte nicht einen Moment, daß sie den Mord begangen haben könnte, aber er wollte Carswells Antworten nicht beeinflussen, indem er Suggestivfragen stellte.

»Nein! Nein …« Carswells Stimme versagte. »Nein, natürlich nicht. Es ist …« Er atmete tief ein und stieß die Luft geräuschvoll wieder aus. »Es ist … Ich bin …« Er sah Pitt an, die Augen waren vor Kummer getrübt. »Ich habe Weems nicht umgebracht.« Er stieß die Worte zwischen seinen Zähnen hervor. »Ich hatte keinen Grund dazu. Ich schwöre bei Gott, ich habe ihn nicht gekannt, und ich war an jenem Abend nicht bei ihm.«

»Welche Verbindung besteht zwischen Ihnen und Miss Hilliard, Sir?«

Carswell schien in sich zusammenzusacken und in seinem Sessel zu schrumpfen.

»Sie ist – sie ist – meine Geliebte.« Er brachte die Worte nur mit einem Flüstern hervor.

Es schien fast unnötig, Carswell zu fragen, ob Weems ihn erpreßt hatte. Ein Grund dafür lag jedenfalls auf der Hand. Selbst wenn Carswell leugnete, konnte das die instinktive Reaktion eines Mannes sein, der sich schützen wollte.

»Und Weems wußte davon?«

Carswells Gesicht straffte sich.

»Mehr sage ich nicht, außer daß ich ihn nicht umgebracht habe. Und wenn Sie einer menschlichen Regung fähig sind und ein Gerechtigkeitsempfinden haben, lassen Sie Miss Hilliard aus der Sache heraus. Sie weiß nichts davon, bitte.« Die Worte blieben ihm fast in der Kehle stecken. Daß er sie überhaupt über die Lippen bekam, war ein Zeichen für das Ausmaß seiner Bedrängnis. Seine Hände krallten sich an die Tischplatte, er saß zusammengekauert und geschlagen in seinem Sessel.

»Miss Hilliard steht nicht unter Verdacht«, antwortete Pitt, bevor er sich überlegt hatte, ob es weise war, das zu sagen. »Erstens ist es ziemlich unwahrscheinlich, daß eine Frau dieses Verbrechen begangen hat, noch besteht eine Verbindung zwischen Hilliard und Weems.« Um seinen Vorteil nicht ganz zu verspielen, fügte Pitt hinzu: »Wir haben Ihren Namen in seinen Büchern gefunden.«

Carswell lehnte sich zurück. Er wirkte blaß und müde, langsam entspannte sich sein Körper. Er wollte etwas sagen, änderte seine Meinung jedoch und blieb stumm.

Pitt verneigte sich knapp und entschuldigte sich. Es gab weiter nichts zu sagen, und es war sinnlos grausam, die Not des Mannes auszukosten. Er würde daraus nichts Neues erfahren. Zu gerne hätte Pitt gefragt, warum Carswell in dem Fall Osmar diese Entscheidung gefällt hatte, aber es war Carswells Recht, so ein Urteil zu fällen, und Pitt hatte keine Befugnis nachzuhaken. Es gab keinen Grund anzunehmen, Carswell sei korrupt, die Entscheidung war allerdings eigenwillig und unerklärlich.

»Wie bitte?« Micah Drummond konnte es nicht fassen. »Carswell hat das Verfahren eingestellt?«

»Jawohl, Sir«, bestätigte Pitt. Er stand in Drummonds sonnendurchflutetem Büro. »Er hat die Klage abgewiesen. Allardyce und Crombie haben ihren Ohren nicht getraut.«

»Sagten Sie Horatio Osmar?« fragte Drummond nachdenklich. »War er nicht vor einigen Jahren Staatssekretär der Regierung?«

»Soweit ich weiß, ja. Aber wird die Sache dadurch besser?« Pitt fing an, sich angesichts des Privilegienmißbrauchs wieder aufzuregen.

Drummond lächelte mit einem kleinen Schulterzucken. »In keinster Weise. Aber es könnte Carswells Haltung erklären ...«

»Nicht für mich«, sagte Pitt erregt. »Wenn er diese Art von Gerechtigkeit walten läßt, dann ist er nicht der Mann, für den ich ihn gehalten habe, und außerdem nicht für den Richterstuhl geeignet.«

»Eine strenge Einstellung, Pitt.«

Pitt spürte, wie ihm die Farbe ins Gesicht stieg. Er bewunderte Drummond und wurde sich plötzlich bewußt, daß er unstandesgemäß gehandelt und die gesellschaftliche Distanz zwischen ihnen ignoriert hatte, indem er einen Mann kritisierte, der nicht zu seiner, sondern zu Drummonds Klasse gehörte.

»Ich entschuldige mich«, sagte er mit belegter Stimme. »Ich hätte das nicht sagen sollen.«

Drummond lächelte aufrichtig amüsiert.

»Ich bewundere Ihre Wortwahl, Pitt. Es besteht ein feiner Unterschied zwischen Ihrer Formulierung und einer Entschuldigung dafür, daß Sie sich in Ihrer Einschätzung geirrt hätten.« Er kam hinter seinem Tisch hervor. »Ich neige dazu, Ihnen unter Umständen zuzustimmen, aber ich meinte, daß Carswell und Osmar gemeinsame Bekannte haben könnten, die ihn möglicherweise ...« Er zögerte und wand sich. Offenbar wollte er etwas erklären, das ihm peinlich war. Pitt fühlte sich an die Verfassung erinnert, in der Drummond sich an dem Abend befunden hatte, als sie in der Droschke auf dem Weg zu Lord Byam gewesen waren.

Pitt wartete. Das Schweigen füllte die warme Luft. Auf dem Gehweg ließ jemand einen Holzkasten fallen, und in der Ferne rief ein Straßenhändler seine Waren aus. Seine Rufe erreichten sie deutlich durch das offene Fenster.

»... auf eine freundschaftliche Verbindung hingewiesen haben,« beendete Drummond den Satz. »Auf eine Verpflichtung.«

»Ich verstehe«, sagte Pitt, doch er verstand keineswegs.

Vor ihm lag eine verworrene Anzahl von Möglichkeiten. Sie alle waren undurchsichtig und schienen irgendwie mit gesellschaftlichen Verpflichtungen, Geldschulden, Gunstbezeugungen, Andeutungen von Korruption – wenn auch in höflichen Worten verschleiert – und am Ende mit Erpressung und der häßlichen Leiche von William Weems zusammenzuhängen.

Drummond schob mit unglücklicher Miene die Hand in die Hosentasche.

»Wahrscheinlich ist diese Angelegenheit mit der Geliebten ein ausgezeichnetes Motiv für einen Mord«, sagte er resigniert. »Was ist mit den anderen Namen auf Weems' Liste? Haben Sie da schon etwas unternommen?«

»Noch nicht, Sir.« Pitt spürte, wie sein Mut ihn verließ. »Einer von ihnen ist bei der Polizei ...«

Drummonds Gesicht wurde blaß. »O Gott! Sind Sie sicher?«

»Ich nehme an, es besteht eine geringe Chance, daß es ein anderer mit demselben Namen ist«, sagte Pitt ohne jede Hoffnung.

Drummond starrte auf den Boden. »Also, Sie müssen ihn sich wohl vornehmen. Was ist mit dem Gewehr?« Er sah auf. »Haben Sie das schon gefunden? Sie sagten doch, daß das Gewehr da – was war es noch mal?«

»Eine Hakenbüchse«, erwiderte Pitt. »Sie hing zum Schmuck an der Wand.«

»Sie sagten, es sei nicht funktionstüchtig gewesen?«

»Das stimmt. Es hätte ihn nicht töten können, aber es muß etwas Ähnliches gewesen sein, ein großkalibriger Frontlader, damit die Münzen hineinpaßten.«

Drummond schüttelte sich. »Vermutlich haben Sie veranlaßt, daß die Polizei vor Ort danach sucht? Ja, natürlich. Entschuldigung. Nun gut, Sie müssen wohl versuchen, soviel wie möglich über die anderen auf der Liste herauszubekommen. Je länger Sie daran arbeiten, desto häßlicher wird der Fall.«

»Ja«, antwortete Pitt ihm. »Ich fürchte, das stimmt.«

5. Kapitel

Charlotte saß Emily gegenüber an einem Tisch im Hotel Metropole und spürte eine ungeheure Befriedigung. Der Abend würde wunderbar werden. Sie hatte ihr bestes Kleid an, ein Geschenk von Emily und Jack für die Hilfe in den letzten zwei Wochen, und sie war sich sicher, daß sie atemberaubend aussah. Sie war vor ihrem großen Spiegel auf und ab stolziert, verzaubert von dem Anblick der eleganten Dame, die sie erblickte – eine magische Verwandlung der Frau, die sie normalerweise dort gespiegelt sah. Die Figur der Frau im Spiegel wurde durch ein Korsett nach der neuesten Mode perfekt geformt. Die Schultern waren elfenbeinweiß und bildeten einen Kontrast zu dem Venezianischrot des Satingewandes, das nach dem letzten Schrei geschneidert war und einen modernen schmalen Rock fast ohne Tournüre hatte. Es war so hochmodisch, daß es der Mode schon fast voraus war. Charlottes Haar glänzte seidig und war wie eine Krone auf ihrem Kopf aufgetürmt, und ihr Gesicht strahlte vor Vorfreude. Sie speisten im elegantesten Hotel und wollten anschließend in die Oper gehen, wo sie nichts Geringeres als *Lohengrin* sehen würden, den Publikumsrenner der Saison. Sie selbst hätte eine italienische Oper vorgezogen, doch Wagner war in diesem Jahr *die* Sache, und wer hätte an einem Abend wie diesem daran etwas auszusetzen gehabt? Darüber hinaus war auch dies hier ein Teil von Jacks Kampagne und insofern eine Pflichtübung.

Emily trug ihre Lieblingsfarbe, ein zartes Schilfgrün. Sie fühlte sich wieder richtig wohl und sah mit ihrem hellen Haar und der alabasterweißen Haut wie eine soeben erblühte Blume aus. Ein bißchen mehr Farbe hätte ihr sicherlich gut zu Gesicht gestanden, aber der Versuch, künstlich nachzuhelfen, hatte ein so schreckliches Resultat gezeitigt, daß sie beide herzlich lachen mußten und Emily die Farbe wieder abgewischt hatte. Die Ashworth-Diamanten an den Ohren und um den Hals verliehen ihr den Glanz, an dem es ihr durch ihre etwas instabile Gesundheit mangelte. Doch sie war entschlossen, sich ihr Vergnügen in keiner Weise trüben zu lassen.

Jack saß neben Emily und warf ihr alle paar Minuten einen sorgenvollen Blick zu. Aber viel erstaunlicher als das war die Tatsache, daß Pitt dabei war. Nach langem Hin und Her hatte Charlotte einen Sieg errungen, und er trug einen geliehenen Abendanzug, der ihm überraschend gut paßte. Charlotte dachte bei sich, daß Pitts Anwesenheit Jacks klugem und äußerst taktvollem Vorgehen zu verdanken war. Pitt fühlte sich etwas unbehaglich, fuhr mit dem Finger immer wieder an seinem Kragen entlang und streckte seine Arme aus, als wären die Manschetten in die Ärmel hochgerutscht. Aber er lächelte, und wenn ihn keiner ansah, schien er sogar einigermaßen zufrieden mit sich zu sein.

Sein Wohlbefinden mochte auch, zumindest teilweise, auf die Anwesenheit eines Tischnachbarn zurückgehen, nicht die von Lord Anstiss', der eine Portion geräucherten Lachs konzentriert mit der Gabel in den Mund beförderte, sondern die von Großtante Vespasia. Ihr silberfarbenes Haar, das im Licht glitzerte, hatte sie auf ihrem Kopf zu einer kleinen Krone zusammengedreht. Ihre Augen funkelten amüsiert, und um ihre Lippen spielte ein kleines Lächeln, mit dem sie erst Charlotte und dann Pitt betrachtete. Als Pitt sich in dem ungewohnten Abendjackett entspannte, wurde ihr Lächeln, das ihre Zuneigung wie auch ihre liebevolle Belustigung ausdrückte, breiter.

Die Kellner erschienen und servierten den zweiten Gang, und Lord Anstiss fuhr mit seiner fantastischen Geschichte über die höfische Romanze des Edward Heneage Dering, der sich 1859 in Rebecca Dulcinella Orpen verliebt hatte, fort.

Dering war zu Rebeccas Tante gegangen, einer Lady Chatterton, die gut seine Mutter hätte sein können, und hatte seinen Heiratsantrag so ungeschickt vorgebracht, daß die Tante zu der Überzeugung kam, er gelte ihr selbst, und ihn unverzüglich annahm. Er war zu sehr Gentleman, um sie aufzuklären.

»Im Jahre 1865 wurden alle drei in die katholische Kirche aufgenommen«, erzählte Lord Anstiss mit einem trockenen Lächeln weiter. »Und zwei Jahre darauf heiratete Rebecca Orpen einen Freund Derings namens Marmion Edward Ferrars, der auch Katholik war.«

Charlotte war fasziniert. Hätte sie Anstiss besser gekannt, hätte sie wohl den Wahrheitsgehalt der Geschichte in Frage gestellt. So aber mußte sie sich damit begnügen, einen raschen Blick auf Großtante Vespasia zu werfen, die ihr unmerklich zunickte.

Anstiss fing den Blick auf, sah aber Charlottes Freude.

»So war es«, sagte er vergnügt. »Alle vier ließen sich in Ferrars' Haus in Baddesley Clinton häuslich nieder, ein wunderbar einsames Haus in Warwickshire mit einem Graben drumherum.«

Pitt hustete, doch Anstiss verstand das nicht als Kommentar. Tatsächlich war das ungläubige Staunen genau die Reaktion, die er sich wünschte. Er erheischte Bestätigung von Vespasia und erhielt sie umgehend.

»Ferrars war sozusagen mittellos ...«, Anstiss nahm einen Happen von seinem Teller, »... und Dering hatte eine Menge Geld, also zahlte er die Hypothek ab und ließ die alte Dorfkirche restaurieren. Die vier richteten sich ein und verbrachten ihr Leben damit, Gutes zu tun, Philosophie zu studieren und abends gemeinsam Tennyson zu lesen. Dering schrieb schlechte Romane, Ferrars, der zu Recht glaubte, er ähnele Charles I., zog sich entsprechend an und trug sein Haar danach, und Rebecca malte ziemlich gute Aquarellporträts von ihnen allen.

Lady Chatterton – sie nannte sich immer noch so – starb 1876, Marmion Ferrars 1884, und im Jahr darauf heiratete

Dering endlich Rebecca. Sie leben immer noch dort – vermutlich glücklich bis an ihr Ende.«

»Eine wunderbare Geschichte«, sagte Emily begeistert. »Und Sie schwören, daß sie wahr ist?«

»In allen Einzelheiten«, sagte Lord Anstiss und sah ihr mit einem vergnügten Lächeln in die Augen. »Viele große Menschen haben sich dem romantischen Ideal verschrieben – Künstler, Dichter, Maler und Träumer. Gerade in dieser Zeit werden wir von der ästhetischen Bewegung eingeholt, was vermutlich einen natürlichen Schritt von der völligen Unschuld zur offenkundigen ›Erfahrung‹ darstellt.«

Sie plauderten weiter, bis der Kellner den letzten Gang aufgetragen hatte. Dann begaben sie sich ein wenig hastiger als gewöhnlich, aber immer noch lächelnd, zu ihren Kutschen und ließen sich zum Opernhaus in Covent Garden fahren.

»Natürlich wird alle Welt dasein«, sagte Emily, als sie sich nur schrittweise durch den Verkehr vorwärtsbewegten. »Eigentlich muß man früh kommen, wenn man zu einer zivilisierten Zeit erscheinen will, ohne alle zu stören und übermäßiges Aufsehen zu erregen, weil man erst seinen Platz einnimmt, nachdem die Musik begonnen hat. Das ist hoffnungslos ordinär, weil es keine billigere Art gibt, alle Augen auf sich zu ziehen.« Sie machte es sich bequem. »Aber das macht nichts. Das gibt uns Zeit, Neuigkeiten auszutauschen. Ich habe dich seit Ewigkeiten nicht gesehen, Thomas.« Sie lachte und bemühte sich nicht, ihr Vergnügen zu verbergen. »Du siehst dir ja kaum ähnlich, es ist äußerst schwierig zu wissen, wie es dir geht.«

»Ich versuche mich so wenig wie möglich zu bewegen, damit ich das Hemd nicht zerknittere, das Jackett nicht zerknautsche und die Manschetten nicht im Ärmel verliere«, erwiderte er grinsend. »Aber ich bin euch sehr dankbar und freue mich auf den Abend.«

»Hast du gerade einen interessanten Fall?« fragte sie. »Vermutlich nicht, denn Charlotte hat nichts darüber erzählt. Ich bezweifle, daß selbst eine Geschichte wie die von

Lord Anstiss ihre Aufmerksamkeit mehr fesseln könnte als ein richtig guter Fall. Meine übrigens auch nicht.«

»Mord an einem Wucherer«, erwiderte er unbewegt. »Und bis zu diesem Zeitpunkt weiß ich noch nicht, ob es ein ›guter‹ Fall ist oder nicht.«

»Ein Wucherer?« Emily klang enttäuscht. Die Kutsche legte eine Strecke von etwa zwanzig Metern zurück und hielt dann erneut. Irgendwo vor ihnen machte ein Kutscher seinem Ärger laut Luft, aber es bewirkte nicht das geringste. Sie blieben dort stehen, wo sie waren. »Das hört sich nicht sehr interessant an.«

»Ich weiß ja, daß Wucherer sozusagen eine Dienstleistung anbieten.« Jack verzog das Gesicht. »Aber ich verabscheue sie. Die meisten bluten ihre Klienten aus. Tut mir leid, aber ich habe ein gewisses Verständnis für den, der ihn umgebracht hat.«

»Er war außerdem ein Erpresser«, fügte Pitt hinzu.

»Sogar viel Verständnis«, verbesserte Jack sich.

»Ich auch«, gab Pitt zu. »Er hat einige interessante Leute erpreßt – oder zumindest sieht es so aus, nach seinen Büchern zu urteilen.«

»Ach?« Emily richtete sich etwas auf. Ihr Interesse war geweckt. »Wen denn zum Beispiel?«

Pitt sah sie ohne Verlegenheit an. »Das ist zur Zeit noch vertraulich. In einem Fall geht es um eine Indiskretion und in dem anderen um eine Fehleinschätzung eines Menschen, die in einer Tragödie endete, aber in beiden Fällen handelt es sich nicht um ein Verbrechen. Dann gibt es noch andere, bei denen ich noch keine Nachforschungen angestellt habe.«

Emily war feinfühlig genug, seinen Gesichtsausdruck, den sie im Lampenlicht der Nachbarkutsche sehen konnte, richtig einzuschätzen.

»Es widert dich an. Geht es um Leute, die du bewunderst?«

Er zuckte bedauernd die Achseln. Er hatte vergessen, wie klug Emily war. Nicht so mutig und auch nicht so leidenschaftlich wie Charlotte, aber sie hatte ein besseres Urteilsvermögen, wenn es um Menschen ging. Außerdem war sie eine viel bessere Schauspielerin, wenn in einer Situation die richtige Geste oder ein bestimmter Gesichtsausdruck gefordert waren. Emily war äußerst praktisch veranlagt.

»Es sind Leute, die ich kenne«, erwiderte er. »Es ist eine Art Betrug, und ich will gar nichts über ihre Schwächen wissen, schon gar nicht, wenn sie an dem Mord nicht schuldig sind.« Emily lächelte ihn verständnisvoll an.

»Natürlich nicht.«

Pitt fummelte wieder an seinem Kragen. »Da ich weiter nichts anzubieten habe, laß uns über deine Angelegenheiten sprechen. Erzähl mir etwas über Lord Anstiss. Soweit ich weiß, ist er ein großer Mäzen der schönen Künste sowie ein Förderer politischer und gesellschaftlicher Belange. Und er ist eindeutig sehr unterhaltsam. Gibt es keine Lady Anstiss?«

»Sie starb vor vielen Jahren«, erwiderte Emily. Dann lehnte sie sich vertraulich nach vorn. »Soweit ich weiß, war es ein tragischer Tod.«

In diesem Augenblick setzte sich ihre Kutsche in Bewegung, hielt sofort wieder an und ruckelte die Insassen in ihren Sitzen. Dann fuhr sie gut vierzig Meter, bevor sie wieder zum Stehen kam.

»Aha?« Pitt bemühte sich bewußt, sein Interesse deutlich zu zeigen.

Einer weiteren Aufforderung bedurfte Emily nicht.

»Sie starb durch einen Unfall. Es war entsetzlich. Sie ist abends auf ihren Balkon getreten und über die Brüstung gestürzt. Sie muß sich weit hinausgelehnt haben, obwohl keiner weiß, warum.« Bei dem Gedanken durchlief sie ein kleines Zittern. »Dann gab es Spekulationen, daß sie zuviel Wein getrunken hätte. Es ist nicht so leicht, über die Brüstung eines Balkons zu fallen, wenn man stocknüchtern ist.«

»Was für ein Mensch war sie?« fragte Pitt und legte sein Gesicht in Falten. »Wie war sie als Frau?«

»Schön«, erwiderte Emily, ohne zu zögern. »Die schönste Frau in London, so sagte man, und vielleicht in England.«

»Und ihr Wesen?« beharrte Pitt. »War sie verwöhnt? Schöne Menschen sind oft verwöhnt.«

Charlotte verbarg ihr Lächeln und unterbrach die beiden nicht.

Es gab einen Ruck, und die Kutsche fuhr wieder an.

»Der Verkehr wird immer schlimmer«, sagte Jack ungeduldig. »Wenn das so weitergeht, müssen wir bald alle wieder laufen!«

»Das sagen die Leute schon seit Jahren«, erwiderte Emily besänftigend. »Aber es klappt trotzdem irgendwie.« Sie drehte sich zu Pitt um. »Es kann durchaus sein, daß sie verwöhnt war, aber ich habe davon nie etwas gehört. Nein, das stimmt nicht. Lord Anstiss hat etwas in dieser Richtung gesagt, aber man muß ja Rücksicht auf seine Gefühle, seine Trauer nehmen. Er hat gesagt, alle Welt hätte sie geliebt und sie hätte einen Charme gehabt, der jeden zu ihrem Sklaven gemacht habe. Ich glaube, damit hat er zugegeben, daß keiner ihr je etwas abgeschlagen hat, was ja auf dasselbe hinausläuft, nicht wahr?«

»Hört sich ganz danach an«, stimmte Pitt ihr zu.

»Allerdings hat Großtante Vespasia erzählt«, fuhr Emily fort, »sie sei ihr ein paar Mal begegnet und habe sie gemocht. Und Großtante Vespasia verabscheut Menschen, die verwöhnt sind.« Emily lächelte. »Und wenn eine Frau, die selbst einmal eine große Schönheit gewesen ist und in ihrer Zeit die Londoner Gesellschaft mit ihrem stählernen Blick beherrscht hat, jemanden schätzt, muß etwas daran sein.«

Die Kutsche rollte wieder los und legte diesmal eine beträchtliche Strecke zurück. Jack lehnte sich aus dem Fenster.

»Ich glaube, wir sind gleich da«, sagte er befriedigt.

Tatsächlich hielt die Kutsche nach wenigen Minuten vor der Oper, und sie stiegen aus. Jack bot Emily den Arm und Pitt Charlotte den seinen. So stiegen sie die Stufen zum Foyer hinauf, wo die Lichter funkelten und Kleider aus Satin, Spitze und Samt vorbeirauschten. Dazwischen sah man die schwarzen Abendanzüge der Herren und hier und da eine blitzend weiße Hemdbrust. Geschmeide aller Art glitzerte an den Ohren und Hälsen und in den Frisuren der Damen. Überall war Stimmengemurmel, das an- und abschwoll.

Charlotte spürte, wie Erregung in ihr aufstieg. Sie blickte sich um und sah die wunderbar dekorierten Wände, die geschwungene Treppe und die Kronleuchter. Um alles in sich aufzunehmen, lehnte sie sich so weit nach hinten, daß sie beinahe das Gleichgewicht verlor. Zu ihrem Glück hatte sie sich bei Pitt eingehängt. Es war alles so sprühend und voller Leben. Alle redeten und gingen herum. Die Luft schwirrte vor Kleiderrascheln und Stimmengemurmel.

Charlotte lehnte sich enger an Pitt und drückte seinen Arm, er hielt sie fester. Sie brauchten keine Worte, um sich zu verständigen, und Charlotte hätte ihr Gefühl ohnehin nicht ausdrücken können.

Als sie gerade die Treppe zu ihrer Loge hinaufstiegen, sah sie unten im Foyer deutlich Lord Byams dunklen Kopf. Die edle Form und die silbergrauen Schläfen fielen in der Menge auf. Lord Byam neigte seinen Kopf auf unverwechselbare Art, und als er sich umdrehte, um einen Bekannten zu begrüßen, sah sie seine wunderschönen Augen. Eleanor an seiner Seite war elegant, besaß aber nicht die bemerkenswerte Individualität, die ihren Mann auszeichnete. Sie wirkte irgendwie verhalten und hatte nicht seine natürliche Anmut. Keiner der beiden blickte nach oben, zudem war es unwahrscheinlich, daß sie Charlotte erkannt hätten.

Als sie oben angekommen waren, warf sie einen letzten Blick hinunter und sah den Kopf eines Mannes mit dichtem Haar, das, wie Pitts, zu lang war und die bräunliche Farbe von herbstlichem Laub hatte. Sie überlegte, ob es wohl der junge Mann sei, der auf Emilys Ball so engagiert über die Ungerechtigkeiten gesprochen hatte, die er in der internationalen Finanzwelt erkannte beziehungsweise zu erkennen glaubte.

Sie gelangten ohne Schwierigkeiten zu Emilys Loge, die ihr seit ihrer Ehe mit George Ashworth zur Verfügung stand und die sie nicht nur bei gesellschaftlichen Ereignissen benutzte, bei denen ihre Anwesenheit erforderlich war, sondern auch zu ihrem Vergnügen. Denn Emily fand genauso Freude an der Musik wie an dem festlichen Ereignis selbst.

Vespasia und Lord Anstiss saßen bereits in der Loge. Anstiss erhob sich und rückte Emily den Sessel zurecht, so daß sie sich an die Brüstung setzen konnte, von wo aus sie den besten Blick hatte. Charlotte wurde der mittlere Sitz angeboten, und Großtante Vespasia saß zu ihrer Rechten. Sobald auch die Herren Platz genommen hatten, reichte Vespasia Charlotte ihr Opernglas, damit sie den Auftakt zu der abendlichen Unterhaltung genießen konnte. Er bestand darin, die Zuschauer in den anderen Logen zu betrachten und zu beobachten, wer mit wem da war, wie alle aussahen, was sie trugen, wer sie begrüßte und wie sie sich verhielten.

Es dauerte eine Weile, bis Charlotte jemanden sah, den sie kannte. Das war nicht weiter überraschend, denn sie war nur selten in der Oper. Ihre Mutter war der Ansicht gewesen, daß ein Opernbesuch keine günstige Gelegenheit bot, einen Ehemann anzuziehen, der diese Ausgaben gerechtfertigt hätte. Als ganz besonderes Vergnügen hatte Pitt sie jedoch ein- oder zweimal ins Savoy-Theatre mitgenommen, wo sie eine Oper von Gilbert und Sullivan gesehen hatten, aber das war kaum vergleichbar.

»Wen hast du gesehen?« fragte Vespasia leise.

»Mr. Fitzherbert und Miss Morden«, erwiderte Charlotte flüsternd. »Er sieht wirklich erstaunlich gut aus.«

»Das stimmt«, gab Vespasia trocken zurück. »Viel zu gut. Und was ist mit Miss Morden?«

»Sie sieht auch gut aus«, antwortete Charlotte mit weniger Begeisterung. »Und ich glaube, sie ist sich dessen bewußt, wenn man sie da so sitzen sieht, mit einem zufriedenen Lächeln auf ihrem Gesicht.«

»Findest du?«

»So setze ich mich hin, wenn ich glaube, daß ich besonders gut aussehe«, sagte Charlotte mit verblüffender Offenheit. »Ich mag es nicht, wenn eine Frau so deutlich zeigt, daß sie mit sich zufrieden ist. Sie hält die Fäden in der Hand und betrachtet das mit Wohlgefallen.«

»Vielleicht«, sagte Vespasia abwägend. »Doch nicht jeder, der ein zufriedenes Gesicht macht, fühlt sich auch im Inneren so sicher. Ich bin überrascht, daß du das nicht weißt. Häufig verbirgt sich hinter einem fröhlichen Lachen Einsamkeit und Angst vor allem möglichen. Eine ausgelassene Nacht bedeutet noch nicht, daß ein glücklicher Morgen folgt.« Ihre Stimme wurde sanfter. »Ich glaube, meine Liebe, daß du in deiner Liebe zu Thomas ein wenig selbstzufrieden geworden bist.«

Charlotte saß sehr aufrecht und hielt das Opernglas vor die Augen, um ihr Gesicht zu verstecken. Sie hoffte, daß keiner sah, wie ihr die Farbe heiß in die Wangen stieg. Plötzlich erkannte sie mit überdeutlicher Klarheit, daß Großtante Vespasia recht hatte. Sie hatte sich an ihr Glück gewöhnt und war sich der Dinge, die am wichtigsten waren, sehr sicher. Sie drehte sich spontan zu Pitt um, der Jack und Lord Anstiss in einem Gespräch beobachtete. Er lächelte ihr zu und schnitt ein Gesicht.

Sie wandte sich wieder ab. Ihre Gefühle waren in Aufruhr, und sie starrte zu der Loge hinüber, wo Fitzherbert den Blick auf die Bühne gerichtet hatte und Odelia Morden vor sich hin lächelte. Offenbar war sie in Gedanken meilenweit von der glitzernden Menge und der steigenden Erregung entfernt. Charlotte ließ das Opernglas an dem Halbrund des Ranges entlanggleiten und entdeckte Micah Drummond, dessen Blick auf die riesige Fläche des Vorhangs gerichtet war, und drei Logen hinter ihm Eleanor Byam, die sich nach vorn beugte und mit den Händen die samtgepolsterte Brüstung fest umklammert hielt. Einen Moment lang schien sie Drummond anzuschauen, dann sah sie einen Bekannten und hob die Hand zu einem kleinen, etwas förmlichen Gruß. Neben ihr saß Lord Byam, sein Gesicht im Schatten verborgen.

Plötzlich wurde das Stimmengemurmel leiser, die Lichter erloschen, und ein auf die Bühne gerichteter Scheinwerfer erstrahlte. Die Primadonna trat vor den Vorhang, und das Orchester, das leise seine Instrumente gestimmt hatte, begann, die Nationalhymne zu spielen. Die letzten Zuschauer verstummten. Die prachtvolle Stimme der Primadonna erklang mit den Worten »God save our gracious Queen«, und die Zuschauer erhoben sich wie auf einen Befehl von ihren Plätzen.

Der Abend hatte begonnen.

Der Vorhang hob sich und gab den Blick auf ein großartiges und hell erleuchtetes Bühnenbild frei. Langsam entfaltete sich die magische Geschichte.

Charlotte mutete sie merkwürdig kühl an. Die Musik war gewaltig, mit mächtigen Akkorden, beeindruckenden Passagen und einem schwungvollen Gestus, aber sie war bar jeder persönlichen Leidenschaft, die Charlotte nach ihren wenigen Erfahrungen mit italienischen Opern erwartet hatte. Ihre Aufmerksamkeit wurde nicht gefesselt. Sie griff noch einmal nach Vespasias Opernglas und richtete es in der Hoffnung, daß man sie nicht beobachtete, auf die Zuschauer in den anderen Logen.

Während das Drama auf der erleuchteten Bühne im Rausch der Musik seinen Lauf nahm, spielten sich in den halbdunklen, mit Plüsch ausgekleideten Logen kleinere komische und tragische Szenen ab, die Charlotte fasziniert beobachtete. Ein General außer Dienst, mit Orden und Medaillen reich dekoriert, schlummerte sanft vor sich hin, während seine Frau einem jungen Leutnant in der gegenüberliegenden Loge fast unmerklich zulächelte und hinübernickte. Zwei Frauen, der Ähnlichkeit nach Schwestern, kicherten hinter ihren Fächern und flirteten mit einem beleibten Herrn, der sie ausgiebig bewunderte. Zwei Herzoginnen, mit funkelnden Diamanten geschmückt, steckten die Köpfe zusammen und machten Bemerkungen über die anderen Zuschauer. Wahrscheinlich wußten sie nicht einmal, ob es sich bei der Aufführung um *Lohengrin* oder *Mikado* handelte.

Nach dem ersten Akt gingen die Lichter wieder an, und die Zuschauer verließen ihre Plätze und genossen, jeder auf seine Art, die Pause. Jack und Anstiss entschuldigten sich und suchten das Raucherzimmer auf, in dem sich selbstverständlich nur Männer zusammenfanden, die sich dort in Gesprächen über Politik ergingen. Emily war damit einverstanden, schließlich wußte sie, daß darin der eigentliche Zweck des Abends bestand. Mit dem Opernbesuch verschaffte man sich lediglich auf zivilisierte Art eine Gelegenheit für ein solches Zusammentreffen.

Pitt, der sich nicht ganz entspannen konnte, begleitete Großtante Vespasia, Emily und Charlotte ins Foyer, wo er für alle eine kühle Limonade in hohen Gläsern bestellte. Dort begrüßten sie Bekannte, plauderten und unterhielten sich über Belanglosigkeiten. Es hatte sich eine prächtige, fröhliche und laute Menge eingefunden. Kleider raschelten, Gläser klirrten, Geschmeide funkelten und Gesichter strahlten. Charlotte fand alles um sie herum sehr aufregend und konnte ihre Aufmerksamkeit kaum länger als einen Moment auf einen Menschen konzentrieren, weil es so viel zu sehen gab.

Sie bemerkte Herbert Fitzherbert, der so nah an ihr vorbeiging, daß er beinahe ihren Ellbogen streifte. Er plauderte mit Odelia Morden. Die beiden steckten die Köpfe zusammen und lachten, vielleicht über einen kleinen Witz, den nur sie verstanden, vielleicht aber waren sie einfach nur glücklich und verliebt.

Plötzlich zuckte Odelia heftig zusammen. Als sie sich umdrehte, sah sie einen jungen Mann, der ihr versehentlich auf den Saum ihres Kleides getreten war. Er errötete vor Verlegenheit.

»Oh, das tut mir leid, Madam!« sagte er peinlich berührt. »Ich bitte vielmals um Verzeihung!«

Odelia sah ihn schreckerstarrt an. Ihr war noch unklar, welchen Schaden ihr Kleid genommen hatte. Sie fürchtete, die Naht in der Taille könne gerissen sein, was sie, sollte der Riß sich ausweiten, der Lächerlichkeit preisgegeben hätte.

Der junge Mann errötete bis an die Haarwurzeln. »Es – es tut mir ganz außerordentlich leid, Madam! Kann ich irgend etwas tun …« Er vollendete den Satz nicht, denn er merkte, daß er absolut gar nichts tun konnte und daß all seine Beteuerungen nutzlos waren.

Seine Begleiterin, eine außerordentlich hübsche junge Frau mit einer Unmenge von honigbraunem, naturgelocktem Haar und einem auffallend lebhaften Gesicht, sah sich den Schaden genauer an und lächelte Odelia zu.

»Das läßt sich mit zwei, drei Stichen am Saum schnell beheben«, versicherte sie ihr. »Es fällt überhaupt nicht auf. Ihr Dienstmädchen wird es sicherlich reparieren können. Wir müssen uns entschuldigen. Mein Bruder wurde von einem Herrn angestoßen, der nicht ganz sicher auf den Beinen war, und hat für einen Moment das Gleichgewicht verloren.« Ihr Lächeln war offen und freundlich. Sie war nicht im mindesten beschämt und auch nicht bereit, die Schuld für etwas zu übernehmen, was sich ohne ihre Absicht ereignet hatte.

Charlotte ließ sich nicht von der Menge weitertreiben, sondern blieb hinter einer hohen Topfpalme stehen, wo sie ungesehen zuhören und beobachten konnte, während Pitt und Großtante Vespasia weiterwanderten.

Odelia atmete heftig. Sie war sich noch nicht sicher, wie sie reagieren sollte. Sollte sie die Lage mit einer anmutigen Handbewegung entschärfen und der Sache ein Ende machen oder ihre Kränkung zeigen und den anderen ein unbehagliches Gefühl vermitteln? Sie warf einen Blick auf Fitz.

Fitzherbert sah der jungen Frau in das leuchtende, offene Gesicht und verneigte sich.

»Herbert Fitzherbert, Madam.« Er wandte sich zu Odelia. »Und darf ich Ihnen Miss Odelia Morden vorstellen.« Er berührte sie mit einer Geste, die seine Beziehung zu ihr deutlich machte. »Wir freuen uns, Ihre Bekanntschaft zu machen, und ein kleiner Riß im Saum ist ein unbedeutender Preis dafür. Bitte, verschwenden Sie keinen weiteren Gedanken daran.«

Die junge Frau lächelte und machte einen kleinen Knicks.

»Theophania Hilliard. Doch sollten Sie je an mich mit Namen denken, dann wäre es mir um vieles lieber, wenn

Sie an Fanny denken würden, denn so nennen mich meine Freunde. Und dies ist mein Bruder James.«

»Fanny!« sagte James hastig. »Wir haben Mr. Fitzherbert und Miss Morden bereits mehr als genug belästigt. Sie werden uns sicher nicht besser kennenlernen wollen, es könnte doch sein, daß wir dann ihre gesamte Garderobe ruinieren!«

»Sie machen es sich doch nicht zur Gewohnheit, oder?« fragte Fitz amüsiert. »Wenn es aber so ist, dann habe ich da eine Reihe von Bekannten, die ich Ihnen gerne vorstellen würde. Ich glaube, das könnte äußerst unterhaltsam sein ...«

Charlotte begab sich noch tiefer in den Schatten der Palme und raffte ihren Rock zusammen.

Ärger flammte in Odelias Gesicht auf. Sie sah Fanny an. »Er macht Witze«, sagte sie etwas unbeholfen. »Ich fürchte, sein Sinn für Humor erschließt sich nicht jedem auf Anhieb. Ich bin mir sicher, Sie treten nicht gewohnheitsmäßig ...« Sie merkte, daß es unhöflich gewesen wäre, den Satz zu beenden.

Fanny lächelte ihr kurz zu und sah dann wieder Fitz an.

»Sie brauchen nichts zu erklären«, sagte sie fröhlich. »Ich verstehe nur zu gut. Solche Reden sind wie Seifenblasen: sehr hübsch, aber sie zerplatzen, wenn man daran rührt.«

»Perfekt!« sagte Fitz sehr angetan. »Sie haben die Fähigkeit, sich sehr bildhaft auszudrücken, Miss Hilliard. Sagen Sie, gefällt Ihnen die Oper?«

»Wenn Sie die Musik meinen«, erwiderte sie und rümpfte die Nase, »nicht besonders. Es gibt keine Passagen, an die ich mich erinnern werde, und mit Sicherheit keine Melodien, die ich auf der Straße summen kann. Aber es ist ein großartiges Schauspiel, und die Geschichte ist ja sehr romantisch. Sie löst alle möglichen Träume in meinem Kopf aus, und ich habe Lust, alle großen Heldendramen über El Cid, Roland und Karl den Großen und über die Kämpfe von Roncesvalles und natürlich über King Arthur zu lesen.« Ihre Augen leuchteten, und sie schloß sie für einen Moment, als ob die Ritter in ihrer Rüstung vor ihrem geistigen Auge vorbeiritten.

»Wie charmant«, sagte Odelia trocken. »Wie entzückend, so jung zu sein und eine solch blühende Fantasie zu haben.«

Fanny riß die Augen weit auf. »Ich vermute, es läßt nach, wenn man älter wird?« Erst als die Farbe aus Odelias Gesicht wich, begriff Fanny, was für eine unglückselige Bemerkung sie gemacht hatte. Sie errötete heftig, konnte sich aber ein Kichern nicht verkneifen und legte die Hand auf den Mund. »Oh, es tut mir leid! Ich stelle mich mit meiner Zunge genauso ungeschickt an wie James mit Ihrem Kleid. Ich dachte, Sie wollten sagen, ich sei etwas naiv, aber wahrscheinlich wollten Sie das überhaupt nicht.«

Charlotte atmete tief ein, rührte sich aber nicht vom Fleck.

Odelia war in einer Zwickmühle.

»Selbstverständlich nicht«, log sie schnell. »Es ist eine ausgezeichnete Eigenschaft.« Ihr fiel nichts weiter ein, also schwieg sie.

Fitz konnte sein Vergnügen angesichts der komischen Situation kaum verbergen und biß sich auf die Lippen. »Vielleicht würde man nicht so oft über uns stolpern, wenn wir seltener im Weg stünden?« sagte er locker. »Doch ich hoffe, daß wir Ihnen schon bald wieder im Weg stehen, Miss Hilliard. Ja, ich werde darauf bestehen, daß wir es tun. Ich wünsche Ihnen weiterhin einen schönen Abend.«

»Ich danke Ihnen, Mr. Fitzherbert«, sagte sie mit leuchtenden Augen. »Wenn alle so charmant sind wie Sie, werden wir uns sicherlich vergnügen. Guten Abend, Miss Morden. Es war mir ein Vergnügen, Sie kennenzulernen.«

»Sehr erfreut«, sagte James, der sich immer noch unwohl fühlte und Odelias Blick mied. Dann nahm er den Arm seiner Schwester und verschwand mit ihr in der Menge.

»Also wirklich!« stieß Odelia zwischen den Zähnen hervor. »Der Trottel! Er hat mein Kleid zerrissen, ist dir das klar! Und sie ist mit ihrer Zunge so unbeholfen wie er mit seinen Füßen. Im gesellschaftlichen Umgang wird sie eine Katastrophe sein. Sie ist viel zu aufdringlich.«

»Ich hatte den Eindruck, sie hatte die Situation bestens im Griff«, sagte er ohne jede Verärgerung. »Es sind sehr viele Leute hier, und jeder kann einmal das Gleichgewicht verlieren und mit jemandem zusammenstoßen, ohne es zu beabsichtigen oder ohne es verhindern zu können.« Er warf ihr einen schrägen Blick zu. »Außerdem weiß man nie, wie die Gesellschaft reagiert. Sie richtet ihre Aufmerksamkeit manchmal auf die merkwürdigsten Menschen – viel merkwürdigere als diese junge Dame.«

»Du hast kein Gefühl für so was, Fitz«, sagte sie, hakte sich bei ihm unter und schmiegte sich an ihn. »Du wirst lernen müssen, zwischen den Menschen zu unterscheiden, die man gesellschaftlich kennen sollte, und jenen, zu denen man einfach nur höflich ist, weil man nicht als schlecht erzogen gelten möchte.«

»Das hört sich in meinen Ohren äußerst langweilig an«, sagte er naserümpfend. »Ich glaube nicht, daß ich meine Bekannten nach diesen Kriterien einteilen möchte.«

Odelias Antwort war nicht mehr zu verstehen, weil die beiden weitergingen, und Charlotte wünschte sich, daß Fitz und Jack bei der Kandidatur nicht Konkurrenten wären, denn sie fand großen Gefallen an Fitz. Andererseits sagte ihr Odelia Morden lange nicht so zu. Sie hoffte, daß Emily es mit ihr würde aufnehmen können, aber sie war sich nicht so sicher. Miss Morden schien unter diesem selbstgefälligen und hübschen Gesicht eine stählerne Härte zu besitzen.

Auch während des zweiten Aktes mußte Charlotte feststellen, daß ihre Aufmerksamkeit nicht gefesselt wurde. Durch Vespasias Opernglas konnte sie die Zuschauer, die sich in ihren Logen vorgebeugt hatten, im Scheinwerferlicht deutlich erkennen.

Während sie so unauffällig wie möglich die Leute in den Logen auf der anderen Seite beobachtete, sah sie, wie der Vorhang am Ausgang einer der Logen zurückgezogen wurde und die eindeutig erkennbare Gestalt Micah Drummonds hereinkam. Sie erinnerte sich an ihn mit besonderer Dankbarkeit für das große Verständnis, das er ihr gegenüber gezeigt hatte, als sich die Situation um die Morde auf der Westminster Bridge so zugespitzt hatte, daß es nur natürlich gewesen wäre, auf sie wütend zu sein. Statt dessen war er so einfühlsam gewesen, daß sie ihre eigenen Fehler hatte zugeben können, ohne das Bedürfnis zu verspüren, sich zu verteidigen, was normalerweise ihre Reaktion gewesen wäre. Damals war sie über alle Maßen verängstigt und voller Schuldgefühle gewesen.

Jetzt stellte sie die Sehschärfe mittels des kleinen Rädchens an ihrem Opernglas besser ein und beobachtete Drummonds konzentriertes, angespanntes Gesicht, während er mit dem Paar in der Loge sprach. Sie konnte nur den Hinterkopf der Frau sehen und ihr schönes schwarzes Haar, das im hochmodischen griechischen Stil hochgesteckt und mit Perlen geschmückt war. Sie saß sehr aufrecht, die weißen Schultern leuchteten deutlich. Micah Drummond verneigte sich vor ihr und küßte ihr die Hand. Die Geste war so zärtlich, daß Charlotte den Eindruck hatte, es sei mehr als nur förmliche Höflichkeit und habe eine eigene Bedeutung. Charlotte durchlief ein leichtes Zittern bei dem Gedanken an die Frau – wer sie auch sein mochte. Es kam ihr vor, als ob sie selbst in der dunklen Loge säße und seine Lippen auf ihrer Haut fühlte.

Der Mann bewegte sich an der Rand der Loge, so daß sein Gesicht nun im Halbschatten war und Charlotte sein Profil sehen konnte. Er kam ihr bekannt vor. Die gerade, etwas kurze, vorstehende Nase war ihr vertraut, ebenso die Form seines Kopfes und das glatt anliegende Haar. Aber ihr fiel nicht ein, wer es sein könnte.

Drummond drehte sich mit sorgengefurchter Stirn zu dem Mann um und fing an zu sprechen. Der Mann hörte ihm aufmerksam zu und beugte sich etwas vor.

Charlotte bewegte das Opernglas weiter und sah Odelia Morden und Fitz, die ganz nah beieinander saßen, seine Augen waren auf die Bühne gerichtet, ihre auf ihn.

Sie blickte auf die Bühne, als die Musik sich langsam zu einem Höhepunkt emporschwang, nach dem Beifall ausbrach.

Als sie das Opernglas wieder zu der Loge schwenkte, wo sie Micah Drummond gesehen hatte, war er nicht mehr da, und der Mann schien genau in ihre Richtung zu starren, was ihr sehr unangenehm war. Er schien so nah, daß es ihr vorkam, er könne sie ebenso klar sehen wie sie ihn. Zwar hatte er kein Opernglas, aber ihres vergrößerte ihn auf beängstigende Weise, und sie fühlte sich als Eindringling ertappt. Auf seiner Miene lag ein merkwürdiger Ausdruck, den sie nicht deuten konnte. Sein Gesicht war im Halbdunkel, nur der Mund wurde erhellt. Er wirkte melancholisch, verletzlich, und zugleich schien er von einer Intensität der Empfindung, die alles andere als passiv war, aber trotzdem die Bereitschaft ausdrückte, Schmerzen zu empfangen, ja sie fast erwartete.

Die Frau in der Loge lehnte sich über die Brüstung und sah zur Bühne. Jetzt, da ihr Profil im Lichtschein sichtbar wurde, erkannte Charlotte Eleanor Byam, und im selben Moment wußte sie auch, daß Lord Byam der Mann neben ihr war, dessen Kopfform und tiefliegende Augen sie erkannt hatte.

Auch er beugte sich vor, und Charlotte bemerkte mit Erleichterung, als ob das ihre Unschuld bewies, daß er nicht sie im Auge hatte, sondern jemanden, der links von ihr saß. Mit einem geflüsterten Dankeschön reichte sie Vespasia das Opernglas zurück und konnte so den Blick unauffällig nach links richten. Der einzige, der dort saß, war Lord Anstiss, und der war völlig versunken in das Bild der Sänger auf der hell erleuchteten Bühne, als gäbe es um ihn herum nichts und niemanden, auch keine anderen Zuschauer.

Die zweite Pause war weniger unterhaltsam, aber Charlotte genoß den Abend mit seinem Funkeln und dem Gelächter, dem Rascheln von Seide und Taft. Sie hatte das Gefühl, auf Wolken zu schweben, und sie wollte alles in sich aufnehmen, so daß sie sich noch Jahre später daran erinnern würde, wenn sie wieder in ihrem normalen Leben war mit dem gewöhnlichen Tagesablauf und den vertrauten, sich immer wiederholenden Aufgaben. Sie würde Gracie, die jede Einzelheit erfahren wollte, möglichst ausführlich Bericht erstatten müssen.

Pitt lehnte mit dem Rücken an einer Säule; in dieser Pause hatte er den Damen gegenüber weniger Pflichten. Emily war in Jacks Begleitung, Lord Anstiss hatte sich angeboten, eine Erfrischung für Großtante Vespasia zu besorgen, was diese dankbar angenommen hatte, und Charlotte war von dem Treiben um sie herum zu sehr fasziniert, als daß sie an einer Erfrischung interessiert gewesen wäre.

»Gefällt es dir?« fragte Pitt leise, legte seinen Arm um ihre Schultern und beugte sich zu ihr herab, damit sie seine Stimme in dem allgemeinen Getümmel hören könnte.

Sie sah ihn wortlos an, das Glücksgefühl war immer noch zu überwältigend, als daß sie es in Worte hätte kleiden können, die ihm ohnehin nicht gerecht geworden wären. Sie standen nebeneinander und betrachteten die vorbeiziehenden Menschen, die sich zu zweit, zu dritt oder in größeren Gruppen zusammengetan hatten oder einzeln umherschlenderten. Die Pause war schon zur Hälfte verstrichen, da sah Charlotte die große, schlanke Gestalt eines Mannes, der so tief in Gedanken versunken war, daß er die Menschen um sich herum nicht als Einzelpersonen, sondern nur als bunte Menge, ähnlich einer Blumenwiese, wahrzunehmen schien. Nach ein paar Sekunden erkannte sie in ihm Peter Valerius, den jungen Mann, der auf Emilys Ball so leidenschaftlich über Tauschhandel und Zinswucher gesprochen hatte. Es war ein Thema, für das sie sich nicht im geringsten interessierte, aber sein Gesicht hatte eine solche Intensität des Gefühls ausgedrückt, daß sie sich zu ihm hingezogen gefühlt hatte, obwohl sie sich mit solch theoretischen Fragen nicht beschäftigte. Er schien allein zu sein, und sie fragte sich, warum er ein in vieler Hinsicht sehr oberflächliches gesellschaftliches Ereignis besuchte.

Kurz nachdem er an ihnen vorbeigeschlendert war, sah sie Lord und Lady Byam. Sie gingen nah nebeneinander, waren aber nicht untergehakt. Lady Byam hielt sich sehr gerade. Er schien etwas geistesabwesend und nachdenklich. Er drehte sich um, als er etwas aus dem Augenwinkel wahrnahm, und sah Pitt, dessen Gestalt über die Menge herausragte und sich gegen den hellen Stein der Säule abhob. Ein flüchtiges Erkennen flackerte über sein Gesicht, dann deutete eine steile Falte auf der Stirn seine Verwirrung an, weil es ihm nicht gelang, Pitt einzuordnen.

Es dauerte nur einen kurzen Augenblick. Byam ging weiter, und seine Aufmerksamkeit wurde von jemand anderem in Anspruch genommen. Pitt lächelte ironisch.

»Das ist Lord Byam«, flüsterte Charlotte. »Kennst du ihn?«

Pitts Lächeln wurde milder, nachdenklich. Er traf eine Entscheidung für sich. Er stellte sich so vor sie, daß er die Gruppe lachender Menschen hinter sich verdeckte.

»Ja. Ich kenne ihn. Der Wucherer, dessen Mord ich aufklären soll, hat Lord Byam wegen des Todes von Lady Anstiss erpreßt.«

»Was?« Sie sah ihn erstaunt an. »Laura Anstiss. Aber was hatte er damit zu tun? Es war doch ein Unfall, oder nicht?«

»Nein«, sagte er ganz leise. »Sie hatte sich leidenschaftlich in Byam verliebt, der Anstiss' bester Freund war, und als er ihre Liebe nicht erwiderte, hat sie sich das Leben genommen. Sie haben es verschleiert, um ihren Ruf zu schützen – und natürlich auch den der Familie.«

»Oh.« Charlotte war sprachlos. Viele Gedanken schossen ihr durch den Kopf: Leidenschaften, tragische Ereignisse, eine schöne Frau, einsam, zurückgewiesen und verzweifelt. Sie konnte sich das Ausmaß von Lord Anstiss' Trauer kaum vorstellen und das Gefühl, von einem Menschen, den man für seinen Freund gehalten hat, betrogen worden zu sein. Byams Schuld. All das lag zwanzig Jahre zurück. Doch was waren ihre Gefühle jetzt? Was hatten die Jahre zu heilen vermocht? War das der Grund für den eigentümlichen Gefühlsausdruck auf Lord Byams Gesicht gewesen, als er aus dem Schatten seiner Loge Lord Anstiss betrachtet hatte?

Es läutete, und sie mußten ihre Plätze wieder einnehmen. Charlotte nahm Pitts Arm, schwebte erhobenen Hauptes die Treppe hinauf und bahnte sich einen Weg durch die plaudernde und lachende Menge, an raschelnden Gewändern und klackenden Absätzen vorbei. Zum Glück achtete er auf den Weg, so daß sie sich nicht darum zu kümmern brauchte.

Der letzte Akt war der dramatische und musikalische Höhepunkt, und Charlotte widmete ihm, wenigstens äußerlich, ihre Aufmerksamkeit. Im Inneren beschäftigte sie sich mit dem aufregenderen und unmittelbareren Drama in den Gesichtern von Byam und Fitz und in den leuchtenden Augen von Fanny Hilliard.

Nachdem sich der Vorhang zum letzten Male gesenkt hatte und der Applaus verklungen war, reihten sie sich in die Menge ein und bewegten sich ganz langsam die Treppe hinunter, wobei sie so taten, als sei ihnen das Gedränge und das lange Warten gleichgültig. Es hatte gar keinen Sinn, sich vorzudrängeln, zu leicht konnten sie sich aus den Augen verlieren, und ihre Kutsche wäre ohnehin noch nicht da.

Fast eine Stunde später saßen sie in einem Lokal an einem kleinen, eleganten Tisch und plauderten. Anstiss und Jack redeten leise miteinander und tranken Champagner, und Emily erzählte Pitt alles über Eleanor Byam, woran sie sich erinnern konnte.

»Hat dir die Oper gefallen?« fragte Großtante Vespasia Charlotte mit einem Blick auf deren erregtes Gesicht und lächelte.

»Ja«, erwiderte Charlotte mehr oder weniger wahrheitsgemäß. Dann mußte sie hinzufügen: »Aber ich bin mir nicht sicher, daß ich die Geschichte verstanden habe, und ich glaube nicht, daß ich mich an die Musik erinnern werde. An das Bühnenbild werde ich mich bestimmt erinnern. Das war großartig, fandest du nicht auch?«

»Das beste, was ich je gesehen habe«, sagte Großtante Vespasia und lächelte immer noch.

Charlotte zog die Stirn kraus. »Gibt es in Opern nicht auch Lieder, die man nachsingen kann, wie im Varieté?«

Vespasias silberfarbene Augenbrauen gingen in die Höhe. »Mein liebes Mädchen, ich habe keine Ahnung.«

Charlotte war enttäuscht. »Aber du gehst doch häufig in die Oper, oder?«

Vespasias Lippen bebten. »Sicherlich. Im Varieté bin ich allerdings selten.«

»Ach so!« Charlotte war verwirrt. »Entschuldigung!«

Vespasia fing an zu lachen. »Ich habe gehört, daß Vesta Tilley ein oder zwei Lieder singt, die zum Mitsingen sind«, sagte sie und begann in einem lieblichen Alt, eine flotte Melodie zu summen. Nach einigen Takten hörte sie auf. »Tut mir leid, mehr weiß ich nicht. Hübsch, nicht wahr?«

Auch Charlotte mußte jetzt lachen und spürte, wie die Ausgelassenheit in ihr aufstieg, bis sie sie nicht mehr zurückhalten konnte.

Es war fast zwei Uhr morgens, alle waren müde und unterdrückten ein Gähnen, bei den Frauen machten sich die engen Schuhe und noch mehr die enggeschnürten Korsetts bemerkbar, als Lord und Lady Byam auf dem Weg nach draußen an ihrem Tisch vorbeikamen. Lord Anstiss saß neben Jack und sah sie kommen, so daß eine Begrüßung unumgänglich war.

»Guten Abend.« Lord Byam sprach als erster, da er zu ihrer Runde hinzugetreten war. Ein merkwürdiger Ausdruck stand in seinem Gesicht, seine Augen wanderten ruhelos von einem zum andern. Wäre es nicht lächerlich gewesen, dann hätte Charlotte gedacht, er suche so etwas wie eine Erwiderung auf sein Gefühl. Daß sie nicht kam, schien ihn nicht zu überraschen, ihn aber dennoch zu verletzen. Vielleicht war es auch nicht lächerlich, wenn das, was Pitt gesagt hatte, stimmte und der tragische Tod von Lady Anstiss mit Byam zu tun hatte. Anstiss war immer noch allein, er hatte nicht wieder geheiratet. Vielleicht war unter seinem scharfen Witz und seiner gefaßten Haltung die Wunde noch frisch. Er hatte Laura geliebt, und immer noch konnte keine andere Frau ihre Stelle einnehmen. Es war Schuld und ein Hoffen auf Vergebung, das Charlotte in Byams Augen gelesen hatte, und in Anstiss sah sie Höflichkeit und nach außen das Verhalten eines anständigen Mannes, der versuchte, seiner Christenpflicht zu genügen.

Byam stand vor ihrem Tisch.

Anstiss lehnte sich eine Idee auf seinem Stuhl zurück und sah zu ihm auf. »Guten Abend, Byam«, sagte er freundlich, doch ohne Wärme. Dann lächelte er. »Guten Abend, Lady Byam. Wie schön, Sie zu sehen. Hat Ihnen die Oper gefallen?«

Sie erwiderte sein Lächeln, jedoch lag ein Schatten über ihren Augen, eine Unsicherheit unter dem höflichen Verhalten, das sie in langen Jahren verinnerlicht hatte. »Es war ein Genuß«, lautete ihre floskelhafte Antwort. Man drückte seine Gefühle nur dann aus, wenn man sich auf eine Diskussion einlassen wollte. »Die Inszenierung war wundervoll, nicht wahr?«

»Die beste, die ich je gesehen habe«, bestätigte er, ebenfalls der Form genügend. Sein steter Blick richtete sich auf Byam. Wäre Anstiss nicht ein zuvorkommend höflicher Mensch gewesen, hätte Charlotte diesen Blick als aggressiv empfunden.

Byam machte einen Schritt in Richtung Tür und sah dann auf Anstiss zurück, der ihn immer noch mit seinem Blick festhielt.

Eleanor Byam war stehengeblieben, eine Falte stand auf ihrer Stirn, und sie suchte nach Worten.

Unter der Oberfläche konnte Charlotte eine Spannung spüren, die fast mit Händen zu greifen war. Sie warf einen Blick auf Emily, dann auf Pitt, der die Szene konzentriert verfolgte. Jack war verunsichert und wußte nicht, was er tun sollte. Charlotte konnte es nicht ertragen.

»Sind die Wagnerschen Opern immer so?« fragte sie, um das Schweigen zu brechen. Es kümmerte sie nicht, wieviel Unwissenheit sie an den Tag legte. »*Lohengrin* ist die erste, die ich gesehen habe, und es kommt mir alles ein wenig unwahrscheinlich vor.«

Der Augenblick war vorüber. Eleanor stieß einen hörbaren Seufzer aus. Byam entspannte sich.

Anstiss drehte sich mit einem charmanten Lächeln zu Charlotte um, den Rücken Byam zugewandt. »Meine Liebe, das meiste ist weit unwirklicher als das, was Sie heute abend gesehen haben, das dürfen Sie mir glauben. Es war irdisch und vernünftig im Vergleich zum *Ring*, der sich mit Göttern und Göttinnen, Ungeheuern, Riesen und Zwergen und allerlei unwahrscheinlichen, wenn nicht gar unmöglichen Ereignissen befaßt.« Seine Augen blitzten vor Witz und Fantasie. »Ich glaube, Ihnen würden die italienischen Opern viel besser gefallen, wenn Sie Geschichten über normale Männer und Frauen und über Situationen, mit denen Sie sich identifizieren können, mögen.« Er spürte, daß dies ein wenig herablassend klang, und fügte, um die Wirkung abzumildern, hinzu: »Ich gebe zu, daß es mir so geht. Mir reicht eine sehr kleine Menge von Mythologie auf diesem Gebiet. Es ist mir lieber, wenn fantastische Geschichten, wie zum Beispiel die von Gilbert und Sullivan, auch ein humorvolles, vielleicht sogar ein absurdes Element beinhalten statt der deutschen Angst. Gilberts und Sullivans Opern bestehen aus einer Mischung aus Raffinesse und Unschuld, die mich anspricht.«

»Sie sind zu britisch«, sagte Byam hinter seinem Rücken. »Wagner würde sagen, Ihre Fantasie ist zu bodenständig. Wir machen uns über Gottes Schöpfung lustig, weil wir sie nicht verstehen, und können eine intellektuelle Leidenschaft nicht aushalten, weil wir auf dieser Ebene noch Kinder sind.«

Anstiss schwang herum. »Würde er das wirklich?« fragte er kühl. »Wo haben Sie das gehört?«

»Ich habe es nicht gehört«, gab Byam schroff zurück, »ich habe es entnommen. Wenn Sie mich jetzt entschuldigen wollen. Es war ein großartiger Abend, aber jetzt ist es sehr spät, und ich bin durchaus bereit, mich zu meiner Kutsche zu begeben und nach Hause zu fahren.«

»Selbstverständlich.« Anstiss lächelte jetzt wieder. »Ein solcher Vergleich von zwei philosophischen Richtungen läßt sich auch verschieben. Wir wollen Sie nicht aufhalten. Gute Nacht, Lady Byam.«

Byam zögerte einen Moment, als wolle er die Diskussion fortführen.

»Gute Nacht, Mylord«, sagte Eleanor, wobei es ihr nicht gelang, die Erleichterung aus ihrer Stimme herauszuhalten.

Dann nahm sie Byams Arm und zog ihn mit sich, gemeinsam gingen sie zwischen den anderen Tischen hindurch zum Ausgang, ohne einen Blick zurückzuwerfen.

Charlotte sah Pitt an, doch der starrte mit gerunzelter Stirn nachdenklich auf einen Punkt in weiter Ferne.

»Wieviel wurde gesagt, das nichts mit dem zu tun hatte, was gemeint war?« sagte Großtante Vespasia fast flüsternd, so daß Charlotte es gerade noch vernehmen konnte.

»Was meinst du damit?«

»Ich habe keine Ahnung«, sagte Vespasia, »oder doch nur eine vage. Aber ich könnte schwören, daß die ganze Unterhaltung lediglich ein Mittel dazu war, eine Vielzahl von Gefühlen zu übermitteln, die nichts mit Herrn Wagner und seinen Opern zu tun hatten. Das trifft wahrscheinlich auf eine Menge von Gesprächen zu mit ihren Floskeln wie ›Guten Abend‹ und ›Wie geht es Ihnen?‹. Wir nehmen nur Maß aneinander. So haben wir einen Vorwand, uns anzustarren und uns in die Augen zu sehen, was ja ganz unakzeptabel wäre, wenn wir schweigend voreinander stünden.«

Bevor Charlotte eine Antwort einfiel, mit der sie sicherlich ihre Zustimmung ausgedrückt hätte, näherte sich ihnen eine größere Gruppe, die sich auch auf den Ausgang zubewegte. Charlotte erkannte den Mann sofort, obwohl es einen Moment dauerte, bis ihr der Name einfiel. Als er kurz vor ihrem Tisch ankam, erinnerte sich Charlotte. Es war Addison Carswell, und sie hatte ihn auf Emilys Ball kennengelernt. Seine Frau, die Charlotte für ihre vernünftigen Standpunkte bewundert hatte, war bei ihm, ebenso wie die drei blonden, unverheirateten Töchter, die in Abstufungen von Rosa bis hin zum tiefsten Weinrot gekleidet waren. Sie erinnerten Charlotte an ein Feld mit wunderschönen, voll erblühten, farblich zueinander passenden Malven. Zusammen boten sie einen großartigen Anblick, eindrucksvoller, als jede einzelne von ihnen hätte sein können. Charlotte würdigte Mrs. Carswells Strategie.

Aus dem Augenwinkel warf Carswell einen Blick zu ihrem Tisch hinüber, wie man es tut, wenn man nicht in einer Unterhaltung begriffen ist. Seine Augen wanderten über Jack und Emily, er nickte Großtante Vespasia zu, ohne daß er wußte, wer sie war, ihre Haltung verlangte das einfach. Dann fiel sein Blick auf Pitt, worauf sich seine Miene versteinerte und sein Körper steif wurde, so daß er sich plötzlich etwas unbehaglich in seinen Kleidern zu fühlen schien. Er wirkte müder als noch einen Augenblick zuvor, als wären die Ereignisse des Abends plötzlich auf ihn eingestürmt und hätten ihn erschöpft. Daß er Pitt erkannte, war deutlich, aber er machte nicht die geringsten Anstalten, mit ihm zu reden oder ihn auch nur zu begrüßen.

Charlotte wurde mit Verwunderung klar, daß die Umstände, unter denen er Pitts Bekanntschaft gemacht hatte, mit dessen Beruf zu tun haben mußten, und daß ihm das Sorgen verursachte. Außerdem wußte seine Frau offenbar nichts davon, sonst wäre er jetzt nicht stillschweigend darüber hinweggegangen.

Regina Carswell hingegen hatte Charlotte erkannt und blieb aus Höflichkeit stehen, um ein paar Worte mit ihr zu wechseln.

»Guten Abend, Mrs. Pitt. Wie schön, Sie wiederzusehen. Ich hoffe, es geht Ihnen gut?«

»Sehr gut, danke schön, Mrs. Carswell«, erwiderte Charlotte. »Wie freundlich von Ihnen, uns zu begrüßen.« Sie drehte sich zu Vespasia um. »Großtante Vespasia, darf ich dir Mrs. Carswell vorstellen? Ich weiß nicht, ob ihr euch bereits kennt.« Und sie stellte alle im Kreis herum vor, auch Pitt und Mr. Carswell. Die beiden wechselten ein paar förmliche Worte miteinander, ohne den kleinsten Hinweis darauf zu geben, daß sie sich bereits kannten.

Man tauschte noch gespreizte Höflichkeiten aus und versuchte, die passenden Worte über die Lippen zu bekommen. Aber die Köpfe waren schon zu müde, um die nötigen Trivialitäten zu formulieren und die darunterliegende Anspannung zu überdecken, als sie durch Herbert Fitzherbert und Odelia an seinem Arm darauf aufmerksam gemacht wurden, daß sie den Gang blockierten. Odelia wirkte inzwischen wieder gefaßt, ihr Gesicht strahlte Ruhe und Zufriedenheit aus, und ihr Haar hatte sich trotz der fortgeschrittenen Stunde nicht aus der Frisur gelöst.

»Entschuldigung!« Carswell sammelte sich und ergriff die Gelegenheit, sich zu entfernen. »Wir stehen Ihnen im Weg, Sir«, sagte er eifrig. »Ich bitte um Verzeihung. Wenn Sie uns entschuldigen wollen?« Er verneigte sich flüchtig vor Großtante Vespasia und wollte schon gehen.

»Das macht nichts«, sagte Fitzherbert rasch und bemerkte Carswells panikerfüllten Gesichtsausdruck offenbar nicht. »Gnädiger Herr, wir haben nicht den Wunsch, Ihr Zusammentreffen zu stören. Das wäre unverzeihlich.« Er warf Großtante Vespasia ein bezauberndes Lächeln zu und ließ dann seinen Blick über Jack und Emily schweifen. »Freue mich, Sie zu sehen, Radley, guten Abend, Mrs. Radley. Was für ein fantastischer Abend, nicht wahr? Ah, Mrs. Pitt. Sie sehen hervorragend aus, wenn ich mir die Dreistigkeit erlauben darf, das zu sagen.« Er wußte sehr gut, daß er das durfte.

Charlotte hätte ihn gerne in seine Schranken gewiesen oder wenigstens das zufriedene Lächeln von seinem Gesicht gewischt, aber sein Charme war so spontan, daß sie nicht wußte, wie sie es anstellen sollte, ohne unhöflich oder verletzend zu sein, denn damit hätte sie ihr Ziel völlig verfehlt. Vielleicht tat sie Jack unrecht. Er war selbst durchaus in der Lage, es mit Herbert Fitzherbert aufzunehmen. Und wenn nicht, war es vielleicht besser, wenn er die Kandidatur nicht für sich entschied.

»Danke«, sagte sie mit einem liebenswürdigen Lächeln. »Ich habe den Abend so sehr genossen, daß ich mich hervorragend fühle. Guten Abend, Miss Morden. Wie schön, Sie wiederzusehen.«

Odelia lächelte eine Spur zu steif, und es gab eine weitere Runde förmlicher Vorstellungen. Carswell hatte den Punkt verpaßt, an dem er hätte gehen können, ohne daß es abrupt und unhöflich gewirkt hätte. Er murmelte eine höfliche Floskel, und die Konversation über den Abend wurde fortgesetzt.

Er glaubte, eine zweite Chance böte sich, als sie wiederum bemerkten, daß sie anderen Gästen den Weg zur Tür verstellten. Doch als er sich umdrehte, um sich zu entschuldigen und Platz zu machen, wurde er plötzlich stocksteif. Das Blut stieg ihm ins Gesicht und wich dann wieder, so daß er aschfahl wurde. Neben ihm standen Theophania Hilliard und ihr Bruder. Auch ihr lebhaftes Gesicht war blaß, aber möglicherweise aus Müdigkeit. Schließlich war es längst zwei Uhr morgens vorbei.

»Ich – äh ...«, stammelte Carswell. Er schien in sich zusammenzusacken. »Es tut mir leid, Miss – äh ...«

»Das macht doch nichts«, sagte Fanny mit heiserer Stimme. »Wir möchten Sie nicht belästigen.« Sie schluckte. »Es war unhöflich von uns. Wir werden einen anderen Weg nehmen – bitte ...«

»Ich – äh – sehr ...« Carswell atmete schwer.

»Kommt überhaupt nicht in Frage«, sagte Fitz fröhlich. »Miss Fanny Hilliard, kennen Sie Mr. Addison Carswell und Mrs. Carswell? Und die jungen Damen Carswell?« Fitz, dem die Beklommenheit der Anwesenden überhaupt nicht auffiel, begann, sie miteinander bekannt zu machen. Carswell sah für den winzigen Bruchteil einer Sekunde zu Pitt hinüber und dann wieder weg. Hätte Charlotte ihn nicht beobachtet, wäre ihr der Kummer und die stumme Bitte vielleicht entgangen, so schnell verschwand dieser Ausdruck wieder.

Pitt erwiderte seinen Blick ausdruckslos und stumm. Wenn er etwas fühlte, gab er es nicht preis.

Allmählich fing Carswell sich wieder, und seine Wangen nahmen ihre normale Farbe an.

»Es freut mich sehr, Sie kennenzulernen, Miss – äh – Hilliard«, sagte er mit belegter Stimme. »Verzeihen Sie, daß wir uns so schnell verabschieden, aber wir wollten ohnehin gehen, und es ist sehr spät. Ich wünsche Ihnen einen guten Abend.«

»Guten Abend, Sir«, sagte Fanny mit zu Boden gesenkten Augen. »Gute Nacht, Mrs. Carswell.« Sie hob den Blick und betrachtete Regina interessiert

Regina war zu müde, um es zu bemerken.

»Guten Abend, Miss Hilliard. Komm, Mabel.« Mrs. Carswell hob ihre Stimme ein wenig, um Mabel zu rufen, die angefangen hatte, sich mit Odelia zu unterhalten. »Komm, Liebes. Es ist längst Zeit, daß wir nach Hause kommen.«

»Ja, Mama«, sagte Mabel gehorsam, entschuldigte sich mit einem kleinen Schulterzucken und folgte ihren Schwestern.

»Es ist mit Sicherheit Zeit für uns zu gehen«, sagte Charlotte und sah Emily an. »Vielleicht finden wir eine Droschke, denn es ist ja lästig für euch, diesen Umweg zu machen, wenn wir nach Bloomsbury müssen und ihr nach Mayfair. Du solltest längst im Bett sein.«

Emily war tatsächlich ziemlich müde, und Jack war, seinem Gesichtsausdruck nach zu urteilen, besorgt um sie. Er hatte seinen Arm um ihre Schultern gelegt.

»Ich werde euch in meiner Kutsche nach Hause bringen«, verkündete Großtante Vespasia und erhob sich. »Es ist nicht sehr weit, und ich schlafe sowieso immer viel länger, als ich sollte.«

»Das kommt gar nicht in Frage«, sagte Pitt entschieden. »Es war ein wunderbarer Abend, und ich werde ihn mir nicht verderben lassen, indem du unsretwegen diesen Umweg machst und mindestens eine halbe Stunde später nach Hause kommst. Wir werden eine Droschke nehmen.«

Großtante Vespasia erhob sich würdevoll und starrte Pitt mit einer Mischung aus Zuneigung und Empörung an.

»Ich bin keine gebrechliche alte Dame, der man über die Straße hilft, Thomas! Ich bin durchaus in der Lage, meine Kutsche so zu benutzen, wie ich es will.« Ein kleines Lächeln umspielte Pitts Mundwinkel, er wußte haargenau, warum sie sie heimfahren wollte. »Und ich kann morgen so lange im Bett bleiben, wie ich will. Bis zum Lunch, wenn es mir so gefällt, und diese Möglichkeit hast du ja nicht. Ich werde euch zu eurem Haus in Bloomsbury bringen und danach selbst nach Hause fahren.« Sie sah Charlotte aus ihren grauen Augen an, und Pitt tat, wie man ihm geheißen hatte.

Sie verabschiedeten sich von Emily und Jack und dankten ihnen erneut für ihre Großzügigkeit, dann trugen sie dem Portier auf, Vespasias Kutsche zu rufen. Als sie in den Polstern saßen, die Türen geschlossen waren und die Fahrt begann, sah Vespasia Pitt an, der als Gentleman selbstverständlich mit dem Rücken zur Fahrtrichtung saß.

»Nun, Thomas«, begann sie leise. »Ist dies ein Fall, den du nicht offen bereden kannst?«

»Er ist – vertraulich«, antwortete er ausweichend. Er lächelte nicht, aber seine Augen leuchteten im Licht der Kutschenlampen. Er und Vespasia verstanden sich stillschweigend, sie mußten weder ihre eigenen Gefühle noch ihr Mitgefühl in Worte kleiden.

»Vielleicht geht es nur um Schulden und um Verzweiflung«, fuhr er fort, »vielleicht aber auch um Erpressung. Ich weiß es noch nicht. Aber Mord ist es mit Sicherheit.«

»Natürlich«, stimmte sie seufzend zu. »Man würde dich ja auch nicht mit einem weniger schweren Fall betrauen.«

Seine Antwort ging im Poltern der Kutschenräder unter, aber anscheinend brauchte Vespasia sie auch nicht zu hören.

»Wer wurde ermordet?« Ihre Stimme ließ keine Ausflüchte zu.

»Ein besonders unangenehmer Wucherer«, erwiderte er.

Charlotte schmiegte sich tiefer in die Polster und zog ihr Cape fester um sich. Sie hörte zu und hoffte, weitere Einzelheiten zu erfahren.

»Wen erpressen denn Wucherer, um Himmels willen?« sagte Vespasia angewidert. »Ich kann mir nicht vorstellen, daß sie Kontakte zu jemandem haben, der dich interessiert. Es ist ja wohl kaum eine politische Angelegenheit – oder etwa doch?«

Er lächelte, und seine Zähne blitzten im Licht eines vorbeifahrenden Brougham weiß auf.

»Es könnte schon sein.«

»Wirklich? Nun, wenn ich dir behilflich sein kann, wirst du es mich ja wissen lassen.« Es war als höfliches Angebot formuliert, hatte aber auch etwas von einem herrischen Befehl.

»Selbstverständlich tue ich das«, bestätigte er ehrlich. »Ich wäre sowohl undankbar als auch schlecht beraten, wenn ich es nicht täte.«

Vespasia schnaubte gedämpft und sagte nichts.

Am folgenden Tag ging Pitt früh auf die Wache, und Charlotte bemühte sich nach Kräften, einige der häuslichen Arbeiten zu verrichten, die sie schon am Tag zuvor hätte erledigen sollen, doch da hatte sie mit Emily so viel Zeit beim Umkleiden und mit den Vorbereitungen für die Oper verbracht. Sie fing an, Wäsche zu waschen, wobei jedes Teil einer besonderen Pflege bedurfte. Während sie Gracie in der Kunst, die Farbe, Beschaffenheit und Form eines Kleidungsstücks in der Wäsche zu bewahren, unterwies, berichtete sie ihr haarklein über die Ereignisse vom Abend zuvor, von der Oper, den Kleidern, den Menschen und ein bißchen über Pitts gegenwärtigen Fall.

Sie wusch ein fliederfarbenes Kleid und gab eine Prise Natrium ins Spülwasser, wobei es wichtig war, genau die richtige Menge zu nehmen, da sonst die Farbe ausbleichte. Für ein grünes Tuchkleid brauchte sie zwei Eßlöffel Essig auf einen Liter Wasser. Sie hatte damit gewartet, ihr bestes geblümtes Kleid und zwei von Jemima zu waschen. Heute war endlich Zeit genug, die empfohlene Mischung dafür vorzubereiten: frische Efeublätter in einem Liter Kleieabsud und ein viertel Pfund gelber Kernseife.

Gracie beobachtete sie so aufmerksam wie möglich, während sie gleichzeitig dem Bericht über den Opernabend lauschte.

Dann mußte gestärkt, oder besser gesagt appretiert, werden. Feines Musselin wurde mit Fischleim behandelt. Sie hatte noch drei halbe Blätter, die sie jetzt in kleine Stücke brach und dann in Wasser auflöste. Anschließend tauchte sie die Batist- und Musselinstücke hinein und hängte sie zum Trocknen auf, bevor sie sie bügelte. Die Chintzvorhänge würden bis zum nächsten Mal warten müssen, sie hatte keine Lust, auch noch Reiswasser aufzukochen.

Als die Wäsche fertig war – es war schon Nachmittag –,

machte sie sich daran, die Bügeleisen zu reinigen, wozu sie frisches Hammelnierenfett ausließ und es über die lauwarmen Eisen strich, die sie dann mit ungelöschtem Kalk bestreute. Seit einiger Zeit hatten sie eine Waschfrau, die die Weißwäsche mitnahm und sie zwei Tage später gewaschen und geplättet zurückbrachte.

Als der Abend kam, war Charlotte völlig erschöpft, aber auch sehr stolz und zufrieden mit sich.

Am nächsten Tag saß sie am Küchentisch und überlegte, ob sie eine Portion Fischrogen auf Toast zum Lunch essen sollte oder lieber ein weichgekochtes Ei, als Gracie den Flur entlangkam und Mrs. Radley ankündigte. Emily folgte ihr auf dem Fuße, in eine Wolke von geblümtem Musselin und Spitze gekleidet, einen wunderhübschen, mit zartrosa Rosen bedruckten Sonnenschirm in der Hand.

»Ich gehe zur Ausstellung in der Royal Academy«, verkündete sie, ließ sich auf einem der Küchenstühle nieder und lehnte die Ellbogen auf den geschrubbten Tisch. »Eigentlich möchte ich nicht gern allein gehen, und Jack trifft sich mit jemandem, um über Fabriken und Wohnungsbau zu sprechen. Kommst du mit mir? Es macht Spaß, wenn wir zu zweit sind, aber wenn ich allein bin, ist es fürchterlich langweilig. Komm doch mit.«

Charlotte kämpfte ein paar Sekunden mit der Versuchung und gab ihr dann, da auch Gracie sie dazu ermunterte, nach. Sie rannte nach oben und zog sich in Windeseile ein gepunktetes Musselinkleid mit grüner Borte an und setzte den besten Hut auf, den sie hatte. Er war mit silberfarbenen Rosen geschmückt, Emily hatte ihn ihr von ihrer Hochzeitsreise mitgebracht. Dann kam sie wieder herunter. Sie war nicht so makellos angezogen, als wenn eine Zofe ihr geholfen hätte, dennoch sah sie sehr gut aus.

Die Besucher der Ausstellung in der Royal Academy waren genauso förmlich und engstirnig, wie Emily erwartet hatte. Elegante Damen mit ausladenden Hüten und geblümten Sonnenschirmen gingen von einem Bild zum anderen, betrachteten es durch ihre Lorgnetten, traten zurück, schauten noch mal hin und gaben dann auf der Stelle ihre Meinung zum besten.

»Ah, das gefällt mir überhaupt nicht. Viel zu modern. Ich weiß nicht, wohin das führen soll.«

»Furchtbar vulgär, meine Liebe. Apropos vulgär, haben Sie Martha Wolcott gestern abend im Theater gesehen? Was für eine auffällige Farbe für ein Kleid. Und so wenig schmeichelhaft!«

»Dabei ist sie fünfzig, mindestens.«

»Wirklich? Ich hätte schwören mögen, daß sie gesagt hat, sie sei neununddreißig.«

»Das bezweifle ich nicht. Das sagt sie schon, solange ich sie kenne. Wahrscheinlich stimmte das am Anfang sogar, aber das ist ja zwölf Jahre her. Also, ich muß schon sagen, haben Sie so etwas schon einmal gesehen? Was glauben Sie, bedeutet es?«

»Ich habe nicht die entfernteste Vorstellung!«

Charlotte und Emily fingen solche und ähnliche Unterhaltungsfetzen auf, während sie sich durch die Menge schlängelten. Man wechselte ein paar Worte hier, machte dort ein Kompliment, tauschte ein paar Höflichkeiten aus und wurde, was am wichtigsten war, gesehen.

Sie hatten ungefähr die Hälfte der Ausstellung gesehen und wollten auch den Rest noch anschauen, als sie auf Fitz und Odelia stießen, die charmant und höflich waren und bei fast jedem Bild interessiert wirkten.

Emily machte ein unterdrücktes Knurrgeräusch. »Manchmal hasse ich diesen Mann«, flüsterte sie und zwang sich zu einem strahlenden Lächeln, als Odelia sie erblickte. »Und sie erst«, fügte sie hinzu, während sie anmutig nickte. »Sie ist sich in allem so schrecklich sicher.«

»Selbstzufrieden ist das richtige Wort«, ergänzte Charlotte, lächelte und nickte ebenfalls. »Wie hochfahrend sie in der Oper mit Miss Hilliard gesprochen hat – ich hatte das Bedürfnis, sie in ihre Schranken zu weisen.«

Emily zog die Augenbrauen in die Höhe. »Und du hast es nicht getan? Meine Liebe, ich bin mir deiner schwesterlichen Loyalität bewußt. Ich werde es Jack erzählen, er wird begeistert sein.«

»Du verdirbst aber die Geschichte, wenn du sagst, daß ich die Unterhaltung belauscht habe, so daß ich gar nicht in der Position war, mich einzumischen.«

»Du verdirbst jede Geschichte, wenn du so grundehrlich bist, Charlotte. Ist das Miss Hilliard da drüben? Ich war nach der Oper so müde, daß ich mich nicht mehr erinnern kann, wie sie aussieht.«

»Ja, das ist sie. Sie hat Esprit, das gefällt mir. Sie hat mit gleicher Münze zurückgezahlt, fand ich, obwohl sie eigentlich in der schwächeren Position war.«

»Gut. Sie treffen auf Fitz und Odelia. Diesmal werde ich dabeisein – und du hältst den Mund.« Mit diesen Worten eilte sie auf Fitz und Odelia zu, als wäre deren freundliches Begrüßungslächeln eine ernstgemeinte Einladung gewesen.

Sie trafen genau in dem Moment aufeinander, als James und Fanny Hilliard von einem Bild zurücktraten, um es genauer betrachten zu können. Sie standen so nahe, daß es ein leichtes für Emily war, mit James zusammenzustoßen und sich mit bezaubernder Freundlichkeit dafür zu entschuldigen. Im nächsten Augenblick wurden ringsum Begrüßungen ausgetauscht.

»Wie bezaubernd Sie aussehen, Miss Hilliard.« Odelia lächelte. »Welch ein hübscher Hut. Schon beim letzten Mal wollte ich Ihnen ein Kompliment darüber machen, aber irgendwie habe ich nicht mehr daran gedacht.«

Fanny errötete leicht. Sie verstand die Bedeutung dieser Bemerkung nur zu gut. Sie besagte nämlich nicht, daß der Hut besonders kleidsam war, sondern daß sie ihn auch zu dem vorigen Anlaß getragen hatte.

»Danke«, sagte sie schlicht. »Wie nett von Ihnen, das zu sagen.«

»Eine sehr angenehme Eigenschaft, finden Sie nicht auch?« sagte Emily schnell, indem sie sich zu Odelia umwandte. »Ich schätze sie mehr als alle anderen.«

»Sich an Hüte zu erinnern?« Odelia zog verständnislos

die Augenbrauen in die Höhe. »Wirklich, Mrs. Radley? Ich wüßte nicht, warum.«

»Freundlichkeit«, korrigierte Emily sie. »Ich bewundere Freundlichkeit, Miss Morden. Den eigenen Vorteil anderen gegenüber nicht auszuspielen und ehrliche Freude am Erfolg eines anderen zu empfinden, auch wenn man selbst keinen besonderen Erfolg erzielt. Dazu bedarf es eines wahrhaft edlen Geistes, finden Sie nicht auch?«

»Es war mir nicht klar, daß ich besonders freundlich war.« Odelia zog die Stirn kraus. Ein leichtes Mißtrauen huschte über ihr Gesicht.

In einer Geste gespielter Verlegenheit hob Emily die Hand an den Mund.

»Oh, auch Ihr Hut ist bezaubernd. Ich meinte nur die Großzügigkeit, mit der Sie Miss Hilliard so offen bewundert haben.«

Charlotte hatte Mühe, ein Lachen zu unterdrücken, und vermied es, den anderen in die Augen zu schauen.

Sowohl James Hilliard als auch Fitz blickten verwirrt drein.

»Gefällt Ihnen die Ausstellung?« fragte Fitz hastig. »Haben Sie schon etwas gesehen, das Sie kaufen würden?«

»Ich mag die Rosen da drüben«, sagte Charlotte in dem Versuch, das Schweigen zu füllen. »Und einige der Porträts gefallen mir, obwohl ich keine Ahnung habe, wen sie darstellen sollen.«

»Die Frau in dem weißen Gewand mit Spitze ist Lillie Langtry«, sagte Fitz mit einem breiten Lächeln.

»Ach wirklich?« Charlottes Interesse regte sich fast gegen ihren Willen, selbst Odelias mißbilligend gerunzelte Stirn konnte sie nicht abhalten. »Wenn es ein gutes Porträt ist, dann ist sie sehr hübsch. Sind Sie ihr begegnet?«

»Früher oder später begegnet man jedem. Unsere gesellschaftlichen Kreise sind ja sehr klein.«

»Finden Sie das nicht auch, Mrs. Pitt?« fragte Odelia mit aufflackerndem Interesse.

Es hatte keinen Zweck zu lügen. Sie würde sich nur verstricken und stünde dann besonders dumm da. Außerdem war ihr eine gesellschaftliche Stellung zu gleichgültig, als daß sie sie hätte vortäuschen wollen.

»Vor meiner Ehe fand ich das auch«, erwiderte sie mit freiem Blick. »Doch seitdem habe ich weit mehr Zeit zu Hause bei meiner Familie verbracht. Ich bin lediglich in dieser Saison davon abgewichen, um Emily angesichts der Umstände nach besten Kräften zu unterstützen.«

»Das ist sehr großzügig von Ihnen«, sagte Odelia höflich, die so ihre Überlegenheit demonstriert hatte. Sie hakte sich bei Fitz unter und lehnte sich etwas enger an ihn. »Ich bin mir sicher, es ist eine große Erleichterung für Ihre Schwester, wenn Sie sie begleiten. In gewisser Weise ist es etwas ungünstig, daß die Nominierung des Kandidaten gerade jetzt ansteht, aber ich bin mir sicher, es wird die Entscheidung nicht beeinflussen.« Sie hob die schlanken Schultern ein wenig. »Sie haben die meisten der einflußreichen Männer kennengelernt. Ich sah Sie in der Oper zusammen mit Lord Anstiss. Ein so edelmütiger Mann. Die meisten von uns werden nie erfahren, wie viele seiner Mittel den verschiedensten Bereichen zufließen. Manche der Künstler hier können ihre Werke ja nur ausstellen, weil er sie fördert.«

Die Unterhaltung befaßte sich mit dem unverfänglicheren Thema von Lord Anstiss' weitgestreuter Schirmherrschaft, zu dem Fanny und James Hilliard auch ihren Beitrag lieferten, da dazu keine weiteren Vorkenntnisse nötig waren.

Charlotte warf Emily einen Blick zu und begriff ohne Worte, daß sie sich ebenfalls langweilte. Fitz bemerkte den Blick.

»Wen interessiert das schon?« warf er mit einem Lächeln ein. Er wandte sich zu Fanny, deren Gesicht Erleichterung und Vergnügen ausdrückte. »Lassen Sie uns über etwas Amüsanteres sprechen«, sagte er rasch. »Gibt es einen neuen Skandal? Es muß doch etwas Unterhaltsames geben.«

»Ich weiß von nichts«, sagte Odelia mit Bedauern. »Es geht immer nur darum, wer wen heiratet, und wenn man die Leute nicht kennt, ist es alles etwas langweilig und außerdem sowieso vorhersehbar.«

Sie bewegten sich ein paar Schritte auf das nächste Bild zu, ohne es jedoch anzusehen.

»Da ist die Sache mit Horatio Osmar«, regte James vorsichtig an. »Das scheint ja einer gewissen Absurdität nicht zu entbehren.«

»Horatio Osmar?« Fitz griff das Thema auf. »Ist er nicht ein Minister in der Regierung? Erzählen Sie doch: Was hat er getan? Oder besser, was soll er getan haben?«

»Er war Staatssekretär oder so etwas«, stellte James richtig.

»O je, das sollte ich wissen, oder?« sagte Fitz geknickt. »Worum geht's denn? Hat es mit Geld zu tun?«

»Längst nicht so trocken.« James lächelte. Sein Gesicht erhielt dadurch einen sanften, etwas scheuen, aber sehr warmen Ausdruck, der ihm einen gewissen Charme verlieh. »Er wurde wegen Erregung öffentlichen Ärgernisses verhaftet – mit einer jungen Frau auf einer Parkbank!«

Sie brachen alle in lautes Lachen aus. Einige Besucher drehten die Köpfe nach ihnen um, und ein paar ältere Damen runzelten entrüstet die Stirn und murmelten etwas von rücksichtsloser Jugend und schwindendem Anstandsgefühl. Eine Dame mit einem ausgestopften Vogel auf ihrem Hut warf ihnen einen bösen Blick zu und hielt ihren Kopf so hoch, daß der Vogel zu wippen begann und es so schien, als wolle er jeden Moment zum Flug ansetzen. Sie mußte sich mit der Hand vergewissern, daß er nicht das Gleichgewicht verloren hatte.

»Völlig aus der Mode«, flüsterte Fanny etwas zu laut.

»Worum geht es?« fragte Charlotte.

»Um ausgestopfte Tiere auf Kleidern und Hüten«, antwortete Fanny. »Erinnern Sie sich nicht, vor zwei Jahren war es der letzte Schrei. Die Kusine meiner Mutter hatte einen Hut mit Blumen, Käfern und Spinnen drauf.«

»Sie ziehen uns auf!« sagte Fitz mit großen Augen.

»Keineswegs! Und ich habe eine Freundin, deren Tante ein Kleid hatte, das mit ausgestopften Mäusen besetzt war.«

»Igitt!« Er starrte sie fasziniert an. »Ist das wirklich wahr?«

»Ich schwöre es.«

»Wie eklig!«

»Es kommt noch schlimmer. Wir haben eine Hauskatze ...« Sie fing zu kichern an, »... die eine ausgezeichnete Mäusefängerin ist. Es war eine Katastrophe.«

»Eine Mäusefängerin«, sagte Fitz, »erzählen Sie uns.«

Odelia machte ein angewidertes Gesicht, doch Fanny hatte den Blick auf Fitz gerichtet und bemerkte es nicht.

»Tante Dorabella wurde gebeten, uns etwas vorzusingen, was sie auch tat. Es war der Kashmiri Love Song, kennen Sie den?«

»›Pale hands I love‹«, sagte Fitz rasch.

»Genau. Also, wir hatten die Möbel zur Seite gerückt, und sie rauschte durch das Zimmer, schleifte ihre Röcke hinter sich her und unterstrich mit dramatischen Handbewegungen die Musik. Und plötzlich schoß Pansy, die Katze, unter dem Behang um die Klavierbeine hervor und raste Dorabellas Kleid hinauf, hinter den Mäusen her. Dorabella sang plötzlich viel zu hoch und viel zu laut ...«

Fitz hatte Mühe, sein Gesicht zu beherrschen. Charlotte und Emily versuchten es erst gar nicht.

»Pansy bekam einen Schreck und rannte wieder runter«, fuhr Fanny fort, »eine Maus in ihrem Maul und ein beträchtliches Stück von dem Kleid dazu. Dorabella stolperte über die verbliebenen Fetzen und stieß gegen den Mann am Klavier, der aufkreischte und vom Hocker fiel.«

Fanny schüttelte sich und brach in Lachen aus. »Wir haben uns so schändlich benommen, daß Onkel Arthur meine Freundin aus seinem Testament gestrichen hat. Ich habe nie in meinem Leben so viel gelacht, aber selbst wenn mein Vermögen auf dem Spiel gestanden hätte, ich hätte mich nicht beherrschen können. Zum Glück hätte sie nur zwei ziemlich gewöhnliche Stühle geerbt, und außerdem ist Onkel Arthur dreiundneunzig geworden. Natürlich habe ich mich ausführlich entschuldigt, aber Tante Dorabella hat uns kein Wort geglaubt. Sie haben uns beide nie verziehen.«

»Was für eine wunderbare Geschichte«, sagte Fitz ehrlich. »Ich bin mir sicher, es hat sich gelohnt.« Er blickte in die Runde. »Wollen Sie hier noch viel sehen?«

»Ich nicht.« Emily lächelte noch immer und schüttelte den Kopf. Charlotte war der Meinung, daß ihre Schwester fürs erste genug gestanden hatte.

»Ich auch nicht«, pflichtete sie ihr bei.

»Dann sollten wir vielleicht eine Erfrischung zu uns nehmen«, schlug Fitz vor. »Kommen Sie, James, ich werde Sie alle zum Tee ausführen, und Sie erzählen mir, wie es dem armen Mr. Osmar ergangen ist.« Er bot Fanny seinen Arm, die ihn mit einem kleinen Lächeln akzeptierte. James begleitete Odelia, und Emily und Charlotte bildeten die Nachhut.

Sie nahmen beide Kutschen und trafen sich in einem Hotel wieder, wo man ihnen in einem Raum mit einem in Rosa und Apricot gehaltenen Dekor und bei gedämpfter Beleuchtung köstlichen Tee servierte. Zunächst gab es hauchdünne Gurkensandwiches aus braunem Brot, Frischkäse, mit Schnittlauch zubereitet, und Räucherlachscreme. Außerdem wurden Weißbrot mit geräuchertem Schinken, russische Eier mit Senf und Kresse und fein geraspelter Käse gereicht. Nachdem sie ihren größten Hunger mit diesen Leckerbissen gestillt hatten, wurden Scones serviert, frisch aus dem Ofen, mit Unmengen von Marmelade und Schlagsahne. Zu guter Letzt gab es Kuchen und französisches, mit Schlagsahne gefülltes Blätterteiggebäck, das mit Zuckerglasur verziert und mit einer winzigen Scheibe Obst dekoriert war.

Während sie all dies verzehrten, unterhielt James Hilliard sie mit der Geschichte des Horatio Osmar, seinem Prozeß und dem unerklärlichen Freispruch, ohne jedoch den Namen des Richters zu erwähnen, den er angeblich nicht wußte.

»Was hat die junge Frau gesagt?« fragte Charlotte.

»Nichts«, antwortete James und setzte seine Tasse auf dem Unterteller ab. »Sie wurde nicht befragt.«

»Aber das ist absurd!« begehrte Charlotte auf.

»Die ganze Sache ist absurd«, gab er zurück. »Und jetzt wird angeblich gegen die Polizei ermittelt, wegen Meineid ...«

»Oh! Auf welchem Revier, sagten Sie, war das?«

»Bow Street.«

Sie holte tief Luft. Unter dem Tisch berührte Emily sie sanft. Es gab nichts, was Charlotte hätte sagen können, und sie zwang sich zu einem Lächeln.

»O je. Wie unselig«, sagte sie, nur um etwas zu sagen, und war sich bewußt, wie unpassend das klang.

Emily faltete ihre Serviette zusammen und legte sie auf den Tisch. »Es war ein sehr vergnüglicher Nachmittag«, sagte sie und schenkte ihnen reihum ein Lächeln. »Aber jetzt wird es Zeit, daß wir nach Hause gehen und uns für den Abend umziehen.«

»Selbstverständlich.« Fitz und James Hilliard standen auf, man verabschiedete sich, und Emily und Charlotte begaben sich zu ihrer Kutsche.

Charlotte kam gegen sechs Uhr zu Hause an, wo Gracie das Essen vorbereitete, während sie gleichzeitig Jemima und Daniel ihr Abendessen gab. Gracie sah müde und erschöpft aus. Ihr Haar löste sich aus der Haube, sie hatte die Ärmel aufgerollt, und ihr Gesicht war vor Anstrengung gerötet. Charlotte verspürte auf der Stelle Gewissensbisse. Ihr wurde bewußt, wie lange sie fortgewesen war und daß sie ihre Pflichten vernachlässigt hatte. Die Situation wurde dadurch nicht besser, daß kurz darauf Pitt heimkam und beim Anblick von Charlottes feiner Frisur und ihrem erregten Gesicht einerseits und dem Zustand der Küche und Gracies Erschöpfung andererseits wütend wurde.

»Was zum Teufel ist hier los?« wollte er wissen und starrte erst Gracie, dann Charlotte an. »Wo warst du?«

Es hatte keinen Sinn, Ausflüchte zu machen. Er würde es ohnehin herausfinden, und Charlotte konnte nicht gut lügen. »Bei der Ausstellung in der Royal Academy ...«

Sein Gesicht war ausdruckslos, alle Wärme und Zärtlichkeit waren daraus verschwunden. Er zog die Augenbrauen hoch.

»Wirklich? Und aus welchem Grund bist du hingegangen?«

Einen verwegenen Moment lang wollte sie sagen: »Um mir die Bilder anzusehen«, dann sah sie seinen Blick und wußte, daß dies nicht der Augenblick für Scherze war.

»Ich wollte Emily Gesellschaft leisten«, sagte sie leise.

»Und du hast Gracie hier zurückgelassen, damit sie deine Arbeit macht!« brach es aus ihm heraus. »Ich verstehe deinen Egoismus nicht, Charlotte.«

Verletzender hätte er nicht sein können, und sie wußte keine Erwiderung darauf. Sie konnte ihre Haltung nur bewahren, indem sie mit Wut reagierte und ihre Tränen so zurückhielt.

Das Abendessen wurde in bedrücktem Schweigen eingenommen. Gracie war schniefend nach oben verschwunden, so unglücklich war sie über die ungewöhnliche Mißstimmung in dem Haushalt, den sie als ihr Zuhause und in gewisser Weise auch als ihre Familie ansah.

Anschließend saß Charlotte im Wohnzimmer Pitt in ihrem Sessel gegenüber und versuchte, einige Näharbeiten zu erledigen. Aber sie konnte sich nicht konzentrieren und brachte nichts zustande. Sie wußte, daß sie egoistisch gewesen war und nur an sich und ihr Vergnügen gedacht hatte und darüber ihre Kinder, ihren Haushalt und ihre Pflichten vernachlässigt hatte.

Pitt las schweigend seine Zeitung und sah nicht einmal über den Rand zu ihr hinüber.

Als es Zeit war, zu Bett zu gehen, machte sie sich allein auf den Weg nach oben. Sie war so tiefunglücklich wie seit mindestens einem Jahr nicht mehr.

Sie zog ihr Kleid aus und hängte es auf einen Bügel. Dann nahm sie die Nadeln aus ihrer Frisur und ließ die Haare über die Schultern fallen, jedoch ohne die sinnliche Freude, die sie sonst dabei verspürte, weil sie wußte, wie sehr Pitt das liebte. Merkwürdig, wie alle Wärme und alles Licht verschwinden konnten, einfach nur, weil sie eine solche Kluft zwischen ihnen fühlte. Das Gesicht von Odelia Morden schwebte vor ihrem geistigen Auge, als sie ins Bett stieg und die kalten Laken sie umhüllten. Sie konnte sie klar sehen, den überraschten und verletzten Blick, als sie Fitz' Aufmerksamkeit auf Fanny Hilliard gerichtet sah, die beiden zusammen lachen hörte und merkte, daß ihr etwas entglitt und daß es nicht in ihrer Macht stand, es festzuhalten. Zwischen Fitz und Fanny Hilliard war eine Wärme spürbar gewesen, ein spontanes Verständnis füreinander, der Spaß an denselben Dingen. Odelia würde niemals daran teilhaben. Heute hatte Charlotte gesehen, wie der erste Anflug von Einsamkeit, eine Vorahnung des Verlusts sie berührt hatte. Wie auch die Zukunft aussehen mochte, Odelia hatte erfahren, daß es etwas Kostbares gab, das jenseits ihrer Reichweite lag.

Charlotte hatte sie für so selbstzufrieden gehalten, dabei stand sie gerade am Anfang einer schmerzlichen Erfahrung. Großtante Vespasia hatte gesagt, Charlotte sei diejenige, die zu selbstzufrieden sei und das, was wertvoll war, nicht hegte.

Pitt kam im Dunkeln zu Bett, legte sich neben sie, ohne sie zu berühren, und drehte ihr den Rücken zu.

Sie wußte nicht, ob er schlief oder nicht, oder was er dachte. Glaubte er wirklich, daß sie völlig egoistisch war? Er mußte sie doch besser kennen – nach all diesen Jahren. Konnte er nicht verstehen, wieviel der Opernbesuch ihr bedeutet hatte und daß sie nur zu der Ausstellung gegangen war, um Emily Gesellschaft zu leisten? Nein. Er wußte, wie aufregend es für sie gewesen war. Sie hatte es in seinem Gesicht gesehen. Er wußte auch, wie lange sie darauf gewartet hatte, daß Emily sie einladen würde.

Sie legte ihre Hand auf seinen Rücken.

»Es tut mir leid«, sagte sie leise. »Ich hätte mir mehr Gedanken machen sollen – und ich habe es nicht getan.«

Einige Sekunden verstrichen, ohne daß etwas geschah. Sie glaubte schon, er wäre eingeschlafen. Dann rückte er langsam zu ihr herüber und berührte ihre Fingerspitzen, sagte aber nichts. Tränen der Erleichterung stiegen ihr in die Augen, und sie zog die Decke bequem zurecht. Schließlich schlief sie ein.

6.

Kapitel

Als Pitt am nächsten Morgen das Haus verließ, war er immer noch in gedrückter Stimmung. Beim Frühstück waren er und Charlotte sehr höflich miteinander umgegangen, doch die vertraute Wärme hatte gefehlt. Die Sache mit der Ausstellung ließ sich nicht so schnell bereinigen. In letzter Zeit hatte sein Leben etwas von seiner Süße eingebüßt, die gehobene Stimmung, wenn er am Ende des Tages nach Hause ging, ganz gleich wie ermüdend oder enttäuschend der gewesen war, fehlte. Es lag nicht daran, daß Charlotte nicht immer zu Hause war. Das verstand und akzeptierte er. Sie hatte sich schon oft bei Emily aufgehalten oder besuchte gelegentlich auch ihre Mutter. Und er hatte es, weiß der Himmel, schon vor langer Zeit aufgegeben, sich gegen ihre Einmischung in seine Fälle zu wehren, die ja häufig unschicklich und sogar gefährlich war. Ja, eigentlich war er sogar stolz auf ihre Fähigkeit, Menschen zu beurteilen, die er nie auf diese Weise durchschauen, sondern immer eher von außen sehen würde.

Das war es nicht. Als er über das staubige Pflaster zur Hauptstraße trottete, wo er in einen Omnibus steigen konnte, gestand er sich ehrlicherweise ein, daß es daran lag, daß Charlotte angefangen hatte, sich in Emilys Welt zu bewegen, und das genoß. Bis zu ihrer Heirat war es auch ihre Welt gewesen. Es wäre die ihre geblieben, wenn sie jemanden geheiratet hätte, der ihrer sozialen Stellung und den Erwartungen ihrer Familie entsprochen hätte.

Das war es. Er fühlte sich schuldig – und ausgeschlossen. Natürlich war er auch in die Oper eingeladen worden. Emily hätte ihn niemals übergangen. Er hatte es auch genossen – zumindest einiges davon. Er mochte die Musik nicht besonders, aber da unterschied er sich nicht von einem Großteil der Operngänger. Für sie war es ein gesellschaftliches Ereignis gewesen, kein künstlerisches. Jeder kannte jeden, wenn nicht persönlich, dann doch dem Namen nach.

Der Omnibus hielt an, Pitt stieg ein und kletterte gleich über die offene Wendeltreppe am hinteren Busende auf das Oberdeck hinauf. Dort waren viele Sitzplätze frei, und er konnte ungestört seinen Gedanken nachhängen.

In der Oper waren seine Augen fast die ganze Zeit auf Charlotte gerichtet gewesen statt auf die Bühne. Er hatte sie noch nie so schön gesehen, mit ihrem glänzenden, hoch aufgesteckten Haar, von Emilys Zofe angekleidet, das Gesicht vor Aufregung gerötet, mit strahlenden Augen. Sie hatte es genossen. Das war es, was ihm weh tat. Er wäre so gerne derjenige gewesen, der sie eingeladen hätte. Aber alles, was er sich jemals würde leisten können, wäre ein einziger Opernbesuch als ein ganz besonderes Ereignis. Jetzt war sie schon einmal dort gewesen, und wenn Emily sie einlud, würde sie wieder mitgehen, sooft sie wollte. Das Oberdeck des Omnibusses war offen, und die Sonne schien Pitt warm ins Gesicht.

Er wünschte sich, daß Jack Radley ins Parlament gewählt würde, nicht nur weil er viel von Jack hielt oder weil er Emily mochte, sondern weil Jack dort Gutes bewirken konnte. Wenn Charlotte und Emily sich in einen seiner Fälle einmischten, dann hatte er das Gefühl, daß sie alle zusammengehörten. Doch für ihn gab es keine Möglichkeit, Jack zu helfen. Wahrscheinlich wäre seine Beziehung zu Jack, würde sie bekannt, Jack sogar eher hinderlich.

Das war es, nicht sehr angenehm, nicht leicht zuzugeben, aber er war eifersüchtig.

Der Omnibus hielt kurz an und setzte sich dann mit einem Ruck wieder in Bewegung, als die Pferde eine kleine Steigung zu bewältigen hatten und schwer anziehen mußten.

Auf der anderen Seite war sein Ärger berechtigt. Es gab für Charlotte keinen Grund, nachmittags auszugehen, nur um eine Gemäldeausstellung zu besuchen, und es der armen Gracie zu überlassen, die Hausarbeit zu erledigen und das Abendessen vorzubereiten.

Diese Erkenntnis trug aber nicht dazu bei, daß er sich besser fühlte. Recht zu haben war ein schwacher Trost.

Seine Stimmung war auf den Tiefpunkt gesunken, als er die Polizeiwache in Clerkenwell betrat, und er ging sofort zu dem kleinen Hinterzimmer durch. Innes' hageres, intelligentes Gesicht munterte ihn kaum auf. Ihr Fall erwies sich als genauso unangenehm und undurchschaubar, wie er von Anfang an befürchtet hatte. Es gab darin zu viele Umstände, die ihm keine Ruhe ließen. Wie hatte Byam so schnell von dem Mord erfahren? Warum war Micah Drummond so bedrückt, hüllte sich aber in Schweigen und führte die Ermittlungen trotz seines offensichtlichen Unbehagens weiter? Warum hatte William Weems hinter seinem Schreibtisch gesessen und es zugelassen, daß jemand ein Gewehr mitbrachte? Ein Gewehr, mit dem man diese Goldmünzen abfeuern konnte, mußte ein Vorderlader sein. Wer lief mit solch einem Ding durch die Straßen? Das zeugte von sorgfältigen Vorüberlegungen. Wo waren die belastenden Papiere und der Brief, die sich nach Byams Aussage in Weems' Büro befunden hatten? Wenn Byam schuldig war und er sie entfernt hatte, warum hatte er dann überhaupt Drummond gerufen und eine Verbindung zu Weems zugegeben? Und was war mit Addison Carswell?

»Morgen, Sir«, sagte Innes fröhlich. »Schöner Tag heute.«

»Ja«, stimmte Pitt mürrisch zu. »Wird wohl heiß werden.«

»Sind Sie weitergekommen?« Innes war gnadenlos optimistisch, obwohl er Pitts Gesichtsausdruck mit scharfem Blick sofort erfaßt hatte. »Gibt's 'ne Hoffnung bei irgendeinem der andren? Hier ham wir nix gefunden, un' ich frag' mich, wie einer der Leute aus der Gegend hier an so 'n Gewehr rankommen konnte, mit dem der arme Teufel erschossen wurde.« Er zuckte die Schultern und schob die Hände in einer behaglichen und zwanglosen Geste in die Hosentasche.

»Ich wünschte, wir könnten 's finden, Mr. Pitt«, sagte er stirnrunzelnd. »Ich hätt' das Gefühl, wir wären der Sache auf der Spur, wenn wir's finden täten. Ich war bei allen Droschkenkutschern, wie Sie gesagt ham, aber keiner erinnert sich an 'nen Fahrgast, der so 'n Gewehr bei sich hatte, das groß genug war, um Weems' Kopf wegzupusten.« Er verzog das Gesicht. »Sind Se sicher, daß es nich' doch das sein kann, was da an der Wand hing? Vielleicht ham se es benützt un' danach den Schlagbolzen abgefeilt, um uns zu verwirren. Könnte das nich' sein?«

»Nein«, sagte Pitt grimmig. »Der war abgefeilt, und das Metall war schon angelaufen. Das läßt sich nicht in ein paar Minuten machen. Und wer würde daran denken, eine Feile mitzubringen – oder neben einer Leiche zu sitzen und den Schlagbolzen abzufeilen?«

Innes zuckte mit den Schultern. »Da ham Se recht. Das ergibt keinen Sinn. Un' es war auch kein Platz an der Wand für 'n andres Gewehr, un' es is' auch keins weggenommen worden, ich hab' nachgesehen.«

»Haben wir die Putzfrau gefragt – wie hieß sie?«

»Mrs. Cairns.«

»Haben wir sie gefragt, ob sie irgendwann ein anderes Gewehr dort gesehen hat?«

»Ja, se hat gesagt, se hat keins gesehen. Aber ich weiß nich', ob ich ihr glauben soll oder nich'. Se konnt' ihn nich' besonders gut leiden, un' se will auch nix mit der Sache zu tun haben.«

»Glauben Sie, daß sie lügt?« Pitt saß auf dem Fensterbrett; heute überließ er Innes den Stuhl, falls der sitzen wollte.

»Ich glaub', sie würd's absichtlich vergessen«, meinte Innes abwägend. »Die Leute sind alle auf der Seite von dem, der's getan hat. Der war nich' besonders beliebt, der Mr. Weems.«

»Kein Wunder«, sagte Pitt sarkastisch. »Aber ich glaube, ich gehe hin und sehe mir die Räume noch mal an. Sind die Papiere noch alle dort?«

»Ja, Sir. Das Haus is' verschlossen. Ich hol' Ihnen den

Schlüssel. Ich fang' an zu glauben, es war doch einer von Ihren Lords. 'tschuldigung, Sir, aber so denk' ich nun mal.«

»Ich auch«, gab Pitt zu. »Aber ich habe schon oft mein blaues Wunder erlebt.« Er stand auf. »Los, holen Sie den Schlüssel, sehen wir noch mal nach.«

Eine halbe Stunde später gingen sie systematisch alle Papiere von Weems durch. Sie schichteten sie von einem Stoß auf den anderen, weil sie nicht genau wußten, wonach sie eigentlich suchten. Die muffige Luft in dem engen Büro und die Tatsache, daß hier ein Mord verübt worden war, lastete schwer auf ihnen. Übelkeit stieg in ihnen auf, wenn sie an jene Nacht dachten, an die Verzweiflung, die Gewalt und das plötzliche Grauen des Mordes, eine Tat, die nicht mehr ungeschehen zu machen war, und an die Angst danach.

»Ich hab's«, sagte Innes plötzlich triumphierend, seine Stimme hallte in der Stille. »Hier!« Er hielt ein Blatt Papier hoch, auf dem oben in Großbuchstaben ein Name stand und darunter Zahlen, Daten, Summen und ganz unten eine handschriftliche Zeile.

»Was?« fragte Pitt. Er konnte sich nicht vorstellen, was Innes gefunden hatte, und war nicht allzu hoffnungsvoll.

»Hier!« Innes genoß das Gefühl seines Erfolges. »Sehen Sie!« Er streckte ihm das Papier hin. »Walter Hopcroft hat seine letzte Zinsrate mit 'ner Donnerbüchse bezahlt – am gleichen Tag, als Weems erschossen wurde!« Seine Stimme überschlug sich vor Überzeugung. »Das Gewehr muß hier im Büro gewesen sein, als der Mörder kam! Er hat das ausgenutzt! Is' doch klar!« Er strahlte.

Pitt wandte sich von den Schubladen ab, deren Inhalt er mehrfach durchgesehen hatte. »Und was dann?« Er runzelte die Stirn. »Er und Weems hatten einen Streit. Dann sah er die Donnerbüchse, ging zu den Pulverdosen, kippte das Pulver in die Pfanne, nahm die Goldmünzen vom Tisch oder wo immer sie lagen, lud das Gewehr und schoß Weems damit den halben Schädel weg? Und was hat Weems solange gemacht?«

Innes stand regungslos da.

»Na ja, wenigstens wissen wir jetzt, wo das Gewehr herkam«, verteidigte er sich.

Pitt seufzte. »Das stimmt«, nickte er. »Sehr gut. Jetzt müssen wir herausfinden, wie in Gottes Namen der Täter es fertigbrachte, das Gewehr zu laden und abzufeuern, ohne daß Weems ihn daran hinderte. Wie könnte das vor sich gegangen sein, Innes? Fällt Ihnen irgendwas als Erklärung ein?«

»Nein, Sir«, sagte Innes und zog eine Grimasse.

»Vielleicht verstehen wir's, wenn wir wissen, wer's war.« Er sah Pitt hoffnungsvoll an.

»Vielleicht«, stimmte Pitt ihm zu. »Ich hatte eigentlich eher vermutet, daß es andersherum ist: Wenn wir den Tathergang kennen, führt uns das zu dem Täter.«

Innes holte tief Luft. »Ich sag' das nich' gern, Sir, aber könnt's nich' sein, daß Ihr Lord da ins Büro gekommen is', aus welchem Grund auch immer, un' 'nen Streit mit Weems hatte? Un' weil er eben so 'n Lord is', hat Weems nich' damit gerechnet, daß er durchdreht, un' hat's deswegen nich' geglaubt, als es passierte. Vielleicht hat Ihr Lord – 'tschuldigung, Sir –, aber weil ich seinen Namen nich' weiß, muß ich ihn irgendwie nennen, also vielleicht hat der das Gewehr bewundert, ganz nebenbei. Un' Weems, da er die Oberhand hatte, saß einfach da un' ließ ihn machen!«

Innes atmete tief ein. »Un' natürlich wußte Weems, daß er keine Munition dafür hatte, un' dachte auch nich', daß man die Goldmünzen dafür nehmen kann. Un' Ihr Lord – 'tschuldigung, Sir – lädt es in aller Ruhe, redet dabei ganz unbefangen, un' hat die Goldmünzen in seiner Tasche, von denen Weems nix weiß. Bis er se zuletzt in den Lauf schiebt un' ihn auf Weems richtet. Un' Weems war so überrascht, daß er's gar nich' glauben konnte, bis der Gentleman abfeuert, un' dann war es zu spät.« Innes sah gespannt auf Pitt und wartete auf dessen Reaktion.

»Klingt nicht sehr wahrscheinlich«, sagte Pitt langsam, »aber besser als alles, was wir bisher hatten. Schade, daß wir Weems nicht selbst kannten. Wir haben nur die Einschätzung anderer Leute, auf die wir die Annahme stützen können, daß er wirklich so selbstgefällig oder sich seiner Macht so sicher war.«

»Von dem, was ich gehört hab', war er's«, sagte Innes mit Verachtung. »Hatte 'ne Menge Macht hier – und genoß das auch.«

Pitt schob die Hände in die Hosentaschen.

»Von wem haben Sie das?« fragte Pitt in der plötzlichen Erkenntnis, wie wenig er Innes nach den Quellen seines Wissens über den toten Mann gefragt hatte. Vielleicht war er zu nachlässig. Es war immerhin denkbar, daß der Mord doch einen persönlichen Hintergrund hatte und gar nicht im Zusammenhang mit Schulden oder Erpressung stand. Obwohl die Möglichkeit so vage war, daß Pitt nicht einen Moment daran glaubte.

»Wir ham den Laufburschen, Windy Miller, noch mal befragt«, erwiderte Innes, der noch immer das Blatt Papier in den Händen hielt. »'n kleines, mieses Kerlchen, aber er kannte Weems ziemlich gut. Hat ihn richtig durchschaut. Für den war er wie 'n offnes Buch, un' er hat ihn entsprechend gehaßt.« Innes schob die Lippen vor. »Dachte, wir könnten da was finden, aber er hat zwanzig Zeugen, die schwören, er war die halbe Nacht im Dog and Duck beim Dominospielen un' lag die andere Hälfte betrunken unterm Tisch. Außerdem hat er 'n guten Job bei Weems gehabt un' kriegt sicher nich' so leicht 'nen andern.«

Pitt setzte sich auf die Tischkante.

»Und er konnte Ihnen gar nichts Brauchbares sagen? Hatte Weems nicht irgendwelche Frauenbekanntschaften, vielleicht nur ...« Er zögerte, weil er nicht wußte, wie er sich ausdrücken sollte.

»Nein«, antwortete Innes mit einem schiefen Grinsen. »Scheint nix für Frauen übrig gehabt zu haben. Auch für niemand andren nich'«, fügte er hinzu. »Manche sind so – nich' viele, aber Weems war so einer. Hat das Geld geliebt un' die Macht, die es ihm gegeben hat. Windy hat gesagt, er war schon immer so. Sein Alter war 'n Spieler, am einen Tag reich un' am nächsten bitterarm. Starb irgendwo im Schuldnergefängnis. Seine Mutter hat er nich' gekannt.«

»Was hat denn die Haushälterin über ihn gesagt?«

»Nich' viel«, sagte Innes mit einem Schulterzucken. »'n echtes Scheusal.«

»Mrs. Cairns?«

»Nein – obwohl die sicher keine Perle is', aber ich meinte Weems. Hat auf jeden Penny aufgepaßt, sagt se, is' niemandem auch nur 'nen winzigen Schritt entgegengekommen. Se hat es nich' so ausgedrückt, aber ich kann's mir denken, weil er keinen Humor hatte. Aß gern un' gab dafür auch Geld aus, aber das is' auch alles. Ach, un' er hat's gern warm gehabt. Für das Feuer in seinem Zimmer hat er bereitwillig Geld ausgegeben. Sonst war das Haus im Winter wie 'n Kühlschrank, hat se gesagt, aber in seinem Büro brannte immer 'n schönes Feuer.«

»Hat überhaupt jemand ein gutes Wort für ihn?« fragte Pitt trocken.

»Die Händler«, erwiderte Innes mit einem bedeutungsvollen Blick. »Er hat seine Rechnungen immer pünktlich bezahlt un' auf den Penny genau.«

»Bravo!« sagte Pitt sarkastisch. »Noch jemand?«

»Kein Mensch.«

Pitt schaute sich um. »Was ist nun mit dieser Donnerbüchse geschehen? Vermutlich hat sie der Mörder mitgenommen. Sie sind sicher, daß sie nicht hier war, als Sie Weems gefunden haben?«

»Ganz sicher«, sagte Innes entschieden.

»Am besten fangen Sie jetzt an, diese Donnerbüchse zu suchen«, wies Pitt ihn an. »Aber vergeuden Sie nicht zuviel Zeit damit. Sie könnte überall sein, und es wird uns nicht sagen, wer sie benutzt hat, auch wenn wir sie wie durch ein Wunder finden. Ich muß noch ein paar anderen Sachen nachgehen und mir noch ein paar Leute auf der Liste anschauen.«

»Lords?«

»Ja. Bis jetzt hatten wir eine vage Vermutung, wer es getan haben könnte, wer einen Grund dafür hatte und, soweit ich sehe, die Gelegenheit. Und jetzt sieht es so aus, daß eigentlich jeder, der in jener Nacht hereingekommen ist, die

Tat hätte begehen können, weil die Waffe sich hier im Büro befand.«

»Fiese Sache, Sir«, stimmte Innes ihm zu.

»Ja.« Pitt wußte, daß Innes hoffte, es wäre einer der »Lords« und nicht einer seiner eigenen Leute, irgendein Schuldner aus Clerkenwell, der den Druck nicht mehr ausgehalten hatte. Pitt teilte im Grunde diese Hoffnung, wünschte sich aber, es wäre nicht Carswell. Er konnte sich dessen Verzweiflung lebhaft vorstellen, es machte ihn auf schmerzliche Weise menschlich. Aber warum zum Teufel hatte Carswell die Klage gegen Horatio Osmar abgewiesen, ohne wenigstens Beulah Giles' Zeugenaussage zu hören? Es ergab keinen Sinn.

Noch schlimmer wäre es fast, wenn Urban sich als der Täter herausstellte. Pitt konnte sich den Skandal ausmalen und die Demütigung für die sowieso schon unbeliebte Polizei, die immer noch unter der Schande litt, den Mörder von Whitechapel, bekannt als Jack the Ripper, letzten Herbst nicht dingfest gemacht zu haben. Pitt mußte den letzten Mann finden – Clarence Latimer. Es war die einzige Rettung vor einer Katastrophe.

Oder war es doch Byam gewesen? Dieser Gedanke stimmte ihn auch nicht ruhiger, und für Drummond würde es schwer zu verkraften sein.

Auch das war ein Problem, dem er sich widmen mußte. Warum hatte sich Micah Drummond überhaupt in den Fall eingemischt? Warum war er sofort bereit gewesen, Byam zu verteidigen? Innes war damit beschäftigt, aufzuräumen und die Schubladen zu schließen, um den Raum so zu hinterlassen, wie sie ihn vorgefunden hatten.

Pitt hätte um seine Karriere gewettet, daß Drummond durch und durch ehrlich war und den Verlauf einer Ermittlung niemals zugunsten eines Freundes, wie eng die Freundschaft auch sein mochte, manipulieren würde. Außerdem hatte er nicht den Eindruck gehabt, als ob ihn mit Byam mehr als eine flüchtige Bekanntschaft verband.

Es hatte keinen Zweck, Drummond danach zu fragen. Sein Verhalten hatte bereits deutlich gemacht, daß er nicht gewillt war, darüber zu reden. Es mußte sich um eine Art Ehrenschuld handeln. Das war das einzige, was einen Mann wie Drummond – offensichtlich gegen seinen Wunsch – verpflichten könnte. Er litt darunter, das war Pitt von Anfang an klar gewesen. Drummond haßte es, sich so zu verhalten, und doch fühlte er sich unvermeidlich dazu gezwungen.

Warum? Wofür?

»Ich gehe zurück in die Bow Street«, sagte Pitt laut. »Ich muß mir die anderen Leute auf der Liste ansehen. Kümmern Sie sich um die Donnerbüchse und was Ihnen sonst noch einfällt. Haben Sie alle Schuldner auf der Liste gefunden?«

»Fast alle, Sir. Arme Teufel!«

»Dann sollten Sie das abschließen. Tut mir leid.«

»Ja, Sir«, sagte Innes mit einem schiefen Lächeln. »Is' auch nich' schlimmer als das, was Sie tun müssen.«

Pitt sah ihn plötzlich mit Wärme an.

»Nein«, stimmte er zu. »Nein, das ist es wirklich nicht.«

Doch als er in der Bow Street ankam, wurde das unmittelbare Problem der Befragung Urbans von den Neuigkeiten, mit denen der Sergeant am Dienstschalter aufwartete, vorübergehend aus seinem Bewußtsein verdrängt.

»Nein, Sir, ich glaub', Mr. Urban ist mit den Anwälten beschäftigt, Mr. Pitt, ich kann ihn jetzt nich' stören.«

»Anwälte?« Pitt war überrascht. Sofort stellte er sich vor, es würde gegen Urban Anklage erhoben, und er verspürte einen Schauder der Vorahnung und des Mitgefühls.

»Ja, Sir.« Das rosa Gesicht des Sergeanten sah völlig verwirrt aus. »Er hat 'nen ganz wichtigen Mann da drin.« Seine Stimme sank zu einem Flüstern. »Von Parkins, Parkins und Gorman.«

Pitt hatte den Namen schon gehört und wußte, daß es eine der vornehmsten Anwaltskanzleien in London war. Sie gehörten ganz sicher nicht zu den Leuten, die ein Durchschnittsbürger mit seiner Verteidigung beauftragte. Das würde seine finanziellen Mittel weit übersteigen. Pitts

Gedanken überschlugen sich. Er konnte sich nicht erklären, warum Urban eine Rechtsberatung bei dieser Kanzlei suchte, noch bevor die Ermittlungen gegen ihn eingeleitet worden waren und von einer Anklage gar nicht die Rede sein konnte.

»Wissen Sie warum?« fragte Pitt den Sergeanten am Dienstschalter und wünschte im gleichen Augenblick, er hätte es nicht getan.

Der Sergeant schaute verlegen.

»Nein, Sir. Ich hab' gehört, es hätte was mit Meineid zu tun un' daß jemand auf dieser Wache gelogen hätte. Mr. Urban war sehr verärgert.«

Pitt wandte sich in die Richtung von Urbans Büro.

»Sie können da nicht rein, Sir!« rief der Sergeant hastig und trat von einem Fuß auf den anderen, unsicher, wie er Pitt, der ranghöher und größer war, abhalten konnte.

Pitt lächelte säuerlich und seufzte. »Lassen Sie mich bitte wissen, wann Mr. Urban wieder frei ist. Ich muß ihn sprechen, es geht um eine Ermittlung.«

»Ja, Sir.«

Pitt drehte sich um und wollte gerade gehen, enttäuscht, weil er die Sache gerne hinter sich gebracht hätte, als ein schlanker, eleganter Herr in Nadelstreifenhose und Gehrock aus dem Büro kam. Er nickte dem Sergeanten am Dienstschalter kurz zu, der sofort stramme Haltung einnahm und sich dann leicht irritiert wieder entspannte. Der Mann trat auf die Straße hinaus, ohne noch einen Blick zurückzuwerfen.

»Sie können jetzt reingehen zu Mr. Urban, Mr. Pitt, Sir«, sagte der Sergeant schnell.

»Danke«, erwiderte Pitt und schritt forsch auf Urbans Bürotür zu. Er klopfte, öffnete die Tür, nachdem er innen ein Geräusch gehört hatte, und ging hinein. Das Zimmer war beinahe genauso wie sein eigenes eingerichtet, sah aber sehr viel ordentlicher aus.

Urban stand am Fenster mit dem Rücken zur Tür, breitbeinig und die Hände in den Hosentaschen. Er war ein großer Mann, schlank und blond, und trug die Uniform eines ranghohen Inspektors. Er drehte sich langsam um, als er hörte, wie die Tür zufiel.

»Hallo, Pitt.« Seine Stimme war hell und angenehm, mit einem leichten, südenglischen Akzent. »Was machen Sie hier? Können wir irgendwie behilflich sein?«

Pitt war überrascht, daß Urban ihn erkannte. Er hätte Urban nicht sofort erkannt, wenn dieser unangemeldet in Pitts Büro gekommen wäre. Er suchte in Urbans Gesicht nach Anzeichen von Unruhe oder sogar Angst, sah aber nur Verärgerung, die jetzt langsam nachließ und der Neugierde wich.

»Nein«, sagte er unsicher. »Ich glaube nicht.« Dann merkte er, daß das keinen Sinn ergab, und beeilte sich hinzuzufügen: »Störe ich Sie?«

Urban lachte schroff auf. »Wegen des Anwalts? Nein. Der ist weg. Sie stören nicht. Um was geht's?«

Es blieb Pitt nichts anderes übrig, als wie geplant vorzugehen, ungeachtet der Tatsache, daß der Polizist am Dienstschalter ihm von dem Anwaltsbesuch erzählt hatte.

»Kennen Sie William Weems, aus der Cyrus Street in Clerkenwell?«

»Den Wucherer, der ermordet wurde?« Urbans helle Augenbrauen hoben sich. Offensichtlich hatte er diese Frage nicht erwartet, aber sie schien ihn nicht zu beunruhigen. »Nein. Hab' natürlich von ihm gehört. Hat richtig Aufsehen erregt, sein Tod. Löscht eine Menge Schulden, so scheint es. Und kein Erbe bisher. Worum geht es?«

Urban war nicht der Mann, dem man etwas vormachen konnte, und Pitt schämte sich, weil er es kurzfristig erwogen hatte.

»Er hatte zwei Schuldnerlisten«, antwortete er. »Eine übliche, wie man sie erwarten würde, mit normalen Leuten in finanziellen Schwierigkeiten. Die zweite war wesentlich kürzer. Es standen nur drei Namen darauf von Leuten, deren Schulden noch nicht getilgt waren.« Er beobachtete Urbans Gesicht und las darin nichts außer einem vagen Interesse. Kein plötzliches Erschrecken, keine Angst, nur die letzten Spuren des verblassenden Ärgers.

»Aha. Jemand, den ich kenne, nehme ich an, sonst wären Sie nicht hier.«

Pitt biß sich auf die Lippen. »Ja – Ihr eigener Name steht darauf.«

Urban war ganz offensichtlich überrascht. Er starrte Pitt völlig verständnislos an. Seine großen, blauen Augen blickten Pitt forschend an, als glaube er, es handele sich um einen schlechten Scherz. Dann schien er langsam zu begreifen, daß es Pitt ernst war und seine Aussage eine Antwort verlangte.

»Ich schulde ihm kein Geld«, sagte er langsam. »Auch keinem anderen.« Dann zuckte ein jäher Schatten über seine klaren Augen, und Pitt wußte, daß er in dem Moment nicht ehrlich war und etwas zurückhielt. Ein Schauder überkam ihn, aber er versuchte, sich nichts anmerken zu lassen.

»Aber Sie sind ihm begegnet?« sagte er bestimmt.

»Ich habe ihn noch nie gesehen«, verneinte Urban. Er hatte seine Worte sorgfältig gewählt, aber sein Gesicht war offen, und er begegnete Pitts Blick geradeheraus. »Die Cyrus Street liegt nicht in meinem Bezirk – in Ihrem auch nicht, eigentlich.« Er zog die Augenbrauen hoch. »Warum sind Sie denn überhaupt damit befaßt?«

Pitt sagte ihm die Wahrheit, soweit er das konnte. »Wegen der Leute, die vielleicht darin verwickelt sind.«

»Nicht meinetwegen? Wer steht sonst noch auf der Liste?« fragte Urban, deutete auf einen Stuhl in Pitts Nähe und setzte sich selbst hinter seinen Schreibtisch.

Pitt lächelte bedauernd. »Vertraulich«, entschuldigte er sich.

»Aber wichtige Leute?« drängte Urban. »Weems wurde vor mehreren Tagen ermordet. Ich bin nicht der erste, den Sie aufsuchen. Und in letzter Zeit waren Sie mit den politischen Fällen befaßt. Da steckt jemand mit beträchtlichem Einfluß dahinter.« Er blickte in Pitts Gesicht und wußte, daß er recht hatte. Pitt war weder fähig noch gewillt, es zu verbergen.

»Es handelte sich um eine hohe Summe«, sagte er statt dessen.

»Was? Die ich Weems schuldig sein soll?« Urban blickte verwirrt. »Aber das ist unerheblich – ich hatte keine Schulden bei ihm. Ich hatte noch nie etwas mit ihm zu tun.« Er holte Luft, als ob er etwas hinzufügen wollte, entschied sich aber dann dagegen.

»Warum war dieser Anwalt eigentlich hier?« fragte Pitt plötzlich.

»Wie bitte?« Urbans Mund verzog sich wieder vor Ärger. »Ach so, dieser verdammte Osmar!« Er schüttelte den Kopf. »Wissen Sie, das Verfahren wurde nicht nur eingestellt, jetzt bezichtigt dieser elende Mensch auch noch die Wachtmeister Crombie und Allardyce des Meineids, weil sie ausgesagt haben, er habe sich im Park unsittlich benommen, und er will sie dafür vor Gericht bringen. Können Sie sich das vorstellen? Ich habe den besten Anwalt, den ich finden konnte, gerufen, um zu prüfen, ob wir den Fall wieder aufnehmen und ihn erneut vor Gericht bringen können.«

»Osmar?«

»Ja. Warum nicht? Parkins glaubt, daß wir gute Chancen hätten.«

Pitt lächelte. »Sehr gut. Bewahren Sie Crombie und Allardyce wenigstens vor einer Anklage.«

»Das habe ich vor. Und ich würde gerne wissen, warum der Richter das Verfahren eingestellt hat.« Diesmal war es Urban, der das flüchtige Ausweichen in Pitts Blick sah. Er zögerte und wollte schon nachfragen, da meldete sich eine Art Berufsinstinkt in ihm, und er schwieg.

»Sie haben keine Ahnung, warum?« fragte Pitt.

»Nicht die geringste«, antwortete Urban, und Pitt wußte, daß er log.

»Ich danke Ihnen für Ihre Geduld«, sagte er. »Ich muß mich wieder um die Liste kümmern und sehen, was ich noch herausfinden kann.«

»Tut mir leid, daß ich nicht helfen kann«, entschuldigte sich Urban noch einmal und lächelte höflich, als sich Pitt verabschiedete.

Die Nachforschungen über Urban erwiesen sich als genauso schwierig und unangenehm, wie Pitt es erwartet hatte. Als erstes ging er zu Urbans Haus. Diesmal nahm er den Omnibus, weil er ihn ganz in die Nähe der richtigen Straße brachte und er keine Eile hatte. In dem heißen, lauten Bus, eingequetscht zwischen einer dünnen Frau in Blau, die Schnupfen hatte, und einem großen Mann, der nach Bier stank, konnte er seine Gedanken in Ruhe schweifen lassen. Nicht daß dabei irgend etwas herauskam. Urban hatte ihm gefallen, und der Gedanke, in seinem Privatleben herumzuschnüffeln, war ihm zutiefst zuwider. Da Urban intelligent war und außerdem vorgewarnt, würde sich diese Aufgabe nur schwer ausführen lassen, ohne daß Urban etwas davon bemerkte. Mit seinen direkten Fragen nach Weems hatte er ihm zu verstehen gegeben, daß er wußte, daß Urban etwas mit dem Fall zu tun hatte. Pitt war immer noch ärgerlich und unglücklich wegen Charlotte. Es machte ihn wütend, daß sie sich wie eine Dame der besseren Gesellschaft verhalten hatte, der viel Zeit und Geld zur Verfügung standen und die tun und lassen konnte, was sie wollte, und daß sie nichts Besseres mit ihrer Zeit anfing, als sich zu vergnügen. Er war unglücklich, weil sie als Kind reicher Eltern eigentlich ein solches Leben erwarten konnte und sie unbeschwert und spontan die Chance, die Emily ihr bot – und die Pitt ihr nicht bieten konnte –, wahrgenommen hatte. Es verletzte ihn, daß ihr diese Dinge immer noch so viel bedeuteten. Auch er hatte den Opernbesuch genossen. Menschen hatten ihn schon immer interessiert, Menschen aller Art, und es hatte ihn fasziniert, die Gesichter zu studieren, die Rituale, die ihren Umgang prägten, und die Leidenschaften hinter ihren Masken.

Diesmal führte Pitt seine Ermittlungen allein durch. Zum ersten Mal wußte Charlotte kaum etwas davon, sie hatte nichts mit dem Fall zu tun. Es war eine merkwürdig einsame Sache, und ihm fehlte ihre Beteiligung, auch wenn sie die Leute nicht kannte und außer ihrem Interesse nichts dazu beitragen konnte.

Was wollte er über Urban in Erfahrung bringen? Was für einen Ruf er bei seinen Kollegen genoß? Wie er wohnte, wie er lebte, wie er sein Geld ausgab? Wie es um seine berufliche Integrität stand? In einem Punkt war Urban nicht aufrichtig gewesen, zumindest hatte er etwas verschwiegen. Konnte er möglicherweise wissen, warum Carswell die Klage gegen Osmar abgewiesen hatte? Auch Carswells Name stand auf Weems' Liste, aber was hatte Osmar damit zu tun? Und wenn es um Erpressung ging, warum stand dann nicht auch Byams Name darauf?

Pitt stieg aus dem Bus und legte den Rest des Weges zu Fuß zurück. Er ging in der Hitze auf dem schmalen Gehweg, vorbei an Frauen mit Kindern, alten, miteinander plaudernden Männern, einem Händler, der die Treppe zu seinem Laden fegte, einem Lumpensammler, der sich mit seinem monotonen Singsang ankündigte, und einem Hausmädchen mit einer steifen Haube, das sich mit einem Metzgerburschen stritt, der in einem Kellervorhof stand und sich die Hände an seiner blau-weiß gestreiften Schürze abwischte. Pitt befand sich ganz in der Nähe seines eigenen Viertels, und die Straße war seiner nicht unähnlich. Er verdrängte den Gedanken an Charlotte aus seinem Kopf. Das war ein Schmerz, für den er jetzt keine Zeit hatte.

Urbans Haus war recht klein und sah von außen ganz gewöhnlich aus, genau wie die Nachbarhäuser. Die Vordertreppe war sauber geschrubbt, die Haustür frisch gestrichen und der Garten klein und adrett mit ein paar Rosenbüschen und einem handtuchgroßen Stück Rasen. Pitt hatte sich schon überlegt, was er sagen wollte. Sich unter einem Vorwand Zutritt zu verschaffen, hatte keinen Zweck. Das wäre zu leicht zu durchschauen und würde zu Spannungen führen, die sich nur schwer, wenn überhaupt, wieder überwinden ließen. Wenn Urban unschuldig war, dann würde das die weitere Zusammenarbeit sehr belasten.

Die Tür wurde von einer kleinen Frau in einem grauen Wollkleid, mit einer schlichten weißen Schürze darüber, geöffnet. Ihr dickes, rötliches Haar war hinten zu einem Knoten zusammengebunden, und darauf saß etwas schief eine weiße Haube. Sie erinnerte Pitt an die Frau, die zu ihnen ins Haus kam, um für Charlotte die schweren Putzarbeiten zu erledigen, und die von Gracie gnadenlos herumkommandiert wurde, seit diese sich nicht mehr als gewöhnliches Dienstmädchen empfand.

»Ja?« sagte die Frau ungehalten. Offensichtlich hatte er sie bei der Arbeit gestört, und sie schätzte das nicht.

»Guten Morgen«, sagte er schnell. »Ich leite eine polizeiliche Ermittlung und muß mir einige Unterlagen von Inspektor Urban ansehen. Mein Name ist Pitt. Darf ich hereinkommen?«

Sie schaute ihn zweifelnd an. »Un' woher weiß ich, daß Se die Wahrheit sagen? Se könnten irgendwer sein.«

»Das stimmt allerdings«, gab er ihr recht und zog seinen Dienstausweis heraus.

Sie sah sich den Ausweis genau an, aber ihre Augen folgten den Buchstaben nicht, und Pitt vermutete, daß sie nicht lesen konnte. Sie sah wieder zu ihm auf, musterte sein Gesicht, und er wartete, bis sie sich ihr Urteil gebildet hatte.

»In Ordnung«, sagte sie schließlich. »Wenn's Polizei is', kommen Se mal besser rein. Aber er hat sich nix zuschulden kommen lassen.«

»Ich brauche nur Informationen«, sagte er und folgte ihr in die kleine Diele, wo sie eine Tür öffnete, die zum Wohnzimmer führte. »Hier hebt er seine Unterlagen auf«, sagte sie steif. »Alles, was Se suchen, is' da drin. Wenn's nich' da is', dann is' es überhaupt nich' hier.« Es war ein deutlicher Hinweis, daß sie ihn in kein anderes Zimmer hineinlassen würde.

»Danke«, sagte er. Sie blieb wie festgenagelt stehen und beobachtete ihn mit strengem, nüchternem Blick.

Offensichtlich hatte sie nicht vor, ihn allein zu lassen, Polizist hin oder her. Er lächelte in sich hinein und sah sich um. Das Zimmer war ziemlich klein, und der Raum wirkte durch mindestens ein Dutzend Bilder, die an den Wänden hingen, noch voller. Wo er Familienporträts, rührselige, ländliche Szenen oder Jagdstiche erwartet hatte, fand er statt dessen sehr moderne, impressionistische Darstellungen sonniger Landschaften: Lichtstrahlen, verschwommene Seerosen ganz in Blau- und Grüntönen mit rosafarbenen Akzenten, verblüffende Farbschattierungen und leuchtende Farbkleckse, die unter Bäumen neben einem Kornfeld lagernde Bäuerinnen heraufbeschworen. Es handelte sich um sehr eigenwillige künstlerische Studien, von einem Mann ausgewählt, der sehr klare Ansichten über Kunst hatte und bereit war, eine Menge Geld dafür auszugeben, offenbar als Investition in eine Sache, die seine Befürwortung fand. Man brauchte nicht weiter nach etwas zu suchen, das Urban in Schulden stürzen konnte. Es hing hier an der Wand, für jeden Besucher zugänglich.

Pitt blieb noch ein paar Minuten und betrachtete die Bilder näher, bewunderte die Pinselstriche, die Vorstellungskraft und das Können, das sich darin ausdrückte. Dann ging er zum Schreibtisch hinüber und zog die Schublade auf, um der immer noch wartenden Haushälterin den Eindruck zu geben, daß er tatsächlich nach der Art von Informationen suchte, die sie verstand. Er blätterte ein paar Unterlagen durch, las eines der Blätter und schob die Schublade zu. Dann drehte er sich um und sah sie an. Sie erwiderte seinen Blick erstaunt.

»Ham Se schon alles?« fragte sie mit einem Stirnrunzeln.

»Ja, vielen Dank. Es war nur eine kleine Sache und schnell gefunden.«

»Oh, gut, dann gehen Se jetzt besser wieder. Ich hab' noch zu tun. Mr. Urban is' nich' der einzige Herr, wo ich nach 'm Rechten seh'. Passen Se auf die Treppe auf beim Rausgehen. Schlurfen Se nich' mit 'n Füßen drüber. Ich hab' die grad gemacht.«

Pitt stieg vorsichtig die Stufen hinunter und ging den Weg entlang zur Gartenpforte. Die Schönheit der Bilder und der Mut zu solch einem individuellen und modernen Geschmack hätten ihm eigentlich gefallen müssen. Normalerweise wäre das auch der Fall gewesen, doch hier fand er es höchst bedrückend, denn er wußte, wieviel Urban verdiente und daß er irgend etwas verschwieg. Drängte es Urban so nach Schönheit, hatte die Sammlerleidenschaft ihn dermaßen gepackt, daß er von Weems Geld geliehen hatte, um dann festzustellen, daß er es wohl kaum würde zurückzahlen können? Oder war es sogar noch viel schlimmer? Hatte er das Geld auf andere Art bekommen, auf unehrliche, vielleicht sogar betrügerische Weise, und hatte Weems davon erfahren und ihn damit erpreßt?

Pitt ging mit langen Schritten die heiße, staubige Straße entlang. Er passierte einen Laufburschen, der durch die Zähne pfiff und seine Tasche schlenkerte, dann zwei alte Frauen, die in der Mitte des Gehwegs standen, die Köpfe zusammensteckten und tratschten. An der Ecke stieß er auf die Hauptstraße und wartete dort auf den Omnibus, während er im Geist von einem unglückseligen Gedanken zum nächsten wanderte.

Er wußte, wohin sein Weg ihn als nächstes führen mußte, ließ sich aber Zeit, denn es drängte ihn nicht, sein Ziel zu erreichen. Bevor Urban in die Bow Street gekommen war, hatte er in Rotherhithe südlich der Themse gearbeitet. Dorthin mußte Pitt jetzt gehen und von Urbans Kollegen in Erfahrung bringen, was für ein Mensch er war. Er mußte versuchen, aus ihren loyalen Antworten die Wahrheit über Urban herauszulesen. Er würde Urbans frühere Fälle durchsehen müssen, und zwar alle, an deren Bearbeitung er maßgeblich beteiligt gewesen war. Bei der uniformierten Polizei war das nicht so klar umrissen. Zum Schluß würde er die Leute, die im Schatten der Unterwelt lebten und viel mit der Polizei zu tun hatten, aufsuchen und sie befragen müssen. Vielleicht konnte er herausbekommen, in welchem Ruf Urban bei ihnen stand, und vielleicht würde er dort das Ende des Fadens finden, der ihn zu dem Geld führte, mit dem diese wilden und schönen Bilder gekauft worden waren.

Er unterbrach seine Fahrt und genehmigte sich ein kurzes Mittagessen in einem Pub, doch in Gedanken war er zu sehr mit Urban beschäftigt, um es zu genießen. Um zwei Uhr erreichte er die Wache in Rotherhithe und erklärte dem Oberinspektor, einem großen Mann mit einem traurigen Lächeln, den er in einem heißen, unordentlichen Büro voller Papierstöße vorfand, den Grund seines Besuches. Von der Sonne beschienen, lag ein rötlich-weiß geflecktes Kätzchen schlafend auf einem Kissen, dessen kleiner Körper im Traum ab und zu erregt zuckte.

Der Oberinspektor folgte Pitts Augen.

»Hab' ihn auf der Straße gefunden«, sagte er lächelnd. »Das arme Ding war am Verhungern und krank. Hätte wahrscheinlich keinen Tag länger überlebt. Also mußt' ich ihn zu mir nehmen. Brauch' eh 'nen Mäusefänger. In der ganzen Wache wimmelt's von den kleinen Viechern. Un' wenn er 'n bißchen größer is', wird er das ganz prächtig machen. Ich glaub', der träumt jetzt schon davon, so wie er aussieht.«

Das Kätzchen zuckte wieder und maunzte im Schlaf.

»Was kann ich für Sie tun?« fragte der Oberinspektor in dienstlichem Ton und räumte einen Papierstoß von einem Stuhl, damit Pitt sich setzen konnte. Das Kissen blieb für das Kätzchen liegen. Pitt hatte nichts dagegen.

»Samuel Urban«, erwiderte Pitt und sah auf das kleine Tierchen herab.

»Süßer, kleiner Kerl, nich' wahr?« meinte der Oberinspektor sanft.

»Was halten Sie von ihm?«

»Sam Urban? Ich mochte ihn. Guter Polizist.« Er runzelte besorgt die Stirn. »Is' aber nich' in Schwierigkeiten, oder?«

»Ich weiß nicht«, bekannte Pitt und blickte auf die kleine Katze, die sich streckte und dabei mit den Krallen Fäden aus dem Kissen zog.

»Hektor!« sagte der Oberinspektor freundlich. »Laß das!« Der kleine Kater schenkte ihm keinerlei Beachtung und bearbeitete weiter das Kissen. »Wurde zu früh von der Mutter weggenommen, der arme kleine Teufel«, fuhr der Oberinspektor fort. »Saugt an meinem Hemd, bis ich ganz naß bin. Was soll er denn getan haben, Urban, oder soll ich das besser nich' fragen?«

»Hat von einem Wucherer Geld geliehen, vielleicht«, antwortete Pitt.

Der Oberinspektor schob die Unterlippe vor. »Sieht ihm nich' ähnlich«, sagte er nachdenklich. »War immer sorgsam mit seinem Geld, das weiß ich. Hat nie damit um sich geworfen. Ich hab' mich manchmal gefragt, was er damit macht. Hat nie getrunken oder es für Frauen ausgegeben wie andre. Hat auch nich' gespielt, wie ich gehört hab'. Warum is' er in Schulden geraten? Hat 'n Haus von seinem Onkel geerbt, das kann's also nich' sein. Deswegen is' er auch zur Bow Street gewechselt – das Haus is' in Bloomsbury. Sind Se sicher, daß er Schulden hat?«

»Nein«, mußte Pitt zugeben. »Sein Name stand in den Büchern des Wucherers mit einer ziemlich hohen Summe. Urban streitet es ab.«

»Ich mag die Art nich', wie Se ›stand‹ sagen. Wollen Se damit sagen, daß der Wucherer tot is'?«

»Ja.« Es hatte keinen Sinn, den dicken, gutmütigen Mann zu täuschen. Er mochte zwar streunende Katzen von der Straße auflesen, aber wenn es um die Beurteilung von Menschen ging, war er keineswegs naiv. Pitt hatte die klaren, klugen Augen trotz des trägen Blicks richtig eingeschätzt.

»Ermordet?«

»Ja. Ich gehe allen Schuldnern nach – oder denen, die auf den Listen als Schuldner geführt wurden. Bis jetzt geben alle auf der ersten Liste zu, daß sie kleine Geldbeträge geschuldet haben. Die von der zweiten Liste bestreiten es. Aber man weiß, daß er auch ein Erpresser war ...« Er ließ den Satz unvollendet.

»Un' Se glauben, daß er vielleicht Urban erpreßt hat?«

»Ich weiß es nicht. Das will ich ja herausfinden.«

Das Kätzchen streckte sich, drehte sich um und rollte sich sanft schnurrend zu einer kleinen Kugel zusammen.

»Da kann ich Ihnen nich' helfen«, sagte der Oberinspektor mit einem kleinen Kopfschütteln. »Er war nich' überall beliebt. Zu freimütig mit seinen Ansichten, auch wenn man ihn nich' danach gefragt hat. Un' er hatte 'nen etwas überspannten Geschmack, was nich' immer alle so schätzen. Aber das is' nebensächlich un' kein Verbrechen.«

»Darf ich die Akten seiner wichtigsten Fälle einsehen und mit ein paar seiner Kollegen sprechen?«

»Natürlich. Aber ich weiß, was auf meiner Wache los is'. Se werden nichts finden.«

Und so war es auch. Pitt sprach mit einigen von Urbans früheren Kollegen aus den sechs Jahren, die er in Rotherhithe gearbeitet hatte, und stieß auf die unterschiedlichsten Meinungen, von Zuneigung bis zu offener Ablehnung. Aber keiner von ihnen behauptete, Urban sei unehrlich oder hätte je eine Strafverfolgung eingestellt, wenn es die Umstände nicht erfordert hätten. Manche hielten ihn für arrogant und scheuten sich auch nicht, das zu sagen, aber keiner deutete auch nur im geringsten an, daß er ihn für korrupt erachtete.

Pitt trat in den warmen, noch frühen Abend hinaus und überquerte auf seiner langen Heimfahrt die Themse wieder in nördlicher Richtung. Er war müde und entmutigt, und tief in sich spürte er ein wachsendes Unbehagen. Sein Besuch auf der Rotherhithe-Wache hatte nichts ergeben, was Grund zu der Annahme gab, daß Urban unehrlich war. Alles was Pitt erfahren hatte, ergab das Bild eines gewissenhaften, ehrgeizigen, vielleicht etwas exzentrischen Mannes, der von seinen Kollegen geachtet, aber nicht immer gemocht wurde, eines Mannes, den niemand näher kannte und dem es ein paar konservative Kleingeister insgeheim zu gönnen schienen, daß er womöglich in Schwierigkeiten geraten war.

Pitt selbst war sich sicher, daß Urban irgend etwas verbarg, das mit Weems' Tod zusammenhing und das ihm auf eine Bemerkung von Pitt hin eingefallen war. Aber waren es Pitts Fragen zu Weems und seinen Schuldnern gewesen oder hatte es, wie es den Anschein machte, mit dem seltsamen Fall des Horatio Osmar zu tun, dessen Strafverfolgung von Carswell völlig überraschend eingestellt worden war?

Pitt mußte mehrfach umsteigen, weil kein Omnibus direkt nach Bloomsbury fuhr. An einer Haltestelle sah er ein müdes, schmuddelig aussehendes kleines Mädchen, das Veilchen verkaufte. Aus einer plötzlichen Regung heraus blieb er stehen und kaufte vier Sträuße mit dunkelvioletten Blüten, die sich feucht und duftend in die Blätter schmiegten.

Mit schnellen Schritten ging er die Straße, in der er wohnte, entlang, heute jedoch mit gemischten Gefühlen. Im Laufe der Jahre hatte er angefangen, sein Zuhause als den schönsten Ort zu betrachten, den er kannte. Dort fand er Wärme, Geborgenheit und Liebe, die nicht auf Geschenken oder der Erfüllung von Erwartungen beruhte, die nicht davon abhing, ob er geistreich, amüsant oder elegant war. Das war der Ort, wo er sich von seiner besten Seite zeigen konnte und doch nicht fürchten mußte, zurückgewiesen zu werden, wenn er einmal einen schlechten Tag hatte. Hier bemühte er sich darum, verständnisvoll zu sein, ehrlich und trotzdem liebenswürdig, hier wollte er ganz selbstverständlich geduldig sein und beschützen, ohne den Überlegenen zu spielen.

Grundsätzlich hatte sich daran nichts geändert, aber vielleicht hatte ihn seine Wahrnehmung zu der Annahme verleitet, Charlotte sei glücklicher, als sie es tatsächlich war. Irgendwie war die heitere Eintracht zwischen ihnen getrübt.

Er schloß die Tür auf, zog sofort die Stiefel aus und hängte sein Jackett an den Kleiderhaken. Dann ging er auf Strümpfen in Richtung Küche. Er war überrascht, wie laut sein Herz dabei klopfte.

In der Küche war es wie immer hell, und es roch gut. Saubere Wäsche trocknete auf dem Trockengestell, das von der Decke herabhing, der Holztisch war blank geschrubbt, blau-weißes Porzellan stand auf dem Tellerbord, und der Geruch nach frischem Brot erfüllte den Raum. Jemima saß am Tisch und bestrich voller Konzentration eine Scheibe Brot mit Butter für Daniel. Der beobachtete sie und hielt das Glas mit Himbeermarmelade fest, entschlossen, es ihr erst zu geben, wenn sie seinen hohen Ansprüchen gerecht geworden war und die Butter gleichmäßig bis in jede Ecke verteilt hatte.

Charlotte trug ein geblümtes Musselinkleid und darüber eine lange Schürze mit Spitzenborte. Sie stand mit aufgekrempelten Ärmeln am Spülstein und putzte Gemüse. Eine Schüssel mit frisch enthülsten Erbsen stand auf dem Tisch neben Jemima, und daneben lag ein kleiner Haufen leerer Hülsen auf einer Zeitung, der darauf wartete, weggeworfen zu werden.

Charlotte lächelte ihm zu, nahm die letzte Karotte heraus und trocknete sich die Hände ab.

»Hallo, Papa«, sagte Jemima fröhlich, ohne ihre Tätigkeit zu unterbrechen.

»Hallo, Papa«, sagte auch Daniel und hielt weiter das Marmeladenglas fest.

Pitt strich ihnen über den Kopf, seine Augen aber blieben auf Charlotte gerichtet. Er hielt die Veilchen hoch.

»Sie sind keine Entschuldigung«, meinte er vorsichtig.

Sie blickte völlig unschuldig und verblüfft. »Wofür?« fragte sie mit großen Augen und verriet sich dann durch ein kleines Zucken der Mundwinkel. Sie tauchte ihre Nase in die feuchten Blüten und atmete den Duft tief ein. Sie seufzte. »Danke schön. Sie riechen wundervoll.«

Er reichte ihr die kleine, blau-weiße Vase, in die sie immer Blumen mit kurzen Stengeln stellte.

»Danke«, sagte sie noch einmal und füllte die Vase mit Wasser, ohne die Augen von ihm abzuwenden. Sie stellte die Vase in die Mitte des Tisches. Jemima machte es ihr nach und roch an den Blumen. Sie hielt sie an die Nase und atmete mit geschlossenen Augen und dem gleichen Gesichtsausdruck tief ein.

»Laß mich auch!« Daniel streckte die Hand aus, und Jemima reichte ihm die Vase widerstrebend herüber. Er sog die Luft einmal und dann noch ein zweites Mal ein, wobei er nicht genau wußte, wozu eigentlich. Dann stellte er befriedigt die Vase ab, ergriff wieder das Marmeladenglas, und Jemima strich weiter Butter auf sein Brot.

Beim Abendessen zeigten sich alle von ihrer besten Seite, und niemand hielt den Kopf gesenkt oder wich wie am Abend zuvor dem Blick der anderen aus. Auch schenkten sie den belanglosen Handgriffen keine übertriebene Aufmerksamkeit mehr, als ob es unglaublich wichtig wäre, daß auch die letzte Erbse am Tellerrand mit der Gabel aufgespießt und jeder einzelne Brotkrümel aufgelesen und verspeist würde. Heute wurde das Essen kaum beachtet. Sie bemerkten kaum, was sie aßen, und die ganze Mühe der Vorbereitung war umsonst. Dafür begegneten sich ihre Blicke, und obwohl kein Wort gesprochen wurde, herrschte vollkommener Einklang zwischen ihnen.

Pitt stellte in den nächsten beiden Tagen weitere Nachforschungen über Urban an, aber ohne Erfolg. Er ging die Fälle durch, die Urban in der Bow Street bearbeitet hatte, und fand nichts, was gegen ihn sprach, nichts, das von etwas anderem als harter Arbeit und Intelligenz zeugte. Manches deutete Intuition über die üblichen Fähigkeiten hinaus an, aber er entdeckte keine zweifelhaften Urteile, keinen Hinweis auf Unehrlichkeit. Über sein Privatleben bewahrte Urban Stillschweigen, und da er kaum Umgang mit den Kollegen pflegte, genoß er ihren Respekt, nicht aber ihre Zuneigung. Niemand wußte, was er in seiner Freizeit tat. Ihre freundlichen Nachfragen waren stets ebenso freundlich abgewiesen worden.

Schließlich entschloß sich Pitt, Urban mit der direkten Frage, wo er sich in der Nacht von Weems' Tod aufgehalten hatte, zu konfrontieren. Das würde ihm wenigstens die Gelegenheit geben, zu beweisen, daß er woanders gewesen war, und es würde weitere Nachforschungen unnötig machen, zumindest was den Mord betraf. Es lag immer noch die Frage nach den Schulden an, und Pitt war nach wie vor überzeugt, daß Urban in irgendeinem Punkt nicht die Wahrheit sagte.

Am nächsten Morgen kam er später als sonst in die Bow Street, wo eine ungewöhnlich gespannte Atmosphäre herrschte. Der Sergeant am Dienstschalter sah gequält aus, sein Gesicht war gerötet, und er schob fortwährend Schriftstücke von einer Ecke in die andere, ohne sie zu bearbeiten oder sie auch nur zu lesen. Obwohl er den obersten Knopf seiner Uniform geöffnet hatte, sah er aus, als sei ihm der Kragen zu eng. Zwei Wachtmeister warfen sich nervöse

Blicke zu und traten von einem Fuß auf den anderen, bis der Sergeant sie anschnauzte, sie sollten hinausgehen und sich eine Beschäftigung suchen. Ein Laufbursche kam mit einer Zeitung herein und stürzte, kaum daß man ihn bezahlt hatte, wieder hinaus, wobei er mit Pitt zusammenstieß, aber völlig vergaß, sich zu entschuldigen.

»Was ist hier los?« fragte Pitt verwundert. »Was ist passiert?«

»'ne Anfrage im Parlament«, erwiderte der Sergeant am Dienstschalter mit zusammengepreßten Lippen. »Der schäumt vor Wut.«

»Wer schäumt vor Wut?« fragte Pitt nach, eher neugierig als besorgt. »Was ist denn passiert, Dilkes?«

»Mr. Urban hat die Anwälte beauftragt, das Verfahren gegen Mr. Osmar wieder aufzunehmen, un' er hat davon Wind gekriegt un' sich bei seinen Freunden im Unterhaus beschwert.« In seinem Gesicht mischten sich Sorge und Empörung. »Jetzt stellen se lauter Fragen, un' einer hat gesagt, daß Crombie un' Allardyce im Gericht gelogen ham wie gedruckt un' daß die Polizei korrupt is'.« Er schüttelte den Kopf, und seine Stimme wurde ängstlich. »Da werden schlimme Dinge gesagt, Mr. Pitt. 's gibt genug Leute, die nich' genau wissen, ob wir nu' eigentlich 'ne gute Sache sind oder nich'. Un' dann das mit den Whitechapel-Morden letzten Herbst. Un' wir ham den Verrückten nich' gekriegt, der's getan hat, un' die Leute sagen, wenn wir was taugen würden, hätten wir 'n gekriegt. Un' dazu noch der ganze Ärger mit dem Polizeichef. Un' jetzt das. Wir können keinen Ärger nich' gebrauchen, Mr. Pitt.« Er verzog das Gesicht. »Was ich nich' versteh', is', wie das alles kam wegen so was – 'tschuldigung – verdammt Blödem.«

»Ich auch nicht«, gab Pitt ihm recht.

»Hat halt 'n kleines Techtelmechtel im Park gehabt. Sollte er eigentlich besser wissen, als das in der Öffentlichkeit zu machen. Aber er is'n Gentleman, un' Gentlemen sin' so. Mein Gott, was macht es denn schon, wenn er einfach zugibt, daß er 'n bißchen ungezogen war, sich entschuldigt un' sagt, daß er's nich' wieder tut. Nur wir ham jetzt 'ne Anfrage im Parlament, un' als nächstes wird der Innenminister selbst wissen wollen, was wir gemacht ham.«

»Ich komme da auch nicht mehr mit«, stimmte Pitt zu. Aber er dachte mehr an Addison Carswell und wurde sich der allgemeinen Stimmung gegen die Polizei unangenehm bewußt, vor allem, wie der Sergeant gesagt hatte, seit den Aufständen am Trafalgar Square, dem sogenannten »Blutsonntag«. Dann war es der Polizei letzten Herbst nicht gelungen, den Whitechapel-Mörder dingfest zu machen, was den unmittelbaren Rücktritt des Polizeichefs zur Folge gehabt hatte, und zwar nach einer sehr kurzen Amtszeit und unter einigen Peinlichkeiten. Immer wieder drängte sich Pitt der Gedanke auf, daß Carswell und Urban beide aus gutem Grund auf Weems' Liste standen, was nur allzu deutlich auf Erpressung hindeutete. Er mußte Latimer, den dritten Mann, noch finden.

»Ist Mr. Urban da?« fragte er laut.

»Ja, Sir, aber ...«

Bevor der Sergeant Einspruch erheben konnte, dankte ihm Pitt und ging den Korridor entlang zu Urbans Tür und klopfte.

»Herein!« rief Urban geistesabwesend.

Pitt trat ein und sah Urban hinter seinem Schreibtisch sitzen und auf die polierte, leere Fläche starren. Er war erstaunt, Pitt zu sehen.

»Hallo. Haben Sie Ihren Mörder schon?«

»Nein«, sagte Pitt verwirrt, weil es Urban ihm mit diesen ersten Worten unmöglich gemacht hatte, hintergründig oder indirekt zu sein. »Nein, ich habe ihn noch nicht.«

»Was kann ich dann für Sie tun?« Urban betrachtete ihn mit völliger Offenheit aus klaren, blauen Augen und wartete auf eine Antwort.

Pitt hatte keine andere Wahl, als sofort zur Sache zu kommen. Sich wieder zurückzuziehen, hätte seinen Besuch sinnlos gemacht.

»Wo waren Sie am Dienstag vor zwei Wochen?« fragte er. »Am späten Abend.«

»Ich?« Falls Urban seine Belustigung vortäuschte, dann tat er es sehr überzeugend. »Sie glauben, daß ich Ihren Wucherer umgebracht habe?«

Pitt setzte sich auf einen Stuhl. »Nein«, sagte er ehrlich. »Aber Ihr Name steht auf seiner Liste, und ich kann Sie nur dann ausschließen, wenn Sie beweisen können, daß Sie woanders waren.«

Urban lächelte. Es war ein charmantes und aufrichtiges Lächeln, und in seinen Augen lag ein humorvolles Zwinkern.

»Ich kann es Ihnen nicht sagen«, sagte er ruhig. »Oder um genauer zu sein, ich will es nicht. Aber ich war nicht in der Cyrus Street, und ich habe auch Ihren Wucherer nicht ermordet – und auch sonst niemanden.«

Pitt lächelte zurück.

»Ich fürchte, Ihre Aussage reicht nicht aus.«

»Nein, ich weiß. Tut mir leid, aber das ist alles, was Sie erfahren. Vermutlich haben Sie die anderen auf der Liste schon gefragt? Wie viele sind es?«

»Drei – und einen davon muß ich mir noch vornehmen.«

»Wer sind die anderen beiden?«

Pitt dachte einen Moment nach, wobei ihm verschiedene Möglichkeiten durch den Kopf gingen. Warum wollte Urban das wissen? Wollte er behilflich sein, mögliche Gemeinsamkeiten bei den Betroffenen zu finden? Oder suchte er nach einer Ausrede, um einem anderen die Schuld zuzuschieben? Er mußte wissen, daß er weiterhin unter Verdacht stand, wenn er keine Auskunft gab.

»Ich möchte das noch eine Weile geheimhalten«, antwortete Pitt ebenso ruhig wie vorher Urban und mit dem gleichen offenen Lächeln.

»Ist Addison Carswell dabei?« fragte Urban. Dann verzog sich sein breiter Mund zu einem kleinen, schwachen Lächeln, als er auf Pitts Gesicht den Ausdruck der Überraschung sah, bevor der es leugnen konnte.

»Ja«, gab Pitt zu. Es hatte keinen Sinn, um die Sache herumzureden. Urban hatte es in seinen Augen erkannt und würde ihm eine Lüge nicht abnehmen.

»Hm«, knurrte Urban nachdenklich. Er schien es nicht für nötig zu halten, nach dem dritten Mann zu fragen, und das allein war bedeutungsvoll. »Sie wissen, daß der verdammte Osmar seine Freunde dazu angestiftet hat, eine Anfrage im Parlament einzubringen?« fragte er verdrossen.

»Ja. Dilkes hat es mir erzählt. Was werden Sie unternehmen?«

»Ich?« Urban lehnte sich in seinem Stuhl zurück. »Die Anklage aufrechterhalten, natürlich. Das Gesetz gilt für Exminister genauso wie für jeden anderen. Man läßt sich auf Bänken in öffentlichen Parkanlagen nicht so gehen, und wenn man sich schon mit einer Frau lächerlich machen muß, dann tut man das zu Hause, wo man keine alten Damen oder Pferde damit erschreckt.«

Pitt lächelte.

»Viel Glück«, meinte er trocken und verabschiedete sich. Er fragte sich, woher Urban wußte, daß der erste Name auf Weems' Liste Addison Carswell war. Woraus hatte er das geschlossen?

Er konnte Urban unmöglich selbst beschatten, sie kannten einander zu gut vom Sehen. Er mußte das wohl oder übel Innes übergeben.

Pitt ging früher als gewöhnlich nach Hause. Als nächstes müßte er jetzt mit den Nachforschungen über Latimer beginnen, aber das konnte bis morgen warten. Er hatte keinerlei Gewissensbisse, weil er die Aufgabe hinausschob, die sich höchstwahrscheinlich auch als unangenehm erweisen würde, und nach dem, was er über Urban und Carswell herausgefunden hatte, fürchtete er sich vor neuen Enthüllungen.

Am nächsten Tag übernahm Pitt Innes' Aufgaben und setzte die Überprüfung der Leute auf Weems' erster Liste fort. Er wurde wieder Zeuge des endlosen Kreislaufs von Elend, schlechter Bildung, Analphabetentum, niedriger Arbeit, Krankheit, Schulden, Trunkenheit und Gewalt, mehr Schulden, Arbeitslosigkeit, kleinen Krediten, größeren Krediten und schließlich Verzweiflung. Die meisten von

Weems' Schuldnern konnten sich von anderen ihren Aufenthalt bezeugen lasssen. Sie waren in Pubs, bei einer Schlägerei auf der Straße, manche sogar in polizeilichem Gewahrsam gewesen. Die Ehrenhafteren unter ihnen hatten sich zu Hause aufgehalten und sich in aller Stille und voller Verzweiflung Sorgen über den morgigen Laib Brot gemacht, über die nächste Wochenmiete, darüber, was die Nachbarn wohl dachten, und was wohl noch zu verpfänden sei.

Es war entsetzlich traurig, aber das Mitleid der ganzen Welt würde nichts daran ändern. An diesem drückenden, schwülen Abend freute Pitt sich, wieder heimzukommen und Charlotte zu sehen, die den Nachmittag mit Emily verbracht hatte und jetzt voller prickelnder und oberflächlicher Klatschgeschichten war.

»Komm, erzähl mal«, drängte er sie, als sie alles als viel zu belanglos abtun wollte. »Ich möchte es gerne hören.«

»Thomas.« Sie sah ihn mit großen, lachenden Augen an. »Sei nicht so fürchterlich höflich. Das ist unnatürlich, und es macht mich nervös, so als ob etwas zwischen uns stünde.«

Er lachte und lehnte sich in seinem Sessel zurück, legte die Füße auf den kleinen, gepolsterten Puff, was er regelmäßig tat und sie immer ärgerte, weil seine Absätze ihn abwetzten.

»Ich würde gerne etwas vollkommen Belangloses hören«, sagte er ernsthaft, »über Leute, die immer genug zu essen haben, gut gekleidet sind und sich über nichts Ernsteres Gedanken machen müssen als über das, was er zu ihr sagte und sie zu ihm, was die anderen trugen, ob es der neuesten Mode entsprach oder nicht und ob die Farben ihnen gut zu Gesicht standen.«

Vielleicht verstand sie ihn. Einen Moment lang wurde ihr Gesicht ganz weich, dann lächelte sie verschmitzt, lehnte sich zurück, ordnete ihren Rock und machte es sich bequem.

»Emily hat mir von den diesjährigen Debütantinnen erzählt, die von der Königin empfangen wurden, vielleicht war es auch die Prinzessin von Wales«, begann sie mit ungefähr der gleichen Stimme, in der sie sonst Jemima und Daniel eine besonders spannende Geschichte erzählte. »Offenbar ist es ein fürchterliches Gedränge, und nach stundenlangem Herumstehen und Warten wird man schließlich vorgelassen. Man ist so damit beschäftigt, seinen Kopfschmuck gerade zu halten – du weißt schon, diese Federn – und nicht über den eigenen Rock zu stolpern oder zu keck zu wirken, weil man die Augen nicht gesenkt hält, so daß man die Königin gar nicht sieht.« Sie schlug die Beine unter. »Nur eine kleine, fette Hand, die man küßt. Sie könnte jedem gehören – der Köchin, zum Beispiel. Es geht überhaupt nicht darum, es zu tun, sondern darum, es getan zu haben. Das allein zählt.«

»Ich dachte, das wäre bei den meisten gesellschaftlichen Ereignissen der Fall«, sagte Pitt und schlug die Beine übereinander.

»O nein. Die Oper, das hast du ja selbst erlebt, ist schön, die Regatta in Henley macht Spaß – soweit ich gehört habe –, und Emily sagt, daß Ascot fantastisch ist. Die Kleider sind einfach wundervoll, und es gibt immer jede Menge Tratsch und Klatsch. Es ist so überaus wichtig, wer mit wem gesehen wird.«

»Was ist mit den Pferden?«

Sie sah ihn erstaunt an. »Oh, ich habe keine Ahnung. Aber Emily hat mir erzählt, daß Mr. Fitzherbert da war, mit Miss Morden natürlich. Und sie haben wieder Miss Hilliard und ihren Bruder getroffen.«

Pitt runzelte die Stirn. »Fanny Hilliard?«

»Ja, du erinnerst dich? Sehr hübsches Mädchen, ungefähr vierundzwanzig oder fünfundzwanzig, denke ich. Du mußt dich an sie erinnern«, sagte sie ungeduldig. »Sie hat mit uns in der Oper gesprochen und dann noch einmal beim Abendessen danach. Fitzherbert scheint sehr von ihr eingenommen zu sein!«

»Ja«, sagte er langsam. Das Bild von Fanny im Kaffeehaus tauchte wieder auf, ihr erwartungsvolles Gesicht, weich und voller Zuneigung, als sie von Carswell den Hut und den Sonnenschirm entgegennahm.

»Nun«, fuhr Charlotte schnell fort, »sie scheint sich auch zu ihm hingezogen zu fühlen.« In ihrem Gesicht mischten sich Freude und ein jähes, feinfühliges Bedauern. Einen Augenblick lang sprudelten die Worte nur so hervor, als ob sich der Rausch der Liebe auf sie übertragen hätte, doch im nächsten Moment war sie wie ernüchtert, als ihr die Konsequenzen schlagartig bewußt wurden. »Natürlich ist er mit Odelia Morden verlobt. Und ich hatte gedacht, sie gehörten zusammen und hätten eine so gute Beziehung zueinander, daß niemand und nichts sie stören könnte, zumindest nicht ernsthaft.«

Pitt beobachtete ihr Gesicht, die leicht gerunzelte Stirn und den ernsten Blick ihrer Augen. Er sah, daß etwas sie beunruhigte, wußte aber nicht, ob es um die drei Betroffenen ging oder ob sie plötzlich daran erinnert wurde, wie zerbrechlich das Glück war und wie schnell einem etwas, das man für sicher gehalten hatte, entgleiten konnte.

»Bist du dir sicher, daß er nicht einfach ein gutaussehender Mann ist, der einem Flirt nicht widerstehen kann?« fragte er.

Sie dachte einen Moment lang darüber nach.

»Nein«, sagte sie schließlich. »Nein, ich glaube nicht. Es gibt ...« Sie suchte nach den richtigen Worten. »Es gibt einen klaren Unterschied zwischen einem flüchtigen Spaß und einem Gefühl, das zu verletzen droht, weil es nicht nur ...«, sie zog die Schultern hoch und rutschte etwas tiefer in das Sofa, »... weil es nicht nur ein leichtfertiges Vergnügen ist, das man vergessen kann, sobald es vorbei ist, und dann geht man wieder zur Tagesordnung über, und alles ist beim alten. Ich glaube nicht, daß Fitz jetzt dasselbe für Odelia empfindet wie zuvor.«

»Bist du nicht ein wenig romantisch?« fragte Pitt ohne Vorwurf. »Ist Fitzherbert ein Mann, der sich einfach verliebt, ohne zu bedenken, was angemessen ist und seinen Zwecken dient? Schließlich muß er jemanden heiraten, wenn er erfolgreich sein will. Er besitzt nicht die politische Brillanz, auch dann hoch aufzusteigen, wenn er nicht die gesellschaftlichen Anforderungen erfüllt.«

»Ich sage nicht, daß er Odelia nicht heiraten wird«, protestierte Charlotte. »Aber es ist etwas da, das seine Spuren hinterlassen wird, wenn er und Fanny sich trennen und ihre eigenen Wege gehen. Und Odelia wird es nicht vergessen. Ich habe es in ihren Augen gesehen.«

Pitt lächelte und sagte nichts, aber er fragte sich, was wohl Emily darüber dachte und ob sie vielleicht ihre Hand dabei im Spiel gehabt hatte. Wenn Fitzherbert seine Verlobte sitzenließ, dann würde sich das für Jack nicht unvorteilhaft auswirken. Er hütete sich, das auszusprechen.

Charlotte holte tief Luft.

»Und Jack hat mit Lord Anstiss fast Freundschaft geschlossen«, fuhr sie fort. »Er ist ein sehr bemerkenswerter Mann, weißt du.« Sie rief sich seinen ironischen, aber nachsichtigen Kommentar über ihre gesellschaftlichen Ambitionen ins Gedächtnis zurück. Man konnte von ihm nichts anderes erwarten. »Ich habe selten jemanden gehört, der so viel Interessantes zu den unterschiedlichsten Themen zu sagen wußte. Er kennt so viele Geschichten über Leute und erzählt sie mit solch einem trockenen und geistreichen Witz. Und Emily meint, nichts scheine ihn zu langweilen. Manchmal könnte man ganz vergessen, was für ein wichtiger Mann er ist, bis man sein Gesicht in einem ruhigen Augenblick betrachtet. Er ist sich seines Einflusses sehr wohl bewußt, finde ich.«

Pitt hörte ihr schweigend zu und betrachtete ihr Gesicht, das Spiel von Licht und Schatten auf ihren beweglichen Zügen und ihr lebhaftes Interesse.

»Er hat Emily von den Präraffaeliten und ihren wundervollen Bildern erzählt, in denen sie einen ganz neuen Idealismus ausdrücken, und von William Morris und seinen Möbeln. Sie sagte, es sei wirklich interessant gewesen. In seiner Schilderung habe alles so spannend und bedeutend geklungen, und er habe nicht einfach nur Fakten aufgezählt. Dann hat Emily auch noch diesen seltsamen jungen Mann, Peter Valerius, wiedergetroffen, der sich leidenschaftlich mit den internationalen Geldgeschäften in Afrika befaßt. Ein schrecklich langweiliges Thema und das genaue Gegenteil von Lord Anstiss, der wirklich nie langweilig ist.«

Sie sprach noch von anderen Leuten, von denen Emily ihr erzählt hatte, was sie getragen und mit wem sie gesprochen hatten, aber er hörte ihr nicht mehr besonders aufmerksam zu, sondern ließ es eher wie ein undeutliches, aber angenehmes Gemurmel über sich hinwegplätschern. Er genoß es einfach, ihr lebhaftes Gesicht zu betrachten, und wußte, daß sie ihm das alles nicht erzählte, weil es ihr Lebensinhalt war, sondern weil sie es mit ihm teilen wollte, und das war ihm sehr wichtig.

Nur einen Tag später erstattete Innes Bericht über die Ergebnisse, die die Beschattung Urbans bisher erbracht hatte. Vorsichtshalber kam er nicht selbst in die Bow Street, sondern sandte eine Nachricht, in der es hieß, er sei auf etwas gestoßen, das Pitt nach seinem Dafürhalten wissen sollte.

Pitt hatte an dem Morgen Drummond über den Stand der Ermittlungen unterrichtet und Urbans Fallakten noch einmal durchgesehen. Außerdem hatte er das Testament des Onkels, der Urban das Haus in Bloomsbury hinterlassen hatte, herausgesucht, weil er nachsehen wollte, ob zu dem Erbe auch Bilder gehörten. Wenn dem so war oder wenn Urban auch Geld geerbt hatte, dann würde das zumindest seine Leidenschaft für diese Dinge erklären. Er brauchte ziemlich lange, bis er den Namen des Onkels erfahren und das Testament beim Erbschaftsgericht aufgespürt hatte. Als es vor ihm lag, sah er, daß es ganz einfach war. Das Haus ging an »den einzigen Sohn meiner lieben Schwester, Samuel Urban«. Das Testament umfaßte auch alle Einrichtungsgegenstände, die sorgfältig aufgelistet waren. Da stand nichts von modernen Gemälden, ja es wurden überhaupt keine Bilder erwähnt.

Als Innes' Nachricht eintraf, war Pitt sehr erleichtert, daß er einen Grund hatte, die Arbeit liegenzulassen und zumindest für die Dauer des Weges eine Ablenkung zu haben, auch wenn es nur eine Droschkenfahrt nach Clerkenwell war. Er fand, daß er sich angesichts der Dringlichkeit von Innes' Botschaft diesen Luxus gestatten sollte, statt die längere und umständlichere Fahrt mit dem Omnibus zu machen.

Er saß in der Droschke und rollte die High Holborn entlang, als ihm einfiel, daß Innes ja Urban beschattet hatte und seine Entdeckung wahrscheinlich ihn betreffen würde und nicht einen der Verdächtigen von der ersten Liste. Denen war man nur von Clerkenwell aus nachgegangen, da sie ja fast alle dort lebten. Doch selbst wenn Innes Weems' Mörder unter diesen Leuten gefunden und aufgrund nicht zu widerlegender Beweise festgenommen hatte, würde das Pitt keine Freude machen. Er fürchtete sich davor, die Niederlage und die Schuld in dem Gesicht des unglücklichen Menschen zu sehen, der aus Verzweiflung zur Gewalt getrieben worden war und sich dadurch noch tiefer ins Unglück gestürzt hatte. Ob fluchend oder schweigend, aufbegehrend oder gebrochen, innerlich würde er vor Angst fast sterben, denn er wußte, daß ihn das Gefängnis in Newgate und der Henker erwarteten.

Pitt erkannte mit Bitterkeit, daß er nicht wirklich herausfinden wollte, wer William Weems ermordet hatte. Doch man konnte den Fall nicht einfach willkürlich als ungelöst zu den Akten legen. Mord war theoretisch immer ein Verbrechen, und die Gesellschaft mußte, wenn ihr Fortbestehen gesichert sein sollte, den Täter finden und bestrafen. Nur war die Praxis oft so unendlich viel komplexer, und das Opfer war manchmal zugleich auch Täter, wenn auch indirekt. In dieser komplizierten Situation waren Verbrechen und Leid tragisch miteinander verflochten. Man konnte nicht einfach einen der Beteiligten bestrafen und die Sache als im Sinne der Gerechtigkeit erledigt betrachten.

Er war vollkommen in Gedanken und Erinnerungen versunken, als der Kutscher vor der Wache in Clerkenwell anhielt.

Pitt stieg aus, bezahlte ihn und ging hinein, um Innes zu suchen.

Kaum sah er Innes, wußte er, daß seine Nachricht beunruhigend war. Die Betroffenheit stand Innes ins Gesicht geschrieben, unter seinen Augen lagen dunkle Ringe, als hätte er eine unruhige Nacht verbracht.

»Morgen, Mr. Pitt«, sagte er düster und erhob sich. »Sie kommen besser mit mir raus.« Ohne eine weitere Erklärung schob er einen dicken Sergeanten und einen Wachtmeister, der an einer Pfefferminzstange kaute, zur Seite und trat auf die Straße.

Pitt folgte ihm dicht auf den Fersen. Auf dem Bürgersteig, wo man nebeneinander gehen konnte, schloß er auf. Er stellte keine Fragen. Nachdem es in der Nacht geregnet hatte, schien die Sonne an diesem Vormittag wieder, alles sah wie reingewaschen aus, und in der Luft lag eine würzige Frische.

»Ich bin ihm gefolgt«, sagte Innes und sah auf das Pflaster hinunter, als könne er stolpern, wenn er nicht aufpaßte, obwohl der Boden völlig eben war.

Pitt sagte nichts.

»Falls ihn Weems erpreßt hat, weiß ich jetzt, warum«, fuhr Innes nach ein paar Metern fort. Er fuhr sich mit der Zunge über die Lippen und schluckte schwer. Immer noch sah er Pitt nicht an. »Er hat den Abend in 'nem Varietétheater in Stepney verbracht.«

»Das ist kein Vergehen«, sagte Pitt, wußte aber, daß noch mehr kommen würde. Ein Abend in einem Varieté war eine völlig akzeptable Art der Zerstreuung für einen vielbeschäftigten Mann. Zehntausende in der Stadt taten das gleiche. Pitts Bemerkung war sinnlos, er versuchte nur – vergebens – den Augenblick hinauszuzögern, in dem Innes ihm seine Entdeckung mitteilen würde. Er konnte die Worte schon fast hören, bevor sie ausgesprochen wurden. Da gebe es eine Frau, ganz hübsch, wahrscheinlich recht drall, vielleicht eine Sängerin, zweifellos von vielen umworben, und Urban, wie zahllose andere vor ihm, war in Schulden geraten bei dem Versuch, seine Nebenbuhler auszustechen.

»Nun erzählen Sie schon«, sagte Pitt schroff und trat auf die Straße, um einem Hausierer auszuweichen.

»Er hat da gearbeitet«, antwortete Innes genauso schroff, als er ihn wieder eingeholt hatte.

»Was?« Pitt konnte ihm kaum glauben. »Im Varieté? Urban! Ich kann ihn mir nicht auf der Bühne vorstellen. Er ist zu – zu nüchtern. Er mag schöne Gemälde, wahrscheinlich auch klassische Musik, wenn sich die Gelegenheit bietet.«

»Nein, Sir – nicht auf der Bühne. Als Rausschmeißer!«

»Urban!«

»Ja, Sir.« Innes starrte auf seine Füße und vermied es, Pitt anzusehen. »Un' er kann das gut. Er is' ja ganz schön kräftig un' flößt den Leuten Respekt ein, so daß se nich' gern mit ihm rumstreiten. Ich hab' gesehen, wie er 'n Streit zwischen 'n paar Gästen geschlichtet hat, die 'n bißchen zu viel intus hatten, un' das ging ganz schnell un' ohne Aufsehen, un' nur die, die ganz nah dran waren, ham was davon mitgekriegt.« Er wich einer Frau mit drei Kindern im Schlepptau aus. »Wird ganz gut dafür bezahlt«, meinte er, als sie vorbei waren. »Hat wahrscheinlich ordentlich was zusammengespart, wenn er da schon lange arbeitet. Hätte Weems' Geld gar nich' nötig gehabt, um's sich gutgehen zu lassen. Aber 'türlich, wenn Weems das gewußt hat, dann hat er 'n ganz schön in der Hand gehabt. 'n Bulle, der schwarzarbeitet. Hätte sofort den Dienst quittieren müssen. Un' ich glaub' nich', daß Mr. Urban vom Rausschmeißen leben will.«

»Nein«, sagte Pitt langsam. Einerseits war ihm leichter zumute, weil es längst nicht so erbärmlich war, wie sich wegen einer Frau, die er sowieso nie geheiratet hätte, lächerlich zu machen. Doch andererseits war es viel ernster. Urban wäre aus dem Polizeidienst entlassen worden, wie Innes schon gesagt hatte. Das aufsteigende Gefühl der Erleichterung wurde von sehr unangenehmen und quälenden Gedanken getrübt. Wenn Weems davon gewußt hatte, dann war das ein Motiv für den Mord.

Sie gingen einige Minuten schweigend und ohne Ziel nebeneinander her. Das war einfacher, als stehenzubleiben und eine Entscheidung zu treffen.

»Sie nehmen die Sache in die Hand, Sir?« fragte Innes schließlich, als sie auf die Hauptverkehrsstraße stießen. Sie mußten ein paar Minuten warten, bis sich eine Lücke bildete und sie zur anderen Seite gelangen konnten.

»Ja«, antwortete Pitt, war sich aber noch nicht im klaren,

wie er vorgehen würde. Natürlich mußte er Urban damit konfrontieren, aber wenn dieser irgendwie beweisen konnte, daß er Weems nicht getötet hatte, wenn er in dieser Nacht in Stepney gewesen war und dafür Zeugen hatte, sollte Pitt dann trotzdem seine Schwarzarbeit melden? Diese Entscheidung mußte er nicht heute treffen. Wenn Urban des Mordes schuldig war, würde das kaum noch eine Rolle spielen.

Innes überquerte die Straße und versuchte dabei die Pferdeäpfel zu umgehen. Pitt folgte ihm und entkam nur knapp einer in hohem Tempo daherkommenden Berline mit einem Gentleman auf dem Kutschbock.

»Mr. Pitt ...«, begann Innes, als sie auf dem gegenüberliegenden Gehweg standen.

»Ja?« Pitt wußte, daß er jetzt fragen würde, ob er über Urban Mitteilung machen müsse.

»Ah ...« Innes entschied sich anders. Es war eine Frage, deren Antwort er eigentlich gar nicht wissen wollte. Er zog es vor zu hoffen.

Pitt hakte nicht weiter nach. Schließlich kannten beide die Rechtslage und wußten, daß sie eigentlich Rechenschaft schuldig waren.

Pitt traf Urban in seinem Büro. Er ärgerte sich, denn er mochte den Mann. Er ärgerte sich über dessen Schwäche, aus der heraus er für ein paar Bilder, ganz gleich wie schön sie waren, so viel aufs Spiel gesetzt hatte.

»Was ist jetzt wieder?« Urbans Miene war düster. Er wußte, daß Pitt nicht noch einmal ohne dringenden Grund gekommen wäre, und vielleicht konnte er auch die Gemütsbewegung in dessen Gesicht ablesen.

»Weems«, antwortete Pitt. »Immer noch Weems. Sind Sie sicher, daß Sie mir nicht sagen wollen, wo Sie in der Nacht waren, als er starb?«

»Es würde nichts ändern«, erwiderte Urban langsam. »Ich kann es nicht beweisen, und Sie können mir ohne Beweise nicht glauben. Aber ich habe ihn nicht umgebracht. Ich habe ihn nicht einmal gekannt.«

»Wenn Sie in Stepney waren, können Sie es beweisen«, sagte Pitt ruhig. »Die Direktion muß ja Buch führen.«

Urbans Gesicht wurde bleich, aber seine Augen blieben auf Pitt gerichtet.

»Sie sind mir gefolgt? Ich habe Sie nicht gesehen, obwohl ich darauf vorbereitet war. Ich hatte es mir schon gedacht.«

»Nein«, sagte Pitt und biß sich auf die Lippen. »Ich habe einen anderen geschickt. Ich wäre schön dumm gewesen, wenn ich Sie selbst beschattet hätte. Natürlich hätten Sie mich gesehen. Waren Sie denn an jenem Abend dort?«

»Nein.« Urban lächelte traurig und etwas selbstironisch. »Jetzt bedauere ich das natürlich. Ich habe mich bei einem anderen Varieté vorgestellt, wo ich mir eine höhere Bezahlung erhoffte, habe aber meinen Namen nicht angegeben. Ich wollte nicht, daß es bekannt würde, weil ich den anderen Posten nicht verlieren wollte.«

»Warum?« fragte Pitt barsch. »Sie werden hier gut bezahlt. Sind ein paar Bilder das wirklich wert?«

Urban zuckte mit den Schultern. »Damals war ich der Ansicht, jetzt denke ich vielleicht anders.«

Er sah Pitt direkt an. Seine Augen blickten halb fragend, halb entschuldigend. »Morgen werde ich vermutlich überhaupt nicht mehr so denken. Ich bin gerne bei der Polizei. Aber ich habe Weems nicht getötet. Ich hatte noch nie von ihm gehört, bis Sie zu mir kamen und mir erzählten, daß mein Name auf seiner Liste steht. Vielleicht hatte er vor, mich zu erpressen, und wurde umgebracht, bevor er es tun konnte ...« Er hielt inne, und wieder hatte Pitt den starken Eindruck, daß er etwas verschwieg.

»Um Himmels willen, sagen Sie es!« sagte Pitt wütend und mit rauher Stimme. »Es steht mehr als Ihre Karriere auf dem Spiel, Mann. Es geht um Ihr Leben! Sie hatten das Motiv, Weems umzubringen. Sie hatten die Gelegenheit dazu, und soweit wir wissen, hätten Sie sich, wie jeder andere auch, die Mittel dazu beschaffen können. Was ist es? Was verbergen Sie? Sie wissen etwas. Hat es etwas mit Osmar zu tun und damit, daß Carswell ihn laufenließ?«

»Osmar«, sagte Urban langsam und entspannte sich, als wolle er sich endlich in gewisser Weise geschlagen geben. »Außer meinem Kopf habe ich jetzt wahrscheinlich nichts mehr zu verlieren.« Er machte eine ruckartige Bewegung, als ob er sich aus einem Griff befreien wollte. »Der Kreis kann mir zwar viel antun, aber das ist nicht so schlimm wie der Henker ...«

»Kreis?« Pitt hatte keine Ahnung, wovon er sprach. »Was für ein Kreis?«

Urban ließ sich auf den Stuhl hinter seinem Schreibtisch fallen, und Pitt setzte sich auch.

»Der Innere Kreis«, sagte Urban sehr leise. Seine Stimme war kaum mehr als ein Flüstern, als ob er sogar hier fürchtete, belauscht zu werden. »Ein Geheimbund für wechselseitige Unterstützung, Wohltätigkeitsarbeit und Ausgleich von Ungerechtigkeiten.«

»Was für Ungerechtigkeiten?« fragte Pitt schnell. »Wer entscheidet, was Recht und was Unrecht ist?«

Urban hörte den feinen Unterschied heraus und lächelte ironisch.

»Sie natürlich.«

»Wenn die Ziele so edel sind, warum ist der Kreis dann geheim?«

Urban seufzte. »Manches läßt sich nur schwer durchführen, und es gibt immer welche, die es zu verhindern suchen, manchmal unter Einsatz ihrer Machtposition. Wenn wir verdeckt wirken, haben wir einen gewissen Schutz.«

»Ich verstehe. Aber was hat das mit Ihnen und Weems zu tun – und mit Osmar?« fragte Pitt.

»Ich bin Mitglied des Inneren Kreises«, erklärte Urban. »Ich bin vor geraumer Zeit eingetreten, als ich noch ein junger und aufstrebender Mann in Rotherhithe war. Ein leitender Polizeibeamter hielt mich für einen vielversprechenden Mann und war der Ansicht, daß der Kreis Leute wie mich brauchte.« Er wirkte schuldbewußt. »Ich war damals viel jünger. Er schmeichelte mir und erzählte mir, daß ich viele gute Taten vollbringen und Macht haben würde, um Menschen zu helfen. Es war nicht derselbe Oberinspektor wie jetzt. Der würde nichts damit zu tun haben wollen.«

Er lehnte sich noch weiter vor. »Ich trat also ein. Am Anfang war alles ganz einfach, eine kleine Spende für eine gute Sache und ab und zu ein paar Stunden meiner Zeit, nichts Besonderes.«

Pitt hörte schweigend zu.

»Es vergingen einige Jahre, bis ich auf etwas stieß, das mich störte«, fuhr Urban fort, »ich habe aber nichts gesagt. Ich habe einfach bestimmte Aufgaben, mit denen man an mich herantrat, abgelehnt. Vor sechs Monaten kam die erste wirkliche Disziplinierung. Ich wurde gebeten, einen Mann in einem Fall zu begünstigen. Es war gar nicht der Angeklagte, sondern ein Zeuge, aber er wollte keine Aussage machen, und ich sollte im Namen des Geheimbundes darüber hinwegsehen. Ich weigerte mich. Ich hatte schon davon gehört, daß andere Mitglieder des Kreises für so etwas bestraft worden waren. Sie stellten auf einmal fest, daß sie an bestimmten Orten, wo sie sonst immer angesehen waren, plötzlich nicht mehr eingelassen wurden. Oder sie wurden unerklärlicherweise aus einem Club ausgeschlossen, obwohl keinerlei Vorwürfe gegen sie erhoben worden waren und niemand etwas von einem Vergehen krimineller oder gesellschaftlicher Art wußte.«

»Der Innere Kreis bestraft seine abtrünnigen Mitglieder«, sagte Pitt langsam.

»Ja, ich glaube. Es gab nie so etwas wie einen Beweis, aber die Betroffenen verstanden es meist sofort. Und was wahrscheinlich viel entscheidender ist, andere Mitglieder, die erwogen, den Gehorsam zu verweigern, entschlossen sich daraufhin, es nicht zu tun.«

»Sehr wirksam«, sagte Pitt. Eine Fülle von Gedanken schwirrte ihm durch den Kopf, und er betrachtete die Verbindung zwischen Weems, Carswell und Horatio Osmar in einem neuen Licht. So ließ sich das Einstellen des Verfahrens möglicherweise erklären – Brüder des Inneren Kreises. Und Urban – womöglich auch Latimer? Ein Netz stillschweigender Abmachungen, Gefälligkeiten, Verpflichtungen, unausgesprochener Drohungen, und für die, die sich auflehnten, eine schnelle und wirksame Bestrafung und gleichzeitig eine Warnung für andere.

War Micah Drummond deshalb so schnell bereit gewesen, Lord Byam zu helfen? War es ihm deshalb so unangenehm gewesen, ohne daß er es erklären konnte? Natürlich war das der Grund, warum Byam als erster von Weems' Tod erfahren hatte und warum die Wache in Clerkenwell den Fall abgegeben hatte, als sie darum gebeten wurde: alles im Namen des Inneren Kreises. Ein Geheimbund der Macht – mit welchen Zielen?

Micah Drummond!

Wie stark waren die Bande dieses Geheimbundes? Stärker als Pflicht und Schuldigkeit? Wo hörte die Bruderschaft auf, und wo begann die Korruption?

»Und Sie haben sich widersetzt?« fragte Pitt und sah Urban wieder an.

»Ich habe mich regelwidrig verhalten«, gab Urban zu. »Ich glaube, mein Name auf Weems' Liste soll eine Warnung für andere sein. Aber das kann ich nicht beweisen.«

»Dann stellt sich die Frage«, sagte Pitt langsam, »ob Weems' Mörder die zweite Liste dort hinterlassen hat, damit wir sie finden und Sie und Carswell damit in Schwierigkeiten bringen sollten ...« Er erwähnte Latimer absichtlich nicht. »Oder befand sie sich sowieso schon dort und sollte zu einem späteren Zeitpunkt eingesetzt werden, und kam der Mord an Weems überraschend?«

»Ich weiß es nicht«, sagte Urban. »Ich weiß nicht einmal sicher, ob Carswell ein Mitglied des Inneren Kreises ist, aber es würde erklären, wieso er die Klage gegen Osmar abgewiesen hat. Und Carswells Name war auch auf Ihrer Liste.«

Pitt erwiderte nichts. Zwar hatte er begriffen, was Urban gesagt hatte, und wußte auch, daß es wahrscheinlich stimmte, aber erdrückender und wesentlich schmerzhafter war für ihn die Erinnerung an Micah Drummonds Gesicht, als der ihm berichtet hatte, daß Weems ermordet worden sei und sie Byam helfen würden. Das warf alle möglichen

Fragen auf. Hatte Micah Drummond eingewilligt, den Fall zu übernehmen, weil er Mitglied des Kreises war? Wurde ihm deswegen kein Stein in den Weg gelegt? Warum stand Byams Name auf keiner Liste? Hatte er womöglich die zweite Liste hinterlegt und war dann in seine eigene Falle gelaufen, als ein anderer, vielleicht ein verzweifelter Schuldner, nach ihm kam und Weems ermordete? Hatte Byam Angst, weil er selbst dort gewesen war und befürchtete, gesehen worden zu sein, und nicht, weil er befürchtete, sein Name könne auftauchen?

Warum hätte er die Liste dort hinterlegen sollen? Das ergab keinen Sinn, es sei denn, Byam wußte, daß Weems umgebracht werden sollte und die Polizei sie finden würde.

Am bedrückendsten aber war die Frage nach Drummonds Rolle. Welche Stellung nahm er im Inneren Kreis ein? Wurde er auf irgendeine Weise bestraft? Oder war er gehorsam, fügte er sich ihrem Willen? Oder schlimmer noch, war er derjenige, der die Disziplinierungsmaßnahmen verhängte und Drohungen aussprach? War er vielleicht nach Weems' Tod in dessen Büro gewesen, bevor Pitt kam und die Listen fand?

Und schließlich, war Byam sogar noch vor Drummond von der Wache in Clerkenwell über Weems' Mord informiert worden? War er in die Cyrus Street gegangen und hatte die zweite Liste dort deponiert?

Oder war es jemand aus der Clerkenwell-Wache, an den er noch gar nicht gedacht hatte – der Unbekannte, der Byam zuerst informiert hatte?

Es war ein Geheimbund. Wer wußte, wer die Mitglieder waren, und durchschaute die wahren Absichten? Waren die eigenen Mitglieder eingeweiht? Wie viele von ihnen wurden von einigen wenigen als Schachfiguren benutzt?

Wie viele Greifarme hatte der Kreis bereits nach der Polizei ausgestreckt, um sie zu unterminieren und zu korrumpieren?

»Nein«, sagte Pitt laut und brach das lastende Schweigen. »Ich weiß es auch nicht.«

7. Kapitel

Micah Drummond ertappte sich dabei, daß er immer häufiger über den Fall Byam nachdachte, sogar zu Zeiten, in denen er normalerweise alle polizeilichen Angelegenheiten weit hinter sich ließ und anfing, die immerhin beträchtlichen Annehmlichkeiten des Lebens zu genießen. Er lächelte gequält vor sich hin. In seinen Augen war es der Fall Byam, für Pitt war es höchstwahrscheinlich der Fall Weems. Denn schließlich war es Weems, den man getötet hatte. Byam war nur ein möglicher Verdächtiger beziehungsweise, wie Drummond inständig hoffte, ein »unmöglicher«. Dieser Gedanke beunruhigte ihn. Es war ein dunkler Punkt in seinen Überlegungen, etwas, das er beiseite schob, aber trotzdem nur in kurzen, bewußt kontrollierten Momenten vergessen konnte, das sich ihm immer wieder aufdrängte.

Pitt hatte Drummond von der Hakenbüchse erzählt. Das bedeutete, daß zumindest theoretisch die Mittel jedermann zugänglich waren, auch dem ärmsten Schuldner aus Clerkenwell. Aber hätte Weems unter diesen Umständen Goldmünzen herumliegen lassen? Möglicherweise. Vielleicht reizte ihn diese Art Grausamkeit – einen verzweifelten Menschen, der seine Rückzahlungen nicht leisten konnte, in seinem Büro zu haben und ihn über einen Haufen Goldmünzen hinweg anzusehen und dann von ihm den letzten Penny zu fordern. Nicht nur auffallend sadistisch, sondern zweifellos gefährlich. Hatte Weems in den Jahren des Geldverleihens nicht gelernt, Charaktere gut genug einzuschätzen, um so etwas zu vermeiden?

Warum hatte er denn nach Einbruch der Dunkelheit einen Schuldner allein in seinem Büro empfangen? Das konnte wohl kaum seine übliche Praxis sein. Aber hatte Pitt danach gefragt? Er würde sich wahrscheinlich darauf konzentrieren, wer Weems umgebracht hatte, und nicht darauf, Byam zu entlasten.

Drummond hielt mit einem jähen Schuldgefühl inne. Das war es, was er tat: Er versuchte Byam zu entlasten. Er hätte sich kaum darum gekümmert, Weems' Mörder zu finden, wenn es jemand anderes gewesen wäre, wenn man Byam vom Verdacht hätte freisprechen können. Drummond spürte, wie ihm die Röte ins Gesicht stieg, als er sich bewußt wurde, wie seine Urteilsfähigkeit entgleist war, wie sich seine Prioritäten einseitig verschoben hatten.

Es war ein Sommerabend und immer noch hell draußen. Drummond war zu Hause. Aber es war nicht das große Haus in Kensington, in dem er gewohnt hatte, als seine Frau noch lebte und seine Töchter heranwuchsen. Das hatte er verkauft, als die Einsamkeit darin nicht mehr zu ertragen gewesen war und die Unterhaltskosten nicht mehr lohnten. Jetzt hatte er eine geräumige Wohnung in der Nähe von Piccadilly. Er brauchte sich keine eigene Kutsche mehr zu halten, er konnte immer eine Droschke mieten, wenn er eine brauchte. Ein Diener und eine Frau, die den Haushalt führte und kochte, waren alles, was er benötigte, um sich wohl zu fühlen. Wenn sie ab und an jemanden zusätzlich beschäftigten, merkte er kaum etwas davon. Die Kosten waren gering, und er verließ sich auf ihr Urteil.

Dieses Zimmer enthielt immer noch vieles von seiner alten Einrichtung: den bestickten Ofenschirm mit Pfauen darauf, den seine Mutter ihm im ersten Jahr nach seiner Hochzeit geschenkt hatte, die blauen Meißner Porzellanteller, die seine Frau so geliebt hatte, den scheußlichen, braunen Elefanten, den sie geerbt hatte und über den sie beide gelacht hatten. Er hatte die Chippendalestühle behalten, obwohl es eigentlich zu viele waren für diesen Raum. Einige der Bilder hatte er seinen Töchtern gegeben, doch der Landseer und das kleine Seestück von Bonnington hingen immer noch da. Freiwillig würde er sich nie von ihnen trennen.

Jetzt stand er an dem großen Erkerfenster, das auf den Greenpark hinausging, und versuchte seine Gedanken zu ordnen.

Was war mit den anderen Namen auf der Liste, der zweiten Liste? Nach dem, was Pitt gesagt hatte, war Addison Carswell höchstwahrscheinlich auch erpreßt worden. Und er konnte oder wollte keine Rechenschaft darüber ablegen, was er in der Nacht, als Weems ermordet wurde, getan hatte. War der unglückliche Mann wirklich so vernarrt in das Hilliard-Mädchen, daß er alles aufs Spiel setzte, was er besaß – nicht nur sein Heim und seine Familie, sondern sogar sein Leben? Hatte er Weems ermordet, anstatt seine Geliebte einfach aufzugeben? Tausende von Männern in ganz London, ja in ganz England hatten eine Geliebte. Wenn man diskret war, spielte es kaum eine Rolle.

Was konnte Weems im schlimmsten Fall getan haben? Hatte er Mrs. Carswell alles erzählt? Und wenn schon. Wenn sie es nicht schon wußte oder ahnte, und wenn es das erste Mal war, daß ihr Mann fremdgegangen war, konnte sie durchaus verletzt sein. Aber wenn man sich eine Geliebte hält, dann quält einen das Leid seiner Ehefrau nicht – auf jeden Fall nicht so sehr, daß man den Strick dafür riskierte. Seine Töchter? Vielleicht wären sie bekümmert und ärgerlich gewesen, aber sie waren alt genug, sich über den Lauf der Welt keine Illusionen zu machen, und wohl kaum in der Lage, ihre Kritik anders zu äußern, als ihm ihre Zuneigung zu entziehen und ihm das Gefühl zu vermitteln, daß er im eigenen Haus isoliert war. Das konnte sicherlich sehr unangenehm sein, war aber wiederum völlig belanglos, verglichen mit den Unannehmlichkeiten, die ein Mord nach sich ziehen würde. Als Richter mußte er sich des schrecklichen Ausmaßes der Konsequenzen besonders bewußt sein. Mehr als alle anderen mußte er wissen, was eine Zeit im Gefängnis von Coldbath Fields oder Newgate für einen Mann bedeutete, vom Strick ganz zu schweigen.

Was war mit Byams Brief geschehen und Weems' Aufzeichnungen seiner Zahlungen an ihn? Byam war sich so sicher gewesen, daß sie dort sein mußten. Er hatte Drummond deshalb gerufen und seine Verbindung mit Weems, die Erpressung und den Tod von Laura Anstiss zugegeben und somit auch sein Motiv für einen Mord. Ohne das wäre er überhaupt nicht damit in Zusammenhang gebracht worden.

Drummonds Gedanken wurden von dem Diener unterbrochen, der in der Tür stand und sich taktvoll räusperte.

»Ja, Goodall, was ist?«

Goodalls schmales Gesicht war beinahe ausdruckslos.

»Eine Lady Byam möchte Sie sprechen, Sir.«

Es war lächerlich. Drummond spürte, wie ihm der Atem stockte und das Blut ins Gesicht schoß.

»Lady Byam?« wiederholte er unsinnigerweise.

»Ja, Sir.« Goodalls Augenbrauen hoben sich ein klein wenig, aber das konnte auch nur Drummonds Einbildung gewesen sein.

»Bitten Sie sie herein.« Drummond schluckte und drehte sich um. Was war geschehen? Warum kam Eleanor Byam ihn besuchen, in seinem Haus und am Abend, obwohl es immer noch hell war und auch noch zwei Stunden hell sein würde. Das war etwas ganz Außergewöhnliches. Da konnte etwas nicht stimmen.

Goodall öffnete wieder die Tür, und Drummond drehte sich ruckartig um und sah Eleanor das Zimmer betreten. Sie trug ein dunkles Kleid von einer unbestimmten Farbe zwischen Blau und Grau, oder vielleicht war es auch Grün. Es sah aus wie der Himmel kurz nach Einbruch der Dämmerung, und ihre Haut schimmerte rosig und erinnerte ihn daran, daß sie sich trotz der kühlen Farben ihres Kleides warm und sehr lebendig anfühlen würde.

All diese idiotischen und höchst unangebrachten Gedanken! Die Hitze, die er auf seinem Gesicht spürte, ließ ihn wahrscheinlich so aussehen, als hätte er Fieber.

»Guten Abend, Lady Byam«, sagte er schnell und trat auf sie zu, um sie zu begrüßen.

Goodall schloß die Tür, und sie waren allein.

»Guten Abend, Mr. Drummond«, antwortete sie etwas zögernd. »Es ist sehr freundlich von Ihnen, mich ohne Anmeldung zu empfangen, und das zu dieser Uhrzeit.« Sie fuhr sich mit der Zunge über die Lippen, als ob ihr Mund trocken wäre und ihr das Sprechen schwerfiele. Offensichtlich war auch sie sich bewußt, daß diese Situation irgendeiner Erklärung bedurfte. Ehrbare Frauen, insbesondere Damen von Stand, kamen nicht allein in das Haus eines alleinstehenden Herren, ohne Einladung und zu dieser Tageszeit. Sie holte tief Luft. Er sah, wie sich ihre Brust hob und der Puls an ihrem Hals pochte. »Ich bin gekommen, weil ich das dringende Bedürfnis hatte, mit Ihnen über den Fall zu sprechen«, fing sie hastig an. Sie stand immer noch dicht an der Tür, und die Farben des Teppichs zwischen ihnen leuchteten im abendlichen Sonnenlicht. »Ich weiß, daß Sie meinem Mann versprochen haben, etwaige Neuigkeiten, die uns betreffen, sofort mitzuteilen, aber ich empfinde das Warten als überaus unerträglich.« Sie hielt jäh inne und erwiderte zum ersten Mal seinen Blick.

Ihre Worte waren klar. Die Entschuldigung entsprach seinen Erwartungen, die Gründe waren durchaus verständlich. Stärker als das jedoch konnte er die Angst in ihr erkennen. Ihr Körper unter dem weichfallenden Musselinkleid und dem Schal – eher eine Sache des Anstands als eine Notwendigkeit an diesem warmen Abend – war angespannt.

Er vergaß sich selbst einen Augenblick lang in dem Wunsch, sie beruhigen zu können.

»Ich verstehe«, sagte er schnell. »Es ist natürlich.« Er empfand es nicht lächerlich, dies zu sagen, obwohl ihn in all seinen Jahren im Polizeidienst noch nie eine Frau in seinem Haus aufgesucht hatte, nur weil ihre Angst sie dazu trieb. Aber er war auch noch nie in einen Fall wie diesen verwickelt gewesen. »Bitte, fühlen Sie sich nicht genötigt, sich zu entschuldigen. Ich wünschte, ich hätte Ihnen mehr erzählen können, damit das nicht nötig gewesen wäre.« Als er seine eigenen Worte hörte, fürchtete er, sie könne denken, er meine, daß ihr Besuch vermeidbar gewesen wäre. Er wollte seine Worte zurücknehmen, aber es fiel ihm nichts ein, was nicht übertrieben gewirkt hätte, und das wäre noch schlimmer gewesen. Er hätte wie ein Narr gewirkt.

Sie schluckte und sah noch verlegener aus, wohl wissend, daß sie mit einer Angelegenheit, die rein beruflich war, in seine Privatsphäre eindrang. Sie waren sich nur begegnet, weil er versuchte, ihrem Mann zu helfen. Die Gründe dafür kannte sie nicht. Der Innere Kreis ließ keine Frauen zu, kein anderer Geheimbund, von dem Drummond je gehört hatte, tat das. Diese Art von Gesellschaften waren rein männliche Domänen.

Sie öffnete den Mund, um eine Entschuldigung vorzubringen, und sah so aus, als ob sie sogar überlegte, sich zu verabschieden.

»Bitte«, sagte er hastig, »bitte erlauben Sie mir, Ihnen Ihren Schal abzunehmen.« Er trat einen Schritt nach vorn und streckte seine Hand aus. Selbst danach zu greifen, erschien ihm unüberlegt.

Sie nahm den Schal langsam ab und reichte ihn ihm mit einem kleinen Lächeln auf den Lippen. »Sie sind sehr großzügig. Ich hätte Sie nicht einfach so belästigen dürfen, aber ich wollte so gerne mit Ihnen sprechen und nicht auf der Polizeiwache ...«

Für einen lächerlichen Augenblick schlug sein Herz schneller. Verärgert sagte er sich, daß ihr Eifer nur etwas mit ihrer Angst zu tun hatte – Angst um ihren Mann – und in keiner Weise persönlich gemeint war.

»Was kann ich für Sie tun?« sagte er etwas förmlicher, als er eigentlich beabsichtigt hatte, und legte den Schal ein wenig ungeschickt über die Sofalehne.

Sie sah auf den Boden, nach wie vor nur wenige Schritte vor ihm stehend. Er bemerkte den schwachen Duft nach irgendwelchen Blumen, die er nicht kannte; er kam von ihrem Haar und ihrer Haut.

»Inspektor Pitt tut alles, was er kann«, sagte er vorsichtig. »Und er macht Fortschritte. Er hat zwingende Beweise gegen verschiedene andere Verdächtige gefunden.«

Sie sah kurz auf und schaute ihm in die Augen.

»Es klingt schrecklich, daß ich darüber froh bin, nicht wahr? Irgendeine andere arme Frau hat vielleicht genausoviel Angst wie ich, nur daß es für sie tragisch enden wird.«

Ohne nachzudenken streckte Drummond seine Hand aus und berührte ihren Arm.

»Sie können es nicht ändern«, sagte er sanft. »Sie haben keinen Grund, sich mit einem Kummer zu belasten, den Sie nicht verursacht haben und den Sie nicht abwenden können.«

»Ich ...« Sie hielt inne, ihr Gesicht von Sorgen gequält.

Er wurde sich seiner Hand auf ihrem Arm bewußt und zog sie schnell zurück. War es das, was sie hatte sagen wollen? Daß er sich schlecht benahm, daß er ihre Angst dazu ausnutzte, vertraulicher zu sein, als wenn sie in ihrem Haus gewesen wären und er der Bittsteller?

Sie fingen beide gleichzeitig zu sprechen an. Er hatte einfach ihren Namen sagen wollen und unterbrach sich schnell.

»Entschuldigen Sie ...«

Sie lächelte flüchtig und wurde sofort wieder sehr ernst.

»Ich weiß, daß Sie Sholto gesagt haben, Sie würden alles tun, was Sie können. Und anfangs beruhigte mich das auch, so daß es mir beinahe schien, als wäre die Angelegenheit bereits erledigt. Aber jetzt ist er ganz krank vor Sorgen.« Sie preßte kurz die Lippen zusammen. »Er versucht es vor mir zu verbergen, um mich nicht zu erschrecken, aber ich höre, wie er nachts aufsteht und umhergeht. Und in seinem Arbeitszimmer brennt noch stundenlang das Licht.« Sie sah Drummond plötzlich so kummervoll an, daß er sich wieder danach sehnte, sie zu trösten. Er überlegte, was er ihr sagen könnte, aber es fiel ihm nichts ein.

»Sie denken wahrscheinlich, ich mische mich in die Angelegenheiten meines Mannes ein«, fuhr sie schnell fort. »Aber das tue ich nicht. Ich habe mir nur Sorgen gemacht und befürchte, daß er krank ist. Ich bin nach unten gegangen, um nachzusehen, ob ich irgendwie helfen könnte ...« Sie brach ab und blickte langsam auf, ihre Stimme war ganz weich. »Ich fand ihn in seinem Arbeitszimmer, nicht bei der Arbeit, wie ich gedacht hatte, sondern im Zimmer auf und ab gehend.« Sie biß sich auf die Lippen. »Er war ärgerlich, als er mich in der Tür stehen sah, und leugnete, daß ihn etwas beunruhigte. Aber ich kenne ihn, Mr. Drummond. Er arbeitet manchmal bis spät in die Nacht, wenn es nötig ist. Ich habe schon oft erlebt, daß er bis ein oder zwei Uhr morgens aufblieb. Aber in den ganzen achtzehn Jahren unserer Ehe ist er noch nie ins Bett gegangen und dann um drei Uhr wieder aufgestanden, um unten im Arbeitszimmer auf und ab zu gehen, ohne Papiere, ohne Bücher, nur mit seinen Gedanken, und der Raum hell erleuchtet.«

»Es sieht so aus, als würde ihn etwas stark beschäftigen«, sagte er und schauderte innerlich. Er hatte sich geweigert, den Gedanken zuzulassen, daß Byam eventuell schuldig sein könnte. Vielleicht irrte er. Daß Byam ihn geholt hatte, noch bevor er überhaupt verdächtigt worden war, war vielleicht ein doppeltes Täuschungsmanöver. Vielleicht stellten der Brief und der Zettel, die Weems angeblich haben sollte, nur einen Vorwand dar, um Drummond zu rufen, und in Wirklichkeit ging es um viel Schlimmeres.

Ein schreckliches Chaos an Gefühlen tobte in ihm: die Angst, unwiderlegbar herauszufinden, daß es Byam gewesen war, der Weems ermordet hatte, und ein Gefühl von Übelkeit, daß er es dann Eleanor sagen müßte. Sie würde sich so verraten fühlen. Er war derjenige, an den sie sich um Hilfe bittend gewandt hatte. Dazu würde die Peinlichkeit kommen, all das Pitt zu erklären. Er würde ihn in eine mißliche Lage bringen. Plötzlich spürte Drummond eine große Erleichterung: Wenn Byam schuldig war, wäre Eleanor frei.

Das war ein schändlicher Gedanke, und das Blut schoß ihm heiß ins Gesicht bis hinauf in die Haarspitzen. Frei für was? Wenn Byam gehängt würde, war sie Witwe. Das würde sie nicht unbedingt davon abhalten, ihn immer noch zu lieben, und ganz sicher würde es sie nicht von ihrer tiefen, alles überschattenden Trauer befreien.

Angst um sich selbst oder seine eigene Verstrickung mit dem Inneren Kreis kam ihm überhaupt nicht in den Sinn.

»Bitte – lassen Sie uns nicht hier herumstehen«, sagte er ruhig. »Setzen Sie sich, und lassen Sie uns darüber reden und herausfinden, ob wir etwas tun können, um dieses Problem zu lösen.«

Sie willigte ein und sank dankbar in den Sessel. Er setzte sich ihr gegenüber auf einen der Chippendalestühle, ganz vorn auf die Kante, und schaute sie unverwandt an.

»Ich vermute, Sie haben ihn gefragt, was ihn so beunruhigt?«

»Natürlich, aber er wollte es mir nicht sagen. Er sagte, daß er einfach nicht habe einschlafen können und nach unten gegangen sei, um mich nicht zu stören.«

»Und könnte es nicht sein, daß das die Wahrheit ist?«

Ihr schiefes Lächeln war ein wenig matt. »Nein. Sholto leidet gewöhnlich nicht an Schlaflosigkeit, und wenn, hätte er sich ein Buch aus der Bibliothek geholt und mit ins Bett genommen und wäre nicht in seinem Arbeitszimmer auf und ab gelaufen. Außerdem war sein Gesicht aschfahl.« Ihre Augen begegneten Drummonds. »Man sieht nicht so aus wie er, nur weil man nicht schlafen kann. Er wirkte so niedergeschmettert, als hätten sich seine schlimmsten Befürchtungen bewahrheitet.«

Er sprach schnell. Mit seiner Frage wollte er sich selbst Hoffnung machen und nicht ihre Sorgen zerstreuen.

»Sind Sie sicher, daß es nicht das Licht war? Es kann die Züge eines übermüdeten Menschen anders erscheinen lassen, vielleicht war er auch aus einem Alptraum aufgewacht?«

»Es war nicht das Licht, da bin ich mir ganz sicher.« Ihre Stimme war sehr leise, Gewißheit und auch Schmerz schwangen darin. »Etwas Schreckliches ist passiert, und ich weiß nicht was, außer daß es ganz eindeutig etwas mit dem Tod des Geldverleihers zu tun haben muß. Wäre es etwas anderes, hätte er es mir sicherlich gesagt. Er ist nicht krank. Wir haben keine familiären Schwierigkeiten, keine Verwandten, die uns Sorgen bereiten.« Ein Schatten flog über ihr Gesicht. »Wir haben nie Kinder bekommen.« Sie sprach jetzt schneller, während die Spannung in ihr wuchs.

»Meine Eltern sind tot und seine auch. Meinem Bruder geht es gut, Sholtos Bruder ist in Indien, wir haben aber seit zwei Wochen nichts von ihm gehört. Ich habe den Butler gefragt, ob irgendwelche Briefe aus Übersee gekommen sind, die ich vielleicht übersehen habe, aber er sagte nein.«

»Wie steht es mit seiner Arbeit im Finanzministerium?« fragte Drummond ohne rechte Überzeugung, aber er mußte jede Möglichkeit ausschließen.

»Ich kann mir nichts vorstellen, was ihm eine solche Angst einjagen würde. Sogar tagsüber spüre ich die Angst, die ihm im Nacken sitzt.« Sie saß etwas unbeholfen auf der Sesselkante und preßte ihre Finger zusammen. »Er ist nervös und unruhig. Er kann sich nicht mehr auf die Dinge konzentrieren, die ihm früher Spaß gemacht haben: Musik, Theater, Bücher. Er hat eine Einladung zum Abendessen von Freunden, die wir schon lange kennen und schätzen, abgelehnt.«

»Ist vielleicht ein Freund in Schwierigkeiten?« Er wußte, daß er das selbst nicht recht glaubte, aber die Worte kamen wie von allein aus seinem Mund, in dem Versuch, eine Lösung zu finden, nur nicht die naheliegendste.

»Nein.« Sie gab sich keine Mühe, die Antwort näher auszuführen. Es schien, als ob sie verstünde, daß sie sich gegenseitig einfach Fragen stellten, um den Augenblick auszufüllen. »Nein«, sagte sie noch einmal, etwas sanfter, aber immer noch mit gesenktem Blick. »Ich kenne ihn gut genug. So würde er sich nicht verhalten, wenn es darum ginge.« Sie biß sich auf die Lippen. »Er ist kein kalter Mensch. Ich meine damit nicht, daß er dem Leid oder den Sorgen seiner Freunde gegenüber gleichgültig wäre, sondern daß er ein Mann der klaren Entscheidungen ist. So ein Ereignis würde ihn nicht so sehr ...« Sie zog die Schultern ein wenig hoch. Sie war schlanker, als Drummond gedacht hatte, zarter, zerbrechlicher, »... so sehr erschrecken und lähmen. Sie haben sein Gesicht nicht gesehen.«

»Dann müssen wir davon ausgehen, daß etwas geschehen ist, wovon er weiß – und wir nicht«, gab er schließlich zu. »Oder zumindest glaubt er, daß es geschehen ist. Aber er will Ihnen nicht sagen, was es ist.« Das war keine Frage, sie hatte die Antwort darauf schon gegeben.

»Nein.«

»Sind Sie sich sicher, daß Sie es immer noch wissen wollen?«

Sie schloß die Augen. »Es macht mir angst. Ich glaube, ich kann mir vorstellen, was es sein könnte. Die am wenigsten schreckliche Vermutung ...«

»Was?«

»Daß jemand anderes den Brief und die Notizen gefunden hat, die Weems sich über Sholtos Zahlungen an ihn gemacht hat, und daß er den Grund dafür kennt. Vermutlich war es der, der ihn ermordet hat. Es sei denn, es war noch jemand anderes bei Weems, als er schon tot war, aber bevor die Polizei den Leichnam fand. Und dieser Mensch versucht jetzt selbst, Sholto zu erpressen.« Sie blickte plötzlich zu Drummond auf, ihre Augen waren voller Angst und Schmerz.

Er sehnte sich danach, sie zu trösten, etwas tun zu können, um ihren Schmerz zu lindern, oder sie wenigstens spüren zu lassen, daß sie nicht allein war. Einsamkeit verlieh allen Schmerzen einen noch spitzeren Stachel, wie er nur allzu gut wußte. Aber ihm fiel kein brauchbarer Trost ein, nichts, was die Wahrheit, die sie ausgesprochen hatte, leichter erträglich machen konnte, und private Trostworte wären unangebracht gewesen. Das hätte sie nur in eine höchst peinliche Lage versetzt und ihre Not noch verschlimmert. Das war das letzte, was er wollte.

»Das würde zumindest beweisen, daß er völlig unschuldig ist«, sagte er und klammerte sich an den letzten Funken Hoffnung. »Wenn es zum Schlimmsten kommt und Pitt den Mörder nicht finden kann, dann wird Lord Byam uns sagen müssen, was er weiß. Er wird von der weiteren Erpressung erzählen und den Mann preisgeben müssen.« Drummond beugte sich ein wenig nach vorn. »Schließlich«, sagte er ernst, »könnte er die alte Geschichte von Laura Anstiss' Tod bekanntmachen. Sicherlich wäre das sehr unangenehm, vielleicht gäbe es auch einige, die ihn für die Sache verantwortlich machen würden, aber vielleicht hätte man auch Mitgefühl mit ihm. Bestimmt wahrt er Stillschweigen über die Angelegenheit genauso Lord Anstiss zuliebe wie um seinetwegen. Es wäre auch für diesen höchst unangenehm.«

»Ich glaube, daß das Sholto genauso quält wie ein Skandal, der ihn selbst betrifft«, stimmte sie zu. Ein seltsamer Blick erschien auf ihrem Gesicht, Verwirrung und Trauer. Dann verschwand er wieder. »Er bewundert Frederick so sehr. Sie sind von Jugend an Freunde gewesen. Und so eine alte Freundschaft hat etwas selten Kostbares. Man hat so vieles miteinander geteilt, den Gang der Zeit, die uns geprägt und verändert hat, die verwirklichten Hoffnungen und die zerschlagenen, die Arbeit, um die Träume zu erfüllen, und die Träume, die zerbrochen sind und verschwiegen werden.« Sie lächelte. »Man hat über die gleichen Dinge gelacht und ein Verständnis füreinander entwickelt. Manchmal muß man dazu gar nicht mehr miteinander sprechen. Das Wissen ist da, einfach weil man schon so lange alles miteinander geteilt hat. Man kennt das Gute und das Schlechte, und man braucht es nicht mehr zu erklären.«

Er spürte plötzlich eine tiefe Kluft zwischen ihnen, und er empfand es als so schmerzhaft, daß er nicht einmal über seine eigene Dummheit lachen konnte. Er war ausgeschlossen. Er hatte eine Vergangenheit, von der sie nichts wußte: sein ganzes Leben, alles, was ihn bis zu diesem Tag geprägt hatte, die Werte, die Lieben und die Leiden, Catrionas Tod, seine Töchter, alles was wichtig war. Für sie war er einfach ein Polizeibeamter.

Sie lebte ein Leben, das er sich nur vorstellen konnte. Alles, was er kannte, war diese verzweifelte Frau, deren einzige Sorge ihrem Mann galt.

»Nein«, sagte er abrupt und hörte seine eigenen Worte heraussprudeln, während sein Verstand ihm die ganze Zeit sagte, er solle besser schweigen. »Nein – ich glaube, es ist die Qualität der Freundschaft, auf die es ankommt, nicht ihre Dauer. Manche Menschen kann man sein Leben lang kennen, und doch hat man sich niemals auch nur einen

Moment lang wirklich verstanden. Oder man begegnet einer Fremden und erlebt mit ihr eine unglaubliche Erfahrung, die so tief ist, daß man danach kaum sagen kann, was es genau war, und doch weiß man, in dem Moment, wo sich die Blicke treffen, daß sie genauso empfindet wie man selbst.«

Sie sah ihn mit Erstaunen an und dann mit zunehmender Verwunderung, als ihr der vollkommen widersprüchliche Gedanke langsam klar wurde und sie anfing, darüber nachzudenken. Einen Augenblick lang starrten sie sich an, die Straße draußen, Weems und sein Mörder, sogar Byams Verwicklung in den Fall waren vergessen. Es gab nur noch diesen in weiches Sonnenlicht getauchten Raum, den Sessel und den Stuhl, auf dem sie saßen, und das helle Teppichmuster zwischen ihnen.

Er sah ihr Gesicht so unauslöschlich vor sich, als wäre es auf seine Lider gemalt, die dünnen Brauen, die ruhigen, grauen Augen mit den langen Wimpern, die feinen Linien, die das Leben gezeichnet hatte, das Licht auf ihrem Haar, die Weichheit ihrer Lippen.

»Vielleicht haben Sie recht«, sagte sie schließlich. »Vielleicht habe ich Vertrautheit mit Verstehen verwechselt, und sie bedeuten nicht das gleiche.«

Jetzt war er verwirrt. Er wußte nicht, was er noch hinzufügen konnte. Er hatte beinahe vergessen, warum sie überhaupt von Freundschaft gesprochen hatten. Es hatte etwas mit Byam zu tun gehabt – ja – mit Byam und Anstiss. Es war um den Schmerz gegangen, wenn Lord Anstiss' Kummer darüber, daß Laura aus Liebe zu einem anderen Mann Selbstmord begangen hatte, der Öffentlichkeit preisgegeben würde.

»Es ist schrecklich«, sagte Drummond laut. »Ich nehme an, daß Lord Byam immer zögern würde zu reden, um wen es auch ging – ob ein alter Freund oder nicht. Die Freundschaft würde es ihm nur schwerer machen, am Kummer des anderen würde es nichts ändern.«

»Fredericks?« Sie lächelte ein wenig und wandte sich ab. »Nein, natürlich nicht. Manchmal denke ich, Sholto ist zu fürsorglich ihm gegenüber – seinen Belangen gegenüber, meine ich. Er fühlt sich noch immer so schuldig wegen Lauras Tod, und ich glaube, das wirkt sich auch auf sein Verhalten aus.« Sie lächelte, aber es war ein trauriges und kummervolles Lächeln ohne Kraft. »Ehrenschulden können merkwürdige Dinge in Menschen auslösen, finden Sie nicht? Vor allem wenn sie sich niemals wiedergutmachen lassen.«

Er sagte nichts, weil er an ihrem Gesichtsausdruck sah, daß sie ihre Gedanken noch fortführen wollte.

»Manchmal frage ich mich«, begann sie von neuem, »ob sich Frederick vielleicht dessen bewußt ist. Er kann so lustig sein, ein wunderbarer Unterhalter, und plötzlich, völlig unerwartet, sagt er etwas äußerst Kränkendes, und ich sehe, wie tief verletzt Sholto dann ist. Und dann ist wieder alles vorbei, und sie sind wieder die besten Freunde.« Sie zuckte die Achseln, als wollte sie den Gedanken damit als töricht abtun. »Andererseits ist es wahrscheinlich so, daß Frederick einfach weniger sensibel in seinen Äußerungen ist. Wenn sich zwei Menschen nahestehen, werden sie sich früher oder später immer verletzen, oder nicht? Wir benutzen so viele Worte und reden oft so leichtfertig. Ich glaube, es bleibt nicht aus, daß wir gelegentlich plump werden oder etwas sagen, das wir so nicht gemeint haben. Mir geschieht das selbst oft, und dann wünsche ich mir, ich hätte mir die Zunge abgebissen, anstatt so dumm zu sein ...«

Sie unterbrach sich, schien ihren Mut zusammenzunehmen und fuhr dann fort, ohne Drummond anzusehen, den Blick auf das Fenster gerichtet und auf das dunkler werdende Licht auf den Bäumen, die sich im Abendwind wiegten. »Wenn es das ist, was ihn so schreckt und ängstigt, nämlich daß er Frederick verletzt, kann ich das gut verstehen. Aber vielleicht wird er schließlich keine andere Wahl haben, als Weems' Mörder preiszugeben und in Kauf zu nehmen, daß er bei der Verhandlung alles erzählen muß, wenn nicht schon vorher. Ich ...« Sie zog ihre Schultern hoch, und ihre Hände verkrampften sich, ihre Finger zerdrückten den weichen Stoff ihres Rockes.

Instinktiv beugte er sich weiter zu ihr vor und hielt dann inne. Er hatte keine Ahnung, inwieweit sie sich seiner bewußt war.

»Ich frage mich, ob er weiß, wer es ist?« fuhr sie sehr leise fort, und ihre Stimme bebte vor Grauen. »Und ob es kein Unbekannter ist, nicht irgendein armer Schuldner aus Clerkenwell, sondern ein Mann, mit dem er irgendwie bekannt ist, für den er vielleicht sogar Zuneigung empfindet – und ob er ihn darum nur ungern preisgibt? Das würde eine Menge erklären.« Sie schauderte. »Dann wäre es leichter zu verstehen, warum er sich in solch einem Gemütszustand befindet. Armer Sholto. Was muß das für eine schreckliche Entscheidung sein!« Sie wandte sich wieder Drummond zu und sah ihn mit weit geöffneten Augen an. »Und wenn Weems Sholto erpressen konnte, dann konnte er ebensogut auch jemand anderen erpressen, oder nicht?«

»Wir glauben, daß er das getan hat«, stimmte er ihr ruhig zu und dachte dabei mit einem neuen Anflug von Mitgefühl an Addison Carswell. Was für eine traurige und sinnlose Vergeudung des Lebens und seiner ganzen Fülle. Und warum das alles? Wegen einer Vernarrtheit in ein hübsches Gesicht, einen jungen Körper und ein paar Stunden der Lust und einen Traum, der niemals von Dauer sein konnte.

Sie sah den schmerzvollen Ausdruck auf seinem Gesicht, und ihre Hoffnung schlug in Trauer um.

»Sie wissen, wer es ist?« flüsterte sie kaum hörbar.

»Ich weiß, wer es sein könnte ...«

Zu Anfang hatte sie gesagt »die am wenigsten schreckliche Möglichkeit«. Keiner von ihnen sprach die schrecklichste aus: daß Byam Weems ermordet hatte und seine fürchterliche Angst ihm selbst galt. Beide wollten das jetzt nicht sagen.

Es war schon spät. Das Licht veränderte sich allmählich, die Farben wurden dunkler, und lange Schatten lagen bereits auf dem Fußboden, stiegen allmählich die gegenüberliegende helle Wand hinauf und fielen auf den Ofenschirm mit den Pfauen. Drummond wollte nicht, daß Eleanor ihn verließ, doch befürchtete er, daß sie sich, wenn er ihr jetzt eine Erfrischung anböte, der späten Stunde bewußt werden könnte und sich verabschieden würde. Aber was sollte er sie noch fragen?

»Mr. Drummond ...« Sie wandte sich ihm zu und ordnete die Falten ihres Rockes.

»Ich habe Ihnen überhaupt keine Erfrischung angeboten«, sagte er nun doch schnell. Seine Stimme klang lauter, als er beabsichtigt hatte.

»Oh, bitte machen Sie sich keine Umstände. Es ist überaus freundlich von Ihnen, daß Sie mir Ihre Zeit gewidmet haben, und das zu dieser Stunde. Sie müssen erschöpft sein.«

»Bitte! Erlauben Sie mir, mein Versehen wieder gutzumachen.«

»Es ist wirklich nicht nötig, glauben Sie mir. Sie waren überaus nachsichtig mit mir.«

Er stand auf, beugte sich nach vorn und zog heftig an der Klingel.

»Ich war sehr nachlässig. Ich selbst hätte gerne eine kleine Erfrischung, und für das Abendessen ist es noch viel zu früh. Bitte gestatten Sie mir, es wiedergutzumachen.«

»Sie brauchen nichts wiedergutzumachen«, sagte sie mit einem Lächeln. »Aber wenn Sie sich dadurch wohler fühlen, nehme ich gerne eine Tasse Tee an.«

»Ausgezeichnet!« Seine Stimmung stieg, und er zog noch einmal an der Klingel, worauf Goodall sofort mit höflich fragendem Gesicht in der Tür erschien.

»Tee«, sagte Drummond rasch. »Und etwas ...«

»Ja, Sir.« Goodall zog sich zurück. Sein Gesicht zeigte keinerlei Regung.

Drummond setzte sich wieder Eleanor gegenüber und überlegte, worüber sie reden könnten. Der offizielle Teil ihres Besuches schien erschöpfend behandelt, und er spürte überhaupt kein Verlangen, das Thema weiterzuverfolgen. Er wollte mehr von ihr wissen, aber einfach zu fragen, erschien ihm zu plump. So linkisch und unbeholfen hatte er sich seit der Zeit vor seiner Heirat nicht mehr gefühlt. Damals war er ein junger Mann gewesen, frisch in den Militärdienst eingetreten und hatte noch nicht an eine Laufbahn bei der Polizei gedacht. Er konnte sich an Bälle und Abendgesellschaften erinnern, bei denen er sich genauso hölzern vorgekommen war und sich verzweifelt danach gesehnt hatte, ungezwungen und charmant plaudern zu können.

Bevor das Schweigen bedrückend wurde, rettete sie ihn. Ihr fiel es zweifellos leicht, da die Beziehung für sie ohne tiefere Bedeutung war.

»Das ist ein sehr hübsches Zimmer, Mr. Drummond. Haben Sie immer hier gewohnt?«

»Nein – nein, ich habe in Kensington gelebt, bevor meine Frau starb.«

»Das tut mir leid«, sagte sie schnell. »Ich nehme an, sie fehlt Ihnen sehr?«

»Es ist schon ein paar Jahre her, aber es stimmt, manchmal, wenn es sehr still ist, stelle ich mir vor, wie es sein würde, wenn sie da wäre«, antwortete er wahrheitsgemäß. »Sie war ...« Er blickte sie an und sah ehrliche Anteilnahme in ihrem Gesicht. Er hatte geglaubt, er würde ihr nicht gerne von Catriona erzählen wollen, es würde irgendwie treulos sein, doch jetzt, da es dazu kam, war es nicht so. Es erschien ihm sogar ganz natürlich.

»Sie war so lebhaft. Sie sah mich immer so direkt an.« Bei der Erinnerung mußte er lächeln. »Ihr Vater hat sie dafür immer getadelt und gesagt, daß das bei einer Frau unschicklich sei, aber ich fand es ehrlich, so als ob sie an allem interessiert wäre und es sich nicht nehmen lassen wollte, das auch zu zeigen. Sie mochte helle Farben, Rottöne vor allem und leuchtende Blaus.« Unwillkürlich wanderten seine Augen zu dem Ofenschirm mit den Pfauen. »Ich erinnere mich, daß sie einmal, es ist Jahre her, zum Abendessen in einem Kleid kam, das so flammendrot leuchtete, daß sie einem sofort auffiel, wenn man in das Zimmer kam.« Sein Lächeln vertiefte sich. Es war alles viel einfacher, als er gedacht hatte, viel natürlicher. »Zurückblickend war es ziemlich auffällig, was sie eigentlich überhaupt nicht wollte. Sie liebte einfach diese Farbe, und es machte sie glücklich, sie anzusehen. Später haben wir darüber gelacht. Catriona lachte gerne, sie freute sich an so vielen Dingen.«

»Das ist eine seltene Gabe«, sagte Eleanor warm. »Und auch eine sehr wertvolle. So viel Glück geht verloren, weil wir unsere Zeit damit zubringen, der Vergangenheit hinterherzutrauern und nach der Zukunft zu fragen, und dabei übersehen wir, was wir jetzt im Augenblick in den Händen halten. Die Gabe, glücklich zu sein, ist auch für unsere Mitmenschen ein Segen. Haben Sie ein Bild von ihr?«

»Sie mochte die Kamera nicht. Sie sagte, ein Foto würde nur das Äußere des Menschen einfangen, und ihr Aussehen war ihr nicht besonders wichtig ...«

Verwunderung huschte über Eleanors Gesicht.

»Der Mensch, den Sie beschreiben, hört sich so reizend an, daß ich sie mir sehr schön vorgestellt habe.«

»Catriona?« Er war ein wenig erstaunt. »Wenn man sie kannte, war sie es. Sie hatte wunderschöne Augen, sehr dunkel und groß, und glänzendes Haar, aber sie war recht mollig. Nach der Geburt unserer Töchter ist sie noch schwerer geworden, und das hat sich auch nicht mehr verloren. Ich glaube, sie selbst war sich dessen bewußter als jeder andere. Mir fiel es mit Sicherheit nicht auf.«

»Dann spielte es keine Rolle, oder?« sagte Eleanor und ließ damit das Thema fallen. »Catriona. Das ist ein ungewöhnlicher Name. War sie Schottin?«

»Ja – wie mein Vater auch, obwohl ich hier in England geboren wurde.«

Goodall kehrte mit einem Tablett mit Tee und Sandwiches zurück, und sie unterbrachen ihre Unterhaltung, während er es absetzte. Goodall schenkte den Tee ein und reichte ihnen die Tassen, dann zog er sich wieder zurück.

»Wir haben genug über mich geredet«, sagte Drummond, um das Thema seiner Person fallenzulassen. Er wollte unbedingt etwas über Eleanor erfahren, auch wenn sich das als eigenartig schmerzlich erweisen würde. Sie bewegte sich in einer ihm fremden Welt, in der sie andere Menschen kannte, die ihr wichtig waren, und in die er niemals eindringen würde, wenn dieser unglückliche Fall erst einmal erledigt war. »Bitte, erzählen Sie mir etwas von sich.«

Er hatte halb damit gerechnet, daß sie die üblichen Einwendungen machen würde, die die Sittsamkeit gebot. Zurückhaltung zu üben war eine von Frauen verinnerlichte und von der Gesellschaft erwartete Verhaltensweise, und er war hocherfreut, daß sie ein wenig unbeholfen, aber ohne Entschuldigung, anfing zu erzählen, als wollte sie, daß er etwas über sie erführe.

Sie nahm einen Schluck Tee, stellte die Tasse ab und begann.

»Mein Vater war ein Gelehrter, ein Literat, aber ich erinnere mich kaum an ihn.« Ein schwaches Lächeln umspielte ihre Lippen bei dem Gedanken an die Vergangenheit, aber es war kein Selbstmitleid. »Er starb, als ich neun Jahre alt war, und ich fürchte, ich habe nur ganz schwache Erinnerungen an ihn. Er schien immer ein offenes Buch in der Hand zu haben, und er war sehr zerstreut. Ich weiß, daß er schlank und dunkel war und leise sprach. Aber ich bin mir nicht sicher, ob das eine echte Erinnerung ist oder das Bild, das meine Mutter von ihm gezeichnet hat.«

Drummond dachte an die Not einer jungen Witwe mit einem Kind, das sie aufziehen mußte. Sein Tee blieb unbeachtet stehen.

»Was geschah mit Ihnen?« fragte er teilnahmsvoll. »Hatte Ihre Mutter noch Familie?«

»Oh, ja. Mein Großvater war Archidiakon und hatte ein sehr gutes Auskommen. Wir zogen zu ihm, meine Mutter, mein Bruder, meine Schwester und ich. Es war ein großes Landhaus bei Bath und sehr schön, mit einem Garten voller Blumen und einem Obstgarten, in dem ich spielen durfte.« Sie nippte an ihrer Teetasse und nahm sich eines der kleinen Sandwiches. »Meine Großmutter war recht streng, aber sie verwöhnte uns auch, wenn ihr danach zumute war. Ich hatte ein wenig Angst vor ihr, weil ich nie genau wußte, was ihr gefiel und was nicht, und so konnte ich nie beurteilen, wie ihre Laune war. Zurückblickend glaube ich heute, daß das vielleicht gar nichts mit mir zu tun hatte.« Sie lächelte und blickte ihn mit überraschender Klarheit an. »Ich glaube, daß sich Kinder manchmal viel wichtiger vorkommen, als sie es sind, und sich für vieles die Schuld geben, das überhaupt nichts mit ihnen zu tun hat. Glauben Sie nicht?«

Solche Gedanken hatte er sich noch nie gemacht. Seine eigenen Töchter waren erwachsen und verheiratet, und er konnte sich nicht daran erinnern, jemals mit ihnen über solche Dinge gesprochen zu haben. »Ich bin mir sicher, daß Sie recht haben«, log er, ohne mit der Wimper zu zucken. »Sie scheinen sich sehr gut erinnern zu können.«

»Ja, es war eine glückliche Zeit. Und ich glaube, ich wußte das auch damals schon.« Sie lächelte bei dem Gedanken daran, und an ihren Augen konnte er sehen, daß sie in Gedanken weit weg war. »Ich glaube, das war es, was mir an Sholto am besten gefiel, als ich ihn das erste Mal sah«, sagte sie ganz unbefangen, als wäre Drummond ein alter Freund, mit dem man ohne Zurückhaltung plaudern konnte.

Endlich nahm Drummond seine Tasse hoch, mehr um den Blick abzuwenden als aus dem Bedürfnis nach Tee.

»Er sah die Schönheit des Landes«, fuhr sie fort. »Das Sonnenlicht in dem stillen Obstgarten, die lichtgesprenkelten Baumstämme, die Blütenzweige, die bis auf den Boden herabhingen und sich in dem langen Gras verfingen. Großvater wies den Gärtner immer an, sich um das Gemüse zu kümmern, deshalb hatte der arme Mann nie Zeit, die Bäume zu beschneiden. Wir hatten viel zu viele Äpfel und Pflaumen, aber sie waren nie besonders groß. Geoffrey haßte den Ort. Er meinte, er sei nutzlos.«

»Wer war Geoffrey?«

»Mit ihm war ich verlobt, als ich einundzwanzig war. Er war ein Dragoner. Ich fand ihn sehr schneidig.« Sie mußte über sich selbst lachen. »Im nachhinein denke ich aber, daß er wahrscheinlich recht eingebildet und wichtigtuerisch war. Aber das ist lange her.«

»Und Sie verließen ihn wegen Lord Byam?« Er hätte das nicht fragen sollen, es war taktlos – aber er bemerkte es erst, als er die Worte schon ausgesprochen hatte.

»Oh, nein!« sagte sie schnell. »Großvater erfuhr, daß Geoffrey einer jungen Dame von …«, sie errötete, »… von zweifelhaftem Ruf den Hof gemacht hatte. Und deshalb meinte er, daß ich ihn nun unmöglich heiraten könnte. Er löste die Verlobung. Später hörte ich, daß Geoffrey die Tochter eines Vicomtes geheiratet hat.« Sie lachte, als sie es sagte, und er wußte, daß es sie schon lange nicht mehr schmerzte.

»Dann starb Mama, und so übernahm ich den Haushalt und kümmerte mich um Großvater«, fuhr sie fort. »Er war damals schon Bischof. Meine Schwester starb im Kindbett, und mein Bruder verlor achtundfünfzig bei dem Aufstand der Inder ein Bein. Kurz danach lernte ich Sholto kennen, und wir verlobten uns bald darauf. Großvater mochte ihn, was alles so viel einfacher machte. Sholtos Benehmen war untadelig und sein Ruf makellos. Großvater stellte ausführliche Nachforschungen an. Ich war verärgert, aber der arme Sholto ertrug es mit großer Gelassenheit. Ich hätte ihn allein dafür lieben können. Aber er besaß auch viel Sinn für Humor, und das machte es so angenehm, mit ihm zusammenzusein. Menschen, die über sich selbst lachen können, sind selten unerträglich, finden Sie nicht auch? Ich habe mir oft überlegt, ob Sinn für Humor nicht eng verwandt ist mit einem Gefühl für Relationen. Was meinen Sie?«

»Sie haben recht«, bestätigte er schnell. »Wenn das Gefühl für Relationen verletzt wird, dann kann man das Absurde sehen. Und wenn es nicht häßlich ist, ist es komisch, aber auf jeden Fall läßt es sich nicht übersehen. Man kann nicht auf die gleiche Weise durch das eingeschüchtert werden, was man als lächerlich empfindet, also steht es ja vielleicht auch in einer gewissen Beziehung zu Mut.«

»Mut?« Sie zog die Augenbrauen hoch. »Daran habe ich nicht gedacht. Und wo Sie gerade von Mut sprechen, Mr. Drummond, ich bin Ihnen außerordentlich dankbar für Ihre Hilfsbereitschaft uns gegenüber und Ihre unendliche Geduld. Aber jetzt darf ich Sie nicht länger in Anspruch nehmen. Es wird langsam dunkel, und ich muß nach Hause, bevor ich bei den Wachtmeistern Aufmerksamkeit errege. Es wäre nicht gerade freundlich, mich für Ihre Großzügigkeit auf diese Weise erkenntlich zu zeigen.«

»Bitte, sorgen Sie sich nicht«, bat er eindringlich. »Ich werde alles tun, was ich kann ...«

»Ich weiß.«

»Und – Pitt ist ein ausgezeichneter Mann, manchmal sogar brillant.«

Sie lächelte. Es war ein warmes, offenes Lächeln, als ob für einen Augenblick all ihre Ängste aufgehoben worden wären, obwohl er wußte, daß es nicht so sein konnte.

»Ich danke Ihnen. Ich weiß, die Sache ist in besten Händen.« Sie erhob sich, und er stand schnell auf, um ihr den Schal um die Schultern zu legen. Sie ließ es freundlich zu. Nach einem kurzen Moment des Zögerns wandte sie sich zur Tür, und er ging voraus, um sie ihr zu öffnen. Sie reichte ihm kurz die Hand und entzog sie ihm dann wieder. Nach einigen kurzen Abschiedsworten war sie weg. Drummond blieb in der Tür der Empfangshalle zurück, während Goodall so erstaunt blickte, wie es seine Position und seine Ausbildung zuließen.

»Eine sehr vornehme Dame«, bemerkte Drummond überflüssigerweise.

»Oh, ja, Sir«, erwiderte Goodall mit ausdrucksloser Miene.

»Ich werde das Abendessen heute spät einnehmen«, sagte Drummond heftig, ärgerlich auf Goodall wie auf sich selbst.

»Sehr wohl, Sir.«

Am nächsten Morgen begab sich Drummond mit einem seltsamen Gefühl der Hochstimmung in die Bow Street. Er wollte es nicht näher untersuchen, weil er befürchtete, es würde sich als töricht erweisen, wenn er die Gründe dafür herausfände, und das zarte, prickelnde Wohlgefühl in ihm würde sich auflösen. Er schritt beschwingt durch die sonnigen Straßen und schwang dabei seinen Spazierstock. Sein Hut saß ihm heute flotter als gewöhnlich auf dem Kopf. Er beachtete den Zeitungsjungen nicht, der laut den neuesten Skandal ausrief, um seine Zeitungen schneller zu verkaufen, und auch nicht die beiden fluchenden Lastenkutscher, die ihre großen Pferde herummanövrierten, der eine um eine Straßenecke herum, der andere rückwärts in einen Hof, um dort abzuladen. Sogar das Geleier des Drehorgelmannes klang in der frischen Luft melodisch.

In Piccadilly erwischte er eine Droschke und stieg in der Bow Street aus. Seine gute Laune stieß auf keine Erwiderung bei dem Beamten am Dienstschalter. Drummond wußte, daß er spät dran war, doch das war sein Vorrecht und hätte eigentlich keinerlei Anlaß zu Kritik, geschweige denn Bestürzung geben sollen. Sein erster Gedanke war, daß man etwas Schreckliches im Fall Weems herausgefunden hatte.

»Was ist los?« fragte er scharf.

»Mr. Urban möchte Se sehen, Sir«, antwortete der Sergeant. »Weiß nich' genau warum.«

»Ist Mr. Pitt da?«

»Nein, Sir, nich' daß ich wüßte. Wenn Sie ihn brauchen, können wir ihm ja 'ne Nachricht schicken. Ich denk', er is' da in Clerkenwell. Soweit ich weiß, is' er da viel in letzter Zeit.«

»Nein – nein, ich brauche ihn nicht. Ich wollte es nur wissen. Schicken Sie mir Mr. Urban hinauf.«

»Ja, Sir, sofort Sir.«

Drummond hatte kaum hinter seinem Schreibtisch Platz genommen, als auch schon heftig an seine Tür geklopft wurde und Urban eintrat, kaum daß er Antwort gegeben hatte. Urban sah blaß und verärgert aus und angespannter, als Drummond ihn in der kurzen Zeit, seit er von Rotherhithe hierher versetzt worden war, gesehen hatte.

»Was ist los?«

Urban stand steif vor ihm, sein Gesicht düster, die Haare unordentlich, als ob er gerade mit den Fingern durchgefahren wäre.

»Mir wurde eben mitgeteilt, Sir, daß der Leiter der Anklagebehörde dem Polizeichef geschrieben hat, um nachzufragen, ob die Wachtmeister Crombie und Allardyce Meineid geleistet hätten, als sie gegen Mr. Horatio Osmar zur Anklage auf Erregung öffentlichen Ärgernisses aussagten – Sir!«

»Was?« Drummond war völlig verblüfft. Er hatte eigentlich eine unangenehme Wendung im Fall Weems erwartet, Neuigkeiten über eine weitere in den Fall verwickelte Persönlichkeit des öffentlichen Lebens oder noch schlimmer, einen weiteren Angehörigen der Polizei. Das hier war vollkommen unerwartet und lächerlich. »Das ist absurd!«

»Ja, Sir, ich weiß.« Urbans Gesichtsausdruck blieb unverändert. »Es gab keinerlei Erklärung, nur einen förmlichen Brief. Der Leiter der Anklagebehörde scheint das alles sehr ernst zu nehmen. Wir müssen eine entsprechende Antwort schreiben, Sir, eine förmliche Erwiderung. Und dann, nehme ich an, wird es eine Untersuchung geben und möglicherweise Anklagen.«

Drummond stützte den Kopf in die Hände. »Wenn ich nicht wüßte, daß ich hellwach bin, könnte ich es kaum glauben. Was um alles in der Welt denkt sich der Mann?« Er sah zu Urban auf. »Ich nehme an, Sie sind sich ganz sicher? Ist es nicht möglich, daß Crombie und Allardyce sich geirrt haben, irgendwas Merkwürdiges gesehen und voreilige Schlüsse gezogen haben?«

»Nein, Sir«, erwiderte Urban ohne zu zögern. »Ich habe sie das auch gefragt. Sie sind sich ganz sicher, daß er seine Hose aufgeknöpft hatte und ihre Bluse vorn offenstand und sie auf eine Art und Weise ineinander verschlungen waren, die bei jedem Vorübergehenden Anstoß erregen mußte. Was immer sie wirklich trieben, es gibt jedenfalls keinen Zweifel daran, wonach es für einen normalen Durchschnittsmenschen aussah, der sich nah genug aufhielt, um sie überhaupt zu sehen.«

»Verdammt ärgerlich, daß niemand daran gedacht hat, den Burschen zu fragen, der die Aktentasche zur Wache gebracht hat. Er könnte es vielleicht bestätigen.«

»Oder auch nicht«, betonte Urban.

»Wenn nicht, hätten wir die Anklage sofort fallengelassen«, entgegnete Drummond gereizt. »Gut. Ich werde mich darum kümmern. Sie waren von Anfang an damit befaßt, Sie kümmern sich jetzt besser nicht mehr darum. Ich werde dafür sorgen, daß sie jemanden von einem anderen Revier herüberschicken.«

»Ja, Sir.« Urban klang immer noch verärgert, aber er fügte sich in das Unvermeidliche.

»Verdammt!« sagte Drummond leise, als Urban gegangen war. Warum vergeudete man die Zeit guter Leute mit solchen idiotischen Dingen, wenn es doch tatsächliche und schwere Verbrechen zu lösen galt und auch das Ansteigen der Gewalttaten verhindert werden mußte. Obwohl es Gott sei Dank dieses Jahr noch nichts gegeben hatte, was den Schauerlichkeiten und der nachfolgenden Panik bei den Aufständen am Trafalgar Square vor zwei Jahren geglichen hätte, von denen man jetzt als dem »Blutsonntag« sprach. Aber die gräßlichen Gerüchte um Anarchisten und andere Anstifter zum Landesverrat brodelten immer noch unter der Oberfläche.

Drummond überlegte sich noch einmal alles, was er über Horatio Osmar wußte. Es war wenig genug. Eine durchschnittliche Laufbahn im gehobenen Staatsdienst, sein Name war nur selten in Zusammenhang mit einer wichtigen Gesetzgebung genannt worden und wenn, dann auch nur als Befürworter oder Gegner, niemals als eigentlicher Neuerer. Er war ein ziemlich wichtigtuerischer, kleiner Lebemann.

Warum zum Teufel glaubte Osmar, er könne sich alles erlauben? Warum stellte er jetzt im Parlament Anfragen und veranlaßte, daß der Innenminister den Leiter der Anklagebehörde und den Polizeichef gegen sich aufbrachte und versuchte, einen Skandal über einen dienstlichen Meineid heraufzubeschwören? Warum nahm man überhaupt Notiz von ihm? Viele Leute beteuerten ihre Unschuld, das geschah instinktiv. Andere waren jedoch gar nicht fähig, so weit zu gehen. Warum Osmar?

Was würde Eleanor Byam von Drummond denken, wenn sie wüßte, daß er seine Zeit nicht darauf verwandte, den Mörder von William Weems zu finden, wie er es ihr versprochen hatte, sondern sich mit der Frage herumquälte, ob zwei seiner jungen Wachtmeister einen ehemaligen Staatssekretär dabei beobachtet hatten, wie dieser sich auf einer Parkbank unschicklich benahm, oder ob sie auf eine recht alberne Balgszene, bei der es darum ging, das Medaillon um den Hals einer jungen Frau zu öffnen, vielleicht etwas übertrieben reagiert hatten?

Byam hatte Drummond eingeschaltet, damit er ihm helfe, falls er des Mordes angeklagt würde. Osmar hatte den Leiter der Anklagebehörde in einem Fall von Erregung öffentlichen Ärgernisses eingeschaltet. Aber war das auf die gleiche Weise geschehen, im Namen des gleichen Geheimbundes? Der Gedanke jagte ihm einen Schauer über den Rücken, und ein Gefühl der Übelkeit stieg in ihm hoch. Wozu wurden er oder auch die anderen benutzt? Er hatte angenommen, daß Osmar schuldig war. Genauso hatte er angenommen, daß Byam es nicht war. Seiner Ansicht nach war die Art, wie Osmar seinen Einfluß ausnützte, korrupt. Er hatte geglaubt, er würde einem Bruder helfen, der in großen Schwierigkeiten steckte.

Aber was tat der Innere Kreis noch? Dies hier waren nur zwei sehr verschiedene Beispiele. Was waren die anderen? Wer entschied, was korrupt und was redlich war? Und wer stand hinter all dem?

Kurz vor drei Uhr nachmittags klopfte es wieder an seiner Tür. Kaum hatte er geantwortet, trat ein ziemlich junger Mann ins Zimmer. Er war vielleicht Ende Dreißig und auf ungewöhnliche Weise recht gutaussehend. Sein Gesicht mit der viel zu knochigen und auffallenden Nase, den weit auseinanderstehenden Augen und dem schönen, vollen Haar, das sich von der hohen Stirn nach hinten wellte, und den schmalen Wangen hätte man vielleicht alltäglich nennen können. Es war sein Mund, der so bemerkenswert war mit den fein geschwungenen und sinnlichen Lippen, und einem Lächeln, das einen außergewöhnlichen, strahlenden Charme hatte. Es war ein Gesicht, das in Drummond spontan deutlichen Vorbehalt auslöste und für das er doch Sympathie empfinden wollte. Eigentlich war es ein markantes Gesicht, doch etwas an dieser Ausgewogenheit erweckte Drummonds Mißtrauen.

»Oberinspektor Latimer«, stellte sich der Mann vor. »Ich wurde von Scotland Yard herübergeschickt, um diese unglückselige Angelegenheit zu prüfen, bei der es um die zwei Wachtmeister geht. Offenbar haben die beiden angegeben, sie hätten Horatio Osmar dabei beobachtet, wie er sich auf einer Parkbank danebenbenahm.«

»Latimer?« sagte Drummond, und ein kalter Schauer lief ihm plötzlich über den Rücken. »Clarence Latimer?«

Das Gesicht des Mannes blieb freundlich. »Ja. Kennen Sie mich?«

Drummond schluckte und zwang sich zu einem Lächeln. »Habe den Namen gehört.« Er zuckte die Achseln. Die Unterstellung des Mannes, die Aussagen der Wachtmeister könnten fragwürdig sein, ärgerte ihn, aber er hielt seine Stimme im Zaum. »Wenn die beiden sagen, sie haben ihn gesehen, dann gehe ich davon aus, daß es so war.« Seine Stimme verschärfte sich nur um eine Spur. »Beide sind zuverlässige Männer, die zuvor noch nie etwas übertrieben dargestellt haben.«

»Oh, ich persönlich bezweifle das nicht«, stimmte Latimer schnell zu. »Aber dienstlich muß ich es untersuchen. Ich werde als erstes mit ihnen sprechen. Sind sie hier auf der Wache, oder muß ich nach ihnen schicken lassen?«

»Nicht nötig.« In Drummonds Kopf überschlugen sich die Gedanken. Er hatte Pitt eine Menge zu erzählen. Seine schlimmsten Befürchtungen über die Liste wurden wahr. »Wir haben Sie erwartet. Sie haben Dienst hier auf der Wache, und Sie können sie jederzeit sprechen. Ich würde mich wundern, wenn sie Ihnen mehr erzählen als das, was sie bereits gesagt haben.«

»Ich mich auch, aber ich muß sie fragen.« Latimer zuckte die Achseln. »Man weiß nie, vielleicht schildern sie mir irgendein Detail, das die Sache ein wenig in die eine oder andere Richtung verschiebt. Dann möchte ich dieses unglückliche Mädchen finden, wie heißt sie noch?«

»Beulah Giles.«

»Richtig. Darf ich jemanden schicken, um sie hierher zu holen?«

»Aber sicher.«

»Gut. Soweit ich weiß, hat sie bisher niemand richtig befragt. Stimmt das?«

Drummond konnte nur mit Mühe bei der Sache bleiben. »Ja. Der Richter hat den Fall abgewiesen, bevor sie in den Zeugenstand gerufen wurde.«

»Verstehe. Schade. Sie hätte vielleicht die ganze Geschichte klären können.«

»Durchaus. Möglicherweise ist sie gerade deshalb nicht gerufen worden«, sagte Drummond bissig.

Latimer warf ihm ein breites, strahlendes Lächeln zu. »Kein Zweifel.« Er entschuldigte sich und verließ den Raum.

Drummond nahm ein Stück Papier und schrieb eine kurze Nachricht an Pitt mit Clarence Latimers Namen, Dienstrang und Wohnsitz. Er hinterließ sie versiegelt am Dienstschalter mit der Anweisung, sie solle Pitt sofort überreicht werden, sobald er in die Wache käme.

Um vier Uhr kam die Droschke mit Miss Beulah Giles, die an diesem Nachmittag ein bedrucktes Kattunkleid trug, dessen Mieder wesentlich tiefer ausgeschnitten war als das, was sie bei ihrem Besuch im Gerichtssaal getragen hatte. Die Wachtmeister in der Bow Street hatten zu diesem Zeitpunkt alle Hände voll zu tun mit drei frisch verhafteten Straßenräubern, einem Taschendieb, der mit seinem Komplizen auf frischer Tat ertappt worden war, und einem Mann, der beschuldigt wurde, einen illegalen Hahnenkampf durchgeführt zu haben. Es war kein Zimmer frei, in dem Latimer Miss Giles hätte befragen können, und er lehnte es ab, sie auf unbestimmte Zeit warten zu lassen. Statt dessen hielt er es für besser, wieder in eine Droschke zu steigen und sie zu Scotland Yard zu bringen, wo ihm sein eigenes Büro zur Verfügung stand und er sich einer ruhigeren und geeigneteren Umgebung sicher sein konnte. Zu dieser Zeit dachte niemand weiter über die Sache nach.

Als Pitt in der Bow Street nach einem elenden Tag in Clerkenwell ankam, wurde ihm sofort Drummonds Nachricht übergeben. Er las sie mit einem flauen Gefühl im Magen, war jedoch nicht überrascht. Er wußte bereits durch die Liste, wo Latimer wohnte. Die Schwierigkeit bestand darin, eine einigermaßen akzeptable Entschuldigung für einen Besuch bei ihm zu Hause zu finden. Latimer hatte einen höheren Dienstgrad. Wenn er sich plump oder taktlos verhielt, konnte die Situation schnell sehr unangenehm für ihn werden. Wenn er das Haus unter einem Vorwand aufsuchte, käme das unweigerlich sofort heraus, es sei denn, er hatte das große Glück und konnte Beweise liefern, die Latimer auf der Stelle entlasteten. Die einzige Alternative, die Pitt einfiel, bestand darin, weitgehend die Wahrheit zu erzählen und einfach seine eigene Rolle ein wenig zu verdrehen.

So vorbereitet, erreichte er Beaufort Gardens in Knightsbridge. Es war eine dezente Wohngegend, die ruhig in der späten Nachmittagssonne vor ihm lag, Hausmädchen in Kleidern aus Kammgarn mit steifen Schürzen machten sich bereit, Besucher zu empfangen, Kindermädchen führten Kinder spazieren: kleine Mädchen, sehr adrett und brav, mit weißen, spitzenbesetzten Schürzen über den Kleidern und kleine Jungen in Matrosenanzügen, die herumhüpften und darauf brannten, losrennen zu dürfen.

Ein Bursche schob einen Fischhändlerkarren die Straße entlang und pfiff vergnügt vor sich hin. Ein Postbote trug die dritte Zustellung aus. Pitt überquerte die Straße, kurz bevor ein offener Landauer um die Ecke bog, dessen Besitzerin auf dem Weg war, einer noch eleganteren Adresse einen Besuch abzustatten. Der Kutscher und die Diener trugen Livree, bestehend aus Gehrock, gestreifter Weste, hellem Zylinder mit schwarzen Lederkokarden und auf Hochglanz polierten Stiefeln. Ein gefleckter Dalmatiner trabte im Gleichschritt hinterher, sein Halsband aus Messing und die Besitzerplakette glänzten in der Sonne.

Pitt lächelte kurz, aber ohne echte Freude.

Oberinspektor Latimer mußte sehr wohlhabend sein, um in solch einer Gegend wohnen zu können. Vielleicht hatte er Geld geerbt oder eine Frau mit beträchtlichen Mitteln geheiratet. Beides waren Möglichkeiten, die Pitt näher untersuchen mußte. Vorangegangene Erkundigungen in der Bow Street hatten nichts ergeben, aber das hatte er auch nicht erwartet, da Latimer ja bei Scotland Yard arbeitete.

Er klingelte an der Türglocke von Nummer 43. Nach einigen Minuten wurde die Tür von einem Dienstmädchen in einer hübschen Uniform geöffnet. Pitt hielt sie zumindest für ein Dienstmädchen. Er bemerkte einen Staubwedel, der dezent hinter dem Tisch in der Empfangshalle versteckt war, als ob sie ihn schnell weggelegt hätte, um ihre Funktion wechseln und die Tür öffnen zu können. Es war nur eine Kleinigkeit, aber ein Zeichen dafür, daß Mrs. Latimer der äußere Schein wichtig war. Sie lebten in einer Straße, wo sich die meisten Leute zusätzlich ein Zimmermädchen leisten konnten, und sie konnten das nicht.

»Ja bitte, Sir?« fragte das Mädchen höflich. Sie sah nicht älter als siebzehn oder achtzehn aus, war aber vermutlich schon seit vier oder fünf Jahren in Stellung und an ihre Arbeit gewöhnt.

»Guten Tag«, erwiderte Pitt sachlich. »Mein Name ist Pitt. Entschuldigen Sie bitte, daß ich so früh störe, aber ich muß Mrs. Latimer in einer wichtigen Angelegenheit sprechen. Würden Sie so freundlich sein, mich anzumelden?« Er zog seine Karte heraus, auf die er von Hand seinen Dienstgrad hinzugefügt hatte.

Das Mädchen errötete aus Ärger, weil sie den Silberteller für die Besucherkarten vergessen hatte, aber sie war überrascht worden. Sie hatte nicht mit Gesellschaftsbesuchen gerechnet, zumindest noch nicht für die nächste halbe Stunde. Bei vornehmen Leuten gab es für solche Dinge genau festgelegte Zeiten, und Mrs. Latimers Bekannte wußten, was sich gehörte. Sie nahm die Karte in die Hand.

»Ja, Sir. Würden Sie bitte hier warten, ich werde Mrs. Latimer fragen, ob sie Sie empfangen wird«, antwortete sie ungnädig.

»Selbstverständlich«, willigte er ein. Entweder gab es kein Empfangszimmer, oder es stand gerade nicht zur Verfügung.

Sie eilte davon, und er sah sich in der Eingangshalle um. Der Raum war ziemlich groß und voll mit Möbeln und Bildern. An der Wand befand sich ein Hirschgeweih, auf der rechten Seite ein ausgestopftes Wiesel in einem Glaskasten auf einem Beistelltisch und auf der linken Seite zwei ausgestopfte Vögel in einem anderen Kasten. Ein großer Hut- und Schirmständer und ein mit prächtigen Schnitzereien verzierter Tisch mit einem Spiegel dahinter standen ebenfalls in der Halle. Die Teppiche waren edel und in sehr gutem Zustand. Sie konnten nicht älter als ein oder zwei Jahre sein. All das waren Zeichen für Wohlstand.

War der Rest des Hauses auch so üppig ausgestattet? Oder war dies der Teil, den die Besucher zu sehen bekamen und der dementsprechend eingerichtet war auf Kosten der Privaträume? Aus langer Erfahrung wußte Pitt, daß Eingangshallen und Empfangszimmer immer Hinweise darauf gaben, wie die Leute gerne gesehen werden wollten, nicht wie sie wirklich waren.

Mrs. Latimer kam die Treppe herunter. Er sah sie, bevor sie noch unten angekommen war. Sie war eine auffallend schöne Frau, schlank, durchschnittlich groß, aber mit so außergewöhnlich blondem Haar, daß es beinahe strahlte, wenn das Licht der Kronleuchter darauf fiel. Ihre Haut war ungewöhnlich blaß und so makellos wie die eines Kindes. Tatsächlich verliehen ihre großen Augen und die hellen Brauen ihrem Gesicht einen Ausdruck von Unschuld, der für eine erwachsene Frau verblüffend war. Pitt spürte, wie sich die Worte, die er sich zurechtgelegt hatte, verflüchtigten. Sie waren viel zu brüsk und weltlich für dieses ätherische Wesen.

Sie trat die letzte Stufe herunter und blieb einige Schritte vor ihm stehen. Sie trug ein Musselinkleid mit blauen und fliederfarbenen Blumen auf weißem Grund. Es war höchst elegant, aber nicht nach seinem Geschmack, weil es eindeutig nur dazu bestimmt war, Blicke auf sich zu ziehen, und alles andere als praktisch wirkte, als ob seine Trägerin nicht auch ein menschliches Wesen sei. Er mochte Frauen lieber, die mehr aus Fleisch und Blut waren, so wie er selbst.

»Guten Tag, Mrs. Latimer. Entschuldigen Sie, daß ich so früh störe und ohne zuvor um Erlaubnis ersucht zu haben«, begann er mit der geplanten Entschuldigung, da ihm nichts anderes einfiel. »Aber die Angelegenheit, in der ich komme, ist dringend und muß mit Diskretion behandelt werden.«

»Wirklich?« sagte sie mit höflichem Interesse. Ihre Stimme schien bewußt weicher im Tonfall, als sie wohl von Natur aus war. In ihren Augen lag ein heller Glanz, er versuchte zu beurteilen, ob es das Aufleuchten kühler Intelligenz oder einfach nur das Licht der Kronleuchter war, aber er konnte es nicht entscheiden.

»Kommen Sie doch bitte in den Salon und erzählen Sie mir davon«, bot sie ihm an. »Das Dienstmädchen hat mir gesagt, Sie wären von der Polizei, ist das richtig?«

»Ja, gnädige Frau, von der Bow Street.«

»Ich kann mir nicht vorstellen, was Sie zu uns führt.« Sie ging ihm voraus, sehr grazil und sehr selbstsicher. Wenn sie auch nur im geringsten etwas befürchtete oder ahnte, dann wußte sie es sehr gut zu verbergen. »Wir liegen nicht in Ihrem Revier, und wie Sie sicherlich wissen, ist mein Mann Oberinspektor bei Scotland Yard.«

»Ja, gnädige Frau, das weiß ich. Und es handelt sich auch nicht um ein Verbrechen in Ihrer Gegend, weswegen ich zu Ihnen komme.«

Sie öffnete die Flügeltür zum Salon und glitt, die Rocksäume elegant hinter sich herziehend, hinein. Er folgte ihr. Der Raum war genauso eindrucksvoll wie die Eingangshalle: schwere Vorhänge, die bis auf den Boden herabfielen, umrahmten die Fenster im georgianischen Stil. Sie gewährten einen Blick auf einen kleinen Garten voller Bäume, dessen Enge von den Blättermassen verborgen wurde, auf denen Licht und Schatten tanzten. Sie ließ ihm einen Moment Zeit, den Rest des Zimmers zu würdigen, dann bat sie ihn, Platz zu nehmen. Die Möbel waren für seinen Geschmack etwas protzig, aber sehr bequem. Die Teppiche wiesen keinerlei abgetretene Stellen auf, soweit er sehen konnte, genausowenig wie die Stoffbezüge der Sessel oder die mit Stickereien verzierten Sesselschoner über den Lehnen. Wieder gab es getrocknete Ziersträuße, Glaskästen mit ausgestopften Vögeln und Fotografien in Silberrahmen. Ein Blick auf die Bilder an der Wand mit den vergoldeten Rahmen sagte ihm, daß sie als Kunstwerke wenig bedeutend waren.

Sie schien sehr zufrieden, daß er sich so interessiert an ihrem Heim zeigte und es offensichtlich bewunderte, und drängte ihn nicht zur Eile.

Er fühlte sich gezwungen, etwas Höfliches zu sagen. Er hatte alles so lange angestarrt, daß eine Bemerkung fällig war.

»Ein sehr schönes Zimmer, Mrs. Latimer.«

Sie lächelte und hielt es für Bewunderung, in der ein Funken Neid mitschwang. Von seiner Karte wußte sie, daß er nur den Rang eines Inspektors innehatte.

»Danke, Mr. Pitt. Um was für eine Angelegenheit handelt es sich denn nun, in der ich Ihnen, Ihrer Meinung nach, behilflich sein könnte?«

Sie war nüchterner, als er erwartet hatte. Ihre kindliche Miene konnte einerseits ein Schminktrick, andererseits eine Affektiertheit sein, die sie betonen wollte, ohne jedoch einen unentschlossenen oder ängstlichen Charakter zu mimen.

Er begann mit der Geschichte, die er sich zurechtgelegt hatte. »Eine höchst unangenehme Person hat versucht, einige wichtige Leute hier in London in Verruf zu bringen.« Das entsprach der Wahrheit, ob es nun Weems war oder nicht.

Ihr Blick blieb vage und verschlossen. Was er sagte, betraf sie nicht, und andere waren ihr gleichgültig.

»Er hat Geldgeschäfte zweifelhafter Natur angedeutet«, fuhr Pitt fort. »Schulden, Geldverleihen und ein gewisses Maß an Unehrlichkeit.«

»Wie unangenehm«, räumte sie ein. »Können Sie ihn nicht der Verleumdung anklagen und ihn zum Schweigen bringen? Es ist eine strafbare Handlung, in der Weise, die Sie angedeutet haben, schlecht über jemanden zu reden.«

»Unglücklicherweise ist er für uns unerreichbar.« Pitt verbarg das Lächeln, das ihm unwillkürlich auf die Lippen kam.

»Wenn er Leute mit Ansehen verleumdet hat, Mr. Pitt, dann befindet er sich nicht außerhalb der Reichweite des Gesetzes, wer auch immer er sein mag«, erwiderte sie schon etwas ungeduldiger.

»Er ist tot, gnädige Frau«, antwortet Pitt mit Befriedigung. »Deshalb kann man ihn weder dazu zwingen, seine Vorwürfe zu erklären, noch sie zurückzunehmen und sich zu entschuldigen.«

Ihr blasses Gesicht zeigte einen Ausdruck der Verwirrung. »Ist das nicht das wirksamste Siegel der Verschwiegenheit?«

»Ganz gewiß. Aber die Vorwürfe wurden nun einmal erhoben, und wenn sie sich nicht als grundlos erweisen, bleibt das Gerücht. Ich muß einen Weg finden zu beweisen, daß sie grundlos und böswillig sind, und das so diskret wie möglich und ohne daß ich sie gerade in dem Bestreben, sie zu widerlegen, noch weiter verbreite.«

Ihre blauen Augen weiteten sich. »Aber warum, wenn er doch tot ist?«

»Weil auch andere von den Verleumdungen wissen und Gerüchte und Gemunkel sich ausbreiten könnten. Ich bin sicher, Sie verstehen, wie nachteilig das sein würde – für die Unschuldigen.«

»Vermutlich schon. Obwohl ich mir nicht vorstellen kann, warum Sie zu mir kommen. Ich würde ganz gewiß keinen böswilligen Tratsch weitererzählen, selbst wenn ich davon gehört hätte.«

»Einer der Namen, die von diesem Mann genannt wurden, ist der Ihres Mannes.« Er beobachtete sie genau, um auch die kleinste, versteckteste Andeutung einer Reaktion zu erkennen.

Ihr Gesicht zeigte keinerlei Regung, nur Unverständnis. »Meines Mannes? Sind Sie sich ganz sicher?«

»Es besteht kein Zweifel«, erwiderte er. »Auch die Anschrift wurde genannt.«

»Aber mein Mann gehört zur Polizei, Sie wissen das.« Sie sah ihn an, als würde sie an seinem Verstand zweifeln.

»Nicht jeder geht davon aus, daß die Polizei erhaben ist über Versuchungen oder Schwächen, Mrs. Latimer. Vor diesen Leuten müssen wir auf der Hut sein. Das ist es, was ich versuche. Besitzt Ihr Mann Privateinkommen, ein Erbe vielleicht?«

»Nein.« Ihr Gesicht verzog sich vor Widerwillen gegen diese Frage. »Höhere Polizeibeamte verdienen recht gut, Mr. Pitt. Vielleicht wissen Sie das nicht ...« Ihre Stimme verebbte. Die Aufdringlichkeit solcher Fragen kränkte und verwirrte sie. Sie befaßte sich nicht mit Geldangelegenheiten, das war nicht Frauensache.

Pitt hatte ursprünglich beabsichtigt, sie zu fragen, ob sie wüßte, ob sich Latimer je Geld geliehen hatte, vielleicht nur für kurze Zeit, um unerwartete Unkosten abzudecken, doch ein Blick auf ihr glattes, humorloses Gesicht ließ ihn verstummen. An Latimers Stelle hätte er ihr auch nicht von etwas so Prosaischem und Unangenehmem wie Geldschwierigkeiten erzählt. Er hätte die Sache so geregelt, wie er es für richtig hielt, und hätte ihr nur das Ergebnis präsentiert. Pitt hatte in ihren Augen die Entschlußkraft leuchten sehen. Trotz ihrer sorgfältig gepflegten, extremen Weiblichkeit hielt er sie nicht für dumm. Sie war wahrscheinlich zu einer leidenschaftlichen Entschiedenheit fähig und zu scharfer Urteilskraft in gesellschaftlichen Fragen, aber sie schien keinerlei Einfallsreichtum zu besitzen. Gerade die Vorhersehbarkeit des Zimmers bewies das, ebenso wie jetzt ihre Antworten auf seine Fragen.

»Ich weiß das, gnädige Frau«, beantwortete er ihre angedeutete Frage. »Aber dieser Mann hat schriftliche Zahlungsforderungen hinterlassen, die aussagen, daß Oberinspektor Latimer beträchtliche Geldsummen von ihm geliehen habe. Es ist meine Aufgabe, das zu widerlegen.«

Sie blickte erstaunt auf. »Was ist Schlimmes daran, wenn man Geld leiht, solange man es zurückzahlt?«

»Nichts. Es wird aber schlimm, wenn man es nicht zurückzahlen kann – und das ist, was der Mann angedeutet hat, neben anderen Dingen.«

»Welchen anderen Dingen, Mr. Pitt?«

Sie verblüffte ihn. Er hatte nicht damit gerechnet, daß sie dieses Thema verfolgen würde, sondern nur damit, daß sie die Schulden leugnen würde. Er lag richtig: unter all dem blonden Haar und der zarten, weißen Haut war sie kalt wie Stahl.

»Erpressung, Mrs. Latimer.«

Jetzt zuckte sie zusammen. Sie hatte während der ganzen bisherigen Vorstellung, die sie gab, nicht mit der Wimper gezuckt, aber jetzt weiteten sich ihre Augen ein wenig, und unter all der Manieriertheit war ihre Aufmerksamkeit geweckt.

»Wirklich, ich denke, Sie sollten darüber lieber mit meinem Mann sprechen. Offensichtlich handelt es sich um ein Verbrechen sowie um böswillige Beschuldigungen.«

»Auch über das Verbrechen laufen bereits Ermittlungen«, versicherte er ihr. »Es sind die Beschuldigungen, die ich persönlich untersuche und widerlegen möchte. Der Ruf der Polizei hat letztes Jahr sehr gelitten. Es ist wichtig, daß wir ihn jetzt wahren. Und ich wäre Ihnen sehr dankbar für Ihre Unterstützung.«

»Ich weiß nicht, wie ich Ihnen helfen könnte.«

»Darf ich mit Ihren Bediensteten sprechen?« Er wollte gerne den übrigen Teil des Hauses sehen. Das würde ihm die beste Gelegenheit geben, die er sich wünschen konnte, die finanziellen Verhältnisse richtig einzuschätzen.

»Wenn Sie glauben, daß Ihnen das etwas nützt«, meinte sie widerwillig. »Obwohl ich mir das nicht vorstellen kann.«

»Vielen Dank, das ist sehr großzügig von Ihnen.« Er stand auf, und auch sie erhob sich und griff nach der Klingel.

Als das Dienstmädchen hereinkam, gab sie die nötigen Anweisungen und verabschiedete sich von ihm.

Er verbrachte eine weitere Stunde damit, allen Dienstboten sinnlose Fragen über Besucher zu stellen, wodurch er fast den ganzen übrigen Teil des Hauses zu sehen bekam. Seine schlimmsten Befürchtungen bestätigten sich. Das Geld war für die vorderen Räume verwendet worden. In den privateren Bereichen, wo kein Besucher je hinkam, standen ausrangierte, schäbige Möbel. Das Holz war zerkratzt oder beschädigt, die Teppiche waren von der Sonne verblichen und an den häufig begangenen Stellen abgetreten. Die Fransen an Lampenschirmen und Sesseln waren lückenhaft, einige Quasten fehlten, die Tapeten waren an den Stellen, wo die Sonne darauffiel, verschossen, die Vorhänge reichten kaum bis auf den Boden und waren ungefüttert. Das Dienstpersonal bestand aus der Mindestanzahl, die nötig war, um solch einen Haushalt zu führen. Für Abendeinladungen, die wohl recht häufig gegeben wurden, mietete man Aushilfskräfte, ebenso wie auch die für diese Anlässe erforderlichen Teller, Gläser und das Tafelsilber.

Pitt verließ das Haus am Spätnachmittag mit einem tiefen Gefühl der Niedergeschlagenheit. Mrs. Latimer war offensichtlich eine Frau mit beträchtlichen gesellschaftlichen Ambitionen und dem festen Willen aufzusteigen. Ja, er mußte sogar durch den Dienstboteneingang hinausgehen, damit er möglichen Besuchern nicht an der Haustür begegnete.

Latimer könnte sehr gut den gleichen Ehrgeiz haben, auf alle Fälle schien er entschlossen, bis zum Äußersten zu gehen und vielleicht sogar darüber hinaus. Es fiel nicht schwer zu glauben, daß er von Weems Geld geliehen hatte, um eine zusätzliche Gesellschaft zu geben, seine Gäste mit den feinsten Speisen zu bewirten, die besten Weine auszuschenken und die richtigen Leute zu beeindrucken. Aber wie hatte er es zurückzahlen wollen? Er erhielt nur ein festes Gehalt.

Pitt hatte sich natürlich vorher informiert, wie hoch das Gehalt eines Oberinspektors war. Er konnte sich nicht vorstellen, wie man damit das Haus in Beaufort Gardens halten konnte, trotz strengster Sparmaßnahmen in der Küche, den Schlafzimmern und den Bedienstetenräumen. Als er auf dem Rückweg in die Bow Street in der Droschke darüber nachdachte, empfand er selbst das Beklemmende der Situation, die ständige Sorge, die Angst vor einem Brief, einem Klopfen an der Tür, das Gefühl, daß alles nur vorübergehend, nichts wirklich sicher war, daß man den eigenen Geldbeutel plünderte, um einen anderen zu bezahlen, daß man sich auf einer Gratwanderung befand und ein Täuschungsmanöver das nächste nach sich zog.

Es hatte wenig Sinn, mit Latimer direkt zu sprechen. Falls Pitts Einschätzung nicht den Tatsachen entsprach, würde er das nicht beweisen können, falls doch, würde er es leugnen. Beides hieß gar nichts. Beweise waren das einzige, was galt. Vielleicht hatte Latimer Weems nicht umgebracht, aber das war nur ein Teil der Frage und im Moment nicht der, der Pitt am meisten beschäftigte. Wer auch immer der Mörder von Weems war, er mußte herausfinden, wo Latimer das Geld herzubekommen gehofft hatte, um seine Schulden zurückzuzahlen. Er mußte wissen, ob es ein ehrlicher Weg war, obwohl er sich das nicht vorstellen konnte.

Er würde sich von Micah Dummond die Ermächtigung holen müssen, Latimers Fälle zu untersuchen. Die lagen nicht in der Bow Street, sondern bei Scotland Yard, und wahrscheinlich bedurfte es einer sehr eingehenden Erklärung, bevor ein Beamter einer anderen Polizeiwache die Erlaubnis bekam, sie einzusehen.

Es kostete Pitt viele Tage einsamen und traurigen Lesens in einem kleinen Raum am Ende eines langen Ganges, auf einem harten Stuhl vor einem Holztisch, der überhäuft mit Akten war. Er las einen Fall nach dem anderen durch, Fälle von Gewalttaten, von Habgier und von Betrug. Latimer hatte sich mit vielen verschiedenen Missetaten beschäftigt, von Mord und Brandstiftung bis zu organisiertem Betrug und Unterschlagung in großem Maßstab. Es war eine traurige Auflistung menschlichen Verhaltens, aber sicherlich würde man in den Akten jedes anderen etwa gleichrangigen Polizeibeamten eine ähnliche Anhäufung finden, noch dazu in einer Stadt von der Größe Londons, der größten Stadt der Welt, dem Nabel eines Reiches, das die Erde umspannte, der Finanzhauptstadt, des industriellen und wirtschaftlichen Zentrums, des geschäftigsten Hafens, dem Mittelpunkt von Transport und Handel, wie auch dem Höhepunkt des gesellschaftlichen Lebens.

Pitt legte all die Fälle zur Seite, bei denen Latimer mit anderen Beamten zusammengearbeitet hatte und die Ergebnisse genauso aussahen, wie es jeder mit etwas Erfahrung erwartet hätte. Er nahm auch die aus, bei denen die Spur der Beweise eindeutig war und die zu der Verhaftung und Verurteilung eines bekannten Verbrechers geführt hatten.

Er las sich diejenigen gründlich durch, die mit einem Freispruch geendet hatten, fand aber nur wenig, was ungewöhnlich oder seltsam war.

Schließlich, als er es satt hatte, seine Tage damit zuzubringen, müde und mit brennenden Augen über Akten zu sitzen, anstatt unter Menschen zu sein, wandte er sich den ungelösten Fällen zu. In den letzten fünf Jahren hatte es drei Mordfälle gegeben, und diese las er sich gründlich durch. Nach den Beweisen und Zeugenaussagen hätte er genau das gleiche getan wie Latimer. Seine Stimmung hob sich ein wenig. Vielleicht fand er schließlich einfach heraus, daß es sich um einen Mann handelte, der seine schöne und gesellschaftlich ehrgeizige Frau so sehr liebte, daß er sich finanziell übernahm, um sie zufriedenzustellen.

Aber es gab keinen Grund anzunehmen, daß Carswell Geld geliehen hatte, statt dessen sprach alles dafür, daß er erpreßt wurde. Es gab ebenfalls genügend Hinweise darauf, daß auch Urban erpreßt wurde. Lord Byam hatte es gleich zu Anfang zugegeben. War Latimer, der dritte Name auf der Liste, wirklich nur ein unschuldiger Beobachter?

War er ein Mitglied der geheimen Bruderschaft, des Inneren Kreises? Er war genau der Typus Mann, der dazugehören konnte: jung, ehrgeizig, nach gesellschaftlichem Prestige und sozialem Aufstieg strebend. Pitt brauchte keine Beweise dafür, daß Latimer Mitglied war, aber Beweise, daß er es nicht war, bevor er seine Überzeugung ändern würde.

Er ging nach draußen in die heiße Mittagssonne, um etwas zu essen. Mit einem dicken Sandwich und einem Glas Apfelwein saß er in einem lauten, vollen Pub und beobachtete die Gesichter der Gäste, die kamen und gingen, sich begrüßten, miteinander tuschelten und sich zunickten, schnelle, geheime Geschäfte abwickelten und neue Bekanntschaften machten.

Hatte es einen Sinn, Latimers Unterweltkontakte auszuforschen? Wenn Latimer dem Inneren Kreis angehörte, dann ging es nicht um die kleinen Diebe und Fälscher, die Taschendiebe, die Hehler und Kuppler der Verbrecherwelt, sondern um die Betrüger in der Geschäftswelt, die korrupten Rechtsanwälte, die Männer, die Bestechungsgelder forderten oder zahlten, die Finanzbetrüger und Veruntreuer von Millionen.

Er blickte in das schmale, verschlagene Gesicht des Mannes am Tisch neben ihm. Er war schmutzig, seine Zähne waren braune Stummel, seine Hände waren rissig und die Nägel schwarz. Wahrscheinlich stahl er, um sein Leben ein wenig erträglicher zu machen. Er scheute sich höchstwahrscheinlich nicht im geringsten, andere, die schwächer oder einfältiger waren als er, auszunutzen, und würde sicher auch seine Frau mißhandeln, wenn er eine hatte, oder seine Kinder.

Trotzdem kam er Pitt weniger niederträchtig vor als die reichen Männer, die indirekt von Fremden stahlen, um noch reicher zu werden, und die andere bestachen, um sich den Konsequenzen zu entziehen.

Er kehrte zu Scotland Yard in das winzige, enge Zimmer mit den Aktenstößen zurück und nahm seine Arbeit wieder auf. Er konzentrierte sich jetzt auf die Fälle, in die Männer verwickelt waren, von denen er annahm, sie könnten zum Inneren Kreis gehören oder für dessen Mitglieder wichtig sein.

Hier fand er schließlich, was er befürchtet hatte: Ermittlungen, die aus keinem ersichtlichen Grund eingestellt worden waren; Strafanklagen, die man aufgehoben hatte, obwohl sie sicher erfolgreich gewesen wären; seltsame Nachlässigkeiten, die für einen Mann, der sich sonst strenge Maßstäbe setzte, ungewöhnlich waren. Jeden Einzelfall hätte man sicher einfach als Fehleinschätzung erklären können. Latimer war ebenso fehlbar wie jeder andere Mensch, und es wäre unsinnig gewesen, von ihm zu erwarten, daß er immer richtig handelte. Er, wie jeder andere auch, konnte sich mal verschätzen, mal überarbeitet sein, einen Zusammenhang, ein Glied in einer Beweiskette übersehen, voreilig falsche Schlüsse ziehen, Vorurteile und schwache Seiten haben. Wenn man aber all dies in seiner Gesamtheit betrachtete, ergab sich ein gewisses Muster, und je länger Pitt es sich ansah, desto klarer wurde ihm dieses Muster. Es gab keine Möglichkeit, sich darüber Gewißheit zu verschaffen. Die Bruderschaft war geheim und die Bestrafung für einen Bruder, der Verrat beging, hart. Das hatte Urban gesagt, und falls er recht hatte, war Weems' Liste ein Beweis dafür. Pitt vermutete, daß all die unerklärlichen Nachlässigkeiten und seltsamen Fehlurteile bei Fällen aufgetreten waren, in denen es um das Interesse des Inneren Kreises ging, und daß Latimer ein Instrument für dessen Ziele war.

Hatte es einen Fall gegeben, den zu decken er sich geweigert hatte, ein Verbrechen, das ihn betroffener gemacht hatte, als er ertragen konnte, und bei dem er schließlich seine Kooperation verweigert hatte? Und die Bruderschaft hatte ihn dadurch bestraft, daß sie seinen Namen auf Weems' Liste setzte, damit er schließlich entdeckt und ruiniert würde? Das war ein hoher Preis, und Latimer wäre danach für sie von keinerlei Nutzen mehr. Pitt schauderte, es wurde ihm kalt in dem stickigen Raum. Aber die anderen Brüder würden davon erfahren, die Zögerer würden damit konfrontiert, was es bedeutete, den Inneren Kreis zu verraten, und jeder andere Bruder würde in seiner Loyalität gestärkt werden.

Was war mit Micah Drummond? Sein Name stand nicht auf der Liste. Hieß das, daß er sich niemals widersetzt, niemals einen Befehl verweigert hatte? Er hatte sehr schnell reagiert, um Sholto Byam zu helfen, und in dem Fall ging es um Mord.

Dieser Gedanke war Pitt so gräßlich, daß er spürte, wie ihm übel wurde. Er mochte Drummond, und noch vor einer Woche hätte er seine eigene Karriere darauf gewettet, daß dieser absolut ehrlich war.

Vielleicht empfanden Latimers Untergebene so wie er.

Er räumte die Papiere vom Tisch und verließ das Büro, wobei er die Türe hinter sich abschloß und den Schlüssel dem Sergeant übergab, der ihn ihm ausgehändigt hatte.

»Alles in Ordnung, Sir?« fragte der Mann zögernd mit teilnahmsvollem Gesicht. »Se sehen nich' grad fit aus, wenn ich das mal sagen darf, Sir.«

»Brauche wohl ein bißchen frische Luft«, log Pitt automatisch. Er mußte sein Wissen hüten, er konnte niemandem trauen. »Hasse das ganze Lesen.«

»Ham Se gefunden, was Se suchten, Sir?«

»Nein. Anscheinend war es die falsche Spur. Ich muß es woanders probieren.«

»Es gibt wohl nich' 'ne Abkürzung, um Detektiv zu werden«, meinte der Sergeant voller Einsicht. »Hab' immer gedacht, das wär' was für mich, jetzt bin ich mir nich' mehr so sicher. Da findet man Dinge raus, die man besser nich' weiß. Is' man glücklicher ohne.«

»Ja«, stimmte Pitt zu, dann änderte er seine Meinung. »Oder man findet gar nichts heraus.«

»Schlechten Tag gehabt, Sir? Vielleicht is' es morgen besser.«

»Vielleicht.« Pitt zwang sich zu einem freundlichen Lächeln und dankte dem Mann noch einmal, bevor er in die rasch kühler werdende Abendluft hinaustrat. Es roch nach Regen. Aus Osten, vom Meer her, blies ein schwacher Wind, der die Geräusche vom Fluß und von den Docks herauftrug. Es würde noch ein paar Stunden hell sein, und auf dem Kai der Themse klapperten die Kutschen, während die Leute spazierengingen. Ein Vergnügungsdampfer mit lauter bunten, flatternden Fähnchen fuhr langsam stromaufwärts in Richtung Windsor oder Richmond. Pitt konnte das Gelächter der Passagiere über das Wasser hinweg hören. Irgendwo außer Sichtweite, in Richtung Westminster Bridge, spielte ein Leierkasten eine bekannte Melodie, und auf der anderen Seite des Kais war ein Karren aufgebockt, aus dem Schnecken und Aalpasteten verkauft wurden.

Es war sechs Uhr, und er freute sich darauf, heimzugehen und Weems, seine Liste und das ganze schlechte und verwerfliche Drumherum zu vergessen. Er würde mit Charlotte in der eigenen Küche zu Abend essen, dann nach draußen gehen und ein wenig im Garten arbeiten, vielleicht das Gras mähen und etwas Unkraut hacken, weil das für Charlotte zu mühsam war. Morgen würde er eine Entscheidung treffen, was er Drummond erzählen sollte. Vielleicht würde er am Morgen klar sehen.

Es regnete nicht richtig, es war nur ein leichtes Nieseln, feine Tröpfchen, die auf den Grashalmen liegenblieben und die Blütenkelche der Blumen und die langen, zarten Blattstiele kaum nach unten bogen. Pitt blieb draußen, weil er die Kühle auf seinem Gesicht spüren und das langsam schwächer werdende Licht am Abendhimmel sehen wollte. Er hatte den ganzen Tag in einem geschlossenen Raum verbracht, und das haßte er. Die Arbeit mit den Händen befriedigte ihn, und er genoß es zu sehen, wie der Garten langsam gepflegter und kultivierter aussah. Charlotte erledigte die leichteren Arbeiten, schnitt die verblühten Rosen und Stiefmütterchen ab und zupfte Unkraut, und Gracie säuberte den Weg. Aber die beiden hatten zu viele andere Hausarbeiten zu erledigen, als daß sie sich jeden Tag um den Garten hätten kümmern können, und der Grasmäher war sowieso viel zu schwer für sie.

Kurz nach neun Uhr ging Pitt schließlich hinein, denn durch die Bewölkung war es früher dunkel geworden. Er zog seine nasse Jacke und die Stiefel aus und setzte sich in seinen Sessel im Wohnzimmer, ungeachtet der Tatsache, daß seine Hosen auch feucht waren.

Charlotte flickte ein Kleid von Jemima. Sie legte es zur

Seite, steckte die Nadel aber sorgfältig an eine Stelle, wo sie sie wiederfinden würde.

»Was hast du?« fragte sie mit ernstem Gesicht und sah ihn an.

Einen Moment lang dachte er daran, der Frage auszuweichen und irgendeine belanglose Antwort zu geben, aber dann wollte er sie teilhaben lassen. Er wollte die Entscheidung nicht allein fällen, und ihr konnte er wenigstens absolut vertrauen. In kurzen, ernsten Worten berichtete er ihr.

Sie hörte ihm zu, ohne den Blick von seinem Gesicht abzuwenden, und ihre Hände lagen ausnahmsweise unbeweglich in ihrem Schoß. Sie machte keinerlei Anstalten, ihre Flickarbeit wieder hochzunehmen, Wolle aufzuwickeln oder Seide zu haspeln.

»Was wirst du Mr. Drummond sagen?« fragte sie schließlich, als er fertig war.

»Ich weiß es nicht.« Er betrachtete ihr Gesicht, als hoffe er, dort etwas lesen zu können, eine Idee, einen Gedanken, der ihm selbst nicht gekommen war. »Ich weiß nicht, wie tief er in diese Bruderschaft selbst verflochten ist.«

Sie dachte nur einen Augenblick lang nach.

»Wenn du es ihm nicht sagst, dann gehst du davon aus, daß du ihm nicht trauen kannst.«

»Nein«, widersprach er sofort. »Nein«, sagte er noch einmal, »ich bringe ihn nur nicht in eine Situation, in der er dem Inneren Kreis die Stirn bieten muß, wenn er im Fall Weems weitere Ermittlungen anstellt. Vielleicht hat Latimer ja den Mord an Weems gar nicht begangen.«

»Aber er ist korrupt«, entgegnete sie, ohne sich zu rühren.

»Nicht einmal das weiß ich sicher«, erklärte er. »Ich vermute es nur aufgrund der Fallakten. Es könnten auch einfach Fehlentscheidungen oder Irrtümer sein. Wenn jemand meine Fälle alle durchginge, würde er sicher auch einiges finden, was strittig ist oder vielleicht sogar Schlimmeres, je nachdem, wie er das sehen wollte.«

Charlotte dachte nur selten über Mittel und Wege, Waffen und gerichtliche Beweise nach, aber sie verstand Motive, Gefühle und Lügen, kurz, alles, was mit dem Menschen zu tun hatte.

»Unsinn«, sagte sie mit einem zärtlichen Lächeln, und ihre Augen blickten so sanft, daß er es nicht als Kränkung auffassen konnte. »Kommissar Latimer ist korrupt, und du hast Angst, daß Micah Drummond es auch ist oder vielleicht werden könnte. Aber du kannst nicht für ihn entscheiden, Thomas, du mußt ihm die Möglichkeit lassen, das Richtige zu tun, was auch immer die Konsequenzen sein mögen.«

»Die Konsequenzen können gräßlich sein.« Er rutschte ein wenig tiefer in seinen Sessel hinein. »Der Innere Kreis ist geheim, mächtig und skrupellos. Sie kennen kein Erbarmen.«

»Bewunderst du sie?«

»Ach was! Ich verachte sie mehr als alles andere. Sie sind schlimmer als ein einfacher Würger, der auf der Straße Leute umbringt. Sie verführen und korrumpieren und verwandeln ehrgeizige, aber törichte Männer in korrupte Lügner, die andere bestechen.« Er hielt inne, seine Stimme war scharf geworden, und seine Hände umklammerten seine Knie, so hatte er sich hineingesteigert. Er starrte auf Charlotte und sah ihr Gesicht klar und hell vor sich, mit den hohen Wangenknochen und dem weichen Mund, ihre Augen auf ihn gerichtet.

»Glaubst du nicht, daß auch Micah Drummond sie hassen würde, wenn er wüßte, wie sie sind?« fragte sie ihn. »Vielleicht sogar noch viel mehr als du, weil sie versucht haben, auch ihn da mit hineinzuziehen.«

»Vielleicht«, stimmte er ihr zögernd zu.

»Dann mußt du ihm die Gelegenheit geben, sie zu bekämpfen.« Sie beugte sich ein wenig nach vorn. »Du kannst ihn davor nicht bewahren, und ich finde, du solltest das auch nicht versuchen. Ich würde dir nicht dafür danken, wenn du mir die Chance nehmen würdest, eine schreckliche Fehleinschätzung zu erkennen und entsprechend zu handeln.«

Er nahm ihre Hand in seine und hielt sie zärtlich fest.

»Gut. Du mußt mir nicht mehr erklären. Ich verstehe es. Ich werde es ihm morgen sagen.«

Sie hob die andere Hand und fuhr ihm damit sanft über das Gesicht, dabei lächelte sie ihn strahlend an. Es war nicht nötig, noch etwas zu sagen.

Am nächsten Morgen wurde Pitts Absicht jedoch von einem gewaltigen Aufruhr in der Bow Street vereitelt. Zeitungen wurden von einem zum anderen gereicht, und in der Eingangshalle, rund um den Dienstschalter und in den Gängen hörte man Ausrufe der Empörung und Wut.

»Es ist ausgesprochen unredlich«, schimpfte der diensthabende Polizist mit hochrotem Kopf.

»Es ist ungeheuerlich, das ist es!« sagte ein Wachtmeister hitzig und hielt die Zeitung demonstrativ hoch. »Das sind alles Lügen! Wie kommen die dazu, solche Sachen zu drucken?«

»Das ist ein Komplott!« meinte ein anderer Wachtmeister mit entrüsteter Stimme. »Schon seit den Whitechapel-Morden haben sie es auf uns abgesehen!«

»Ich würde mich nicht wundern, wenn die Anarchisten dahinterstecken«, fügte der diensthabende Polizist hinzu.

»Was ist los?« wollte Pitt wissen und riß einem Wachtmeister die Zeitung aus der Hand.

»Hier.« Der Wachtmeister deutete mit dem Zeigefinger darauf. »Da! Lesen Sie das!«

Pitt las.

»Brutales Vorgehen der Polizei!« las er. »Miss Beulah Giles, ein Opfer polizeilicher Schikanen und brutaler Verhöre, wurde gestern gewaltsam aus ihrem Haus zu Scotland Yard verschleppt, wo sie von Oberinspektor Latimer allein verhört wurde. Die Polizei versucht damit, sich gegen den Vorwurf des Meineides im Parkbankfall zu verteidigen.« Im gleichen Stil ging es weiter über den Schock und die Bestürzung eines unschuldigen Mädchens, das ihrem Zuhause und ihrer Familie entrissen und Beleidigungen und Erniedrigungen ausgesetzt worden sei, nur in dem verzweifelten Versuch, sie dazu zu zwingen, ihre Zeugenaussage zu ändern und ihren Freund zu beschuldigen.

Pitt drückte die Zeitung dem Wachtmeister wieder in die Hand und griff nach einer anderen. Die Worte waren ein wenig anders, aber der Sinn im wesentlichen der gleiche. Beulah Giles war das Opfer polizeilicher Beleidigungen und Einschüchterungen. Überall würden die Leute sich erheben, um gegen diese Ungeheuerlichkeit aufzubegehren. Wohin kam man denn, wenn ein englisches Mädchen nicht mehr sicher war vor den Übergriffen und Mißhandlungen dieser neuen Polizeikräfte? Deren gesamte Existenz mußte von jetzt an in Frage gestellt werden. Pitt fluchte leise und erbittert – ein ungewöhnlicher Umstand für ihn, er verlor nur selten seine Beherrschung, und noch seltener gebrauchte er ungehörige Wörter.

8.

Kapitel

Kaum hatte Pitt am nächsten Morgen das Haus verlassen, ging Charlotte zu ihrem Schreibpult im Wohnzimmer und nahm Füller, Tinte und Papier heraus. Sie schrieb:

Liebe Emily,
ich hoffe, Du bist wieder wohlauf und brauchst mich deshalb bei Deiner nächsten Abendgesellschaft nicht. Dennoch ist es äußerst wichtig, daß ich dabei bin. Thomas hat mir gestern abend einige ernste Dinge über seinen derzeitigen Fall erzählt, und ich bin fest entschlossen, alles zu tun, um ihm zu helfen. Ich kann mich nicht erinnern, ihn jemals zuvor derartig verwirrt erlebt zu haben. Er kann sich aus ganz schrecklichen Gründen an niemand anderen wenden.
Ich weiß, daß Du wahrscheinlich die Tischordnung schon festgelegt hast, trotzdem möchte ich Dich bitten, sie so zu ändern, daß ich neben Lord Byam und Mr. Carswell sitze.
Glaub mir, ich habe meine guten Gründe und weiß auch, wie ungelegen Dir das kommt – aber beide werden erpreßt und stehen unter Mordverdacht. Du weißt, daß ich bei solchen Sachen nicht übertreibe und leichtfertig daherrede.
Ich werde Dir natürlich alles erzählen, wenn ich Dich sehe, doch ich denke, es wäre vielleicht besser, Du würdest diesen Brief verbrennen, wenn Du ihn gelesen hast. Bis dahin bleibe ich Deine Dich liebende Schwester.

Charlotte

Sie faltete das Papier zusammen, steckte es in einen Umschlag, schrieb Emilys Adresse darauf und kramte dann eine Briefmarke hervor, die sie auf den Umschlag klebte.

»Gracie«, rief sie.

Sie hörte Gracies eilige Schritte im Korridor, dann erschien ihr Kopf in der Tür.

»Ja, Madam?«

»Würdest du bitte diesen Brief für mich einwerfen? Er ist sehr dringend. Ich muß morgen abend zu Mrs. Radleys Abendgesellschaft gehen, und es ist schrecklich wichtig, daß ich, wenn möglich, neben bestimmten Leuten sitze, weil sie vielleicht einen Mord begangen haben. Einer von ihnen, meine ich, nicht beide.«

Jedes andere Hausmädchen hätte jetzt vielleicht aufgeschrien oder wäre in Ohnmacht gefallen, aber Gracie war an solche Vorstellungen gewöhnt und fest entschlossen zu helfen, wo sie konnte. Ihre Augen in dem kleinen, schmalen Gesicht weiteten sich, und sie wartete gespannt auf weitere Anweisungen.

»Oh, Madam.«

Charlotte wußte, daß Gracie gerne helfen wollte, aber ihr fiel im Moment nichts ein, was sie tun konnte, außer den Brief einzuwerfen. Richter und Politiker lagen außerhalb von Gracies Erfahrung, wahrscheinlich hatte sie sogar noch nie einen gesehen, geschweige denn mit einem gesprochen.

»Der Ermordete war ein Geldverleiher«, fügte sie hinzu, damit ihre Auskunft nicht gar so dürftig war.

»Gut«, sagte Gracie spontan, dann errötete sie. »'tschuldigung, Madam. Aber das sind keine netten Leute. Wenn die einen mal in den Fingern ham, dann lassen se nich' mehr los. Egal wieviel oder wie wenig man geliehen hat, man schafft's nie, es zurückzuzahlen.« Sie runzelte die Stirn und verzog das Gesicht. »Aber, Madam, die Leute, die zu Mrs. Radleys Dinnerpartys gehen, die leihen doch nich' Geld von so 'nem Geldverleiher, oder?«

»Eigentlich nicht«, stimmte ihr Charlotte zu. »Aber er war auch ein Erpresser, man kann also nie wissen. Aber du mußt das alles für dich behalten, Gracie. Es wäre sehr gefährlich, wenn jemand erführe, daß du etwas weißt. Kein unbedachtes Wort zu dem Metzgerjungen oder dem Fischhändler.«

Gracie schob das Kinn vor, und ihre Augen funkelten.

»Ich red' nich' mit Laufburschen oder dergleichen, außer um ihnen Bescheid zu sagen«, sagte sie hitzig. »Ich hör' zu, weil das meine Aufgabe is', ich könnte ja was erfahren, aber ich erzähl' ihnen nie was.«

Charlotte mußte unwillkürlich lächeln. »Entschuldige«, sagte sie einlenkend. »Ich habe auch nicht wirklich geglaubt, daß du das tust. Ich habe einfach aus Gewohnheit gewarnt.«

Gracie vergab ihr sofort, schnaubte aber noch ein bißchen, als sie den Brief nahm. Einen Moment später hörte Charlotte, wie die Haustür geöffnet wurde und wieder ins Schloß fiel.

Sie erzählte Pitt von ihrem Vorhaben, als er am Abend müde, verschwitzt und hungrig nach Hause kam. Sie spielte es etwas herunter und sagte ihm nur, daß sie an dem Abendessen teilnehmen wolle, weil sowohl Byam als auch Carswell dasein würden. Emilys Zusage, daß die Tischordnung geändert worden sei und sie wie gewünscht zwischen den beiden Männern sitzen werde, habe sie bereits durch einen Boten erhalten. Aber von den fürchterlichen Drohungen, die Emily gemacht hatte, falls Charlotte ihr nicht alle erwiesenen oder nur vermuteten Einzelheiten, die ihr über den Fall bekannt waren, bis ins kleinste berichten würde, erzählte Charlotte nichts. Das verstand sich sowieso von selbst.

»Sei vorsichtig«, sagte Pitt schnell und war trotz der drückenden Hitze und seiner Müdigkeit plötzlich wieder hellwach und aufmerksam. »Das sind sehr mächtige Leute. Glaub bloß nicht, daß sie, weil sie sich immer gleichbleibend höflich verhalten, in ihren Taten ebenso liebenswürdig sind wie in ihren Worten.«

»Natürlich nicht«, erwiderte sie hastig. »Ich werde nur zuhören und beobachten.«

»Unsinn! Du hast in deinem Leben noch nie still bleiben können, wenn dich etwas sehr interessiert hat«, sagte er mit einem etwas schiefen Lächeln. »Und Emily wird es auch schwerfallen.«

»Ich ...«, hob sie an, fing dann seinen Blick auf und widersprach nicht. Er wußte ganz genau, daß Emily verlangen würde, daß Charlotte alles, was sie wußte, berichtete, und daß sie Folge leisten würde, während sie zwischen lauter Haarnadeln und Unterröcken saßen und zwischendurch den Dienstboten Anweisungen gaben. »Ich werde nicht vergessen, wie ernst es ist«, sagte Charlotte, um ihn zu beruhigen und gleichzeitig nicht zuviel zu versprechen. Sie brachte ihm ein Glas Limonade aus der Speisekammer – die sogar bei diesem Wetter noch kühl war – und dazu ein kleines Stück Kuchen, ein kleines deshalb, damit es ihm nicht den Appetit auf das Abendessen verdarb. »Hast du mit Mr. Drummond gesprochen?«

»Ja.« Er nahm die Limonade und den Kuchen entgegen.

Sie schaute ihn an und sah die Spuren der Müdigkeit in seinem Gesicht, die Schatten unter seinen Augen und den angespannten Zug um seinen Mund.

Sie ließ ihre Hand über seine Schulter gleiten und berührte sein Haar. Es war dick und lang und mußte dringend geschnitten werden. Sie gab ihm einen zarten Kuß und forschte nicht weiter nach, was Drummond gesagt hatte.

Pitt stellte den Kuchenteller ab, legte beide Arme um sie und zog sie an sich. So standen sie immer noch beieinander, ihr Kopf an seiner Schulter, als Jemima hereinkam und ebenfalls ihre Arme um ihn schlang. Sie wußte nicht warum, sie wollte einfach dazugehören.

Der folgende Abend war völlig anders. Charlotte wurde in Emilys Kutsche abgeholt, damit sie genügend Zeit hatte, sich mit Hilfe von Emilys Zofe fertigzumachen, und, was ungleich wichtiger war, damit sie Emily alles erzählen konnte, was sie über den Fall wußte.

»Also weißt du nicht, ob es Lord Byam gewesen sein könnte?« rief Emily aus und prüfte ihre Frisur im Spiegel, als ihre Zofe vorübergehend das Zimmer verlassen hatte.

»Nein«, sagte Charlotte. »Wir haben nur sein Wort. Das Merkwürdige daran ist, daß der Brief nicht da war und die Papiere, die ihn belasten, und kein Mensch weiß, wer sie jetzt hat.«

»Vielleicht hat es sie nie gegeben?« gab Emily zu bedenken. »Und wenn das so ist, warum hat Byam dann Mr. Drummond gerufen und so die Aufmerksamkeit auf sich gelenkt? Hat es in Wirklichkeit alles etwas mit diesem elenden Geheimbund zu tun und vielleicht gar nichts mit Geldverleihen oder Erpressung?«

»Thomas hat das nicht einmal erwähnt. Warum wohl nicht?«

Charlotte schob Emily ein wenig zur Seite und setzte sich vor den Spiegel. Sie sahen beide ungeheuer hübsch aus. Emily trug ein sehr kostbares, aquamarinblaues Satinkleid, das mit kleinen Perlen bestickt war. Schließlich wollte sie als Gastgeberin beeindrucken. Das war der alleinige Zweck der Angelegenheit, die Pflege persönlicher Freundschaften war im Moment zweitrangig. Charlotte hatte sich wieder mit fremden Federn geschmückt und trug ein aprikosenfarbenes Kleid von Emily, das ihr viel besser stand als Emily, die es zwei Jahre zuvor getragen hatte. Es war völlig umgearbeitet worden, einmal, um es auf den neuesten modischen Stand zu bringen, und zum anderen, um es Charlottes Figur anzupassen.

»Wer weiß«, tat Emily Charlottes Frage ab und betrachtete ihr Gesicht kritisch im Spiegel. Offensichtlich hatten ihre Verschönerungskünste das gewünschte Ergebnis gebracht oder sie waren ausgeschöpft, zumindest beließ Emily alles so, wie sie es vor sich sah. »Männer sind manchmal unglaublich dumm. Sie tun sich so wichtig. Und wenn sie ein Geheimnis haben, dann fühlen sie sich ungeheuer überlegen, und wenn sie keines haben, dann erfinden sie halt eins. Dann wollen es alle anderen auch wissen, damit sie auch dazugehören.«

»Aber deshalb bringt man noch niemanden um«, betonte Charlotte.

»Vielleicht schon, wenn man nicht weiß, daß es sich

nicht lohnt.« Emily stand auf und strich ihr Kleid glatt. Es schmeichelte ihrer Figur und kaschierte geschickt ihren körperlichen Zustand. »Es klingt, als ginge es da um eine Menge Geld und – was für einige Leute viel wichtiger ist – um sehr viel Macht.«

»Ich mache mir eigentlich mehr Sorgen um die Korruption bei der Polizei«, meinte Charlotte ernst. »Das bedrückt Thomas so sehr. Ich wünschte, wir könnten irgendwie beweisen, daß alles ganz anders war oder zumindest daß niemand von der Polizei Weems umgebracht hat.«

Als Emilys Kammerzofe hereinkam, verstummte das Gespräch. Kaum war sie wieder hinausgegangen, betrat Jack im eleganten Abendanzug das Zimmer. Er begrüßte Charlotte, indem er sie brüderlich auf beide Wangen küßte, doch dann trat ein sorgenvoller Blick in sein Gesicht.

»Emily, geht es dir wieder schlechter?«

»Nein, ganz und gar nicht«, versicherte ihm Emily mit einem strahlenden Lächeln.

Er war nicht überzeugt und musterte sie besorgt. Dann wanderte sein Blick zu Charlotte.

»Sie ist als Detektivin hier«, sagte Emily schnell.

Jack runzelte die Stirn. »Es ist doch niemand von Rang und Namen ermordet worden«, sagte er mit Nachdruck.

Emily trat mit einem sanften Lächeln auf ihn zu. Sie stellte sich vor ihn und strich mit einem Finger zärtlich über seine Krawatte.

»Ein Erpresser ist ermordet worden, und zwei seiner Opfer werden heute abend bei uns speisen«, sagte sie sanft.

Charlotte lächelte vor sich hin, sah in den Spiegel und tat, als sei sie mit ihrer Frisur beschäftigt.

»Charlotte wird nur beobachten, das ist alles.« Emily blickte auf und sah Jack mit entwaffnender Liebenswürdigkeit an.

»Das ist niemals ›alles‹«, sagte Jack skeptisch, doch er war so klug, keinen Streit anzufangen, in dem er ohnehin unterlegen wäre.

Emily küßte ihn ganz leicht. »Danke dir«, flüsterte sie, drehte sich nach einem kurzen Zögern um und ging aus dem Zimmer und die Treppe hinunter, um ihre Gäste zu empfangen. Charlotte folgte ihr. Eine der ersten Gäste war Fanny Hilliard. Sie sah sehr hübsch aus, wenn auch ihr Kleid nicht der neuesten Mode entsprach. Nachdem Charlotte sie mit aufrichtiger Freude begrüßt hatte, musterte sie unauffällig Fannys Gewand. Sie selbst hatte hin und wieder ein Mieder geändert oder ein abgelegtes Kleid, meist von Emily oder Großtante Vespasia, für sich umgearbeitet. Sie sah die verräterischen Nadelstiche und den etwas schräg zur Naht laufenden Stoff, wo die Taille wesentlich enger gemacht worden war. Auch eine sehr geschickte Schneiderin konnte die Tatsache, daß die Tournüre beinahe komplett umgearbeitet und ein Stück passenden Stoffes hinzugefügt worden war, nicht völlig kaschieren. Kein Mann würde das je bemerken, aber jede Frau, die einmal das gleiche getan hatte, sah es sofort.

Sie empfand spontanes Mitgefühl für Fanny. Ihr Bruder James, der sie begleitete, reichte ihr den Arm, um sie in den Salon zu führen, während Charlotte sich jenem merkwürdigen jungen Mann vom letzten Fest, Peter Valerius, zuwandte und ihn begrüßte. Auch heute wirkte er wegen seiner ungebändigten Haarpracht und einer gewissen Nachlässigkeit in seinem Aufzug etwas wirr. Sein übergroßes Halstuch war nicht lose gebunden wie bei den Anhängern der ästhetischen Bewegung, sondern saß eng und etwas schief, offensichtlich hatte er es etwas hastig angelegt. Charlotte vermutete, daß er nicht die Absicht hatte, wie ein Bohemien zu wirken, sondern daß ihn diese Dinge einfach nicht interessierten, weil er sie für völlig nebensächlich hielt.

»Guten Abend, Mr. Valerius«, sagte sie lächelnd, weil er sie ein wenig an Pitt erinnerte. »Wie schön, Sie wiederzusehen.«

»Guten Abend, Mrs. Pitt.« Er blickte sie voller Interesse an. Mit einem Blick auf Emily bemerkte er, daß es ihr augenscheinlich wieder besser ging. Dann wandte er sich wieder Charlotte zu, lächelte, sagte aber nichts. Charlotte hatte den Eindruck, daß er Interesse und nicht Pflicht als Grund für ihre Anwesenheit vermutete.

Zehn Minuten später erschien Großtante Vespasia, in prachtvolle, elfenbeinfarbene Spitze gekleidet und mit einer wundervollen Doppelreihe Perlen um den Hals. Man hatte das Gefühl, daß sie, sollten alle Lichter auf einmal ausgehen und der Raum plötzlich in Dunkelheit getaucht sein, aus eigener Kraft leuchten würden – so schön waren sie. Vespasias Gesicht drückte freudige Überraschung aus, als sie Emily und Jack begrüßt hatte und auf Charlotte zutrat.

»Guten Abend, Großtante Vespasia«, sagte Charlotte freudestrahlend.

»Guten Abend, meine Liebe«, erwiderte Vespasia mit leicht hochgezogenen Augenbrauen. »Erzähl mir nicht, daß es Emily nicht gutgeht. Sie erfreut sich allerbester Gesundheit, wie jeder Dummkopf sehen kann.« Sie betrachtete Charlotte näher. »Und auf deinen Wangen liegt ein Eifer, den ich von früher her kenne. Du führst hier etwas im Schilde.« Ihre vornehme Zurückhaltung ließ es nicht zu, daß sie weiter nachfragte oder direkt darum bat, ins Vertrauen gezogen zu werden, aber Charlotte erriet ihre Gedanken und verbiß sich ein Lächeln.

»Ich warte ...«, mahnte Vespasia.

Charlotte setzte sofort ein sittsames und unschuldiges Gesicht auf.

»Wir haben zwei etwaige Mörder am Tisch«, sagte sie flüsternd.

»Eine Verschwörung?« Vespasias Ausdruck blieb unverändert, nur das Funkeln in ihren Augen verriet sie.

»Nein – ich meine, einer von zwei Leuten könnte schuldig sein«, fuhr Charlotte fort.

»Wirklich?« Vespasia zog die Augenbrauen hoch. »Geht es immer noch um Thomas' elenden Wucherer aus ... Wo war es noch einmal? Irgendein unangenehmer Ort.«

»Clerkenwell. Ja. Er war außerdem ein Erpresser, erinnerst du dich?«

»Natürlich erinnere ich mich! Ich bin doch nicht senil. Vermutlich ist Sholto Byam einer von ihnen. Wer ist der andere, bitte schön?«

»Mr. Addison Carswell.«

»Ach du lieber Gott. Warum, wenn man fragen darf?«

»Er hat eine Geliebte.«

Großtante Vespasia sah erstaunt aus. »Das ist wohl kaum ein Grund für Erpressung, meine Liebe. Die Hälfte aller wohlhabenden Männer in London haben eine Geliebte oder haben eine gehabt – oder werden eine haben. Und das ist eine vorsichtige Schätzung. Wenn Mrs. Carswell eine vernünftige Frau ist und an ihr eigenes Wohl und das ihrer Familie denkt, wird sie dafür sorgen, daß sie es nie herausfindet, und ihr Leben ganz normal weiterführen.« Ihr Gesicht verdüsterte sich einen Moment lang. »Du willst damit nicht sagen, daß er irrsinnig viel Geld für diese Person ausgibt, wer immer sie ist?«

»Ich weiß nicht. Möglicherweise, aber Thomas hat davon nichts gesagt.«

»Oh, je, dann ist es vielleicht doch schlimmer. Ist sie mit jemandem verheiratet, der die Sache schlecht verkraftet und rachsüchtig ist? Das könnte gefährlich sein.« Sie seufzte. »Niemand in der Gesellschaft ist so hoch angesehen, daß ihn ein Skandal nicht ruinieren könnte, wenn dieser nur häßlich genug ist. Denk nur an Doll Zouche und diese unglückselige Geschichte mit Wilfred Scawen Blunt. In gewisser Weise amüsant, aber alles in allem doch recht überflüssig. Weißt du, ob es Briefe gibt?«

»Nein, ich weiß es nicht. Ich glaube, soweit ist es noch nicht, aber ich habe Thomas nicht danach gefragt. Vielleicht kennt er den Zouche-Fall nicht.«

»Er muß davon wissen, meine Liebe. Jeder weiß davon«, sagte Vespasia mit Bestimmtheit.

Charlotte blickte erstaunt drein. »Ich nicht.«

»Du nicht? Also Doll Zouche, Tochter des Lord Fraser von Saltoun und Gattin des derzeitigen Lord Zouche. Sie veranstalteten ein Ritterspiel ...«

»Sagtest du ein Ritterspiel?« unterbrach sie Charlotte erstaunt. »Wann war denn das, um Himmels willen?«

»Im Jahre 1875«, erwiderte Vespasia kühl. »Möchtest du es hören oder nicht?«

»Oh, doch! Ich wußte nur nicht, daß es 1875 noch Ritterspiele gab!«

Vespasia verzog keine Miene. »Sie veranstalten immer dann Ritterspiele, wenn sie von dem ›romantischen Ideal‹ ergriffen werden. Außerdem haben sie mehr Geld, als sie brauchen, und mehr Zeit, als sie sinnvoll nutzen können.«

»Erzähl weiter«, bat Charlotte, »was war mit Doll Zouche?«

»Sie kam als Königin von Abessinien – im Sommer darauf wollten sie eine Reise in dieses Land unternehmen. Der Höhepunkt der Spiele war ein Scheinkampf, in dem Doll und andere, als Christinnen verkleidete Damen von maurischen Marodeuren angegriffen wurden. Blunt war einer davon. Sie wurden von zwei Rittern zu Pferde gerettet, nämlich Lord Zouche und Lord Mayo. Was als Spaß begann, wurde bitterer Ernst. Unglücklicherweise hatte sie sowohl eine Affäre mit dem jungen Fraser als auch mit Lord Mayo. Der wollte mit ihr durchbrennen – was er schließlich auch tat. Und natürlich war sie auch Blunts Geliebte.«

Charlotte war sprachlos.

»Am Tage des Turniers«, schloß Vespasia, »hatte sie einen Streit mit ihrem Gatten und galoppierte auf ihrem Lieblingspferd auf und davon. Blunt wurde bei der darauffolgenden Scheidung beinahe als ihr Liebhaber vor Gericht zitiert.«

Charlottes Augenbrauen fuhren in die Höhe. »Nur beinahe?«

»Das sage ich ja. Aber du kannst sicher sein, daß Mr. Carswell die Geschichte kennt!«

»O je.« Unbewußt übernahm Charlotte genau Vespasias Tonfall. »Thomas hatte anscheinend das Gefühl, daß Mr. Carswell sehr verliebt war, daß es um mehr als um – Lust ging.«

»Wer ist sie? Weiß er das?«

»Ja, aber er hat es mir nicht gesagt. Er ist Mr. Carswell eines Tages gefolgt – irgendwohin südlich der Themse.«

Sie wurden an einer Fortsetzung des Gesprächs gehindert, weil Lord und Lady Byam eintraten und begrüßt werden mußten. Charlotte spürte, wie sie rot wurde, weil ihr wilde Spekulationen durch den Kopf schossen, während sie sich höflich mit Lord Byam unterhielt und in seine bemerkenswerten Augen sah. Sie hatte heftige Schuldgefühle, denn während sie Höflichkeiten mit ihm austauschte und ihre Freude darüber bekundete, ihn zu sehen, überlegte sie sich die ganze Zeit, ob er das Gewehr in die Hand genommen und auf Weems' Kopf geschossen hatte.

Welche Gedanken gingen ihm durch den Kopf, während er mit ihr Konversation machte? Waren sie ebenso wild und düster? Was dachten überhaupt die anderen Menschen im Raum? War Eleanor Byam wirklich so ruhig und gelassen, wie sie schien? Sie trug Schwarz, was ihr Haar noch auffallender und die Schultern und den Hals noch weißer erscheinen ließ. Ihre Halskette aus Onyx und Diamanten war sehr ungewöhnlich und sehr hübsch. Soeben begrüßte sie Micah Drummond, und dabei stieg ihr eine leichte Röte ins Gesicht. Sie sah ihn mit einer für einen solch förmlichen Anlaß ungewöhnlichen Direktheit an. Natürlich, sie wußte, wer er war und daß ihr Mann ihn um Hilfe gebeten hatte. Hinter all den höflichen Aufmerksamkeiten und Erkundigungen nach dem Befinden brannte sie sicherlich darauf, Neuigkeiten über den Fall zu erfahren. Wahrscheinlich wußte sie, daß sowohl er als auch ihr Mann Mitglieder des Inneren Kreises waren, also war sie sich seiner Loyalität sicher. Nein, das stimmte nicht. Frauen waren ausgeschlossen. Sie wußte es nicht und konnte sich vielleicht nicht erklären, warum Drummond helfen sollte. Folglich hatte sie auch keinen Grund anzunehmen, er wäre mehr als ein Polizeibeamter mit Bildung und ihr sozial ebenbürtig. Vielleicht war »ebenbürtig« übertrieben. Jedenfalls konnte man ihn nicht so eindeutig einer gesellschaftlich niedrigeren Schicht zuordnen wie Pitt und fast die ganze restliche Polizei.

Und was lag hinter Drummonds liebenswürdiger Miene und seinem blassen, abgespannten Gesicht? Vielleicht ging ihm die Auseinandersetzung mit Pitt über die geheime Bruderschaft durch den Kopf, oder er dachte daran, daß er etwas gegen die Korruption bei der Polizei unternehmen mußte, weil Pitt davon wußte, und vielleicht machte er sich Gedanken über seine eigene Rolle dabei. Charlotte verließ sich auf ihr Urteilsvermögen, was ihn anbetraf. Sie hielt ihn nicht für korrupt, nicht wenn er den Tatsachen ins Auge sah. Er mochte vielleicht ein wenig blind sein, ein bißchen naiv. Er hatte etwas Unschuldiges an sich, eine Eigenschaft, die ihr schon oft bei besonders liebenswürdigen Männern aufgefallen war. Sie schenkten Menschen ihr Vertrauen, denen keine normal intelligente Frau auch nur einen Fingerbreit trauen würde. Komisch, daß Männer glaubten, Frauen wären die Arglosen und Naiven. Charlottes Erfahrung nach waren die meisten Frauen hinter ihren Träumereien und dem Zierat, der dem Leben ein wenig Glanz verlieh, sehr praktisch in ihrem Denken. Die menschliche Rasse hätte sonst wohl kaum überlebt. Der Märchenprinz auf einem weißen Pferd hatte seinen festen Platz in den Träumen, mit denen man sich die bitteren Pillen, die man hin und wieder schlucken mußte, etwas versüßte, aber dafür konnte man einen Teil seiner Gedanken abspalten. Am Ende wußte man sehr genau, was was war, und die meisten Frauen brachten Träume und Wirklichkeit nicht durcheinander.

Ja, naiv, das war das richtige Wort. Sie betrachtete Drummond wieder, seine große, schlanke Figur und das ruhige Gesicht. Man konnte es nicht gerade aufregend nennen, aber es wies auch keine Spur von Launenhaftigkeit oder übertriebener Eitelkeit auf. Er sah Eleanor Byam so sanft und schüchtern an, als ob ihre Gedanken und Gefühle ihm sehr wichtig wären. Wie freundlich von ihm, daß er sich so um sie sorgte und ihre Ängste so ernst nahm …

Ach, du meine Güte! Was war sie doch dumm.

»Was ist los?« bemerkte Vespasia und sah sie interessiert an.

»Nichts«, log Charlotte instinktiv.

Vespasia gab ein Geräusch von sich, das wie das Schnauben eines wohlerzogenen Reitpferdes klang.

»Dummes Zeug. Du hast beobachtet, daß dein Mr. Drummond mehr als nur ein bißchen in Lady Byam verliebt ist. Was das Leben für ihn nicht leichter machen wird – ganz gleich, ob Lord Byam schuldig ist oder nicht.«

»O je.« Charlotte seufzte. »Ich frage mich, ob Thomas schon was gemerkt hat.«

»Ich bezweifle es«, sagte Vespasia mit einem Kopfschütteln. »Von allen Männern, die ich kenne, mag ich keinen mehr als ihn, aber auf solche Sachen achtet er genausowenig wie die meisten anderen.« Sie schien sich ihres erstaunlichen Geständnisses nicht bewußt zu sein, daß sie, Vespasia Cumming-Gould, für Thomas Pitt, einen Polizisten und Sohn eines Wildhüters, eine größere Zuneigung hegte als für andere Männer ihres eigenen Standes und ihrer Herkunft.

Charlotte verschlug es den Atem. Ihr wurde ganz warm ums Herz, und sie spürte einen überwältigenden Stolz.

Sie schluckte und versuchte ganz ungezwungen zu klingen.

»Wahrscheinlich nicht«, meinte sie mit rauher Stimme. »Ich sollte ihn lieber darauf hinweisen. Es könnte wichtig sein.« Und mit dieser letzten Bemerkung floh sie in den Salon hinüber, um mit den anderen Gästen zu plaudern, die in der Zwischenzeit eingetroffen waren.

Wenig später befand sie sich in einer Unterhaltung mit Fanny Hilliard und tauschte belanglose Höflichkeiten aus. Tatsächlich waren es nur Platitüden, da beide sich nicht besonders für die Art von Gesprächsthemen interessierten, die allgemein als schicklich galten: das Wetter – es war ihnen gleichgültig –, die neueste Mode – keine von beiden konnte sich Kleider nach dem letzten Schrei leisten –, der neueste Klatsch – sie waren beide nicht auf dem laufenden, da sie weder zu der Gesellschaftsschicht gehörten, in der man mit ihnen solche Vertraulichkeiten austauschte, noch sich an Orten aufhielten, wo sie ihre eigenen Beobachtungen hätten machen können – oder das Theater – ihr Budget erlaubte nur selten einen Theaterbesuch.

Eigentlich war die ganze Unterhaltung nur ein Trick, mit Hilfe dessen sie sich zeigen konnten, daß sie Gefallen aneinander fanden. Man konnte nicht einfach herumstehen und sich anstarren, ohne ein paar Worte zu wechseln, ganz gleich wie sinnlos sie waren.

Charlotte störte es nicht im geringsten, daß Fannys Blick hin und wieder abschweifte und dann ein warmer Ausdruck in ihre Augen trat und ihr eine leichte Röte ins Gesicht stieg, als ob ihr Puls schneller ginge. Denn sie wußte sehr wohl, daß Herbert Fitzherbert irgendwo links hinter ihr stand.

Deshalb war sie auch nicht überrascht, als er sich ein paar Minuten später zu ihnen gesellte und mit ihnen über gleichfalls belanglose und unbedeutende Dinge plauderte. In seinem offenen Gesicht spiegelte sich sein Vergnügen darüber, daß ihre Worte keinerlei Bedeutung hatten, ihre Gedanken aber von größter Bedeutung waren.

»Wie freundlich von Mrs. Radley, mich wieder einzuladen«, sagte er zu beiden gewandt, er schloß Charlotte ein, wobei sie sehr genau wußte, daß sie nur als Anstandsdame diente, um diesen Austausch zu ermöglichen. »Sie ist sehr fair, finden Sie nicht?«

Fanny lächelte und sah zu ihm auf, jedoch ohne koketten Augenaufschlag – dazu waren ihre Gefühle zu aufrichtig und zu ehrlich. Ihre Augen strahlten, und ihre Wangen glühten.

»Ja, wirklich«, stimmte sie zu, doch Charlotte war sich nicht sicher, ob Fanny überhaupt wußte, was Fitz meinte. Niemand hatte etwas über die Parlamentswahlen gesagt oder die Konkurrenz zwischen Fitz und Jack erwähnt.

»Haben Sie mit Lord Anstiss gesprochen?« fuhr Fitz fort. »Er ist einer der interessantesten Männer, die ich kenne. Nichts ist leichter, als ihm mit ungeteilter Aufmerksamkeit zuzuhören. Es ist so angenehm, wenn Leute die höflichen Schmeicheleien, die man ihnen sagt, wegen ihrer Kultiviertheit auch wirklich verdienen.« Er wandte seine Augen keinen Moment von Fannys Gesicht ab.

Sie war sich seines Blickes sicher bewußt, auch wenn sie auf das Glas in Charlottes Hand starrte, das sie wahrscheinlich überhaupt nicht wahrnahm.

»Ich habe nur kurz mit ihm gesprochen«, gab sie zu. »Ich glaube, er kennt sich in den bildenden Künsten sehr gut aus. Ist das richtig?«

»Ja, ausgesprochen gut. Ich wünschte, ich hätte alles behalten, was er gesagt hat, damit ich es Ihnen jetzt wiederholen könnte. Seine Ansichten sind sehr überzeugend – auf fast allen Gebieten.«

»Oh, bitte nicht!« sagte Fanny hastig und blickte zu ihm auf. »Ich würde lieber Ihre eigene Meinung hören.« Dann wurde ihr bewußt, daß sie sich etwas zu direkt ausgedrückt hatte, und da ihr seine Wertschätzung äußerst wichtig war, errötete sie heftig und wandte den Blick ab.

»Sie sind sehr großzügig«, antwortete er gelassen. »Ich fürchte, meine Kenntnisse sind vergleichsweise armselig.«

»Ich wüßte gar nicht, wie ich mit jemandem reden sollte, der alles weiß«, sagte sie mit einem kleinen Lächeln. »Ich würde mich davon völlig erdrückt fühlen.«

»Wirklich?«

»Obwohl ich natürlich versuchen würde, das nicht zu zeigen«, fügte sie keck hinzu.

Er lachte.

»Dann werde ich gar nicht merken, ob ich Sie beeindruckt habe?«

»Das hoffe ich inständig.«

So plätscherte die Unterhaltung weiter. An der Oberfläche sprachen sie von lauter unbedeutenden Dingen, auf der Ebene darunter flirteten sie ein wenig miteinander, wie das Leute auf Festen tun, die sich sympathisch sind. Und darunter nahm alles eine immer größere Bedeutung an, die sie sich ohne Worte, nur durch Blicke, zu verstehen gaben, durch das Verändern der Stimmlage und durch ihre Mimik, die zwischen Lachen und Befangenheit wechselte, zwischen schmerzlichem Wissen um ihre Verletzbarkeit und der Zärtlichkeit füreinander, zwischen der Erregung, weil alles neu und prickelnd war, und der Angst, weil die Wunden sehr tief gehen konnten.

Als Odelia Morden mit bleichem Gesicht, die feuchten Hände um ein Glas geklammert, zu ihnen trat, empfand

Charlotte jähes Mitgefühl, was sie selbst überraschte. Sie mochte Odelia nicht, weil sie sie für kalt und selbstgefällig hielt. Jetzt aber betrachtete sie ihr Gesicht, in dem sich das plötzliche Bewußtsein ihrer Unterlegenheit spiegelte. Zwar war Fitz noch mit ihr verlobt, und die Verlobung zu lösen würde im Hinblick auf seine ehrgeizigen Ziele eine große Torheit sein –, aber sie sah bei ihm jetzt ein Lachen und eine Verzauberung, die er für sie nie gezeigt hatte, und das schnitt ihr tief ins Herz. Im Augenblick war sie zu benommen, um zu kämpfen.

Einmal begegnete ihr Blick dem Fannys, und alle Farbe wich aus Fannys Gesicht, als diese plötzlich begriff. Sie sahen sich an. Das Geplauder der übrigen Gäste versank um sie herum. Selbst Fitz war ein Schatten außerhalb ihres Gesichtsfeldes. Sie verstanden beide nur zu gut, worum es ging. Zum ersten Mal in seinem Leben stand Fitz unter dem gleichen Zauber, den er auf so viele andere ausübte, unter dem Bann, der alle möglichen Träume wachrief, das Gefühl der Wärme und die Hoffnung, niemals allein zu sein, verstanden zu werden in allem, was einem selber wichtig war. Es war zu schön, als daß man sich je davon hätte freimachen können, ganz gleich, wie die Wirklichkeit aussah.

Odelia sah etwas, was sie vorher nicht erkannt hatte, und in demselben Augenblick verstand sie auch, daß das für sie unerreichbar war.

Fanny wußte in dem Moment, daß sie den Verlobten einer anderen Frau liebte, und zwar so, wie sie wahrscheinlich keinen anderen je lieben würde. Aber er stand gesellschaftlich über ihr, und seine Pläne machten ihre Verbindung unmöglich. Sollte er die Verlobung mit Odelia lösen, würde man ihm das nicht verzeihen.

Auch Fitz wußte das, aber er wollte sich damit nicht abfinden. Doch sein Gewissen plagte ihn, als er wenigstens teilweise begriff, was er Odelia antat, obwohl er die Gefühle, die er jetzt empfand, weder bewußt herbeigerufen hatte, noch sie jetzt unterdrücken konnte.

Noch immer standen alle vier stumm und reglos da.

Charlotte nahm die Unterhaltung wieder auf, um von der Verwirrung und dem Schmerz abzulenken, obwohl sie sich nicht einbildete, es würde ihr jemand zuhören oder auch nur das geringste Interesse für das zeigen, was sie sagte. In dem Moment trat Regina Carswell einen Schritt zurück und stieß beinahe gegen die Gruppe.

Als sie sich umdrehte, um sich zu entschuldigen, begegnete Fannys erschrockener Blick über ihre Schulter hinweg dem von Addison Carswell.

»Bitte, entschuldigen Sie«, sagte Regina hastig, als sie das Gleichgewicht wiedergefunden hatte. »Oh – Miss Hilliard, nicht wahr? Wie schön, Sie wiederzusehen.«

Fanny rang nach Atem, alle Farbe war aus ihrem Gesicht gewichen.

»G-guten Abend, Mrs. Carswell.« Sie verschluckte sich und hustete. »Guten Abend, Mr. Carswell.«

»Guten – guten Abend, Miss – äh Hilliard«, sagte Carswell stockend. »Ich – ich bin erfreut, Ihre Bekanntschaft zu machen.«

Regina sah verwirrt um sich. Sie konnte sich die Verlegenheit der beiden nicht erklären, dazu war der Anlaß zu gering. Sie suchte einen Grund, konnte aber keinen finden.

»Ich muß mich entschuldigen, Miss Hilliard, wenn ich auf Ihr Kleid getreten bin. Das war sehr ungeschickt von mir. Ich habe wohl ein wenig das Gleichgewicht verloren.«

»Überhaupt nicht«, sagte Fanny schnell. »Sie sind nicht auf mich getreten, ich versichere Ihnen. Ich weiß nicht, was über mich gekommen ist.«

»Vielleicht ist Ihnen ein bißchen warm?« schlug Charlotte vor. Ihr Blick wanderte zu Fannys schmaler Taille, und sie überlegte, inwieweit die dem Korsett und einer kräftigen Zofe, die sich mit einem Fuß gegen den Bettpfosten gestemmt hatte, zu verdanken war. »Der Garten ist ganz bezaubernd, und wir werden erst in ein paar Minuten zum Essen gebeten werden.«

»Wie freundlich von Ihnen.« Fanny nahm das Fluchtangebot dankbar an. »Ja, ich glaube, das ist genau das richtige. Ich werde ein wenig an die frische Luft gehen.«

»Soll ich Sie begleiten?« bot Fitz an, doch dann wurde ihm bewußt, daß er damit die Grenzen des Anstands überschritt. Er war immer noch Odelias Verlobter, zumindest faktisch, wenn auch nicht in seinem Herzen. Er errötete über seine eigene Ungeschicklichkeit, die so gar nicht seine Art war.

»Oh, nein – danke.« Fanny hatte sich zumindest so weit im Griff, das Angebot abzulehnen, ganz gleich, wie sehr sie sich ihn an ihrer Seite vielleicht wünschen mochte. Charlotte jedoch, die den unglücklichen Ausdruck in Fannys Augen bemerkte, war sich nicht so sicher, ob Fanny es sich wirklich wünschte.

Auch Odelia war im Begriff, ihre Begleitung anzubieten, besann sich dann aber eines Besseren.

Regina Carswell, Mutter mehrerer Töchter, war mit plötzlichen Schwächegefühlen und deren Ursachen vertraut und nahm die Sache in die Hand.

»Ich werde mit Ihnen gehen«, sagte sie bestimmt. »Ich könnte selbst ein wenig frische Luft vertragen. Und wenn Sie sich schwach fühlen, sollten Sie lieber nicht alleine gehen.«

»Oh, bitte«, sagte Fanny, den Tränen nahe. »Es geht gleich wieder, bitte glauben Sie mir. Es war nur ein Moment – ich möchte Ihnen auf keinen Fall Umstände bereiten ...«

»Das macht mir keine Umstände, meine Liebe«, sagte Regina mit einem Lächeln, das ihrem sonst so alltäglichen Gesicht ein ungewöhnliches Strahlen verlieh. »Ich habe zu der Unterhaltung schon alles beigetragen, was ich konnte, so daß man mich nicht vermissen wird. Kommen Sie – wir haben, wie ja schon gesagt wurde, noch ein paar Minuten, bevor zum Essen gerufen wird.« Sie nahm Fannys Arm, entschuldigte sich und geleitete sie sanft, aber bestimmt auf die Flügeltüren am anderen Ende des Raumes zu.

Carswell räusperte sich verlegen und vermied es, irgend jemanden anzusehen.

»Miss Hilliard war doch auch in der Ausstellung in der Royal Academy,« sagte Charlotte, nur um das Schweigen zu brechen.

»Ja, das stimmt«, ging Odelia bereitwillig auf das Thema ein. »Wir waren ja auch da ...« Plötzlich begriff sie, daß das »wir« nicht mehr wie früher galt, die Stimme versagte ihr vor lauter Unglück, und sie wurde schamrot.

»Es waren einige sehr schöne Bilder dort, fanden Sie nicht?« Charlotte verstand Odelias Kummer nur zu gut. Sie empfand sogar tiefes Mitleid mit ihr, dessen Ausmaß sie erstaunte. Sie wollte ihr die Situation einfach etwas erleichtern und verhindern, daß alle ihre Qual bemerkten. »Das mit der Schale voller Lilien fand ich besonders schön.«

»Daran kann ich mich gar nicht erinnern.« Fitz raffte sich mühsam zu diesem Beitrag auf.

Das war nicht weiter verwunderlich, denn Charlotte hatte es einfach erfunden, um etwas zu sagen. Sie begann jetzt, das fiktive Bild in allen Einzelheiten zu beschreiben, und das half über die Zeit hinweg, bis alle sich einigermaßen gefangen hatten und die Unterhaltung wieder normal weiterlief. Ein paar Minuten später wurde das Essen angekündigt, und sie trennten sich, um denjenigen zu finden, der sie in den Speiseraum geleiten sollte. Es wäre unverzeihlich, mit dem verkehrten Partner den Raum zu betreten, denn das hätte alles durcheinandergebracht und wäre als gesellschaftlicher Fauxpas der schlimmsten Sorte angesehen worden. Bei solchen Dingen galt eine strikte Etikette, und Charlotte schritt am Arm von Peter Valerius hinein.

Emily war Charlottes Bitte gefolgt und hatte sie zwischen Addison Carswell zu ihrer Linken und Lord Byam zu ihrer Rechten plaziert.

Als erster Gang wurde eine Suppe serviert, darauf Fisch, wobei zwischen scharf gewürztem Stint oder Sprotte gewählt werden konnte. Sie probierte vornehm ein paar kleine Häppchen. Von den Damen wurde nicht erwartet, daß sie alles, was ihnen serviert wurde, auch aßen. Mit dem Korsett, das für die vorgeschriebene Figur – je nach Alter mußte die Taille einen bestimmten Umfang haben – absolut unerläßlich war, konnte man tatsächlich nur wenig essen.

Die Konversation bewegte sich zunächst im üblichen Rahmen. Man tauschte triviale Bemerkungen über Mode, Theater, Wetter und andere Belanglosigkeiten aus. Charlotte warf einen verstohlenen Blick auf Carswell, der immer noch auffällig blaß war. Sie bemerkte, daß die Hand, mit der er die Gabel zum Mund führte, leicht zitterte. Dann wandte sie ihre Aufmerksamkeit auf Lord Byam, der zumindest äußerlich ganz gelassen wirkte. Welche schrecklichen Ängste auch immer ihn quälen mochten, er beherrschte sich so gut, daß jemandem wie ihr, die ihn nur flüchtig kannte, an seinem Verhalten nichts Befremdliches auffiel.

Dann wurden die Entrees serviert: Eier in Currysauce, Bries oder Kaninchenfleischklößchen. Das Zwischengericht bestand einfach aus geeisten Spargeln.

Das Wild kam auf den Tisch, und die Stimmung änderte sich schlagartig, als Großtante Vespasia beiläufig von ihrem Teller aufsah und völlig arglos in die Runde fragte: »Weiß jemand, wie es dem armen Horatio Osmar geht? Es erscheint mir sehr ungewöhnlich, aber er soll meines Wissens die Polizei auf Meineid verklagt haben oder so etwas Ähnliches. Kann das wirklich wahr sein?«

Charlottes Spargel rutschte über den Tellerrand und warf beinahe ihr Weinglas um.

Zu ihrer Linken saß Carswell wie erstarrt, seine Gabel blieb in der Luft hängen.

Fitz schien entweder die Spannung nicht zu bemerken, oder er war hintergründiger, als es sein Verhalten und sein charmantes, offenes Lächeln ahnen ließen.

»Ach du meine Güte! Ich wußte gar nicht, daß das überhaupt möglich ist. Würde das nicht jedem Tür und Tor öffnen, der einer Straftat bezichtigt wird? Er könnte einfach behaupten, die Polizei habe gelogen.« Er zog die blonden Augenbrauen hoch. »Die Gerichte könnten überhaupt kein Recht mehr sprechen, weil sie mit Klagen und Gegenklagen überhäuft würden, um festzustellen, wer die Wahrheit gesagt und wer gelogen hat.« Er sah Carswell an. »Sie sind Richter, Sir. Geben Sie mir da nicht recht?«

»Ich fürchte ...« Carswell schluckte. »Es – es steht mir nicht zu, über dieses Thema eine Meinung abzugeben.«

Drummond, der am anderen Ende des Tisches saß, hörte offensichtlich nicht zu.

»Aber Ihre Meinung dazu wäre höchst interessant und sicherlich sehr sachkundig«, hielt Fitz dagegen. Er blickte sich um. »Wer von uns kennt sich denn schließlich mit den Gesetzen zu solchen Fragen aus? Und Sie sind doch vom Fach.«

Fanny Hilliards Gesicht war hochrot. Sie sah zu Carswell hinüber. In ihrem Gesicht spiegelten sich Angst, aber auch der Wunsch, ihn zu schützen und zu verteidigen.

»Ich glaube, Mr. Carswell meint, daß es seinem Berufsethos vollkommen widerspräche, dazu etwas zu sagen«, sagte sie hastig, aber sehr entschieden. Sie vermied es, Fitz dabei anzusehen.

Fitz konnte die Schärfe in ihrer Stimme nicht deuten. Ein Schatten flog über sein Gesicht, doch er fuhr in einem lockeren, leichten Ton fort und sah dabei Carswell an. »Oh, ist das richtig? Haben Sie mit dem Fall zu tun?«

Carswell legte endlich seine Gabel ab. Er war sehr blaß.

»Ja-ja, das habe ich. Ich habe den Fall als erster verhandelt.«

»Du lieber Himmel«, sagte Vespasia leise mit sehr hochgezogenen Augenbrauen. »Wird man Sie auffordern, eine Stellungnahme darüber abzugeben, ob die Polizei gelogen hat?«

»Das vermag ich nicht zu sagen, Lady Cumming-Gould.« Carswell gewann nach und nach seine Fassung wieder. »Es wäre ziemlich sinnlos, mich zu fragen.«

»Das kann doch niemand wissen außer der Polizei selbst und Osmar«, sagte Peter Valerius mit einem schiefen Lächeln auf den Lippen. »Und sie haben alle ein beträchtliches persönliches Interesse an der Sache. Allerdings verstehe ich überhaupt nicht, warum er den Vorwurf bestritten hat. Warum hat er nicht einfach zugegeben, daß er sich dumm benommen hat, und die Sache diskret hinter sich gebracht? Er hätte eine kleine Geldstrafe bezahlt, wodurch er sicherlich nicht in Bedrängnis gekommen wäre, und in Zukunft müßte er etwas besonnener sein.«

»Es geht um seinen Ruf«, erwiderte Carswell scharf. »Der Mann wurde öffentlich der Unzucht angeklagt. Das ist etwas, was kaum einer gerne über sich hört. Das verstehen Sie doch sicher, Sir? Er verteidigt seinen Ruf, und dazu hat jeder Engländer ein gutes Recht.«

»Gestatten Sie mir, daß ich Ihnen widerspreche, Sir.« Valerius sagte das sehr höflich, doch sein Gesichtsausdruck entsprach ganz und gar nicht der Milde seiner Worte, seine Augen waren hart, und seine Backenmuskeln traten hervor. »Jetzt, wo er es abstreitet, werden viel mehr Leute davon erfahren, als wenn er einfach sein Bußgeld bezahlt hätte. Und ich glaube nicht, daß er eine Meinungsänderung herbeiführen kann, bloß weil er die Angelegenheit wieder vor Gericht bringt.« Er beugte sich ein wenig nach vorn. »Diejenigen, die die Polizei schon immer für korrupt gehalten haben, werden sich in ihrer Überzeugung bestätigt sehen, und die, die das Gerichtswesen für korrupt gehalten haben und die Ansicht vertreten, daß es gegen das Gleichheitsprinzip verstößt, werden diese Ansicht beibehalten.«

Sein Lächeln hatte etwas sehr Bitteres. »Es geht nicht darum, ob Horatio Osmar sich auf einer Parkbank mit einer Frau unsittlich benommen hat, die kein Mensch kennt und für die sich auch keiner, außer in dieser Frage des Prinzips, interessiert, sondern darum, ob sowohl unsere Polizei als auch unser Gerichtswesen ehrlich und fähig ist. Und das, glaube ich, ist eine Frage, die man besser nicht stellt.«

»Sir!« entfuhr es Carswell mit hochrotem Gesicht. »Sie gehen zu weit!«

Peter Valerius verzog keine Miene. Er hob nur leicht die Augenbrauen, aber seine Stimme blieb ruhig und sachlich.

»Weil es einige Befürchtungen hervorrufen wird, die vollkommen unbegründet sind«, fuhr er fort, »und weil wir keine stichhaltigen Beweise haben, die solche Zweifel, wenn sie erst einmal geweckt sind, ausräumen werden.« Ein kleines Lächeln ging wieder über sein Gesicht, und er sah Carswell direkt an.

Eigentlich hatte Carswell jetzt keinen Grund mehr, wütend zu sein. Er hatte voreilig einen falschen Schluß gezogen, doch die Kränkung saß tief. Charlotte fragte sich mit einer Mischung aus Mitleid und Ärger, ob Schuldgefühle der Grund dafür waren, daß er sich verteidigt hatte, ohne angegriffen worden zu sein.

Sie warf einen kurzen Blick auf Peter Valerius, der sie beobachtete, und sie wußte, daß er ihre Überlegungen an ihrer Stirn abgelesen hatte.

Sie wandte sich Carswell zu.

»Glauben Sie, daß Mr. Osmar den Prozeß gegen die Polizei gewinnen wird?« fragte sie interessiert.

Carswell faßte sich mühsam und wandte sich ihr mit aller ihm zu Gebote stehenden Höflichkeit zu.

»Ich weiß es nicht, Mrs. Pitt. Das ist etwas, das ich nicht wirklich einschätzen kann.«

»Er hat mächtige Freunde.« Vespasia beteiligte sich wieder an der Unterhaltung, doch ihrem starren Gesicht sah man die Mißbilligung an. »Vielleicht setzen die sich für ihn ein.«

Byam drehte sich etwas erstaunt zu ihr um. »Das ist doch nur natürlich, Lady Cumming-Gould. Würde nicht jeder in solch einer Lage jede nur mögliche Unterstützung zu gewinnen versuchen?«

»Ich weiß es nicht.« Der Anflug eines Lächelns lag in ihren grauen Augen. »Ich habe noch nie jemanden in dieser Lage gekannt. Es erscheint mir nicht nur taktlos, seine Freunde in solch einer Angelegenheit um Hilfe zu bitten, sondern auch ungerecht, die Integrität derer anzuzweifeln, die über die Einhaltung der Gesetze wachen, was durchaus nicht immer leicht ist.«

»Eine ungewöhnliche Anschauung«, sagte Byam nachdenklich. Es klang nicht unbedingt vorwurfsvoll, aber auch nicht zustimmend.

Valerius sah sie gespannt und voller Aufmerksamkeit an. Seine Miene machte deutlich, daß er sie auf einmal in einem anderen Licht sah. Er nahm sie ernst und bewunderte sie sogar.

Carswell war immer noch unsicher. Er blickte auf Byam, dann auf Vespasia und sagte schließlich nichts.

»Ich hoffe, uns allen zuliebe, daß Ihre Meinung sich durchsetzen wird«, sagte Charlotte deutlich an Vespasia gewandt. »Wenn das Ansehen der Polizei in der Öffentlichkeit weiterhin sinkt, dann wird auch das Vertrauen in sie so weit untergraben, daß ihre Leistungsfähigkeit, vielleicht sogar ihre Existenz in Frage gestellt wird.«

»Ich versichere Ihnen, Ihre Ängste sind unbegründet, Mrs. Pitt«, sagte Carswell steif. »Bitte, machen Sie sich keine unnötigen Sorgen.«

Dann wandte sich das Gespräch wieder unverfänglicheren Themen zu. Das Dessert wurde aufgetragen und danach das Eis.

Nach den Früchten – Ananas, Kirschen, Aprikosen und Melonen – entschuldigten sich die Damen und zogen sich in den Salon zurück, um dort höfliche Nichtigkeiten auszutauschen und den neuesten Klatsch zu verbreiten. Die Männer blieben am Tisch sitzen, wo sie dem Portwein zusprachen und rauchten. Sie griffen Themen auf, die zu umstritten oder zu intellektuell waren, als daß man sie in der Anwesenheit von Damen zur Sprache bringen konnte.

Als die Herren zu den Damen in den Salon kamen, gesellte sich Charlotte zu der Gruppe um Peter Valerius, bei der auch Carswell stand. Sie hatten angefangen, von Zinswucher zu sprechen. Charlotte hoffte, bei Carswell eine emotionale Reaktion beobachten zu können, aber er verließ die Gruppe, und das Gespräch wandte sich dem internationalen Finanzwesen zu.

»Es ist trotzdem Wucher«, sagte Valerius so heftig, daß ihre Aufmerksamkeit trotz ihres Desinteresses an dem Thema gefesselt wurde. »Ein mächtiger Industriezweig investiert in einem kleinen, unterentwickelten Land, das zum britischen Weltreich gehört, zum Beispiel in Afrika.« Er beugte sich erregt vor und fuhr mit großem Engagement fort. »Die Menschen erwerben einen gewissen Wohlstand, weil es Arbeit für viele gibt. Sie können ihre Waren verkaufen und im Tausch importierte Luxusartikel kaufen, an denen sie nicht nur zunehmend Geschmack finden, sondern von denen sie auch bald abhängig werden. Eventuell schließt das sogar die Rohstoffe oder die Maschinen mit ein, die sie für ihre neue Industrie benötigen.«

Charlotte konnte keinen Bezug zu der Erbärmlichkeit privaten Zinswuchers herstellen, und das mußte Valerius wohl an ihrem Gesicht abgelesen haben. Er fuhr mit noch größerer Dringlichkeit fort, und seine Stimme forderte ihre Aufmerksamkeit.

»Die Muttergesellschaft expandiert und verspricht noch bessere Handelsabschlüsse. Das kleine Land akzeptiert. Plötzlich sind die Menschen reicher als je zuvor. Sie besitzen Dinge, von denen sie vorher nicht einmal geträumt haben.«

»Ist das denn nicht gut?« Sie versuchte, seinem Gedankengang zu folgen, doch der Grund seines Zornes blieb ihr verborgen.

»Und das Land ist vollkommen abhängig von der Industrie und von denen, die sie beherrschen«, sprach er weiter, alles um sich herum vergessend. Er bemerkte nicht einmal Odelias Kleid, das seinen Ellbogen und seine Hüfte streifte, als sie hinter ihm vorbeiging. Er trat noch dichter an Charlotte heran. »Plötzlich werden die Preise geändert. Die Kolonialherren zahlen weniger für die Waren, die das Land produziert, und verlangen mehr für die Materialien, die sie selbst liefern. Der Zinssatz für geliehenes Geld steigt. Das kleine Land gerät in Schwierigkeiten. Es macht keine Gewinne mehr. Es braucht mehr Geld, um die Bedürfnisse der Einwohner zu decken und die Industrie am Leben zu erhalten. Die Kredite werden zunehmend teurer. Vielleicht werden sie sogar gestrichen, dann muß das Land auf Risikokapital zurückgreifen.«

An Charlottes Gesichtsausdruck erkannte Valerius, daß sie keine Ahnung hatte, was das war.

»Anstatt einfach Geld zu einem Zinssatz von zwanzig Prozent oder so zu verleihen«, erklärte er mit harter Stimme und angespanntem Gesicht, »werden weitaus höhere Zinsen verlangt, und der Kreditgeber fordert zusätzlich noch, daß er zu einem Drittel Miteigentümer an dem Unternehmen wird – für immer.«

»Aber das ist ungeheuerlich«, protestierte sie. »Das ist ja Wucher!«

Ein bitteres Lächeln zog über sein Gesicht.

»Eben!« sagte er. »Nur daß die beiden Partner nicht zwei Menschen sind, sondern der eine ein Industriezweig und der andere ein Land. Ein paar wenige erzielen Gewinne, und Zehntausende leiden.«

Beinahe hätte sie gefragt, warum so etwas zugelassen wurde, doch die Antwort lag bereits in dem, was er ihr erklärt hatte. Einige Minuten stand sie schweigend da und verarbeitete, was er gesagt hatte, während er ihr gegenüberstand, ihr Gesicht beobachtete und wußte, daß er nichts mehr hinzufügen mußte.

Während Charlotte in das Gespräch mit Peter Valerius vertieft war, stand Micah Drummond abseits neben den Vorhängen, die in üppigem Faltenwurf die Tür einrahmten, die zur Terrasse und zu den Stufen hinunter in den Garten führte. Es war ihm nicht möglich, sich auf das Stimmengewirr zu konzentrieren, und die im Plauderton vorgetragenen Meinungen und Neuigkeiten waren ihm unerträglich, denn so vieles ging ihm im Kopf herum: Zweifel, die so quälend waren, daß sie jeden anderen Gedanken erstickten; Zweifel an sich selbst, an seinen Handlungen und Entscheidungen in der Vergangenheit, an den Beweggründen für sein gegenwärtiges Verhalten, an seiner eigenen Ehrlichkeit und eine panische, beklemmende Angst vor der Zukunft.

Der Raum war hell erleuchtet. Die von der Decke hängenden Kronleuchter funkelten, ihre Kristallfacetten blitzten beim kleinsten Luftzug auf. Die Gasarmleuchter an den Wänden brannten alle hell. Diamanten glitzerten an Hälsen, Armen und in Frisuren, sogar an schlanken Handgelenken, die ab und an durch die Luft fuhren, um eine Bemerkung zu unterstreichen. Das Licht spiegelte sich in den polierten Tischflächen, Silber und Glas funkelten im Licht.

Das gedämpfte Gemurmel wurde hin und wieder durch ein Lachen und das Klirren von Kelchen unterbrochen. Alles sah so fröhlich und heiter aus. Drummond aber sehnte sich danach, hinauszugehen in die Abgeschiedenheit und die schützende Dunkelheit des Gartens, wo seine Miene verborgen bliebe, wo niemand das Geschehen beobachtete und wo er zumindest für kurze Zeit allein sein könnte.

Er stand unentschlossen da – genauer gesagt, war er unfähig zu einer Entscheidung und hatte Angst, bei seiner Flucht beobachtet zu werden. Es war eine völlig neue Erfahrung für ihn, sich so schuldbeladen zu fühlen und an seinem eigenen Urteilsvermögen zu zweifeln. Natürlich hatte auch er schon Fehler begangen, aber er hatte sie erkannt, und sie hatten seinen Glauben an sich selbst nie erschüttert.

Doch das hier war etwas völlig anderes. Warum war er dem Geheimbund des Inneren Kreises beigetreten? Er konnte sich genau an Pitts Gesicht erinnern, als ob dieser ihn gerade erst verlassen hätte, nachdem er in seinem Büro gestanden hatte, müde, mit einem angespannten Zug um den Mund und mit traurigem Blick. Drummond hatte sofort begriffen, daß Pitts Kummer nicht nur beruflicher Art war, aber er war trotzdem vollkommen unvorbereitet gewesen auf das, was dann kam. Pitt hatte ihm nicht nur von der Korruption bei der Polizei erzählt, von Polizeibeamten, die Mitglieder des Inneren Kreises waren und dazu gezwungen wurden, ihren beruflichen Einfluß im Interesse anderer Mitglieder einzusetzen. Er hatte ihn auch schonungslos nach seiner eigenen Beziehung zu dem Geheimbund befragt und wissen wollen, ob er sich bewußt sei, daß er als Werkzeug für die Durchsetzung ihrer Befehle diente und welche Strafen bei Ungehorsam verhängt wurden. Pitt war höflich gewesen, sogar freundlich, doch wußte er nur zu gut, daß er in Drummond unvermeidliche Zweifel ausgelöst hatte.

Er hatte Pitt mit reinem Gewissen antworten können. Nein, er hatte nie auch nur die geringste Entscheidung gefällt, nur um den Wünschen des Geheimbundes Folge zu leisten. Aber würde das immer so sein? War es jetzt so? Er war Byams Aufforderung gefolgt, weil Byam ein Bruder war. Er hatte in die Ermittlungen in Clerkenwell eingegriffen und Pitt im Namen des Inneren Kreises mit dem Fall Weems betraut. War er vielleicht auch anderen Bitten nachgekommen, ohne zu wissen, von wem sie eigentlich stammten? Er zermarterte sich den Kopf, aber konnte sich an nichts erinnern.

Was würde er wohl tun, wenn er Beweise für Byams Schuld fände? Vielleicht hatte Byam Weems nicht ermordet, war aber der Mittäterschaft schuldig, deckte den Mörder oder unterdrückte eventuell Beweismaterial. Was würde der Geheimbund tun, wenn er ihren Anordnungen nicht Folge leistete? Er erinnerte sich mit einem bitteren Gefühl an die geheime Aufnahmezeremonie, die er damals einfach interessant und ein wenig übertrieben gefunden hatte. Rückblickend erkannte er, daß dabei einige sehr finstere Drohungen gegen die, die einen Bruder oder eines der Geheimnisse des Bundes verrieten, ausgesprochen worden waren. In seiner Naivität hatte er die Statuten des Bundes bis zu diesem Zeitpunkt für recht romantisch gehalten, so er überhaupt darüber nachgedacht hatte. Es erinnerte ihn an die Spiele, die sich Jungen in ihren langen Schulferien ausdachten, wenn sie an heißen Sommertagen nichts anderes im Kopf hatten als Abenteuergeschichten.

Wenn Pitt recht hatte, belegte der Innere Kreis seine abtrünnigen Mitglieder mit harten Strafen, die unverzüglich ausgeführt wurden. Würde es auch ihn treffen? Natürlich. Warum nicht, wenn er den geleisteten Eid brach?

Noch schlimmer wäre es für ihn, wenn man ihn auffordern würde, über einen anderen eine Strafe zu verhängen. Würde er das tun?

Nein!

Regina Carswell ging dicht an ihm vorbei, zögerte kurz, als ob sie ihn ansprechen wollte, sah aber dann sein Gesicht und setzte ihren Weg fort. Wie einfühlsam sie war!

Aber warum würde er solch eine Bestrafung nicht vollstrecken? Er kannte die Antwort, ohne sich besinnen zu müssen.

Weil ein Mann frei sein mußte, seinem Gewissen zu folgen. Keine Gesellschaft, was immer ihre Ziele auch sein mochten, ganz gleich, wie edel sie waren, durfte bestimmen, was ein Mann für richtig oder falsch hielt.

Doch der Eid hatte anders gelautet. Jetzt, da er die Sache nüchtern betrachtete, erkannte er auch, daß er hier den Fehler begangen hatte, der alle anderen nach sich zog. Er hatte Menschen Treue geschworen, nicht einem Ideal. Er hatte sich zu einer unbekannten Sache bekannt, die sich verändern konnte und nicht immer mit seinen Überzeugungen übereinstimmen mußte. Das war es, was Pitt ihm klargemacht hatte.

Er sah Byam und Lord Anstiss miteinander sprechen. Anstiss stand aufrecht, in der Hand ein Glas, seine untersetzte Figur wirkte entspannt, wenn auch nicht elegant. Byam stand seitlich daneben, er hatte sein Gewicht auf ein Bein verlagert, was seltsam anmutig wirkte, doch die schräge Haltung seines Kopfes und seine um das Glas gekrampften Finger drückten seine Anspannung aus.

Drummond war zu weit entfernt, um ihre Worte zu hören, doch er konnte die Stimmung ihrer Unterhaltung an ihren Gesichtszügen ablesen. Anstiss sprach sehr lebhaft, die Augen unverwandt auf Byam gerichtet. Er legte seine Hand in einer freundlichen Geste auf Byams Arm.

Byam lachte, und einen Moment lang wich die Spannung aus seinem Körper und die Müdigkeit aus seinen Zügen. Drummond konnte in ihm den jungen Mann erkennen, der er vor zwanzig Jahren gewesen sein mußte, vor der Tragödie um Laura Anstiss, ihrer Leidenschaft für ihn und ihrem Tod. Er und Anstiss waren einfach zwei Freunde gewesen, die einander gemocht hatten, die sich mit Vertrauen und Offenheit begegnet waren und die ihre Kameradschaft wie Brüder genossen hatten. Sie hatten gemeinsame Interessen, Hoffnungen und Freuden geteilt – bis Anstiss' zarte, labile Frau zwischen sie getreten war und ihr Tod Schmerz und Schuld hinterlassen hatte.

Anstiss hielt sein Glas gegen das Licht und sagte etwas.

Byam antwortete, und beide lachten.

Anstiss drehte sein Gesicht zu Byam, sein Gesichtsausdruck war hart geworden, und er sagte wieder etwas.

Es entstand eine lähmende Stille. Beide standen sie regungslos da. Das Licht der Kronleuchter glitzerte auf den Gläsern. Schmerz und Müdigkeit kehrten wieder in Byams Gesicht zurück. Er stellte sein Glas neben sich auf die Anrichte, erwiderte etwas und ging davon.

Anstiss' Wangen verfärbten sich ein wenig, und er war im Begriff zu antworten, unterließ es dann aber. Doch der heftige Ausdruck wich nicht von seinem Gesicht.

Byam kam in Drummonds Nähe. Drummond konnte ihn jetzt deutlich sehen. Er wirkte nicht, als hätte er soeben eine Meinungsverschiedenheit gehabt, sondern machte den Eindruck, daß er nach einer kurzen Atempause eine vertraute Bürde wieder aufgenommen hatte, und das nicht zum ersten Mal. Er sah weniger verletzt aus als vielmehr unerträglich müde.

Drummond war innerlich bewegt und beobachtete ihn. Er würde nie erfahren, was gesprochen worden war, aber er konnte es sich denken. Byam tat ihm leid. Er war in einer fürchterlichen Situation, doch ohne eigenes Verschulden. Er hatte den Charakter einer Frau falsch eingeschätzt, wie es jedem Mann geschehen konnte, besonders in der Jugend. Er hatte getan, was er für ehrenhaft hielt, und es war zu einer Tragödie gekommen, die er kaum hätte vorhersehen können. Seitdem hatte er unter dieser Schuld gelitten.

Jetzt sah er sich der realen Möglichkeit gegenüber, deshalb wegen Mordes angeklagt und sogar vor Gericht gestellt zu werden. Wenn Pitt den Mörder nicht fand, konnte Byam sogar gehenkt werden. Würde er den Geheimbund um Hilfe bitten? Natürlich – und zwar lange, bevor es zum Prozeß kam. Wie würde Drummond dann reagieren? Was könnte Byam erbitten? Bis jetzt war alles ganz ehrenhaft gewesen, doch noch stellte sich das Problem nicht, außer in seinen Gedanken. Sollte sich das innerhalb der nächsten Tage oder sogar Stunden ändern und sollten das Gefängnis von Newgate und die Anklagebank näherrücken, würde Byam dann nicht weniger ehrenhafte Forderungen an ihn richten?

Würden andere Brüder des Geheimbundes ihren Einfluß für ihn geltend machen? Genau dieser Frage war Drummond, seitdem Pitt mit ihm gesprochen hatte, ausgewichen. Wie weit würde der Innere Kreis gehen, um seine Mitglieder zu schützen? Sie hatten von hohen moralischen Werten gesprochen und im gleichen Atemzug von der absoluten Loyalität der Mitglieder untereinander. Niemand hatte daran gedacht nachzufragen, welcher der Grundsätze denn galt, wenn sie miteinander in Konflikt gerieten, auch Drummond hatte es nicht getan. Jetzt kam ihm der düstere und erschreckende Gedanke, daß die persönliche Loyalität an oberster Stelle stand.

Was sollte er in einem solchen Fall tun?

Es war nur eine Antwort möglich. Er würde den Inneren Kreis verraten.

Er atmete auf. Jetzt fühlte er sich besser, nachdem er sich der Frage gestellt und die Antwort formuliert hatte.

Ein Diener, weniger einfühlsam als Regina Carswell, unterbrach seine Gedanken und bot ihm ein Glas an. Er lehnte mit einem knappen Lächeln ab. Am anderen Ende des Raumes sprach Eleanor Byam jetzt mit Lord Anstiss. Sie wirkte steif und sehr förmlich. Er fragte sich, wie sie zu Anstiss stand. Mochte sie ihn? War sie vielleicht sogar eifersüchtig auf die Vergangenheit, die so gefühlsbeladen gewesen war und in der sie keine Rolle gespielt hatte? Verübelte sie es Anstiss, daß es seine Frau gewesen war, die so viel Leid verursacht hatte, und daß allein sein Dasein ihren Mann ständig an seine Schuld erinnerte? Drummond fühlte sich im Nachteil, weil er so wenig wußte.

Seine letzte, aber vielleicht schwerste Schuld bestand in seinen Gefühlen für Eleanor. Sie waren sehr persönlicher Art und viel stärker, als er sich selbst eingestehen mochte. Einerseits wollte er ihr zuliebe Byam schützen, andererseits, und das war ein häßlicher Gedanke, wünschte er sich, Byam wäre in ihren Augen entehrt und aus dem Weg, damit sie frei wäre, mit der Zeit einen anderen zu lieben.

Liebe. Er hatte es vermieden, dieses Wort auszusprechen. Er wandte sich um und ging an den schweren Vorhängen vorbei auf die Terrasse hinaus. Er wollte nicht nur allein sein, er wollte auch nicht gesehen werden. Sein Gesicht konnte ihn zu leicht verraten, und im Moment war er unfähig, ein Gespräch zu führen.

Er wußte nicht, wie lange er dort gestanden und in die mild funkelnde Nacht hinausgesehen hatte. Die Laternen entlang der Straße schimmerten wie eine Reihe in der Luft hängender Monde. Die Äste in den Bäumen leuchteten auf, wenn sie von einem Lichtstrahl erfaßt wurden, und die Blätter tanzten und taumelten im Wind.

Da wurde er von einer Stimme unterbrochen, die zwar etwas zögernd und fragend klang, doch es lag eine Dringlichkeit darin, die keinen Aufschub duldete.

»Mr. Drummond ...«

Er wußte es sofort. Es war Eleanor Byam. Fast schien es, als hätten seine Gedanken sie hergezaubert, und er fühlte sich verantwortlich für ihre Anwesenheit, als ob sie ahnte, wie es in seinem Kopf und schlimmer noch in seinem Herzen aussah. Er drehte sich langsam zu ihr um, während er versuchte, sich und seinen rasenden Puls zu beruhigen.

»Ja – Lady Byam?«

»Es – es tut mir leid, wenn ich Sie störe. Ich sehe, Sie möchten allein sein ...«, sagte sie. Anscheinend war sie genauso befangen wie er.

»Ich wollte nur ein wenig frische Luft schnappen«, log er, um es ihr leichter zu machen.

»Sie sind sehr großzügig.« Ihre Stimme war jetzt leiser, und es lag eine Wärme darin, die ihn schmerzhaft durchzuckte, wie wenn man eine kleine Schnittwunde auf der Haut berührt. »Bitte, seien Sie nicht höflich zu mir«, fuhr sie eindringlich fort. »Ich kann Sie in dem, was ich Ihnen sagen muß, nicht schonen, ganz gleich, wie schmerzhaft es sein mag.«

Er wollte sie schon unterbrechen, aber sie ließ es nicht zu.

»Es ist noch etwas passiert, was mich mehr beunruhigt, als ich beschreiben kann …« Er sehnte sich danach, etwas sagen, mehr noch, etwas tun zu können, um sie zu trösten. Es drängte ihn, sie zu berühren, aber das wäre unverzeihlich gewesen.

In sein verzweifeltes Schweigen hinein sprach sie weiter.

»Sir John Seaforth, ein alter Freund und Kollege von Sholto, kam gestern abend zu Besuch. Ich habe ihn nur beim Hereinkommen gesehen. Er wirkte verärgert, schien aber sehr beherrscht und zuversichtlich, als ob er glaubte, Sholto könnte seinen Unmut besänftigen.« Sie wußte nicht recht, wie sie sich ausdrücken sollte. Drummond war sich ihrer körperlichen Nähe vollkommen bewußt, nahm den schwachen Duft ihres Geranienparfums wahr und hörte das zarte Rascheln des Taftes, wenn sie ein- und ausatmete.

»Sie sahen ihn ankommen?« fragte er sinnloserweise. Sie faßte es als eine Bitte um weitere Erklärungen auf.

»Ja – Sholto war gerade oben. Ich selbst kenne Sir John schon seit vielen Jahren. Man führte ihn in den Salon, und ich schickte den Diener nach oben, um Sholto von seiner Ankunft zu verständigen. Sir John wechselte mit mir nur ein paar Worte. Er war ganz eindeutig nicht in der Stimmung, locker zu plaudern, was ich sofort spürte. Sobald der Diener zurückkam und meldete, daß Sholto ihn in der Bibliothek erwartete, ging er hinein.«

»Hat Ihnen Lord Byam den Grund für den Besuch erzählt?«

»Nein – er wollte nicht darüber sprechen. Ich weiß, daß die Unterhaltung sehr heftig war, denn als ich etwa zwanzig Minuten später durch die Halle kam, um nach oben zu gehen, hörte ich ihre Stimmen aus der Bibliothek. Ich konnte nur ein paar vereinzelte Worte verstehen, doch der Ton ihrer Stimmen war so erregt, daß ich fürchtete, einer von ihnen könnte herausstürmen und mich sehen. Es wäre mir peinlich gewesen, wenn sie gemerkt hätten, daß ich zufällig mitgehört hatte, wie sie offensichtlich sehr heftig miteinander stritten. Ich hörte, daß Sir John von ›Betrug‹ und ›Verrat‹ sprach ...« Ihre Stimme zitterte etwas, und sie schluckte mehrmals, bevor sie weitersprach. »Ich habe Sholtos Antwort nicht verstanden, aber von den gereizten Stimmen zu schließen, war Sir John keinesfalls besänftigt.«

»Sie sagten, er wäre ein Kollege?« Drummond wollte etwas sagen, das ihre Ängste beschwichtigte, aber es fiel ihm nichts ein. Jetzt würde ihn nur noch die Wahrheit weiterbringen, doch je mehr er wußte, desto weniger versprach er sich einen Trost davon. »Im Finanzministerium?«

»Nein – nein, er ist Mitglied des Unterhauses und mit Handel und Finanzangelegenheiten befaßt.«

»Haben Sie noch mehr von der Auseinandersetzung verstanden?«

»Nein. Als ich die Treppe wieder herunterkam, ging Sir John gerade. Ich wollte ihm nicht in dieser Stimmung begegnen, und ihm wäre es sicher auch sehr unangenehm gewesen, da er doch gerade so erbittert mit Sholto gestritten hatte. Ich blieb oben auf der Treppe im Dunkeln stehen und sah, wie Sholto ihn verabschiedete. Ihre Worte waren von eisiger Höflichkeit. Ich glaube, wenn der Diener nicht dabeigewesen wäre, dann hätten sie die Formen nicht einmal so weit gewahrt.

»Haben Sie Lord Byam nach dem Grund des Streits gefragt?«

»Ja – allerdings nicht sofort. Er war in dem Moment zu wütend, und ...« Ihre Stimme sank zu einem Flüstern herab. »Und ich hatte Angst vor seiner Antwort.«

Da konnte Drummond nicht länger an sich halten. Er nahm ihre Hand in seine und fühlte, wie ihre Finger sich gierig um seine schlossen, als ob er ein Rettungsanker wäre und sie Angst hätte, in ihrem Unglück zu ertrinken.

»Was war seine Antwort?« fragte er und schloß seine Hand über ihren Fingern.

»Er sagte, es wäre eine politische Meinungsverschiedenheit über Finanzfragen gewesen«, antwortete sie unglücklich.

»Und das glauben Sie nicht?«

»Nein, ich – Mr. Drummond – ich fürchte, daß etwas Schreckliches geschehen ist, daß das eingetreten ist, wovor Sholto solche Angst hatte. Ich habe das Gefühl, als würde ich ihn hintergehen, weil ich diesen Gedanken zulasse, aber ich kann ihn vor mir selbst nicht länger leugnen. Ich fürchte, daß Sir John von Laura Anstiss' Tod weiß und auch von Sholtos Anteil daran, unschuldig wie er war – und daß er von Weems' Erpressung weiß.«

Sie schluckte, um die Fassung nicht zu verlieren, und fuhr dann fort. »Ich glaube, daß er sich irrt und schrecklich unrecht hat, aber ich denke, er glaubt, daß Sholto Weems ermordet hat. Ich kann mir keinen anderen Grund vorstellen, warum er so fürchterlich wütend auf Sholto war und Sholto so unfähig, sich zu verteidigen. Er fühlt sich immer noch schuldig an Lauras Tod, müssen Sie wissen, auch wenn er nicht die geringste Ahnung hatte, daß sie so – so wild und selbstzerstörerisch war.«

Sie sah Drummond mit ernsten Augen an. »Er konnte sich nicht vorstellen, daß jemand wie sie ihn so sehr lieben würde, daß sie lieber sterben wollte, als ohne ihn zu leben. Das ist sicherlich nicht – nicht ganz normal, oder? Wenn man jemanden kaum kennt und in keinster Weise eine – engere Beziehung bestand?«

»Ich glaube, es ist normal«, sagte er langsam. »Aber vielleicht ist es ein wenig …« Er suchte nach einem Wort, das nicht zu hart oder abfällig über ein Gefühl urteilte, das ihm selbst gerade erst in aller Deutlichkeit bewußt geworden war. »Ein bißchen schwach«, sagte er. »Das Leben gibt einem manchmal das Gefühl, daß man es nicht mehr aushalten kann. Aber mit Mut kann man es – man muß es. Vielleicht ist das etwas, was Laura Anstiss nie gelernt hatte.«

»Arme Laura«, flüsterte sie. »Wie gut Sie das ausdrücken. Es klingt, als ob Sie selbst es erlebt hätten …« Sie tat einen schnellen Atemzug und wandte den Blick ab. »Es tut mir leid, das ist aufdringlich. Ich danke Ihnen, daß Sie so …« Sie zog ihre Hand zurück. »So geduldig sind,

Mr. Drummond. Es tut so gut, Ihnen davon zu erzählen.«

»Ich werde alles tun, was ich kann, ich verspreche es Ihnen«, sagte er ruhig. »Es gibt noch einige andere Verdächtige, deren Motive viel zwingender sind als das von Lord Byam – und die nicht beweisen können, wo sie in der fraglichen Zeit waren.«

»Wirklich?« Zum ersten Mal klang ihre Stimme etwas zuversichtlicher.

»Ja – ja. Es gibt allen Grund zu hoffen.«

»Ich danke Ihnen.« Mit einem Rascheln ihres Taftkleides drehte sie sich um und ging zurück in den Saal, zurück zu den Lichtern und dem Lachen.

Am Ende des Abends, als die letzten Gäste gegangen waren, saßen Charlotte, Emily und Jack im Salon. Das Gas war kleiner gedreht, und die letzten Gläser und Teller waren eingesammelt, damit die Dienstboten sie mitnehmen und abspülen konnten, bevor auch sie zu Bett gingen.

Emily wandte sich an Jack. Sie war an Charlottes Angelegenheiten sehr interessiert, doch Jacks gingen vor.

»War der Abend erfolgreich?« fragte sie gespannt. »Du warst ja recht lange mit Lord Anstiss in der Bibliothek. Hat er dich sehr viel gefragt?«

Jack lächelte, und plötzlich war die Müdigkeit in seinem Gesicht wie von Zauberhand weggewischt.

»Ja«, sagte er voll tiefer Zufriedenheit. »Und er hat mir viele Dinge erzählt, die ich nicht wußte. Er ist ein außergewöhnlich ...«, er suchte nach dem richtigen Wort, »... anziehender Mensch. Sein Wissen ist enorm, und darüber hinaus erzählt er so lebendig und geistvoll. Und ich glaube, sein Einfluß ist größer, als ich bisher angenommen hatte.«

»Aber du hast ihm gefallen?« hakte Emily nach, weil sie wußte, worauf es ankam. »Was hat er gesagt? Jack, spann uns nicht so auf die Folter!«

Sein Lächeln wurde breiter. »Er hat mich eingeladen, einer sehr exklusiven Gesellschaft beizutreten, die viele gute Werke vollbringt, meist im geheimen. Sie unterstützt viele wohltätige Einrichtungen, kämpft gegen Ungerechtigkeit und Unrecht und will sogar gegen einige der gefährlicheren und übleren Aspekte des Verbrechens vorgehen.«

»Das klingt sehr gut!« Emily war begeistert. »Wirst du ihr beitreten?«

»Nein!« sagte Charlotte so scharf und heftig, daß Jack und Emily sie überrascht anstarrten. »Nein«, sagte sie noch einmal etwas ruhiger. »Du mußt viel mehr darüber wissen, bevor du einer solchen Gesellschaft beitrittst.«

»Charlotte! Es ist eine Gesellschaft, die sich ganz und gar einer guten Sache verschrieben hat«, sagte Emily vernünftig. »Was kann denn daran falsch sein?« Sie wandte sich wieder an Jack. »Oder nicht?«

»Natürlich, so ist es«, bestätigte Jack. »Und nach dem zu urteilen, was Lord Anstiss sagt, wäre es für mich ein gewaltiger Schritt vorwärts, denn ich könnte mir damit die Unterstützung derer sichern, auf die es in Politik und Gesellschaft ankommt.«

Charlotte wollte Gegenargumente anführen, doch alles, was ihr einfiel, war Pitts Angst um Micah Drummond, sein Kummer über die Korruption, die er aufgedeckt hatte, und die viel ernstere Korruption, die er bis jetzt nur vermutete.

»Und was erwarten sie von dir als Gegenleistung?« fragte sie. »Deine Loyalität? Den Verzicht auf deine Unabhängigkeit, mit der Zeit vielleicht auch die Aufgabe deines Gewissens?«

»Nichts«, antwortete Jack erstaunt und leicht belustigt. »Es ist eine Gesellschaft, die Gutes tut, Charlotte!«

»Aber geheim?« beharrte sie.

»Nicht geheim«, verbesserte er. »Diskret. Und das sollten gute Werke doch auch sein, in aller Stille geregelt, bescheiden und ohne nach Anerkennung zu heischen.«

»Ja.« Sie stimmte ihm nur widerwillig zu, nicht weil es falsch war, was er gesagt hatte, sondern weil sie ganz anderes befürchtete. »Jack, es könnte um mehr gehen. Thomas ist gerade mit einer Gesellschaft befaßt ...«

Emily sah sie skeptisch an. »Du hast mir erzählt, er untersucht den Mord an einem Wucherer.«

»Ja, aber er hat auch eine Gesellschaft aufgedeckt ...« Sie war sich unsicher und kam ins Schwimmen. Sie wollte ihnen eigentlich nichts von der Korruption bei der Polizei erzählen. Es war noch viel zu unklar und zu unangenehm. Sie fühlte, daß es in gewisser Weise ein schlechtes Licht auf Pitt und seinen Beruf warf. Deshalb wollte sie ihnen lieber nichts darüber sagen.

»London ist voll von Gesellschaften«, sagte Jack gelassen, weil er erkannte, daß ihre Sorge um ihn echt war. »Diese ist sehr ehrenhaft, das versichere ich dir.«

»Wie nennt sie sich?«

»Ich weiß es nicht. Anstiss hat es mir nicht gesagt.«

»Sei vorsichtig.«

»Das werde ich. Ich verspreche es.« Er stand auf. »Es ist Zeit, daß Emily ins Bett kommt und du auch, nehme ich an. Möchtest du lieber gleich mit der Kutsche nach Hause fahren oder bis morgen hierbleiben und dann fahren? Du weißt, du bist immer herzlich eingeladen.«

»Danke, aber ich werde jetzt gehen. Ich möchte zu Hause sein, wenn Thomas morgen früh das Haus verläßt.«

Jack lächelte und nahm Emilys Hand in seine. »Dann gute Nacht, meine Liebe.«

Pitt hörte sich beim Frühstück Charlottes Bericht über den Abend an. Sie erzählte ihm von den Gesprächen, Gefühlen und Ängsten, die sie beobachtet hatte, und ihrer plötzlichen Erkenntnis, daß Drummond Eleanor Byam liebte mit all den Schmerzen und seelischen Konflikten, die das nach sich zog. Sie erwähnte jedoch nicht, daß Anstiss Jack eingeladen hatte, einer Gesellschaft beizutreten. Damit wollte sie ihn noch nicht belasten.

Pitt sagte nichts dazu, aber er wußte, daß sie sein Schweigen verstand. Er küßte sie lange und zärtlich und ging dann auf die heiße, staubige Straße hinaus, um mit einem Omnibus gemächlich zu Scotland Yard zu fahren und dort seine Nachforschungen über Latimers Arbeit wieder aufzunehmen. Er verbrachte den ganzen schrecklichen Tag damit, seine alten Informanten in der Unterwelt aufzusuchen. Er ging durch schmutzige Gassen, erklomm morsche Holzstiegen und suchte elende Behausungen auf, wo seine Schritte Ratten aufscheuchten, die quiekend davonrannten, wobei ihre Krallen über den Boden kratzten und ihre kleinen Augen rot in der Dunkelheit aufleuchteten. Abfall türmte sich in langsam verrottenden Haufen, und die Rinnsteine stanken in der Hitze. Er schlug vergeblich nach den Fliegen und verteilte all seine Kupfermünzen unter die bettelnden Kinder.

Schließlich saß er in einer kleinen, überfüllten Bierschenke, die sich The Grinning Rat nannte. Ihm gegenüber hatte ein kleiner Mann mit einem verkrüppelten Arm Platz genommen. Als Kind hatte er sich den Arm gebrochen, als er bei seiner Arbeit als Schornsteinfegerjunge in einen der riesigen Schlote gefallen war. Der Arm war damals schlecht verheilt, und er hatte ihn sich ein zweites Mal gebrochen, als er von einem Kirchendach fiel, wo er die Bleiplatten stehlen wollte. Jetzt war sein Arm hoffnungslos deformiert, und er verdiente sich seinen Lebensunterhalt mit dem Verkauf von Informationen.

»Joey.« Pitt ließ seinen Blick über einen dicken Mann schweifen, dessen enormer Bauch über seine schmutzige Hose hing und der in beiden Händen einen Humpen Bier hielt, und richtete seine Aufmerksamkeit wieder auf sein Gegenüber. Joey schaute Pitt unwillig an.

»Ja, Mr. Pitt. Ich weiß nich', was Se hörn wolln.« Seine Stimme sank zu einem wehleidigen Jammern herab, weil er mit einem Vorwurf rechnete. »Er is' nich' richtig schlecht – nur so 'n bißchen wählerisch, wen er laufen läßt un' wen nich'. Verstehn Se?«

»Nein«, sagte Pitt unglücklich. »Erklär es mir, dafür gibt's 'ne halbe Guinee.«

»'ne halbe Guinee.« Joeys Gesicht hellte sich auf.

»Die Wahrheit«, warnte Pitt. »Nicht was ich deiner Meinung nach hören will. Du weißt nicht, was ich will. Wenn ich merke, daß du mir Lügen erzählst, komme ich wieder und mache dich nach allen Regeln der Kunst fertig – ich schwör' es dir.«

Joey heulte vor Empörung auf.

»Sei ruhig!« warnte Pitt ihn scharf. »Willst du, daß alle dich hier anstarren?«

»Se sin' 'n harter Mann«, stöhnte Joey.

»Das bin ich«, bestätigte Pitt. »Jetzt erzähl.«

Stockend erzählte Joey Pitt, was dieser am meisten befürchtet hatte. Es gab keine Erklärung, warum Latimer einige seiner Fälle nicht weiter verfolgt oder warum er bestimmte Zeugen nicht verhört hatte. Joey wußte nicht, ob er für seine Entscheidungen Geld nahm, aber er vermutete es, weil es für ihn keine andere Begründung gab. Warum tat man denn sonst bestimmte Dinge, außer natürlich aus Angst? Aber für Joey hatten Polizisten vom Rang eines Latimer nichts zu fürchten. Sie waren die Mächtigen, die Unangreifbaren, die Abgesicherten.

»Danke dir«, sagte Pitt mit einem Gefühl der Bitterkeit. Er gab ihm die versprochene halbe Guinee und verließ The Grinning Rat. Morgen würde er wieder nach Clerkenwell gehen und Sergeant Innes aufsuchen.

Natürlich gab es immer noch die kleinen Schuldner von Weems' erster Liste, und vielleicht würde Innes Beweise gegen einen von ihnen finden. Einerseits hoffte Pitt es, obwohl er nicht damit rechnete, andererseits fände er es vielleicht bei näherer Betrachtung noch viel schrecklicher, wenn herauskäme, daß irgendein verzweifelter, um sein Überleben kämpfender Mensch Weems erschossen hatte.

»Nichts«, sagte Innes düster. Sein hageres Gesicht sah müde aus. Es gab keinen Lichtblick.

»Nichts über Weems' Privatleben?« drängte Pitt vergeblich. »Er muß doch irgendwelche Freunde gehabt haben, oder? Keine Frauen – nicht eine?«

»Hab' nix gefunden«, sagte Innes matt. Seine Augen blickten ängstlich, sogar schuldbewußt.

»Was ist los?« wollte Pitt wissen. Sie saßen in dem kleinen Hinterzimmer, einem winzigen Kämmerchen, wo Innes seine Notizen und Unterlagen über den Fall Weems aufbewahrte. Innes hockte auf dem schmalen Fensterbrett und überließ Pitt als dem Ranghöheren und Gast den einzigen vorhandenen Stuhl.

Innes sah noch unglücklicher drein.

»Ich weiß jetzt, wie Mr. Latimer zu seinem Geld kommt, Sir. Er hat's nich' von Weems geliehen …«

Pitt wäre erfreut gewesen, hätte ihn nicht der Ausdruck in Innes' Gesicht gewarnt. Wie auch immer des Rätsels Lösung lautete, besser als Wucher war sie bestimmt nicht. »Und?« fragte er etwas schärfer als beabsichtigt.

Innes nahm es ihm nicht übel, er verstand es.

»Er wettet, Sir. Er wettet um Geld, un' das recht erfolgreich, scheint mir.«

»Woher wissen Sie das?«

»Hab's durch Zufall rausgekriegt, Sir. Hab' einen von unseren Schuldnern hier besucht, der auch wettet. Bin da auf Beweise gestoßen. Un' Latimer macht's in großem Stil. Un' er gewinnt, kein Zweifel. Er kennt seine Faustkämpfer.« Innes blickte niedergeschlagen vor sich hin. Nicht nur war der Faustkampf, bei dem keine Handschuhe getragen wurden, besonders brutal, er war auch verboten, was sie beide genausogut wußten wie Latimer.

»Verstehe«, sagte Pitt langsam. Er wollte Innes nicht fragen, ob er sich wirklich sicher sei. Innes hätte nichts gesagt, wenn er keine handfesten Beweise gehabt hätte.

Innes sah ihn mit ernstem Blick an. Keiner von ihnen mußte genau ausführen, was das bedeutete. Latimer wäre ruiniert, wenn herauskäme, daß er wettete und die Ausübung eines verbotenen Sports deckte. Hatte Weems ihn deswegen erpreßt? Es würde erklären, warum sein Name auf der zweiten Liste stand.

Und es war ein überzeugendes Motiv für einen Mord.

»Was werden wir unternehmen, Mr. Pitt?« sagte Innes gefaßt. »Wollen Sie, daß ich zu Mr. Drummond gehe?«

Es war ein hochherziges Angebot, das ihn sicher einige Überwindung gekostet hatte, und Pitt spürte ein Gefühl der Rührung. »Nein«, sagte er mit einem freudlosen Lächeln. »Vielen Dank, aber ich werde selbst gehen.«

»Gut, Sir.«

9.

Kapitel

Pitt hatte keinerlei Einwände, als Charlotte ihm sagte, sie würde gerne an Emilys Hausmusikabend teilnehmen. Als sie dann ganz beiläufig, als müßte er das bereits wissen, hinzufügte, daß auch die Carswells da sein würden, zeigte er sich ganz offenkundig erfreut.

Sie hatten keine Zeit, ausführlich darüber zu reden, weil er sehr früh nach Clerkenwell aufbrechen wollte. Er und Innes mußten sich mit den allerletzten Schuldnern auf Weems' erster Liste befassen. Innes hatte sie nach und nach alle abgeklappert, aber etwa ein Dutzend war noch übrig, deren Alibi nicht hieb- und stichfest war. Es war durchaus denkbar, daß einer von ihnen spätabends in die Cyrus Street gegangen und eingelassen worden war, daß er die Hakenbüchse genommen, das Pulver gefunden und das Gewehr damit geladen hatte. Aber weder Pitt noch Innes glaubten daran. Weems mochte seine Kunden vielleicht verachtet haben, aber bestimmt hatte er genau gewußt, was Verzweiflung war und wie sie sich äußerte, und sicherlich hatte er im Lauf der Jahre erfahren, daß verzweifelte Menschen gefährlich sein konnten.

Heute wollten sie sich Weems' Laufburschen, Windy Miller, noch einmal vornehmen – obwohl sie sich kaum etwas davon versprachen – und später vielleicht noch die Haushälterin. Möglicherweise hatten sie ja etwas übersehen, irgendein winziges Detail, das ihnen einen neuen Anhaltspunkt liefern könnte. Aber beide waren davon überzeugt, daß Weems' Mörder auf der zweiten Liste zu finden sei. Oder Byam hatte ihn umgebracht. Innes verdächtigte Byam natürlich nicht, weil er von ihm immer noch nichts wußte, eine Tatsache, die Pitt schwer im Magen lag und sein Gewissen zunehmend belastete.

Charlotte küßte ihn zum Abschied und machte sich dann, kaum daß er fort war, an die Hausarbeit, die unbedingt erledigt werden mußte, damit sie mit reinem Gewissen und ohne hausfrauliche Schuldgefühle am späten Nachmittag aufbrechen konnte.

Um sechs Uhr hatte sie auf dem Hepplewhite-Stuhl in Emilys Salon Platz genommen und den Rock ihres rosaroten Kleides elegant um sich ausgebreitet. Im selben Raum saßen etwa dreißig andere Leute aufrecht auf ihren Plätzen und blickten auf den Flügel, wo ein sehr ernster junger Mann ein wunderschönes und trauriges Stück von Franz Liszt vortrug. Die Musik war so ergreifend, daß Charlotte davon völlig gefesselt wurde und ganz vergaß, einen verstohlenen Blick auf Addison Carswell, Regina, eine Carswell-Tochter, auf Herbert Fitzherbert und Odelia Morden oder auf Fanny Hilliard zu werfen. Fannys Anwesenheit überraschte sie, doch dann wurde ihr plötzlich klar, welche politische Bedeutung Fanny für Herbert Fitzherberts mögliches Scheitern hatte, und wie Emily ihren Einfluß auf überaus geschickte Art geltend machte.

In der ersten Pause erinnerte Charlotte sich jedoch an den eigentlichen Grund ihres Kommens, riß sich zusammen und begann die anderen zu beobachten. Zunächst fiel ihr die einzige anwesende Miss Carswell auf, deren Namen sie nicht wußte, weil sie die vier Töchter nicht auseinanderhalten konnte. Sie war nicht älter als siebzehn oder achtzehn und recht hübsch, wenn auch nicht außergewöhnlich, ein Mädchen mit frischem Teint, ganz rosa und weiß, mit blondem, ein wenig mattem Haar, und einem angenehmen, gutmütigen Gesicht ohne jede Besonderheit. Wenn man sie näher kannte, würde man zweifellos ihre Individualität entdecken und etwas über ihre Ansichten und Gefühle, die sie von anderen unterschieden, erfahren. Man würde ihren Sinn für Humor, ihre Träume und ihr freundliches Wesen wahrnehmen.

Sie stand gerade ein paar Meter von ihrer Mutter entfernt und unterhielt sich angeregt mit einem jungen Mann, von dem Charlotte nicht wußte, ob sie ihn zuvor schon einmal gesehen hatte, aber Miss Carswell kannte ihn ganz offensichtlich. Ihr Gesicht drückte aufrichtiges Interesse aus, das sich wohltuend von dem affektierten Gehabe unterschied, mit dem so viele junge Frauen üblicherweise auf die Annäherungsversuche eines attraktiven jungen Mannes, der durchaus als Ehemann in Frage kam, reagierten. Der junge Mann ging voller Herzlichkeit auf sie ein und schenkte ihr seine ungeteilte Aufmerksamkeit.

Charlotte lächelte. Es war eine sehr vielversprechende Situation, und sie konnte sich vorstellen, daß sich das zu einer glücklichen Beziehung weiterentwickeln könnte, was doch der innigste Wunsch eines jeden jungen Mädchens war. Wenn es sich dabei sogar um wahre Zuneigung handelte, um so besser. Nach ihren Gesichtern zu urteilen, schien das der Fall zu sein. Wie klug von Regina Carswell, die beiden nicht mit völlig überflüssiger Anstandsheuchelei zu stören.

Da die Carswells die einzigen Anwesenden waren, die Charlottes Meinung nach möglicherweise als verdächtig gelten konnten, beschloß sie, zumindest einen von ihnen in ein Gespräch zu verwickeln. Auf diese Weise würde sie ungleich mehr herausfinden können als durch reine Beobachtung, denn die schien herzlich wenig nutzbringend zu sein. Also stand sie auf und bahnte sich einen Weg durch die Grüppchen von Leuten, die sich gegenseitig ihre Begeisterung für den Klavierspieler beteuerten, bis sie schließlich auf Regina Carswell stieß.

»Guten Abend, Mrs. Carswell«, sagte sie lächelnd. »Wie schön, Sie wiederzusehen. Ich hoffe, es geht Ihnen gut?«

»Sehr gut, vielen Dank«, erwiderte Regina höflich. »Und Ihnen, Mrs. Pitt?«

»Oh, bestens, danke schön. Ist das nicht ein wunderbarer Sommer? Ich kann mich nicht daran erinnern, wann das Wetter das letzte Mal so schön und angenehm war. Aber im Winter vergißt man das auch immer wieder.«

»Da haben Sie recht«, stimmte ihr Regina zu. Sie wollte gerade eine weitere freundliche Belanglosigkeit hinzufügen, als eine recht korpulente Dame mit wogendem, diamantenbehängtem Busen hinter ihnen vorbeisteuerte und dabei ihre Röcke leicht anhob, um weder ihr eigenes Kleid noch das von Regina zu zerdrücken. Sie warf Regina ein kühles und etwas gezwungenes Lächeln zu, wandte sich dann schnell ab und ergriff den Arm der Frau neben sich.

»Die Arme«, sagte sie so laut flüsternd, daß zumindest die Umstehenden es deutlich hören konnten.

»Die Arme?« fragte ihre Begleiterin neugierig. »Warum? Geht es ihr nicht gut, ist sie krank? Sie hat drei Töchter, wie ich höre, aber sie kommt gut mit ihnen zurecht.«

»Oh, das weiß ich«, sagte die dicke Dame und winkte ab. »Armes Geschöpf«, fügte sie zischelnd hinzu. »So schlimm. Vor allem, wenn alle es wissen.«

»Was wissen?« Ihre Begleiterin, in ein modisches, aber besonders abstoßendes Grün gekleidet, verlor langsam die Geduld. »Ich habe nichts gehört.«

»Oh, das werden Sie noch«, versicherte ihr die dicke Dame. »Sie werden zweifellos davon hören. Es liegt mir natürlich völlig fern ...«

Regina blickte verwirrt. Sie war vor Verlegenheit errötet.

Charlotte wußte nicht, ob sie so tun sollte, als hätte sie den Wortwechsel nicht gehört, obwohl sie beide jedes Wort verstanden hatten, oder ob sie eine Bemerkung dazu machen sollte. Sie betrachtete Reginas Gesicht, um zu entscheiden, was das Freundlichste wäre, sah aber nur Verwirrung. Vielleicht hatte es etwas mit diesem unmöglichen Fall Osmar zu tun. Sie entschied, daß das wahrscheinlich der Grund war.

»Anscheinend legt Mr. Horatio Osmar es darauf an, alle Welt in Schwierigkeiten zu bringen«, sagte sie betont höflich. »An Ihrer Stelle würde ich gar nicht darauf achten. Viele dumme, gedankenlose Menschen klatschen gerne über Dinge, von denen sie nichts verstehen. Es wird sich alles legen, sobald es einen neuen Skandal gibt.«

Die Verwirrung stand Regina immer noch im Gesicht.

»Ich verstehe nicht, warum sie mich deshalb bemitleiden sollten«, sagte sie mit großen Augen und einem verlegenen Lächeln. »Ich bin sicher, daß mein Mann sich als Richter korrekt verhalten hat. Die Polizei muß den Fall nicht richtig dargestellt haben, sonst hätte er die Klage nicht abgewiesen. Und es hat kaum etwas mit mir zu tun.«

»Wahrscheinlich gibt es nicht genügend Skandale, über die sie sich auslassen können«, stimmte ihr Charlotte zu. »Dumme Dinger. Halten Sie das nicht auch für ein erstaunlich häßliches Grün? Ich kann mich nicht erinnern, wann ich das letzte Mal einen so unangenehmen Grünton gesehen habe!«

Reginas Züge entspannten sich ein wenig, und sie lächelte über Charlottes Entschlossenheit, die ganze Geschichte als unbedeutend und vollkommen nichtig abzutun.

»Fürchterlich!« stimmte sie ihr herzlich zu. »Würde ihre Zofe zu etwas taugen, dann hätte sie ihr geraten, es nicht anzuziehen.«

»Diese gelblichen Grüntöne sind sehr kritisch, besonders bei einem blassen Teint«, fuhr Charlotte fort. »Ich kann mir nicht vorstellen, warum man sich überhaupt zu einem solchen Kleid entschließt. Ich glaube, ich hätte ein warmes Blau empfohlen. Sie ist sowieso eine recht reizlose Frau, finde ich.«

Regina legte ihre Hand freundlich auf Charlottes Arm. »Meine liebe Mrs. Pitt, die dicke Dame war die eigentliche Übeltäterin. Ich finde, wir sollten sie zerpflücken!«

»Sie haben recht«, stimmte ihr Charlotte zu. »Wo sollen wir anfangen? Mit so einem großen Busen dürfte sie niemals Diamanten tragen. Das ganze Gefunkel lenkt nur die Aufmerksamkeit auf etwas, das sowieso schon recht auffällig ist.«

»Kristalle«, meinte Regina leise kichernd. »Es sind keine Diamanten, wissen Sie.«

»Natürlich«, verbesserte sich Charlotte. »Kristalle. Eine gedämpftere Farbe, vielleicht ein wenig dunkler, wäre besser gewesen...« Sie wollte gerade fortfahren, als sie aus den

Augenwinkeln eine andere Frau bemerkte, die Regina mit einem mitleidigen Blick ansah. Sobald sie Charlottes Blick begegnete, errötete sie und sah schnell weg, als hätte man sie dabei ertappt, wie sie jemanden anstarrte, der nicht richtig angezogen war, und das galt als peinlich und unschicklich.

Charlotte vergaß, was sie gerade hatte sagen wollen.

»Was ist los?« fragte Regina, die sofort spürte, daß Charlotte abgelenkt war, obwohl die Sache nur einen Augenblick gedauert hatte.

»Nichts«, log Charlotte, merkte aber sofort, daß ihr die Lüge nicht weiterhalf, und sagte: »Ich habe jemanden gesehen, mit dem ich eine etwas unangenehme Auseinandersetzung hatte. Das war mir ganz entfallen.« Diese zweite Lüge tat niemandem weh, befand sie. Dann sprach sie schnell über ein anderes, völlig bedeutungsloses Thema, eine Klatschgeschichte, die sie bei Emily aufgeschnappt hatte.

Schließlich kehrte sie zu ihrem Platz zurück, um sich das zweite Klavierstück anzuhören, genoß es aber weniger als das erste. Es war von einem Komponisten, den sie nicht kannte, und dem Stück fehlte es eindeutig an Leidenschaft, aber vielleicht war sie auch einfach nur unfähig, sich zu konzentrieren. In der folgenden Pause begab sie sich zu Emily, die gerade mit Fitz gesprochen hatte.

»Du siehst bekümmert aus«, sagte Emily sofort. »Hast du etwas herausgefunden?«

»Ich glaube nicht. Was weißt du über Horatio Osmar? Ist er politisch wichtig?« flüsterte Charlotte zurück.

Emily runzelte die Stirn. »Ich glaube, er hat nicht die geringste Bedeutung. Warum?«

»Man scheint über ihn zu reden.«

»Was um Himmels willen meinst du mit ›scheint‹? Reden sie über ihn oder nicht?«

»Ich weiß nicht genau. Ich habe beobachtet, daß Mrs. Carswell die seltsamsten Blicke zugeworfen werden, und frage mich, ob es etwas mit Horatio Osmar zu tun hat.«

»Das ist Unsinn«, erwiderte Emily spitz. »Was hat Regina Carswell mit Horatio Osmar zu tun?«

»Es war Addison Carswell, der das Verfahren eingestellt hat«, sagte Charlotte ungeduldig. »Thomas war der Meinung, daß das eine ziemlich korrupte Sache war. Die Beweislage in dem Fall war eindeutig.«

Emily runzelte mißbilligend die Stirn. »Wer hat Regina Carswell seltsame Blicke zugeworfen?«

»Ich weiß nicht – eine dicke Frau mit lauter Kristallen auf dem Busen.«

»Lady Arnforth – das ist unsinnig. Sie versteht überhaupt nichts von der Justiz. Außerdem ist es ihr auch völlig gleichgültig. Es muß sich um Klatsch handeln, wahrscheinlich geht es um eine Liebesgeschichte oder um etwas Unmoralisches – oder um beides.«

»Und Regina Carswell?« sagte Charlotte zweifelnd.

»Ich weiß es nicht. Vielleicht hast du es falsch verstanden?«

In diesem Augenblick trat Fitz wieder zu ihnen. Er hatte ein paar Schritte weiter einen Mann begrüßt, der, wie allgemein bekannt war, erheblichen politischen Einfluß besaß. Der Mann war in ein Gespräch mit Jack vertieft, und Fitz hatte versucht, sich in die Diskussion einzubringen. Jetzt blickte er enttäuscht drein, weil es ihm offensichtlich nicht gelungen war. Er hörte Emily nur mit halbem Ohr zu, denn seine Aufmerksamkeit galt eigentlich Fanny Hilliard, die mit lebhaftem Gesicht und strahlenden Augen ein paar Schritte entfernt stand. Ihr wunderschönes Haar war hoch aufgesteckt und mit einem Zweig aus Seidenblumen umwunden.

Ein großer junger Mann mit leuchtend blauen Augen und einem fliehenden Kinn näherte sich und machte vor Emily und Charlotte eine leicht übertriebene Verbeugung, dann legte er Fitz eine Hand auf die Schulter.

»Wie geht es dir, alter Knabe?« rief er fröhlich. »Wirst wohl unser nächster Abgeordneter, was? Muß wohl freundlich zu dir sein, wie?« Er blickte in die Richtung, in die Fitz gerade noch gestarrt hatte, und erkannte Fanny Hilliard.

»Hübsch, nicht?« sagte er bewundernd. »Aber nichts für dich, mein Junge. Nicht, wenn du Kabinettmitglied werden willst. Da mußt du vorsichtig sein, das weißt du. Über jeden Verdacht erhaben, und so weiter.«

Fitz erstarrte, und ein unwilliger Ausdruck huschte über sein sonst so gutmütiges Gesicht.

»Hüte deine Zunge, Ferdy. Miss Hilliards Ruf steht außer Frage.«

Ferdys Gesicht drückte komische Ungläubigkeit aus.

»Ach komm, alter Knabe! Sie sieht ganz wie eine Dame aus, das geb' ich ja zu. Jeder würde drauf reinfallen – aber sie ist die Geliebte vom alten Carswell und nichts anderes. Abenteuerin. Bezahlt ihr irgendwo südlich der Themse ein Zimmer. Der alte Dummkopf. Hätte eigentlich mehr Diskretion von ihm erwartet – von wegen Richter und so.«

»Du lügst«, stieß Fitz zwischen den Zähnen hervor. Er war plötzlich ganz blaß im Gesicht geworden. »Und wenn wir hier nicht in der Öffentlichkeit wären und dies nicht das Haus eines anderen, würde ich dich zwingen, das auf der Stelle zurückzunehmen!«

»Sachte, alter Junge!« Ferdy war erschrocken. »Tut mir leid, wenn dir das Mädel gefällt, aber ich hab' ganz bestimmt recht. Hab's aus zuverlässiger Quelle, von meinem Onkel, Lord Bergholt. Ganz sicher ist sie Carswells Geliebte. Mir tut nur die arme Mrs. Carswell leid. Der alte Esel hätte ruhig ein bißchen diskreter sein können. Solange man diskret ist, ist es ja nicht so schlimm, aber das ist ein verdammt schlechter Stil, die eigene Frau so zu kompromittieren, oder? Verdammt übel.« Und ohne eine weitere Reaktion abzuwarten, ging er kopfschüttelnd davon.

Fitz stand wie vom Blitz getroffen da, und auch Charlotte sah so aus, als hätte ihr jemand, dem sie vollkommen vertraut hatte, ins Gesicht geschlagen.

»Ich kann es nicht glauben«, keuchte Emily. Jetzt war auch sie einmal in Verlegenheit. »So eine Niederträchtigkeit.« Sie drehte sich um und wollte etwas hinzufügen, sah dann aber Charlottes Gesicht.

»Charlotte?«

In Charlottes Kopf überschlugen sich die Gedanken. Pitt hatte erzählt, er sei Carswell auf die Südseite der Themse gefolgt und habe ihn dort mit einer jungen Frau gesehen. Er hatte nicht gesagt, daß es Fanny Hilliard war. Aber warum sollte er auch? Damals hatte er auch nicht gewußt, daß sie je von Fanny gehört hatte, geschweige denn sie kannte.

»Charlotte«, sagte Emily noch schärfer. »Was ist los?«

Charlotte sammelte sich mit Mühe. Sie war einerseits wütend über die Täuschung von Fitz, andererseits empfand sie Mitleid mit ihm. »Vielleicht ist es ein Mißverständnis«, meinte Charlotte schwach und versuchte krampfhaft eine Entschuldigung zu finden. »Die Leute hören manchmal Sachen und erzählen sie weiter, ohne zu verstehen, worum es eigentlich geht.«

Doch bevor sie Mut aus dieser Hoffnung schöpfen konnte, wurde ihre Aufmerksamkeit auf eine etwas abseits stehende Gruppe gelenkt, zu der auch Fanny gehörte, die dicht neben Odelia Morden stand. Fannys Wangen brannten hochrot vor Scham und Demütigung, doch sie durchbrach die schreckliche Stille mit keinem Wort. Sie leugnete nichts, sondern schwieg.

»Miss Hilliard?« sagte Odelia ruhig. In ihrer Stimme lag kein Triumph, eher eine seltsame Verwirrung, als ob sie bereits ahnte, daß ihr Sieg bitter sein würde.

Fanny blickte langsam auf und starrte Fitz an, als ob ihr die Meinung der anderen völlig gleichgültig wäre, als handle es sich um harmlose Sticheleien verglichen mit dem großen Schmerz, den der Verlust seiner guten Meinung ihr zufügte.

Fitz stand da wie betäubt, nicht so sehr wegen der Enthüllung oder der neugierigen und entsetzten Menge in festlichen Gewändern, sondern weil Fanny schwieg. Ihr Gesicht war schmerzverzerrt, das konnte jeder sehen, doch sie stritt nichts ab, sie verteidigte sich nicht.

Einen Augenblick lang sah es so aus, als wolle er zu ihr gehen. Das knisternde Schweigen schien selbst die Lichter zum Flackern zu bringen. Man konnte das Rascheln von Taft hören, wenn die Frauen in ihren engen Miedern ein-

und ausatmeten. In der Ferne erklangen die Schritte eines Dienstmädchens auf dem Steinboden.

Dann drehte sich Fanny um und ging durch die Menschenmenge hindurch in die Eingangshalle hinaus.

Emily machte einen Schritt nach vorn.

»Ich werde gehen«, sagte Charlotte sofort und drängte sich, bevor Emily protestieren konnte, an ihr vorbei. Sie stieß beinahe gegen die dicke Frau mit den Kristallen, trat Ferdy auf den Fuß, als der gerade den Mund öffnete, um etwas zu sagen, und bahnte sich ihren Weg in die Halle, wo der Diener Fanny gerade ihren Umhang reichte. James Hilliard stand mit bleichem, unglücklichem Gesicht daneben, trat verlegen von einem Fuß auf den anderen und war keines Wortes fähig.

Charlotte hatte keine Ahnung, wie sie die Situation in irgendeiner Weise retten konnte – Mitgefühl, nicht Vernunft hatte sie nach draußen getrieben. Sie ging direkt auf Fanny zu.

Fanny drehte sich zu ihr um, ihr Gesicht war aschfahl und ihr Blick von Leid getrübt.

»Ich bitte um Verzeihung«, flüsterte sie heiser. »Ich habe Ihre Gastfreundschaft mißbraucht.«

»Ich bin nicht wegen einer Entschuldigung gekommen«, sagte Charlotte abwehrend. »Ich verstehe es nicht, aber ich sehe, daß Sie zutiefst getroffen sind, und ich wünschte, ich könnte Ihnen in irgendeiner Weise helfen ...«

»Das können Sie nicht! Niemand kann es. Bitte – lassen Sie mich gehen, bevor jemand hier herauskommt – vor allem ...« Sie konnte sich nicht dazu überwinden, Fitz' Namen auszusprechen, aber Charlotte wußte, daß sie ihn meinte.

»Natürlich«, sagte sie verständnisvoll. »Aber bitte willigen Sie ein, mich an einem anderen Ort zu treffen, wo wir allein sprechen können.«

»Es gibt nichts, was Sie tun können.« Fannys Stimme klang völlig verzweifelt. Sie fürchtete, daß jeden Moment Fitz oder, was genauso schlimm wäre, Odelia herauskommen könnte.

»Morgen«, bestimmte Charlotte, »treffen Sie mich – im Park bei der Rotten Row.«

»Ich besitze kein Pferd.«

»Ich auch nicht. Seien Sie einfach da.«

»Es hat keinen Zweck. Sie können mir nicht helfen!«

»Seien Sie dort. Um neun Uhr«, drängte Charlotte. »Sonst werde ich kommen und Sie aufsuchen, und ich weiß, wo ich Sie finden kann.« Das stimmte in Wirklichkeit nicht, sie mußte erst Pitt fragen, wohin er Carswell über den Fluß gefolgt war.

»Es hat keinen ...«, begann Fanny wieder, aber plötzlich stand James Hilliard neben ihr. Er hatte so weit die Fassung wiedergewonnen, daß er seiner Schwester beistehen und sie vor weiteren Belästigungen schützen wollte.

»Mrs. Pitt ...«, begann er in scharfem Ton.

»Gut«, willigte Fanny ein. »Morgen.« Sie drehte sich zu ihrem Bruder herum. »Danke, James. Bitte bring mich nach Hause.«

Er warf Charlotte einen kurzen Blick voller Verwirrung, Zorn und Verletzung zu, legte dann seinen Arm um Fannys Schultern und geleitete sie zur Tür.

Im Salon hatte die Musik wieder begonnen, und die Gäste saßen auf ihren Plätzen. Es hatte zumindest den Anschein, als ob alle zuhörten, doch hinter den so gelassen wirkenden Mienen gärte die Fantasie, und die Worte, mit denen man diesen pikanten Skandal bei der nächsten sich bietenden Gelegenheit weiterzugeben gedachte, überstürzten sich. Die sensationelle Nachricht würde sich morgen früh in Windeseile in den gehobenen Kreisen der Gesellschaft verbreiten, und diejenigen, die einen Telefonapparat besaßen, würden sich ihren weniger fortschrittlichen Freunden weit überlegen fühlen.

»Was hat sie gesagt?« wollte Emily wissen, kaum daß Charlotte neben ihr Platz genommen hatte.

»Nichts«, antwortete Charlotte. »Ich werde sie morgen treffen.«

»Es ist doch zu dumm.« Emily war ganz außer Fassung. »Ich mochte sie von Mal zu Mal mehr. Und ich habe wirklich gehofft, sie würde Fitz heiraten – auch wenn er mit Jack in Konkurrenz steht. Ich weiß, das ist nicht besonders konsequent, aber ich mag ihn.«

»Das ist überhaupt nicht inkonsequent«, sagte Charlotte mit plötzlicher Einsicht. »Ganz gleich, wie gern du Fitz und Fanny hast, und du meinst das bestimmt aufrichtig, es bedeutet gar nichts, verglichen mit deiner Liebe zu Jack und deiner Überzeugung, daß er ein ausgezeichnetes Mitglied des Unterhauses sein wird. Und wenn Fitz Odelia wegen Fanny sitzenließe, dann würde das, auch wenn ihr Ruf makellos wäre, einer der wenigen Fehler sein, der ihn seine Wahlchance kosten könnte.« Sie sah Emilys bestürzten Blick, fuhr aber trotzdem fort. »Ich glaube nicht einen Moment, du würdest oder könntest das einfädeln, aber erzähl mir nicht, daß du traurig wärst, wenn Fitz sich das selbst einbrockt.«

Emily schaute unbehaglich drein. »Natürlich würde ich es nicht arrangieren«, verteidigte sie sich, aber ihre Stimme klang nicht entrüstet. »Wenn ich es Fitz und Fanny wünsche, liegt das daran, daß ich weiß, wieviel wichtiger Liebe in einer Ehe ist als diese eine Gelegenheit, den Einstieg in die Politik zu schaffen. Wirklich, Charlotte, ich bin bei weitem nicht so ein schlimmer Ränkeschmied, wie du anscheinend glaubst.«

Charlotte lächelte sie an, nahm aber kein Wort zurück. Dann richtete sie den Blick nach vorn und widmete ihre ganze Aufmerksamkeit der Musik.

Der Morgen war klar und sonnig, und es ging ein frischer, kräftiger Wind. Charlotte war froh über ihren leichten Umhang, als sie am Südende der Rotten Row stand und wartete. Auf diesem langen, ungepflasterten Weg, der vom Royal Albert Memorial bis zur Hyde Park Corner unter Bäumen verlief, ritten elegante Damen – solche, die sich eines ausgezeichneten Rufs erfreuten, und solche, deren Ruf eher fragwürdig war – ihre Pferde, um ihr Können, ihre Ausstattung und ihre persönlichen Reize zur Schau zu stellen.

Während Charlotte wartete, ging eine kleine Gruppe an

ihr vorbei. Die Damen waren alle genau so gekleidet, wie es die Mode verlangte. Sie trugen taillierte Jacketts, manche davon mit Stehkragen, an den Kragen hübsche Anstecknadeln in der Form von Pferdeköpfen oder Steigbügeln. Eine der Damen hatte ein Jackett mit Revers an, und in ihrem blendend weißen Halstuch steckte eine silberne Nadel, die ein Jagdhorn darstellte. Natürlich trugen sie alle lange Reithandschuhe und hatten kurze Reitpeitschen mit verzierten Griffen. Ein Griff aus geschnitztem Horn stach Charlotte ins Auge. In dem polierten Silber eines anderen brach sich für einen Augenblick das Licht.

Dann wendeten die Reiterinnen und fielen in einen leichten Galopp, wobei sie an einer in entgegengesetzter Richtung reitenden Gruppe vorbeikamen. Die Dame an der Außenseite nahm Zügel und Peitsche in eine Hand, um einer Bekannten zur Begrüßung die andere zu reichen, was bei dieser Geschwindigkeit ein recht waghalsiges Unterfangen war. Eine andere Dame beugte sich nach vorn, um den Hals ihres Pferdes zu tätscheln, was eine weitere recht unnötige Gebärde war und einzig und allein das Können der Reiterin herausstreichen sollte.

Charlotte lächelte vor sich hin und ging ein paar Schritte auf und ab, um warm zu werden.

Als sie Fanny, die aus der Kensington Road kam, schließlich etwa zwanzig Meter entfernt erblickte, erkannte sie sie im ersten Moment nicht. Sie sah so anders aus als zuvor, alle Freude war von ihr gewichen, ihr Schritt war schwerfällig, die Lebhaftigkeit war aus ihrem Gesicht verschwunden. Was immer sie sich hatte zuschulden kommen lassen und aus welchen Gründen, Charlotte war von tiefem Mitleid für sie überwältigt.

Sie ging schnell – beinahe im Laufschritt – auf sie zu, nahm die Hand der jungen Frau und hielt sie fest.

»Ich weiß nicht, warum Sie gekommen sind«, sagte Fanny mit heiserer Stimme, und Charlotte wußte sofort, daß ihre Kehle vom vielen Weinen ganz trocken war. Sie selbst konnte sich an diesen Schmerz noch erinnern, als sie vor langer Zeit, bevor sie Pitt kannte, über andere Lieben geweint hatte, über Zurückweisungen, die sie damals kaum hatte verwinden können, auch wenn die dazugehörigen Gesichter heute aus ihrem Gedächtnis entschwunden waren.

»Ich möchte die Wahrheit wissen«, sagte sie einfach. »Vielleicht ist es noch nicht zu spät – und wenn doch, dann bin ich immer noch Ihre Freundin.«

Tränen rannen Fanny über die Wangen, als ob diese Freundlichkeit mehr sei, als sie ertragen könne. Gegen Kritik und Tadel hatte sie sich gewappnet, doch das traf sie ganz unvorbereitet.

Einige Sekunden lang rang sie um Fassung.

Charlotte zog ein völlig unzulängliches Taschentuch heraus und reichte es ihr, suchte dann nach einem zweiten und streckte ihr das, als sie es gefunden hatte, ebenfalls hin.

Fanny schneuzte sich und schniefte heftig. Es klang nicht sehr elegant.

»Lieben Sie Mr. Carswell?« fragte Charlotte.

Ein winziges Lächeln flog über Fannys Gesicht, Tränen stürzten ihr aus den Augen und rollten unbeachtet die Wangen herunter. Ihre Augen waren gerötet, und Flecken überzogen ihr Gesicht. Man konnte in ihr kaum noch das strahlend schöne Mädchen erkennen, das Charlotte zuerst gesehen hatte. Aber das war jetzt unerheblich.

»Ja«, sagte sie zögernd und dann mit einem erstickten Lachen: »Ja – ich liebe ihn.«

Charlotte war verwirrt, aber sie hatte sich zu weit eingelassen, um jetzt einen Rückzieher machen zu können.

»Ich hätte schwören können, daß Sie in Fitz verliebt sind.«

»Das bin ich auch.« Fanny schniefte. »Ich bin ...« Sie schluckte krampfhaft und griff wieder nach dem durchweichten Taschentuch.

Charlotte wollte behilflich sein und suchte in ihrem Handtäschchen nach einem weiteren Taschentuch, fand aber keines mehr. Sie war zutiefst berührt von Fannys Leid und riß sich diskret von ihrem weißen Unterrock einen Streifen ab, den sie ihr an Stelle eines Taschentuches reichte, auch wenn sie diese Verschwendung bedauerte.

»Putzen Sie sich die Nase«, befahl sie. »Und dann erklären Sie, was Sie meinen.« Sie kam sich vor wie Großtante Vespasia, aber jemand mußte ja die Situation in die Hand nehmen.

Fanny war zu erschöpft und unglücklich, um weiter zu kämpfen.

»Ich liebe sie beide – auf unterschiedliche Weise«, flüsterte sie tonlos und stockend.

»Das ist Unsinn«, sagte Charlotte energisch. »Es sei denn, Sie sind ausgesprochen dumm. Sie können sich nicht wirklich einbilden, daß Sie sich von einem Mann wie Addison Carswell aushalten lassen können, der damit seine Frau hintergeht, die sehr sympathisch ist und so eine Behandlung nicht verdient hat, und gleichzeitig sagen, daß Sie Fitz lieben.«

»Aber so ist es wirklich!« Fanny war so verzweifelt, als hätte ihre einzige Freundin ihr gedroht, sie im Stich zu lassen. Eine tiefe Röte stieg ihr ins Gesicht, als sie eine letzte schwere Entscheidung traf. »Nicht wie Sie glauben. Addison Carswell ist mein Vater.«

Einen Moment lang war Charlotte wie benommen. Dann gewann nach und nach ein völlig neues Bild Gestalt.

»Oh! Sie sind unehelich. Das tut mir schrecklich leid. Wie furchtbar bitter für Sie.«

»Nein, ich bin nicht unehelich. Das ist es ja.« Jetzt, da sie sich endlich dazu durchgerungen hatte, die Wahrheit zu sagen, wollte sie auch alles erzählen. »Papa war zuerst mit meiner Mutter verheiratet – das ist das Schreckliche daran.« Sie sah Charlotte mit ängstlichen Augen an.

»Dann ist Ihre Mutter tot?«

»Nein«, flüsterte sie kaum hörbar.

»Geschieden?« Charlotte war erstaunt. Scheidungen gab es nur ganz selten, und sie verursachten einen schrecklichen Skandal. Geschiedene Frauen wurden von der Gesellschaft gemieden, man behandelte sie wie Luft. Ein Mann ließ sich von seiner Frau nur aus ganz schwerwiegenden

Gründen scheiden, wenn zum Beispiel schamloser Ehebruch vorlag. War sie ihm einfach nur lästig, ignorierte er sie, nahm sich eine angenehmere Geliebte und hielt sich zu Hause nur noch auf, wenn es unbedingt nötig war. Er kam aber weiterhin für seine Frau und Kinder auf, so welche da waren, und bewahrte auf diese Weise seine gesellschaftliche Stellung. Solche Vereinbarungen wurden sehr diskret gehandhabt und stießen allgemein auf volles Verständnis. Eine Frau ließ sich nur dann von ihrem Mann scheiden, wenn er sie verließ oder sie über jedes vernünftige Maß hinaus schlug. Eine kleine verdiente Bestrafung nahm man in Kauf. Und natürlich war Ehebruch, wenn er vom Mann begangen wurde, kein Grund, sich scheiden zu lassen.

»Nein.« Fannys Stimme war kaum mehr als ein Flüstern.

»Dann – ich verstehe nicht.« Charlotte war vollkommen verwirrt.

»Das ist es doch gerade«, meinte Fanny verzweifelt. »Es gab nie eine Scheidung. Meine Mutter und mein Vater sind immer noch verheiratet.«

»Aber – aber was ist mit Mrs. Carswell? Ich meine – mit Regina ...« Plötzlich begriff Charlotte die schreckliche Wahrheit. »Oh! Sie meinen – Sie meinen, sie ist überhaupt nicht verheiratet? Weiß sie –?«

»Nein – nein, sie weiß es nicht«, sagte Fanny schnell. »Darum konnte ich doch gestern abend nicht die Wahrheit sagen. Darum kann es keiner von uns. Sie leben in Bigamie. Ihre Töchter und ihr Sohn – sind Bastarde.«

»Du lieber Himmel!« Charlotte war entsetzt. »Oh, Sie Arme!«

»Ich kann ihn nicht verraten«, sagte Fanny voller Qual. »Es würde ihn ruinieren und schlimmer noch, es würde auch die ganze Familie ruinieren. Haben Sie gestern abend Mabel mit dem jungen Mann gesehen? Welche Chance hätte sie, ihn zu heiraten – oder einen anderen –, wenn die Leute das wüßten?«

»Keine«, gab Charlotte zu. »Aber was ist mit Ihnen?« Sie wünschte sofort, sie hätte das nicht gesagt. Fanny wußte nur zu gut, wie ihre Zukunft jetzt aussah. »Es tut mir leid«, sagte Charlotte schnell.

»Ich weiß.« Fannys Hand schloß sich noch fester um Charlottes. »Glauben Sie mir, ich habe seit gestern nacht über all das nachgedacht. Ich hätte mir vermutlich darüber im klaren sein müssen, daß es irgendwann herauskommen würde. Ich habe einfach gedacht, es wäre alles ganz geheim. Papa war so vorsichtig. Er besuchte mich nur heimlich. Ich weiß nicht, wer es herausgefunden hat oder wie. Aber vielleicht mußte das eines Tages passieren.«

»Und Ihr Bruder? Gestern abend schien es, als sei er nicht eingeweiht.«

»Er weiß es auch nicht. Er ist jünger als ich und hat keine Erinnerung an Papa. Hilliard ist der Mädchenname meiner Mutter. Sie nahm ihn wieder an – nachdem sie sich getrennt hatten. Sie hat James nie die Wahrheit erzählt, und ich sah keinen Grund dazu. Ich habe ihm auch nicht gesagt, daß ich Papa in den letzten zwei Jahren wieder gesehen habe. Als Mama krank wurde – sehr krank, nicht nur körperlich, sondern auch geistig –, brauchten wir Hilfe. Ich suchte Papa auf und erzählte ihm von unserer Lage. Er war voller Anteilnahme und fühlte sich vielleicht auch ein wenig schuldig.« Sie zuckte zusammen. »Und er half uns sofort. Er ließ Mama eine monatliche Summe zukommen und sorgte dafür, daß James in London eine gute Stellung bekam. Natürlich weiß James davon nichts.« Sie lächelte schwach. »Papa mochte mich immer so gerne, es war immer so schön, mit ihm zusammenzusein. Ich war mir seiner Zuneigung immer so sicher und bin es heute noch.«

»Aber Sie haben es Ihrem Bruder nicht erzählt?«

»Nein – und das werde ich auch jetzt nicht tun. Er – er könnte Papa vielleicht verraten, um mich zu schützen, und das möchte ich auf gar keinen Fall.«

»Das ist sehr edel von Ihnen«, sagte Charlotte voller Bewunderung.

Fanny lächelte matt. »Es ist ganz normal. Ich liebe Papa und könnte es nicht ertragen, wenn ich seine jetzige Familie zerstören und ins Unglück stürzen würde. Und wenn ich es täte, wer würde mich dafür bewundern? Die Leute würden es vielleicht gerecht finden – aber Gerechtigkeit ist nicht das, was ich will. Ich will Fitz, und den kann ich nicht haben. Er würde mich nicht lieben, und ich kann ihm die Wahrheit nicht sagen.« Ihre Augen füllten sich plötzlich wieder mit Tränen, und sie wandte sich einen Moment ab, um ihre Selbstbeherrschung wiederzugewinnen.

Dieses Mal ließ Charlotte ihr die Würde des Schweigens, dann legte sie liebevoll ihre Hand auf Fannys Arm.

»Ich würde mich sehr freuen, wenn Sie mir erlauben würden, Ihre Freundin zu sein«, sagte sie ernsthaft.

Fanny ergriff auch Charlottes andere Hand und drückte sie fest.

»Bitte«, wisperte sie heiser.

In seinem Büro in der Bow Street wanderte Micah Drummond auf und ab, von der geschlossenen Tür zum Fenster, das auf die heiße Straße mit ihrem emsigen Treiben hinausging, und wieder zurück, von der Tür zum Fenster und zurück. Er war zu unruhig, um sich hinzusetzen. Der Fall Osmar machte ihn wütend. Seine gedrückte und jammervolle Stimmung verdoppelte seinen Zorn darüber, daß dieser elende Mann an seine alten Freundschaften mit Staatsministern appellierte, um die Gerichte der Lächerlichkeit preiszugeben und die Ehrlichkeit der Polizei in Frage zu stellen. Drummond zweifelte nicht daran, daß auch das unter dem Einfluß des Inneren Kreises geschah. Denn Osmar selbst war völlig ohne Bedeutung. Drummonds Schuldgefühl, daß er diesem Bund angehörte, wurde dadurch noch gesteigert und ließ seine Angst vor dessen Macht und Absichten noch größer werden.

Er befand sich auf halbem Weg zum Fenster, als es plötzlich heftig an die Tür klopfte. Er wirbelte herum, als ob man ihn bei einer unerlaubten Handlung ertappt hätte.

»Ja?«

Die Tür ging auf, und Urban trat herein. Er machte eine zufriedene Miene, doch hinter seinem Lächeln war noch ein letzter Rest von Verärgerung zu erkennen.

»Was gibt's?« fragte Drummond ziemlich kurz angebunden.

Urban ignorierte den schroffen Ton, er war ganz erfüllt von seinen eigenen Neuigkeiten.

»Wir haben gewonnen«, sagte er nur.

Drummond hatte nicht die leiseste Ahnung, wovon er sprach. »Was haben wir gewonnen?« erwiderte er gereizt.

Damit hatte er Urban den Wind aus den Segeln genommen, die Siegesfreude schwand aus seinem Gesicht.

»Den Fall Osmar.«

»Das kann nicht sein.« Drummond war noch immer verwirrt. »Er ist bereits abgewiesen worden!«

»Nicht unsere Strafanzeige«, berichtigte ihn Urban geduldig, aber in enttäuschtem Ton. »Die Klage gegen die Zeitungen, weil sie uns wegen Latimers Vernehmung von Beulah Giles verleumdet haben.«

»Oh!« Plötzlich fiel es Drummond wieder ein. Er hätte sich eigentlich gleich erinnern müssen, die Sache war zweifellos ernst genug. Er sah Urban jetzt direkt an und versuchte sein Versäumnis wiedergutzumachen, indem er sich zu einem erfreuten Gesichtsausdruck zwang. »Gott sei Dank! Ich dachte, die Sache käme erst in einigen Monaten zur Verhandlung?«

»Das habe ich auch befürchtet«, pflichtete ihm Urban zufrieden bei. »Sie haben es außergerichtlich beigelegt und uns Schadenersatz geleistet – und die Anklage wegen Brutalität zurückgezogen.«

»Was waren es dann für Bedenken, die ich auf Ihrem Gesicht gesehen habe, als Sie hereinkamen?« fragte Drummond. »Ist die Schadenersatzsumme zu gering?«

»Nein – sie ist beträchtlich, und so sollte es auch sein. Es war ja eine verdammt haarsträubende Verleumdung, sie haben uns falsch zitiert und sich selbst auch«, erwiderte Urban hitzig. »Es war ein hysterischer und völlig unverantwortlicher Zeitungsartikel, und die anderen Zeitungen, die ihn übernommen haben, haben sich nicht einmal die Mühe gemacht, den Sachverhalt zu überprüfen.«

Drummond hörte ihm aufmerksam zu.

Urban lächelte vor sich hin. »Osmar, dieser Hund, kann immer noch ungehindert herumstolzieren und behauptet, er wäre unschuldig und hätte eine weiße Weste.« Er schob die Hände in die Hosentaschen. »Das macht insofern nichts, als er wohl kaum ein richtiger Krimineller ist, nur ein alter Esel, der in öffentlichen Parks herumhurt.« Urbans Gesicht verdüsterte sich, und seine Stimme bekam einen etwas ernsteren Ton. »Aber er ist auch ein Mann, der seinen persönlichen Einfluß und die Verpflichtungen eines ehemaligen Amtes ausnützt, um sich den Konsequenzen für eine Straftat zu entziehen, für die er von anderen Rechenschaft verlangt, wenn sie erwischt werden. Er nützt sein Privileg aus, um das Gesetz nach Belieben zu umgehen – und das ist mit das schwerste Verbrechen gegen die Gesellschaft, finde ich. In gewisser Weise sogar schlimmer als Mord.« Mit diesen leidenschaftlichen Worten drehte er sich auf dem Absatz um und ging hinaus, wobei er die Türe leise hinter sich schloß. Drummond war so tief erschüttert, daß er in der Mitte des sonnendurchfluteten Zimmers stand und fror. Die Geräusche von der Straße unten drangen nur wie entferntes Insektenbrummen an sein Ohr, während es in seinem Kopf dröhnte.

Um fünf Uhr hatte Drummond seinen Entschluß gefaßt, und um halb zehn saß er in seiner Droschke auf dem Weg nach Belgravia. Er stieg in Belgrave Square aus und klingelte bei der Nummer 21. Der Diener ließ ihn ohne Fragen sofort herein, teilte ihm jedoch mit, daß Lord Byam noch nicht zu Hause sei, aber erwartet werde.

»Ich werde warten«, sagte Drummond, ohne zu zögern.

»Möchten Sie, daß ich Lady Byam von Ihrem Besuch unterrichte, Sir?« fragte der Diener, während er ihn nicht in das Empfangszimmer, sondern direkt in die Bibliothek führte.

»Das wäre sehr freundlich, aber ich möchte eigentlich mit Lord Byam sprechen«, antwortete Drummond und ging an dem Mann vorbei in den stillen Raum, der von den letzten Strahlen der Abendsonne erleuchtet wurde, die durch die Blätter vor dem Fenster hereinfielen und ein Muster auf Wände und Boden zeichneten.

»Sehr wohl, Sir«, erwiderte der Diener ausdruckslos. »Darf ich Ihnen eine Erfrischung bringen? Einen Whiskey vielleicht oder Brandy mit Soda, Sir?«

»Nein, vielen Dank.« Drummond fühlte sich nicht wohl bei dem Gedanken, die Gastfreundschaft eines Mannes anzunehmen, von dem er einige Erklärungen für seine Schwierigkeiten und die daraus folgenden Sorgen fordern wollte.

»Sehr wohl, Sir.« Der Diener zog sich zurück und schloß die Tür hinter sich.

Drummond war zu nervös, um sich hinzusetzen. Immer wieder hatte er sich überlegt, was er genau sagen wollte, aber er war noch nicht zufrieden mit seiner Wortwahl. Mal schien sie ihm zu rücksichtsvoll, nicht direkt genug und im nächsten Augenblick wieder zu scharf, als ob seine eigenen Ängste und Zweifel zum Ausdruck kämen.

Diese Gedanken beschäftigten ihn immer noch, und er war zusehends von Zweifeln gequält, als sich fünf Minuten später beinahe geräuschlos die Türe öffnete und Eleanor hereinkam. Sie war in ein sanftes Blaugrau gekleidet, das genau die Farbe ihrer Augen widerspiegelte. Das Kleid war tief ausgeschnitten, und der Spitzeneinsatz hatte einen etwas helleren Farbton. Zwei lange Perlenschnüre hingen ihr beinahe bis zur Taille herab. Im ersten Moment konnte er nur daran denken, wie schön sie war. Sie stand in der Türöffnung, ihr Gesicht ein wenig gerötet, eine Hand lag noch auf dem Türknauf. Sie wirkte lebendig, elegant und anmutig und verkörperte alles, was ein Mann an einer Frau liebte, alles, was liebevoll und stark und gleichzeitig verletzbar und zart war.

Dann fiel ihm auf, daß es ein Kleid für einen offiziellen Anlaß war, und er befürchtete schon, daß sie sich gerade für eine Abendeinladung zurechtmachte oder Gäste erwartete. Das würde bedeuten, daß Byam, wenn er käme, in Eile wäre und keine Zeit für ein längeres Gespräch hätte, ganz gleich, wie dringlich die Angelegenheit für Drummond auch sein mochte. Eleanor war wahrscheinlich gekommen, um ihm das mitzuteilen und ihm vorzuschlagen, er solle am nächsten Tag wiederkommen.

»Mr. Drummond«, sagte sie eindringlich und schloß die Tür hinter sich. »Sholto wird frühestens in einer halben Stunde hier sein. Kann ich mit Ihnen sprechen?« Sie war sichtlich aufgeregt und beunruhigt. Die Anspannung hatte ihrem Gesicht Farbe verliehen, und ihre Augen sahen ihn mit einer Intensität an, die ihn völlig verwirrte.

»Natürlich.«

Sie trat auf ihn zu, bis sie beide in der Mitte des Raumes standen, doch auch sie schien unfähig, sich zu setzen.

»Hat sich ...«, fing sie an und brach dann ab. Sie sah ihn direkt an. »Hat sich etwas Neues in dem Fall ergeben? Sind Sie deswegen gekommen?«

Einen kurzen Moment lang dachte Drummond, gleich würde sie ihn fragen, ob er gekommen sei, um Byam festzunehmen. War ihr der Gedanke gekommen, daß Byam schuldig sein könnte? Oder war es einfach Angst und das fehlende Vertrauen, daß Gerechtigkeit walten würde?

»Nein, nichts Entscheidendes«, antwortete er. »Und – nichts in Zusammenhang mit Lord Byam.«

»Mr. Drummond ...« Sie atmete tief ein. Ihre Perlen leuchteten, als sich ihre Brust hob und senkte. »Mr. Drummond, sagen Sie mir die Wahrheit oder versuchen Sie, mich vor einem Schmerz zu bewahren, den ich letztendlich doch werde ertragen müssen?«

»Ich sage Ihnen die Wahrheit«, sagte er fest. »Ich bin gekommen, weil ich mehr erfahren muß, nicht weil ich schon alles weiß.«

Einen Moment lang sah es so aus, als wolle sie ihn weiter bedrängen, dann besann sie sich jedoch eines Besseren, ging zum Kaminsims hinüber und wandte ihm den Rücken zu. Im Kamin brannte kein Feuer, dafür war der Abend zu warm, doch Eleanor stand so davor, als ob darin ein wärmendes Feuer brennen würde.

»Sie sind im richtigen Augenblick gekommen«, sagte sie sehr leise und sah auf die Messingfeuerzange mit ihren zierlichen Griffen herunter. »Es gibt etwas, das ich – das ich Ihnen sagen muß.«

Er wartete. Er sehnte sich danach, ihr zu helfen, aber es gab nichts, was er hätte tun können, auch wenn es der Anstand erlaubt hätte.

Sie rührte sich nicht und blickte immer noch auf die Zange herab.

»Ich habe erfahren, um was es in dem Streit ging, den ich mitgehört habe«, fuhr sie schließlich fort. Ihr Gesicht drückte Niedergeschlagenheit und Angst aus. »Ich habe es durch Zufall herausgefunden – bei einem Abendessen – von einem jungen Mann namens Valerius. In seinem Amt, das er im Finanzministerium bekleidet, hat Sholto mit Auslandsanleihen bestimmter Länder im britischen Imperium zu tun. Er hat die Befugnis, sie zu genehmigen oder abzulehnen. Er hat sich immer sehr dafür eingesetzt, jede nur mögliche Unterstützung zu gewähren. In einem Fall, es ging wohl um Afrika, hat er nun plötzlich und unerklärlicherweise entgegen seinen jahrelangen politischen Grundsätzen entschieden ...« Sie verstummte und sah mit dunklen und sorgenvollen Augen zu Drummond auf.

Leidenschaftliche Gefühle tobten in ihm und Zorn über seine Unfähigkeit, ihr beizustehen. Ihn behinderte sein Unvermögen, die gesellschaftlichen Konventionen, seine eigene Schüchternheit und seine Unsicherheit. Er liebte Eleanor, das mußte er sich eingestehen. Es wäre lächerlich, dieser Tatsache nicht ins Gesicht zu sehen. Aber ihr seine Liebe zu gestehen oder sie ihr wortlos zu verstehen zu geben, wäre für ihn unverzeihlich. Sie war so ungeheuer verletzlich. Das Leben ihres Mannes war in Gefahr, und sie war zu dem einzigen Menschen gegangen, der ihn vielleicht retten konnte. Sie hatte sich voller Vertrauen an ihn gewandt. Dieses Vertrauen wegen seiner Leidenschaft für sie zu mißbrauchen, wäre verabscheuungswürdig und ein äußerst niedriger und gemeiner Akt. Schon allein bei dem Gedanken daran wurde ihm glühend heiß.

Er empfand einen unbändigen Zorn auf Byam, weil dieser die Ursache ihrer Angst und ihres Kummers war, weil er ihr nichts erklärte und weil er darüber hinaus zu Drummond gekommen war und ihn in diese unerquickliche Situation gebracht hatte, die so viel Verwirrung und Qual verursachte.

Gleichzeitig lastete auf ihm eine schwere Schuld, denn er war von einem Bruder gebeten worden, ihm in einer verzweifelten Notlage zu helfen – und er hatte versagt. Statt dessen hatte er sich in die Frau dieses Mannes verliebt.

Er empfand auch Angst, eine erbärmliche und schreckliche Angst. Was wäre, wenn sich Byams Schuld erweisen würde? Wenn Byam, vom Inneren Kreis unter Druck gesetzt, versuchen würde, Drummond zu zwingen, diese Schuld zu verschweigen? Denn wenn er so skrupellos war, wie Pitt offenbar glaubte, wäre das nicht undenkbar. Wie sollte er Eleanor gegenübertreten? Er würde nicht schweigen können – wie sollte er ihr das erklären? Es würde eingebildet, egoistisch und feige klingen. Sie würde ihn verachten und ihn damit zutiefst treffen. Aber was konnte er sonst tun? Sollte er einen Mord decken und womöglich zulassen, daß ein Unschuldiger dafür gehängt würde oder daß zumindest der gute Ruf und die Laufbahn eines Unschuldigen zerstört würden, wenn man ihm nichts nachweisen konnte?

Pitt würde ihn dafür verachten. Er würde es erfahren. Letztendlich blieb Pitt nichts verborgen. Auch das würde ihn treffen, auf seine Weise, wahrscheinlich genauso heftig wie Eleanors Abwendung. Vielleicht würde sie ihn verabscheuen, aber zumindest würde sie begreifen, daß er sich höheren Werten verpflichtet fühlte. Während er sich Pitts Verachtung gewiß sein konnte, wenn er so tief sank, daß er sich selbst untreu wurde.

Wie würde der Innere Kreis ihn bestrafen? Denn daß sie ihn bestrafen würden, daran gab es keinen Zweifel.

Wie hatte er nur so verführbar, so naiv und so unglaublich dumm und blind sein können? Weil er sich geschmeichelt gefühlt hatte, weil er nur das gesehen hatte, was er sehen wollte, ohne gründlicher darüber nachzudenken oder hinter die Fassade zu blicken. Zu seiner Wut kam nun noch Ekel vor sich selbst.

Er mußte sich konzentrieren.

Eleanor sah ihn aus hellen, grauen Augen an und wartete auf eine vernünftige, klare Antwort. Was sollte er sagen? Er durfte sich nicht länger in Gefühlen verlieren und mußte versuchen, seine Gedanken zu sammeln.

»Sind Sie überzeugt, daß es keinen nachvollziehbaren, politischen Grund für so eine Ablehnung gibt?« fragte er, um Zeit zu gewinnen. Er wollte seine Gedanken ordnen und Gefühle von vernünftigen Überlegungen trennen.

»Ja, ich bin mir ganz sicher«, sagte sie unglücklich. »Genau darüber hat er mit Sir John gestritten. Einen politischen Grund hätte er Sir John genannt, und auch wenn Sir John enttäuscht gewesen wäre, hätte er ihn dennoch wohl akzeptiert. Sie hätten sich sonst nicht im bösen getrennt. Dazu sind sie schon zu lange Freunde und politische Verbündete.«

Er konnte ihr nur einen einzigen anderen Grund nennen, und der kam nicht in Frage.

»Und Sie sind überzeugt, daß er keine persönlichen, vielleicht finanziellen Beweggründe für seine Entscheidung hat.« Womöglich glaubte sie jetzt, er hielt Byam für bestechlich. Er sprach schnell weiter. »Das sage ich nur, um es auszuschließen. Könnte es nicht sein, daß Sir John so einen ähnlichen Verdacht hegte?«

»Nein.« Sie runzelte die Stirn. »Das kann ich mir nicht vorstellen.« In ihrer Stimme schwang einen kurzen Moment lang ein wenig Hoffnung. So unangenehm der Gedanke auch war, er war immer noch besser als der andere, der ihr wie ein Stein auf der Seele lag. Dann schwand die Unbeschwertheit wieder. »Nein, Sholto hat nie aus persönlichen Interessen seine politische Unparteilichkeit gefährdet. Im günstigsten Fall wäre es eben nicht ganz ehrlich gewesen, doch im schlimmsten Fall hätte ihn das rasch in eine unhaltbare Lage gebracht.« Sie wandte den Blick zum Fenster, schaute auf die Blätter im Gegenlicht. »Sein Privatvermögen stammt aus den Ländereien seiner Familie in

Huntingdonshire und aus großen Besitztümern in Wales und Irland. Er hatte nie mit Bankgeschäften oder Handel zu tun und ganz bestimmt nicht mit Import und Export.«

»Ich verstehe.«

Sie senkte die Augen, und Anspannung trat wieder in ihr Gesicht, als erwarte sie einen Schlag – den sie sich vielleicht selbst versetzte, aber nur, um dem Schicksal zuvorzukommen.

»Nein, Mr. Drummond, ich finde keine einfache, ehrenhafte Antwort darauf, und glauben Sie mir, ich habe mir den Kopf darüber zerbrochen. Doch abgesehen von allen Erklärungen, die der Verstand sucht – das Schlimmste ist, daß Sholto sich so verändert hat.« Sie sah unvermittelt hoch und blickte ihn so eindringlich und sichtlich bewegt an, daß er das Gefühl hatte, sie habe ihn berührt. »Er hat genausoviel Angst wie ich. Der einzige Unterschied ist, daß er weiß, wovor er Angst hat, während ich von bösen Ahnungen verfolgt werde.«

Er mußte weiterfragen, wenn Ehrlichkeit zwischen ihnen bestehen sollte, und Ehrlichkeit bedeutete ihm ungeheuer viel, wenn es um Eleanor ging. Es war die einzig erlaubte Form von Nähe.

Er preßte die Worte heraus.

»Was haben Sie für böse Ahnungen?«

Ihre Stimme klang gequält. »Daß ein anderer den Brief und Weems' Aufzeichnungen über Sholtos Zahlungen an ihn hat, ihn erpreßt, so wie Weems vorher. Und das muß doch der Mörder sein?«

Er konnte es nicht widerlegen. »Ich wüßte nicht, wer sonst.«

Sie wandte den Blick ab. »Warum sagt Sholto mir nichts? Das verstehe ich nicht. Ich weiß alles über Laura Anstiss, er hat nichts zu verbergen. Es war vielleicht eine Dummheit und jugendlicher Leichtsinn, aber wenn er mir jetzt erzählen würde, daß er immer noch erpreßt wird, was hätte er zu verlieren? Ich habe ihm die Geschichte nie vorgeworfen.« Sie fuhr mit dem Fuß nervös über die Kamineinfassung, als ob die Bewegung sie beruhigen würde.»Ich habe mir überlegt, ob er Lord Anstiss irgendwie immer noch schützt. Freundschaft kann so stark verpflichten – und so eng verbinden –, und er hat immer noch Schuldgefühle ...« Sie sah Drummond an und runzelte die Stirn. »Aber ich verstehe nicht wieso. Verstehen Sie das? Wenn er Ihnen erzählen würde, daß ihn jetzt ein anderer erpreßt, würde Ihnen das doch bei Ihren Ermittlungen weiterhelfen, oder nicht? Dann wüßte man zumindest Bescheid – und inwiefern sollte das Frederick verletzen? Er weiß doch schon mehr über Lauras Tod als wir. Er sah sie ja jeden Tag und wußte, daß sie von Sholto wie besessen war – zeitweise völlig entrückt –, wie immer Sie das nennen wollen.«

»Ich weiß es nicht«, bekannte er. »Ich verstehe es nicht. Aber manchmal zwingt uns ein altes, noch so unsinniges Schuldgefühl, einen Menschen zu schützen ...« Er verstummte. Wozu das alles aussprechen? Sie wußte es, und es nützte ihr wenig. Es war ihr keine Hilfe in ihrer Angst.

»Glauben Sie, er weiß, wer es ist?« Drummond stellte die Frage, vor der sie beide zurückschraken.

Sie zuckte zusammen, wandte aber den Blick nicht ab.

»Ich nehme es an. Und es gibt nur einen Grund, warum er es Ihnen nicht sagen will.« Ihre Stimme wurde noch leiser. »Weil er den Mann selbst stellen will. Und davor habe ich Angst, Mr. Drummond. Daß einer der beiden das nicht überleben wird.«

Alle Gedanken an Anstand und Moral waren verflogen, er dachte nur noch an Eleanors Angst, ergriff ihre Hände und hielt sie fest.

»Meine Liebe. So etwas dürfen Sie nicht denken. Das ist Unsinn. Wenn Lord Byam weiß, wer es ist, wird er es mir sagen, und wir werden den Mann unauffällig und ohne Aufhebens festnehmen. Er wird vor seinem Prozeß keinerlei Möglichkeit haben, mit jemandem zu sprechen. Und bis dahin werden wir einen Weg gefunden haben, ihm klarzumachen, daß es in seinem eigenen Interesse liegt zu schweigen.«

»Meinen Sie?« flüsterte sie.

»Natürlich.« Er hielt liebevoll ihre Hände. »Darum hat

Lord Byam mich ja am Anfang gerufen«, fuhr er fort. »Er wird doch jetzt nicht so unvernünftig sein und Gewalt anwenden. Er hat Weems nie etwas getan – er hat den elenden Kerl bezahlt. Jetzt, wo wir von Laura Anstiss' Tod wissen und den Mord an Weems aufklären müssen, hat er sogar noch weniger Gründe, dem Mann persönlich gegenüberzutreten. Wenn er Gewalt anwenden wollte, glauben Sie mir, dann hätte er es schon längst getan, nicht erst jetzt.«

Ihr Blick blieb hoffnungslos, ja sie wirkte sogar noch unglücklicher und verängstigter.

»Eleanor!« Es war ihm nicht bewußt, daß er sie mit ihrem Vornamen ansprach. »Eleanor …« Er wollte gerade fragen, was sie so schrecklich quälte, als sich ihm die Antwort nur allzu deutlich aufdrängte. Sie hatte sich die Möglichkeit eingestanden, daß Byam Weems ermordet haben könnte und er jetzt nicht mehr wegen einer vergleichsweise relativ geringen Angelegenheit wie dem Tod von Laura Anstiss und seinem schuldhaften Mitwirken daran erpreßt wurde. Von dieser Erpressung konnte er Drummond nicht berichten und ihn um seine Hilfe bitten. Jemand hatte ihn gesehen, es gab Mitwisser. Oder vielleicht hatte Weems noch andere Vorsichtsmaßnahmen getroffen, zusätzlich zu denen, die er Byam gegenüber erwähnt hatte, und sein Beschützer übte jetzt Rache.

»Das ist doch möglich – oder?« flüsterte sie mit bleichem Gesicht. Dann senkte sie die Augen, entzog ihm ihre Hände und krampfte sie zusammen. »Gott möge mir verzeihen, daß ich diesen Gedanken überhaupt zulasse.«

Er suchte nach Klarheit, nach etwas, an dem er sich festhalten konnte und das ihn davor bewahrte, Eleanor einfach in seine Arme zu schließen und festzuhalten, denn damit würde er ihr Vertrauen und Unglück mißbrauchen. Er bezwang sein Verlangen und trat einen Schritt zurück. Dann sah er ihren trostlosen Gesichtsausdruck.

»Sie halten mich für treulos«, sagte sie mit hoffnungsloser Stimme. »Ich kann es Ihnen nicht verübeln.«

»Nein. Meine Liebe – ich …« Er stockte, weil er nicht wußte, wie er sich erklären sollte, ohne ihr die gänzlich unmögliche Wahrheit zu gestehen. Er starrte sie hilflos an.

Sie richtete die großen Augen voller Verwunderung auf ihn.

Er errötete tief, weil er wußte, daß er sich verraten hatte. Er fand keine Worte, keine Entschuldigung. Er konnte ihr nur versichern, daß er die Situation nicht ausnutzen würde. Aber wie sollte er ihr das sagen, ohne unglaubwürdig zu wirken und ohne ihre Achtung zu verlieren?

Er sah sie mit hochrotem Gesicht an.

Sie lächelte.

Zärtlich ergriff sie seine Hand, ihre Finger waren warm. Sie hielt sie einen Moment lang fest, dann ließ sie sie los.

Er fühlte sich ihr unglaublich nah, so als ob sie ihn geküßt hätte, doch es war viel sanfter, kein kurzer, leidenschaftlicher Augenblick, sondern ein beständigeres Gefühl, ohne jede Hast und auch ohne Mitleid. Er sah in ihre Augen und fand darin keine Angst, nichts außer grenzenlosem Bedauern, aber keinen Vorwurf, er mußte es sich aus dem Kopf schlagen.

»Es – es gibt noch andere Gründe«, begann er zögernd. »Andere Dinge, an die wir denken müssen …« Er versuchte mühsam seine Gedanken zusammenzuhalten. »Wenn er Weems getötet hat, warum hat er dann nicht auch den Brief mitgenommen – und die Aufzeichnungen? Falls er sie nicht finden konnte, hätte er uns das sicher nicht erzählt, sondern sich einfach darauf verlassen, daß auch wir sie nicht finden würden. Er wußte doch schließlich, daß sie da waren, und wollte sie finden. Wir wußten ja gar nichts von ihrer Existenz.«

»Vielleicht hat er sie ja mitgenommen.« Notgedrungen übernahm sie die Rolle des Advocatus Diaboli. »Aber er hat von dieser anderen Person nichts gewußt, wenn es sie denn gibt, also von der Person, der Weems die Kopie gegeben hat.«

»Das ergibt doch auch keinen Sinn«, antwortete er innerlich überzeugt. »Wenn er glaubte, er habe alle Beweise in der Hand, die auf ihn hindeuteten, dann hätte er mich nicht gerufen. Wir hätten ihn nie mit Weems in Verbindung gebracht, warum sollten wir auch? Und was hätte es dieser anderen, unbekannten Person genützt, Beweise zu haben, wenn niemand davon wußte? Ich kann mir nicht vorstellen, daß Weems ein Mann war, der seinen Tod gerächt wissen wollte, aber er hat ganz bestimmt gewisse Vorsichtsmaßnahmen getroffen, um sein Leben zu schützen. Doch das erfüllte nur so lange seinen Zweck, wie jeder, der ihm gefährlich werden konnte, von diesen Schutzmaßnahmen wußte und auch die Gewißheit hatte, daß sie angewendet würden, wenn Weems' Leben Gefahr drohte.«

»Vielleicht glaubte er ja nicht, daß Sholto ihm gefährlich werden könnte.«

»Warum soll er sonst eine Abschrift seiner Unterlagen einem Freund gegeben haben? Und warum behielt er dann eine für sich – denn daß er das getan hat, wissen wir, weil Lord Byam uns das erzählt hat.«

»Aber wenn Sie sie doch nicht gefunden haben, wo sind sie dann? fragte Eleanor.

Drummond war verwirrt. »Ich weiß es nicht. Ich kann nur vermuten, daß der Mörder sie mitgenommen hat. Aber warum er dann nicht auch die andere Liste mitgenommen hat, verstehe ich nicht.«

»Welche andere Liste?« fragte sie mit gerunzelter Stirn.

Ihm war ein Fehler unterlaufen, den er nicht wieder rückgängig machen konnte. Allerdings war er sich auch nicht sicher, ob er das überhaupt wollte. Es mißbehagte ihm sehr, so viel vor ihr zu verbergen.

»Oh – davon wissen Sie natürlich nichts. Wir haben eine Liste mit den Namen von Leuten aus besseren Einkommensverhältnissen, die große Summen von ihm geliehen haben sollen. Sie leugnen es aber alle.«

Sie riß die Augen auf. »Wurden sie auch erpreßt?«

»Offensichtlich.«

»Und – und werden sie immer noch erpreßt?« Die Angst in ihrer Stimme war unüberhörbar, und er verstand sie augenblicklich.

Er konnte ihr nicht antworten.

»Nein…« Sie atmete aus. »Sie brauchen es mir nicht zu sagen, ich lese es aus Ihrem Gesicht. Sholto ist der einzige.«

Sie schwiegen beide. Keiner von ihnen mußte aussprechen, welcher Schluß daraus folgte. Die einzige Antwort auf all die quälenden Fragen, die ihnen durch den Kopf jagten, war, daß Byam Weems ermordet hatte und dabei von jemandem gesehen worden war, der ihn jetzt erpreßte, doch nicht mit dem Tod von Laura Anstiss, sondern mit dem Mord an Weems. Und wenn nur Byam wußte, wer es war, könnte er durchaus auch ihn ermorden. Warum nicht, er hatte nichts zu verlieren und wäre dann frei. Das erklärte alles – es war die einzig mögliche Lösung.

Sie standen sich immer noch gegenüber und starrten sich an, als sie hörten, wie die Haustür geöffnet wurde und der Diener Lord Byam begrüßte.

Eleanor schloß die Augen, als wäre sie vom Schlag getroffen, dann wandte sie sich von Drummond ab und ging zur Tür. Sie warf ihm noch einen kurzen Blick zu, dann öffnete sie die Tür und ging in die Eingangshalle hinaus. Die Tür ließ sie angelehnt. Drummond konnte ihre Worte deutlich verstehen.

»Guten Abend, Sholto.«

»Guten Abend, meine Liebe.« Der Klang von Byams Stimme rief Drummond dessen Gegenwart schmerzhafter ins Bewußtsein, als er es für möglich gehalten hätte. Sie hatten über ihn gesprochen und darüber die reale Existenz seiner Person und die Tatsache, daß er Verstand und Intelligenz besaß und einen eigenen Willen hatte, völlig vergessen. Der Klang seiner Stimme ließ ihn plötzlich wieder so wirklich, so lebendig werden, daß es auf ihn so ernüchternd wie eine kalte Dusche wirkte.

»Mr. Drummond ist da und möchte dich sprechen«, sagte Eleanor. Diese Worte hätte vielleicht jeder in dieser Situation gesagt, doch sie klangen gleichzeitig wie eine Art Warnung, bevor Byam etwas anderes sagen, von seinem Tag berichten oder von seinen Ängsten oder Befürchtungen sprechen konnte.

»Micah Drummond?« Er wirkte überrascht. »Hat er gesagt, warum?«

»Nein ...«

»Du zögerst.«

»Tue ich das? Vielleicht weil ich fürchte, es bedeutet nichts Gutes. Wenn er jemanden verhaftet hätte, hätte er mir das doch sicher gesagt.«

»Dann gehe ich jetzt besser zu ihm.« War seine Stimme so gereizt, oder empfand Drummond das nur so? Lag Angst darin, oder war er einfach nur verärgert darüber, daß jemand, den er kaum kannte, ihn zu einer so ungelegenen Zeit aufsuchte? »Wo ist er denn?«

»In der Bibliothek.«

Drummond konnte Byams Antwort nicht verstehen. Gleich darauf hörte er dessen energische Schritte auf dem Steinfußboden, die Tür ging auf, und er kam herein.

»Ich höre, Sie wollen mich sprechen?« Er schloß die Tür hinter sich. Er bot Drummond keine Erfrischung an und sparte sich auch die üblichen Höflichkeiten. Entweder nahm er an, daß Eleanor das schon getan hatte, oder er hielt es einfach für unwichtig.

Drummond sah ihn an. Er war blaß, und unter seinen Augen lagen die dunklen Schatten schlafloser Nächte. Wie immer war er tadellos gekleidet, aber er wirkte etwas abwesend, und die Angespanntheit, von der Eleanor gesprochen hatte, war nur allzu deutlich. Seine Bewegungen waren fahrig und ungeschickt, seine Haltung wirkte steif und gezwungen.

»Ja«, erwiderte Drummond. Sein Ärger auf den Mann verflog und schlug in Mitleid um. Die Tatsache, daß er Eleanors Mann war und deshalb unwiderruflich zwischen ihm und der Frau, die er liebte, stand, war jetzt auf einmal unwesentlich geworden.

»Ich nehme an, es gibt eine neue Entwicklung oder neue Erkenntnisse?« Byam ging quer durch das Zimmer zum Kamin, wo Eleanor noch kurz zuvor gestanden hatte.

»Es sind neue Fragen aufgetaucht«, antwortete Drummond ausweichend. Er wollte Byam nicht wissen lassen, daß Eleanor sich ihm anvertraut hatte, da dieser es nur als eine Art von Betrug auffassen konnte, auch wenn er vielleicht verstehen würde, daß es aus Angst um ihn geschehen war und im Glauben, ihm damit zu helfen.

»Wirklich?« Byam zog die dunklen Augenbrauen hoch. »Dann sollten Sie sie wohl besser stellen, denn deshalb sind Sie doch gekommen. Obwohl ich der Meinung bin, ich hätte Ihnen schon alles gesagt.«

Ungeachtet dessen, worüber Drummond mit Eleanor gesprochen hatte, stellte er die Frage, die ihn hergetrieben hatte.

»Es betrifft den Kreis, dem wir beide angehören.«

Byams Gesicht wurde starr. »Ich glaube, dies ist weder die Zeit noch der Ort, um über diesen Kreis zu reden ...«

»Sie haben mich im Namen des Kreises gerufen«, unterbrach ihn Drummond. »Er ist bei allem, was wir tun, beteiligt.«

Byam zuckte zusammen, als ob Drummond die Regeln des Anstands verletzt hätte.

»Ich bitte Sie als Mitglied des Kreises, dem wir beide angehören, mir in einer bestimmten Angelegenheit zu helfen.« Drummonds Stimme klang hart. Er sah, wie sich auf Byams Gesicht erst Erstaunen, dann Erleichterung abzeichnete, die aber gleich wieder schwand, als Drummond weitersprach. »Es geht um Horatio Osmar.«

»Horatio Osmar? Diesen Mann kenne ich nicht. Er gehört nicht zum gleichen ›Ring‹ wie ich.«

»Sie wissen aber, daß er ein Bruder ist?« hakte Drummond nach.

»Ja, das schon. Sie wollen doch wohl nicht, daß er sich für Sie einsetzt? Der Mann ist in Ungnade gefallen. Nicht in der Öffentlichkeit, das gebe ich zu, aber wir wissen alle sehr wohl, daß er sich tatsächlich ungehörig und gesetzeswidrig verhalten hat und dabei auch überführt wurde.«

»Er hat den Geheimbund gebeten, seinen Einfluß geltend zu machen und einen Freispruch zu erwirken, und er hat versucht, die Polizei in ein schlechtes Licht zu rücken.«

»Das war völlig unnötig«, sagte Byam gereizt. »Er wurde freigesprochen. Dabei hätte er es belassen sollen. Die Polizei auf Meineid zu verklagen, war eine Anmaßung. Der Mann ist ein absoluter Außenseiter.«

»Da bin ich ganz Ihrer Meinung«, pflichtete ihm Drummond lebhaft bei. »Aber der Geheimbund hat ihm geholfen, die Klage zu erheben. Im Parlament gab es Anfragen, und der Innenminister persönlich hat einiges in Bewegung gesetzt.«

»Das weiß ich. Ich war zu der Zeit gerade im Parlament. In meinen Augen war sein Vorgehen töricht, aber ich konnte nichts dagegen unternehmen.«

»Natürlich nicht.« Drummond beobachtete ihn genau. Das Thema schien ihn nicht zu beunruhigen, doch seine tieferliegende Angst war nur zu deutlich. Die Anspannung in seinem Körper schien sich auf Drummond zu übertragen. Byam war völlig übermüdet, als hätte er wochenlang nicht mehr richtig geschlafen.

»Und?« sagte Byam zusehends ungeduldig. »Was wollen Sie von mir? Die Sache betrifft mich nicht.«

»Wenn der Geheimbund auf Osmars völlig banalen und unbedeutenden Fall mit Anfragen im Parlament reagiert«, antwortete Drummond, »und die Integrität der Polizei in Zweifel zieht, was ja tatsächlich geschehen ist, wie weit werden sie dann in einer Angelegenheit gehen, in der es um die persönliche Ehre und Integrität eines Mitglieds und um eine viel schwerwiegendere Sache geht?«

»Ich verstehe Sie nicht.« Byams Stimme wurde schärfer. »Um Himmels willen, Mann, werden Sie deutlich!«

Drummond holte tief Luft und sah Byam direkt in die Augen.

»Wenn ich belastendes Beweismaterial gegen Sie finde, wird der Geheimbund Sie dann gegen die Polizei verteidigen, und wird er von mir erwarten, daß ich ebenso handle?«

Byam war kreidebleich. Er starrte Drummond ungläubig an. Drummond wartete.

Byam sprach mit mühsamer und stockender Stimme.

»Ich – ich habe darüber noch nie nachgedacht. Das wird nicht eintreten. Gefährliche Beweise vielleicht, aber keine belastenden. Ich habe Weems nicht getötet.« Anscheinend wollte er noch etwas hinzufügen, unterließ es dann aber und sah Drummond schweigend an.

»Warum haben Sie dann Ihre Entscheidung über die Finanzhilfe für Afrika geändert?« fragte Drummond.

Byam schien wie gelähmt und war so leichenblaß, daß Drummond einen Augenblick fürchtete, er würde ohnmächtig werden. Im Zimmer wurde es zunehmend dunkler. Die letzten Sonnenstrahlen waren verblaßt, und das Licht wurde immer schwächer. Ein Vogel sang in den Zweigen hinter dem Fenster.

»Woher wissen Sie das?« sagte Byam schließlich.

»Ich habe es von einem jungen Mann namens Valerius erfahren.« Genaugenommen war das keine Lüge, doch auch davor wäre er nicht zurückgeschreckt.

Byam war völlig konsterniert.

»Peter Valerius? Er hat es Ihnen erzählt? Warum um Himmels willen? Sie haben doch damit gar nichts zu tun.«

»Ich weiß es nicht direkt von ihm«, antwortete Drummond. »Er hat es jemandem erzählt, der es wiederum mir erzählt hat.«

»Wer?«

»Das darf ich Ihnen leider nicht sagen.«

Byam wandte sich erschöpft ab und starrte auf die Bücherregale in der Ecke, um sein Gesicht zu verbergen.

»Vermutlich tut es nichts zur Sache. Es geht um Dinge, von denen Sie nichts verstehen – Handel, Geld ...«

»Erpressung?«

Byam erstarrte. Die Erleichterung, die gerade noch in seinem Gesicht zu erkennen gewesen war, verflog. Er zuckte zusammen, als hätte ihn ein Schlag getroffen.

»Habe ich recht?« fragte Drummond ganz ruhig, beinahe sanft. »Hat jemand anderes die Unterlagen gefunden, die Weems hinterlassen hat? Byam, wissen Sie, wer Weems ermordet hat?«

»Nein! Nein, ich weiß es nicht!« Es war ein verzweifelter

Aufschrei. »Lieber Gott, ich weiß es wirklich nicht. Ich habe keine Ahnung.«

»Wer auch immer es war, er hat Weems' Unterlagen an sich genommen und erpreßt Sie jetzt damit weiter?«

Byams Schultern lockerten sich ein wenig, und er drehte sich um. Im letzten, schwachen Licht, das durch das Fenster hereinfiel, erschienen seine Augen fast schwarz. Auf seinen Lippen lag ein geisterhaftes Lächeln voller Bitterkeit und Selbstironie, als ob sich jemand einen schlechten Scherz mit ihm erlaubte.

»Nein – nein. Weems' Aufzeichnungen scheinen sich in Luft aufgelöst zu haben. Langsam fange ich an zu glauben, er hat in Wirklichkeit nie welche gemacht und hat es nur gesagt, um sich zu schützen. Unnötigerweise – ich hätte ihn niemals körperlich oder sonstwie angegriffen. Schlimmstenfalls hätte ich ihm gesagt, er solle zur Hölle fahren. Ein anderer hat ihn umgebracht, und ich habe nicht die geringste Ahnung, wer.«

»Und warum haben Sie Ihre Meinung über die Finanzhilfe für Afrika geändert?«

Byams Gesicht war immer noch bleich. »Der Geheimbund«, sagte er mit zusammengepreßten Lippen. »Ich erweise ihm damit einen Dienst. Die Gründe dafür darf ich Ihnen nicht nennen. Es geht dabei um viele Dinge: internationale Finanzpolitik, Risiken, politische Umstände, über die ich nicht sprechen darf.« Das erinnerte an die Worte, die Drummond zuvor benutzt hatte, klang aber überhaupt nicht höhnisch oder triumphierend.

»Das wird von Ihnen tatsächlich verlangt, obwohl doch Ihre Haltung, Ihr Ruf in dieser Angelegenheit, Ihre Rechtschaffenheit bekannt ist?« Drummond war entsetzt, obwohl ihn jetzt eigentlich nichts mehr schockieren konnte. »Das ist ungeheuerlich. Was würde passieren, wenn Sie sich weigerten?«

Aus Byams Gesicht sprach die blanke Verzweiflung.

»Ich weiß es nicht, und ich bin nicht in der Lage, die Probe aufs Exempel zu machen.«

»Aber Ihre Ehre«, meinte Drummond unwillkürlich.

»Die eigene Gewissensqual. Glauben die denn, sie hätten mit so einer albernen Eidleistung Ihre Seele gekauft? Um Gottes willen, Mann, schicken Sie sie zum Teufel! Mit dem sind die sowieso im Bunde, wenn sie Sie dazu zwingen wollen, in solchen Fragen gegen Ihr Gewissen zu handeln.«

Byam wandte seinen Blick ab. »Ich kann es nicht«, sagte er mit tonloser Stimme. »Es gibt vieles, das Sie nicht wissen. Mir wurden noch weitere Gründe genannt. Es ist nicht so sehr gegen mein Gewissen, wie Sie glauben, einfach gegen meine einstige Überzeugung und gegen die Erwartung, die man an mich stellt. Es gibt weitere Umstände – Dinge, von denen ich nichts wußte ...«

Aber Drummond glaubte ihm nicht. Mitleid und Abscheu hatten ihn ergriffen – und eine furchtbare Angst vor dem Kreis, dem er vor vielen Jahren so ahnungslos beigetreten war. Pitt hatte den Kreis für übel gehalten und war doch nur oberflächlich damit in Kontakt gekommen. Wie konnte Pitt, der Sohn eines Wildhüters, das Böse mit seinen lächelnden, verheißungsvollen Gesichtern so ungleich viel besser durchschauen?

Ihn fröstelte.

»Es tut mir leid«, sagte er hilflos und wußte nicht, was er meinte, so sehr war er von einer lähmenden Last, der Vorahnung einer kommenden Tragödie und auch von Schuld erfüllt.

Er ging zur Tür und öffnete sie.

»Ich danke Ihnen für Ihre Aufrichtigkeit.«

Byam sah ihn an, er wirkte wie ein in die Ecke getriebenes Tier, die Augen dunkel vor Angst. Er sagte nichts.

Drummond ging hinaus und schloß die Tür hinter sich. In der Eingangshalle reichte ihm der Diener seinen Mantel, Hut und Stock und öffnete ihm die Haustür. Er trat hinaus in die milde Nachtluft, deren Süße er jedoch gar nicht wahrnahm.

10.

Kapitel

Das nächste Ereignis, das im Zusammenhang mit Jacks Bemühungen um seine Wahl zum Parlamentsabgeordneten stattfand, war eine Gartenparty. Man stand auf dem gepflegten Rasen oder saß im Halbschatten der Bäume zwischen den Blumenbeeten. Die Damen hatten ihre Sonnenschirme aufgespannt, Dienstmädchen und Diener trugen Tabletts mit eisgekühltem Champagner über den Rasen. Charlotte hatte gehofft, sie würde hier auf Lord Byam treffen, doch augenscheinlich waren weder er noch Lady Byam gekommen, obwohl sie eingeladen worden waren. Es war ein wundervoller Nachmittag, wenn auch ein wenig warm, und alle unterhielten sich angeregt über das Cricketspiel, das Eton und Harrow, die beiden berühmten Privatschulen für Knaben aus vornehmer Familie, jedes Jahr gegeneinander austrugen. Das andere wichtige Gesprächsthema war die bevorstehende Regatta, die wie immer in Henley stattfinden würde.

Wilde Vermutungen wurden angestellt, wer das Cricketspiel gewinnen würde, da viele der anwesenden Gentlemen die eine oder die andere Schule besucht hatten, und die Wellen der Erregung schlugen hoch.

»Mein lieber Freund«, sagte ein elegant gekleideter Mann, dem sein Zylinder leicht schief auf dem Kopf saß. Er heftete den Blick auf seinen Gesprächspartner, wobei er sich ein wenig auf seinen Stock stützte. »Daß Eton letztes Jahr gewonnen hat, heißt noch gar nichts. Hackfield war der beste Schlagmann, den sie je hatten, und der ist jetzt nach Cambridge auf die Universität gegangen. Ohne ihn taugt die ganze Mannschaft nichts, das ist klar.«

Sie standen neben einem Beet mit Rittersporn.

»Unsinn«, sagte sein Freund nachsichtig lächelnd und trat einen Schritt zur Seite, um eine Dame mit einem riesigen Hut vorbeizulassen. Die Feder in der Krempe streifte dennoch seine Schulter, was die Dame aber nicht bemerkte, weil sie gebannt und möglichst unauffällig jemanden in einiger Entfernung beobachtete. »Kompletter Unsinn«, fuhr der Mann fort. »Hackfield war einfach nur auf Wirkung aus. Die eigentliche Stütze der Mannschaft war Nimmons.«

»Nimmons.« Der Mann mit dem Zylinder lächelte herablassend. »Der hat gerade mal zwanzig erfolgreiche Läufe für sich verbuchen können, soweit ich mich erinnere.«

»Ihre Erinnerung vermischt sich wohl mit Ihren Wünschen, ganz zu schweigen von Ihrer Loyalität«, sagte sein Freund mit selbstgefälliger Miene. »Zwanzig Läufe, und er hat fünf von Ihrer Mannschaft geschlagen – macht zusammen dreiunddreißig. Und er kommt dieses Jahr groß raus. Er geht erst einundneunzig auf die Universität.«

»Weil er ein Dummkopf ist.« Doch sein Gesicht verdüsterte sich bei dem Gedanken an den Spielverlauf. Geistesabwesend stellte er sein leeres Glas auf das Tablett, das ein Diener herumreichte, und nahm sich ein neues.

»Nicht, wenn er einen Ball in der Hand hat, alter Junge – nicht mit einem Ball«, entgegnete sein Begleiter.

Charlotte konnte sich den Nachmittag beim Spiel gut vorstellen: die Zuschauer, die auf den Bänken saßen oder über den Rasen schlenderten, die Spieler ganz in Weiß, das Knallen, wenn der Schlagmann den Lederball mit seinem Schlagholz traf, die Beifallsrufe, die Sonne, die einem ins Gesicht schien, den langen, trägen Tag, die lauten, aufgeregten Rufe der kleinen Jungen und die Gurkensandwiches zum Tee. Es war schön, sich das auszumalen, aber sie wollte nicht unbedingt dabei sein. Sie war mit düstereren und dringenderen Problemen beschäftigt. Außerdem gehörte Cricket zu einer Welt, in der sie sich nie wirklich zu Hause gefühlt hatte und in der Pitt, und das war entscheidend, fehl am Platz war. Sie überlegte einen Augenblick, ob er als kleiner Junge wohl auch Cricket gespielt hatte. Sie konnte ihn sich dabei vorstellen, natürlich nicht an einer berühmten Schule, die auf eine jahrhundertelange Tradition zurücksah, sondern auf einem Dorfplatz, vielleicht neben einem Ententeich, wo alte Männer draußen vor dem Pub saßen und ein oder zwei Hunde in der Sonne herumlagen.

Sie erblickte Regina Carswell, zwei ihrer Töchter begleiteten sie. Die dritte, die Charlotte auf dem Musikabend bei Emily gesehen hatte, sprach gerade wieder mit dem jungen Mann, dem sie schon an jenem Abend so herzlich zugetan gewesen war. Die beiden gingen nebeneinander und waren in ein vertrauliches Gespräch vertieft. Sie strahlten und lächelten sich an und tauschten zärtliche Blicke aus. In dieser Gesellschaft und unter den gegebenen Umständen kam das einer eindeutigen Absichtserklärung gleich. Nur ein außergewöhnliches Ereignis konnte jetzt noch den natürlichen Verlauf der Dinge ändern.

Charlotte lächelte und freute sich für sie.

Emily, die neben ihr stand, empfand das gleiche. Vor nicht allzulanger Zeit war sie selbst noch allein gewesen und konnte sich nur zu gut in diesen Zustand hineinversetzen.

»Wird Jack dem Geheimbund beitreten?« fragte Charlotte unvermittelt.

Emily sah sie stirnrunzelnd an. Hinter ihnen ging gerade eine junge Frau vorbei, die ein Schälchen mit Erdbeeren in der Hand hielt. Sie kicherte mit ihrem Begleiter, einem ziemlich kleinen Mann in Soldatenuniform, der nicht mehr ganz sicher auf den Beinen war.

»Wie kommst du denn jetzt darauf? Was hat denn das um Himmels willen mit Miss Carswell zu tun?« fragte sie.

»Sie ist allem Anschein nach sehr glücklich und du auch«, antwortete ihr Charlotte. »Und ich wünsche mir nichts mehr, als daß du es auch bleibst.«

Emily lächelte sie liebevoll an. »Ich freue mich, daß du das sagst, aber wenn du glaubst, mein Glück wäre von Jacks erfolgreicher Kandidatur abhängig, dann irrst du dich.« Ein Schatten flog über ihr Gesicht. »Eigentlich habe ich gedacht, du kennst mich besser. Ich gebe zu, daß ich gesellschaftlich immer sehr ehrgeizig war, und es macht mir auch immer noch Spaß, mithalten zu können, aber mehr bedeutet es mir nicht, das verspreche ich dir. Mein Glück hängt nicht davon ab.« Sie zog ihr Kleid etwas hoch, um zu verhindern, daß ein kurzsichtiger Gentleman mit Stock darauftrat. »Natürlich wünsche ich mir, daß Jack erfolgreich ist. Ich liebe ihn, und er könnte niemals glücklich sein, wenn er seine Zeit mit sinnlosen Tätigkeiten verbrächte. Aber wenn er diesmal nicht aufgestellt wird, dann wird es andere Ziele geben, nach denen es sich zu streben lohnt.«

»Sehr gut«, erwiderte Charlotte erleichtert. »Denn ich finde wirklich, daß er nicht einer Gesellschaft beitreten sollte, die geheim ist und ihn mit einem Treueschwur seiner Gewissensfreiheit beraubt. Thomas weiß zumindest über eine dieser Gesellschaften in London Bescheid, und die ist wirklich gefährlich und sehr mächtig.« Sie wurde noch eindringlicher, weil sie wollte, daß Emily ihr glaubte.

»Emily, bitte tu dein möglichstes, um ihn davon abzubringen, auch wenn es darüber Streit gibt. Wenn du verhindern kannst, daß er diesem Kreis beitritt, würde sich dieses Opfer lohnen.«

Emily stand ruhig da und sah Charlotte an.

»Du weißt etwas, das du mir verheimlichst. Ich kann mir denken, daß es etwas mit dem Mord an dem Wucherer zu tun hat. Ich finde, du solltest es mir jetzt besser erzählen.«

Charlotte sah in Emilys klare, blaue Augen. Wenn sie sie überzeugen wollte, würde nur die ungeschminkte Wahrheit etwas bewirken.

»Nicht direkt«, antwortete sie und mußte wieder einen Schritt zur Seite gehen, um einen Diener mit einem weiteren Tablett voller Champagnerkelche – eisgekühlt natürlich – vorbeizulassen. Sie senkte die Stimme zu einem Flüstern, es sollte auf keinen Fall jemand mithören. »Bei den Ermittlungen gegen einige Verdächtige, die tatsächlich oder möglicherweise erpreßt werden – denn natürlich leugnen sie es –, hat Thomas herausgefunden, daß sie alle zu einer dieser geheimen Gesellschaften gehören. Und diese Gesellschaft verlangt von ihren Mitgliedern eine Loyalität, die über deren Ehrgefühl und Gewissen hinausgeht, selbst wenn sie dafür gegen das Gesetz verstoßen müssen.«

»Wie kann das sein? Was meinst du damit?« Emily war beunruhigt, begriff aber noch nicht ganz.

»Es geht um die Polizei«, flüsterte Charlotte erregt. »Einige der Mitglieder sind Polizisten, und sie sind korrumpiert worden. Sie haben bei manchen Straftaten bewußt beide Augen zugedrückt …«

»Aber das ist ihre eigene Entscheidung«, wandte Emily ein. Unbewußt verlagerte sie ihr Gewicht auf das andere Bein und stützte die Hand ins Kreuz. »Was sollte die Gesellschaft denn tun, wenn sie sich weigerten? Sie erpressen? Unter solchen Umständen wäre doch jeder nur froh, hinausgeworfen zu werden. Und sie liefen Gefahr, wegen versuchter Korruption angezeigt zu werden.«

»Du hast lange genug gestanden.« Charlotte hatte die Handbewegung gesehen und war voller Verständnis. Sie konnte sich noch gut an die Rückenschmerzen während ihrer Schwangerschaft erinnern. »Komm, wir setzen uns. Auf der Bank da drüben ist Platz.« Ohne ihr Zeit zu einer Antwort oder gar zum Widerspruch zu lassen, nahm sie Emilys Arm und führte sie zu der hölzernen Gartenbank hinüber.

»Ich fürchte, so harmlos ist es nicht«, antwortete sie, während sie einer dicken Dame, deren Name sie eigentlich hätte wissen müssen, ein gekünsteltes Lächeln schenkte. »Verrat vergeben sie nicht, und offensichtlich verstehen sie eine Weigerung als Verrat.« Sie setzten sich auf die Bank und strichen ihre Kleider glatt. »Außerdem hast du anscheinend vergessen, daß die Mitgliedschaft geheim ist«, fuhr sie fort. »Also weißt du gar nicht, ob vielleicht dein eigener Vorgesetzter auch Mitglied ist. Oder dein Bankdirektor, dein Arzt, dein Rechtsanwalt oder vielleicht der Polizeibeamte, dem du gerade begegnest. Thomas weiß nicht genau wer, aber bestimmte Mitglieder verhängen offenbar Strafen, die wohl sehr unangenehm sein können. Zum Beispiel wird Belastungsmaterial an einen Ort gelegt, wo die

Polizei es finden kann, und das hat dann einen Skandal oder eine Anklage zur Folge.«

Emilys Gesicht verdüsterte sich. »Bist du sicher?«

»Ja. Thomas ist sehr besorgt deswegen.«

»Aber vielleicht ist es nicht die gleiche Gesellschaft«, sagte Emily zweifelnd. »Es gibt auch ganz menschenfreundliche Organisationen, und nach dem, was Jack sagte, hat sich diese Gesellschaft ganz besonders der Nächstenliebe verschrieben. Daß sie geheim ist, hat etwas damit zu tun, daß sie nicht auf Ruhm aus ist und auch, weil in gewissen Bereichen Gerechtigkeit nur dann hergestellt werden kann, wenn die Gegner nicht wissen, wer sich für die Sache stark macht. Lord Anstiss ist ein Mitglied dieser Gesellschaft, denn er hat Jack eingeladen, ihr beizutreten.«

»Natürlich kann es sein, daß eure nicht die gleiche Gesellschaft ist wie die, mit der Thomas befaßt ist«, stimmte Charlotte ihr zu. »Genügt dir ›kann sein‹?«

»Nein ...«

Doch bevor Emily weitersprechen konnte, wurde sie von der dröhnenden Stimme einer gutgelaunten Dame unterbrochen, deren Hut üppig mit Magnolien besetzt war. Sie begrüßte Emily so überschwenglich, als seien sie schon immer die besten Freundinnen gewesen, und warf Charlotte ein strahlendes Lächeln zu. Im Anschluß daran bestritt sie die Unterhaltung allein mit Erinnerungen an eine gesellschaftliche Veranstaltung, an der sie und Emily vor kurzem teilgenommen hatten.

Charlotte entschuldigte sich, zwinkerte Emily kurz zu und verabschiedete sich mit einem Nicken von der Dame mit den Magnolien. Dann erhob sie sich und ging über den Weg auf ein prachtvolles Azaleenbeet vor dem Gartenpavillon zu.

Das nächste Zusammentreffen, das Charlotte beobachtete, war eine vollkommene Überraschung. Sie hatte Großtante Vespasia in einiger Entfernung entdeckt und war voller Vorfreude auf ein Gespräch mit ihr quer über den Rasen gegangen, wobei sie ihr Kleid mit einer Hand etwas anhob, damit es nicht schmutzig wurde. Sie hatte sie schon beinahe erreicht, als sie sah, daß sie dabei war, ein unmittelbar bevorstehendes Zusammentreffen zu stören. Vespasia, deren schlanke Gestalt in dem Kleid aus kostbarer blaßrosa Seide mit cremefarbenem Spitzenbesatz sehr gut zur Geltung kam, stand mit erhobenem Haupt sehr aufrecht da. Sie trug einen Hut, so groß wie ein Wagenrad, der ihr keck auf einem Ohr saß. Ihr silbergraues Haar war in perfekte Locken gelegt, ihre Ohrgehänge aus leuchtenden Perlen paßten zu der dreifachen Halskette, die ihr bis zur Taille reichte.

Die Frau, die auf sie zukam, war ebenso großgewachsen und hatte eine wohlgeformte Figur, blasse Haut und kastanienbraunes Haar. Ihre Gesichtszüge waren von klassischer Schönheit, und ihr prächtiges Kleid schmeichelte den bemerkenswerten Attributen, mit denen die Natur sie ausgestattet hatte. Nach ihrem Gesichtsausdruck zu schließen, war sie sich des Aufsehens, das sie erregte, sehr wohl bewußt. Sie verbreitete ein Selbstvertrauen, das nicht gerade arrogant wirkte, doch ganz offensichtlich genoß sie ihre Ausstrahlung.

Neben Vespasia stand ein Mann mittleren Alters mit einem glattrasierten, roten Gesicht und kräftigen Augenbrauen, der jetzt so laut, daß Charlotte es hören konnte, die beiden Damen einander vorstellte.

»Lady Cumming-Gould, darf ich Ihnen Mrs. Lillie Langtry vorstellen ...«

Vespasia zog ihre grauen Augenbrauen hoch, und die Flügel ihrer leicht gebogenen Nase bebten unmerklich. Sie blickte ihn amüsiert an.

»Um Erlaubnis zu bitten, erscheint mir jetzt ein bißchen zu spät«, bemerkte sie spitz, doch ihre Stimme klang eindeutig belustigt.

Der Mann errötete. »Ich – äh ...«, stammelte er völlig überrumpelt. Er war sich seiner recht sicher gewesen. Die meisten Leute hatten ihn um seine Bekanntschaft mit der Lilie von Jersey beneidet. Er hatte sogar ziemlich damit geprahlt.

Vespasia wandte sich zu Mrs. Langtry und neigte zur Begrüßung betont herablassend den Kopf. Sie selbst war zu ihrer Zeit eine gefeierte Schönheit gewesen und ordnete sich in dieser Hinsicht auch jetzt niemandem unter.

»Guten Tag, Mrs. Langtry«, sagte sie kühl. Diese Frau war ein Emporkömmling. Sie mochte die Geliebte des Prinzen von Wales und von Gott weiß wem sein, und vielleicht war sie auch schön und sogar geistvoll, aber Vespasia wollte ihr nicht so vorgestellt werden, als seien sie ebenbürtig. Sie selbst hatte ihr Leben lang dazu gebraucht, um die Bedeutung zu erlangen, die sie heute besaß, und diese junge Frau würde das nicht einfach in ein paar Jahren erreichen, denn das erforderte Intelligenz, Geduld, Würde und Zurückhaltung. »Ich hoffe, Sie genießen die Londoner Saison?« fügte sie noch hinzu.

Mrs. Langtry war verunsichert.

»Guten Tag, Lady Cumming-Gould. Ja, danke, die Saison gefällt mir sehr gut. Aber es ist nicht meine erste Saison, wissen Sie. Im Gegenteil.«

Vespasia zog die Augenbrauen noch ein wenig höher. »Ach wirklich?« bemerkte sie gelangweilt. Nach ihrem Gesichtsausdruck zu schließen, hätte man glauben können, sie habe noch nie von Lillie Langtry gehört. Sie betrachtete sie von oben bis unten und ließ ihren Blick einen Moment auf Hals und Taille verweilen, wo sich das Alter oft so gnadenlos verriet. »Nein – natürlich nicht«, verbesserte sie sich. »Wahrscheinlich haben sich unsere Wege einfach nur nie gekreuzt.« Sie sagte nicht: Und das werden sie wahrscheinlich auch in Zukunft nicht, aber die Worte hingen unausgesprochen in der Luft.

Lillie Langtry war die berühmteste Schönheit Londons, die aus dem Nichts aufgetaucht war. Sie war schon früher auf Ablehnung gestoßen und taktvoll darüber hinweggegangen. Sie würde sich nicht von einer älteren Dame, wer sie auch sein mochte, ihren Triumph verderben lassen.

Sie lächelte versöhnlich. »Ja, das mag sein«, gab sie zu. »Sind Sie oft in Marlborough House zu Gast?« Sie wies damit auf den Prinzen von Wales und seine Freunde hin, wie alle wußten.

Vespasia ließ sich nicht zum besten halten. Sie lächelte ebenso eisig zurück.

»Nicht ganz meine Generation«, murmelte sie und deutete damit an, daß die Freunde des Prinzen so alt wie Mrs. Langtry wären, obwohl diese in Wirklichkeit mindestens zehn Jahre älter waren.

Mrs. Langtry errötete leicht, doch sie hatte sich auf den Kampf eingelassen und konnte jetzt keinen Rückzieher machen.

»Vielleicht wird Ihnen dort zuviel getanzt?« Mrs. Langtry warf einen kurzen Blick auf Vespasias versilberten Stock.

Vespasias Augen funkelten. »Ich liebe Walzer, ein herrlicher Tanz, und auch den Lancier und die Quadrille. Aber ich fürchte, einige der modernen Tänze sind nicht so ganz nach meinem Geschmack – der Cancan zum Beispiel ...« Ihre Ablehnung klang deutlich durch.

Mrs. Langtry biß sich auf die Lippen. Der skandalöse Ruf des Cancan war allseits bekannt. Er wurde von Prostituierten und Frauen anderer unbeschreiblicher Gewerbe beispielsweise in Paris getanzt, und sogar dort war er verboten. »Sie speisen vielleicht bei Ihrer Majestät der Königin?« schlug sie immer noch lächelnd vor. Sie wußten beide, daß die Königin keine Gäste mehr empfing, seit Prinz Albert vor achtundzwanzig Jahren gestorben war. Ihre übermäßige Trauer hatte im ganzen Land heftige Kritik hervorgerufen, weil sie ihre Pflicht als Monarchin nicht mehr erfüllte.

Vespasia zog die Augenbrauen hoch. »O nein, meine Liebe. Die Königin empfängt keine Gäste mehr.« Dann fügte sie gnädig hinzu: »Ich bin überrascht, daß Sie das nicht wissen. Aber – vielleicht ...« Sie vollendete den Satz nicht, es wäre zu unfreundlich gewesen.

Mrs. Langtry holte tief Luft, doch ihr fiel keine schlagfertige Antwort ein. Sie brachte nur ein frostiges Lächeln zustande. Ihre Schönheit und ihre Jugend waren die Karten, auf die sie überall setzen konnte, denn sie war zweifellos eine auffallend schöne Frau.

Vespasia konnte auf ein erfülltes Leben zurückblicken und bereute nichts in ihrer Vergangenheit. Sie nickte ihr gnädig zu.

»Sehr – interessant –, Sie kennengelernt zu haben, Mrs. Langtry«, säuselte sie und rauschte davon, bevor sich ihr Sieg in eine Niederlage verkehren konnte.

Charlotte holte Großtante Vespasia ein und wollte gerade diese Begegnung kommentieren, als sie die Genugtuung in Vespasias Miene las. Daraufhin tat sie vollkommen unschuldig, so als hätte sie von der ganzen Unterhaltung überhaupt nichts mitbekommen. Sie unterdrückte ihr Lachen und tauschte einfach ein paar freundliche Worte mit Vespasia aus.

Wie sollte man eigentlich, fragte sich Charlotte, gleichzeitig ein Glas Champagner in der einen Hand und einen Kuchenteller in der anderen balancieren – und das auch noch möglichst elegant – was ihr eindeutig nicht gelang. Sie ging hinüber zu Emily, die sich angeregt mit Fitzherbert und Lord Anstiss unterhielt. Odelia Morden stand unentschlossen etwas abseits. Ihr Kleid und der Schirm waren von einem zarten Apfelblütenrosa, an ihrem Hut flatterten weiße Bänder, und sie trug makellos weiße Handschuhe. Sie sah sogar noch fraulicher als Emily aus. Charlotte spürte plötzlich, daß sie ihr aufrichtig leid tat. Odelia schien so einsam und wußte nicht recht, wie sie sich verhalten sollte.

Charlotte gesellte sich zu der Gruppe. Fitz machte ihr Platz.

»Wie schön, Sie zu sehen, Mrs. Pitt. Ich nehme an, Sie kennen Lord Anstiss?«

»O ja.« Charlotte machte die Andeutung eines Knickses.

»Gutes Tag, Lord Anstiss.«

»Guten Tag, Mrs. Pitt.« Er lächelte ihr zu. Er wirkte dynamischer, als sie ihn in Erinnerung hatte. Sie sah nicht nur die scharfe Intelligenz in seinem Gesichtsausdruck, sondern spürte auch die Kraft, die er ausstrahlte. Er war so wissensdurstig, so begierig nach neuen Erfahrungen, immer wieder neugierig und interessiert. Außerdem besaß er einen messerscharfen Humor. Er war kein Mann, mit dem sie eine Auseinandersetzung haben wollte. Der Gedanke, ihn zum Freund zu haben, war aufregend, aber die Vorstellung, ihn zum Feind zu haben, machte ihr angst.

Offensichtlich war sie mitten in ein Gespräch hineingeplatzt, das jetzt aber ohne Schwierigkeiten wieder aufgenommen wurde. Es war ein Kompliment für Charlotte, daß man sie sofort in die Unterhaltung mit einschloß.

»Wir waren zu mehreren«, sagte Fitz mit einem Lächeln. »Ich muß zugeben, ich wollte es unbedingt sehen. Madame Bernhard ist so berühmt …«

»Ich habe gehört, sie spielt nächstes Jahr die Jeanne d'Arc«, sagte Anstiss mit glänzenden Augen. »Auf Französisch.« Er warf einen Blick auf Odelia.

»Das würde mir gefallen«, sagte sie schnell. »Ich glaube, mein Französisch ist gut genug.«

»Da bin ich sicher.« Er senkte den Kopf ein wenig. »Schließlich kennen wir alle die Geschichte, und es hat etwas sehr Befriedigendes, einem Drama zuzusehen, das sich auf ein vorherbestimmtes Ende hin entwickelt, das wir genau kennen. Es hat etwas Pikantes.«

Odelia schien sich der Doppeldeutigkeit seiner Aussage bewußt zu sein, war sich aber unsicher, was er genau meinte.

»Ich habe letzte Woche Henry Irving gesehen«, sagte Fitz. »Ich fand ihn ganz ausgezeichnet. Er hat die Zuschauer völlig in seinen Bann geschlagen.«

»Ach wirklich?« Anstiss schien nicht überzeugt. »Mrs. Pitt? Haben Sie in letzter Zeit etwas Interessantes gesehen?«

»Nicht im Theater, Mylord.« Sie unterdrückte ein Lächeln, sah aber das kurze, belustigte Aufleuchten seiner Augen, das jedoch sofort wieder verschwand. Er wandte sich erneut Fitz zu.

»Ich nehme an, Sie werden bald heiraten?« Er blickte in Odelias Richtung. »Planen Sie eine Bildungsreise im Anschluß an Ihre Hochzeit? Sie könnten in ein oder zwei Monaten losfahren und trotzdem lange vor den Parlamentswahlen zurück sein.« Er zuckte die Schultern. »Leider muß man auch an diese Dinge denken. Entschuldigen Sie, daß ich es erwähnt habe. Es mag vielleicht hart klingen, aber auch wenn wir immer den Eindruck von verspielten Amateuren machen wollen, Politik will gelernt sein, wenn man Erfolg haben möchte.« Seine Worte klangen freundlich und seine Stimme liebenswürdig, doch darunter schwang ein eiserner Ton mit, und Fitz war nicht der einzige, der das wahrnahm. Wenn er sich Anstiss' Unterstützung bei seiner Kandidatur sichern wollte, mußte er jetzt antworten.

Emily, die neben Charlotte stand, sog hörbar die Luft ein.

Fitz hob langsam den Blick, sein Gesicht hatte den gelösten Ausdruck verloren. Odelia stand regungslos da und wartete, nur ihre Finger krampften sich fester um den Griff ihres Schirmes.

»Natürlich«, sagte er langsam. »Die Kunst besteht darin, die Arbeit wie ein Hobby erscheinen zu lassen, wie ein Interesse, das man um seiner selbst willen verfolgt, und das Können soll wie eine spielerische Beschäftigung wirken, mit der sich ein Gentleman angemessen die Zeit vertreibt.«

»O sicher«, stimmte ihm Anstiss mit einem halben Lächeln zu, doch nur sein Mund lächelte, seine Augen blieben hart. »Aber wir haben schon genug Dilettanten in der Politik. Wir brauchen Männer, die sich wirklich engagieren.«

Aus Fitz' Augen verschwand auch der letzte Rest der Unbeschwertheit. Er wußte, daß er nicht länger ausweichen konnte. Er mußte eine unwiderrufliche Aussage machen, er mußte ein Datum angeben, an das er sich halten würde, ganz gleich, wie er oder Odelia sich fühlten.

Anstiss stand und wartete ab.

Emily öffnete den Mund, um Fitz beizustehen, doch dann wurde ihr bewußt, daß es sich hier um eine zu ernste Angelegenheit handelte und eine Einmischung von ihrer Seite völlig unangebracht war. Also schwieg sie.

»Ich ...«, begann Fitz mit bleichem Gesicht. Er verstummte und drehte sich zu Odelia um. Er starrte sie lange und schmerzlich an, Scham und Reue mischten sich in seinem gequälten Blick.

Niemand rührte sich, doch Anstiss' Miene verdüsterte sich zusehends, und über seinen Backenknochen spannte sich die Haut.

Fitz atmete langsam ein. Der Anflug eines Lächelns deutete sich auf seinen Lippen an, aber es war nur gespielte Tapferkeit, keine Freude.

»Meine politische Karriere – soweit man jetzt davon sprechen kann – bedeutet mir viel. Und ich möchte mich, wenn man mir die Gelegenheit dazu gibt, rückhaltlos der Politik widmen, aber ich werde es nicht zulassen, daß die Politik über meine persönlichen Belange oder die meiner Familie entscheidet. Ich werde dann heiraten, wenn es allen, die daran beteiligt sind, angenehm ist.« Dabei blickte er Anstiss offen ins Gesicht, doch in seiner Stimme lag Bedauern, als er sagte: »Ich hoffe doch, daß das nicht allzu unhöflich klingt. Es ist nicht so gemeint.«

Anstiss reagierte nicht gerade freundlich. Er runzelte die Brauen und preßte die Lippen aufeinander.

Emily sah zuerst Fitz, dann Odelia an. In ihrem Gesicht spiegelte sich ihr innerer Aufruhr: Mitgefühl und Angst und, wie Charlotte plötzlich erkannte, auch Schuldbewußtsein. Es war alles in der Schwebe. Was meinte Fitzherbert wirklich? Hatte er tatsächlich den Mut und die Kraft, alles wegzuwerfen, wo er doch so kurz vor dem Ziel stand? Wie würde Anstiss nun reagieren, wie Odelia? Von all dem hing auch Jacks Zukunft ab.

Emily trat einen Schritt vor und ergriff Odelias Arm, wobei sie es vermied, Charlotte anzusehen.

»Kommen Sie, lassen wir die Männer allein über Politik reden. Erzählen Sie mir von Ihren Plänen. Würden Sie gerne die große Bildungsreise machen? Ich habe sie gemacht, wissen Sie. Es war so aufregend, und ich möchte diese Erfahrung wirklich nicht missen, aber manchmal war es auch ganz schön anstrengend. Ich bin für solch physische Abenteuer nicht geschaffen, habe ich gemerkt. Wissen Sie, in Afrika habe ich gesehen …« Der schauerliche Bericht über das, was sie gesehen hatte, verlor sich, während sich die beiden entfernten und Fitz allein mit Anstiss und Charlotte zurückließen.

»Sehr taktvoll«, bemerkte Anstiss trocken, ohne Emily hinterherzusehen, doch war klar, was er meinte. »Diese Frau hat ein bemerkenswert gewandtes Auftreten – äußerst wichtig für einen Mann, der im politischen Leben bestehen will.« Seine hellgrauen Augen blickten hart und unnachgiebig. »Aus Ihrem Zögern entnehme ich, daß Sie Bedenken haben, Miss Morden zu heiraten. Sie denken doch wohl nicht mehr an dieses unglückselige Hilliard-Mädchen? Recht hübsch, aber als Ehefrau vollkommen ausgeschlossen.«

Ein unwilliger Ausdruck trat auf Fitz' Gesicht.

Anstiss tat, als bemerkte er es nicht. Er brauchte keine Rücksicht zu nehmen. Er war eindeutig in der überlegeneren Position und wußte das auch.

»Abgesehen von ihrer Tugendhaftigkeit, Fitzherbert – und die ist fragwürdig, auch bei wohlwollender Betrachtung –, ihr Ruf ist ruiniert.«

»Verzeihen Sie, daß ich widerspreche«, sagte Fitz mit eiskalter Höflichkeit. »Es ist ein wenig getuschelt worden, größtenteils von dummen, falsch unterrichteten Leuten.«

»Von der Gesellschaft«, gab Anstiss scharf zurück. »Ganz gleich, was Sie von den maßgeblichen Leuten und deren Intelligenz halten, Sie sollten nicht vergessen, daß die Sie ins Parlament bringen – oder auch nicht!«

Eine leichte Röte stieg in Fitz' Wangen, doch er blieb stur. »Ich möchte meinen Erfolg nicht Leuten verdanken, die ihn mir zwar zubilligen, aber gleichzeitig den Ruf einer jungen Frau, von der sie gar nichts wissen, zerstören.«

»Mein lieber Fitzherbert, die Leute wissen, daß sie vor aller Öffentlichkeit beschuldigt wurde, Mr. Carswells Geliebte zu sein, und sie hat nicht einmal versucht, es zu leugnen. Im Gegenteil, sie hat überhaupt nichts gesagt und den

Ort des Geschehens fluchtartig verlassen – was als Schuldbekenntnis gilt. Nur ein Narr würde das bezweifeln.«

Fitz' Ausdruck blieb unnachgiebig, doch er hatte dem nichts entgegenzusetzen. Ungeachtet seiner eigenen Überzeugung entsprach das, was Anstiss gesagt hatte, den Tatsachen. Er war zutiefst unglücklich, wollte aber nicht nachgeben. Er stand mit hocherhobenem Kopf und zusammengepreßten Lippen vor Anstiss.

»Können Sie mir ein Datum nennen, wann Sie Miss Morden heiraten werden?« sagte Anstiss mit ruhiger, eisiger Stimme. »Behalten Sie Miss Hilliard als Geliebte, wenn Sie das wollen, aber verhalten Sie sich doch um Gottes willen diskret. Und warten Sie ein paar Jahre – sie steht Ihnen dann sicher immer noch zur Verfügung.«

»Das entspricht nicht meiner Vorstellung von Moral, Sir«, erwiderte Fitz steif. Sein Gesicht war hochrot. Er war sich bewußt, wie schwülstig und beleidigend seine Worte klangen, doch er konnte nicht zurück. »Ich bin erstaunt, daß Sie mir solch einen Vorschlag unterbreiten.«

Anstiss lächelte säuerlich. »Es entspricht auch meiner Moral nicht, Fitzherbert. Aber ich bin ja schließlich auch nicht an einer Liebschaft mit Miss Hilliard interessiert. Und daß Sie das sind, ist deutlich geworden. Ich sage Ihnen, das ist die einzige Form der Beziehung mit so einer Frau, die die Gesellschaft dulden wird.«

Fitz stand stocksteif da.

»Wir werden sehen.« Er verneigte sich. »Guten Tag, Sir.«

»Auf Wiedersehen«, erwiderte Anstiss mit der flüchtigen Andeutung einer Verbeugung. Es gab keinen Zweifel, daß dies ein endgültiger Abschied war.

Fitz ging davon. Charlotte warf einen entschuldigenden Blick in Anstiss' Richtung und folgte dem davoneilenden Fitzherbert durch die Menge. Er stolperte über Röcke und stieß gegen Leute, die ihre Gläser und Teller zu balancieren suchten, bis er neben einem über und über mit Rosen berankten Zierbogen stehenblieb.

Er wandte sich zu ihr um.

»Ich hoffe, Sie sind nicht gekommen, um mir gut zuzureden. Nein – natürlich nicht. Sie sind ja Mrs. Radleys Schwester.«

»Und ich bin Fannys Freundin«, sagte Charlotte kühl.

Er errötete. »Entschuldigen Sie, es tut mir leid. Das war ausgesprochen unhöflich und sehr ungerecht von mir. Ich muß mir ganz allein die Schuld daran geben, an allem. Und ich habe Odelia abscheulich behandelt. Ich hoffe, ihr Vater wird die Verlobung offiziell lösen und es damit begründen, daß ich mit einer unehrbaren Frau verkehre und seiner Tochter nicht würdig bin. Sonst wird ihr Ruf ... « Er sprach es nicht aus. Sie wußten beide, welch üble Mutmaßungen angestellt wurden, wenn ein Mann eine junge Frau sitzenließ. Es würde zwangsläufig gemunkelt werden, daß er wahrscheinlich entdeckt hatte, daß sie nicht über jeden Zweifel erhaben war.

»Das wird aber auch Ihrem eigenen Ruf schaden«, betonte Charlotte. »Fälschlicherweise.«

»Nicht fälschlicherweise. Ich hatte Beziehungen zu höchst zweifelhaften Frauen.«

»Wirklich?«

»Fanny ...«

»Sie hatten keine Beziehung zu ihr, Sie sind ihr nur bei gesellschaftlichen Anlässen begegnet, so wie wir alle.«

»Bis dahin werde ich eine Beziehung zu ihr haben – wenn Sie so freundlich sein würden, mir zu sagen, wo ich sie finden kann? Sie sagten, auf der anderen Seite der Themse.«

»Ich weiß nicht genau wo, aber ich kann es herausfinden, wenn Sie es wirklich wollen. Sie wissen ja, daß sie ihre Beziehung zu Mr. Carswell nicht abgestritten hat.«

Er war sehr blaß.

»Ich weiß.«

Ein paar Schritte zu ihrer Linken brach ein dicker Gentleman in Husarenuniform in schallendes Gelächter aus und schlug einem schlanken jungen Mann mit einem großen Schnurrbart begeistert auf die Schulter. Hinter den beiden lachten zwei Damen schrill.

»Was Lord Anstiss sagt, stimmt«, fuhr Charlotte vorsichtig fort. In ihr keimte wider alle Vernunft eine heimliche Hoffnung auf. Doch welches Glück könnten Fitz und Fanny Hilliard genießen? Auch wenn er so unbesonnen war, sie zu heiraten, und sie ihn akzeptierte, würde sie das noch lange nicht in seinen gesellschaftlichen Rang erheben. Seine Freunde würden sie nie als ihresgleichen anerkennen. Was immer sie auch für die Wahrheit hielten, sie würden sich an die Vorwürfe erinnern und daran, daß sie sie nicht bestritten hatte. Fanny wäre in ihren Augen eine Frau von fragwürdiger Moral und Fitzherbert ein Dummkopf, weil er sie geheiratet hatte. Und Anstiss hatte ihm klar zu verstehen gegeben, daß an eine Wahl ins Parlament dann nicht mehr zu denken sei. Fanny würde erkennen müssen, welches Opfer das für ihn bedeutete. Und da Charlotte Fanny besser kannte als Fitz, wußte sie, daß Fanny dieses Opfer nicht hinnehmen könnte und ihn abweisen würde.

Der Husar begrüßte lautstark einen Bekannten und ging mit großen Schritten zu ihm hinüber.

»Und betrachten Sie es einmal von Fannys Standpunkt aus«, sprach Charlotte weiter. »Gerade wenn sie Sie liebt, würde sie Sie nicht heiraten, wenn das für Sie ein solches Opfer bedeuten würde. Der Preis wäre zu hoch. Wie könnte sie damit glücklich werden?«

Er starrte sie an, doch nicht höhnisch, wie sie es erwartet hatte, sondern mit großen, leuchtenden Augen.

»Sie glauben, sie liebt mich? Ja, ich sehe, Sie glauben es. Und darüber hinaus, Mrs. Pitt, halten Sie Fanny für so redlich und so selbstlos, daß ihr mein Wohlergehen und mein Ansehen wichtiger ist als ihr eigenes und auch wichtiger als die Sicherheit, die ihr eine Heirat mit mir bieten würde.« Er legte die Hände auf ihre Schultern und küßte sie spontan auf die Wange. »Gott segne Sie, Mrs. Pitt, was für eine bemerkenswerte und unkonventionelle Frau Sie sind! Jetzt werden Sie für mich herausbekommen, wo ich Fanny finden kann, denn nachdem wir so weit gekommen sind, dürfen Sie mich nicht mehr im Stich lassen. Und Sie werden Ihrem Schwager einen Gefallen erweisen, weil er ein fabelhafter Kerl ist und ein ausgezeichneter Parlamentsabgeordneter sein wird. Außerdem ist er seiner Lordschaft genehm, weil er eine Frau hat, die über jeden Tadel erhaben, intelligent, taktvoll, charmant und, wie ich glaube, sehr klug ist. Und ihr Ruf ist makellos.«

»Ich werde es herausfinden«, versicherte Charlotte mit einem wehmütigen Lächeln. »Aber ich werde Fanny fragen, ob sie Sie sehen will.«

»Nein – bitte tun Sie das nicht. Sie wird es ablehnen. Lassen Sie mich mein Anliegen selbst vorbringen. Ich verspreche, daß ich sie nicht belästigen werde. Und sie hat ja auch einen Bruder, der sie beschützt. Sagen Sie mir nur, wo ich sie besuchen kann. Um Himmels willen, Mrs. Pitt, ich bin ein Gentleman und mache niemandem den Hof, wenn mein Werben unerwünscht ist.«

Charlotte biß sich auf die Lippen, um ein Lachen zu unterdrücken.

»War es denn je unerwünscht, Mr. Fitzherbert?«

Sein Gesicht bekam wieder etwas Farbe. Man neckte ihn, und er verstand es.

»Nicht oft«, gab er mit einem Aufblitzen seines alten Humors zu. »Aber ich glaube, ich würde es sofort bemerken. Sie müssen es mir versprechen.«

»Ich verspreche es«, willigte sie ein. »Aber jetzt muß ich zu Emily zurück und sehen, wie alles läuft. Ich werde ihr die Adresse geben, und Sie können sie sich hier abholen.«

Damit war er zufrieden. Er dankte ihr noch einmal, und sie verabschiedete sich und bahnte sich dann einen Weg zu Emily, die gerade mit einem pensionierten Oberst sprach, der einen stoppeligen Schnurrbart hatte und seine Ansichten über Indien überlaut zu Gehör brachte.

Während Charlotte auf der Gartenparty weilte, wandte sich Pitt wieder der ihm verhaßten Aufgabe zu, über Samuel Urban weitere Erkundigungen einzuziehen. Es ließ sich nicht umgehen, auch wenn er den Mann persönlich mochte und sich wünschte, man würde ihn nur dafür zur Verantwortung ziehen, daß er sich ein zweites und verbotenes Einkommen gesucht hatte und dies eine Fehlentscheidung gewesen war. Schließlich hätte ja niemand etwas dagegen einzuwenden gehabt, wenn er nicht bei der Polizei wäre. In Pitts Augen war das immer noch besser als Latimers Wettsucht und das Decken von Faustkämpfen. Aber die Erfahrung hatte ihn gelehrt, daß auch Menschen, die ansonsten gesetzestreu und in vielerlei Hinsicht liebenswert waren, einen Mord begehen konnten, wenn sie nur genug Angst hatten und in die Enge getrieben wurden. Und Männer, die er wegen ihrer Grausamkeit und ihrer Gleichgültigkeit gegenüber dem Leiden oder der Demütigung anderer verabscheute, konnten oft so nüchtern und planvoll vorgehen, daß es für sie keinen Grund mehr gab, Gewalt anzuwenden. Nicht, weil sie davor zurückschreckten, sondern weil sie die furchtbaren Konsequenzen kannten, die das nach sich zog.

Es hatte wenig Sinn, Urbans alte Fälle noch einmal durchzugehen, solange er nicht wußte, wonach er suchen sollte. Er hatte beim ersten Durchgang keine unerklärlichen Formfehler gefunden, außerdem wußte er, wo Urban sich das zusätzliche Geld verdiente. Ob er sein Amt dazu benützt hatte, die Angelegenheiten des Inneren Kreises zu unterstützen, war eine Frage, die auch später noch geklärt werden konnte. Pitt glaubte es eigentlich nicht. Er erinnerte sich daran, wie wütend Urban über den Fall Osmar gewesen war und über den Einfluß, den der Kreis seiner Meinung nach darauf ausgeübt hatte. Allein die Tatsache, daß er ihn verraten hatte, indem er Pitt von der Existenz des Kreises und seiner eigenen Mitgliedschaft erzählt hatte, gab ja Zeugnis davon, wo seine Loyalität lag.

Je mehr Pitt über ihn nachdachte, desto sympathischer wurde ihm Urban und desto überzeugter war er, daß es dem Inneren Kreis nicht gelungen war, Urban für seine Zwecke zu mißbrauchen. Sein Ungehorsam war der Grund gewesen, warum sein Name auf der Liste stand.

Warum stand dann Carswells Name auch darauf? Er hatte sich gefügt und das Verfahren gegen Osmar eingestellt. Und was war mit Latimer? Er mußte mehr herausbekommen.

Wo sollte er ansetzen?

Er fing mit den Varietétheatern an, in denen Urban vielleicht eine lukrativere Anstellung gesucht hatte, wenn seine Aussage über die Nacht, in der Weems ermordet worden war, der Wahrheit entsprach. Bei Tag wirkten die staubigen Bühnen und unrealistischen Hintergrundkulissen abstoßend und grotesk. Ohne den Zauber, den die Musik, die Dunkelheit und die Scheinwerfer ihnen nachts verliehen, sah alles merkwürdig nüchtern und kahl aus. Den ganzen Tag verbrachte Pitt damit, von einem Varieté zum nächsten zu gehen und unwillige Direktoren zu befragen, die sich nichts vergeben wollten, heftig ihre Rechtschaffenheit und Sittlichkeit beteuerten und ihm deutlich zu verstehen gaben, daß es ihren guten Ruf nicht gerade fördere, wenn Leute wie Pitt sich bei ihnen herumtrieben und Fragen stellten. Ja, natürlich überprüften sie den Lebenswandel der Leute, die sie einstellten. Es war leider notwendig, Leute zu beschäftigen, die die Ordnung wahrten – die Menschen waren eben so –, doch sie nahmen nur Männer mit dem besten Leumund. Alles andere wäre eine böswillige Unterstellung.

Pitt tat ihre Einwände mit einer Handbewegung ab. Ihn interessierte im Moment nicht das allgemeine Ansehen des Unternehmens, sondern er wollte wissen, ob sie in letzter Zeit ein Einstellungsgespräch mit einem bestimmten Mann geführt hatten.

Leider bejahten das drei der Direktoren. Doch die jeweilige Beschreibung, die sie von dem Bewerber gaben, war so allgemein, daß sie auf Urban genauso wie auf tausend andere zutreffen konnte. Es machte nur deutlich, wie schwierig es war, Urbans Unschuld zu beweisen, wenn man ihn nicht selbst den Direktoren gegenüberstellte und sie sich klar an ihn erinnerten, so daß eine eindeutige Identifizierung möglich war.

Zum Schluß ging er noch einmal zu dem Varietétheater in Stepney, wo Urban gearbeitet hatte, und fragte nach dem Direktor. Ein dicker Mann mit grauen Schläfen und schütterem Haar, das strähnig über seine Glatze gekämmt war, trat auf ihn zu. Er war sehr gut gekleidet, und Pitt schoß es plötzlich durch den Kopf, daß er nicht nur der Geschäftsführer, sondern möglicherweise auch der Besitzer des Gebäudes war.

»Ja, Inspektor? Mein Name ist Caulfield, Hosea Caulfield. Was kann ich für Sie tun?« fragte er freundlich. Seine Stimme war dünn und seine Aussprache etwas näselnd. »Helfe immer gern der Polizei. Um was geht's denn diesmal? Nicht schon wieder um den Rausschmeißertyp, oder? Is' er in Schwierigkeiten? Die Polizei hat nach ihm gefragt.«

»Doch, um den geht es«, antwortete Pitt und beobachtete das Gesicht des Mannes und die Art und Weise, wie er dastand. Er hatte etwas an sich, das ihn verwirrte und überraschte.

»O je.« Caulfield rieb sich die Hände, als wäre ihm kalt, obwohl doch Hochsommer war. »Das hab' ich befürchtet, weil der andere Polizist schon da war. Aber ich kann Ihnen nicht weiterhelfen.« Er schüttelte den Kopf. »Er ist nie wieder hergekommen. Vielleicht abgehauen. Ziemlich verdächtig das, oder?«

Pitt versuchte festzustellen, was ihn an dem Mann so verwirrte. Er hatte jetzt mit vielen Varietédirektoren gesprochen. Sie waren alle freundlich gewesen, mochten aber die Polizei nicht besonders und hatten ihn lieber gehen als kommen sehen. Caulfield aber wirkte beinahe übereifrig. Er wippte auf den Zehenspitzen, und unter seinen hellen Brauen blickten seine Augen aufmerksam in Pitts Gesicht. Er wartete auf etwas, aber nicht darauf, daß Pitt ging. Er schien etwas zu wollen. Aber was? Wollte er Informationen erhalten oder selbst Auskunft geben?

Offensichtlich Auskunft geben! Denn Pitt konnte ihm nichts sagen, was er nicht schon von Innes und durch eigene Nachforschungen hätte erfahren können. Eine Empfindung beherrschte ihn, die stärker als Angst war oder zumindest stärker als die Angst vor Pitt.

»Was soll ich Ihnen erzählen, Inspektor?« drängte Caulfield mit gespanntem Gesichtsausdruck. Sein Verhalten schwankte zwischen würdevoll und unterwürfig, als ob er sich seiner nicht ganz sicher sei. »Ich weiß wenig über den Mann, außer daß er seine Arbeit gut erledigt hat. Hat mir nie Ärger gemacht. Obwohl er schon ein seltsamer Typ war.« Er schüttelte den Kopf und fuhr, als Pitt schwieg, unbekümmert fort. »Hat ein paar seltsame Freundschaften geschlossen, aber vielleicht wär' Bekanntschaften das bessere Wort dafür. Das Varieté ist sicherlich ein guter Ort, um jemanden zufällig – unbemerkt sozusagen – zu treffen, wenn Sie wissen, was ich meine?« Er sah Pitt fragend an.

Pitt empfand eine instinktive Abneigung gegen den Mann, die er von der Vernunft her nicht zulassen wollte. Er war ungerecht. Der Mann hatte einfach Angst um seinen Lebensunterhalt. Es war bereits ein Polizist dagewesen, der sich nach seinen Angestellten erkundigt hatte. Wenn er jetzt befürchtete, daß in seinem Theater kriminelle Machenschaften im Gange waren, dann hatte er allen Grund, besorgt zu sein. So verhielt sich auch ein Unschuldiger.

Caulfield sah Pitt scharf an.

»Möchten Sie das Zimmer sehen, das er benützt hat?« fragte er und fuhr sich mit der Zunge über die Lippen.

»Was für ein Zimmer?« fragte Pitt stirnrunzelnd. »Wozu brauchte er ein Zimmer?«

Caulfield wand sich unbehaglich.

»Na ja – vielleicht ist ›Zimmer‹ ein bißchen übertrieben ausgedrückt.« Er zuckte mit den Achseln. »Eigentlich eher ein kleines Kabuff. Er – er hat gefragt, ob er da ab und zu Sachen reinstellen kann.« Er warf einen kurzen Seitenblick auf Pitt und sah wieder weg. »Ich hab's ihm natürlich erlaubt. Eine kleine Gefälligkeit kann nie schaden.« Er hatte offensichtlich das Gefühl, er müsse sich näher erklären, während er Pitt durch einen engen, dunklen Korridor führte und eine Tür aufschloß. Der Raum war äußerst kärglich möbliert. Über einem Holztisch hing ein einfacher Spiegel ohne Rahmen, davor standen zwei Holzstühle und an den anderen Wänden mehrere Schränke, einige davon so hoch, daß sie als Kleiderschränke dienen konnten. Ein nacktes Fenster ohne Vorhänge ging auf die kahle Wand des Gebäudes gegenüber hinaus.

»Wir benützen es als zusätzlichen Umkleideraum für die Künstler«, erklärte Caulfield und deutete vage auf den Tisch.

Pitt schwieg.

Caulfield fühlte sich anscheinend gezwungen weiterzureden, sein Gesicht wurde immer röter.

»Ihr Mann hat den Schrank da drüben benützt.« Er deutete mit seiner sehr gepflegten und manikürten Hand darauf.

Pitt sah zwar hin, bewegte sich aber keinen Schritt vorwärts.

Caulfield atmete tief ein und fuhr sich wieder mit der Zunge über die Lippen. »Sie möchten doch sicher einen Blick hineinwerfen, nehm' ich an?«

Pitt zog die Augenbrauen hoch.

»Ist denn etwas darin?«

»Ich – äh – ich ...« Caulfield war sichtlich verlegen. Warum? Wenn er hineingeschaut hatte, war das nur allzu verständlich. Es war sein Schrank, und der Mann, dem er ihn zur Verfügung gestellt hatte, war unerwartet gegangen. Es war nur normal nachzusehen, ob er etwas liegengelassen hatte. Das bedurfte keiner Erklärung und bestimmt keiner Entschuldigung.

Pitt sah ihn ungerührt an, und Caulfield errötete.

»Nein«, erwiderte er. »Ich weiß nicht, ob was drin ist. Ich dachte nur, weil Sie von der Polizei sind und sich für den Mann interessieren – und so –, daß Sie hineinsehen wollten.«

»Ja, ich will hineinsehen«, nickte Pitt und war sich jetzt ganz sicher, daß er etwas finden würde. Sein Ärger auf den Direktor war nicht gerechtfertigt. Eigentlich hätte er auf Urban ärgerlich sein müssen, denn es war Urban, der unbedingt die Bilder hatte haben wollen und nebenher schwarzarbeiten gegangen war, um sich das Geld dafür zu verdienen. Niemand hatte ihn gezwungen, seine Karriere zu ruinieren, und ganz bestimmt nicht dieser merkwürdige

Mann mit seinem roten Gesicht, der sich in seiner Haut nicht wohl fühlte und ständig mit den Händen herumfuchtelte. »Ach, übrigens, warum war das Zimmer verschlossen? Es sieht nicht so aus, als gäbe es hier etwas, das sich zu stehlen lohnte.«

Wieder war Caulfield aus der Fassung gebracht. Er trat von einem Fuß auf den anderen.

»Ich – äh – nun – aus Gewohnheit, glaub' ich. Manchmal läßt hier einer was liegen ...« Seine Stimme verlor sich. »Wollen Sie jetzt in den Schrank schauen? Ich möchte nicht unhöflich sein, Sir, aber ich hab' noch andere Verpflichtungen ...«

»Natürlich.« Pitt ging in die Ecke hinüber und öffnete die Schranktür. Auf dem Boden lag ein großes Paket, etwa einen halben mal einen Meter groß, aber gerade mal fünf Zentimeter dick. Es war in braunes Packpapier eingewickelt und mit einer Kordel verschnürt. Er brauchte es nicht aufzumachen, um zu wissen, was es enthielt.

Caulfield schwieg ausnahmsweise. Nicht mal ein erstauntes Luftholen war zu hören.

»Hat er oft Bilder hiergelassen?« fragte Pitt.

Caulfield zögerte.

»Nun?« drängte Pitt.

»Er hatte oft Pakete in dieser Größe dabei«, antwortete Caulfield nervös. »Er hat nicht gesagt, was drin ist, und ich hab' nicht gefragt. Ich hab' schon mal gedacht, ob er vielleicht ein Künstler ist und deshalb auch das Geld braucht.«

»Ein Maler, der seine Bilder mit sich rumträgt und in einem Varieté arbeitet?« fragte Pitt zweifelnd.

»Nun ja.« Caulfield starrte Pitt mit weit aufgerissenen Augen an. »Manchmal ist er mit einem Bild gekommen und mit einem anderen weggegangen.«

»Woher wissen Sie das? Gerade wußten Sie noch nicht einmal, daß es sich um Bilder handelte. Sie sprachen nur von Paketen.«

»Ich mein' – äh – das Paket, mit dem er wegging, hatte 'ne andere Größe. Und wegen der Form der Pakete hab' ich gedacht, es wären Bilder.« Seine Stimme wurde zusehends gereizter. »Und – und er hat sie immer so vorsichtig getragen. Und weil er sie sicher aufbewahren wollte, hab' ich gedacht, daß sie für ihn wertvoll sind. Was hätte es denn sonst sein sollen?«

Langsam knüpfte Pitt die Schnur auf und wickelte das Paket aus. Zum Vorschein kam ein großer, reich verzierter, vergoldeter Bilderrahmen, der allerdings kein Bild, sondern nur die nackte Holzrückwand enthielt.

»Bilderrahmen?« fragte er verblüfft.

»Nein, so was!« Es klang nicht sehr überzeugend. »Was soll das denn? Ich möcht' wissen, was mit dem Bild passiert ist! Sieht doch so aus, als wär' eins drin gewesen, oder?«

»Ja«, räumte Pitt widerwillig ein. Der Rahmen war alles andere als neu und die Rückwand vom Alter nachgedunkelt. Wahrscheinlich handelte es sich um Rahmen und Rückwand eines alten, wertvollen Meisterwerkes. Pitt fuhr mit dem Finger über die glatte Oberfläche des Rahmens. Er war sich nicht ganz sicher, aber offenbar war er mit Blattgold belegt, nicht einfach nur mit Goldbronze gestrichen.

»Glauben Sie, es ist gestohlen?« sagte Caulfield, der direkt hinter ihm stand.

»Ein gestohlener Bilderrahmen?« fragte Pitt erstaunt.

»Na ja, offensichtlich war doch ein Bild drin. Wem auch immer er es verkauft hat, wollte wohl den Rahmen nicht.«

»Vielleicht hat er aber auch einen alten Rahmen gefunden und ihn für jemanden mitgebracht?« schlug Pitt vor, aber er glaubte selbst nicht recht daran.

»Na ja, das ist ja Ihre Sache«, sagte Caulfield resignierend. »Machen Sie, was Sie wollen. Ich muß mich um meine eigenen Angelegenheiten kümmern. Wenn Sie jetzt alles gesehen haben, könnten Sie das ja vielleicht mitnehmen, und die Sache ist für mich erledigt.«

Pitt nahm den Rahmen und wickelte ihn wieder ein.

»Ich werde ihn mitnehmen.«

»Ich brauch' aber 'ne Bescheinigung«, mahnte Caulfield. »Um mich abzusichern, ganz einfach. Nachher kommt noch mal so ein Polizist und sagt, ich hätt' es heimlich behalten oder verkauft.« Er sah Pitt dabei direkt ins Gesicht.

Pitt verstand, was er meinte. Caulfield wollte einen Beweis dafür, daß Pitt den Rahmen gefunden hatte, damit er es seinem Vorgesetzten würde melden müssen. Dahinter steckte auch die Absicht, Urban mit hineinzuziehen. In was? Kunstraub, Fälschung, Hehlerei mit gestohlenen Werken, Bestechung eines Polizeibeamten mit Gemälden, damit er bei einem Diebstahl hin und wieder ein Auge zudrückte? Ihn schauderte. Wieder der Innere Kreis? Urban hatte sich ihm ein zweites Mal widersetzt, indem er nachdrücklich auf einer Anklage gegen Osmar bestanden hatte. Damit hatte er eine weitere und schwerere Bestrafung provoziert als die Hinterlassung seines Namens auf Weems' Liste. War das der Grund?

In Pitt stieg Haß auf den Direktor auf, obwohl er wußte, daß es unsinnig war. Höchstwahrscheinlich war der Mann selbst ein Opfer des Inneren Kreises.

»Das ist nur berechtigt«, sagte er spöttisch lächelnd. »Ich werde die Angelegenheit auf der Wache in der Bow Street berichten und mit Mr. Drummond darüber sprechen. Er ist der dortige Polizeichef. Ich werde ihm sagen, daß Sie äußerst hilfsbereit waren. Und ich versichere Ihnen, es wird Sie niemand mehr belästigen.«

Caulfield sog scharf die Luft ein. Er starrte Pitt mit großen Augen an und wollte schon widersprechen, doch dann fiel ihm gerade noch rechtzeitig ein, daß er ja den Beruf seines Angestellten gar nicht wissen durfte. Beinahe hätte er sich verraten. Er setzte eine unschuldige Miene auf und zwang sich zu einem Lächeln, doch in seinen Augen schimmerte ein kleiner Triumph, daß er wenigstens dieser Falle entgangen war.

»Ja natürlich. Ich bin Ihnen sehr verbunden. Jetzt die Bescheinigung, wenn Sie so freundlich sind. Nur zu meiner Absicherung, Sie verstehen?«

»O ja«, sagte Pitt boshaft. »Ich verstehe Sie vollkommen. Bringen Sie mir doch ein Blatt Papier und etwas zum Schreiben.«

Caulfield nickte unterwürfig. »Selbstverständlich, sofort, Inspektor.«

Während sich Pitt in Stepney mit den Problemen abquälte, die ihm Urban und der Innere Kreis aufgaben, suchte Charlotte nach Fannys Adresse und sandte sie zu Emily, damit Fitz sie sich dort abholen konnte. Dann stürzte sie sich wie wild in die Hausarbeit, backte mehr Brot und Kuchen, als die Familie essen konnte, bügelte alles, was sie fand, ob es nun frisch gewaschen war oder nicht, und kam schließlich am nächsten Morgen zu einer Entscheidung. Sie unterrichtete Gracie von ihrem Vorhaben und ging dann in ihrem besten Sommerkleid und einem leichten Mantel gegen den aufkommenden Wind aus dem Haus. Sie rief eine Droschke, die sie zu dem Gericht bringen sollte, in dem Addison Carswell den Vorsitz führte.

Sie hatte einen sorgfältig formulierten Brief an ihn dabei, in dem sie ihn daran erinnerte, wer sie war und daß sie Fanny Hilliard kennengelernt und sich mit ihr aufgrund der verschiedenen Gelegenheiten, bei denen sie sich begegnet waren, angefreundet hatte, so daß sie von Fanny schließlich in ihre gegenwärtigen Probleme eingeweiht worden sei. Sie wäre ihm deshalb äußerst dankbar, wenn er ihr, im Namen der Menschlichkeit, die Ehre erweisen würde, mit ihr zu Mittag zu essen. Dabei könnten sie gemeinsam überlegen, wie dieser bezaubernden, aber unglücklichen jungen Frau, für die sie beide doch offensichtlich Zuneigung empfanden, am besten zu helfen sei.

Der Brief war nicht als Drohung gedacht – außerdem lag es ihr fern, Fannys Vertrauen zu mißbrauchen –, doch andererseits wollte sie auch verhindern, daß Carswell ihr einfach eine ablehnende Antwort sandte, in der er ihr alles Gute wünschte, jedoch bedauerte, keine Zeit für ein nettes Mittagessen zu haben, so sehr er das auch genießen würde.

Sie war so skrupellos gewesen, Emily um Geld zu bitten, damit sie die Droschkenfahrt hin und zurück bezahlen konnte und auch das Mittagessen in einem Pub, falls Carswell auf ihren Vorschlag einging, ihr aber nicht anbot, für sie beide zu zahlen. Auch Emily hatte sie am Abend zuvor einen Brief geschrieben und ihn von Gracie in den Briefkasten werfen lassen. In dem Brief hatte sie ganz aufrichtig geschrieben:

Liebe Emily,
ich gehe davon aus, daß du ebenso wie ich daran interessiert bist, daß zwischen Fitz und Fanny Hilliard alles gut ausgeht, auch wenn unsere Gründe nicht genau die gleichen sind, aber doch vielleicht ähnlich. Ich sähe es wirklich sehr gerne, wenn Jack ins Parlament gewählt würde, und bin mir sicher, er wird dort sehr erfolgreich sein. Doch du weißt genausogut wie ich, daß Fanny im Lauf des Geschehens sehr gelitten hat. Sie wird zu Unrecht beschuldigt, worauf ich Dir mein Ehrenwort gebe. Eines Tages werde ich Dir vielleicht die Wahrheit erzählen können, die wirklich erstaunlich ist. Vorläufig werde ich alles tun, um die Geschichte in Ordnung zu bringen, und dafür brauche ich ein wenig Geld, damit ich eine Droschke in die Stadt und wieder zurück nehmen und einen gewissen Herrn zum Mittagessen einladen kann. Ich möchte versuchen, ihn davon zu überzeugen, daß es von Vorteil wäre, wenn er die Wahrheit bekennen würde – wenigstens Fitz gegenüber.
Ich rechne fest mit Deiner Hilfe, deshalb werde ich das Geld von meinem Haushaltsgeld nehmen und verlasse mich darauf, daß Du es mir ersetzt.
Deine Dich liebende Schwester

Charlotte

Als sie schließlich in der Droschke saß, war sie ganz zuversichtlich, daß ihr Plan gelingen würde. Offen war jedoch, ob sie in der Lage wäre, die richtigen Worte zu finden, um Addison Carswell davon zu überzeugen, alles, was er besaß, aufs Spiel zu setzen, um Fanny zu helfen. Gleichzeitig war sie sich nicht sicher, ob Fanny selbst das wünschte.

Sie bekam sogar plötzlich Zweifel, als die Droschke über das Pflaster holperte, ob das, was sie tat, auch wirklich klug war. Sie konnte nicht vorhersehen, was dabei herauskommen würde, aber sie war sich ganz sicher, daß Fanny Fitz liebte und sich wünschte, er möge die Wahrheit über sie und Carswell erfahren. Charlotte wußte auch, daß Fanny selbst es ihm nicht sagen würde.

Noch bevor sie mit ihren Überlegungen zu Ende war, erreichte sie das Gerichtsgebäude und mußte aussteigen. Sie hatte die Wahl, auf der Straße herumzustehen oder direkt hineinzugehen. Hier draußen würde man sie womöglich erstaunt ansehen, Hausierer oder Zeitungsjungen, die den jüngsten Skandal herausschrien, konnten sie belästigen, oder Bettler würden sie um eine kleine Gabe bitten, die sie sich nicht leisten konnte.

Sie zog ihren Mantel enger um sich, nicht weil es kalt war, sondern als eine Art Schutz vor Verletzung, und ging die Stufen hinauf.

Im Inneren des Gerichtsgebäudes herrschte ein geschäftiges Treiben. Sichtlich nervöse Frauen mit bleichen Gesichtern, die sich ängstlich in ihre Mäntel und Schals hüllten, standen herum und beobachteten gespannt die Vorbeigehenden, trauten sich aber nicht, sie anzusprechen, obwohl sie das offensichtlich gerne tun wollten. In den Ecken warteten schäbig gekleidete Männer, die Hände in den Hosentaschen, und warfen verstohlene Blicke um sich. Justizbeamte und Gehilfen eilten mit wehenden Roben hin und her. Sie schleppten riesige Aktenstöße, und ihre Perücken ließen sie in den Augen der Besucher entweder sehr wichtig oder etwas lächerlich erscheinen, je nachdem, welches Anliegen sie hierher gebracht hatte und welche Befürchtungen sie hegten.

Charlotte sprach einen der Justizbeamten an, der etwas langsamer einherschritt.

»Entschuldigen Sie, Sir …«

Er unterbrach jäh seinen Gang, drehte sich auf dem Absatz um und betrachtete sie von oben herab.

»Sie wünschen, Madam?« Er trug einen Kneifer auf der Nase und sah sie durch die dicken Gläser erstaunt an.

»Ich habe einen dringenden Brief für Mr. Addison Carswell abzugeben«, brachte sie ihr Anliegen ohne Umschweife vor. »Wem kann ich den Brief übergeben, um sicher zu sein, daß Mr. Carswell ihn vor Mittag noch bekommt?«

»Er ist im Gerichtssaal, Madam!«

»Davon bin ich ausgegangen, sonst hätte ich versucht, ihm den Brief selbst zu übergeben.« Sie sah ihm unerschrocken ins Gesicht, und er schien ein wenig verblüfft. Ein solch entschlossenes Auftreten war er von Frauen nicht gewohnt.

»Es ist wichtig«, sagte sie sehr bestimmt.

»Handelt es sich um einen vertraulichen Brief, Madam?« Er war immer noch nicht überzeugt.

»Er ist für Mr. Carswell persönlich«, antwortete sie mit etwas gereizter Stimme, in der Hoffnung, das würde ihn von weiteren Nachfragen abhalten.

»Gut. Dann werde ich ihn überbringen.« Er streckte seine Hand nach dem Brief aus.

»Noch vor der Mittagspause«, wiederholte sie und reichte ihm den Brief.

»Ganz gewiß«, bestätigte er ihr, nahm den Brief, steckte ihn in seine Tasche, nickte ihr kurz zu und verschwand.

Fürs erste blieb ihr nichts anderes übrig, als einen Sitzplatz zu finden und in Ruhe auf eine Antwort zu warten. Normalerweise beobachtete sie Menschen sehr gerne, ihre Gesichter, ihre Kleidung, ihr Verhalten untereinander, und dann versuchte sie sich vorzustellen, wie sie sich wohl im Alltag verhielten, welche Berufe sie ausübten und was für Beziehungen sie hatten. An diesem Ort jedoch herrschte eine solche Angst, Hoffnungslosigkeit und Verzagtheit, daß es sie bedrückte. Statt dessen überließ sie sich lieber ihren Gedanken über Lord und Lady Byam, über Lady Byams Beziehung zu Micah Drummond und darüber, was für ein Mensch wohl Lord Anstiss war, wenn man ihn als Freund kannte und nicht von ihm eingeschüchtert wurde, also wie ihn auch Laura Anstiss erlebt hatte.

Sie war vollkommen in Gedanken versunken, als der Justizbeamte zurückkam und vor sie hintrat, diesmal allerdings wesentlich höflicher als zuvor.

»Mrs. Pitt? Mr. Carswell hat mich gebeten, Ihnen das zu geben.« Er streckte ihr einen Umschlag hin.

»Vielen Dank.« Sie nahm ihn entgegen und merkte mit Erstaunen, daß ihre Finger dabei ein wenig zitterten. Sie wartete, bis er wieder davongeeilt war – überaus geschäftig und wichtig tuend –, bevor sie ihre Handschuhe auszog und den Umschlag öffnete. Sie las:

Sehr geehrte Mrs. Pitt,
ich fürchte, daß ich nur sehr wenig zu Miss Hilliards Glück beitragen kann, doch möchte ich Sie sehr gerne treffen und bitte Sie, heute mittag um zwölf Uhr mein Gast zu sein. Bitten Sie einen der Justizbeamten, Sie zu meinem Amtszimmer zu führen, dann werde ich Sie in ein geeignetes Lokal geleiten, wo wir zusammen speisen können. Ich möchte Sie bitten, pünktlich zu sein, denn wie Sie sicher verstehen werden, ist meine Zeit aufgrund meiner Verpflichtungen am Gericht begrenzt.
Hochachtungsvoll

Addison Carswell

Charlotte faltete den Brief zusammen und steckte ihn in ihre Handtasche. Sie hatte versorglich daran gedacht, eine Taschenuhr mitzunehmen, die ihr Vater ihr vor vielen Jahren geschenkt hatte, falls sie mal in die Verlegenheit käme, eine Verabredung genau einhalten zu müssen und nicht in Sichtweite einer öffentlichen Uhr wäre.

Um fünf vor zwölf bat sie einen Justizbeamten, sie zu Carswells Amtszimmer zu führen, und pünktlich um zwölf Uhr trat er heraus. Er sah gefaßt, aber sehr blaß aus. Kaum daß er sie erblickt hatte, verhärteten sich seine Gesichtszüge, und er preßte seinen Mund zu einer schmalen Linie zusammen.

Darüber war Charlotte nicht überrascht, obwohl sie sich nicht wohl dabei fühlte. Sie hatte ihre Bitte so formuliert, daß er annehmen konnte, sie hätte die Absicht, ihn zu erpressen. Und falls William Weems das auch schon getan hatte, dann war seine Befürchtung nur verständlich.

»Guten Tag, Mrs. Pitt«, sagte er kühl. »Ich bin Ihnen sehr verbunden, daß Sie so pünktlich sind. Darf ich Sie zum Mittagessen begleiten? Es gibt hier um die Ecke ein ausgezeichnetes Gasthaus, in dem wir uns ungestört unterhalten können, ohne daß jemand mithört, und man wird uns dort unverzüglich bedienen.« Er bot ihr nicht seinen Arm an.

»Vielen Dank, das ist mir sehr recht«, sagte sie zu ihm und ärgerte sich doch über seinen Verdacht, obwohl sie sich selbst gerade eingestanden hatte, daß er durchaus berechtigt war. Sie ging erhobenen Hauptes neben ihm her aus dem Gebäude.

Das Gasthaus war laut und voller Menschen, zumeist Männer, die die Tische besetzten, und alle dunkel und unauffällig gekleidet waren. Flinke Kellner hoben die schweren Tabletts auf eine Schulter und stellten die Speisen und Getränke mit großem Geschick auf die Tische. Nachdem Charlotte und Carswell sich gesetzt hatten und Carswell für sie beide bestellt hatte, kam er ohne viel Umschweife zur Sache. Charlotte blieb keine Zeit, sich umzusehen, was sie normalerweise gerne getan hätte, denn sie war noch nie in einem Gasthaus gewesen. Sie ging davon aus, daß die Männer an den anderen Tischen Anwälte mit ihren Klienten waren, weil sie sehr ernst und mit gebeugten Köpfen miteinander redeten.

»Sie haben in Ihrem Brief Miss Hilliard erwähnt, Mrs. Pitt«, sagte Carswell kühl. »Und daß Sie mit ihr Freundschaft geschlossen haben. Ich weiß sehr wohl, was man ihr Häßliches unterstellt hat, doch dieses Thema gedenke ich nicht mit Ihnen zu erörtern. Es tut mir aufrichtig leid, daß es geschehen ist.« Er machte einen unglücklichen Eindruck, doch seine Augen wichen ihrem Blick nicht aus. »Aber ich weiß nicht, wie ich es wiedergutmachen kann. Sie sind sich doch sicher darüber im klaren, daß es nichts nützen würde, den Vorwurf abzustreiten.«

Charlotte betrachtete ihn voller Mitleid, sie empfand keinen Widerwillen gegen ihn. Doch sie mußte auch an Regina denken, vor der sie größte Hochachtung hatte, und die Lage seiner anderen Töchter berücksichtigen, die sich Hoffnungen auf eine angemessene Heirat machten. Gleichzeitig hatte sie Mitleid mit Fanny, die in eine Situation gedrängt wurde, in der sie allein litt.

Sie wappnete sich und tat den unvermeidlichen Schritt.

»Ich erwarte von Ihnen nicht, daß Sie den Vorwurf so ohne weiteres abstreiten, Mr. Carswell«, sagte sie mit einem kleinen Lächeln. »Es ist schlimm, was die Leute alles glauben, vor allem weil es Ihre Frau und Ihre Töchter so furchtbar trifft und Miss Hilliards Ansehen in der Gesellschaft ruiniert. Doch das ist meiner Ansicht nach nicht die Hauptsache. Der Kreis der Leute, die das Gerücht gehört haben, ist noch klein, und Fanny stehen mit der Zeit vielleicht auch andere Verbindungen offen ...«

Sie holte tief Luft und fuhr fort. »Und so schlimm es auch sein mag, es ist immer noch besser als die Wahrheit.« Sie bemerkte, wie die Farbe aus seinem Gesicht wich, doch sein Gesichtsausdruck veränderte sich nicht, und er sah sie weiterhin unbeirrt an. Sein feindseliger, harter Blick verriet ihr, daß er sich jetzt ganz sicher war, daß sie ihn erpressen wollte. Sie konnte seine Verachtung über das weiße Tischtuch, die Messer und Gabeln hinweg deutlich spüren.

Er schwieg beharrlich.

Gerade als sie weitersprechen wollte, brachte der Ober das Essen und stellte es vor sie auf den Tisch.

Carswell dankte ihm mit grimmiger Miene und schickte ihn weg.

»Ich bin mir sicher, Sie möchten auf etwas Bestimmtes hinaus. Ich wäre Ihnen sehr verbunden, wenn Sie jetzt darauf zu sprechen kämen.«

Ein leiser Ärger regte sich in ihr.

»Ich weiß, daß Fanny Ihre Tochter ist, Mr. Carswell. Ich erwarte von Ihnen nicht, daß Sie das aller Welt erzählen. Es würde Ihre – Ihre gegenwärtige Frau und Ihre anderen Töchter zugrunde richten, und Fanny würde das nie wollen. Das wissen Sie sehr genau, denn sie hat all ihre Hoffnungen fahren lassen, die Verleumdung stillschweigend erduldet und sich zurückgezogen, anstatt sich zu rechtfertigen und öffentlich die Wahrheit zu sagen. Sogar Herbert Fitzherbert hat sie sie nicht gesagt.«

Sein harter Blick wich nicht von ihr. Am Tisch hinter ihnen schwenkte ein junger Mann ein amtliches Schriftstück durch die Luft, so daß die Bänder flatterten und das Siegel im Licht rot aufleuchtete. Ein Ober ging mit einem Tablett, auf dem zwei Bierkrüge standen, an ihrem Tisch vorbei.

»Was wollen Sie von mir, Mrs. Pitt?« fragte Carswell mit zusammengebissenen Zähnen.

»Ich möchte, daß Sie sich überlegen, Herbert Fitzherbert die Wahrheit zu sagen«, antwortete sie. »Er liebt Fanny und ist trotz des Skandals, den das geben wird, bereit, sie zu heiraten. Aber sie wird sich auch ihm nicht anvertrauen und sich nicht vor ihm rechtfertigen. Es ist eine schreckliche Vorstellung für mich, daß er sie immer für eine Frau ohne Moral halten wird, und mit der Zeit wird das womöglich sogar seine Achtung für sie untergraben und Mißtrauen zwischen ihnen säen. Die Gelegenheit, Parlamentsabgeordneter zu werden, hat er sich verscherzt, ihm ist seine Liebe zu Fanny wichtiger. Ich fürchte jedoch, daß sie ihm die Wahrheit nie sagen wird, weil sie Sie, Mr. Carswell, schützen möchte. Und sie wird Fitzherbert nicht heiraten, solange er die Wahrheit nicht kennt und glaubt, daß sie Ihre Geliebte ist.«

Sie ergriff ihr Glas, stellte es aber gleich wieder ab.

»Und auch ihr Bruder hat das Recht, die Wahrheit zu erfahren. Warum sollte sie auch seiner Verachtung ausgesetzt sein? Sie wird sehr einsam werden, und die, die sie am meisten liebt, werden sie mit Geringschätzung behandeln. Und das alles, um Sie und Ihre zweite Familie zu schützen. Können Sie damit leben, könnten Sie mit diesem Wissen glücklich werden, Mr. Carswell?«

Sein Gesicht war rot angelaufen, und er blickte unglücklich vor sich hin. Er sträubte sich gegen die allerschrecklichste Entscheidung noch einen Augenblick länger und stellte die näherliegende Frage.

»Und um was geht es Ihnen dabei, Mrs. Pitt? Warum ist Ihnen diese Angelegenheit so wichtig? Sie kennen Fanny erst seit kurzem. Es fällt mir schwer zu glauben, daß Sie eine so starke Zuneigung zu ihr entwickelt haben.«

»Ich weiß, was Sie vermuten, Mr. Carswell, und in Anbetracht Ihrer Verbindung mit Weems ist diese Vermutung auch nur verständlich.« Sie sah, wie er erbleichte und auf seinem Gesicht ein ungläubiger Ausdruck erschien. Doch dann dämmerte ihm langsam die Erkenntnis. »Pitt – Mrs. Pitt? Sind Sie etwa ...«

Die Summe aller gesellschaftlichen Unterschiede klang unausgesprochen in diesen Worten an: die tiefe Kluft zwischen der Charlotte, die Emilys Schwester war, sich in der vornehmen Gesellschaft bewegte, tanzte, dinierte und die Oper besuchte, und der Charlotte, die Pitt geheiratet hatte, der als Polizist bei Leuten vorsprach, um nach dem Mord an einem Wucherer in den Hinterhöfen von Clerkenwell Erkundigungen einzuziehen. Offensichtlich hatte Carswell vollkommen vergessen, daß er beiden schon einmal zusammen in der Oper begegnet war.

Sie schluckte die scharfe Erwiderung, die ihr auf der Zunge lag, hinunter und setzte eine eisige Miene auf. Jetzt würde sie erst recht nicht mehr zulassen, daß er glaubte, sie würde sich so weit erniedrigen, ihn zu erpressen.

»Ja, Inspektor Pitt ist mein Mann«, bestätigte sie. »Und ich sorge mich um Fanny, weil ich sie ins Herz geschlossen habe. Irgend jemand muß sich doch um sie sorgen. Sie tun es ja nicht.«

Er errötete tief.

»Das ist unfair, Mrs. Pitt! Haben Sie überhaupt eine Vorstellung davon, was es für meine jetzige Familie bedeutete, wenn das bekannt würde? Sie können nichts dafür, genausowenig wie Fanny. Ich habe vier Töchter und einen Sohn. Wollen Sie, daß ich Fanny zuliebe deren Leben ruiniere?« Seine Stimme zitterte ein wenig, und Charlotte wurde plötzlich schmerzhaft bewußt, wie fürchterlich schwer es ihm fiel, solche vertraulichen Dinge aus seinem Leben jemandem zu erzählen, der nicht nur ein Außenstehender war, sondern dazu noch auf der Gegenseite stand.

»Es ist alles mein Fehler«, fuhr er fort und sah sie dabei nicht an, sondern blickte auf seinen Teller. »Ich habe Fannys Mutter geheiratet, als ich zwanzig und sie siebzehn war. Wir haben geglaubt, daß wir einander liebten. Sie war so hübsch, so lebendig, und sie lachte so gerne ...« Einen Augenblick lang bekam sein Gesicht einen weichen Ausdruck. »Genauso wie Fanny.« Er seufzte. »Vier Jahre lang ging alles gut, Fanny wurde geboren und nach ihr James. James war noch ein Baby, als sich Lucy auf einmal vollkommen veränderte. Ein Tanzlehrer hatte ihr völlig den Kopf verdreht – ausgerechnet ein Tanzlehrer. Ich war vermutlich ganz von meiner Arbeit in Anspruch genommen. Ich war damals ein aufstrebender Rechtsanwalt und versuchte, möglichst viele Fälle zu bekommen, denn es war nicht leicht, das nötige Geld für unseren Lebensunterhalt zu verdienen. Und ich war ehrgeizig.«

Charlotte aß einen Bissen von ihrem Teller, hörte ihm jedoch weiter aufmerksam zu.

»Ich habe sie zu oft alleine gelassen, das gebe ich zu. Und ich besaß damals noch nicht die soziale Stellung oder das Einkommen, daß ich ihr die Vergnügungen bieten konnte, die sie sich wünschte.« Er zuckte die Schultern. »Sie hat mich verlassen und ist mit dem Tanzlehrer auf und davon. Die Kinder hat sie mitgenommen.«

Charlotte wunderte sich. Sie wußte, wie das Gesetz mit ehebrecherischen Frauen und deren Kindern verfuhr.

»Haben Sie nicht von ihr verlangt, daß sie wenigstens die Kinder bei Ihnen läßt?« fragte sie erstaunt. »Auch wenn Sie vielleicht nicht wollten, daß sie zurückkommt.«

Er errötete. »Nein. Ich habe daran gedacht – und wie peinlich es wäre, zugeben zu müssen, daß meine Frau mit einem Tanzlehrer weggelaufen war. Es tat mir weh, meine Kinder zu verlieren, aber was hätte ich ihnen bieten können? Eine Kinderfrau, die sich um sie kümmerte, während ich arbeiten ging. Lucy liebte die Kinder, und sie war eine gute Mutter.«

»Und der Tanzlehrer?«

»Die Sache dauerte nicht lange.« Mitleid lag in seiner Stimme, und auch sein Gesicht hatte einen mitfühlenden Ausdruck. »Er starb innerhalb von zwei Jahren an Typhus, aber das war vielleicht weniger grausam, als wenn er sie verlassen hätte. Lucy lebte in einer Seitenstraße der Kennington Road in dem Haus, das ihm gehört hatte und das ihr nach seinem Tod zugefallen war.« Wieder errötete er voller Schuldbewußtsein. »Natürlich hätte ich mich von ihr scheiden lassen sollen, aber ich habe mich vor dem Skandal gefürchtet. Und da ich Jurist war, hätten es alle meine Freunde und Kollegen erfahren, und ich hätte ihr Mitgefühl nicht ertragen können. Ich hatte es mir nicht leisten können, Gäste zu empfangen, und mit zwei kleinen Kindern zu Hause hatte Lucy kein großes Bedürfnis gehabt, Einladungen anzunehmen, die wir nicht erwidern konnten. Meine Kollegen wußten nicht, daß ich verheiratet war, und deshalb habe ich einfach nichts gesagt.«

»Was war mit ihren Eltern?« fragte Charlotte.

»Lucy ist Waise. Ihr Vormund, ein älterer Onkel, hat mit ihr nach unserer Heirat keinen Kontakt mehr gehabt. Er dachte wohl, dadurch daß er für sie einen Ehemann gefunden hatte, hätte er seine Pflicht ihr gegenüber erfüllt.«

»Und Sie wollten sie nicht wieder bei sich aufnehmen? Oder die Kinder?«

»Weder Lucy noch ich hatten das Bedürfnis, noch einmal unter einem Dach zu leben. Und es wäre grausam und auch unsinnig gewesen, wenn ich darauf bestanden hätte, daß die Kinder zu mir kommen. Ich hatte zu jener Zeit keine Frau, die sie hätte großziehen können, und, wie ich bereits zugegeben habe, wollte ich nicht, daß die Welt etwas von meiner unglückseligen Beziehung erfährt.« Er hob seinen Kopf und sah Charlotte an. Trotz des unglücklichen Ausdrucks blickten seine Augen ganz weich. »Dann bin ich Regina begegnet und lernte, sie auf eine Weise zu lieben, wie ich Lucy nie geliebt hatte. Ich wollte um jeden Preis verhindern, daß sie etwas von meiner früheren Ehe erfuhr. Ihre

Eltern hätten mich niemals als Schwiegersohn akzeptiert. Es war sowieso schon schwer genug, sie davon zu überzeugen, daß ich angemessen für Regina sorgen könnte ...« Er verstummte und blickte Charlotte an.

Er war sich augenscheinlich schmerzhaft bewußt, daß er ihr keine schöne Geschichte erzählt hatte, aber Charlotte konnte sich gut vorstellen, wie alles gekommen war. Der Schock, das Gefühl der Erniedrigung und die Einsamkeit, die er empfunden haben mußte, kamen in diesem knappen Bericht nicht vor. Dennoch sah sie den jungen Mann deutlich vor sich, der sich seiner Lage nicht gewachsen fühlte und sich vor dem Gespött der Leute fürchtete und der abends müde heimkam in ein Haus, wo er noch vor kurzem von seiner Frau und seinen Kindern begrüßt worden war und jetzt nur noch Bedienstete vorfand, die sich zwar höflich, aber distanziert und gleichgültig verhielten.

Zum Schluß hatte er es einfach geleugnet und die Erinnerung aus seinem Gedächtnis verdrängt. Als sich dann das Glück in der Person von Regina darbot, hatte er zugegriffen und den nötigen Preis dafür bezahlt. Jetzt, dreiundzwanzig Jahre später, war der Preis auf einmal viel höher geworden, und nicht nur er mußte ihn bezahlen, sondern auch Fanny – oder eben Regina.

»Haben Sie Weems Geld gezahlt?« fragte Charlotte plötzlich.

Er starrte sie völlig entgeistert an.

»Nein. Gott sei mein Zeuge, ich habe den Mann nie gesehen.«

»Aber Sie haben Horatio Osmar laufenlassen. Sie haben das Verfahren gegen ihn eingestellt, ohne Beulah Giles als Zeugin zu vernehmen.«

»Aber das hatte nichts mit Fanny oder meiner ersten Ehe oder gar mit Weems und dessen Ermordung zu tun.«

»Nein.« Sie wollte schon hinzufügen, daß es aber sehr viel mit dem Geheimbund des Inneren Kreises zu tun hatte, als sie sich an Pitts Warnung vor dessen Macht erinnerte und die Bemerkung unterdrückte. »Nein«, sagte sie noch einmal. »Das habe ich auch nicht angenommen, aber ich mußte es fragen. Was wollen Sie jetzt wegen Fanny und Herbert Fitzherbert unternehmen?«

»Was werden Sie unternehmen, Mrs. Pitt?«

»Nichts. Ich habe alles getan, was ich konnte. Es ist jetzt Ihre Entscheidung.«

»Fitzherbert wird mich vielleicht verraten, im Interesse von Fanny – und in seinem eigenen.«

»Vielleicht. Aber wenn er es tut, wird er Fannys Liebe für immer verlieren, und er ist klug genug, das zu wissen.«

»Ich muß darüber nachdenken.«

»Aber schieben Sie es nicht zu lange auf. Wenn Fanny ihn erst einmal zurückgewiesen hat, wird er ihr vielleicht glauben und sie nicht noch einmal fragen.«

»Sie setzen mir schwer zu, Mrs. Pitt.«

Zum ersten Mal lächelte sie. »Ja. Es ist ja auch ein schweres Problem. Ich nehme an, Mrs. Carswell – ich meine Regina – wird sich nur sehr schwer damit abfinden, daß ihre Ehe bigamistisch ist.« Sie sah, wie er zusammenzuckte, fuhr aber fort. »Doch ich denke, es wird für sie nicht schmerzhafter sein als der Gedanke, daß Sie schon seit längerer Zeit eine Affäre mit einer jungen Frau in Fannys Alter haben. Steht man zwei so schrecklichen Alternativen gegenüber, dann spricht vieles für die Wahrheit, weil das Leben mit der Lüge auf Dauer zu schmerzhaft ist.«

»Glauben Sie? Wie ginge es Ihnen, Mrs. Pitt, wenn Sie erführen, daß Ihr Mann gar nicht Ihr Mann ist und Ihre geliebten Kinder alle unehelich sind?«

»Ich kann mir nicht vorstellen, wie schrecklich ich mich fühlen würde, Mr. Carswell, wie zornig, wie enttäuscht und wie verraten. Aber ich glaube, es wäre für mich leichter zu verzeihen, als mit dem Verdacht zu leben, daß mein Mann mit einer jungen Frau, die nicht viel älter als meine eigene Tochter ist, eine intime Liebesbeziehung hat.«

Er lächelte matt. »Das sind die Werte der Mittelschicht, Mrs. Pitt, wenn nicht sogar der Arbeiterschicht. Eine Dame der höheren Gesellschaft würde das als Teil ihres Lebens hinnehmen, und solange man es ihr nicht ständig vor Augen führte oder sie damit in der Öffentlichkeit in Verlegenheit brächte, würde sie es kaum bemerken. Und eine Dame zarteren Gemüts wäre vielleicht sogar froh, wenn ihr Ehemann die Befriedigung seiner Gelüste woanders suchte und nicht sie damit belästigte und ihr auf diese Weise auch ersparte, einen größeren Kindersegen hinnehmen zu müssen, als ihr lieb oder ihrer Gesundheit zuträglich wäre.«

»Dann gehöre ich ganz entschieden zu einer deutlich niedrigeren Schicht, Mr. Carswell«, sagte sie mit unverhohlener Befriedigung. »Wenn das der Maßstab ist, nach dem gemessen wird. Und es würde mich nicht erstaunen, wenn Mrs. Carswell auch dazu gehört. Doch die Entscheidung liegt bei Ihnen.« Und mit diesen abschließenden Worten beugte sie sich über ihr fast schon kaltes Schweinekotelett und trank einen Schluck von dem wirklich ausgezeichneten Wein.

»Ich werde mit Fitzherbert sprechen«, sagte er schließlich, kurz bevor sie aufstanden. »Und mit James.«

»Ich danke Ihnen«, sagte sie so nüchtern, als ob er ihr das Salz gereicht hätte. Doch im Innern spürte sie ein kleines, prickelndes Glücksgefühl.

Die Tage nach der Gartenparty, auf der Fitz nur zu deutlich gemacht hatte, daß er nicht beabsichtigte, sich in die Ehe mit Odelia drängen zu lassen, und Lord Anstiss die Stirn geboten hatte, machten Jack Radley langsam und schmerzvoll bewußt, welches die bitteren Folgen solch eines Verhaltens waren.

Es wurde überhaupt nicht darüber gesprochen. Niemand übte offen Kritik. Auch Lord Anstiss, dem Jack bei mehreren gesellschaftlichen Anlässen begegnet war, erwähnte die Angelegenheit mit keinem Wort. Auf die ersten Anzeichen stieß Jack in seinem Club, wo er zufällig die Unterhaltung zweier ihm flüchtig bekannter Männer mit anhörte. Sie redeten über Fitz und schüttelten die Köpfe darüber, daß er aus einem anderen Club, dem einer der beiden angehörte, ausgeschlossen worden war.

»Ach du lieber Himmel, George. Fitzherbert? Nicht möglich!« Der Mann zog verwundert seine hellen Augenbrauen hoch. »Weswegen denn? Dachte immer, er wäre ein netter Bursche – einer von uns, du weißt schon.«

»Dachte ich auch«, stimmte ihm sein Freund zu. »Darum ist es mir auch im Gedächtnis hängengeblieben.«

»Und du bist sicher, daß es Fitzherbert war?«

»Klar. Ganz sicher. Hältst du mich für blöd, Albert?«

»Aber warum denn bloß? Doch nicht, weil dieses Morden-Mädchen ihm den Laufpaß gegeben hat, oder? Ganz gleich, was er getan hat, man stößt ein Clubmitglied doch wegen so einer Sache nicht aus. Gütiger Himmel, wenn sie damit anfangen würden, wären bald herzlich wenig von uns übrig, stimmt's?«

»Nein, deswegen natürlich nicht. Es muß um etwas anderes gehen. Ich weiß nicht genau, um was. Es gingen Gerüchte um. Mehr weiß ich nicht. Aber ich sage dir eins: White's wird nachziehen – und dann alle anderen wichtigen Clubs.«

»Glaubst du? Aber was hat er denn getan?«

»Kommt nicht so drauf an. Der arme Kerl. Die Leute wollen es gar nicht genau wissen, die ziehen einfach nach. Wirklich schlimm. Ich mochte ihn. Netter Bursche, immer angenehm.«

»Geht es vielleicht um das Hilliard-Mädchen?«

»Sei kein Dummkopf. Wen zum Teufel schert es, wenn einer eine Dame von zweifelhaftem Ruf beehrt? Solange du deine Frau nicht beleidigst oder erwartest, daß anständige Leute die andere so behandeln, als gehörte sie schon zur Familie ...«

»Ach wirklich? Weiß der Prinz von Wales das?«

»Was? Oh – Mrs. Langtry? Was die vom Marlborough House machen, gilt ja nun wirklich nicht als Musterbeispiel für uns alle. Man kann sich nicht alles erlauben, nur weil die es auch tun. Na ja, jedenfalls hat er, wie ich gehört habe, mit dem Mädchen einfach nur ein bißchen geflirtet. Harmlose Sache, das. Nein – nein, es geht um was anderes. Keine Ahnung, was.«

Jack wußte nicht, daß Anstiss dahintersteckte, aber er befürchtete genau das. Er erinnerte sich an den zornigen

Ausdruck in dessen Augen und an den harten Zug um seinen Mund. Anstiss' liebenswürdiges, intelligentes Gesicht hatte plötzlich einen unbarmherzigen, fast grausamen Ausdruck bekommen, der etwas Endgültiges hatte.

Jack hörte noch andere Bemerkungen und sah die abweisenden Mienen, wenn jemand Fitz' Namen erwähnte.

»Es sagt ziemlich viel über die eigenen Bekannten«, sagte er eines Nachmittags zu Emily und Charlotte, als sie in Charlottes Garten in der Sonne saßen. Sie waren kurz vorbeigekommen, um Charlotte von ihren veränderten Plänen zu erzählen. Jack lächelte etwas zynisch, was völlig untypisch für ihn war. »Ich glaube, ich kann sie fast in zwei Gruppen einteilen: in die, die ich bewundere, und in die, die ich aufgrund ihres Verhaltens nicht bewundere. Es ist bitter festzustellen, wie viele Menschen sofort bereit sind, einen Mann zu verdammen, ohne daß sie wissen, was er überhaupt getan haben soll, ganz zu schweigen davon, ob er tatsächlich schuldig ist oder nicht.«

»Das sollte dich nicht überraschen, mein Lieber«, sagte Emily mit einem traurigen Lächeln. »In der Gesellschaft geht es nur um Einfluß und um Mode. Jemand mit Einfluß hat Fitz ausgestoßen, und plötzlich ist er nicht länger beliebt. Beinahe jeder hängt sich doch einfach an einen anderen an und versucht verzweifelt, eine Stufe höher zu klettern. Und da keiner weiß, wohin der Weg führt, ist es wichtig, daß er sich an die richtigen Leute hängt.«

Charlotte warf ihr einen Blick zu, weil sie wissen wollte, ob Emily so bitter war, wie sie klang. Aber sie sah das belustigte Zwinkern in Emilys Augen und war beruhigt, daß es sich eher um tolerantes Einfühlungsvermögen handelte als um Selbstmitleid oder schlimmer gar um Verachtung.

»Was wirst du tun?« fragte Charlotte, zu Jack gewandt.

»Ich werde Lord Anstiss sagen, daß ich die Kandidatur anstrebe, daß ich aber nicht in die Gesellschaft eintreten werde, zu der er mich eingeladen hat«, antwortete Jack, plötzlich sehr ernst geworden. Als sie ihn näher betrachtete, sah Charlotte, wie sehr ihn das alles belastete und ihm sogar eine gewisse Angst einjagte. Daran erkannte sie auch, daß er glaubte, Anstiss sei dafür verantwortlich, daß Fitz in Ungnade gefallen war. Sie waren sich alle Anstiss' wahrer Macht bewußt, nicht der Macht, die auf seinem Geld, seiner Mildtätigkeit, seinem freimütigen Ratschlag, seinem Gönnertum und seiner Gastfreundschaft beruhte, sondern auf seinem gesellschaftlichen Einfluß, mit dem er manchen Menschen zum Erfolg verhalf oder sie vernichtete, ganz wie es ihm beliebte. Als Freund war er sicherlich sehr nützlich, doch ihn zum Feind zu haben, konnte einen zugrunde richten.

»Es wird ihm nicht gefallen«, sagte Charlotte ruhig, doch innerlich war sie überaus erleichtert. Anstiss konnte zwar damit drohen, daß er Jack zum Scheitern bringen würde, doch war das nichts verglichen mit der Schreckensherrschaft, die der Innere Kreis über seine Mitglieder ausübte, nichts gegen die Korrumpierung des Gewissens, die Untergrabung von Loyalitäten, die Heimlichkeit und die Unsicherheit, weil man nicht wußte, wem man trauen konnte, und somit schließlich jedem mißtraute.

»Ich weiß«, stimmte ihr Jack zu. »Und ich weiß nicht, ob es sich um denselben Geheimbund handelt, von dem Thomas gesprochen hat, doch ich werde nicht eintreten.«

»Aber du wirst dich aufstellen lassen?«

»Natürlich. Aber als Unabhängiger, wenn das der Preis ist.« Sein Lächeln war etwas düster. Vielleicht ahnte er bereits, daß das tatsächlich der Preis war und er letztlich ohne die Hilfe von Anstiss oder seinesgleichen keine bessere Chance haben würde als Fitz.

Charlotte war plötzlich ganz traurig zumute bei dem Gedanken, was er alles hätte erreichen können, doch sie war auch stolz auf ihn, daß er diese Bedingung nicht akzeptieren wollte. Sie blickte zu Emily hinüber und erkannte in ihren Augen den gleichen Stolz und darüber hinaus ein Glück, das mehr erfüllte als Ehrgeiz, auch wenn es der Ehrgeiz zu dienen war. »Ich bin froh darüber«, sagte Charlotte ruhig. »Niemand kann alle zufriedenstellen. Es ist tatsächlich äußerst wichtig, zu wissen, wessen Anerkennung am Ende wirklich zählt.«

11.
Kapitel

Pitt stand in Micah Drummonds hellem, sonnigem Büro. Es war später Nachmittag, und er war mit seinen Gedanken an einem Punkt angelangt, an dem er es nicht länger hinausschieben konnte, Drummond nach näheren Einzelheiten über Byam zu fragen, denn er versank in einem Sumpf von Tatsachen und Vermutungen, die er nur zum Teil in einen logischen Zusammenhang bringen konnte. Er wußte ja nicht einmal genau, wie Weems umgebracht worden war, geschweige denn, von wem. Jemand hatte ihn in jener Nacht aufgesucht, das Gewehr und das Pulver gesehen, die Münzen gefunden oder mitgebracht, damit das Gewehr geladen und abgefeuert. Warum aber hatte Weems einfach still dagesessen und es zugelassen? Nach all dem, was Pitt wußte, war Weems ein vorsichtiger Mann gewesen und sich der Gefahr sehr wohl bewußt, die ihm von verzweifelten Schuldnern drohte.

Drummond stand, wie so oft, am Fenster. Pitt hatte sich vor dem Schreibtisch aufgestellt, die Hände in die Hosentaschen versenkt, während zahllose Gedanken durch seinen Kopf gingen.

Bestimmt hatte doch Weems in seinem zweiten Metier als Erpresser noch größere Vorsicht walten lassen. Die schweren Türriegel an dem einzigen Zugang zu seinem Büro bewiesen das. Wen hatte er also zu so später Stunde noch eingelassen, und wozu?

Wenn sie das wüßten, dachte Pitt, wären sie der Auflösung des Mordes einen großen Schritt näher gekommen.

Und warum war er umgebracht worden? Ging es um Schulden? Das erschien immer unwahrscheinlicher. Oder ging es um Erpressung? Wenn ja, war es dann Byam, der mit einem Täuschungsmanöver den Verdacht von sich lenken wollte? Oder Carswell, Urban oder Latimer? Er glaubte nicht, daß es Urban gewesen war, obwohl der ein ausgezeichnetes Motiv hatte. Oder dachte er das nur, weil er den Mann mochte? Er hatte noch niemandem von dem Bilderrahmen in dem Varietétheater in Stepney erzählt.

Charlotte war fest davon überzeugt, daß es nicht Carswell war, und er wollte sich ihrer Auffassung gern anschließen. Latimer? Oder doch Byam?

Oder ging es gar nicht um Erpressung, sondern um ein anderes Motiv, gab es vielleicht einen schwerwiegenderen und viel schrecklicheren Grund, der mit Weems persönlich zu tun hatte? Vielleicht war sein Tod einfach nur Teil eines größeren Plans, und ein anderer war das eigentliche Opfer.

Wenn das der Fall war, dann waren sie jetzt von der Lösung noch genausoweit entfernt wie damals, als Byam sie gerufen hatte. Ein schrecklicher Gedanke!

»Was ist los?« sagte Drummond laut mit besorgtem Gesicht. Nur wenige Fälle hatten ihn bisher derart beunruhigt und in solche Schwierigkeiten gebracht wie dieser. Pitt verstand ihn zwar, konnte ihm aber keine Hilfe anbieten, wahrscheinlich würde das die Sache nur verschlimmern.

Er setzte sich seitlich auf den Schreibtisch, was ziemlich respektlos war, jedoch keinem von beiden auffiel. Drummond saß mit dem Rücken zur Sonne auf dem Fensterbrett.

»Und wenn es nun nicht um Schulden oder um Erpressung geht, sondern es sich um ein ganz anderes Motiv handelt?« fragte Pitt laut. »Wenn es sich eher um eine persönliche ....«

Drummond runzelte die Stirn. »Aber Sie haben gesagt, daß Sie diesbezüglich schon Nachforschungen angestellt haben und keinerlei persönliche Beziehungen gefunden haben. Er hatte keine Angehörigen. Der Laufbursche und die Haushälterin waren seine einzigen Angestellten, und von denen steht keiner unter Verdacht. Und offenbar hatte er auch keine Bekanntschaften mit Frauen. Wer sonst hätte ein Motiv für solch eine Gewalttat gehabt? Es gibt ja nicht einmal einen Erben.«

»Er muß Komplizen oder so etwas gehabt haben«, erklärte Pitt. »Er kann nicht alles, was er für seine Erpressungen wissen mußte, selbst herausgefunden haben. Jemand hat ihm die Informationen zugetragen.«

Drummond warf ihm einen scharfen Blick zu.

»Ein Hintermann? Vielleicht war Weems nur derjenige, der sich mit den Opfern in Verbindung gesetzt und das Geld entgegengenommen hat, es dann aber an einen anderen weitergab?« Diese neue Hoffnung richtete ihn ein klein wenig auf. »Und dieser Mensch hat ihn ermordet? Vielleicht wurde Weems habgierig oder hat wiederum ihm gedroht, was meinen Sie?«

»Ja, vielleicht ist er habgierig geworden«, sagte Pitt langsam. »Aber er wäre schön dumm gewesen, wenn er versucht hätte, seinen eigenen Hintermann – wer immer das sein mag – unter Druck zu setzen. Und ich habe nicht das Gefühl, daß Weems ein Dummkopf war. Er hätte sich nicht lange in diesem Geschäft gehalten, wenn er so dumm gewesen wäre.«

Drummond biß sich auf die Lippen. »Nein – aber habgierig war er. Sonst wäre er erst gar nicht in dieses Geschäft eingestiegen.«

Pitt lächelte. »Da gebe ich Ihnen recht.«

Drummond sprach nachdenklich weiter. »Aber wenn Weems, wie Sie sagen, seine Informationen von einem anderen erhalten hat, dann müssen wir herausfinden, wer das war. Wir müssen es ja sowieso herausfinden, denn dieser Jemand wird sicherlich mit der Erpressung weiter ...« Er verstummte, sein Gesicht verriet eine plötzliche Erkenntnis, die er jedoch sofort wieder unterdrückte.

Aber Pitt hatte es gesehen.

»... weitermachen«, vollendete er den Satz. »Stimmt das denn? Wird denn jemand weiterhin erpreßt?«

Drummond zögerte.

Pitt sah seine Unentschlossenheit. Er hatte volles Verständnis für Drummonds Empfindungen gegenüber Eleanor Byam und deshalb auch für seine komplizierten Gefühle in bezug auf Byam selbst. Doch er durfte nicht zulassen, daß das die Suche nach der Wahrheit beeinträchtigte.

»Byam«, sagte er laut.

»Ich glaube, ja.« Drummond sah ihn dabei nicht an.

Pitt dachte einen Augenblick nach, bevor er fortfuhr.

»Byam«, sagte er schließlich. »Ich frage mich, warum er und, soweit wir wissen, nicht die anderen?«

Drummond hob sein Gesicht. »Haben Sie eine Idee?«

»Vielleicht ...«

»Nun, was denn? Reden Sie doch um Himmels willen nicht so drum herum. Das paßt gar nicht zu Ihnen, Pitt, und es nützt auch keinem was.«

Pitt lächelte kurz und wurde dann sehr ernst.

»Wenn nun Anstiss ihm gar nicht so freigebig und großmütig verziehen hat, wie Byam glaubt? Wenn er eigentlich nie über Lauras Tod hinweggekommen ist und vor allem nicht über ihren Verrat an ihm – und er sich dafür heimtückisch an Byam rächt?«

»Aber warum jetzt?« fragte Drummond zweifelnd mit zusammengezogenen Augenbrauen. »Laura Anstiss ist seit zwanzig Jahren tot, und Anstiss wußte die Wahrheit von Anfang an.«

»Ich weiß nicht recht«, gab Pitt zu. »Vielleicht ist etwas geschehen, was sie uns nicht erzählt haben.«

»Was, zum Beispiel? Von einem Streit hätte Byam selbst gewußt, und dann hätte er uns wohl kaum mit hineingezogen.«

»Wenn ihm klar war, daß Anstiss dahintersteckte«, argumentierte Pitt. »Vielleicht ist Weems ja als Tarnung benutzt worden, um genau das zu verhindern.«

»Haben Sie irgendeinen Hinweis über eine Verbindung zwischen Anstiss und Weems?« fragte Drummond langsam. »Und sei es nur die kleinste Andeutung?«

»Nein – aber es kommt mir so vor, als hätten wir das Motiv für den Mord an Weems vielleicht an der falschen Stelle gesucht. Wir sollten darüber nachdenken.«

Drummond schwieg eine Zeitlang, sein Gesicht hatte einen grüblerischen Ausdruck angenommen.

Pitt wartete eine Weile, bevor er ihn unterbrach.

»Geht es immer noch um Geld?« fragte er schließlich.

»Was?«

»Wird Byam jetzt erneut um Geld erpreßt?«

»Ich glaube nicht«, meinte Drummond zweifelnd. Er atmete tief ein und sagte dann: »Ich glaube, diesmal geht es um Einflußnahme im Amt – um Entscheidungen über bestimmte Auslandsinvestitionen und Kredite. Zumindest sieht es so aus, nach dem, was Lady Byam sagt. Ich weiß es aber nicht sicher.«

»Haben Sie ihn gefragt?«

»Natürlich habe ich ihn gefragt.« Drummond errötete leicht. »Er hat gesagt, es wäre zum Teil eine politische Entscheidung gewesen, zu der ihn andere Mitglieder des Inneren Kreises gedrängt hätten, und zwar aus Gründen, die er mir nicht erklären könne, aber er sagte, sie hätten ihn überzeugt. Er hat geleugnet, daß es sich um Erpressung handelte.«

»Aber Sie glauben ihm nicht?«

»Nein – eigentlich nicht. Ich bin mir nicht sicher. Aber Sie werden eine Verbindung zwischen Anstiss und Weems nachweisen müssen, um diese These auch nur im geringsten glaubhaft zu machen. Ich kann mir Lord Anstiss nicht als kleinen Erpresser hinter einem Kerl wie Weems vorstellen. Woher sollte er denn Weems überhaupt kennen?«

Pitt setzte sich auf dem Tisch bequem zurecht.

»Vielleicht hat Weems ihn aufgesucht. Schließlich hatte Weems den Liebesbrief, den Laura Anstiss an Byam geschrieben hat. Vielleicht hat er versucht, ihn zuerst Anstiss zu verkaufen.«

»Dann hätte ihn Anstiss sicher schon damals getötet, wenn er das sowieso vorhatte«, überlegte Drummond. »Nein, Pitt, das leuchtet mir nicht ein. Ich stimme Ihnen zu, daß außer dem Dienstmädchen, das mit dem Brief zu Weems kam, noch jemand hinter ihm stecken muß, einer, der ihm die anderen Informationen geliefert hat.« Er sah plötzlich auf. »Vielleicht einer von Weems' Schuldnern? Vielleicht war einer dieser armen Schlucker so verzweifelt, daß er seine Schulden in Form von Informationen zurückgezahlt hat?«

Das war ein guter Gedanke, und er war plausibel.

»Einer mit großen Schulden«, führte Pitt den Gedanken weiter. »Einer, der über Fanny Hilliard und Carswell Bescheid wußte und darüber informiert war, daß Urban in einem Varieté in Stepney arbeitete, und daß Latimer von den Faustkämpfern Schmiergelder annahm und auf sie wettete …«

»Es muß nicht unbedingt nur einer gewesen sein.« Jetzt geriet Drummond in Eifer. »Vielleicht waren es auch mehrere. Als Weems auf den Gedanken kam, sich die Schulden in Form von Informationen zurückzahlen zu lassen, hat er diese Möglichkeit vielleicht auch anderen Leuten vorgeschlagen. Das wäre eine beständige Einnahmequelle für ihn gewesen – fortlaufende Zinszahlungen, ohne den Kredit zurückzuzahlen.«

»Da fragt man sich doch, warum ihn niemand schon früher umgebracht hat, oder?« sagte Pitt sarkastisch.

»Aber wie sollen wir diese Informanten finden oder wenigstens deren Existenz nachweisen, außer durch Indizien?« Drummond setzte eine skeptische Miene auf. »Und das bringt uns ja auch noch nicht viel weiter bei unserer Suche nach Weems' Mörder. Manchmal möchte ich den ganzen Fall am liebsten einfach aufstecken – es ist mir wirklich egal, wer den miesen Kerl umgebracht hat.«

»War uns das denn je wichtig?« fragte Pitt grimmig. »Es ging doch von Anfang an immer nur darum zu beweisen, daß es nicht Byam war, oder?«

Drummonds Gesicht verdüsterte sich, aber nicht vor Ärger, sondern vor Schuldbewußtsein. Er brauchte Pitts Frage nicht zu beantworten, aber leugnen konnte er auch nicht. Er sah Pitt an.

»Was werden Sie tun?«

»Ich werde noch einmal zu Byam gehen. Ich will versuchen, mehr über diesen Brief herauszufinden. Zum Beispiel würde ich gerne wissen, wie er in Weems' Hände geraten ist.«

»Sie glauben, das ist wichtig?«

»Könnte sein. Ich hätte diesem Brief von Anfang an viel mehr Bedeutung beimessen sollen. Ich würde gern dieses Dienstmädchen finden, das Weems den Brief gegeben hat, und herausbekommen, wer sonst noch davon gewußt haben könnte und warum wir ihn nicht bei Weems' Sachen gefunden haben. Der Brief war ihm viel zu viel wert, als daß er sich von ihm getrennt hätte.«

»Vielleicht hat er ihn verkauft«, schlug Drummond vor. »Unter Umständen hat er ihm eine schöne Summe eingebracht. Aber wahrscheinlich hat ihn doch der Mörder zusammen mit den Aufzeichnungen von Byams Zahlungen mitgenommen. Diese beiden Dinge hat Weems doch sicherlich zusammen aufbewahrt, weil sie zum gleichen dunklen Geschäft gehörten.« Er biß sich auf die Lippen. »Ich weiß – das deutet wieder auf Byam hin.«

»Gut, aber wenn Byam den Originalbrief und Weems' Aufzeichnungen hätte, dann wäre er nicht zu Ihnen gekommen. Und wer erpreßt ihn dann jetzt, und womit?«

»Mit dem Mord an Weems natürlich«, sagte Drummond bekümmert. »Reden Sie doch nicht drum herum, Pitt.«

Pitt erwiderte nichts und rutschte vom Schreibtisch herunter. An der Tür drehte er sich noch einmal um und sah Drummond an.

»Halten Sie mich auf dem laufenden«, sagte Drummond.

»Ich werde Ihnen berichten«, versprach Pitt, trat hinaus auf den Flur und ging die Treppen hinunter.

Es hatte gar keinen Sinn, Byam vor dem frühen Abend zu Hause aufzusuchen. Also kam Pitt erst kurz nach sechs am Belgrave Square an, und der Diener ließ ihn herein. Byam empfing ihn nach ein paar Minuten. Es sah nicht so aus, als hätte er andere oder wichtigere Dinge zu erledigen.

Sie gingen zusammen in die Bibliothek. Pitt stellte sich vor das Fenster mit dem Rücken zum Licht, Byam stand am Kamin und sah ihn an. Auch das weiche Abendlicht konnte den gequälten Zug in seinem Gesicht, der von Angst und

Schlaflosigkeit herrührte, und die Schatten unter seinen Augen nicht mildern.

»Was haben Sie herausgefunden?« fragte er mit der immer gleich höflichen Stimme, die jedoch etwas gezwungen klang. Seine Haltung unter der makellosen Kleidung wirkte steif. Er sah dünner aus als zuvor.

»Eine ganze Menge, Sir.« Obwohl Pitt wußte, daß Byam sich das meiste selbst zuschreiben mußte und vielleicht sogar selbst herbeigeführt hatte, empfand er Mitleid mit dem Mann, dessen unglückliche Verfassung trotz aller Bemühungen, sie zu überdecken, so deutlich sichtbar war. »Doch es fehlen uns noch einige Einzelheiten, bevor wir alles zu einem Bild zusammensetzen können, so daß es einen Sinn ergibt«, fuhr er fort.

»Sie wissen noch nicht, wer Weems umgebracht hat?« In Byams Stimme schwang einen kurzen Augenblick lang etwas Hoffnung mit, die jedoch, noch bevor er zu Ende gesprochen hatte, wieder verflogen war.

»Ich bin mir nicht sicher, aber ich bin näher dran als zuvor.«

Byams Gesichtsmuskeln spannten sich, doch er fragte nicht noch einmal.

»Wie kann ich Ihnen behilflich sein?« wollte er statt dessen wissen.

»Sie haben mir, beziehungsweise Mr. Drummond, anfangs gesagt, daß Weems' ursprüngliches Druckmittel gegen Sie ein Brief war, den Lady Anstiss an Sie geschrieben hatte, und daß diesen Brief unglücklicherweise ein Dienstmädchen in die Hände bekommen hat, das mit Weems verwandt war.«

»Ja, das ist richtig. Vermutlich hat sie ihm den Brief gezeigt oder ihm davon erzählt, und er hat die finanziellen Möglichkeiten erkannt, die sich ihm dadurch boten.«

»Und Weems hat ihn von ihr bekommen, denn Sie wußten doch wohl, daß er ihn besaß, sonst hätten Sie ihm schließlich kein Geld gezahlt?« sprach Pitt weiter.

Byam war sehr blaß geworden. »Ja. Er besaß die Hälfte des Briefes. Er hat mir diesen Teil gezeigt.«

»Wir haben nichts gefunden.«

»Nein. Wenn Sie ihn gefunden hätten, würden Sie mir vermutlich diese Fragen nicht stellen. Kann ich Ihnen jetzt noch etwas Zweckdienliches dazu sagen?«

»Wissen Sie den Namen des Dienstmädchens noch?«

Byam stand regungslos da, nur seine Augen weiteten sich.

»Nein – ist das denn wichtig?«

»Es könnte wichtig sein?«

»Warum, um Himmels willen?«

»Glauben Sie, daß derjenige, der den Brief mitgenommen hat, das unabsichtlich getan hat, Sir?«

Alles Blut wich aus Byams Gesicht. Er schwankte ein wenig, so daß es einen Moment lang beinahe aussah, als würde er umfallen. Er fuhr sich mit der Zunge über die trockenen Lippen, sagte aber keinen Ton.

Pitt wartete und überlegte, ob Byam etwas sagen wollte und bereit war, den schrecklichen Gedanken, der ihm offenbar gekommen war, auszusprechen. Doch die Sekunden verrannen, und Byam sagte nichts.

»Das Dienstmädchen«, half Pitt schließlich nach. »Vielleicht hat sie noch jemandem davon erzählt. Vielleicht hat sie geheiratet, und ihr Mann ist ein habgieriger und skrupelloser Kerl?«

»Ich – ich – ich habe keine Ahnung«, sagte Byam schließlich. »Es ist zwanzig Jahre her. Sie müssen im Haus von Lord Anstiss nachfragen. Vielleicht besitzt der Butler noch eine Liste der ehemaligen Dienstboten – oder die Haushälterin? Glauben Sie wirklich, daß das die richtige Fährte sein könnte? Es scheint mir so – so weit hergeholt.«

»Es ist weit hergeholt, daß ein Mann wie Weems tatsächlich die Mittel besitzt, eine Persönlichkeit Ihres Ranges und Ihrer Position zu erpressen«, betonte Pitt. Das war nicht ganz ehrlich, aber er wollte nicht, daß Byam irgendwie ahnte, daß auf Anstiss inzwischen ein Verdacht fiel, und sei er auch noch so schwach.

Byam lächelte bitter, doch er schien die Erwiderung zu akzeptieren.

»Dann gehen Sie am besten zu Lord Anstiss und fragen seinen Butler«, sagte er, als wäre er der Sache plötzlich überdrüssig und seine Geduld erschöpft. »Ich nehme an, Sie kennen die Adresse.«

»Nicht von dem Landsitz, Sir. Denn dort werde ich doch vermutlich den entsprechenden Butler finden?«

»Nein, nicht zu dieser Jahreszeit. Einige Bedienstete bleiben auf dem Landsitz, die Haushälterin vermutlich, die Dienstmädchen und so weiter und jemand, der die Küche macht, und natürlich das ganze Gartenpersonal, aber der Butler und der Kammerdiener reisen mit Seiner Lordschaft. Sie werden den Butler in London antreffen.«

»Ich danke Ihnen. Ich werde zu ihm gehen und fragen, ob er noch Aufzeichnungen hat.«

»So Gott will, werden Sie etwas herausfinden, das uns weiterhilft. Diese Sache ist ...« Er hielt inne, entweder wollte er es nicht aussprechen, oder er fand nicht die Worte, die stark genug waren, seinen Gefühlen Ausdruck zu verleihen.

»Ich danke Ihnen, Sir«, sagte Pitt ruhig.

»Ist das alles?«

»Ja danke, Sir, im Moment ja.« Pitt verabschiedete sich von Byam, der an dem kalten Kamin stand und hinaus in den Garten und das schwindende Licht blickte.

Pitt wollte bei Anstiss lieber zu einer Tageszeit vorsprechen, zu der Seine Lordschaft höchstwahrscheinlich nicht zu Hause war. Anstiss war ein Mann, dem man so leicht nichts vormachen konnte und der sich mit einer fadenscheinigen Erklärung nicht zufriedengeben würde.

Es traf sich jedoch zufällig, daß Anstiss, obwohl es bereits zehn Uhr morgens war, noch zu Hause weilte und Pitt sofort in das Empfangszimmer des sehr eleganten und imposanten Hauses bat. Es war im Queen-Anne-Stil eingerichtet, sehr geschmackvoll und gediegen und mit der ganzen klaren Leichtigkeit dieser Epoche. Die Vorhänge waren aus tannengrünem Samt, die Möbel aus Mahagoniholz, und das einzige Schmuckstück, das Pitt in der kurzen Zeit betrachten konnte, war ein silberner Tafelbecher aus Irland, der so schlicht und außergewöhnlich schön war, daß es Pitt schwerfiel, ihn nicht ständig anzusehen – trotz der Dringlichkeit seines Anliegens und der Tatsache, daß Anstiss ihn etwas verunsicherte.

Anstiss lehnte an einem Mahagonitisch, auf dem eine bronzene Reiterstatue stand, und betrachtete Pitt mit sanfter Neugier.

»Was kann ich für Sie tun, Inspektor?« Seine blaugrauen Augen wichen Pitt nicht aus, blickten sogar eher leicht amüsiert auf ihn. Befürchtungen hegte Anstiss offensichtlich keine, er war nur Zuschauer bei dieser banalen Tragödie, nichts weiter.

Pitt mußte so tun, als wäre Anstiss in völliger Unkenntnis über die Einzelheiten des Falles, abgesehen von den Schlagzeilen, die jedermann aus der Zeitung hatte erfahren können.

»Ich untersuche den Mord an einem Erpresser, Mylord«, hob Pitt an.

»Wie unangenehm. Doch ich nehme an, daß solche Leute häufig ein frühzeitiges Ende finden.« Anstiss zeigte sich immer noch nur oberflächlich interessiert. Er war entgegenkommend und höflich, doch mit Sicherheit würde seine Liebenswürdigkeit schnell nachlassen, wenn nicht bald eine wesentliche Enthüllung folgte.

»Sie fordern ihr Schicksal eigentlich nur selten so weit heraus, daß ihr eigenes Leben in Gefahr ist«, antwortete Pitt. Es war lächerlich, aber er spürte, daß sein Mund trocken wurde. »Dieser Erpresser war über lange Zeit hinweg recht erfolgreich. Er erhielt seine Informationen von Bediensteten, die zufällig auf persönliche Geheimnisse bei ihren Arbeitgebern gestoßen waren und sich dazu entschlossen hatten, Profit daraus zu schlagen.«

Anstiss' Gesicht verdüsterte sich vor Empörung.

»Ich muß Sie enttäuschen, Inspektor, wenn Sie von mir jetzt Mitleid erwarten. Solche Leute verdienen es, in die eigene Falle zu laufen.«

»Ich erwarte keines von Ihnen, Sir.« Pitt schüttelte den

Kopf. »Mir selbst ist es eigentlich recht egal, wer ihn umgebracht hat. Aber es ist meine Pflicht, es herauszufinden, und wir können auch nicht zulassen, daß Privatpersonen Selbstjustiz üben, ganz gleich, wie sehr es sie lockt. Diesem einen Urteil mögen wir ja vielleicht noch zustimmen, aber was ist dann mit dem nächsten?«

»Ich verstehe Sie, Inspektor, Sie brauchen es nicht weiter auszuführen. Was hat das alles mit mir zu tun?«

»Einer der betreffenden Bediensteten hat einst auf Ihrem Landsitz gearbeitet.« Er beobachtete Anstiss' Gesicht ganz genau, um zu sehen, ob irgendeine Regung darin verriet, daß er auf einen wunden Punkt gestoßen war.

Doch nichts war zu erkennen.

»Wirklich? Sind Sie sicher? Ich werde nicht erpreßt, Inspektor.« Er erhob keinen Protest, und auf seinem Gesicht lag ein humorvoller, kein ängstlicher Ausdruck.

»Das freut mich.« Pitt lächelte zurück. »Nein, nicht Sie. Es handelt sich um jemanden, der vor einiger Zeit Gast in Ihrem Haus war.«

»Oh? Wer ist es?«

Das war Anstiss' erster Fehler, doch kein ernster.

»Ich bin sicher, Mylord, Sie werden verstehen, daß ich diese Frage nicht beantworte«, sagte Pitt gewandt. »Ich muß diese Informationen vertraulich behandeln.«

»Natürlich.« Anstiss zuckte die Schultern. »Es war dumm von mir, danach zu fragen. Ich habe nicht nachgedacht. Es geschah aus einem Schuldgefühl heraus. Ich fühle mich verantwortlich dafür, wenn einem meiner Gäste etwas Unangenehmes zustößt.« Er verlagerte sein Gewicht ein wenig, um bequemer zu stehen, lud jedoch Pitt nicht ein, sich zu setzen. Man behandelte Polizisten nicht so, als stünde man mit ihnen auf der gleichen gesellschaftlichen Stufe. »Wie kann ich Ihnen behilflich sein? Sie sagten, es sei einige Zeit her?«

»Ja. Einige Jahre. Könnte ich mit Ihrem Butler sprechen? Er hat vielleicht noch eine alte Personalliste oder kann sich an ehemalige Bedienstete erinnern. Vielleicht weiß er ja sogar, wo sie heute zu finden sind.«

»Das ist möglich«, stimmte Anstiss ihm zu. »Doch erwarten Sie nicht zuviel, Inspektor Pitt. Manchmal bleiben Hausangestellte natürlich lange in einem Haus, hin und wieder sogar ihr ganzes Leben, aber viele wechseln auch sehr häufig die Anstellung. Und die Person, von der Sie sprechen, hört sich nicht besonders vertrauenswürdig an. Bedienstete dieser Art sind dafür bekannt, daß sie von einer Stellung zur nächsten gehen, dabei immer tiefer sinken und in kurzer Zeit irgendwo auf der Straße landen. Ja, vielleicht ist die Person, die Sie suchen, sogar schon tot. Doch fragen Sie auf alle Fälle Waterson, wenn Sie wollen. Ich werde ihn rufen.« Ohne Pitts Einverständnis abzuwarten, ging er zur Klingelschnur und zog daran.

Waterson erwies sich als würdevoller Mann, dem man seinen trockenen Humor am Gesicht ablesen konnte, und Pitt mochte ihn auf Anhieb. Auf Anstiss' Anweisung hin führte er Pitt in den Anrichteraum, wo er ihm eine Tasse Tee und Kekse anbot, was ein ungewöhnlich höfliches Benehmen gegenüber einem Polizisten war. Dann versuchte er sich an alle Hausangestellten, die vor etwa zwanzig Jahren auf dem Landsitz gearbeitet hatten, zu erinnern.

Waterson war groß und schlank und hatte volles, weißes Haar. Wäre er nicht so respektvoll, aber gleichzeitig bescheiden gewesen, hätte man ihn für den adligen Besitzer des Hauses halten können. Seine Gesichtszüge hatten etwas Edles, was Anstiss fehlte, strahlten jedoch weder die Willenskraft noch die wache Intelligenz aus, die jenen auszeichnete. Hätte man die beiden nebeneinanderstehen sehen, wäre einem sofort aufgefallen, daß Anstiss sowohl von Natur wie auch von der Gesellschaft aus zum Führer bestimmt war.

»Wahrscheinlich ein Dienstmädchen oder eine Zofe«, half Pitt Waterson, während er seinen Tee trank, der heiß und wunderbar aromatisch war und in Porzellantassen gereicht wurde.

»Das war ungefähr die Zeit von Lady Anstiss' Tod«, sagte Waterson langsam, lehnte sich in seinem Stuhl zurück und blickte nachdenklich zur Decke. »Keine Zeit, die man so schnell vergessen kann. Lassen Sie mich überlegen ... Wir hatten damals die junge Daisy Cotterill. Sie ist immer noch bei uns – steht heute der Wäschekammer vor. Und Bessie Markham. Sie hat einen Diener aus irgendeinem anderen Hause geheiratet und uns dann natürlich verlassen. Eine ihrer Töchter ist jetzt Hausmagd bei uns.» Er runzelte nachdenklich die Stirn. »Die andere, an die ich mich erinnere, war wohl Liza Cobb. Ja, sie hat uns kurz danach verlassen. Sagte, es hätte etwas mit ihrer Familie zu tun. Das kommt natürlich vor, aber so ein Mädchen kann es sich meist nicht leisten, eine gute Stellung aufzugeben, nur weil ihre Familie in Schwierigkeiten ist.« Er sah Pitt an. »Meistens ist dann ihre Anstellung wichtiger – wegen des Geldes. War nicht gerade zufriedenstellend, das Mädchen, war oft nicht ganz bei der Sache. Stellte sich wohl was Besseres vor. Ja, Liza Cobb könnte das Mädchen sein, das Sie suchen.«

»Vielen Dank, Mr. Waterson. Haben Sie eine Ahnung, wo ich sie finden könnte?«

Watersons blaue Augen weiteten sich. »Heute?«

»Ja, bitte.« Pitt nahm sich den letzten Keks. Es waren besonders köstliche Kekse.

»Tja, lassen Sie mich nachdenken ...« Waterson sah wieder zur Decke und dachte einige Minuten angestrengt nach. »Ich weiß es nicht, aber Mrs. Fothergill, die Haushälterin bei Nummer 25, könnte es möglicherweise wissen. Sie war eine Art Cousine, glaube ich. Wenn Sie wollen, schreibe ich Ihnen eine kurze Empfehlung.«

»Das ist überaus freundlich von Ihnen«, sagte Pitt erstaunt und dankbar. »Wirklich sehr freundlich.«

Er blieb noch eine Viertelstunde sitzen und plauderte mit Waterson über unverfängliche Dinge. Waterson schien ein ganz unaristokratisches Interesse an Detektivarbeit zu haben, dessen er sich ein wenig schämte, was jedoch sein Vergnügen daran kaum schmälerte. Dann verabschiedete sich Pitt und ging zu dem Haus auf der anderen Straßenseite, das ihm Waterson gezeigt hatte. Dort traf er auf Mrs. Fothergill, die ihn schließlich, nachdem sie ihrem Mißfallen durch heftiges Kopfschütteln Ausdruck verliehen hatte, an eine andere Adresse verwies, wo er möglicherweise etwas über Liza Cobbs gegenwärtigen Verbleib erfahren konnte.

Nach einer langwierigen Suche fand er sie schließlich am darauffolgenden Mittag hinter der unappetitlichen Theke eines Fischhändlers in der Nähe von Bilingsgate. Sie war eine dicke Frau mit groben Händen und einem derben Gesicht, das vor zwanzig Jahren vielleicht einmal hübsch gewesen war, jetzt jedoch ungesund, aufgedunsen und arrogant wirkte. Er wußte sofort, daß sie die Gesuchte war. Ihre Gesichtszüge erinnerten ihn auf ekelerregende Weise an die Hälfte von Weems' Gesicht, die die Goldmünzen mehr oder weniger unversehrt gelassen hatten.

Er stand vor der Theke zwischen der Waage und dem Holzbrett mit dem Messer, auf dem die Fische ausgenommen wurden, und überlegte, wie er sie am besten ansprechen sollte. Wenn er zu direkt nach dem Brief fragte, würde sie ihn einfach stehenlassen. Die Tür, die in das Innere des Ladens führte, befand sich genau hinter ihr, und zwischen ihr und Pitt stand die Verkaufstheke.

Vielleicht war sie ja genauso habgierig wie ihr Verwandter.

»Guten Tag, Madam«, sagte er betont höflich, was ihm recht schwerfiel.

»Tag«, sagte sie etwas mißtrauisch. Im allgemeinen sprachen die Leute sie nicht so höflich an.

»Ich vertrete das Gesetz«, sagte er mehr oder weniger ehrlich. Als er den Widerwillen in ihren hellen Augen sah, fuhr er schnell fort: »Es geht darum, den Erben oder die Erbin eines kürzlich verstorbenen Gentleman zu finden.« Ja, ihre Augen glichen denen von Weems. »Und, wenn ich das bemerken darf, Madam, Sie ähneln dem fraglichen Gentleman so sehr, daß ich glaube, meine Suche endet hier bei Ihnen.«

»Hab' niemand nich' verlorn«, sagte sie, doch ihre Stimme klang schon nicht mehr so bissig. »Wer is'n tot?«

»Ein Mr. William Weems aus Clerkenwell.«

Ihr Gesicht wurde wieder hart, und sie warf einen ärgerlichen Blick auf die Frauen, die hinter Pitt eine Schlange bildeten. Alle Gesichter waren ihnen neugierig zugewandt. »Er is' ermordet worden«, sagte sie vorwurfsvoll. »Ha! Un' wer sin' Sie? Ich weiß nix darüber. Un' krieg auch nix, nur weil er tot is'.«

»Er besaß ein Haus«, sagte Pitt wahrheitsgemäß. »Es sieht so aus, als wären Sie die einzige Verwandte, Miss – äh, Miss Cobb?«

Sie zögerte ein paar Sekunden, doch dann schien der Gedanke an das Haus ihre Bedenken zu zerstreuen.

»Ja, ich bin Liza Cobb.«

»Ich muß Ihnen natürlich ein oder zwei Fragen stellen«, sprach Pitt weiter.

»Ich weiß nix über sein' Tod.« Sie warf einen wütenden Blick auf die Frauen hinter ihm. »He – das geht euch 'n Dreck an. Könnt ihr nich' weghörn. Das is' nich' für eure Ohren bestimmt«, schrie sie laut.

»Ich habe keine Fragen zu Mr. Weems' Tod«, meinte Pitt beschwichtigend. »Was ich Sie fragen möchte, betrifft Dinge, die weit zurückliegen. Könnten wir vielleicht irgendwo etwas ungestörter miteinander reden?«

»Ja, is' wohl besser. Die hier solln sich um ihre eignen Dinge kümmern.«

»Pah – mir is' es doch egal, ob in deiner Verwandtschaft einer umgebracht worden is'«, sagte die erste Frau verächtlich. »Halt du deine böse Zunge im Zaum, Liza Cobb, sonst hol' ich meinen Fisch woanders, das kannste mir glauben.«

»Ach! Du kommst doch nur her, weil du bei mir anschreiben kannst un' überall in der Kreide stehst, Maisie Stillwell, vergiß das nich'«, fauchte Liza Cobb zurück. Sie drehte sich um und rief mit schriller Stimme, daß jemand kommen und ihren Platz hinter der Theke übernehmen solle. Dann führte sie Pitt in einen heißen, muffigen Hinterraum.

»Und?«

»Sie waren vor zwanzig Jahren in Stellung bei Lord Anstiss auf seinem Landsitz?«

»Ja – das war wohl um die Zeit rum. Warum?«

»Sie haben einen Brief von Lady Anstiss an Lord Byam gefunden, der damals dort zu Gast war?«

»So stimmt das nich'. Un' wenn's so wär', was dann?«

»Was ist denn damals passiert – genau?«

»Als Lady Anstiss gestorben is', hat Rose, ihre Zofe, 'n paar ihrer Sachen mitgenommen. Se ham se ihr gegeben, da war nix Unrechtes dran«, antwortete sie. »Un' als Rose gestorben is', vor ungefähr drei Jahren, hab' ich die Sachen gekriegt. Un' zwischen dem ganzen Kram hab' ich den Brief gefunden. 'n Liebesbrief, ganz schön heiß.« Ihre wulstigen Lippen kräuselten sich verächtlich. »Hab' wirklich nich' gewußt, daß anständige Leut' sich sone Briefe schreiben.«

»Wie kam es, daß Sie ihn Weems gegeben haben?«

Ihre Augen waren wachsam und schlau. »Das hab' ich gar nich' gemacht. Zumindest nich' den ganzen. Es waren zwei Seiten. Ich hab' ihm eine verkauft un' die andre behalten.«

Pitt kribbelte es vor Aufregung.

»Sie haben die andere Seite behalten?«

Sie betrachtete ihn aufmerksam.

»Ja – warum? Wollen Se se sehen? Kostet Se aber was – fünf Guineen, un' Se können se abschreiben.«

»Hat Ihnen Weems das auch bezahlt?«

»Warum?«

»Seltsam. Das ist ein fairer Preis. Lassen Sie mich den Brief sehen. Ich glaube, er ist es wert. Ich gebe Ihnen dafür fünf Guineen.«

»Ham Se überhaupt Geld dabei? Se sehn nich' so aus, als hätten Se fünf Guineen.«

Pitt war darauf vorbereitet gewesen, für Auskünfte zahlen zu müssen, doch er hatte nicht damit gerechnet, alles auf eine Person zu verwenden. Aber er war sich jetzt immer sicherer, daß dieser Brief das Kernstück des Falles war. Er kramte in seiner Tasche und holte eine Goldguinee, sechs halbe Guineen und eine Handvoll Kronen, Schillinge und Sixpence-Stücke heraus. Er streckte ihr die Hand mit den Münzen so hin, daß sie das Geld zwar sehen, aber nicht danach greifen konnte.

»Ich werd' ihn holen«, sagte sie mit einem gierigen Blick auf das Geld und verschwand. Ein paar Minuten später kam sie mit einem Stück Papier in der Hand zurück. Die andere Hand streckte sie nach dem Geld aus.

Pitt gab es ihr, wobei er die Münzen sorgfältig abzählte und dann schnell nach dem Brief griff. Er faltete ihn auf und sah in einer kräftigen, gefühlsbetonten Handschrift geschrieben:

Sholto, mein Liebster,
wir empfinden eine so seltene und glühende Leidenschaft füreinander, wie sie die meisten Menschen wohl nie erfahren werden. Unsere Liebe darf nie verlorengehen oder uns versagt werden. Wenn ich an die Stunden zurückdenke, die wir miteinander verbracht haben – so einzigartig und wunderbar für Körper und Seele! Ich werde keinem Menschen erlauben, mir dies Erlebnis zu entreißen.
Habe Vertrauen! Fürchte dich nicht und bewahre unser Geheimnis in deinem Herzen. Denke immer wieder daran – so wie ich auch – in den langen einsamen Stunden. Träume von der Vergangenheit und träume von der Zukunft.

Nichts weiter, keine Unterschrift. Ganz offensichtlich hatte der Brief zumindest eine weitere Seite gehabt, und die fehlte.

Pitt behielt die Seite in der Hand. Es war ein sehr leidenschaftlicher Brief, der nichts verschwieg oder vorsichtig um Liebe warb. Laura Anstiss war wohl eine sehr gefühlsbetonte Frau gewesen, selbstbewußt und eigenwillig, eine Frau, die nicht einmal die Möglichkeit in Erwägung zog, daß ihre Liebe nicht in gleichem Maße erwidert wurde.

Er fing an zu verstehen, wie sehr Byams Zurückweisung sie wahrscheinlich verstört haben mußte, so sehr, daß es zeitweilig ihren Geist verwirrt und sie in tiefe Schwermut gestürzt hatte. Wenn Byam diesen Brief je erhalten hätte, wäre er über ihren Selbstmord weit weniger überrascht gewesen.

»He – geben Sie 'n wieder her!« sagte Liza Cobb scharf. »Se ham ihn gelesen.«

Hatte Laura Anstiss in ihrer eigenen Traumwelt gelebt? Der Brief ließ durchblicken, daß die beiden auch im körperlichen Sinne ein Liebespaar gewesen waren. Zu diesem Schluß würde jeder, der ihn las, kommen. Hatte Anstiss diesen Brief je gesehen oder einen ähnlichen?

»Nein«, sagte er gelassen. »Der Brief ist ein Beweisstück in einem Mordfall. Ich werde ihn vorläufig behalten.«

»Sie Schwein, das is' Diebstahl!« Sie wollte sich auf ihn stürzen, doch Pitt war größer und kräftiger als sie. Er streckte ihr seine locker zur Faust geballte Hand entgegen, und sie prallte heftig dagegen. Überrascht und wütend wich sie zurück. »Er gehört mir«, zischte sie zwischen den Zähnen hervor.

»Er ist offenbar nie abgeschickt worden, also gehört er Lady Anstiss«, widersprach er ihr. »Und da sie tot ist, gehört er vermutlich ihren Erben.«

Sie kräuselte verächtlich die Lippen. »Se wollen ihn wohl Seiner Lordschaft geben, was? Un' ich wette – gegen entsprechende Bezahlung. Sie Armleuchter! Glauben Se denn, wenn das so einfach wär', hätte ich's nich' schon selbst getan? Ich kenn' ihn. Sie nich'. Er wird Se nich' dafür bezahlen. Wird Ihnen eher mit der Peitsche eins überziehen.«

»Ich werde den Brief der Polizei übergeben«, sagte er mit einem knappen Lächeln. »Ich bin Polizist – Inspektor Pitt von der Bow Street. Wenn der Fall erledigt ist, können Sie auf die Wache in die Bow Street kommen und versuchen, ihn zurückzufordern.« Mit diesen Worten drehte er sich um und marschierte hinaus, ihre Verwünschungen und Flüche klangen laut hinter ihm her.

Mit schnellen Schritten drängte er sich durch die inzwischen neugierig gespannte Menge nach draußen. Er war froh, daß vor ihm ein kleiner, baumbestandener Platz lag. Der Anblick der Blätter gegen den Himmel war so wohltuend und erfrischend nach all der Gier und dem Zorn der Frau im Fischladen. Jetzt, nachdem er den Brief kannte, besaß er eine klarere Vorstellung davon, warum Byam Weems über zwei Jahre lang für sein Stillschweigen bezahlt hatte. Es war keine harmlose Liebesgeschichte gewesen, wie Byam ihnen zu verstehen gegeben hatte, zumindest nicht für Laura Anstiss. Und kein unvoreingenommener Mensch würde, wenn er den Brief gelesen hatte, das anders sehen.

Wenn Frederick Anstiss Byam haßte, wäre das kaum verwunderlich. Es bedurfte schon einer fast übermenschlichen Versöhnungsbereitschaft, sich nicht hintergangen zu fühlen, wenn die eigene Frau derart leidenschaftliche Gefühle für den besten und treuesten Freund und Gast unter dem eigenen Dach empfand.

Diagonal über den Platz verlief ein Weg, auf dem zwei Paare entlanggingen und die Köpfe in einer angeregten Unterhaltung zusammensteckten. Ein weiteres Paar war augenscheinlich in einen heftigen Streit verwickelt. Der Mann trug einen Mantel mit aufgestelltem Kragen und war hochrot im Gesicht. Er hatte einen Stock in der Hand, mit dem er herumfuchtelte und ab und zu wütend in die Luft stach. Auch die Frau wirkte erregt, doch schien sie die Auseinandersetzung in gewisser Weise zu genießen, was ihren Begleiter noch mehr in Wut versetzte. Nach ein paar Minuten drehte er sich plötzlich auf dem Absatz um und ging davon. Als er an einem blühenden Strauch vorbeikam, hob er seinen Stock in die Höhe und hieb wutentbrannt einen kleinen Zweig ab. Das geschah so schnell und unerwartet, daß Pitt völlig verblüfft war.

Plötzlich hatte er ein erschreckendes Bild vor sich. Er sah, wie Lord Anstiss vor Weems' Schreibtisch in dessen Büro stand, während ihm Weems höhnisch den furchtbaren Brief vorlas und Geld verlangte. Plötzlich fuhr ein Stock durch die Luft, traf Weems am Kopf und beraubte ihn dadurch seiner Sinne, so daß Anstiss Zeit hatte, das Gewehr zu nehmen, Pulver in die Pfanne zu füllen, es mit den Goldmünzen zu laden und abzufeuern.

Es konnte natürlich auch ein anderer gewesen sein, ein Gentleman, der meistens einen Stock mit sich trug, und auch der Anlaß konnte ein anderer gewesen sein. Doch Pitt konnte weder den Brief noch das Gesicht von Anstiss vor seinem inneren Auge verdrängen.

Hatte Weems, nachdem er Byam zwei Jahre lang erfolgreich erpreßt hatte, es bei Anstiss versucht, war aber auf einen Mann von ganz anderem Kaliber gestoßen, auf einen Mann, den keine Schuld belastete, der aber immer noch verletzt und gekränkt war und einen lang aufgestauten, ungesühnten Haß im Herzen trug?

Doch warum sollte er seinen Haß verbergen, wenn er ihn wirklich empfand? Freunde trennen sich, das bedurfte keiner Erklärung, und Byam hätte das vor allen anderen verstanden. Er hätte niemandem die Wahrheit erzählt, denn es wäre in seinem eigenen Interesse gewesen, wenn schon nicht in dem von Lord Anstiss.

Pitt beschleunigte seine Schritte.

Oder hatte Anstiss erst zu diesem Zeitpunkt von der Untreue seiner Frau erfahren? Vielleicht hatte er bis dahin Byams Beteuerungen, daß die Affäre harmlos gewesen sei, daß es sich nur um eine törichte Freundschaft gehandelt habe, in die allein Laura Liebe hineingedeutet habe, Glauben geschenkt?

Niemand hatte bisher daran gedacht zu fragen, wo Anstiss in der Nacht, in der Weems erschossen wurde, gewesen war. Er hatte nie zu den Verdächtigen gezählt, er war der Geschädigte, nicht der Übeltäter.

Der Geschädigte.

Unbewußt ging er wieder langsamer, sein Schritt wurde schleppender. Das stimmte. Anstiss war derjenige, dem Unrecht zugefügt worden war. Dennoch hatte er sich überhaupt nicht so verhalten, als würde er Byam hassen oder als wünschte er etwas anderes, als die ganze Sache möglichst zu vergessen. Er schien kein Mann zu sein, der sich im Zorn so weit vergaß, daß er einen Mord beging.

Nein. Wenn er derjenige gewesen war, der Weems erst bewußtlos geschlagen und dann erschossen hatte, dann mußte es ein zwingenderes Motiv geben als nur seine Wut darüber, daß er für einen Brief, der seine längst verstorbene Frau zur Ehebrecherin stempelte, ein paar Guineen an einen Erpresser bezahlen sollte.

Pitt hatte den Platz weit hinter sich gelassen und ging mit schnellen Schritten zur Hauptverkehrsstraße, wo er in einen Omnibus nach Hause einsteigen konnte. Es war noch früh am Tag, doch er wollte unbedingt mit Charlotte sprechen.

Es kam ihm ewig vor, bis der Omnibus schließlich heranrollte, und drinnen war es heiß und stickig. Er saß eingezwängt zwischen zwei dicken Damen mit ihren Einkaufskörben, doch er nahm sie kaum wahr, weil seine Gedanken um Anstiss kreisten und um die tiefe Kränkung, die dessen Frau ihm mit ihrer Leidenschaft für Byam zugefügt hatte. Es war ein sehr heftiger und sinnlicher Brief. Eine eigensinnige, ja beinahe herrische Note schwang darin mit. Dieser Brief änderte Pitts Ansicht von Laura Anstiss vollkommen. Er hatte sie sich als eine zarte, äußerst weibliche Frau von betörender Schönheit vorgestellt und ihren Selbstmord als eine Verzweiflungstat betrachtet, zu der sie aus bitterer Enttäuschung und Einsamkeit heraus getrieben worden war. Doch dieser Brief klang viel fordernder, beinahe tyrannisch, so als ob sie erwartete, ja sogar kaum daran zweifelte, daß man ihr Folge leisten würde. War sie wirklich solch eine verwöhnte Schönheit gewesen? Pitt hatte das Gefühl, er hätte sie nicht besonders sympathisch gefunden.

Vielleicht war Byam insgeheim ratlos gewesen und hatte sie ziemlich grob zurückgewiesen, nachdem er einmal der körperlichen Versuchung erlegen war. Das würde erklären, warum er sich sogar nach so vielen Jahren noch schuldig fühlte. Er hatte Anstiss einmal mit Laura betrogen, aber als er dann ihr Wesen genauer kannte, hatte er sie recht abrupt zurückgewiesen.

In diese Gedanken versunken, kam er zu Hause an und öffnete die Tür. Er rief laut nach Charlotte, erhielt jedoch keine Antwort. Daraufhin ging er den Flur entlang und durch die Küche hinaus in den Garten.

»Thomas!« rief Charlotte, die bei den Rosen stand und die welken Blüten abschnitt. »Was ist passiert? Ist alles in Ordnung?«

Er sah sich um. »Wo sind die Kinder?«

»In der Schule natürlich. Es ist erst drei Uhr. Was ist denn los?«

»Oh – natürlich, es ist ja wirklich erst drei. Ich möchte mit dir reden.«

Sie reichte ihm den Bastkorb für die welken Rosenblüten, er nahm ihn gehorsam und hielt ihn für sie, damit sie weiterarbeiten konnte.

»Worüber?« fragte sie und schnitt eine weitere Blüte ab.

»Lord Anstiss.«

Offensichtlich war ihr der dringliche Tonfall in seiner Stimme aufgefallen, denn sie hielt unvermittelt in ihrer Arbeit inne und sah ihn an. Ihre Hände schwebten noch über der nächsten Rose.

»Du glaubst, er steckt hinter deiner geheimen Gesellschaft?« Sie legte die Gartenschere in den Korb und gab ihre Arbeit auf. »Du hast wahrscheinlich recht, glaube ich. Laß uns hineingehen und darüber reden.«

»Nicht unbedingt«, sagte er aufrichtig, doch noch während er sprach, wußte er, daß das so nicht stimmte. »Ich glaube, daß er Weems umgebracht haben könnte, aber ich bin mir über den Grund nicht ganz sicher. Es gibt ein paar Motive, doch scheint mir keines davon überzeugend genug.«

Sie runzelte die Stirn, während sie immer noch neben dem Rosenbeet stand. »Nun, er würde sicherlich niemanden umbringen, nur damit die Polizei diese Liste findet, die Mr. Carswell belastet und die Polizeibeamten, auch wenn er die Unterlagen über Byam bestimmt hätte mitnehmen wollen, weil der sein Freund ist – und vermutlich bei der Gesellschaft in besonderer Gunst steht. Wenn das sein Ziel war, hätte er sich sicherlich etwas Besseres einfallen lassen. Er ist ja ein kluger Mann.« Sie schüttelte den Kopf. »Etwas, das für ihn persönlich nicht so gefährlich gewesen wäre oder so extrem. Es kommt mir so hysterisch vor – und Anstiss ist bestimmt kein Mann, der schnell in Panik gerät.

Da bin ich mir hundertprozentig sicher. Ich würde sogar sagen, er ist sehr beherrscht und hat sich immer unter Kontrolle. Findest du das nicht auch?«

»Ja schon – aber wir könnten uns auch irren. Hinter einer nach außen hin ruhigen Miene und einem kaltblütigen Verhalten verbergen sich oft sehr heftige und leidenschaftliche Gefühle.« Er folgte ihr in die Küche und stellte den Korb auf den Tisch. Sie setzte den Wasserkessel auf und holte die Teekanne und Becher aus dem Schrank.

»Lord Byam könnte in Panik geraten«, erwiderte sie. »Aber bei Lord Anstiss halte ich das für unwahrscheinlich. Aber ich weiß, das beweist noch gar nichts. Er müßte jedenfalls einen ganz besonderen Grund haben, so riskant zu handeln.«

»Ja, das stimmt.« Er setzte sich an den Tisch.

»Hast du zu Mittag gegessen?« fragte sie.

»Nein.«

Also holte sie Brot, Butter, Käse und Pickles aus dem Schrank und stellte alles auf den Tisch.

»Byam wird immer noch erpreßt«, fuhr er nachdenklich fort.

»Um Geld?« fragte sie und strich Butter auf eine Brotscheibe.

»Nicht direkt, soweit ich weiß. Laut Lady Byam ist er plötzlich dramatisch von der bisherigen Regierungspolitik bezüglich der Kreditvergabe an afrikanische Länder abgewichen. Ein langjähriger Freund und Kollege von ihm hat sich kürzlich bei einem Besuch fürchterlich mit ihm gestritten und ihm vorgeworfen, daß er, Byam, seine Grundprinzipien verraten hätte. Byam geht es sehr schlecht, er leidet unter Schlaflosigkeit und sieht wie ein Gespenst aus.«

Abrupt unterbrach Charlotte ihre Tätigkeit.

»Peter Valerius ...«, sagte sie.

»Du meinst, Peter Valerius erpreßt ihn?« fragte Pitt ungläubig.

»Nein, nein! Aber er hat mir erklärt, was Risikokapital ist.«

»Wovon redest du? Wieso interessierst du dich für Risikokapital, und was ist das eigentlich?«

»Ich interessiere mich überhaupt nicht dafür.« Sie nahm den Kessel vom Feuer und goß den Tee ein. »Er hat mir davon erzählt – ich glaube, er erzählt es jedem, der so höflich ist, ihm zuzuhören, oder dem Gespräch einfach nicht aus dem Weg gehen kann. Es handelt sich um Geld, das man zu unglaublichen Wucherzinsen leihen kann, wenn kein anderer einem etwas leihen will und man in einer verzweifelten Lage ist. Ich meine Industriezweige und Länder und dergleichen, nicht Privatpersonen, die sich Geld leihen.« Sie drehte sich um und sah ihn an. Es war nicht einfach zu erklären, weil sie es selbst nicht völlig verstanden hatte. »Wenn man ein großes Industrieunternehmen besitzt und einem das Geld ausgegangen ist, weil vielleicht die Unterhaltskosten gestiegen und die Gewinne gesunken sind und der Bankdirektor einem nicht helfen will – in gewisser Weise ist Byam der Bankdirektor –, dann kann man zu jemandem gehen, der einem Risikokapital leiht, zu einem sehr hohen Zinssatz und gegen ein Drittel Anteil an dem Unternehmen, für immer. Und hier könnte Anstiss mit ins Spiel kommen, was meinst du? Wenn man aber verzweifelt ist und womöglich alles verlieren kann – vielleicht handelt es sich um ein kleines Land, dessen Handel vollkommen von seinen Exportartikeln abhängig ist, und die Menschen sind am Verhungern …«

»Gut«, sagte er schnell. »Das verstehe ich. Aber ich habe keine Ahnung, ob Anstiss etwas mit Risikokapital zu tun hat.«

»Ja, aber wenn Byam deswegen erpreßt wird, dann muß doch jemand damit zu tun haben.«

Hungrig biß er in sein Brot mit Pickles, während sich in seinem Kopf die Gedanken überschlugen.

»Ich muß noch viel mehr über Anstiss in Erfahrung bringen«, sagte er mit vollem Mund.

»Wo war er denn, als Weems ermordet wurde?« fragte Charlotte. Sie goß den Tee ein und reichte ihm seinen Becher.

»Ich weiß es nicht – aber ich glaube, es wird langsam Zeit, daß ich es herausfinde.« Er schob den Rest des Brotes in den Mund und streckte die Hand nach dem Becher aus. Sobald er den Tee getrunken hatte, wollte er aufbrechen und zu Peter Valerius gehen. Er mußte wissen, ob Anstiss aus Byams Entscheidung im Finanzministerium Gewinn gezogen hatte. »Wo arbeitet Valerius?« fragte er Charlotte. »Ich nehme doch an, daß er einer Arbeit nachgeht?«

»Ich habe keine Ahnung. Aber Jack weiß es sicher. Du könntest ihn fragen.«

Pitt stand auf. »Das werde ich tun.« Er gab ihr einen flüchtigen Kuß. »Ich danke dir.«

Er fuhr mit einer Droschke zu Emilys Haus, und zu seinem Glück war Jack auch zu Hause. Von ihm erfuhr er, wo er Peter Valerius finden würde, und um Viertel vor fünf ging er zusammen mit Valerius auf dem Piccadilly entlang. Zwischendurch mußten sie immer wieder langsameren Fußgängern aus dem Weg gehen, dabei vom Gehweg über den Rinnstein und wieder zurück treten und mit fliegenden Rockschößen möglichst geschickt Pferdehufen und Rädern ausweichen.

»Das ist natürlich nur aus dem Stegreif gesprochen«, warnte ihn Valerius fröhlich. »Sie werden wahrscheinlich eine Art schriftlichen Beweis brauchen.«

»Ja, wenn ich recht behalte, schon«, antwortete Pitt und ging etwas schneller, um mit Valerius Schritt halten zu können. Valerius sprang behende auf den Bordstein. Ein Pferd brach erschrocken seitwärts aus, und der Kutscher rief Valerius eine Reihe wilder Flüche hinterher.

»Entschuldigung!« rief Valerius über die Schulter zurück. Er grinste Pitt an. »Anstiss ist die treibende Kraft hinter einer Menge Finanzgeschäfte, und gleichzeitig ist er Hauptaktionär bei einigen Handelsbanken. Er und seine Teilhaber machen mit Sicherheit ein Vermögen, und das nicht zu knapp, wenn sich bestimmte afrikanische Unternehmen auf Risikokapital verlegen müssen. Schon die Zinszahlungen eines einzigen Jahres würden den meisten von uns für den Rest des Lebens reichen, ganz zu schweigen von dem Drittel Anteil an dem Unternehmen und dessen Gewinnen, und das Ganze auf unbegrenzte Zeit garantiert.« Sein Gesicht wurde starr, und ein zorniger, ja beinahe haßerfüllter Ausdruck trat in seine Augen. »Kümmert ja niemanden, daß sie ein kleines Land ausrauben, dessen Volk in der Klemme steckt, weil es von Kreditaufnahmen, Preisabsprachen und Handelskriegen schikaniert wird und weder erfahren noch mächtig genug ist, dagegen anzukämpfen.«

Pitt packte Valerius am Arm und zog ihn zurück, als dieser gerade im Begriff war, sich vom Gehweg auf eine einmündende Straße und unter die Hufe eines Droschkenpferdes zu stürzen.

»Danke«, sagte Valerius geistesabwesend. »Was da geschieht, ist wirklich eines der übelsten Verbrechen, aber offensichtlich schert sich ja keiner darum.«

Pitt konnte dem nichts entgegenhalten, und Valerius zum Trost ein paar höfliche Plattheiten zu sagen, widerstrebte ihm zutiefst.

Eine weitere Droschke fuhr vorbei, und sie überquerten die Straße, wobei Pitt vorsichtig nach links und rechts blickte. Sie erreichten die andere Straßenseite genau in dem Moment, als eine offene Kutsche gefährlich schnell an ihnen vorbeischoß.

»Idiot«, stieß Pitt zwischen den Zähnen hervor.

»Doch es läßt sich nachweisen«, setzte Valerius seinen Gedankengang fort. »Ich werde Ihnen den Beweis liefern.« Er schritt mit wehendem Mantel noch schneller aus. Fußgänger, die einfach nur einen kleinen Spaziergang machten oder sich sehen lassen wollten, wichen ihm hastig aus. Ein Dandy mit einem Monokel schimpfte leise vor sich hin, und zwei hübsche Frauen blieben stehen und sahen ihm neugierig hinterher.

»Ich danke Ihnen«, sagte Pitt. »Können Sie mir das auf die Wache in die Bow Street bringen?«

»Ja, natürlich. Wie lange werden Sie noch dort sein?«

»Heute?«

Valerius grinste. »Natürlich heute. Sie haben es doch eilig, oder etwa nicht?«

»Doch. Ja.«

»Ausgezeichnet. Dann komme ich in die Bow Street.« Er winkte zum Abschied, machte kehrt, eilte die Half Moon Street hinunter und verschwand.

Von neuer Zuversicht erfüllt, machte sich Pitt auf den Weg in die Bow Street.

Dort angekommen, ging er direkt zu Micah Drummonds Büro hinauf und klopfte an die Tür. Kaum war er eingetreten, spürte er, daß etwas nicht stimmte. Drummond schien äußerst ungehalten, er war blaß und angespannt, und seine Haltung drückte mühsam beherrschten Zorn aus.

»Was ist los?« fragte Pitt sofort. »Byam?«

»Nein, Latimer, der Hund. Der Mann ist ein absoluter Dilettant!«

Von einem Mann wie Drummond war das ein vernichtendes Urteil. Ein Dilettant zu sein, hieß, unwiderruflich verloren zu sein. Pitt war verblüfft.

»Was hat er getan?« Er ging in Gedanken verschiedene Möglichkeiten durch, fand aber nichts, was diese Verachtung rechtfertigte.

Drummond starrte ihn an.

»Wo sind Sie gewesen?« wollte er wissen.

»Ich glaube, der Fall Weems steht kurz vor der Aufklärung«, antwortete Pitt. »Latimer hat nichts damit zu tun.«

»Das habe ich auch nicht geglaubt.« Drummond drehte sich wieder zum Fenster um. »Der Teufel soll ihn holen!«

»Geht es um die Faustkämpfe?«

Drummond wandte sich mit hoffnungsvollem Gesicht um. »Was für Faustkämpfe?«

»Er wettet auf sie. Daher hat er sein Geld – nicht von Weems. Habe ich Ihnen das nicht gesagt?«

»Nein, das haben Sie nicht! Tun Sie nicht so naiv, Pitt. Sie haben mir auch nichts davon erzählt, daß Urban in einem Varietétheater in Stepney Schwarzarbeit macht und womöglich Kunstwerke gestohlen hat.«

Pitt fühlte sich plötzlich unbehaglich. »Woher wissen Sie das dann?«

»Latimer hat es mir erzählt, natürlich!«

»Über Urban? Warum, um …« Doch bevor er seine Frage zu Ende formuliert hatte, verstand er es auf einmal. Der Innere Kreis. Latimer bewies seinen bedingungslosen Gehorsam dadurch, daß er Urban verriet und für den Geheimbund zum Scharfrichter wurde. Auch Drummond durchschaute das, deshalb war er so wütend. »Ich verstehe«, sagte Pitt laut.

»Verstehen Sie wirklich?« fragte Drummond mit bleichem Gesicht und zornig funkelnden Augen. »Sind Sie sicher? Es ist dieser verdammte Innere Kreis.«

»Ich weiß.«

Sekundenlang standen sie beide nur da und starrten sich an, dann trübte sich Drummonds Blick, und er versank wieder in dumpfes Brüten.

»Ja – natürlich wissen Sie das.« Er setzte sich hinter seinen Schreibtisch und deutete auf den Stuhl gegenüber. »Eines ist erfreulich. Dieser eingebildete Trottel Osmar hat es schon wieder getan und ist diesmal eindeutig überführt worden – ausgerechnet in einem öffentlichen Eisenbahnwaggon der Waterloo-Linie.« Seine Augen funkelten vor Vergnügen. »Eine ältere Dame von unzweifelhaftem Ruf und bedingungsloser Wahrheitsliebe hat ihn angezeigt. Niemand wird die Aussage der ehrwürdigen Witwe Lady Webber anzweifeln, wenn sie sagt, daß sein Verhalten unverzeihlich und seine Kleidung für die Öffentlichkeit nicht angemessen war. Auf die junge Frau traf genau dasselbe zu, und ihr Beruf war nur allzu ersichtlich. Diesmal wird er sich nicht herausreden können.«

Unter anderen Umständen hätte Pitt gelacht. Doch alles, was er jetzt zustande brachte, war ein bitteres Lächeln.

»Warum sind Sie gekommen?« fragte Drummond.

Pitt erzählte ihm alles, was er von Lord Anstiss wußte oder zu wissen glaubte, er berichtete von seinen Vermutungen über Weems und den Brief, von Charlottes Erklärungen zum Thema Risikokapital und von seiner anschließenden Begegnung mit Peter Valerius.

»Haben Sie diesen Brief dabei?« fragte Drummond mit gerunzelter Stirn.

Pitt zog ihn hervor und reichte ihn Drummond über den Tisch.

Drummond nahm ihn und las ihn langsam mit gerunzelten Brauen, sein Gesicht verdüsterte sich, als er zum Schluß kam. Dann blickte er auf. Verwirrung und Enttäuschung standen in seinem Gesicht geschrieben.

»So habe ich mir Laura Anstiss eigentlich nicht vorgestellt.« Er lächelte kurz. »Das ist töricht. Es spielt keine Rolle, aber ich ...« Er konnte offenbar nicht die richtigen Worte finden, vielleicht war ihm aber auch seine Reaktion – unwichtig wie sie war – etwas peinlich.

»Ich auch nicht«, pflichtete ihm Pitt bei. »Es ist ein sehr leidenschaftlicher Brief und vielleicht auch ein wenig anstößig.«

»Ja, das ist er«, stimmte Drummond zu. »Und Byam war uns gegenüber offensichtlich alles andere als ehrlich. Dieser Brief klingt so, als wären sie unzweideutig ein Liebespaar gewesen, was Byam jedoch bestritten hat. Es erstaunt mich nicht mehr, daß er ihretwegen immer noch Schuldgefühle hat.«

Pitt blickte Drummond ins Gesicht. Der Brief lag zwischen ihnen auf dem Tisch. Er wußte, daß Drummond den Brief etwas abstoßend fand, ihm selbst war es so ergangen, aber er hatte es nicht sagen wollen.

»Ich glaube, Weems hat versucht, auch Anstiss zu erpressen«, meinte Pitt. »Schließlich hatte er bei Byam Erfolg damit, was ihm zwei Jahre lang ein nettes, kleines Zusatzeinkommen eingebracht hat.«

Drummond sah ihn aufmerksam an, ohne zu unterbrechen.

»Doch diesmal geriet er an jemanden, der sich ihm widersetzte«, fuhr Pitt fort. »Anstiss wurde wütend und schlug mit seinem Stock auf ihn ein. Wenn wir zu Anstiss'

Haus gehen und seinen Stock finden, werden wir wahrscheinlich Blut oder Haare daran entdecken.«

Drummond schürzte zwar die Lippen, doch sein Blick drückte Zustimmung aus.

»Und als Weems vorübergehend bewußtlos war«, fuhr Pitt fort, »hat Anstiss die Gelegenheit genutzt – wahrscheinlich hatte Weems ihm da bereits mitgeteilt, daß er Byam erpreßte –, er hat also das Gewehr geladen und Weems erschossen. Dann hat er die Aufzeichnungen, die Byam belasten, mitgenommen und auch Weems' Hälfte des Briefes. Vielleicht wußte er ja auch gar nicht, daß es noch eine zweite Seite gab. Er hinterließ die andere Liste mit den Namen der abtrünnigen Mitglieder des Inneren Kreises, dem er vermutlich vorsteht, um sie zu bestrafen. Ich bin mir sicher, daß er deren Geheimnisse ebenfalls durch den Inneren Kreis erfahren hat. Jetzt war er in der Lage, Byam selbst zu erpressen und ihn dazu zu zwingen, seine Entscheidungen im Finanzministerium rückgängig zu machen, so daß er, Anstiss, mit seinem Risikokapital einsteigen konnte. Der Gewinn ist enorm.«

Drummond saß einige Minuten lang schweigend da, dann blickte er auf. Er wirkte nicht sehr überzeugt.

»Mir scheint, Sie geben sich zuviel Mühe, Pitt. Vieles spricht für Anstiss, aber die Motive sind allesamt zu schwach, um einen so klugen, selbstbeherrschten Mann zu einem Mord zu treiben, vor allem einen Mann, der bereits Macht, Reichtum und eine einflußreiche Stellung besitzt. Ich kann mir sehr gut vorstellen, daß er Weems' Tod und Byams Verletzbarkeit ausnützen würde, um Byam zu erpressen und ihn dazu zu zwingen, seine politische Entscheidung bezüglich der Finanzhilfe für Afrika zu ändern. Aber ich kann mir nicht vorstellen, daß er kaltblütig einen Mord begeht, nur um das zu erreichen. Und offen gesagt, auch mit dem Beweis, daß er daraus Gewinn geschlagen hat, können wir noch keine Geschworenen überzeugen, fürchte ich. Ja, ich glaube sogar, wir würden nicht einmal den Staatsanwalt dazu bewegen können, Anklage zu erheben.«

Pitt weigerte sich, schon aufzugeben.

»Vielleicht hatte Anstiss den Brief bis zu dem Zeitpunkt, als Weems ihn ihm zeigte, noch nie gesehen«, gab er zu bedenken. »Und wir wissen nicht, was in der zweiten Hälfte stand. Wenn sie im gleichen Stil geschrieben war wie die Hälfte, die wir haben, könnte er schon vor Wut zugeschlagen haben. Und sein Hauptmotiv könnte die Rache an Byam gewesen sein. Vor allem wenn Byam ihm das gleiche erzählt hat wie uns – daß er nie Laura Anstiss' Geliebter gewesen ist, daß sie einfach wie besessen von ihm war und er die Freundschaft abgebrochen hat, als er merkte, wie ernst es ihr war. Wenn Anstiss das all die Jahre geglaubt und Byam in diesem Glauben verziehen hat und dann auf einmal der Beweis in Lauras eigener Handschrift vor ihm liegt – vor ihm, der sie ebenfalls geliebt hat …«

Er verstummte. Es war nicht nötig, den Rest auszuführen. Eine Tändelei bedeutete schon Schmach genug, doch im eigenen Haus betrogen zu werden, war ungleich schlimmer.

Drummonds Züge verhärteten sich.

»Ich kann es mir vorstellen. Wenn er immer an Byams Unschuld geglaubt hat und an die Tugendhaftigkeit, wenn nicht sogar an die Liebe seiner Frau, dann muß das für ihn ein so gewaltiger Schock gewesen sein, daß er vielleicht momentan die Kontrolle über sich verloren und einfach in Weems' lachendes Gesicht geschlagen hat. Dann hat er ihn getötet, und um sich der anderen Person, die davon wußte, zu entledigen, hat er Byam, den Betrüger, zerstört. Aber läßt sich auch nur ein Glied in der Kette beweisen?«

»Das weiß ich nicht.« Pitt zuckte mit den Schultern. »Valerius wird mir den Beweis für den finanziellen Zusammenhang liefern, und das wird genügen, um Anstiss aufzusuchen und zu befragen. Dann können wir auch den Stock suchen oder prüfen, ob er kürzlich einen verloren hat. Das Gewehr werden wir vermutlich nie finden, und Weems' Hälfte des Briefes hat er wahrscheinlich auch nicht aufgehoben.«

»Das wichtigste ist doch, ob wir beweisen können, daß er in der Cyrus Street war«, bemerkte Drummond. »Oder ob er beweisen kann, daß er sich woanders aufgehalten hat. Wann erwarten Sie diesen Valerius?«

»Im Laufe des Abends.«

»Keine genauere Zeitangabe?«

»Nein – er sagte, er bräuchte nicht lang dazu, aber ich wollte ihn nicht auf eine bestimmte Uhrzeit festlegen.«

Drummond richtete sich langsam auf, als ob er einen steifen Rücken hätte.

»Dann werde ich jetzt zu Byam gehen und dem armen Teufel wenigstens mitteilen, daß er nicht länger verdächtigt wird. Er wird sehr darüber erschüttert sein, daß wir Anstiss verdächtigen. Sie sind fast ihr ganzes Leben lang Freunde gewesen.«

»Er wird nicht so erschüttert sein, wenn er erfährt, daß Anstiss Lauras Brief an ihn gelesen hat«, sagte Pitt trocken.

Drummond antwortete nichts darauf, sondern nahm seinen Hut und Stock von dem Ständer neben der Tür und ging hinaus.

Drummond ging ein Stück zu Fuß, bevor er eine Droschke nahm und zum Belgrave Square fuhr. Es war ein kühler, diesiger Abend, und von der Themse herauf wehte eine leichte Brise. Bei Einbruch der Dunkelheit würde es wahrscheinlich recht neblig werden. Er brauchte Zeit zum Nachdenken, doch war keine Zeit der Welt in der Lage, etwas an den Tatsachen zu ändern. Er konnte Eleanor nun das mitteilen, was sie sich so sehr wünschte, nämlich daß ihr Mann unschuldig war und die fortgesetzte Erpressung aufhören würde. Drummond würde den Inhalt des Briefes nie vergessen, er würde immer wissen, daß Byams Beziehung zu Laura Anstiss nicht so unschuldig gewesen war, wie dieser behauptet hatte. Doch das wollte er Eleanor nicht erzählen.

Er ging an einer Gruppe von Damen vorbei und zog höflich seinen Hut, als sie ihm zunickten.

Was Byam Eleanor erzählen würde, war seine Angelegenheit, und auch wenn sie ahnte, daß er sie angelogen hatte, ging das nur die beiden etwas an. Vielleicht würde sie es einfach vergessen und ihm verzeihen. Es war vor zwanzig Jahren geschehen, bevor er sie kennengelernt hatte.

Drummond würde Eleanor nie wiedersehen, außer wenn sich ihre Wege bei gesellschaftlichen Anlässen kreuzten, und er war sich sehr unschlüssig, ob er das überhaupt wollte. Doch das war eine Entscheidung, die er nicht jetzt treffen mußte.

Ein Bekannter fuhr in einer offenen Kutsche an ihm vorbei, und er grüßte ihn geistesabwesend. Warum begegnete man so vielen Menschen, die man kannte, wenn man sich nichts sehnlicher wünschte, als allein zu sein?

Er hielt eine Droschke an und stieg ein.

Belgrave Square war viel zu schnell erreicht. Er stieg aus und bezahlte den Kutscher. Es gab nichts mehr zu entscheiden, nichts mehr, worüber Drummond nachdenken konnte. Er ging die Stufen hinauf und klingelte.

Der Diener öffnete ihm die Tür und deutete sein düsteres Gesicht als ein Zeichen dafür, daß er schlechte Nachrichten brachte.

»Soll ich Lord Byam rufen, Sir?« fragte er ernst.

Drummond zwang sich zu einem freundlicheren Gesichtsausdruck. »Bitte. Ich habe ihm etwas Wichtiges mitzuteilen, worüber er sich freuen wird.«

»O wirklich, Sir.« Der Diener zog die Augenbrauen hoch. »Ich bin sehr erleichtert.« Er führte Drummond in die Bibliothek und verschwand dann, um seinen Auftrag auszuführen.

An diesem Abend brannte im Kamin ein Feuer, obwohl es Sommer war und noch lange hell sein würde. Draußen war der Nebel dichter geworden, und Feuchtigkeit lag in der Luft. Die Wärme des Feuers war angenehm, und Drummond ging unwillkürlich zum Kamin hinüber.

Kurz darauf trat Byam herein. Drummond war beinahe froh, daß Eleanor nicht bei ihm war. Für ihn wäre es einfacher und vielleicht auch besser, wenn er mit Byam reden konnte, ohne daß sie dabei war.

»Haben Sie Neuigkeiten?« Byam hielt sich nicht mit Höflichkeiten auf. Sein Gesicht war bleich, rote Flecken zeigten sich auf seinen Wangen, und seine Augen glühten fiebrig. Er hatte die Tür hinter sich zugemacht, um die Bediensteten, Eleanor und den Rest des Hauses auszuschließen. »Wissen Sie, wer Weems ermordet hat?«

»Ja, ich glaube, wir wissen es jetzt«, antwortete Drummond. Es überraschte ihn, daß Byam so direkt danach fragte. Er hatte geglaubt, er selbst könnte die Unterhaltung bestimmen und sich dem Thema mit seinen eigenen Worten nähern.

Byam versuchte, sich gelassen zu geben, doch sein Körper unter der eleganten Kleidung wirkte angespannt, und er atmete schwer, als ob seine Lungen angegriffen und seine Kehle zugeschnürt wären.

»Ist es – ist es jemand, den – den ich kenne?« Er räusperte sich. »Ich meine – ist es jemand, den Weems erpreßt hat? Oder einer seiner normalen Schuldner?« Er drehte sich halb um, als wolle er zu dem kleinen Beistelltisch gehen, auf dem sich die Karaffen mit den Silberstöpseln befanden, blieb dann jedoch stehen.

»Es scheint jemand zu sein, den er erpreßt hat«, antwortete Drummond. »Doch Sie werden verstehen, daß ich Ihnen, da wir ihn noch nicht festgenommen haben, nichts Näheres dazu sagen möchte. Ich bin, so schnell ich konnte, zu Ihnen gekommen, um Ihnen zu sagen, daß Sie sich um Ihre Sicherheit und Ihren Ruf keine weiteren Sorgen mehr machen müssen.«

»Gut. Ich – ich bin Ihnen sehr verbunden.« Byam schluckte. »Sie haben sich sehr rücksichtsvoll verhalten, Drummond. Ich bin mir Ihrer Hochherzigkeit sehr wohl bewußt.«

Drummond war peinlich berührt. Er schämte sich seiner Gefühle wie auch seiner Taten, von denen Byam, wie er inständig hoffte, keine Ahnung hatte.

»Ich nehme an, Sie werden ihn festnehmen?« fuhr Byam fort, eher um das Schweigen zu brechen als aus Interesse.

»Morgen«, antwortete Drummond. »Wir brauchen noch einige schriftliche Beweise.«

Byam machte eine fahrige Bewegung, als wollte er etwas

dazu sagen, schwieg dann aber. In Anbetracht der Bedeutung der Nachricht, die ihm Drummond gerade überbracht hatte, schien er nur wenig erleichtert, ja, fast sah es so aus, als wäre seine eigentliche Qual gar nicht gelindert.

»Wir wissen jetzt, daß Sie unschuldig sind«, sagte Drummond noch einmal, falls Byam möglicherweise nicht ganz begriffen hatte, daß sein Martyrium ein Ende nahm.

Byam lächelte gequält.

»Ja – ja, ich bin Ihnen sehr dankbar.«

»Und auch die Erpressung wird aufhören«, fügte Drummond hinzu, in dem Versuch, den Mann etwas zu beruhigen.

»Natürlich. Weems ...«

»Nein – ich meine die zweite Erpressung – daß Sie Ihre Entscheidung über die Finanzhilfe an die afrikanischen Länder zurücknehmen mußten und diese dadurch zu der Aufnahme von Risikokapital gezwungen haben. Es war der gleiche Mann, und mit seiner Festnahme wird das alles aufhören.«

Byam stand regungslos da.

»Ich – ich dachte, es wäre einer von Weems' Komplizen«, sagte er sehr leise. »Jemand, bei dem er seine Unterlagen hinterlegt hat, um sich zu schützen.«

»Nein – es war sein Mörder«, berichtigte ihn Drummond. »Er hat, nachdem er Weems ermordet hatte, den Brief genommen und Sie damit erpreßt. Nur diesmal nicht um Geld, sondern um politische Korruption und die bedeutend höheren Gewinne, die das einbringt.« Noch während er das aussprach, wurde ihm bewußt, daß die Tatsache, nicht länger unter Mordverdacht zu stehen und von dem Druck befreit zu sein, Byams Not nur teilweise linderte. Es würde niemals die Entscheidungen, die er im Ministerium getroffen hatte, ungeschehen machen, noch konnte er die Schuld loswerden, daß er seinen Ruf als Privatmann über seine politische Ehre gestellt hatte.

»Es tut mir leid«, sagte Drummond ruhig. Das war keine Entschuldigung.

Alles Blut schien aus Byams Gesicht gewichen zu sein, so bleich war er.

»Und Weems hat auch den Mörder erpreßt, sagen Sie?«
»Ja.«
»Um Geld?«
»Wahrscheinlich. Doch es ist ihm nicht gelungen. Der Mann hat ihn umgebracht.«
Byam schwankte und stieß mühsam zwischen trockenen Lippen hervor: »Und – den Brief – hat er mitgenommen?«
»Ja.« Drummond befürchtete, Byam würde jeden Augenblick ohnmächtig werden, so schwach sah er aus.
»Wie – wie haben Sie das herausgefunden …?« stammelte Byam.
»Durch den Brief«, erwiderte Drummond. »Pitt hat die andere Hälfte davon entdeckt. Kann ich Ihnen etwas bringen? Einen Brandy vielleicht?«
»Nein – nein! Bemühen Sie sich nicht. Ich bin …« Er hustete und rang nach Luft. »Ich – ich bin Ihnen sehr dankbar.«
Drummond stand einen Moment lang hilflos da, dann ging er zur Tür und rief den Diener, der draußen in der Eingangshalle stand.
»Ich glaube, Lord Byam ist nicht wohl«, sagte er hastig. »Vielleicht könnten Sie nachsehen, ob Sie etwas für ihn tun können.«
»Jawohl, Sir.« Der Diener tat sofort, wie ihm geheißen war, ohne sich damit aufzuhalten, Drummond Hut und Stock zu reichen, er deutete nur kurz auf einen weiteren Bediensteten. Aus dessen Händen nahm Drummond seine Sachen entgegen und trat hinaus in den feuchten, nebligen Abend. Es wurde bereits dunkel.

Pitt traf sich am nächsten Morgen um acht Uhr mit Drummond. Der Nebel hatte sich noch nicht aufgelöst, und die Straßen waren feucht. Ihre Schritte hallten, als sie aus der Kutsche ausstiegen und über das Pflaster zu Lord Anstiss' Haus und die Stufen hinaufgingen. Drummond zog an der Glocke.
Einige fröstelnde Minuten vergingen, bevor ein Diener die Tür öffnete. Er blickte sie erstaunt an und war augen-

scheinlich sehr verwirrt, zu dieser frühen Stunde zwei ihm unbekannte Personen auf den Stufen vor dem Haus vorzufinden.

»Es tut mir leid, Sir«, brachte er hervor. »Aber Lord Anstiss empfängt noch keine Besucher.«

Pitt zeigte ihm seine Dienstmarke.

»Er wird uns empfangen«, sagte er nachdrücklich und schob den Mann sanft zur Seite.

»Nein, das geht nicht, Sir!« Dem Diener war deutlich unwohl zumute. »Nicht um diese Zeit. Da empfängt er niemanden!«

Drummond ging hinter ihnen her ins Haus und warf unwillkürlich einen Blick auf den Garderobenständer, in dem zwei Stöcke und ein Schirm steckten. Pitt zog beide Stöcke heraus und drehte sie um, damit er die Spitze untersuchen konnte.

»He!« sagte der Diener scharf. »Das können Sie nicht machen! Die gehören seiner Lordschaft. Geben Sie sie her!«

»Sind das die Spazierstöcke von Lord Anstiss?« fragte Pitt, der sie immer noch in der Hand hielt. »Sind Sie sicher?«

»Natürlich bin ich mir sicher! Geben Sie sie her!«

Drummond stand verzagt daneben, er sah schon die Schande und seine Entlassung voraus, sollte sich herausstellen, daß sie einem Irrtum erlegen waren.

Doch Pitt schien sich seiner Sache sehr sicher.

»Keine Sorge«, sagte er etwas freundlicher zu dem Diener. »Das sind Beweisstücke – zumindest dieser eine.«

»Zeigen Sie her«, verlangte Drummond. »Haben Sie etwas gefunden? Sind Sie sicher?«

Der grimmige Ausdruck wich nicht von Pitts Gesicht, doch der harte Zug um seinen Mund wurde etwas weicher. »Ja – hier ist ein dunkler, rötlichbrauner Fleck im Holz, am unteren Ende des Stockes.« Er blickte auf den Diener. »Wir müssen Lord Anstiss sprechen. Es ist nicht Ihre Schuld. Wir sind von der Polizei, und Sie haben keine andere Wahl, als Seiner Lordschaft Bescheid zu geben. Wir werden an der Treppe unten warten.«

»Verdammt, Pitt!« flüsterte Drummond leise. »Er wird nicht davonlaufen!«

Pitt warf ihm einen strengen Blick zu, rührte sich jedoch nicht von der Stelle.

Der Diener zögerte einen Augenblick und sah Drummond fragend an.

»Gehen Sie und wecken Sie ihn auf«, befahl Drummond. Die Würfel waren gefallen, es gab kein Zurück mehr.

Gehorsam ging der Diener die Treppe hinauf. Nach drei Minuten kam er mit besorgter Miene wieder herunter.

»Ich komme nicht in sein Zimmer hinein, und Seine Lordschaft antwortet auch nicht. Ist etwas nicht in Ordnung, Sir? Soll ich lieber Mr. Waterson rufen?« fragte er mit gerötetem Gesicht.

»Nein – wir werden hinaufgehen«, sagte Pitt schnell, ohne Drummond Zeit für einen anderen Vorschlag zu lassen. Er betrachtete den Diener. »Sie sind ein kräftiger Bursche. Kommen Sie mit, falls wir die Tür aufbrechen müssen.«

»Oh, das kann ich nicht machen!«

»Doch, das können Sie, wenn man es Ihnen befiehlt.« Pitt rannte die Treppe hinauf, wobei er immer zwei Stufen auf einmal nahm, und die anderen folgten ihm dicht auf den Fersen. »Wo geht's lang?« fragte er, als er oben angekommen war.

»Links, Sir.« Der Diener übernahm die Führung und ging zu der ersten Tür im Ostflügel. »Diese Tür hier, Sir. Aber sie ist abgeschlossen.«

Pitt drehte am Knauf, doch sie war tatsächlich verschlossen. »Lord Anstiss!« rief er laut.

Keine Antwort.

»Los!« befahl er.

Er, Drummond und der Diener stemmten sich mit aller Kraft gegen die Tür. Erst nach vier Anläufen sprang das Schloß auf, und sie fielen beinahe in das Zimmer hinein. Der Diener stolperte quer durch den halbdunklen Raum zum Fenster und zog die Vorhänge auf. Dann drehte er sich um und starrte auf das Bett. Er stieß einen Schrei aus und schwankte einen Augenblick, bevor er ohnmächtig zu Boden sank.

»Allmächtiger Gott!« flüsterte Drummond mit erstickter Stimme.

Pitt spürte, wie sich ihm der Magen umdrehte, ging jedoch tapfer auf das Bett zu und betrachtete das Bild, das sich ihm bot.

Sholto Byam und Frederick Anstiss lagen nebeneinander in dem großen Himmelbett, beide nackt. Anstiss lag mit durchschnittener Kehle blutüberströmt auf dem Laken. Sein Kopf war seltsam zur Seite gedreht, seine Augen vor Entsetzen weit aufgerissen. Byams Körper, der neben ihm lag, wirkte friedlicher, als ob er den Tod erwartet, ihn sogar herbeigewünscht hätte. Der gequälte Zug war aus seinem Gesicht verschwunden, all der Schmerz daraus gewichen. Neben ihm lag ein Messer mit breiter Klinge, und an seinen beiden Handgelenken klafften tiefe Schnitte. Um ihn herum war das Bett dunkelrot mit Blut getränkt, als habe er sich nach der Tat nicht mehr bewegt, sondern einfach ruhig und beinahe friedlich gewartet, während das Leben aus ihm herausgeströmt war.

Hinter ihnen im Flur stieß ein Dienstmädchen immer wieder hysterische Schreie aus, doch niemand war in der Lage, sie zu beruhigen. Man hörte eilige Schritte.

Neben Byams Kopf lag ein Brief auf dem Kissen, der aber nicht an Drummond, sondern an Pitt gerichtet war. Pitt griff hinüber und nahm ihn weg.

> Inzwischen kennen Sie wahrscheinlich die Wahrheit. Micah Drummond hat mir erzählt, daß Sie die andere Hälfte des Briefes gefunden haben. Wissen Sie, es war nicht Laura, die ihn geschrieben hat, sondern Frederick. Laura, die Ärmste, hat mich nicht geliebt. Ich werde nie die Nacht vergessen, in der sie ins Zimmer kam und mich mit Frederick zusammen im Bett fand. Viele Frauen hätten solch ein Geheimnis vielleicht für sich behalten, doch Laura nicht. Frederick und ich haben sie getötet und dann erklärt, es wäre ein Unfall

gewesen. Wir haben uns die Selbstmordtheorie ausgedacht, falls jemand daran zweifelte, daß sie ausgerutscht sei. Das war weniger schlimm als die Wahrheit, und natürlich habe ich das auch Ihnen erzählt, als es um Weems' Erpressung ging.

Als Weems es jedoch bei Frederick versucht hat, kam alles ganz anders. Den Brief hatte Frederick mit verstellter Handschrift geschrieben, und als Weems das erkannte – wie auch immer ihm das gelungen ist –, mußte ihn Frederick natürlich umbringen. Weems kannte die Wahrheit, er wußte nicht nur über uns Bescheid, sondern ahnte wahrscheinlich auch, daß wir Laura ermordet hatten.

Ob mich Frederick verraten hätte, wenn er festgenommen worden wäre, weiß ich nicht – und vielleicht spielt das jetzt auch keine Rolle mehr. Ich habe ihn über all die Jahre hinweg geliebt, und auch er hat mir beteuert, daß er mich liebt. Daß er es über sich bringen konnte, mich mit der Finanzhilfe für Afrika zu erpressen, und das Beste, das ich je erreicht habe, vernichtet hat, kann ich weder ertragen noch verzeihen.

Er hat mich zerstört und all das, woran ich geglaubt habe: meine Liebe wie auch meine Ehre. Ich werde dafür sorgen, daß er einen so skandalösen Tod stirbt, daß London ihn nicht vergessen wird.

Mehr bleibt nicht zu sagen, dies ist das Ende.

Sholto Byam

Pitt reichte den Brief an Drummond weiter.

Drummond las ihn langsam und sah dann mit bleichem Gesicht auf.

»Mein Gott, welch eine Tragödie.«

Vor der Zimmertür stand Waterson, er war grau im Gesicht und starrte schmerzerfüllt vor sich hin. Jemand hatte das Dienstmädchen weggebracht. Auf dem Boden lag noch immer der bewußtlose Diener.

»Sie gehen jetzt am besten zu Lady Byam und erzählen ihr alles«, sagte Pitt ruhig. »Es ist besser, wenn sie es von

Ihnen erfährt anstatt von einem anderen. Ich werde hier alles erledigen.«

Drummond zögerte nur einen Augenblick; Schuld, bittere Erkenntnis und Mitleid stritten sich in ihm.

»Wir können hier nichts mehr tun«, versicherte ihm Pitt.

»Hier ist alles zu Ende – wir müssen uns um die Lebenden kümmern.«

Drummond nahm seine Hand und drückte sie einen Augenblick lang so fest, daß es weh tat, dann drehte er sich auf dem Absatz um und ging hinaus.

Pitt wandte sich wieder dem Bett zu und zog sanft und behutsam die Decke über die Gesichter der Toten.